델리

델리

Delhi

쿠쉬완트 싱 장편소설 | 황보석 옮김

아시아

차례

옮긴이의 말

25년여에 걸친 문학으로의 색정적 유랑을 거친 끝에 태어난 산물인 이 소설에서 쿠쉬완트 싱은 델리의 역사를 독창적으로 해석하는 작업에 말 그대로 자신의 정액을 다량으로 주입시켰다. 깊이 있는 통찰에 익살맞은 유머가 곁들여진 이 다채롭고 에로틱한 작품은 현재와 과거의 델리를 무대로 해서 역사와 현실을 웅변적으로 결합시켜 델리라는 도시와 그곳 사람들의 모습을 손에 잡힐 듯 생생하게 그려낸다. 쿠쉬완트 싱 특유의 음란하고 신랄하고 해학적인 스타일로 과거와 현재를 누비는 이 소설에서 우리는 시대를 가로질러 델리를 보고 듣고 냄새 맡고 만질 수 있다.

저널리스트이면서 때로는 관광 가이드 노릇도 하는 화자는 600여 년 전으로까지 거슬러 올라가는 델리의 역사를 누구도 할 수 없는 방식으로 추적한다. 언뜻 보기에 이 소설은 늙은 시크교도의 눈에 비친 델리를 중세에서부터 현대에 이르기까지 연대기적으로 기술한 역사 소설이다. 그러나 그것은 겉으로 드러나는 모습일 뿐이고 조금만 더 파고들어 보면 작가는 픽션과 논픽션 사이에서 가능한 모든 창조적·문학적 기법들을 총동원해 절묘하게 균형을 잡아가며 각기 다른 시대의 다른 인물들이 말하는 다른 이야기들로 델리라는 도시의 역사를 투시화처럼 조망한다.

숭고함과 비속함, 심오함과 천박함, 진지함과 엉뚱함, 신랄한 풍자와 익살맞은 해학이 기발하게 어우러지는 이 소설에서 작가는 델리의 각 시대별 모습들 사이사이에 바그마티라는 남녀추니 창녀와의 변태적인 성행위와 다른 여자들과의 짤막짤막한 정사 이야기들을 삽화처럼 끼워 넣어 사랑과 혐오로 채워진 독특한 모습의 델리를 창조해낸다. 신구 사이의 교차로에 있는 델리에 대한 사랑을 음탕하고 추잡한 바그마티에 대한 사랑과 병치시켜 델리와 바그마티에 대한 평생의 애증이라는 이상한 패러독스를 늘어놓는 것이다. 쿠쉬완트 싱만의 이 독창적인 역사는 우리를 이런저런 거리들, 성채들, 버려진 궁전들, 제방들, 탑들, 사원들, 기념관들, 묘지들, 커피하우스들로 끌어들여 일단 책을 읽기 시작하면 놓기 어렵게 만든다.

그러나 이 책이 즐거움과 웃음만을 주는 것은 아니며 신중한 독자라면 결코 놓칠 수 없는 심오한 삶의 철학과 인간다운 삶에 대한 지침을 제시하기도 한다. 빙퉁그러진 로맨스를 통해 들춰내려는 델리의 영광과 비참 모두에 걸쳐진 이야기들로 중세에서부터 현대에 이르기까지의 역사에 놀라운 통찰력을 불어넣으며, 쿠쉬완트 싱은 우리에게 현재의 우리를 되돌아보게 하는 교훈도 제시한다. 한편으로는 참혹하기 일쑤였던 역사적 사건들을 탐사하고 다른 한편으로는 번영이라는 안일한 영역에 남아 있기를 원하는 사람들 입장에서는 심란해 할 수도 있는, 숨겨진 진실의 영역으로 파고드는 인간 정신도 탐사하는 것이다.

역사는 때로 지루할 수도 있지만 쿠쉬완트 싱은 델리의 역사와 시대적 배경을 소설적 구성 속에 고스란히 다 짜 맞추어 매우 흥미롭고도 일목요연하게 그려낸다. 이 소설이 우리에게 특히 더 흥미로울 수 있는 것은 인도의 역사가 우리의 역사와 꽤나 많이 닮았다는 데에 있다. 외세의 침탈을 받았을 때마다 애꿎은 민초들이 맨몸으로 겪어내야 했던 참상과 고된 삶이 닮았고, 지배층이 보였던 허세와 무능과 비겁이 닮았고, 침략자들에게 빌붙어 굴종하고 아부한 민족반역자들이 대대손손 부귀영화를 누려왔다는 것도 닮았다.

인도 최초의 독립전쟁이라 할 수 있는 세포이 항쟁 이후 국왕은 폐위당해 버마로 쫓겨나고 왕족은 몰살당하고 나라를 되찾으려 했던 독립투사들은 대포에 맞아 갈가리 찢겨 죽거나 영국인들의 유흥거리로 전락한 교수형을 당했다. 반면에 영국인들의 개가 되어 첩자 노릇을 했던 간악한 귀족들은 대를 이어 누릴 부귀영화를 보장받았고, 돈에 눈멀어 영국군의 앞잡이가 되었던 무지한 자들은 상류층으로 올라설 수 있는 발판을 마련했는데, 그 일련의 과정이 반세기 후에 우리가 일제의 침탈로 인해 겪어야 했던 치욕의 역사와 너무도 흡사하다.

이 책에서 보이는 인도는 아직도 여전히 해결되지 않은 모순과 혼란의 땅이다. 그래서 정신적 문화의 정착보다 훨씬 더 빠르게 진행된 물질적 문명으로 인해 물신주의에 빠져든 우리 눈에는 인도가 미개하고 무지하고 빈곤한 군상들의 나라로 비칠 수도 있을 것이다. 그러나 인도의 근대사를 들여다보면 인도인들에게는 참으로 다행히도 간디라는 위대한 독립운동가와 그의 숭고한 정신을 계승해나갈 후계자들이 있었다. 그러했기에 민족반역자가 위대한 지도자로 추앙받는 일도 없고 민족반역자의 후손들이 권좌에 오르는 일도, 정관계와 학계에 포진해서 역사를 왜곡시키려고 하는 일도 없다. 그런데도 우리가 인도를 우리보다 더 미개하고 무지한 군상들의 나라라고 말할 수 있을까?

5천년 이상의 역사를 지닌 인도 문학은 그 다양성과 문학의 배경을 이룬 종교 사상에 있어 다른 어떤 나라의 문학과도 비교가 되지 않는다. 그러나 이는 또한 인도문학이 세계적으로 널리 알려지지 못하는 장애 요인이 되기도 했다. 수많은 종족들이 복잡하게 뒤섞여 동화되어 왔기 때문에 언어와 문화가 지극히 다양한 양상을 띠고 있어서 천일야화를 능가하는 숱한 이야기들이 기록으로 남거나 번역되지 못한 채 설화문학 수준으로 남아 있는 것이다. 더구나 우리나라에서는 전세계적으로 극찬을 받은 인도 문학작품들도 빛을 보지 못하는 경우가 허다한데, 이 책의 옮긴이로서 그런 뛰어난 작품들이 사장되는 이유는 우리나라의 독자들이 보이는 일종의 사대주의적 경향 때문은 아닐까 조심스럽게 짚어본다.

2014년 가을

황보석

일러두기

1. 이 책은 장편소설『델리(Delhi)』를 우리말로 옮긴 것이다.
2. 인도 인명과 지명은 인도어 발음에 최대한 가깝게 표기하였다.
3. 고유명사 중 일부는 독자들의 편의를 위해 괄호 안에 뜻을 풀이했다.
4. 본문 각주는 원문에는 없던 것으로 모두 옮긴이 주이다.

1

델리

나는 델리로 돌아온다. 외국에서 사창가를 헤매고 돌아다니다 진력이 나면 내 애인 바그마티에게로 돌아오듯……. 델리와 바그마티 사이에는 공통점이 매우 많다. 오랫동안 난폭한 사람들에게서 시달림을 받아온 델리 사람들은 여겨우리만큼 추한 가면 밑에 마음 홀리는 매력을 숨길 줄 알게 되었다. 그들이, 나도 그 가운데 하나지만, 자신의 참모습을 드러내는 것은 오로지 사랑하는 사람들에게 만이다.

이방인에게는 델리가 죽은 강을 따라 늘어선 몇몇 허물어진 성채와 회교 사원들 주위로 퍼져나간 떠들썩한 시장들과 초라해 뵈는 오두막집들이 볼썽사납게 널려 있는 곳으로 보일지도 모른다. 그리고 어쩌다 비좁고 꼬불꼬불한 샛길로 발을 들여놓기라도 하면 정화되지 않은 오수(汚水)에서 풍겨나는 악취에 구역질이 치밀 수도 있을 것이다. 델리 사람들은 누구에게도 잘 보이려고 애를 쓰지 않는다. 그들은 어디에서나 가래와 시뻘건 베텔[1]즙을 뱉어내고, 변의를 느끼면 아무 데서나 일을 보고, 요란스럽게 떠들어대며 상스러운 욕지거리로 친밀감을 표시하고, 이야기를 하는 중에도 사타구니를 긁적거린다.

바그마티도 마찬가지다. 그녀를 알지 못하는 사람들은 그녀에게 매력이라고는 없다고 생각한다. 마마자국으로 얽은 시커먼 얼굴, 땅딸막한 몸집, 담뱃잎을 씹거나 비디[2]를 피운 탓으로 누렇게 절어 있는 들쭉날쭉한 이빨……. 그녀의 옷차림은 요란하고 목소리는 더 요란하고, 말씨는 추잡하고 태도는 더 추잡하다.

하지만 장담하건대, 그것은 사람들이 모기나 각다귀, 그리고 피를 빠는 다른 해충들을 쫓기 위해 바르는 냄새 고약한 기름 같은 표면적인 것일 뿐

1 구장: 후추나무과의 식물.
2 인도 특유의 나뭇잎으로 말아 피우는 담배.

이다. 델리가 다르게 보이도록 하기 위해서 당신이 해야 할 일은 그 도시에 대한 소속감을 키우고 바그마티 같은 사람에게 애착을 갖는 것이다. 그러면 델리의 대리석 궁전들 위로 드리워진 하늘이 쪽빛으로 변하고, 둥근 지붕을 인 사원들의 가느다란 첨탑이 무지개에 걸리고, 땅은 향기로운 뿌리와 자스민과 마울사리[3]의 소박한 향기를 발산한다. 그리고 다음에는 가무잡잡한 바그마티가 팡파짐한 엉덩이를 흔들어대며 신전의 무희처럼 미끄러져온다. 그녀의 입에서는 신선한 클로버 냄새가 풍겨나고 말씨도 힌두스탄 제국의 왕비 전하처럼 고상해진다. 여자라면 마땅히 그래야 하듯, 그녀는 사랑을 나눌 때에만 색정적인 창녀로 행동한다. 그것은 간단한 공식이다. 머리가 아니라 가슴을, 이성이 아니라 감성을 쓰기만 하면 되는 것이다.

지금 나는 델리와 바그마티에 대한 이야기를 아주 신비스럽게 들리도록 하고 있다. 그것은 사실 내 생각이 얼마쯤은 헷갈려 있어서다. 내가 말하고자 하는 것은, 비록 내가 델리에서 살기를 지겨워하고 바그마티와의 관계를 창피해 하더라도, 너무 오랫동안 그 둘에게서 떠나 있을 수가 없다는 것이다. 이 책에서 나는 델리와 바그마티에 대한 내 평생의 사랑과 증오라는 이상한 패러독스를 상세히 늘어놓을 것이다. 어쩌면 이 책이 『델리를 찾는 오입쟁이들을 위한 과거와 현재의 안내서』처럼 읽힐지도 모르지만, 그것은 내가 의도하는 바가 아니다.

3 향이 짙은 다년생 꽃.

*

비행기는 예정보다 한 시간 뒤처져 오후 아홉 시에야 팔람 공항에 내려앉는다. "에어 인디아 비행기들은 정부에서 인수를 하기 전엔 딱 정시에 도착하곤 했었는데." 누군가가 투덜거린다. 스피커에서 자리에 그대로 앉아 있으라는 지시가 흘러나온다. "뭡니까?" 내가 옆을 스쳐 지나가는 스튜어디스에게 묻는다. 그녀가 비밀이라도 털어놓듯 내 귀에다 대고 소곤거린다. "검역이요!" 인류에게 알려진 거의 모든 질병의 모태인 인도는 이제 그 목록에 다른 병명을 추가하고 싶어 하지 않는다. 우리는 귓속말로 이야기를 나누고 신문지가 버스럭거리지 않도록 조심하면서 빛에 싸여 앉아 있다.

누군가가 묵직한 손으로 비행기를 쾅쾅 두드린다. 스튜어드가 문을 홱 열어젖히자 흰 가운을 걸친 두 사내가 확 들이치는 뜨거운 바람과 함께 들어서더니 통로를 따라 지나가면서 인쇄된 서식들을 나누어준다. 우리는 질문 항목들―지난 열흘 동안 어디서 지냈습니까? 아흐레 동안은? 어제는?―을 채워 넣느라 바쁘다. 한 사내가 호주머니에서 양철통을 꺼내들고 통로에다 병원 냄새를 뿌려대며 성큼성큼 걸어간다. 이제는 땅에 내릴 수가 있다.

우리는 줄줄이 밖으로 나온다. 일등석 출구에 갖다 붙인 트랩 가까이에 번호판 대신 대통령의 삼면(三面) 사자 문장을 붙인 커다란 회색 롤스로이스 승용차가 대기 중이다. 차 옆에는 대통령 전속부관과 꽃을 한 아름 든 연락병이 서 있고, 그들 뒤로 예닐곱 명의 사진기자들이 카메라를 코 위로 치켜들고 있다. 한 팔에는 모피코트를, 다른 팔에는 모자 상자를 든 백인여자가 트랩을 내려오자 여기저기서 플래시들이 터진다. 대통령 전속부관이 뒤꿈치를 딱 갖다 붙이며 경례를 올려붙이고 백인여자에게서 모피코트와 모자 상자를 받아 연락병에게 넘긴다. 그리고는 여자에게 화환을 씌워주고 꽃

다발을 안긴 다음, 다시 경례를 붙인다. 여자가 이를 드러내 보이며 활짝 웃는다. 그들이 롤스로이스에 올라타자, 그 승용차가 그르렁거리며 어둠 속으로 사라진다.

저 여자가 누구더라?

한 곳에 몰려 서 있던 우리에게 에어 인디아 직원을 따라가라는 지시가 떨어진다. 우리는 공항의 번쩍이는 불빛과 빗발처럼 달려드는 나방들을 피하려고 손을 눈 위로 들어 올린 채, 스케이트를 타듯 배로 미끄러지는 주둥이가 기다란 쥐들을 피해 가며 '국제선'이라고 적힌 문 안으로 들어선다. 네루 선생의 사진이 박힌 커다란 포스터가 우리에게 "인도에 오신 것을 환영합니다."라고 인사한다.

공항 경찰이 우리가 작성한 검역 서류들을 꼼꼼히 살펴보고 그것들을 자기 테이블에 놓인 '국외' 바구니에 쌓아 놓는다. 부검열관은 출입국증을 검사하고 도장을 찍어서 다시 돌려준다. 세관 직원이 우리에게 각각 세 통씩 작성하게 되어 있는 서식을 한 다발씩 돌린다. 한 가지는 외국에서 뭘 샀는지 적는 것이고 다른 한 가지는 외국돈을 얼마나 소지하고 있느냐 하는 것이다. 우리는 그 서식을 채워 넣느라 반시간을 허비한다. 세관 직원들이 우리의 표정에서 과세신고를 하지 않은 물품들이 드러나지 않나 해서 눈독을 들이고 있지만, 우리는 지루해 보일 뿐 표정으로는 아무것도 드러나지 않는다.

40분 뒤에 짐꾼들이 손수레를 덜컹거리며 세관 창고로 들어오더니 바닥에다 가방들을 쏟아놓는다. 나는 내 가방을 찾아낸 다음 세관 검열관을 붙잡는다. 그는 내가 아무것도 사지 않았고 외국돈도 한 푼 가지고 있지 않다는 말을 믿지 않는다. 그가 내 과세신고 서류와 출입국증을 조사하고 가방을 열어 옷가지들을 헤집으면서 질문을 퍼부어댄다.

"위스키 – 쉬스키?"

"아니오."

"테이프레코더?"

"아니오."

"트랜지스터 – 슈란지스터?"

"아니오."

"카메라 – 샤메라?"

"아니오."

"와치 – 쇼치?"

"아니오."

그가 내 손을 잡아채더니 번쩍번쩍한 새 벌컨 알람손목시계를 자세히 살펴본다. 그 시계는 베이루트 공항 면세점에서 35파운드를 주고 산 것이다.

"이거 얼마짜리요?"

나는 내 요리사에게 주려고 뒷주머니에 찔러 넣어둔 시계 영수증을 꺼내 든다. "7파운드."

그는 꼼짝없이 속고 만다. 그가 내 가방에다 "꺼져!" 라고 써 갈기듯 분필을 휘두른다. 한 승객은 세관의 그렇고 그런 개자식들에게 걸려 호되게 당하고 있다.

한 짐꾼이 내 가방을 움켜쥔다. 우리는 소란스러운 택시 운전사들의 벽을 뚫고 빈 택시를 한 대 찾아낸다. 짐꾼이 내 가방을 뒷좌석에 밀어 넣고 소리친다. "오케이 써, 살람⁴!" 공항 규칙은 짐꾼들에게 팁을 주지 않게 되어 있지만 그는 내게서 5루피를 뜯어간다.

---

4 이슬람교도들의 인사말.

시크교도인 택시 운전사는 옆자리에 시크교도인 친구를 태우고 있다. 20분 뒤 차가 목적지에 당도하자 운전사가 성냥불을 켜들고 미터를 읽는다. "18루피 50파이사에 짐값으로 2루피, 20루피 50파이삽니다."

"18루피 50파이사?" 나는 할 수 있는 힘껏 목소리에 불신감을 우겨넣는다. 그건 2주일 전 팔람 공항까지 타고 갔을 때 지불했던 것보다 두 배가 넘는 금액이다.

"18루피 50파이사." 운전사가 되뇐다. 그자의 친구가 다시 성냥불을 켜들고 읽는다. "18루피 50파이사, 미터를 보슈."

한 시크교도가 다른 시크교도와 말다툼을 벌일 수는 있다. 하지만 한 시크교도가 두 시크교도와 말다툼을 벌여서는 안 된다. 특히 날이 어두워진 다음에는. 나는 20루피 50파이사에 팁으로 2루피를 더 뜯긴다.

우리 아파트의 야간 경비원 역시 시크교도다. 델리를 떠날 때면 나는 그에게 내 아파트 열쇠를 맡기곤 하는데, 정직하기는 하지만 머리가 좀 모자라는 친구다. 그는 엉뚱한 짓을 벌이곤 하다가 군대에서 쫓겨났고, 그나마도 트럭 운전사에 지나지 않았었지만, 자기가 한때 군인의 제복을 입었던 것을 잊지 못한다. 그가 침상에서 벌떡 일어나 자기에게 명령을 내린다. "경례!" 그러고는 내가 자기 부대의 연대장이라도 되는 것처럼 경례를 붙인다. "영국 국왕폐하께서는 어떠십니까?" 그가 영어로 묻는다.

"지금 영국에 있는 건 여왕이라구."

그는 그 문제를 대수롭지 않다고 생각한다. "잘 알겠습니다. 국왕폐하께, 아니 실례, 여왕폐하께 어째서 내 편지에 답장을 하지 않느냐고 물어봤습니까?"

"부드 싱, 당신 언제부터 이렇게 된 거지?" 내가 아주 다정하게 묻는다.

부드[5] 싱은 올 들어 세 번째 그런 소리를 듣고, 그러면 그는 부두[6] 싱이 된다. 누구든 부두 싱에게는 정말로 다정하게 대해주어야 한다.

그의 눈빛이 험악해진다. "내가 미쳤다고 생각하는 겁니까?" 그가 고함을 지른다. "나를 해고하려는 거지요?" 나는 대답을 하지 않는다. 그가 문을 따서 열고 전등 스위치를 올린 다음 나를 안으로 들인다. 그리고는 혼자 뭐라고 구시렁거리면서 내 가방을 불도 켜지 않은 침실로 갖다 놓고 나오더니, 정복당한 장군이 칼을 넘겨주듯 내 아파트 열쇠를 양손으로 받쳐 든다. "이제 열쇠를 드렸으니까 맘대로 하십쇼!"

"부드 싱, 난 그저 당신이 언제부터 이렇게 됐는지 물어 봤던 것뿐이야." 내가 열쇠를 받아들면서 구슬린다.

"그렇겠죠, 하지만 난 다 압니다." 그가 내 눈을 똑바로 들여다보면서 응수한다. "사람들이 부드가 다시 부두가 되었다고들 하더군요. 선생님이 외국에서 돌아오면 나를 해고해버릴 거라고 말입니다. 하지만 나는 '후누즈 딜리 두르 아스트'라고 합니다. 그게 무슨 뜻인지는 아시겠지요? 델리까지는 길이 멀다 이겁니다."

"하지만 나는 델리로 돌아왔어." 내가 그 사실을 일깨워주자 그가 나를 더 빤히 쳐다본다. "좋습니다! 용서하고 잊어버리십쇼."

그가 내게 아파트를 말끔히 청소했고 가구의 먼지도 싹 다 털었다고 장담한다. "모두 다 오케이, 오케입니다. 냉장고도 오케이, 에어컨도 오케이, 와서 보십쇼." 나는 그를 따라 침실로 들어가서 스위치를 올린다. 딸깍. 아무 반응이 없다. 딸깍, 떨꺽, 딸깍, 떨꺽. 아무 반응도 없다. "미안합니다. 전구가 나갔군요." 부드 싱이 설명한다. 그리고 다른 스위치를 올렸다가 확 쏟아

---

5 학식.

6 멍청이.

지는 불빛에 깜짝 놀라서 춤추는 데르비쉬[7]처럼 펄쩍 뛰어올라 발끝으로 돈다.

그가 손가락을 터번에 갖다 대고 안 해도 될 소리를 한다. "봄이면 여기서 무슨 일이 일어나지요. 신경 쓰지 마십쇼, 경례!"

"괜찮아질 거야." 내가 그를 안심시킨다. 그가 턱수염이 맞닿을 정도로 바짝 다가서더니 음모를 꾸미듯 귓속말로 소곤거린다. "죄송합니다만 선생님, 히지다[8]가 몇 번 찾아왔었습니다. 선생님이 돌아왔는지 알아보려구요."

부드 싱은 내 애인 바그마티를 좋아하지 않는다. 그녀가 자기를 파갈[9] 싱이라고 불렀기 때문인데, 그 이후로 부드 싱은 절대로 용서를 하지 않고 그녀를 그 작자 내지는 어지자지라고 부른다. 바그마티는 젖가슴이 조그맣고 목소리는 굵직하다. "이런 말씀 드리긴 뭣하지만요," 그가 내 턱수염에다 대고 털어놓는다. "모두들 그 얘길 하고 있습니다. 여자하고 그 짓을 하건 애녀석하고 그러건, 그건 좋다 이겁니다! 하지만 어지자지라니! 그건 좋지가 않아요. 내가 이런 얘기한 거 신경 쓰지 마십쇼!"

내가 아무 대꾸도 않자 부드 싱은 그것을 꾸지람으로 받아들인다. 그가 차렷 자세로 **빳빳하게** 서서 몇 번째인지도 모를 경례를 붙이고 자기에게 명령을 내린다. "우로 돌아!" 그가 오른쪽으로 돌아선다. "좌로 1보, 속보." 그러고는 정연한 걸음걸이로 걸어 나간다.

어이구야!

나는 옷을 벗어던지고 욕실로 들어가 수도꼭지를 튼다. 걸쭉한 개흙이 양동이로 똑똑 떨어지다가 흙탕물이 약간 나오더니 꾸르륵거리는 소리가 나

---

7 회교 금욕파 수도사.

8 어지자지: 남녀의 생식기를 모두 가진 사람. 남녀추니 또는 고녀라고도 함.

9 미친.

고는 그만이다. 나는 포기하고 만다.

　나는 서재로 가서 송수화기를 집어 들고 야간 당직 관리인의 번호를 돌린다. 저네 아버지가 어떻고 아저씨들이 어떻고 하면서 재잘거리는 두 계집애들과 혼선이 된다. 수화기를 내려놓고 올챙이배에 붙은 모기를 한 마리 때려잡은 뒤에 다시 걸어본다. 계집애들은 아직도 전화통을 붙들고 있지만 이번에는 저네 엄마가 어떻고 아주머니가 어떻고 하는 얘기다. 나는 다시 수화기를 내려놓고 배꼽에서 솜털을 하나 뽑아내어 구린내를 맡아보다가 세 번째로 걸어본다. 이번엔 계집애들이 벵갈리 시장에서 파는 차트[10] 맛이 기가 막히다느니 뭐니 하면서 – "아이 맛있어! 냠냠." – 재잘거리고 있다. 나는 성질을 참지 못하고 그 계집애들에게 벌써 자정이 다 되어가니까 너 네 엄마가 너 네 아버지하고 하는 짓거리나 하라고 욕지거리를 늘어놓는다. "어떤 더러운 자식하고 혼선이 됐어." 한 계집애가 투덜거린다. "나중에 다시 전화할게. 바이바이."

　나는 다시 야간 당직실 번호를 돌린다. 통화중. 3분 뒤에 다시 돌려본다. 통화중. 나는 불만신고센터로 전화를 건다. 전화선 반대편에 있는 사내가 봉사센터로 걸라고 한다. 나는 봉사센터 번호를 돌린다. 이번에는 교환수가 내게 이런다. "잘못 거셨으니까 불만신고센터로 전화하세요." 더 걸어 봤자 헛수고다.

　나는 침실로 들어가 에어컨 바람으로 벌거벗은 몸뚱이와 바짝 돋은 성질을 식힌다. 내 침실이 분명히 더 잦아들고 있는 소음으로 나를 반갑게 맞아주고, 잠시 뒤에는 에어컨의 단조로운 윙윙거림이 나를 잠 속으로 끌어들인다. 하지만 얼마 안 가서 곧 그 기계는 내 무관심에 골이 나서 꺼져 버리고,

---

　10　과일이나 채소에 레몬즙이나 양념을 가미한 음식.

침실은 캘커타의 블랙홀처럼 되고 만다.

정전. 불도 들어오지 않고 에어컨도 돌아가지 않는다. 나는 앞뜰로 나가 등나무 의자에 털썩 주저앉는다. 후텁지근하고 어둡고 조용한 밤이다. 별들이 몇 개 떠 있지만 그 별들은 아주아주 멀리 떨어져 있다. 그리고 모기들이 너무 많다. 나는 약이 올라서 분풀이할 거리들을 생각한다. 신문사에다 비행기 연착, 세관 직원들의 작태, 택시 운전사들에게 당한 협잡질, 델리의 전기와 전화와 수돗물 공급의 비능률에 대해서 써 보내야겠어……. 그러다 나는 바그마티를 생각한다. 내가 없는 동안 그녀는 얼마나 여러 번 창녀질을 하고 돌아다녔을까? 그녀는 내게 자기의 화려한 전력을 떠벌리기 좋아한다. 그러면 자기에 대한 내 욕망이 부추겨진다는 것을 알고 있기 때문이다. 몇 시간이고 계속 어둠 속에 앉아 있는 동안 나는 점점 더 화가 치밀고 색욕이 돋다가 나중에는 화가 좀 수그러들고 색욕이 더 동한다. 창백한 낡은 달이 하늘을 배회하고 내 아파트 뒤쪽의 회교사원으로 불빛이 하나 올라간다. 전기는 필요하지도 않을 때 다시 들어온다.

나는 일어나서 느릿느릿 거실로 돌아와 테이블 램프를 켠다. 새벽 5시 15분. 창문을 열어젖히자 커튼이 바람에 펄럭인다. 아파트 외벽을 덮고 있는 마두말라티[11] 향기가 실린 서늘한 미풍이 어제부터 고여 있던 죽은 공기에서 습기와 먼지를 몰아내 간다. 나는 안락의자에 파묻혀 앉아 창밖을 내다본다. 가로등 불빛들이 소리 없이 폭발하듯 일시에 꺼지고 뽕나무 잎사귀 사이로 회색빛 여명이 스며든다.

큰 박쥐들이 소리도 없이 아름드리 아르준[12]들로 돌아와 앉는다. 내 아파트 위층에 사는 늙은 여자가 어기적어기적 길을 따라 오더니 내 무궁화 울

---

11 달콤한 냄새를 풍기는 덩굴식물.
12 인도 전역에서 자라는 삼나무과의 수목.

타리 옆에서 걸음을 멈춘다. 그리고 누가 보지 않나 두리번거리다가 재빨리 꽃을 몇 송이 따서 두파타[13]에 쑤셔 넣고 다시 사원 쪽으로 어기적어기적 걸어간다. 그녀를 뒤따라오던 늙은 남편도 내 울타리 옆에 멈춰 서서 누가 듣고 있지 않나 주위를 둘러보고는 올챙이배를 꾹꾹 눌러대며 한참이나 끙끙거리고 방귀를 뀌어댄다. 좀 더 가벼워진 걸음으로 걸어가는 그의 얼굴에 "누가 뀌었지?" 하는 표정이 떠올라 있다. 건너편 동에 불이 켜진다. 한 여인이 커튼을 당기더니 부스스한 머리를 둥글게 말아 올리고 내 쪽으로 기지개를 켠다. 더 많은 불들이 켜졌다 꺼졌다 하고 불그레한 하늘에서는 새벽 별이 보일 듯 말듯 한다. 까마귀들이 서로에게 깍깍거리고 참새들은 뽕나무에서 싸움질을 시작한다. 기도 시간을 알리는 회교도의 목소리가 하늘로 솟아오르면서 신들을 곤한 잠에서 깨우려는 종소리가 울린다. 우유배달부의 자전거가 우유 깡통들을 요란스럽게 덜컹거리며 동네를 한 바퀴 돌고, 그 뒤를 따라 자전거를 탄 또 다른 사내가 벨을 따르릉거리며 "신문이오! 이 쉬타이트만, 타임 오브 인디아, 힌두스탄 타임, 익스프레스, 헤럴드, 신문이오!"를 외친다. 나는 현관문 밑으로 신문이 쓰윽 밀어 넣어지는 소리를 듣지만 안락의자에 그대로 앉아 있다. 아침 바람이 새벽을 방안으로 흘려 넣는다. 슬픔과 갈망이 밴 서늘하고 향기로운 아침. 그것은 연인들에게 바쳐진 바드 이 사바―아침결의 미풍―다. 그리고 나는 사랑하는 도시로 돌아와 있다.

---

13 인도 여성들이 머리에 두르는 긴 스카프.

나는 본격적으로 힌두스탄 타임스를 읽기 시작한다. 제1면에 어젯밤 비행기에서 내린 백인여자의 사진이 실려 있다. "호이티 토이티 부인, 델리의 집으로 돌아와 매우 기쁘다고." 그러니까 그게 바로 그 여자였구나! 그녀는 고고학 책을 쓰는 데 필요한 자료를 수집하러 왔고 라쉬트라파티 바반[14]에서 머물고 있다는 것이다.

나는 표제들을 대강 훑어본 다음 그 사진을 들여다본다.

내 요리사가 환영한다는 미소를 띠고 들어선다. 내가 그에게 주려고 사두었던 일제 시계를 선물하자 그의 미소가 헤벌어진 웃음으로 바뀐다. 그가 내게 블랙커피를 한 잔 타주고 나서 점심을 들어와 먹을 거냐고 묻는다. 아니. 저녁은요? 그래, 하지만 늦을지도 모르니까 테이블 위에 남겨둬. 내가 뭘 좋아하더라? 나는 그가 바그마티 생각을 하고 있다는 걸 안다. 그녀는 인도 음식만 먹는 반면 나는 인도에 거주하는 영국인들처럼 이쉬투[15]나 꼬치구이에 소스를 친 푸딩을 곁들여 먹기 때문이다. 내가 언제 어디서 어떻게 바그마티를 찾아낼지는 모르는 일이다. 하지만 나는 그에게 털어놓고 싶지가 않아서 이렇게만 대답한다. "아무거나." 그는 호기심으로 변비가 나서 가버린다.

이제 델리를 따라잡을 시간이다. 나는 재빨리 샤워를 하고 나서 내 힌두스탄 앰배서더 승용차를 몰아 나간다. 더 많은 길거리와 모퉁이들의 이름이 바뀌어 있다. 윈저, 요크, 캐닝, 하딩 따위가 틸라크, 파텔, 아자드, 네루 따위로. 주유소 밖에 빨간 깃발들이 휘날리고 세 사내가 합창을 하고 있다.

---

14 뉴델리에 있는 인도 대통령궁.
15 여러 가지 야채와 향신료에 코코넛 가루, 삶은 달걀 등을 넣어 걸쭉하게 끓인 스튜.

"주유소 놈들을 죽여라!" 센 박사의 노인 요양소 밖에도 빨간 깃발들이 휘날리고 여섯 명의 사내가 소리를 지르고 있다. '의사들에게 죽음을!' 빨간 깃발들은 식량농업부 건물 밖에서도 휘날린다. 화환을 두른 네 사내가 잔디밭에 책상다리를 하고 앉아 있고 그들 앞쪽의 플래카드에는 '3일 연속 단식투쟁'이라고 적혀 있다. 샛노란 깃발을 든 행렬이 합창을 하면서 의사당 앞길을 따라 지나간다. "우리의 종교와 국가는 하나다. 소는 우리의 어머니다. 소를 먹는 자들에게 죽음을!" 코노트 서커스의 잔디밭에서는 정치집회가 열리고 있다. 연사가 마이크에다 대고 고래고래 소리를 지른다. "자, 다함께 외칩시다. 힌두 승리!" 군중이 따라 한다. "힌두 승리." 그러나 마이크 앞에 있는 사내는 성이 차지 않는 모양이다. "그걸로는 충분치가 못합니다. 그렇게 맥 빠진 목소리를 가지고서는 돼지 같은 중국놈들과 싸울 수가 없어요. 여러분의 목소리가 북경까지 들리도록 합시다. 자, 다 함께 힌두 승리!"

"힌두 승리!"

북경의 돼지들은 바지에다 오줌이나 싸라. 인도인 같은 적들하고 라면 너희가 잃을 거라곤 오줌밖에 없을 거다.

나는 잔파트 가의 티베트인 골동품 가게들 옆에다 차를 댄다. 똑같은 부류의 미국인 관광객들이 똑같은 종류의 놋쇠와 돌로 된 고물들을 흥정하고 있다. 그리고 똑같은 시크교도 점쟁이들이 외국인들에게 똑같은 로맨스와 여행을 웅얼거린다. 그중 하나가 내 막스&스펜서[16] 티셔츠를 알아본다. "선생님은 외국에서 오셨군요. 다시 외국으로 나가시겠습니다." 그가 장담한다. "1분만 시간을 내주시면 사랑 점을 쳐드리지요. 부유한 백인여자가 선생님을 좋아하게 될 겁니다. 이름도 알려드리고 또 어떻게 하면 그 여자와

---

16 영국 특유의 심플함과 개성이 살아 있어 보기에도, 입기에도 편안한 디자인의 의류와 액세서리.

그 여자의 많은 재산을 선생님 걸로 만들 수 있는지도 알려드리지요." "그런 얘긴 미국 사람들한테나 하쇼. 난 돈이 없으니까." 내가 펀자브어로 대꾸한다. 그는 자기의 희생물을 알아본다. "돈요?" 그가 능글맞게 웃는다. "돈은 손등에 묻은 때지요. 선생님은 장차 크게 되시겠습니다. 아주 부유해지고 외국 부인들과 많은 사랑을 하게 될 겁니다. 하지만 불길한 별이 선생님에게 떨어지겠군요. 주먹을 쥐어 보세요." 나는 아무 생각 없이 주먹을 쥔다. "이제 펴보십쇼." 손을 펴자 손바닥 한가운데에 검은 점이 하나 있다. "보세요!" 그가 득의만만해서 외친다. "검은 별! 1루피만 주시면 됩니다. 미국인들한테서 라면 10루피를 받습니다만. 어떻게 하면 검은 별을 이겨낼 수 있는지 알려드리지요." 나는 그에게 1루피를 주고 외국 여자들을 유혹하는 기술을 배운다. "선생께서 사랑하시게 될 부인의 이름은 J. H. T.로 시작됩니다. 아시겠습니까?" 나는 J. H. T.라는 이니셜을 가진 여자라고는 모르지만 점쟁이는 계속 늘어놓는다. "선생께서 이름에 J. H. T.가 들어가는 백인 여자를 얻게 되면 세계적으로 유명한 수상가이자 점성가인 이 나타 싱을 기억하십쇼."

전인도 협동 커피하우스에 당도해 보니 빨간 깃발들이 더 많다. 한 깃발에는 '우리의 요구사항'이라는 글귀가 적혀 있고 어떤 사내가 요구사항들이 적힌 인쇄물을 나누어준다. 나는 그것을 둘둘 말아서 음란한 제스처로 그에게 되돌려준다. 그도 앙갚음을 한다. 더러운 자식!

나는 시끄럽게 떠들어대는 패거리들 너머로 눈길을 던진다. 같이 있고 싶은 사람은 아무도 안 보인다. 나는 신문 판매대에서 델리 언더워드를 한 부 사 들고 테이블이 하나 비자마자 재빨리 차지한 다음, 의자를 세 개 끌어다 붙여 놓는다. 그리고 지난 한 주 동안 델리에서 벌어진 스캔들에 코를 박는다. 내각의 한 각료(이름은 다음 주에 밝혀질 예정)는 며느리에게 임신을 시

컸다. 대단한 족벌주의로군! 아들에게는 공짜 서비스! '코노트 서커스 걸의 고백' 그 가엾은 것은 아프리카 대사관의 인도인 직원에게 혹사당한 일을 고발하고 있는데, 그녀의 말에 따르면 아프리카인들이 인도인보다 더 뛰어 날 뿐더러 돈도 더 많이 준다고 한다. 한 대학생은 아버지가 여행을 떠나 있는 동안 계모에게 강간당했다는 호소 편지를 썼고 그에 대해 편집자는 이탤릭체로 분노에 찬 각주를 덧붙인다. "당신은 어떻게 당신을 태어나게 한 아버지의 물건이 들어가는 곳에 당신의 물건을 집어넣을 수 있는가?…… 당신의 계모는 전 인도 여성들에 대한 모욕이다." 그는 다음 호에서 그런 여자들을 어떻게 다루어야 하는지 충고해주겠다고 약속한다. 나는 젖가슴이 미제 차의 범퍼 돌출부처럼 튀어나온 섹시한 젊은 여자들의 사진에 침을 흘린다. 그 신문은 다음 호에서 티하르 형무소의 여죄수 수감 구역에서 벌어지는 일들을 완전히 파헤치겠다고도 약속한다. 바그마티는 내게 그 형무소에 대해서 많은 얘기를 해주었다. 그녀는 여러 번 티하르 형무소를 들락거렸으니까.

우리 패거리 둘이 들어서는 것이 보인다. 하나는 사진쟁이고 다른 하나는 신문쟁인데, 둘 다 델리에서 제일가는 오입쟁이임을 자처하는 친구들이다. 그들이 나를 보더니 팔을 활짝 벌리고 다가온다. "반갑다, 반가워. 이 꼬맹이도 무사하고?" 사진쟁이가 내 사타구니를 툭툭 치면서 묻는다. "이게 마님한테 제 의무를 다했나?" 나는 그의 바지 앞섶을 툭툭 친다. "델리에서 으뜸가는 종마가 어떻게 지내고 있지?" 그가 어깨를 으쓱한다. "보름 동안 써먹질 못했어. 난 내 원칙을 고수하거든, 여자를 찾아내면 사통을 하고 그렇지 않을 때는 독신주의자가 되라는. 수음도 안 되고 애녀석이나 어지자지하고 붙어서도 안 되고." 그 말은 내 벨트라인 아래를 치는 소리다.

"이봐, 위대한 펜대운전사, 자네 쿠툽 미나르[17]는 어떻게 지냈지?" 내가 신문쟁이에게 묻는다. 그는 얼굴에 수염이 음모(陰毛)만큼 난 덩치 큰 친구인데, 역시 시구로 응수한다. "여자를 얻으면 사통을 하고 그렇지 않으면 수음을 하지. 불만은 없어. 위대한 구루[18]는 그분의 천국에 있고 내 애인은 침대에 있으니까." 그가 턱수염에서 터럭을 하나 뽑아내더니 철학자처럼 초연하게 들여다본다. 세 번째 친구가 우리에게로 끼어든다. 그는 국방성의 고급 공무원으로 찾아먹지 않은 병가(病暇)를 찾아먹고 있는 중인데 이런 류의 얘기엔 딱 질색한다. "비하르 주에서는 500만이나 되는 사람들이 굶어 죽어가고 있는데 너희 놈들은 생각한다는 게 고작 여자뿐이지." 그가 발을 달달 떨다가 다리를 호두까기 손잡이처럼 확확 움직인다. 그러다 한쪽 발을 의자에 올려놓고 계속해서 열을 올리는 중에 큼직한 궁둥이에서 방귀가 새어나온다. 뿌웅. 그가 당황해서 발을 내려놓고 변명한다. "미안, 미안. 이건 말이 헛나온 거였어."

또 다른 친구가 슬슬 다가온다. 그는 별 볼일 없는 정치가이자 우리 사이에서는 정치전문가로 통하는 친구인데, 지난 기근 때는 '일주일에 차파티[19] 하나 거르기 운동'을 펴서 이름을 얻었다. 현재 그는 "행운을 원한다면 일주일에 한 번만……." 어쩌고 하는 슬로건으로 그 비슷한 가족계획 캠페인을 구상 중이지만, 그 슬로건은 아직 구상 단계를 벗어나지 못하고 있다. 우리는 다시 섹스와 독직과 비능률과 비하르에서 굶주리는 오백만 명의 이야기로 돌아간다. 그리고 곁들여서 여러 잔의 커피를 마시고 여러 접시의 호두를 야금거린다. 그렇게 아침나절이 지나간다.

---

17 이슬람교도의 승전탑. 여기에서는 남자의 성기를 의미함.

18 힌두교, 시크교의 스승이나 지도자

19 밀가루 반죽을 둥글고 얇게 만들어 구운 인도 음식.

무거운 절망감이 나를 덮친다. 나는 커피하우스의 친구들과 헤어져 구도시를 에워싼 링 로드를 따라 차를 몬다. 그리고 무굴 시의 성벽과 지나트마할 사원을 지나 전기화장장에서 속도를 늦춘다. 문상객도 연기도 없다. 나는 다시 차를 몰아 세 개의 아치형 다리를 건너서 야무나[20] 강변의 니감보드가트 화장터에 차를 세우고 안으로 들어간다.

델리 사람들에게 무슨 일이 일어난 걸까? 그들은 늘 그랬던 것처럼 죽지도 않고 있다. 타고 있는 화장용 장작더미는 하나뿐이고 꺼져 가는 재로 변한 더미가 셋. 조문객은 하나도 없다. 그러나 강 언저리에는 어떤 생명체라도 있는지 보려고 강둑으로 올라서자 진풍경이 눈에 들어온다.

강으로 이르는 계단 아래쪽에 붉은 수의로 싸인 시체가 하나 놓여있고, 10여 명의 남녀가 울부짖으며 가슴을 치고 있다. 바라문 사제가 그들을 한 옆으로 밀어낸 뒤 산스크리트어로 된 뜻 모를 말을 웅얼거리고 시체에 물을 끼얹는다. 그리고 다음에는 어떤 중년 사내가 시체의 얼굴에서 천을 벗긴다. 아주 창백하고 깊은 잠에 빠진 어린 계집아이다. 그 남자가 아이의 얼굴을 망연히 바라보다가 믿을 수 없다는 듯 신음을 토해내고 고개를 젓는다. 시체 맞은편에 앉아 있던 여인은 자기의 이마를 찰싹찰싹 치고 죽은 아이를 끌어안는다. 다른 사람들이 그 울부짖는 부부를 가만히 떼어낸 다음 시체의 얼굴을 가린다. 바라문 사제가 손바닥을 내밀자 누군가가 그에게 1루피를 건넨다. 사제가 한심하다는 투로 백동화를 내려다보다가 나무 샌들을 떨그럭거리며 계단을 오르기 시작한다. 조문객들이 관가(棺架)를 메고 뒤따라 올라가서 시체를 땅에 내려놓고 장작단을 쌓는 동안 중년 부부가 다시 오열을 토해낸다. 여인이 머리에 흙을 뿌리고 양손으로 이마를 치면서 울부짖는

---

20 갠지스 강의 지류로, '자무나'라고도 함.

다. "아이고, 아이고, 아이고!" 남자는 다시 죽은 계집아이의 얼굴에서 천을 벗기고 1분쯤 뚫어져라 바라보다가 신음을 토해낸다. "아아, 이럴 수가!" 그가 죽은 아이에게서 눈을 떼지 못한 채 팔다리를 만져 보고 발바닥을 쓰다듬는다. 그러는 사이 장작더미가 다 쌓이고 시체가 그 위에 놓인다. 다음에는 시체 위로 나무와 참억새풀 줄기들이 더 놓이고, 놋쇠 물병에 가득 든 정화된 버터가 쏟아 부어진다. 한 사내가 등유에 적신 넝마 뭉치를 매단 막대기에 불을 붙여 화장용 장작더미에 둘러가며 불을 붙인다. 순식간에 장작더미가 불길에 휩싸인다. 또 한 사내는 끝이 뾰족한 대나무 장대를 집어 들고 너울거리며 딱딱 튀기는 장작더미를 쑤석거려 죽은 아이의 머리가 제 위치로 가도록 한 다음, 장대를 그 아이의 두개골에 찔러 넣는다.

아이의 부모가 흙바닥에 얼굴을 묻고 땅을 치며 통곡한다. 캘커타에서부터 온 투판 마일 호가 델리 역을 향해 우르릉거리며 야무나 강 철교를 지나간다.

얼굴이 불꽃의 열기로 달아오르고 귓속에서는 애통해 하는, 그러나 울어도 소용없는 부모들의 울음소리가 울리는 중에, 나는 니감보드 가트 화장터를 떠난다. 그 진정한 슬픔! 그것이 바늘처럼 가슴을 찌른다. 신의 은총이 없었더라면 머리에 흙을 끼었고 자식의 죽음을 애통해하는 것이 나일 수도 있다. 그러나 신의 은총으로 나는 앰배서더 승용차를 몰아 내 아파트로 돌아가고 있다. 뒤에 남겨 두고 떠난 사람들의 슬픔에 비하면 내 짜증과 부러움과 좌절은 얼마나 하찮은가! 그들은 집으로 돌아가 잃은 딸을 그리워할 것이다. 그리고 나는 집으로 돌아가 스카치위스키를 마실 것이다.

부드 싱이 나를 기다리고 있다가 막대기로 받들어 총을 한다. 나는 성가셔하지 않으려고 하지만 그가 바짝 다가오더니 비밀이라도 털어놓듯 소곤거린다. "이런 말해서 뭣하지만요, 어지자지가 찾아왔었습니다. 그 여자한테 나는 선생님이 아직 외국에서 돌아오지 않았다고 했구요. 내게 화를 내진 마십쇼. 여자도 좋고 애녀석도 좋지만 어지자지라니……."

생각 같아서는 부드 싱의 수염 난 얼굴을 후려갈기고 싶지만 대신에 나는 조용히 문을 닫고 술 마실 채비를 차린다.

그것이 델리다. 삶이 너무 힘겨워질 때면 니감보드 가트 화장터로 가서 죽은 자가 불길에 휩싸이는 것을 지켜보고 그 가족이 울부짖는 소리를 들으며 한 시간을 보내기만 하면 된다. 그런 다음에는 집으로 돌아와 위스키를 두어 잔 털어 넣는다. 델리에서는 죽음과 술이 인생을 살 만하게 해준다.

2

J. H. T. 부인

내가 두 잔째 스카치위스키에 곁들여 두 개째 샌드위치를 베어 먹고 있을 때 전화벨이 울린다. "420420번인가요?" "그런데요." "문교부 비서관님과 통화하시기 바랍니다."

"이봐, 어떻게 지내?"(그 비서와 나는 델리 거주 동창생 연락망에 들어 있다.) 그가 내 대답을 기다리지도 않고 말을 잇는다. "호이티 토이티 부인 건인데, 그 여자가 누군지는 조간신문에서 읽었을 테고. 유명한 고고학자에다 여왕의 사촌, 대통령이 초청한 손님, 굉장한 VIP 등등. 잘해 봐, 썩 쓸 만한 장살 테니까. 그 여잔 뭘 좀 캐낼 수 있을까 해서 옛 유적지를 몇 군데 둘러보고 싶어 하는데, 준비는 다 돼 있다고. 리무진, 캐비어, 샴페인, 우리 가난한 나라에서 내줄 수 있는 건 뭐든 다. 그 여자 데리고 돌아다녀줄 수 있겠어?"

"물론이지!"

"좋아! 내일 아침 다섯 시에 차가 그리로 갈 거야. 그 귀부인을 기다리게 해선 안 돼. 그 짓 잘하고."

내가 "다섯 시라니!" 하고 되받아칠 틈도 없이 전화가 끊긴다. 나는 속으로 가만히 따져본다. 하루쯤 새벽같이 일어난다 해도 그건 평생 동안 유명인사의 이름을 친구인 것처럼 흘리고 돌아다니는 걸로 보상이 되겠지. 이일이 어떻게 될까? 이 육욕적인 세상에다 풍악을 울리고 나팔을 불어서 한 시간의 화끈하고 뻑적지근한 사랑이 이름 없이 한 세기를 사는 것보다 더 가치가 있다고 두루 알려 봐? 나는 세계적인 명사를 유혹해서 그 여자의 애인들 중 하나로 역사책의 페이지에 실릴 가망성을 좀 가지고 하루 온종일을 같이 보내게 될 거니까.

잘만하면 그 여자를 카왈리 니테[1] 때 진주 궁전으로 데려갈 수도 있어. 사람들은 추파를 던지고 쑤군거리고 부러워들 하겠지. 그리고 내 친구들에게는 이렇게 자랑을 할 수 있겠고. "제인이 나한테 이러더라고." "그 제인인가 뭔가 하는 여자가 누군데?" "너 제인 호이티 토이티 부인도 몰라? 여왕의 사촌에다…… 유명한 고고학자! 그러니까 우리는 이 회색 도기 그릇을 파내고 있었는데…… 그러다 아주 친해졌지……."

일찍 잠자리에 들긴 했지만 잠은 오지 않고 화장터에서 보았던 일들이 계속 나를 쫓아다닌다. 나는 시계를 보려고 자주 불을 켠다. 새벽 4시 30분, 알람시계가 고막을 찢는다. 재빨리 변을 보고, 샤워를 하고, 30분 뒤에 나는 아파트 밖에 서 있다.

3월의 향기로운 새벽. 새벽별이 스러져 가는 달보다 더 밝게 빛난다. 아파트 건물이 헤드라이트 불빛으로 밝혀지더니 트럭 한 대가 우르릉거리며 지나간다. 다시 침묵과 정적과 새벽별과 상쾌한 아침 바람. 동쪽 하늘이 훤하게 밝아오면서 커다란 박쥐들이 집을 찾아 날아든다. 또 다른 차, 그리고 또 다른 차. 시계 바늘이 5시 40분을 가리키자 나는 성질이 뻗치기 시작한다. 침대에서 반시간은 더 누워 있을 수 있었는데. 헤드라이트 불빛에 눈앞이 캄캄해진다. 롤스로이스 승용차 한 대가 멈춰서더니 빨간 상의에 흰 바지 차림의 하인이 차에서 내려 나인지를 확인하고 앞문을 연다. 나는 내가 운전사와 하인 사이에 끼어 앉게 된 것을 알아차리고 재빨리 뒤를 돌아다본다. 널찍한 뒷좌석은 모피코트에 싸인 왜소한 여자가 독차지를 하고 있다. 그녀가 백지장처럼 하얀 얼굴을 끄덕이고 나서 묻는다. "당신이 안내자인가요?"

---

1 4월 21에 라반드라 바라티 국립극장에서 개최되는 유명한 전통 무용수들과 가수들을 기리는 행사.

"예, 부인." 내가 퉁명스럽게 대답한다. 저 여자 내가 누구인지를 알게 되면 몹시 난감해질 걸? 그 생각에 나는 성질이 좀 누그러진다.

"푸라나 낄라." 내가 운전사에게 지시한다.

"아녜요." 그녀가 뒷좌석에서 소리를 빽 지른다. "틸파트. 이 사람한테 어디로 갈지 얘기해 뒀어요." 그녀는 델리를 알고 있다. 그렇다면 내가 할 일이 뭐라는 거지? 케널포어[2]인 지체 높은 암컷에게 어릿광대 노릇이나 하라는 거야?

우리는 마투라 아그라 로드를 따라가다가 고풍스러운 바라풀라 다리를 건넌다. 롤스로이스 승용차가 헤드라이트를 껐을 때쯤엔 아침 햇살이 똥을 누고 있는 수십 개의 궁둥이들을 드러내준다. 우리는 철교 위로 프렌즈 콜로니를 지나 쓰레기장에서 풍겨나는 고약한 냄새를 뚫고 간다. 그리고 도로조사협회를 휙 지나쳐 바다르푸르 마을을 관통한 다음, 간선도로에서 벗어나 떠오르는 해를 바라고 차를 몬다. 들판 여기저기에 똥을 누는 사람들이 널려 있다. 어떤 사람들은 엉덩이 사이에 부자지를 달랑거리며 우리 쪽을 보고 있고, 다른 사람들은 똥 무더기 위로 1인치나 될까 말까 하게 들린 엉덩이를 과시한다. 인도 농부들은 똥을 누는 데서라면 세계 챔피언 감들이다. 한 무더기나 되는 차파티와 엄청난 양의 짓이긴 겨자 잎이 하루에 두 번씩 오전 똥 더미와 오후 똥 더미로 밀려나오는 것이다. 서쪽 야무나 운하를 건너자 끝없이 펼쳐진 연초록색 밀밭 위로 작은 언덕에 틸파트가 떠오르듯 시야에 들어온다. "저기가 틸파트입니다, 부인." 운전사가 알린다.

"드디어 다 왔어, 드디어!" 그녀가 탄성을 발한다. 그녀의 목소리는 거칠고 천식에 걸린 것 같다. "이 근처 어디에다 세워요. 아침 식사를 좀 했으면

2 개와 수간(獸姦)을 하는 여자.

34

하니까."

나는 운전사에게 차를 길 끝까지 몰아가라고 하면서 명문대 출신이라는 티를 낸다. "마을 너머에 종려나무 숲이 있습니다. 부인께서는 틸파트의 반이 입을 쩍 벌리고 건너다보지 않는 곳에서라야 편안히 아침 식사를 하실 수 있겠지요."

그녀가 내 고상한 말씨에 주춤한다.

"정말 그렇겠군요. 난 뜨거운 커피를 한 잔 마시고 싶어 죽겠어요. 댁도 그렇겠죠?"

나는 그녀의 초대를 무시한다. 그녀가 미안하다고 할 때까지 벌을 줄 셈으로. 우리는 틸파트를 빙 돌아간다. 길은 대추야자 숲에 있는 사원 옆에서 갑작스럽게 끝이 나고, 하인이 뒷좌석의 문을 열어 주러 급히 달려 나간다. 나는 그 뒤를 따른다.

호이티 토이티 부인이 누에고치 같은 흰담비코트에서 빠져나오자 나는 그녀를 있는 그대로 다 볼 수 있다. 오십 대 중반에 조그맣고(150센티가 약간 넘는) 깡마른 데다 가슴은 절벽이고 엉덩이는 빈약해서 성적 매력이라고는 눈 씻고 찾아보려도 없는 여자. 누런 머리칼, 거칠고 불그죽죽한 피부를 온통 뒤덮은 누런 솜털, 턱 양옆의 성형수술을 받은 칼자국. 음유시인의 말을 빌리자면 그녀는 '그을린 골동품과 더불어 쪼그라든' 바로 그런 여자다. 회색 카디건에 희푸름한 작업복, 카키색 캔버스 부츠. 조그만 몸집과 푸른 눈, 그리고 금화들이 매달린 팔찌만 아니라면 그녀에게 여자다운 구석이라고는 없다.

대통령 궁에서 가져온 접었다 폈다 할 수 있는 테이블 위에 대통령궁에서 장만해 보낸 음식 바구니가 펼쳐진다. 에그 샌드위치, 김이 모락모락 나는 뜨거운 커피······.

"댁은 보기 드물게 영어를 잘하는군요." 그녀가 내게 담배를 하나 권하면서 말한다. "틀림없이 영국에서 학교를 다녔겠죠?"

나는 고개를 저어 담배를 사양한다. 헤일리버리. 헤일리버리라면 거짓말이 탄로 날 염려도 없고 들리기도 아주 근사하게 들리겠고…….

"옛 동인도 학교 말이군요!" 그녀가 잔뜩 생색을 낸다.

"그러면 그건 틀림없이 킹즈칼리지 넥타이겠고요!"

"그렇습니다." 나는 맬 권리가 없는 넥타이를 받쳐 든다.

"우리 남편도 킹즈맨이에요. 언제 졸업했죠?"

"7년 전입니다." 그녀의 남편이 적어도 나보다 서른 살은 더 위일 테니까 들킬 염려는 없다.

"뭘 전공했죠?"

"역삽니다."

그녀가 싱긋이 웃는다. "우리 남편도 그랬어요! 지도교수가 누구였나요?"

그녀가 계속 묻도록 놓아둔다면 일이 곤란해질 것이다. "저는 개별지도를 받기보다는 운동장에서 더 많은 시간을 보냈지요."

그녀가 미소를 짓고는 내 환심을 사려고 든다. "정말 미안해요. 난 당신이 직업적인 안내인인 줄 알았어요. 그 사람들이 나한테 미리 얘길 해줬어야 했는데. 내 결례를 용서해요."

"그 일은 괘념치 마십시오. 부인께서는 델리에서 가장 형편없는 무급 안내원의 봉사를 받고 계십니다."

"댁은 아주 재미있는 사람이군요! 우리 서로 알고나 지내요. 내 이름은 제인이에요. 댁은 이름이 어떻게 되죠?" 그녀가 악수를 하자고 손을 내민다. 빼빼 마르고 거칠고 차가운 손이다.

"싱입니다. 오백 만의 시크교도들, 라지푸트[3], 바니아[4], 타쿠르[5], 구르카[6], 비하리[7], 그리고 다른 여러 계층들이 함께 쓰는 흔한 이름이지요." 그녀가 즐겁게 웃음을 터뜨린다. 나는 그녀에게 나도 같은 비행기를 탔다면서 입에 발린 소리를 늘어놓는다. "번쩍번쩍 터지는 그 카메라 플래시들. 저는 부인이 영화배우인 줄 알았습니다. 되려고만 했으면 될 수도 있었겠지만."

"거짓말! 난 아첨이 아닌 칭찬을 좋아해요." 그녀가 기침과 웃음이 뒤섞인 숨을 씨근거린다.

우리는 커피를 홀짝거리고 에그 샌드위치를 우물거리면서 친해진다.

"틸파트에 대해서 뭘 알고 있죠?" 그녀가 묻는다.

"별로 많지는 않습니다. 전설에 의하면 이 마을은 판다바 형제의 다섯 마을들 중 하나였지요. 판다바 형제에 대해서 알고 계십니까?"

그녀가 고개를 끄덕인다. "하지만 다시 얘기해줘요."

"판다바 형제는 그들의 혈족인 쿠루 형제에게 다섯 마을로 이루어진 자기네들 몫의 상속분을 요구했습니다. 파니파트, 소니파트, 인드라파트, 바그파트, 그리고 틸파트였지요. 쿠루 형제가 거절을 하자 그들은 싸움을 벌였습니다. 전쟁은 여기에서 북쪽으로 100킬로미터쯤 떨어진 쿠루크쉐트라에서 치러졌는데, 크리슈나 여신의 도움을 받은 판다바 형제가 승리했지요. 기타[8]에 대해서 알고 계십니까?"

---

3 무사족이라 일컫는 북인도 지방의 호전적인 종족.

4 인도의 상인 계급으로 매매와 대금업에 종사함.

5 인도의 왕족과 무사 계급.

6 네팔에 사는 호전적인 힌두교 종족.

7 인도 동북부에 사는 종족.

8 인도의 고전 종교문헌.

그녀가 다시 고개를 끄덕인다. "마하바라타[9]의 일부 아닌가요? 정의로운 전쟁에 대한 크리슈나의 설법이랄까······. 역사에 보면 어딘가에 남편을 여럿 둔 여인이 하나 있지 않나요?"

"드라우파디 말이군요! 그 여자는 다섯 판다바 형제 모두의 아내였죠. 셋째인 아르준이 궁술 경기에서 드라우파디를 상으로 받았는데, 그녀를 집으로 데려가서 '어머니 제가 뭘 타왔는지 보세요.' 하니까 그의 어머니는 보지도 않고 이렇게 대답을 했더랍니다. '욕심 부리지 말고 네 형제들과 나누어 갖도록 해라.' 그래서 순종하는 인도인 아들답게 그는 시키는 대로 한 거지요. 판다바 형제는 크루 형제와의 분쟁을 해결한 뒤 히말라야 산으로 은거했습니다. 선량한 인도인들은 모두 늙으면 히말라야로 죽으러 가거든요. 저 작은 언덕에 사는 사람들은 고향에 머물렀던 판다바 형제의 후손일 수도 있습니다."

"지난번에 여기로 왔을 때는 사람들이 틸파트에서 회색 도기 그릇을 캐냈더군요. 난 그 표본을 조사해 봤는데 틀림없이 기원전 1000년이나 그 이전의 것이었어요." 그녀가 권위 있는 어조로 설명을 하고 나서 남은 커피를 땅에 쏟아 부음으로써 그 말을 강조한다. 하인이 그녀에게서 컵을 받아들려고 달려온다. 우리는 햇살을 받아 환히 밝혀진 틸파트를 응시한다. 몇 채의 벽돌집과 사원 주위로 진흙 오두막들이 옹기종기 모여 있는 마을이다.

틸파트에서 한 떼의 젖소와 물소들이 우리 쪽으로 몰려온다. 사내아이들은 소 떼가 경작지로 들어서지 못하도록 그 주위를 뛰어다니고 계집아이들은 더운 김이 나는 쇠똥을 바구니에 주워 담으면서 뒤따라온다. 젖소들이 롤스로이스를 쳐다보고 비켜 간다. 물소들은 바퀴덮개에다 콧김을 내뿜고

---

9 인도 고대의 산스크리트 대서사시.

나서 빙 돌아가고. 사내아이들이 가축들을 종려나무 숲에 흩어 놓고 우리에게로 다가오더니 다리 사이에 막대기를 찌르고 쪼그려 앉는다. 계집아이들은 그 뒤로 죽 늘어서고.

"저 애들 왜 저러죠?" 호이티 토이티 부인이 묻는다.

"너희들 왜 그러니?" 내가 통역을 한다.

"아무것도 아녜요." 사내아이들 중 하나가 대답한다. "그저 구경하는 거예요."

나는 그 대답을 영어로 반복한다. 마을 주민 하나가 자전거에서 내리더니 무슨 일이냐고 묻는다.

"아무것도 아녜요." 사내아이들이 대답한다.

자전거를 타고 온 사람이 아이들 틈에 같이 끼어들자 더 많은 마을 사람들이 우리 쪽으로 몰려온다. 채 몇 분도 지나지 않아서 우리는 꽤 많은 사람들에 둘러싸인다.

"이거 봐, 이게 무슨 구경거리야? 여기가 무슨 동물원인 줄 알아?" 내가 그들에게 장난기를 섞어 묻는다.

그들은 낄낄거리고 발을 끌어당기면서 계속 그대로 앉아 빤히 쳐다보고 있다.

한 녀석이 내게 묻는다. "이 사람 여자예요, 남자예요?"

계집아이들이 서로를 바라보며 낄낄거린다. 사내들은 히죽거리며 웃고 사내아이들은 좀 더 대담해진다.

"얼씨구, 여자처럼 판탈롱을 입고 있네! 하지만 앞에도 뒤에도 아무것도 없으니 무슨 수로 안담?"

좀 더 많은 낄낄거림과 능글맞은 웃음. 호이티 토이티 부인이 그 사내아이가 자기에 대해서 무슨 말인가 했다는 것을 알아차린다. 그녀가 내 팔을 꽉 붙들고 무슨 일인지 알려 달랬다가 내 말을 듣더니 나를 잡아끌고 사내아이에게로 다가간다.

"이 아이에게 덤불 저편으로 돌아가서 직접 보여 주겠다고 해요."

나는 그 아이에게 그대로 전해준다. 호이티 토이티 부인이 당황해서 쩔쩔매고 있는 애녀석의 귀를 잡아당겨 일으켜 세운다. "따라 와서 네 눈으로 직접 봐."

사내아이가 귀를 비틀어 빼내고 도망친다. 다른 사내아이들과 계집아이들도 그 아이를 따라 달아난다. 자전거를 타고 온 사람은 자전거를 돌려 꽁무니를 빼고 다른 사람들도 슬금슬금 사라져버린다. 그러게 누가 통치자의 종족 아니랄까! 여기에 비록 젖가슴이라고 할 만한 것이 붙어 있지는 않더라도 근위보병 일개 연대의 물건을 빨아줄 수 있는 여인이 있다!

"이러면 될 걸 가지고!" 그녀가 손에 묻지도 않은 먼지를 털어내면서 의기양양해 한다. "자, 이제 이 지방을 좀 둘러보고 싶은데요. 강이 여기서 그리 멀지는 않겠지요?"

"빨리 걸어서 한 시간이면 됩니다."

"갑시다."

우리는 동쪽으로 행로를 잡고 종려나무 숲을 지나 탁 트인 들판으로 나선다. 늪 가장자리를 빙 돌아서 물길을 건너자 땅이 사토질로 바뀐다. 지지러진 투자나무들과 카수아리나 덤불. 사슴 한 떼가 불쑥 눈앞으로 들어왔다가 틸파트 쪽으로 껑충껑충 뛰어간다. 뿔이 나선형으로 말려 올라간 검은 수사슴 한 마리가 우리 앞으로 몇 미터쯤 떨어진 곳에 멈춰 섰다가 호이티 토이티가 팔을 들어 올려 겨누고 '빵' 하며 손가락 총을 쏘자 등을 돌린다. 그놈은 이미 총에 맞았고 궁둥이에서 붉은 핏방울을 뚝뚝 흘리고 있다. 그놈이 느릿느릿 멀어져 가더니 거무스름한 카수아리나 덤불 뒤에서 기진맥진 쓰러진다. 라이플과 엽총을 들고 지프차에 한가득 탄 시크교도들이 잡목 덤불들 사이를 뚫고 지그재그로 달려온다.

"말 좀 물읍시다, 사슴 떼 지나가는 거 못 봤습니까?" 그중 하나가 내게 펀자브 말로 묻는다. 그리고 백인여자가 눈에 띄자 영어로 덧붙인다. "꽤 커다란 검은 수사슴이었습니다. 분명히 맞힌 것 같은데요."

나는 강 쪽을 가리킨다. "바로 전에요. 멀리 가지는 못했을 겁니다."

"고맙습니다, 고맙습니다." 지프차가 강 쪽으로 급히 달려간다.

"저 잔인한 사냥꾼들을 벽 앞에다 늘어세우고 총살을 시켜버렸으면……."

호이티 토이티가 미소를 짓자 그녀의 푸른 눈이 반짝인다.

"빵, 빵, 그건 안 돼요." 그녀가 선심이라도 쓰듯 내 턱수염을 톡톡 친다.

"제가 어렸을 적에는 시(市) 성벽에서 1마일도 안 떨어진 곳에 들소와 멧돼지 떼가 있었습니다. 부인께서 묵고 계신 라쉬트라파티 바반 뒤쪽의 능선에서도 호랑이들을 볼 수 있었지요. 공원에는 산토끼며 자고새 그리고 공작들도 있었고요. 사슴이라면 여기서 20마일도 안 되는 곳에서 50마리는 족히 되는 떼를 보았던 게 기억납니다. 요즘은 델리에서 100마일 이내인 곳에서는 아무것도 볼 수가 없어요. 외교특권을 가진 다른 나라 후레자식 놈들이 우리 사냥감을 모두 쏘아버린 탓이죠. 마음대로 할 수만 있다면 저는 그 잔인한 패거리를 사그리 다 총살해버릴 겁니다."

"지프차에 타고 있던 사람들은 외국인 후레자식이라기보다는 당신네 종족 같아 보이던데요?" 그녀가 되받는다.

"그자들도 총살시켜버릴 겁니다."

우리는 계속해서 터벅터벅 걷는다. 관목 덤불이 경작지로 바뀌고 밀밭은 초록색에서 연노랑색으로 바뀐다. 머리 위에서 지저귀던 종달새 한 마리가 밀밭으로 내리 꽂히듯 날아 내리자 다른 종달새가 하늘로 솟아올라 한 곳에서 날개를 파닥거리며 지저귄다. 다음에 또 한 마리, 그 다음에 또 한 마리. 경작지가 끝나자 발이 모래에 푹푹 빠진다. 우리는 조그만 연못에 이른다. 한 떼의 휘파람새가 머리 위로 휘파람을 불며 지나간다. 나는 팔을 들어 올려 겨냥을 한다. "빵, 빵…… 잘 쏘셨습니다, 호이티 토이티 부인. 여섯 마리 떨어졌습니다!"

그녀가 소리 내어 웃는다. "당신 나를 놀리고 있군요."

우리는 연못을 둘러 간다. 이제는 고운 모래에 발이 발목까지 빠진다. 갑자기 눈앞에 강이 확 펼쳐진다.

우리는 높다란 강둑에 서 있다. 눈 아래로 야무나 강이 5킬로미터나 되는 회색 이무기처럼 구불구불 뻗어 있지만 그 강은 천천히 떠내려 오는 금잔화로 뒤엉킨 붉은 수의만 빼놓고는 죽어 있는 것처럼 보인다. 세 마리의 거북이들이 허겁지겁 도망을 쳐서 물로 첨벙첨벙 뛰어들고 건너편 강둑에서는 수천 마리의 물새들이 햇볕을 쬐고 있다. 제비갈매기가 허공을 가르고 물고기를 잡아먹는 흰머리독수리는 수면을 훑으면서 강물 위에 떠 있다.

호이티 토이티 부인이 감탄스럽게 팔을 쫙 펼친다. "꼭 원시시대의 파충류 같아요! 저 모든 굽이며 굴곡!"

그녀가 내 팔꿈치를 잡고 모래바닥에 주저앉는다. 나도 그녀 옆으로 앉는다. 우리의 발이 강둑에 사는 구관조들의 둥지 구멍 때문에 불쑥 튀어나온 둑 위에서 달랑거린다. 그녀가 담배를 붙여 문다.

"야무나 강이 저렇게 구불구불한 건 크리슈나의 남자 형제인 발라람 때문입니다. 야무나가 그의 육욕에 굴복하지 않으려고 하자 술을 마시고 야무나의 머리채를 잡아서 힌두스탄 평원으로 이리저리 끌고 다녔거든요."

물고기 한 마리가 수면 위로 튀어 올라 공중제비를 넘는다.

멀리서 사냥꾼들의 총소리가 들려온다. 건너편 강둑에서 물새들이 하늘로 날아올라 꽥꽥거리고 짹짹거리며 머리 위로 큰 원을 그린다. 거위, 물오리, 브라만오리, 고방오리, 흰죽지…… 그 새들이 강을 따라 날다가 우리에게서 100미터쯤 떨어진 강물 위에 내려앉는다. 야무나 강에 다시 평화가 찾아들어 제비갈매기들이 하늘을 가르고 흰머리독수리들은 묵직하고 과단성 있게 물고기를 찾는다.

잠시 뒤에 호이티 토이티 부인이 내 무릎에 손을 올려놓고 묻는다. "이게 당신들의 신성한 강 가운데 하난가요?"

"갠지스 강 버금가게 신성하지요! 이 강은 태양의 딸인 사르주가이자, 죽은 자들의 통치자 야마의 누이인 트리야마이기도 합니다. 또 이 강은 칼린다 산에서 태어났기에 칼린다 난디, 즉 검은 산의 딸이라는 다른 이름도 갖고 있지요. 베다[10]들은 이 강의 홍수로 깨끗이 씻겼고 크리슈나는 이 강물로 목욕을 했어요. 이 야무나 강은 너무도 신성해서 거기에 몸을 한 번 담그기만 해도 평생 동안 지은 죄가 씻긴다고 합니다. 그러니까 제가 부인을 이 강둑에서 저 아래로 떠민다면 저는 사실상 부인께 아주 큰 호의를 베푸는 셈이 되겠지요." 그러면서 나는 슬며시 그녀의 손등에 내 손을 포갠다.

그녀가 손을 빼내어 유혹의 위험에서 벗어난다. 그녀의 팔찌에 달린 금화들이 짤랑거린다. 그녀가 담배꽁초를 던지고 바지 뒷주머니에서 카포랄 담뱃갑을 꺼내 들더니 내게 라이터를 건네고 담배 한 개비를 입에 문다.

나는 불이 꺼지지 않도록 양손으로 라이터를 감싸서 불을 붙여주고 그녀를 바라본다. 그녀도 나를 바라본다. 우리의 눈길이 마주친다. 그녀의 눈은 쪽빛 하늘 물이 든 벵갈만처럼 푸른색이다. 그녀는 눈을 어떻게 이용하는지

10 인도에서 가장 오래된 종교문헌으로 힌두교의 경전임.

알고 있다. 나는 내 눈 속으로 칼처럼 파고드는 시선을 느끼고 목구멍이 뜨끔해져서 눈길을 내리깐다. 그녀가 한 입 가득 빨아들였던 담배연기를 내 얼굴에 뿜는다.

"고마워요." 그녀가 라이터를 받아들면서 말한다. 그녀의 손이 다시 내 무릎에 얹힌다.

나는 그녀의 팔찌에 매달린 금화들을 만지작거린다. 그것들에는 남자들의 이름이 새겨져 있다. 짐, 프레디, 데니스, 자끄.

"남자친구들이죠." 그녀가 알려준다. 그리고 누런 이빨을 드러내 보이며 기침인지 웃음인지 모를 소리를 내고는 반대편에다 가래를 뱉는다.

"온 세상의 부자들이군요." 내가 알리라는 글자가 새겨진 금화를 손에 쥐고 한 마디 한다.

"모두 다 부자는 아녜요. 또 어떤 건 내 돈을 들여서 만들었고요. 그리고 온 세상 남자들도 아니에요. 인도는 빠졌거든요. 어쩌면 이번에 인도인을 하나 추가하게 될지도 모르죠." 그녀가 의미 있게 나를 곁눈질하면서 말한다. 그리고 반쯤 피다 만 카포랄 담배를 모래에 묻는다. "난 틸파트 발굴지를 빨리 둘러보고 나서 다른 장소, 그러니까 수라지…… 수라지…… 뭐더라? 음란한 뜻을 가진 글잔데."

"쿤드[11] 말이군요."

그 음란한 의미가 떠오르자 나는 얼굴을 붉힌다.

"난 아주 못돼먹은 여자라고요!" 그녀가 내 턱수염을 툭 건드리고 나서 일어서더니 엉덩이에서 모래를 털어낸다. "자, 가요." 그녀가 내 어깨를 잡아당기며 명령한다.

---

11 연못. 음문(陰門)이라는 뜻도 있음.

그녀는 다시 기운이 솟아서 성큼성큼 앞서 걷는다. 나는 그녀 뒤를 터덜터덜 따라간다. 그녀는 도무지 알 수가 없는 여자다. 이 자그마하면서도 강하고, 성적 매력이 없으면서도 음란한 여자에게는 어떤 딱지도 갖다 붙일 수가 없다.

덤불 너머 쪽에서 움직이는 작은 먼지 구름이 눈에 들어온다. 사냥꾼들이 탄 지프다. 그 지프에는 물론 검은 수사슴 같은 건 없다. 호이티 토이티가 나를 돌아다보고 이를 드러내며 득의만만한 미소를 짓는다. 그들은 알아차리고 있다. 한 놈이 주먹을 움켜쥐더니 욕지거리를 해대면서 쑥떡을 먹인다.

"저 사람들 뭐라는 거죠?" 호이티 토이티가 묻는다.

"저한테 네 그거나 핥으라는 겁니다."

"동양의 욕이겠군요, 틀림없이. 요가 자세 중에도 그 두 곳이 맞닿도록 된 게 있던데요."

당당한 여자가 앞장서서 종려나무 숲을 지나 사원 옆에 세워 둔 롤스로이스 승용차 쪽으로 간다. 호기심이 동한 시골뜨기들이 다시 차 주위에 몰려 있다가 우리가 다가서자마자 흩어진다. 우리는 커피를 마시고 나서 틸파트로 차를 몬다.

백인여자가 그 마을의 사내아이를 어떻게 다루었는지에 대해서는 벌써 소문이 돌아 있다. 그 나머지는 차에 붙은 대통령 문장과 제복 차림의 하인이 대신해준다. 마을의 우두머리와 그의 친구들이 나마스카르[12]와 힌두 승리를 섞어서 우리를 환영하고 귀부인에게는 살람이라고 한다. 호이티 토이티가 그들에게 고개를 끄덕인다. 침대가 놓이고 베일로 얼굴을 가린 여인이

---

12 힌두교도의 인사말.

유리컵에 담긴 차를 한 쟁반 가득 내온다. 호이티 토이티가 그 여인의 베일 안쪽을 빤히 들여다보는 바람에 사람들 모두가 웃음을 터뜨린다. 그녀는 차를 마시지 않고 대신 한 농부의 손에서 수연통(水煙桶)을 채뜨려 두어 모금 빨아본다. 사람들이 모두 손뼉을 치고 어린애들처럼 웃어댄다. 마을 사람들이 나를 통해서 그녀에게 발굴지가 이미 다 덮였다고 알린다.

"여러분 중에 누가 집을 새로 지으려고 기초를 파거나 쟁기질을 하다가 이상한 물건을 보지 못했나요?"

그들은 고개를 홰홰 젓는다. "아뇨."

우리는 틸파트를 떠나 바다르푸르에서 차를 왼쪽으로 돌린다. 그리고 기차 건널목을 지난 다음, 다시 왼쪽으로 돌아 좁은 길을 따라서 내리막이 진 협곡을 통과한다. 공작새 한 마리가 종종걸음으로 달리다가 귀에 거슬리는 소리로 빠옹 빠옹하고 울면서 날아오른다.

"진짜 살아 있는 공작이네요!" 호이티 토이티가 탄성을 발한다.

"이곳은 공작들이 떼 지어 몰려드는 곳이죠."

"그리고 사람들도요. 인도는 사람들이 몰려드는 곳인 것 같아요." 그녀가 수라지 쿤드의 주차장에 세워져 있는 버스들, 스쿠터들, 승용차들, 그리고 자전거들 쪽으로 손을 젓는다. 소풍객들이 어디에나 흩어져 있고 트랜지스터라디오, 테이프레코더, 야외전축 같은 것들이 뱀 놀리는 사람의 피리와 경쟁을 벌이고 있다.

우리의 도착으로 인해 법석이 인다. 우리가 휴게소 베란다 옆에 차를 댔을 때쯤엔 트랜지스터라디오들의 소리가 낮아졌고 뱀 놀리는 사람들은 호리병박 피리를 요사스럽게 불어대고 있다. 목에 킹코브라를 칭칭 감은 늙은 사내가 우리에게로 다가온다.

"징그러워라!" 호이티 토이티 부인이 소리친다. "난 뱀이라면 딱 질색이에요. 소풍객들도 좋아하지 않고요." 그녀가 잠시 주위를 둘러보다가 역겨워서 한참이나 몸서리를 친다. "여기서 얼마나 더 있어야 하죠?" 그녀가 묻는다.

"여기 이곳이 원형경기장[13]입니다. 여기에서 2마일쯤 떨어진 곳에는 옛 물막이 둑이 하나 있고, 그 둑에서 1마일쯤 더 가면 아낭푸르 마을이 있지요. 거기엔 아낭푸르를 방어했던 성벽의 잔해가 있는데, 그걸 모두 둘러보려면 날이 거의 저물 겁니다."

호이티 토이티는 결정을 빨리 내리는 숙녀다. 그녀가 하인에게 바구니를 내려놓으라고 명령하더니 안으로 들어가서 방과 욕실을 둘러본다. 그리고는 수건에다 코를 킁킁대며 냄새를 맡아 본 다음 변기 옆의 상자에 든 신문지 다발에 코를 갖다 댄다.

"차를 가지고 돌아갔다가 밤 9시에 다시 와요." 그녀가 운전사에게 그날 일정을 지시한다. 내게는 밤 9시까지 시간이 있느냐고 물어보지도 않는다.

하인이 마룻바닥에다 바구니와 슈트케이스를 내려놓고 나자 운전사가 경례를 붙이고 차를 몰아 떠난다. 그녀가 팔걸이의자에 털썩 주저앉아 손목시계를 흘끔거리더니 입을 연다.

"뭘 한 잔 마시고 싶어 죽겠어요. 진 토닉 한 잔 만들어 주지 않을래요? 그리고 댁은 뭐든 좋아하는 걸로, 스카치건, 샴페인이건, 맥주건, 진이건, 마셔요. 모두 당신네 늙은 대통령이 마련해준 거예요."

나는 집사 노릇을 떠맡아 그 귀부인에게 진 토닉을 한 잔 만들어준다. 그리고 내가 아직 뭘 마실까 생각을 하고 있는 동안 한 잔을 더 만들어주고 담배에 불까지 붙여주어야 한다. 나는 드라이마티니를 마시기로 하고 침대 가

---

13 실제로는 로마의 원형경기장처럼 생긴 저수지임.

장자리에 걸터앉아 잔을 들어올린다. 그러나 그녀는 내 몸짓을 무시해버린다.

"그곳에 대해서 얘기해 줘요. 수라지…… 수라지……."

"쿤드, 독일어의 분트와 운이 같죠. 쿤드는 그냥 연못이라는 뜻입니다." 나는 그녀에게 7세기와 8세기에 걸쳐 델리를 통치했던 토마라 라지푸트 부족에 대해서 이야기해준다. 그리고 원형경기장에 붙인 수라지라는 이름의 유래가 된 그들의 족장, 수라지팔에 대해서도.

그녀가 다시 잔을 내민다. "부탁해요."

나는 고분고분 한 잔 더 만들어준다.

"그리고 이 물막이 둑과 마을은요?"

호이티 토이티가 남자에게 몸을 허락하곤 했을 때처럼 팔걸이의자 양쪽에 다리를 걸쳐놓는다. 그녀가 그렇게 음란한 자세로 다리를 벌리고 있는데 내가 어떻게 토마라 라지푸트 부족에 대한 이야기를 할 수 있을까? 나는 그녀의 사타구니를 마음에 두지 않으려고 애쓴다.

"그 물막이 둑은 또 다른 토마라 부족, 아낭팔에 의해 축조됐습니다. 그는 또 성벽으로 둘러싸인 도시 아낭푸르도 건설했는데, 오후에 거기로 가볼 수 있을 겁니다. 다음에 그는 수도를 서쪽으로 옮겨서 랄 코트라고 알려지게 된 붉은 사암의 도시를 건설했지요."

그녀는 내 이야기에 흥미를 잃고 눈꺼풀이 아래로 처진다.

"계속하세요." 그녀가 명령한다.

"아니, 싫습니다." 내가 퉁명스럽게 되받는다. "부인은 반쯤 졸고 계십니다."

그녀가 소리 내어 웃다가 기침을 하고 침을 뱉는다. 그리고 담배를 바닥에 던진 다음 발로 비벼 끈다.

"미안해요. 세수를 하고 졸음기를 몰아내야겠어요." 그녀가 작업복 상의를 집어 든다. "아주 잠깐이면 돼요."

그녀가 슈트케이스에서 스커트를 하나 꺼내들고 욕실로 들어간다. 욕실에는 문간의 중간 부분만 가린 커튼이 달려 있다. 문도 있기는 하지만 그녀는 문을 닫지 않고 청바지를 벗어 못에 건다. 그녀의 조그만 엉덩이에는 레이스 달린 흰 팬티가 걸쳐져 있다. 그녀가 세수를 하려고 세면대 위로 몸을 구부린다. 나는 그녀가 내 호기심을 자극하려고 그런다는 것을 알아차리고 호기심이 동한다. 그녀가 수건에 얼굴을 파묻었다가 돌아서서 몸을 굽히고 스커트를 주워 입는다.

"갑시다." 그녀가 서두른다. "빨리요. 안 갈 거예요?"

우리는 밖으로 나선다. 아까보다는 좀 더 조용하다. 뱀 놀리는 사람들은 나무 밑에 모여 있고 소풍객들은 트랜지스터라디오 주위에 몰려 있다. 그리고 여인들은 뿌리[14]를 튀기고 있다. 엉덩이에 딱 들러붙는 바지를 입은 사내애들, 가슴과 엉덩이가 꽉 끼는 긴 스커트 차림의 처녀애들이 원형경기장 주변을 서성거리고 있다.

호이티 토이티가 꽃을 피운 가시카파리스 덤불을 자세히 살펴보다가 산등성이를 건너다보고 황홀해한다. 한 쪽으로 거대한 로마네스크식 원형경기장의 큼직한 돌계단들이 저 아래 웅덩이까지 이어져 있다. 널찍한 돌 위에서 몸을 씻고 있는 사내에게서 얼마쯤 떨어진 곳에 한 쌍의 쇠물닭이 대가리를 간닥거리고, 제비들은 끝없이 맴을 돌며 물 위를 스쳐 지나간다. 다른 쪽은 불꽃나무[15]와 야생 대추야자들이 빽빽하게 숲을 이룬 골짜기다. 호이티 토이티가 사춘기 소녀처럼 손뼉을 쳐대며 감탄한다.

---

14 튀겨 먹는 밀가루 빵.
15 통상적인 명칭은 호주벽오동임.

"그러니까 저게 바로 불꽃나무 숲이로군요! 기가 막히게 아름답네요! 태양의 신전은 어디에 있죠?" 그녀가 묻는다.

나는 원형경기장 맞은편에 있는 충계를 가리킨다. 그리고 큼직한 돌계단들을 따라 내려오며 그녀를 웅덩이로 안내했다가 다시 계단을 되짚어 올라 태양의 신전 폐허로 간다. 거기에서 나는 그녀에게 폐허 주변을 좀 구경시켜준다. 여기저기에서 불꽃나무와 아카시아가 옆으로 비어져 나온 커다란 바위들을.

"저는 아침부터 내내 질리게 돌아다녔습니다. 덥고 배도 고프고요." 내가 애원한다. "부인은 안 그러신가요?"

그녀가 손목시계를 흘끗 본다. "좋아요. 시계를 보니까 진 토닉을 한 잔 더 하고 뭘 좀 먹어야 할 시간이군요."

휴게소로 돌아오자 나는 그녀에게 진 토닉을 몇 잔 더 만들어준다. 그리고 테이블에다 탄두리 치킨[16]과 러시안 샐러드가 가득 담긴 쟁반을 올려놓고 차가운 병맥주에 곁들여 카밥[17]을 좀 먹는다. 그녀가 점심식사를 후딱 해치우고 나더니 퉁명스럽게 밖으로 나가라고 명령한다.

"난 이제부터 낮잠을 자야 해요. 4시 30분에 깨워 줘요. 당신이 얘기한 물막이 둑하고 성벽으로 둘러싸인 마을은 저녁때 볼 수 있을 거예요." 그녀는 내가 쉴 다른 방이 있는지 아니면 하다못해 앉을 의자가 있는지도 알아보지 않고 그저 나를 베란다로 내몬 뒤 문을 닫아버린다. "흔들어 깨워요. 난 잠이 깊이 드니까."

나는 부엌에서 의자를 하나 슬쩍 해다가 다리를 난간에 걸치고 몸을 편히 한 다음 나무들 밑에서 졸고 있는 소풍객들을 지켜본다. 졸음기로 머리가

16 오븐에 구운 닭고기.
17 매콤하게 볶은 고기 요리.

멍해서 눈을 감지만 뱀 놀리는 사람들의 피리소리에 잠들지 못한다. 뱀 놀리는 사람들이 마지막으로 뭐라도 좀 더 뽑아내려고 하는 사이, 소풍객들은 짐을 꾸리고 있다. 꾸벅꾸벅 졸고 있는 동안 관광버스와 승용차, 스쿠터들이 떠나는 소리가 들린다. 뱀 놀리는 사람의 피리 소리도 멀리로 사라지고 들개 떼만이 소풍객들이 버린 쓰레기를 차지하려고 서로 으르렁거린다. 나는 백일몽을 꾼다. 호이티 토이티가 나를 유혹하려 들고 있다. 나는 유혹에 그리 강하지가 못하다. 그리고 바그마티에 대한 양심의 가책 같은 것도 없다. 바그마티는 창녀인데 내가 왜 그녀에게 죄책감을 느껴야 할까? 내가 호이티 토이티를 데리고 들어서자 바그마티가 나타나 묻는다. "이 늙은 마님보다 더 나은 여자를 찾아낼 수 없었나요?" 호이티 토이티가 더 젊고 그녀의 입에서 진 토닉 냄새와 담배 냄새, 그리고 늙은이 냄새가 나지 않는다면 좋았을 것을!

오후 4시 30분. 나는 호이티 토이티 부인의 방문을 열고 들어가 등으로 밀어 닫는다. 그녀는 수의로 덮인 시체처럼 침대보를 머리 위까지 끌어올린 채 자고 있다. 내가 어깨인 듯한 곳을 잡고 흔들자 그녀가 얼굴에서 침대보를 홱 벗겨낸다.

"몇 시죠?"

나는 시간을 알려준다.

하품을 하고 기지개를 켜는 그녀의 겨드랑이에 균사(菌絲) 같은 노란 털이 돋아 있다. 그녀가 베개에 등을 받치고 앉아 침대보를 턱까지 끌어올린다.

"미안하지만 담배 하나 가져다줄래요?"

나는 그녀에게 담배를 집어다주고 불도 붙여준다. 그녀가 즐거워서 아아, 우우 하며 콧구멍으로 연기를 내뿜는다.

"내 드레싱가운 좀 집어다줘요." 그녀가 욕실 걸쇠에 걸려 있는 옷을 가리킨다.

나는 그녀에게 가운을 집어다준다. 그녀가 침대에서 뛰어내린다. 완전 나체. 조그맣고 주름진 젖가슴, 아래로 축 늘어진 젖꼭지, 배꼽 밑으로 군살이 좀 낀 쭈글쭈글한 배, 성긴 갈색 음모. 나는 그녀에게 가운을 둘러주고 젖가슴에 손을 포갠다. 그녀의 몸이 굳어진다.

"지금 무슨 짓을 하려는 거죠?" 그녀가 다그친다.

"그건 저……."

"그건 저라니요? 엉뚱한 생각일랑 말아요." 그녀가 침대 발치에 놓여 있던 셔츠와 데님 작업복을 집어 들고 욕실로 들어간다. 문은 아예 닫으려고도 하지 않는다. 나 역시 보려고 하지 않는다.

잠시 뒤 그녀가 욕실에서 나와 양손으로 내 어깨를 짚는다. "기분 나빠하지 말아요. 난 좀 남자들을 놀리기 좋아하는 여자니까."

그녀가 용서해준다는 확인도장 삼아 내 코에다 입구린내 나는 키스를 찍는다. 하지만 나는 기분이 상해서 앙갚음을 하고 싶어진 데다 불쾌한 입 냄새까지 맡은 터라서 무례하게 낄낄거린다.

"왜 웃고 그래요?" 그녀가 묻는다.

"부인! 부인이 제게 델리 시(市)를 생각나게 해주는군요. 우리에겐 이런 말이 있지요. '폐허는 옛 기념물의 지나간 영광을 선언하노니.'"

그녀가 홱 돌아선다. "그런 말은 하는 게 아녜요."

우리는 생면부지인 사람들처럼 방갈로를 나서서 침묵의 벽을 사이에 두고 나란히 걷는다. 날이 몹시 뜨거워서 사암으로 된 둥근 바위들이 햇볕에 달아 있고 나무 그늘 밑에서는 공작새들이 부리를 벌리고 앉아 숨을 할딱거린다. 우리는 아무 말도 없이, 서로를 쳐다보지도 않고 1.5킬로미터나 그쯤 걷는다.

능선 끄트머리에 이르자 밀과 겨자를 재배하는 경작지들이 눈앞에 펼쳐진다. 초록색과 연노랑색의 평평한 들판에 불꽃나무들로 뒤덮인 바위섬이 솟아 있고, 그 섬 뒤쪽이 아낭푸르 마을이다. 그것은 둘 사이에 오해의 벽을 쌓은 사람들은 감상할 수 없는 그런 광경이다.

"아름답지 않습니까?" 내가 호이티 토이티 부인의 손을 잡고 묻는다.

"아름답지 않다니요!" 그녀가 화답한다. "이 근처 어디에 앉아요."

나는 그녀의 손을 잡아끌고 아낭팔 물막이 둑으로 내려가 들판을 뒤로 하고 대추야자나무들이 우거진 계곡을 마주보며 앉는다. 15미터쯤 아래에 있는, 수정같이 맑은 물웅덩이의 수면이 햇빛을 받은 송사리 배처럼 반짝인다. 대추야자나무에서 번쩍이는 초록색과 황금색으로 치장한 물총새 한 마리가 날아올라 헬리콥터처럼 물 위를 맴돌다가 쏜살같이 내리꽂혀 꿈틀거리는 송사리를 부리에 물고 솟구친다. 잠시 뒤 물웅덩이는 평온을 되찾고 물고기 떼가 다시 회색 반점들처럼 움직인다. 갑자기 물고기들이 한꺼번에 튀기는 불똥처럼 공중으로 뛰어올랐다가 후두두 떨어져 급히 웅덩이 가장자리로 도망친다. 뱀 한 마리가 물 위로 대가리를 치켜들고 상류 쪽으로 꿈틀꿈틀 올라갔다가 방향을 거꾸로 바꾸어 물에 잠긴 바위 그늘을 지나간다. 호이티 토이티가 카포랄 담배를 한 대 더 피우고 꽁초를 물 위로 던진다. 그 꽁초에 송사리들이 몰려들었다가 흩어지고, 꽁초는 낚시꾼의 찌처럼 깐닥깐닥 떠 가다가 물속으로 가라앉는다.

우리는 아낭푸르 들판을 이리저리 돌아다니며 나머지 오후 시간을 보낸다. 낙타가 돌리는 양수차를 지켜보기도 하고 물소 똥을 벽에다 쳐 이기는 구자르 여인들을 눈여겨보기도 하면서. 다음에 우리는 아낭푸르를 빙 돌아 그곳의 전쟁 유적지들을 둘러본다. 그리고 해가 기울자 갔던 길을 되짚어 물막이 둑을 지나 종려나무들이 자라는 골짜기를 헤치고 왕골들이 웃자란 습지를 건너서 돌아온다. 해질 무렵 우리는 휴게소로 돌아와 있다.

사람 그림자 하나 보이지 않는다. 관리인도 우리가 쓸 테이블과 의자들을 가져다 놓고 자기 숙소로 물러간 뒤다. 나는 대통령이 선사한 위스키를 꺼내오고 우리는 테이블에 다리를 걸치고 앉아 위스키를 홀짝거린다. 오랫동안 걸은 뒤라서 위스키가 불로장생약처럼 화끈하게 속을 덥혀준다. 나는 슬며시 그녀에게로 손을 뻗친다. 그녀는 내가 만지도록 놓아둔다. 반투명한 회색으로 바뀌어가는 하늘을 지켜보고 있는 사이 잉꼬 떼가 시끄럽게 울어대며 하늘을 획획 가로지른다. 그 다음은 공작새의 시간이다. 대추야자 계곡에서 공작새들이 색정적으로 울고, 휴게소 지붕에 앉아 있는 두 마리가 그 부름에 화답한다. 다음엔 황혼이 스러지고 어둠이 내린다. 호이티 토이티가 일어서서 팔다리를 쭉 편다. 나도 같이 일어서자 그녀가 내 가슴에 머리를 기댄다.

"고마워요. 아주 멋진 날이었어요." 그녀가 내 입에 키스를 한다.

나는 그녀를 양팔로 끌어안고 번쩍 들어 올려 뻣뻣한 얼굴에다 마구 키스를 해댄다.

"나를 사랑하고 싶어요?" 그녀가 아주 공손하게 묻는다.

그러나 우리가 겨우 베란다까지 갔을 때 대통령의 롤스로이스 승용차 헤드라이트 불빛이 우리를 포착한다. "이런 니기미!"

환장할 노릇이다. 하지만 좀 안심이 되기도 한다. 이제는 내 정액을 쪼그라들고 악취 나는 여자에게 허비하지 않아도 되니까. 나는 그것을 아꼈다가 사내들에게서 얻어맞으면서도 갓 결혼해서 성에 눈뜬 조숙한 계집 같은 열정으로 섹스를 즐기는 바그마티에게 줄 수가 있다. 그러면 그녀의 입에서는 봄철의 카다몸[18] 덤불 냄새가 풍길 것이다.

호이티 토이티가 다시 귀부인이 되어 침착하고 냉정하게 좌석 반대편 끝에 앉는다. 그리고 차가 내 아파트 밖에 멈추자 천연덕스럽게 입을 연다.

"여러 모로 고마웠어요. 런던에 오면 나를 꼭 보러 오도록 해요."

"저도 즐거웠습니다." 하지만 나는 그녀에게 들렀다 가라고는 하지 않는다.

언제 어디서나 그렇듯 부드 싱이 막대기로 무장을 하고 있다가 내가 롤스로이스에서 내려서자마자 경례를 올리고 구령을 붙인다. "열병(閱兵), 받들어 총! 탁 탁 탁."

호이티 토이티가 손을 흔들어주려고 창밖으로 몸을 기울이자 그가 "신이여 우리 자비로운 여왕을 지켜주소서."를 펀자브 어로 바꾸어 웅얼거린다.

나는 호이티 토이티에게 손을 흔들어주고 나서 부드 싱의 인사를 받고 한마디 물어본다. "별 일 없었어?"

"열병, 세워 총! 탁 탁. 아무 일 없었습니다. 선생님 어지자지가 와서 기다리고 있긴 합니다만. 선생님이 어제 저를 너무 못마땅해 하시기에 들여보냈습니다. 이런 얘기하는 거 용서하십쇼, 여자도 좋고 사내아이도 좋지만 어지자지라니……."

"그건 좋지가 않아." 내가 그를 대신해서 말을 끝낸다. 그리고 서둘러 안으로 들어간다.

---

18 생강과의 다년생 식물.

3

바그마티

바그마티는 내 안락의자에서 책상다리를 하고 앉아 책장을 넘기고 있다. 그리고 이따금씩 주먹을 쥔 왼손 손가락 사이로 비어져 나온 담배를 쪽쪽 소리 나게 빨고 나서 카펫 위에다 재를 떤다. 기름으로 떡칠이 된 그녀의 머리칼이 나비 모양의 셀룰로이드 클립들로 세팅이 되어 오글오글하게 웨이브가 져 있다. 그녀는 번들거리는 핑크색 인조견 사리[1]에 같은 천으로 된 짙은 푸른색 블라우스를 받쳐 입었고, 의자 앞에는 엄지발가락을 꿰는 부분에 나비매듭 리본이 달린 하얀 슬리퍼가 한 켤레 놓여 있다. 바그마티는 델리에서 옷을 가장 못 입는 창녀다.

테이블 램프 빛에 덕지덕지 바른 분과 루주가 드러난다. 하지만 그렇게 화장을 했어도 검은 얼굴이 덜 검어 보이거나, 곰보 자국이 가려지지는 않는다. 그녀의 눈에서 화장먹이 흘러내려 광대뼈 부분이 얼룩덜룩하게 물들어 있다. 거기에다 피 칠갑을 한 것처럼 새빨간 입술 하며 구장 잎을 씹어 불그죽죽하게 물이 든 이빨. 바그마티는 델리에서 가장 볼썽사나운 창녀다.

"주인님! 외국에서 돌아오셨군요!" 내가 들어서자 그녀가 반색을 하고 나서 뭐라고 대답할 틈도 없이 말을 잇는다. "도대체 무슨 책들이 이래요? 그림도 하나 없구요." 한 마디 한 마디 할 때마다 그녀는 하지다답게 고개를 살랑거리고 손을 배배 꼰다. "그림은 하나도 없고 죽은 파리 같은 새까만 글자들뿐이네요." 그러더니 냉큼 화제를 바꾼다. "런던에서 그 백말들을 타고 있을 때 이 불쌍한 바그마티 생각을 한 번이라도 해보신 적 있나요?" 바그마티는 델리에서 가장 추잡한 창녀다.

바그마티는 여느 다른 여자들과 같은 여자가 아니다. 그녀의 과거에 대해서 몇 가지는 그녀가 얘기를 해주었지만 그 나머지는 내가 직접 알아냈다.

---

1 인도 여성들이 허리에서 어깨로 걸치고 나머지는 머리에 두르는 기다란 천.

그녀는 자미아 회교성원 근처의 빅토리아 제나나 병원에서 태어났는데, 그녀의 아버지가 의사에게 "사내애요, 계집애요?" 하고 물었을 때 그 의사가 했던 대답은 "잘 모르겠는데요." 라는 것이었다. 그러나 어찌 되었건, 그녀의 부모는 이미 세 아들을 두고 있었으므로 넷째 아이에게는 바그마티라는 계집애 이름을 붙여주었다. 그로부터 얼마 지나지 않아 남녀추니 패거리가 그들의 집으로 찾아와 노래하고 춤추면서 이렇게 졸라댔다. "당신네 아이를 보여주세요. 그 아이가 사내아이인지 계집아이인지 아니면 우리와 같은 아이인지 알고 싶어요." 그녀의 아버지는 그들에게 욕설을 퍼부으며 돈 한 푼 주지 않고 쫓아버렸지만 그 이후로는 남녀추니들 때문에 편히 지낼 날이 없었다. 그 동네에 누가 태어났다거나 결혼식이 있어서 그 패거리가 노래하고 춤추러 찾아올 때마다 바그마티네 집 문간으로 몰려와 생떼를 쓰곤 했기 때문이었다. "당신들의 막내아이를 보여주세요. 그 아이가 우리와 같다면 데려가게 해주세요."

바그마티의 어머니는 두 아이—둘 다 딸이었다—를 더 낳았고, 그때마다 바그마티의 아버지는 그녀를 병원으로 데려가서 의사에게 사내아이인지 계집아이인지 알아봐달라고 검사를 시켰다. 그러나 두 번 모두 의사는 그녀의 생식기를 보고 나서 이러는 것이었다. "잘 모르겠습니다. 양쪽 모두 조금씩 겸했군요." 그때 바그마티는 네 살이었다. 맨 마지막 아이가 태어난 뒤 남녀추니 패거리가 그들의 집으로 찾아오자 그녀의 아버지는 그들에게 21루피를 주면서 이렇게 말했다. "이제 내게는 세 아들과 두 딸이 있으니까 이 아이를 데려가도 좋다. 이 아이는 너희들 중의 하나다."

남녀추니 패거리는 바그마티를 한 식구로 받아들여 그녀에게 남녀추니들이 그러는 식으로 노래하고 손뼉치고 춤추는 법을 가르쳤다. 열세 살이 되면서부터 그녀는 목소리가 갈라져 남자처럼 바뀌었고, 윗입술과 턱 언저리에는 물론 가슴에도 털이 나기 시작했다. 물론 젖가슴과 엉덩이가 다른 사내아이들보다 더 커지기는 했지만 그렇다고 해서 그 나이 또래의 계집아이들처럼 커지지는 않았다. 하지만 그녀는 월경을 하기 시작했고, 클리토리스가 더 커지기는 했어도 그 나머지 부분의 성기는 다른 여자들처럼 발달되었다. 그때쯤 그녀는 자기 발로 의사를 찾아갔는데, 그 의사가 한 말은 이런 것이었다. "너는 여자가 할 수 있는 일은 뭐든 다 할 수 있지만 아기는 갖지 못할 거야."

남자 여자들이 여러 질인 것이나 마찬가지로 남녀추니도 가지각색이다. 그래서 어떤 사람들은 거의 완전히 남자고, 어떤 사람들은 거의 완전히 여자다. 그리고 또 어떤 경우에는 남성과 여성이 제각기 다른 비율로 섞여 있어서 어느 쪽에 더 가까운지를 분명히 말하기가 어려울 때도 있다. 그들이 여자 옷을 입기 더 좋아하는 이유는, 남자들의 세계에서는 남성다움의 기준으로 받아들여진 행동에서 벗어나는 것이 모두 남자답지 못하다고 간주되기 때문이다. 그 면에서는 여자들이 좀 더 너그럽다.

바그마티는 여자 쪽에 더 가까운 남녀추니여서 열다섯 살이 되자 그 패거리의 우두머리에게 아내로 받아들여졌다. 그에게는 이미 두 명의 남녀추니 아내들이 있었지만, 그들에게는 그런 일이 조금도 문제가 되지 않았다. 그래서 다른 아내들은 바그마티를 경쟁자라고 멀리 한 것이 아니라 그녀의 웨딩드레스를 꿰매고, 첫날밤을 치를 자리를 마련하고, 그녀의 얼굴과 몸에서 불필요한 털을 밀어냈다. 그리고 장미꽃 물에 목욕까지 시킨 다음, 그녀를 자기네들의 남편 방으로 데려다주었다. 그날 밤 그들은 문틈에 눈과 귀를 갖다 붙였고 나중에는 종종 그녀와 사랑을 나누기도 했다. 바그마티가 천연두에 걸렸을 때 그녀의 나이는 열일곱 살이었다. "그 사람들은 나를 포기했어요. 그래서 사람들이 파리처럼 죽어가는 병원에다 나를 던져 놓았죠. 세

틀라 마이[2]가 나를 구하긴 했지만 그 여신은 내 얼굴 전체에 손가락 자국을 남겼어요."

사내들이 그녀에게로 욕정을 풀러 오기 시작하면서 — 그렇게도 많은 남자들이 여자보다 남녀추니를 더 좋아한다는 것은 참으로 놀라운 일이다 — 바그마티는 그 패거리 중 누구보다도 더 많은 단골손님을 끌게 되었다. 그녀는 자신을 여자로 제공할 수도 있었고 사내아이로 제공할 수도 있었다. 그리고 또 어떤 남자들은 여자로 취급받기를 더 좋아한다는 사실도 알게 되었다. 비록 수단방법이 제한적이기는 했어도, 바그마티는 그들에게 즐거움을 줄 수 있는 방법들을 알아냈다. 그녀가 부자연스럽다고 여기거나 즐기지 않는 섹스는 아무것도 없었다. 남녀추니들 중에서 가장 못생겼음에도 불구하고, 늙은이, 젊은이, 성 능력이 강한 사람, 성 불구인 사람, 동성연애자, 사디스트, 그리고 마조키스트들이 줄줄이 그녀를 찾아왔다.

바그마티는 침대를 자유형 레슬링 — 일단 경기가 시작되면 어디를 붙잡건 제한이 없는 — 선수가 경기장을 보는 식으로 본다. 그녀는 남자 노릇과 여자 노릇을 모두 할 수 있는 색마다.

자유롭게 돌아다닐 수 있으면서도 바그마티는 계속 랄 쿠안에서 남편과 그에게 딸린 다른 아내들하고 같이 산다. 그녀는 자기가 번 것을 모두 공동체에 적립금으로 넣는 대신, 머리를 가릴 지붕을 제공받고, 원하면 언제든 먹을 수가 있고, 병이 나면 보살핌을 받는다. 또 그녀가 손님을 끌다 붙잡히면 그들은 보석금을 치러 주고, 치안판사에게서 형을 선고당하면 벌금을 내준다.

나는 어쩌다 바그마티와 얽히게 되었을까? 그것은 내가 나중에 얘기하게

---

2 천연두의 어머니 여신.

될 긴 이야기다. 또 어쩌다 그녀가 내게 그처럼 중요해졌을까? 잘은 모르겠다. 하지만 전에도 얘기했듯이, 나는 내 삶에 두 가지의 열정, 즉 나의 도시 델리와 바그마티를 가지고 있다. 그들에게는 두 가지 공통점이 있다. 상당히 재미있고 그러면서도 보잘 게 별로 없다는 것이다.

*

"어디서 얼굴을 태우고 돌아다니다 온 거야?" 내가 소파에 털썩 주저앉으며 묻는다.

"주인님도!" 그녀가 맵시 있게 손가락으로 턱을 짚어 누르면서 되받는다. "저는 얼굴을 태우고 돌아다녔지만 주인님은 커다란 차와 늙은 백마들을 타고 돌아다녔잖아요. 그러는 데가 어디 있어요?"

"부드 싱하고 수다를 떤 모양이군."

"그 미친놈!" 그녀가 싱 얘기라면 하고 싶지도 않다는 투로 손을 내젓는다. "그 작자, 저한테 거짓말을 했어요. 주인님이 보름은 더 지나야 돌아올 거라구요. 하지만 제 마음속에 있는 어떤 게 주인님이 돌아왔다고 알려줬죠." 그녀가 반쯤 피운 담배를 테이블에 비벼 끈 다음 꽁초를 귀 뒤에 꽂는다. 그리고 왼손 엄지와 검지로 동그라미를 만들더니 오른손 검지를 그 구멍에 넣었다 뺐다 하면서 묻는다. "이거 어땠어요?"

나는 그녀가 델리에서 가장 추잡한 창녀라고 했다.

"꼭 그렇게 저질스러워야 돼?"

"아니!" 그녀가 소리를 지른다. "제가 저질스럽다 이건가요? 주인님이 내일 무슨 말을 하게 될지는 아무도 모른다구요!" 그녀가 내 앞으로 다가와 마룻바닥에 앉더니 신발과 양말을 벗기고 발바닥을 문지르기 시작한다. 기분이 아주 좋아진다. 그녀의 손이 발목과 장딴지 근육, 그리고 허벅지 안쪽을 문지르다가 이따금씩 불시점검을 하러 위로 올라온다. 아주 자연스럽게, 그녀가 내 바지 단추를 풀고 성기에다 가볍게 입을 맞춘 다음 내 위로 올라탄다. 나는 그저 드러누운 채 즐기기만 하면 된다. 분명히 얘기하지만 바그마티는 누가 언제 무엇을 원하는지 정확히 알고 있다.

바그마티가 어떻게 내 삶으로 끼어들었을까? 그것은 과거 시제─3년 전의 일이었다.

*

그 당시 나는 어떤 사업가의 자서전 써주는 일을 하고 있었는데, 사업가 측에서는 내게 그가 주고받았던 서신들을 추려줄 보조자를 한 명 붙여주었다. 우리는 한때 델리의 두 도시, 즉 구도시와 신도시의 서쪽 끝이었던 능선을 가로질러 새로 들어서기 시작한 파텔 나가르라는 교외에 방 몇 개를 배당받고 있었다.

그 능선 위로 난 길이 내 사무실로 가는 지름길이라는 사실을 알아내기까지는 시간이 좀 걸렸다. 그 길은 또 경치가 아주 볼 만한 데다, 여러 곳에서 두 도시의 조망을 볼 수도 있었다. 길 한옆으로는 세스바니아[3], 바시카[4], 카멜가시나무 같은 식물들이 덤불을 이루었고, 커다란 붉은색 사암 덩이들이 어디에나 흩어져 있었다. 그리고 갖가지 꽃을 피우는 나무들과 불꽃나

---

3 열대산의 콩과 식물.
4 창끝 모양의 잎이 달리고 흰 꽃을 피우는 야생식물.

무, 코럴트리[5], 그리고 화려한 굴 모하르[6]도 있었다. 하지만 그 능선 위의 도로는 알려진 대로라면 악명이 높았다.

한 대인가 두 대의 자동차가 그 길에서 권총강도를 당했었고 강간인가 강도를 당한 경우도 있었다. 그 나머지는 신문들이 마저 해주었다. 그래서 걷거나 자전거를 타고 다니는 사람들은 이제 그 길을 피했고 차들은 멈추는 법 없이 속도를 내어 지나갔다. 그 길에는 대체로 인적이 없었지만, 내가 바그마티를 처음 만났던 것은 바로 그 길에서였다.

첫 만남이 마음속에 그렇게도 지울 수 없이 강한 인상을 새긴다는 것은 참 이상한 일이다. 그 뒤에 일어난 일들은 곧 흐릿해지는데도, 나는 우리의 그 첫 만남을 세세한 일 하나하나까지 다 떠올릴 수 있다.

4월의 어느 몹시 무더운 날이었다. 그날 나는 강렬한 햇살이 흘러들지 않도록 두껍게 커튼이 쳐지고(지금도 나는 작업등 알전구 불빛 밑에서 읽고 쓰고 한다) 에어컨 바람으로 식혀진 사무실에 틀어박혀 두어 시간쯤 일을 하고 있었는데, 갑자기 정전이 되었다. 지금이나 마찬가지로 그 시절에도 델리에서는 그런 일이 자주 일어났다. 한동안 나는 숨 막히는 어둠속에서 기다리다가 그날 일은 그만 접기로 했다. 하늘은 먼지가 끼어 회색빛으로 흐렸고 찌는 듯 더운 바람이 더 많은 먼지를 날리고 있는 한낮이었다. 나는 차를 몰아 능선 위의 길로 올라갔다. 이리저리 물결치는 세스바니아 덤불 사이로 능선 양편에 빽빽이 들어찬 집들이 눈에 들어왔다. 그러나 생명의 흔적이란 없었고 하다못해 솔개 한 마리도 하늘을 맴돌고 있지 않았다. 100미터쯤 앞에서 자전거를 탄 두 사람이 맞바람을 헤치고 가느라 애를 쓰는 것이 보였다. 그들 뒤쪽으로 번들거리는 아스팔트를 반쯤 가로질러 시체

---

5 인도산 콩과 식물로 붉은 꽃이 피는 관상목.

6 고사리 모양의 잎에 화려한 꽃을 피우는 콩과식물.

처럼 보이는 것이 늘어져 있었다. 나는 자전거를 탄 사람들이 그 시체를 내려다보며 잠시 망설이다 그대로 가버리는 것을 보았다. 내가 길 한옆에 차를 대자 자전거를 탄 사람들이 되돌아왔다.

그것은 마치 십자가형을 당한 것처럼 팔다리를 내뻗고 누워 있는 여인이었는데, 눈은 반쯤 감겼고 입에서는 피거품이 조금씩 흘러내렸다. 그녀의 사리 옆에 젖은 천 조각이 하나 떨어져 있었다. 나는 그녀가 숨을 쉬고 있는가 해서 가슴을 내려다보았지만 사리가 펄럭거리고 있어서 분명히 알아보기는 어려웠다. "이 여자 죽은 거요?" 내가 옆으로 다가와 있던 남자들에게 물었다.

그들이 여인의 얼굴을 자세히 들여다보았다. "간질 발작!" 그 중 하나가 소리쳤다. 그리고 나뭇가지를 하나 주워서 그것을 여인의 윗니와 아랫니 사이로 밀어 넣었다. "이러면 혀를 깨물지 못할 겁니다." 그가 한쪽 신발을 벗어서 여인의 얼굴에 올려놓았다. "간질 발작에는 이게 최고죠……. 낡은 가죽 냄새가요."

나는 그 여인의 가슴이 오르내리는 것을 알아차렸다. 날염(捺染)을 한 싸구려 인조 블라우스에 둘러싸인 아주 조그만, 거의 있으나마나한 가슴이었다. 그밖에 또 나는 무엇을 보았던가? 아주 새까만 발. 밝은 자주색으로 칠해진 엄지발톱. 적갈색으로 물든 손바닥. 아주 작달막하고 좀 통통한 몸집. 스무 살쯤 되어 보이되 인도 사람들 기준으로도 매력적이라고 여겨질 수 없는 온통 검은 얼굴. 내가 그 여자의 얼굴에서 제대로 보지 못했던 것은 곰보 자국이었다.

"이 여자 이런 데서 혼자 뭘 하고 있는 거지요?" 내가 물었다.

"그거야 구루만이 알 일이죠." 자전거를 타고 가던 사내 중 하나가 대답했다.

"요즘은 때가 좋지 않아." 다른 하나가 말했다. 그가 여인의 얼굴에서 신발을 들어내어 발을 밀어 넣었다. "몇 분 지나면 괜찮아질 겁니다." 그 둘은 내가 뭐라고 할 틈도 없이 자전거를 타고 가버렸다.

여인이 신음소리를 내기 시작했다가 머리를 흔들더니 손을 들어 올려 동그라미를 그렸다.

"당신 괜찮은 거요?" 내가 물었다.

그녀가 고개를 끄덕였다. 나는 그녀의 사리 자락으로 입가에 흘러내린 피거품을 닦아내고 그녀가 일어서도록 부축을 해주었다. 그녀에게서 땀 냄새와 지린내가 확 끼쳤다.

"감사합니다." 그녀가 다시 손가락으로 동그라미를 그리면서 말을 이었다. "죄송하지만 버스정류장까지만 좀 데려다 주세요." 그녀의 목소리는 거칠고 남자 같았다.

나는 잠시 망설였다. 혹시 술수가 아닐까? 나는 그 길에서 사람들이 강도질을 당했다는 말을 들었었다. 하지만 달리 택할 길이 없었다. 그리고 내 양심은 투명했다. 내가 그녀를 부축해서 뒷좌석에 태우자마자 그녀는 무너지듯 주저앉아 눈을 감았다. 자전거를 타고 가는 사내들을 지나치다가 나는 백미러로 그 둘 중의 하나가 자전거에서 내려 수첩에다 뭔가 적는 것을 보았다. 내 차 번호를 적고 있는 것이 분명했다. 내가 대체 무슨 일에 끼어들었던 것일까?

"어디에다 내려줬으면 좋겠어?"

아무 대답이 없어서 나는 뒤를 돌아다보았다. 그녀는 곤히 잠들어 있었다. 아니면 또다시 간질 발작을 일으켰거나. 이제부터 어떻게 한다? 이 여자를 병원으로 데려가? 그러면 내게 질문을 퍼붓고 경찰을 부르겠지. 그러면 아예 경찰서로 데려가? 아니, 안 돼. 델리의 경찰서는 절대 안 돼! 1000년이 더 지나기까지는.

　나는 국회의사당을 바라고 로히아 병원을 지나서 의사당 앞길을 따라 코노트 서커스 쪽으로 내려갔다. 그러나 다음 순간, 내가 엄청난 바보짓을 하고 있다는 생각이 스쳤다. 어디에서 교통신호에 걸리기라도 하면 누군가가 축 늘어져 있다가 발작을 일으키기 시작하는 그녀를 보게 될지도 몰랐다. 나는 다시 의사당 쪽으로 방향을 돌려 팔람 공항으로 통하는 넓은 길을 택했다. 그리고 인적 없는 곳에 이르자 그녀가 어떤지를 알아볼 셈으로 차를 세우고 그녀의 이마를 만져보았다. 열은 없었다. 나는 가만히 그녀의 어깨를 흔들었다. "저를 그냥 내버려두세요. 저는 너무 피곤해요." 그녀가 눈을 뜨면서 웅얼거리고는 다시 잠이 들었다.

　나는 한 시간쯤 더 차를 몰고 돌아다니다 아파트로 돌아와서 늘 그랬던 것처럼 내 방 창문 옆에다 차를 댔다. 다행히도 주위에 이웃이나 하인들은 아무도 보이지 않았다. 나는 뒷문을 열고 재빨리 그 여인의 어깨를 잡아 끌어내렸다. "따라와!"

　그녀는 순순히 내 부축을 받았다. "좀 나아질 때까지 여기서 자도록 해." 우리가 안전하게 집 안으로 들어서자마자 내가 말했다.

　"주인님의 노예는 충분히 잤어요." 그녀가 대답했다. "주인님께서 제가 어디서 몸을 씻어야 할지 알려주신다면 주인님의 하녀는 더없이 감사하겠습니다."

　그녀의 현란한 힌디어가 나를 놀라게 했다. 나는 그녀에게 욕실을 보여주고 찬물과 더운물이 나오는 수도꼭지를 어떻게 조작하는지 알려준 다음, 깨끗한 수건과 프린스턴 티셔츠, 그리고 바지를 하나 가져다주었다. "내게 여자 옷은 없어, 하지만 사리가 마를 때까지 그걸 입고 있으면 될 거야."

　그녀는 욕실에서 목욕을 하고 더러워진 옷을 빨고 하면서 꽤 오랜 시간을 보냈다. 한참 뒤에 그녀가 프린스턴 티셔츠를 헐렁하게 걸치고 바지는 양손으로 끌어올린 채 주춤주춤 거실로 나왔다. 내 옷들은 그녀에겐 너무 형편없이 컸다.

내가 미소를 지어 보이자 곰보자국이 진 그녀의 검은 얼굴에 홍조가 번졌다. "저한테는 너무 커요." 그녀가 내 바지를 내려다보며 말했다. 나는 그녀에게 콜라를 한 잔 따라주고 식탁 위에 한 쟁반 가득 놓인 망고를 가리키면서 마음껏 먹으라고 했다.

"저는 배가 몹시 고파요." 그녀가 망고를 하나 집어 들면서 말했다. "어제부터 아무것도 먹질 못했거든요."

"낮에 그 고갯길에서 뭘 하고 있었던 거지?"

"티하르에서 집으로 돌아가던 길이었어요."

"티하르?"

"아시잖아요, 감옥이요. 어제 저녁에 거기서 풀려났어요. 하지만 돈은 한 푼도 없고, 그래서 어떤 노동자 오두막 밖에서 밤을 보내야 했죠. 그 사람들이 저를 안으로 들이려고 하지 않아서요. 그런 다음에 저는 집을 향해 걷기 시작했는데, 티하르에서부터 델리까지는 먼 길이에요."

"티하르에는 어쩌다 가게 됐는데?" 내가 다시 물었다.

그녀가 내 눈을 똑바로 쳐다보다가 무용수처럼 맵시 있게 머리를 흔들었다. "부랑죄 말고 뭐겠어요? 저는 창녀예요."

"이름이 뭐지?"

"이름은 알아서 뭐하시려고요? 주인님의 노예는 바그마티라고 알려져 있어요." 나는 그녀에게 다른 여인들과 달라 보이는 밋밋한 가슴과 남자 같은 목소리 외에도 뭔가가 더 있지 않을까 하는 의심이 어렴풋이 들었다. "집이 어디지?" 내가 그녀에게 물었다.

"어디든 제 머리 위로 황혼이 내리는 곳이죠. 저는 거기에다 담요를 깔고 거기를 제 집이라고 해요. 제 지붕은 별들이 총총히 박힌 하늘이구요." 그녀는 매춘부다운 신랄함을 그대로 지니고 있었다. "주인님의 노예의 누추한 거처는 랄 쿠안에 있어요." 그 말에 의심이 더 커지면서 호기심이 발동했다. 랄 쿠안은 남녀추니들이 모여 사는 곳이었지만, 그때껏 나는 한 번도 남녀추니를 안 적이 없었다. 다만 그들이 네다섯씩 떼를 지어 돌아다니며 운율도 맞지 않는 탁한 소리로 노래를 부르고, 그들 말로 춤이라는 꼴불견인 동작을 하고, 손가락을 뒤로 젖혀 손뼉을 치는 것 정도만 보았을 뿐이었다. 하지만 그들의 성생활과 생식기 모양에 관해 이상한 이야기들을 들은 적은 있었다. 그래서 나는 그녀에 대해 좀 더 알아보고 싶은 호기심이 일었지만, 그럼에도 불구하고 그녀에게 집으로 데려다주었으면 좋겠느냐고 물었다.

"주인님께서는 저를 몰아내고 싶어 안달이시군요."

"절대로 그렇지 않아. 하지만 그쪽 사람들이 걱정하지 않을까?"

"저에 대해선 아무도 걱정 안 해요." 그녀가 대답했다. "저는 제 마음대로 가고오고 하니까요. 남편이 제게 묻는 건 얼마나 벌어 왔느냐 하는 것뿐이에요."

"남편이 있어?"

"제가 무슨 죄를 지었기에 남편도 두지 못해야 하죠? 제가 늙어서 남자들에게 소용이 없어지면 그 사람이 저를 돌봐줄 거예요."

그녀는 내가 섹스에 대해 듣기 좋아하는 타입이라는 것을 느낌으로 알아챈 모양이었다. "주인님께서는 축복받은 발로 저희 거처를 빛내주신 적이 있으신가요?"

"한 번도 없어."

"신의 뜻대로! 이 하녀가 주인님의 발걸음을 그쪽으로 돌리는 영예를 누릴 수 있겠군요."

나는 여자들에게서 유혹을 당하는 데는 길이 들지 않았고, 남녀추니에게서는 더더구나 아니었다. "옷이 다 말랐을 거야." 내가 불쑥 말했다. "가자구." 그녀가 방을 가로질러 와서 야자껍질 섬유로 만들어진 매트리스에 주저앉더니 내 발을 머리에 올려놓았다.

"라마의 이름으로! 저를 쫓아내지 마세요! 저는 다시 일을 하러 가기엔 몸이 너무 쇠약해져 있어요. 주인님께서 제가 오늘 밤을 여기서 지낼 수 있게 해주신다면 알라의 이름으로 다시는 폐를 끼치지 않겠다고 맹세하겠어요. 주인님의 구루를 위해 제발!" 어떻게 그녀는 힌두교, 이슬람교, 시크교의 여러 신들을 한꺼번에 다 입에 올릴 수 있을까? 그녀가 눈물 가득 고인 눈으로 나를 올려다보았다.

여러 여자들이 내 아파트에서 밤을 보냈었다. 하지만 그들은 유럽인이거나 아니면 서구화되고 영국식 매너에 정통한 아가씨들이었지, 태생이 비천하고 힌디어로 말을 하는, 그래서 노동자 계급의 성도착자들과 하인들, 군인들, 경찰들에게서 2루피씩 받고 만족을 줄 게 뻔한 남녀추니 창녀는 절대로 아니었다. 나는 그녀에게 뭐라고 해야 좋을지 모르겠다는 생각이 들었다. 또 그녀는 내 구미에 별로 당기지도 않았다. "할 수 없지." 내가 마뜩찮은 목소리로 대답했다. "하지만 우리는 내 하인이 돌아오기 전에 이 집에서 나가야 돼. 또 하인이 밤을 보내러 가고 난 뒤 여기서 묵을 수 있더라도 아침 일찍 나서야 하고. 가서 옷을 갈아입어. 이제 옷이 다 말랐을 거야."

그녀가 몸을 굽혀 내 발에 입을 맞추고 셔츠 자락으로 눈물을 훔쳤다. 그리고 일어나서 돌아서는 순간, 바지가 흘러내려 허리부터 발목까지 알몸이 그대로 다 드러났다. 그녀의 몸뚱이 다른 부분들이 노동자 계급의 인정사정 없는 손에 어떤 손상을 입었는지는 몰라도, 엉덩이만큼은 학교에 다니는 애녀석들처럼 통통하고 엉치뼈 부분이 패여 있었다. 그녀가 어깨 너머로 나를 돌아다보며 멋쩍게 미소를 짓고는, 몸을 굽혀 바지를 허리춤까지 끌어올리며 어기적어기적 욕실로 들어갔다.

그녀가 옷을 갈아입는 동안 나는 밤을 보낼 계획을 세우고 식탁 위에 양초를 두 개 올려놓았다. 그것은 내가 문맹인 요리사와 의사소통을 하는 방법이었다. 양초가 하나면 '저녁 먹으러 나간다'는 뜻이고 양초가 둘이면 '아침에 침대머리로 차를 가져올 필요 없다'라는 뜻이었다.

우리는 남들 눈에 띄지 않고 아파트를 나섰다. "친절을 베푸셔서 드라이브를 좀 시켜주셨으면……. 저는 신선한 공기를 좀 마시고 싶어요." 차에 올라타자 그녀가 말했다. "주인님 노예의 운명에는 차를 탄 기억이 그리 많지 않아요." 그녀가 자기의 이마를 톡톡 쳤다.

"어디로 가고 싶어?"

"주인님의 가슴이 이 하녀를 데려다주고 싶은 곳 어디로든요."

그것은 바그마티의 느긋하고 자신에 찬 다른 모습이었다. 차가 출발하자 그녀가 계기판을 타블라 북[7] 삼아 두드리면서 콧노래를 부르기 시작했다가 아쇼카 호텔을 지나 외국 대사관 구역으로 들어서자 지나쳐 가는 대사관들의 이름을 웅얼거리기 시작했다. "미국대사관……. 그리고 러시아, 파키스탄, 일본, 독일."

"어떻게 저 대사관들을 다 알고 있지?"

"주인님의 하녀는 여러 외국 신사 분들에게 봉사할 특권을 갖고 있었거든요." 그녀가 내 반응을 보려고 나를 곁눈질했다.

"그 사람들 틀림없이 꽤 많은 돈을 줬겠지?"

---

7 인도의 전통 타악기.

"아마 그랬을 거예요. 하지만 뚜쟁이들과 대사관 운전사들이 자기네들 몫을 챙기고 나면 주인님 하녀의 앞치마로 떨어지는 건 2루피뿐이지요. 그리고 또 제겐 남편이 있구요. 하지만 알라의 은총으로 저는 이 배를 채워줄 편두콩 수프 한 컵과 차파티를 살 돈은 충분히 가지고 있어요." 그녀가 자기의 올챙이배를 찰싹찰싹 쳤다.

"그 사람들하고 얘기는 어떻게 하지?"

"주인님도 참!" 그녀가 머리를 흔들어대며 쾌활하게 소리쳤다. "무슨 질문이 그래요? 그 사람들은 제게 말을 할 필요가 없어요. 제 서비스가 필요해질 때까지 위스키를 마시고 자기네 말로 떠들어대기만 하면 되니까요." 그녀가 나를 곁눈질하면서 잠시 말을 끊었다가 다시 이었다. "그런데 그 외국인들에게는 아주 이상한 어떤 버릇이 있어요."

"그 사람들이 뭘 어쩌기에?"

"한 번에 다 해버리지를 않아요." 그녀가 설명했다. "오늘 찔끔, 내일 찔끔. 하지만 주인님이 보시면 놀랄 거예요. 그 사람들은 이상한 방법으로 즐거움을 얻는데, 저는 그걸 생각만 해도 구역질이 나요." 그녀가 창밖으로 침을 뱉었다.

"주인님은 저를 배 곯려 죽일 셈이신가요? 저를 멋진 호텔로 데려가서 사프란팔리프[8]하고 탄두리 치킨과 쿨피[9]를 좀 사주세요. 그러면 더 말씀드릴게요."

"사람들 앞에 우리가 같이 있는 걸 보이려고? 내 코를 깎아내리고 싶어서 그래?"

그녀가 머쓱해서 움츠러들었다. 나는 좀 심했다는 생각이 들었지만 물러

---

8 육반: 쌀에 고기, 야채를 섞어 기름에 볶은 다음 수프로 쪄서 향료를 가미한 요리.

9 인도식 아이스크림.

서고 싶지가 않아서 구도시 쪽으로 차를 돌렸다. 그리고 델리 문을 지나 파이즈 시장으로 들어선 뒤에야 진주 궁전 밖에 차를 세운 다음, 그녀를 차에 남겨 둔 채 우리 두 사람이 먹을 포장된 음식을 주문해서 차로 가져왔다. "먹고 싶은 건 다 사 왔어. 사프란팔리프하고 난[10], 치킨하고 구운 생선, 그리고 큼직한 아이스크림도." 하지만 그녀는 토라져서 고개를 돌렸다.

나는 옛 성벽을 따라 도시 밖으로 차를 몰았다. 그녀의 침묵이 나를 짜증스럽게 하기 시작했다. "그렇게 뿌루퉁해 하고 있으면 여기에다 내려놓겠어." 내가 그녀를 돌아다보자 그녀는 고개를 돌리고 셔츠 자락에다 코를 풀었다.

"좋아, 계속 이런 식으로 군다면 랄 쿠안에다 내려놓겠어."

카쉬미리 문에서 나는 시내로 방향을 돌렸다. 그리고 찬드니 초우크[11]를 따라 그 길이 끝나는 파테푸리 회교사원까지 갔다가 거기에서 랄 쿠안을 향해 왼쪽으로 차를 돌렸다. 그녀의 조바심이 내게로 전해졌다. "주인님은 제게 약속을 했어요……."

"취소하겠어. 집으로 가라구."

"에구머니나!" 남녀추니들의 거처가 가까워지자 그녀가 기겁을 하고 의자 아래로 미끄러져 내려 클러치 페달 위에 놓인 내 왼발을 붙잡았다. "하라는 대로 뭐든 다 하겠어요. 하지만 라마의 이름으로 저를 여기에다 내던지지는 말아주세요."

"얌전히 굴겠다고 약속하겠어?"

"평생 동안 주인님의 노예가 되겠어요."

나는 속도를 늦추었다. 아스팔트길을 건너질러 뚜쟁이들이 달려왔다. "멋

---

10 오븐에 구운 두툼한 빵.

11 샤 자한이 수도를 델리로 옮겼을 때 건설한 1.2킬로미터 정도의 직선대로. '은(銀)의 거리'라는 뜻임.

진 새 물건들이 있습니다. 이제 막 풀었습죠……. 여대생에…… 열세 살짜리 처녀. 장난은 아니시겠죠?" 바그마티는 꼭꼭 숨어서 힌두교와 이슬람교의 신들을 찾고 있었다. "하이 람지…… 맙소사……."

우리는 랄 쿠안을 빠져나와 카지 카 하우즈를 지나서 도시 성벽 밖으로 나갔다. "우린 지금 아지메리 문 밖에 있어." 내가 알려주었다.

그녀가 일어나 앉기 전에 확인을 해볼 셈으로 앞 유리창 너머 쪽을 빼꼼히 내다보았다. "주인님은 참 이상한 유머감각을 갖고 계시는군요." 그녀가 투덜거렸다. "만약 그 사람들이 이 하녀가 주인님 차에 타고 있는 걸 알아냈더라면 제 목을 잘랐을 거라구요."

"다시 뿌루퉁해 하면 정말로 돌려보낼 거야."

코노트 서커스에서 나는 어떤 약방 앞에 차를 세웠다. "우리 적들이 병에 걸려버리기를!" 내가 돌아오자 그녀가 한 마디 던졌다. "주인님은 건강이 좋다고 믿어도 되겠지요?"

"꼭 나이가 강요하는 것만큼만." 내가 대답했다. "식욕을 돋우기 위해 한 알, 먹은 것을 소화시키기 위해 또 한 알, 세 번째는 숙면을 취하기 위해서, 그리고 네 번째는 정신을 더 맑게 하기 위한 거고, 다섯 번째는 신체를 튼튼하게 하려는 거지." 그녀의 표정에서 나는 내 대답이 별로 마음에 들지 않았다는 것을 알 수 있었다.

야간 경비원인 부드 싱은 내가 여자들을 아파트로 데려오는 것을 보는 데 길이 들어 있었다. 더군다나 나는 그에게 다달이 팁을 주었으므로 비록 그가 미치광이이기는 했어도 내게 말썽을 일으키지는 않았고, 또 껌껌한 데서라면 내가 누구를 집으로 데려오는지 보일 리도 없었다. 하지만 그녀가 저 자거리에서 흔히 볼 수 있는 남녀추니 창녀라 하더라도, 나는 신부를 집으로 데리고 들어가는 젊은 신랑처럼 어색한 기분이었다. 바그마티의 걸음걸이도 수줍은 듯 보였다.

식사를 하는 동안 우리 사이에는 별 말이 오가지 않았다.

"시크교도 신사 분께 담배를 달라는 건 너무 무례한 청이겠지요?" 그녀가 트림을 하고 나서 겸손을 떨었다. 나는 그녀에게 담뱃갑을 가져다주었다. 그녀가 두 개비를 뽑아서 하나는 귀 뒤에 꽂고 다른 하나는 입에 물더니 불 붙여주기를 기다렸다. 그리고 내가 불을 붙여주자 당돌하게도 내 눈을 똑바로 쳐다보면서 내 얼굴에다 연기를 훅 내뿜고는 손으로 연기를 흩었다.

나는 거실 선풍기를 켜고 그녀에게 소파에서 편히 쉬라고 일렀다. "뭐든 필요한 게 있으면 어려워 말고 문을 두드려." 그런 다음 나는 내 침실로 물러갔다.

에어컨 돌아가는 소음이 내 아파트에서 들리는 다른 소리들을 죽였다. 그녀는 무엇을 하고 있을까? 나는 궁금증이 일었다. 내가 그녀를 모욕한 것일까? 하지만 그녀는 갈보집에서 사는 동안 다른 창녀들에게 밀려 퇴짜를 맞는 데 이력이 났을 것이었다. 어찌 되었건, 나는 남녀추니에게 무슨 짓을 해야 되는지도 몰랐고 더군다나 그녀는 낮에 간질 발작까지 일으켰었다. 그런데 옷은 뭘 입고 잘까? 나는 그녀에게 갈아입을 옷을 주지 않았다. 발가벗고? 아무리 보아도 그녀는 아름답지가 못했다. 하지만 아무것도 걸치지 않고 자는 남녀추니의 모습은 어떨까?

나는 성욕을 느끼면서도 그것을 마음속에서 몰아내려고 애썼다. 병들고 지저분한 남녀추니에게 내가 어떻게 그 짓을? 잡지를 한 권 집어 들었지만 인쇄된 지면 위로 그녀의 벌거벗은 모습이 계속 떠올랐다. 남녀추니는 어떤 젖가슴을 하고 있을까? 그리고 성기는 어떻게 생겼을까? 그녀는 음모를 밀어냈을까? 나는 잡지책을 밀쳐놓고 전등 스위치를 껐다.

하지만 그것도 소용이 없었다. 내 아파트에 이상한 피조물을 두고 있다는, 그리고 다시는 내 지식에 덧보탤 그런 기회를 얻지 못하리라는 생각을 떨칠 수 없어서였다. 나는 침대머리 램프를 켜고 다시 잡지책을 뒤적이기 시작했다.

침실 문이 살며시 밀려 열리고, 테이블 램프 빛에 실오라기 하나 걸치지 않은 바그마티의 모습이 둘로 갈렸다. 예상했던 대로 그녀의 젖가슴은 진짜 유방이 아니라 그저 좀 솟아오른 정도에 불과했다. 그리고 허벅지 사이는 손으로 가려져 있었다. "들어가도 될까요?" 그녀가 들어서면서 물었다. "이 불쌍한 계집은 주인님의 친절에 달리 보답해드릴 것이 아무것도 없어요."

내가 한옆으로 자리를 내주자 그녀가 고개를 돌리고 걸터앉았다. 한동안 나는 그녀의 배꼽과 아랫배를 쓰다듬다가 흥분이 고조되자 그녀를 옆으로 끌어당기고 베개 밑에서 콘돔을 꺼내 낀 다음 그녀 위로 올라갔다. 그녀가 나를 자기의 몸 안으로 이끌었다. 그녀의 성기는 여자의 그것과 조금도 다르지 않았다. 하지만 그녀에게서 풍기는 땀 냄새 때문에 나는 그녀의 입을 피했다. 그녀가 마치 흥분이 고조되는 것처럼 숨을 몰아쉬다가 내가 클라이맥스에 이르는 것을 느끼자 다리를 내 등 뒤로 감아올리고 신음소리를 내기 시작했다. 나는 그녀에게서 내려왔다. 몸을 더럽힌 기분이었다.

나는 욕실로 들어가서 연거푸 두 번 이를 닦았다. 그리고 쏟아지는 물줄기 아래 있는데 그녀가 들어오더니 내 허락도 구하지 않고 치약을 짜내어 검지로 잇몸을 문지르기 시작했다. 내가 몸을 말리려고 샤워를 잠그자 다음엔 그녀가 자기 몸을 씻으려고 샤워를 틀었다. 하지만 나는 차마 그녀의 성기가 실제로 어떻게 생겼는지 알아볼 엄두는 내지 못했다.

나는 그녀를 욕실에 남겨두고 침대로 돌아가 침대머리 램프를 껐다. 이제는 덧정이 조금도 없다는 뜻을 분명히 할 셈으로. 샤워가 잠기는 소리가 들리고 얼마쯤 뒤 욕실 전등 스위치가 딸깍 내려지더니 그녀가 다시 내 침대

가장자리로 와서 앉았다. 내 오드콜로뉴까지 찍어 바르고서. 나는 좀 심했다는 생각이 들어서 그녀에게 자리를 내주었다.

한동안 그녀는 내 겨드랑이에 머리를 박고 조용히 누워 있었지만 얼마쯤이 지나자 내 젖꼭지를 만지작거리기 시작했다. 처음에는 손가락으로 나중에는 혀로. 그리고 다음에는 내 가슴에 머리를 올려놓고 배를 쓰다듬기 시작해서 ─ 처음에는 손가락으로 나중에는 혀로 ─ 내 마뜩찮은 기분이 사라질 때까지 애무를 계속했다. 나는 몸을 반 바퀴 굴려 베개 밑을 더듬었다. "그건 필요하지 않아요. 전 깨끗해요." 그녀가 내 손을 잡고 웅얼거렸다. 한 번 더 다시 그녀가 나를 자기의 몸 안으로 이끌고 양 다리로 허리를 꽉 조였다. 그녀의 혀가 내 귓속으로 파고들면서 짜릿한 쾌감이 등골을 타고 흐르더니 다음에는 그녀의 입이 내 입에 합쳐졌다. 이번에는 절대로 가장이 아니어서, 그녀는 몇 차례의 격렬한 헐떡임과 함께 광란적인 경련으로 내 정액을 몸속으로 빨아들였다.

기진맥진해서 나는 그녀의 몸 위로 무너졌다.

우리는 또 한 차례 샤워를 같이 했다. 그녀는 내가 그때껏 성교를 했던 여자들 중에서 가장 추물이었다. 그녀의 곰보자국이 전보다도 더 검어 보였고 이는 구장잎과 담배로 벌겋게 물이 들어 있었다. "뭘 그렇게 빤히 쳐다봐요?" 그녀가 쏟아지는 물줄기 속에서 수줍은 듯 사타구니를 가리고 나를 올려다보면서 물었다.

"너지 누구겠어?" 내게는 성욕이 조금도 남아 있지 않았지만 나는 그녀를 침대로 다시 데려와 내 옆에서 자게 했다.

나는 약물에 취한 것처럼 곤히 잤다. 내가 꿈을 꾸기 시작한 것은 틀림없이 첫새벽 언제쯤부터였지만, 그것은 사실과 환상의 혼합이었다. 바그마티가 길 한복판의 오줌 웅덩이에 누워 내게 손짓을 하다가 다음에는 내 목을 움켜쥐고 레슬링 선수가 상대편을 찍어 누르듯 나를 옴짝달싹 못하게 하고 있었다. 나는 그것이 모두 꿈은 아니라는 것, 바그마티가 실제로 내 위에 누워 있다는 것을 알아차렸다. 그녀가 내 귓불을 잘근잘근 씹으며 천천히 나를 꿈나라에서 그녀의 음침하고 음란한 세상으로 이끌었다. 그리고 남자가 여자를 범하듯, 내 머리 가죽을 할퀴고, 목을 물어뜯고, 내가 알지 못하는 격정으로 내 성기를 빨아들이면서 나를 범하고 있었다. 그녀의 욕정에 나는 죽은 듯이 누워 굴복했다. 방이 빙글빙글 돌고 머리끝부터 발끝까지 내 모든 생명력이 가운데 부분으로 빨려들어 화산의 용암처럼 분출하는 느낌이었다. 그 세 차례의 성행위는 신과 일체가 되기 위한 신비주의자의 승천 단계와도 같아서, 사다리의 첫 번째 단은 연옥이었고, 두 번째 단은 구도였고, 세 번째 단은 개성적 자아가 파멸하여 두 빛이 하나로 합쳐지는 마지막 행위였다. 좀 더 간단히 얘기하자면 바그마티와 나의 관계라는 관점에서 그 과정은 수음, 성교 그리고 육체의 환희였다. 하지만 나는 그때까지도 바그마티 같은 남녀추니가 젖가슴이 없는 여자와 어떻게 다른지를 알지 못했다.

새벽 다섯 시.

바그마티가 사리를 입고 있을 동안 나는 책장 뒤에 숨겨 놓은 금고를 열어 10루피짜리 지폐를 한 다발 꺼냈다.

"이게 뭔가요?" 내가 돈을 그녀의 손에 쥐어주자 그녀가 놀란 척 묻고 나서 돈을 세었다. "100루피씩이나! 제게 돈을 주실 필요는 없어요." 하지만 다음에는 바로 생각이 바뀐 모양이었다. "제 서방님께서 주시는 돈을 거절할 수는 없겠지요?"

"서방이 10만 명은 되겠군!"

그녀가 내 목에 팔을 둘렀다. "알라께서 제 증인이신 한 지금부터는 주인님만이 제 서방님이세요. 주인님은 제게 친절하셨어요. 이 은혜는 평생 갚아도 못 갚을 거예요.”

“자, 그만 가보자구.” 내가 그녀의 팔을 풀면서 말했다.

“제 말을 믿지 않으시나요?” 그녀가 묻고 나서 다시 돈을 세어 내게 건네주었다. “좋아요. 제 남편에게 줄 10루피만 받겠어요.” 그녀가 내 손에서 지폐를 한 장 뽑으며 말했다. “나머지는 저를 위해 간직해두세요. 그건 다른 날에 가지러 오겠어요.”

날이 개었는지 보려고 문을 열었다가 나는 부드 싱이 침상에서 곤히 잠들어 있는 것을 보았다. 우리는 발끝걸음으로 그를 지나쳐 살그머니 내 차에 올라탔다. 하지만 그 경비원은 시동이 걸리는 소리에도 곤한 잠에서 깨지 않았고, 그 덕분에 우리는 아무도 모르게 빠져나와 인적 없는 코노트 서커스와 민토 다리 밑을 지나서 아지메리 문에 이르렀다. “여기에다 내려 주세요.” 바그마티가 한 손을 운전대에 올려놓으면서 말했다. 내가 차를 세우고 문을 열자 그녀가 내 손을 꼭 쥐었다. “이 하녀는 주인님께 천 번 만 번 감사드리겠어요. 이 계집을 잊지 마세요.” 그러고 나서 그녀는 맨발로 인적 없는 길 한복판을 따라 걸으며 멀어져 갔다.

바그마티는 내 이름을 묻지 않았고 내가 살고 있는 아파트의 동호수는 물론 위치조차도 묻지 않았다. 그녀가 어떻게 다시 찾아와 돈을 가져갈 수 있을까? 하지만 나는 그녀를 찾으러 랄 쿠안의 남녀추니 거주지로 가볼 생각은 털끝만큼도 없었다.

몇 날, 몇 주일이 흘렀다. 시간이 흐르면서 바그마티가 어쩌면 내가 전에 생각했던 것 같은 그런 창녀는 아닐 것이라는 생각이 들기 시작했고, 그녀와 함께 보냈던 하룻밤의 기억이 고통으로 되돌아왔다. 나는 그녀를 다시 만날 수 있으리라는 희망을 모두 접었다.

그런데도 바그마티가 내 삶에 다시 끼어든 것을 보면 신은 나를 희생시켜 즐기기로 한 것이 분명했다.

　나는 평소 때의 일상으로 돌아갔다. 오전에 몇 시간쯤 일을 하고 오후에는 골프를 한 라운드 친 다음, 저녁 때는 칵테일파티에 갔다가 이어서 늦은 저녁식사까지 해결하는. 그 당시 델리에서는 잘만 하면 일 년 365일 내내 다른 사람들에게서 술과 저녁을 얻어먹을 수 있었다. 외교단체들이 내게는 풍요의 뿔이었다. 나는 외교관들을 통해 필요한 통조림과 술을 조달했는데, 코노트 서커스에서는 한 병에 150루피씩이나 하는 스카치위스키가 내게는 상자떼기로 병 당 30루피, 또는 공짜로도 입수가 가능했다. 외교단체들은 또한 내 기본적인 욕구도 만족시켜 주었다. 델리에는 백 곳이 넘는 대사관, 고등판무관, 공사관들이 있었지만 델리 주재 외교관들은 할 일이 별로 없었다. 그래서 그들의 정력은 대부분 인도 정부의 외무부나 다른 부서의 공무원들과 술을 마시며 식사를 하고, 지방 명사들과 비공식적인 관계를 수립하고, 그들의 독립기념일을 축하하는 일에 쏠려 있었다. 또 인도 사람들을 알고 싶어 하는 따분해진 여편네나 노처녀를 찾아내는 일도 어렵지가 않아서, 내게는 수입 식품과 이국적인 섹스의 정기적인 공급이 보장되었다.

　그 길에서 바그마티를 발견했을 무렵, 나는 독일 대사관에 근무하는 속기사에게 열을 올리고 있었다. 그녀를 처음 만난 것은 어느 영사관에서 열린 리셉션에서였는데, 나는 그녀가 인도에 새로 왔고, 인도에 갓 도착한 많은 외국인들처럼 인도인들을 알고 싶어 안달이라는 사실을 당장에 알아차렸다. 물론 그녀는 별로 매력적이지는 않았고 – 겉늙은 얼굴에 회색 눈, 얇은 입술, 뻣쩡하고 마른 몸매 – 쪽을 지어 묶은 머리 때문에 표정도 매몰차 보였다.

미스 이르마 베스커만은 손쉬운 상대였다. 어느 토요일 나는 그녀에게 델리의 유적지들을 구경시켜준 뒤 그녀의 아파트에서 바바리아 맥주를 마셨고, 다음 주말에는 그녀를 붉은 성채에서 공연되는 소 네 뤼미에르[12]에 데려 갔다가 진주 궁전에서 저녁을 사주었다. 식당에서는 알코올음료 제공이 허용되지 않았으므로 나는 납작한 포켓 위스키 병에다 인도 산 위스키를 담아 갔다. 그리고 웨이터가 보지 않는 틈을 타서 그녀의 콜라 잔에 술을 약간 따라 부은 다음, 설명을 한 마디 덧붙였다. 스카치위스키는 값이 엄청나게 비싸서 인도 시민이 구할 수 있는 술은 그 정도가 고작이라고. 그녀는 내 암시를 알아차렸고(외교관들에게는 그 책략이 항상 먹혀들었다) 그 이후로는 내가 그녀의 집을 찾아가거나 그녀를 데리고 외출할 때마다 스카치위스키나 와인을 한 병씩 가지고 나왔다.

미스 베스커만은 섹스에 별 흥미가 없는 것 같아 보였다. 자기의 용모가 별로 섹시하지 못해서 방어기제로 일종의 성마른 태도를 길러 둔 것 같았다. 내가 그녀의 허리에 처음 팔을 둘렀을 때 그녀가 했던 말은 "꼭 이래야 돼요?"라는 것이었다. 나는 그렇다고 하고 나서 한 마디 덧붙였다. "그건 내가 당신을 좋아하기 때문이오." 다음부터 그녀는 얼굴을 내밀어 앙상한 뺨에다 키스를 받기 시작했다. 어느 날 저녁 나는 유혹의 강도를 한 단수 더 높였다. "이르마, 요즘 난 당신이 감당할 수 없이 좋아지는데 이걸 어쩌지요?" 그녀는 "기분이 참 좋네요." 하면서 키스로 보답을 해주었다. 또 언젠가는 이랬던 적도 있었다. "이르마, 참 곤란한 일이지만 나 사랑에 빠

12　음향조명극. 고적, 기념물에 설치된 음향과 조명 효과로 그 연혁을 엮어가는 야외극.

지기 시작하는 것 같아요." 어떤 여자라도 그런 말에는 녹아나지 않을 수가 없다. "얼마나 많은 여자들에게 그런 말을 했었어요?" 말은 그렇게 하면서도 그녀는 입술에 키스를 허락했다. 우리의 관계는 상례대로 매번 만날 때마다 조금씩 더 가까워져서 얼마 지나지 않아 나는 그녀의 젖가슴을 주무를 수 있게 되었다. 그런데 젖가슴을 애무하도록 허락한 여자가 몸을 다 주지 않고 얼마나 오래 버틸 수 있을까? 나는 좀 더 깊이 탐사를 시작했다. 어쩌다 내 손이 그녀의 성기에 너무 가까이 다가가면 그녀는 회색 눈을 치켜뜨고 단호히 거절을 했지만 그건 단지 시간 문제였다. 어느 날 저녁 나는 그녀의 허벅지 사이를 더듬고 있다가 운을 떠보았다. "당신 이제 준비가 된 것 같은데요." 나는 그녀의 몸을 타고 전율이 흐르는 것을 느꼈지만 그녀는 내 손을 자기의 반바지에서 밀어냈다. "이러시면 절대로, 절대로 안 돼요." 내가 사과를 하고 나서 기분이 상한 척하자 그녀는 귓불이 화끈해지는 키스로 보상을 해주었다. "이렇게 된 것도 내 잘못이겠지요?" 나는 마침내 전투준비가 완전히 끝났고 다음번에 만나면 인도인과 독일인 사이의 연애가 완성되리라는 것을 믿어 의심치 않았다.

그때쯤엔 바그마티 생각을 할 겨를은 없었다.

미스 베스커만이 내 아파트에서 함께 저녁을 먹었던 날은 바그마티를 만난 지 거의 두 달이 다 되었을 때였다. 뭔가 어색한 태도, 크게 떠들어대는 말소리, 그리고 억지웃음이 그녀가 "네." 하고 응할 작정이라는 것을 암시했다. 식사를 반쯤 했을 때 우리는 그녀가 가져온 모젤와인[13] 병을 다 비웠고 그녀는 커피에 코냑을 타서 마시는 데도 동의했다. 내 요리사가 떠나자마자 우리는 소파로 가서 서로를 더듬기 시작했다. "지금 어때요?" 내가 그

---

13 프랑스 동북부 지방에서 생산되는 품질 좋은 백포도주.

녀의 귀에다 대고 속삭였다. "원하신다면요." 그녀가 웅얼거렸다. "좀 씻고 올게요." 그녀가 핸드백을 집어 들고 욕실로 들어간 사이 나는 침실을 정돈하고 에어컨 스위치를 올렸다. 잠시 뒤에 이르마 베스커만이 수줍은 표정으로 내 드레싱가운을 걸치고 나타났다. "쳐다보지 말아요." 그녀가 애원했다. "불을 꺼주세요, 제발!" 나는 웃으면서 그녀의 허리에 팔을 둘렀다가 옷을 벗기고 침대로 끌어들였다. "힌디어로 이런 속담이 있습니다. '임신을 했으면 산파에게 배를 보여야 한다'는. 사랑을 할 거라면 옷을 벗어야죠."

미스 베스커만이 똑바로 누워 다리를 벌렸고, 나는 별 흥분을 느끼지 못한 상태에서 그녀에게로 들어갔다. 물론 그녀는 처녀가 아니었고 젖어 있기는 했어도 흥분이 고조되지는 않아서 신음 소리를 내고 눈을 감은 것이 고작이었다. 일이 끝난 뒤에 우리는 아무 말 없이 꼼짝도 하지 않고 서로 뒤엉킨 채 누워 있었다. 우리 둘 중 누구도 대단한 만족감을 얻은 것 같지는 않았지만, 그렇다고 둘 모두 그만두어버릴 용기도 없었다. 바그마티와는 사정이 얼마나 달랐던가!

에어컨이 윙윙거리는 소음 너머로 들리는 초인종 소리에 나는 고개를 들었다. 초인종이 다시 울렸다. "문간에 누가 왔나 봐요?" 베스커만이 약간 경계를 하면서 물었다. "그런 것 같군요." 내가 대답을 하고 나서 그녀를 안심시키려고 한 마디 덧붙였다. "상관할 거 없어요!"

그녀가 나를 떠밀었다. "어쩌면 전보나 그 비슷하게 중요한 걸지도 몰라요."

나는 일어나서 가운을 걸쳐 입고 살금살금 문 쪽으로 다가가 엿보는 구멍으로 밖을 내다보았다. 바그마티였다.

초인종 소리가 더 끈질겨졌지만 나는 발끝걸음으로 되돌아왔다. 미스 베스커만은 침대에서 일어나 앉아 있었다. "누구예요?" 그녀가 물었다.

"어떤 여잡니다." 내가 바보처럼 곧이곧대로 대답했다. "그 여자한테 줄 돈이 좀 있거든요."

"지금이 몇 신데 남자를 찾아와요?" 그녀가 날카롭게 쏘아붙였다.

"그런 게 아니고, 어느 날 아침 길에서 태워 준 병든 여잔데……."

초인종이 계속 울리고 있었다.

"내가 정말 바보짓을 했군요." 그녀가 발딱 일어서더니 옷가지를 주워들고 욕실로 들어갔다가 옷을 다 챙겨 입고 욕실 밖으로 나왔다. "알게 돼서 즐거웠어요, 미스터 싱. 잘 있어요. 좋은 시간 되시고요." 그녀가 문을 열고 얼떨떨해진 바그마티를 위아래로 훑어보았다. "죄송해요, 마담." 바그마티가 소리를 지르면서 베스커만의 폭스바겐이 있는 곳까지 쫓아나갔다.

나는 소파에 주저앉아 양손에 얼굴을 묻었다. 문이 닫히는 소리, 그리고 다음에는 바그마티의 애원하는 목소리. "주인님의 노예가 무분별하게 죄를 지었다면 백 번 천 번 용서를 빌겠어요."

나는 그녀를 보려고도 하지 않았다. "좀 더 나은 시간을 택할 수도 있었잖아!"

"주인님, 이 하녀는 이집트 대사관에 볼일이 있었는데, 주인님 명의로 돈을 좀 맡기고 제 보잘것없는 봉사도 해드려야겠다고 생각했어요. 하지만 이렇게 주인님을 화나게 했으니 주인님 눈앞에서 사라지기 전에 용서를 구해야겠네요."

그녀가 내 발치에 앉더니 다리를 주무르기 시작했다.

"주인님의 노예는 잠시 다른 쪽으로 얼굴을 돌렸을 뿐인데 주인님은 이 계집에게 충실하지가 못하셨어요." 그녀가 내 허벅지 안쪽을 쓰다듬다가 앙큼하게 물었다. "이 기린 같은 게 뭐였죠?"

"내 보여 주지." 그러고 나서 나는 그녀를 무릎 위로 거칠게 들어올렸다.

"아니!" 그녀가 고개를 흔들면서 소리쳤다. "남자들은 모두 똑같다니까요. 잠시만 지나면 다른 여자를 찾고."

*

6월 15일. 계절풍이 불기 전에 첫 소나기가 내렸고, 그 비가 지난 사흘 동안 대기 중에서 떠돌던 먼지를 깨끗이 씻어냈다. 상쾌한 미풍이 푸른 하늘을 가로질러 눈처럼 하얀 구름들을 몰고 간다. 대지는 향기롭고 바람결에는 더 많은 비 냄새가 실려 있다. 이런 날 어떻게 집 안에만 틀어박혀 있을 수가 있을까?

메라울리와 오클라 두 곳 중 하나를 선택하는 것이 문제다. 메라울리에는 쿠툽 미나르와 공원, 기념물들, 그리고 널따란 망고 과수원들이 있는 반면, 오클라에는 기념물은 없지만 물 구경이 볼만하다. 야무나 강에는 물레방아용 둑이 있어 거기서부터 운하가 갈려 나가는데, 우기가 되면 그 강은 가슴 철렁한 장관을 이루고 그 다음에는 황천을 다스리는 신의 누이인 트리야마가 된다. 자살 욕구가 있는 델리 사람들은 우기에 오클라로 가서 야무나 강의 도도한 흙탕물에 몸을 던지고, 살아가려는 열정이 있는 사람들은 망고를 한 바구니 가득 들고 가 쪽쪽 빨면서 강심으로 돌멩이를 얼마나 멀리까지 던질 수 있는지 알아본다. 하지만 그곳이 메라울리건 오클라건, 경험을 함께 나눌 애인, 그러니까 귀에다 대고 "당신 궁둥이는 진흙투성이가 되고 내 궁둥이는 비에 흠뻑 젖을 때까지 빗속에서 당신을 갖고 싶어." 라고 속삭일 수 있는 애인이 하나 있어야 한다.

바깥에서 통가[14]가 멎는 소리에 이어 통가꾼과 승객이 말다툼을 벌이는 소리가 들린다. "사기를 치려면 치지, 통가꾼을 우려먹어?" 통가꾼이 소리친다. 그러자 승객이 더 큰소리로 응수한다. "이 자식아! 누가 너 따위를 우려먹어? 네 더러운 똥구멍에다는 아무도 침을 뱉지 않을걸!"

그게 바그마티 말고 달리 누구일 수가 있을까!

나는 초인종이 울리기도 전에 문을 연다. 그녀가 엉덩이를 씰룩거리며 들어오더니 통가꾼에게 대고 욕을 해댄다. "제 동생 년하고 붙을 놈! 제 동생 년하고 붙을 놈한테 랄 쿠안에서 여기까지 1루피를 줬는데도 더 우려내려고 들잖아요. 세상에 제대로 돌아가는 일이 하나도 없다니까요." 그녀가 화살을 내게로 돌린다. "이런 날 꼭 부르카[15]를 쓴 여자처럼 집 안에만 틀어박혀 있어야 해요? 제 생각엔 주인님이 저를 자동차에 태워 밖으로 나가서 맑은 바람도 쐬어주고 망고도 먹게 해주고 싶어 하실 것 같은데요."

그렇잖아도 나는 밖으로 나갈 구실을 찾고 있던 참이다. 또 바그마티보다 내가 더 같이 있고 싶은 사람은 아무도 없다. 하지만 빨갛고 파란 사리를 걸친 데다 머리는 까치둥지 같아 보이는 그녀여서는 안 된다. 그래서 나는 그녀가 내 아파트에다 보관해두는 짝 달라붙는 바지와 가슴이 트인 셔츠를 사두었다.

"제 외국 옷으로 갈아입을게요." 그녀가 성큼성큼 욕실로 걸어가면서 말한다.

그녀가 분가루와 붉은 칠과 입술연지를 씻어내고 머리에서 나비 클립을 뽑아낸다. 오글오글한 머리칼도 빗질해서 뒤통수에다 쪽머리로 묶는다. 이제 그녀는 다른 바그마티다. 캔버스 천으로 된 케피 모자를 쓰고 반소매 스

---

14 소형 2륜 마차.

15 회교도 여성들이 얼굴과 머리를 모두 가리고 눈만 보이도록 쓰는 베일.

포츠셔츠에다 짝 달라붙는 바지를 입은 쾌활한 말괄량이. 아주 스마트하다. 아무도 그녀가 남녀추니인지 아니면 계집애처럼 보이는 사내아인지 알 수 없다.

우리는 말다툼을 시작한다. "오클라로 가기에 꼭 좋은 날이에요. 비가 오면 온 세상 사람들이 물레방아 둑에서 망고를 빨러 간다구요." 바그마티가 우긴다.

"오클라는 안 돼." 내가 되받는다. "난 사람들 우글거리는 게 싫어. 적어도 펀자브 사람들은 다 모였을 거라구. 보나마나 거기서 나불거리고 꽥꽥거리고 처먹어대고 아무데서나 싸지르겠지."

"저하고 같이 있는 걸 남들이 볼까 창피해서 그러신다면 저는 차 안에 남아 있을게요." 바그마티가 한 걸음 물러선다. 그건 사실이지만 나는 그녀의 하루를 망치려는 것이 아니다. "그건 사실이 아니라고 구루에게 맹세하겠어. 오클라에는 사람들이 너무 많아. 원숭이하고 뱀들도 너무 많고. 언젠가 나는 배수구 뒤에 들러붙어 있는 뱀을 다섯 마리나 죽였다구. 다섯 마리나! 한 마리씩 차례로!"

뱀 덕분에 논쟁은 메라울리 쪽으로 기울어진다.

메라울리로 가는 길은 자전거, 인력거, 스쿠터, 승용차, 그리고 보행자들의 끝없는 행렬로 가득 차 있다. 모두들 좋아라고 소리를 질러대거나 영화 주제가들을 부르고 있다.

베일을 쓴 여자들과 어린아이들로 빽빽이 들어찬 이륜 무개마차 한 대가 사람들 틈을 헤치고 나와 우리 옆을 지나간다. 마부가 채찍 손잡이를 바퀴살에 갖다 대고 따르륵거리는 소리를 내며 사람들 모두에게 길을 비키라고 소리치다가 자전거 한 대에 아내와 네 아이들을 모두 태운 어떤 시크교도를 치어 넘어뜨릴 뻔한다. 시크교도가 시뻘겋게 달아서 이슬람교도 가족에게

다 대고 할 수 있는 가장 더러운 욕을 해댄다. "야, 이 돼지새끼들아![16] 우리를 죽일 셈이냐?" 그러자 마차에 타고 있던 여자들 틈에서 여섯 살짜리 다비드가 발딱 일어서더니 빨간 팬티 고무줄을 내리고 아랫배를 쑥 내밀어 할례 받은 조그만 고추를 휘두르면서 고무줄 총을 쏘아대듯 되받아 욕설을 퍼붓는다. "저 시크놈들! 개자식아, 내 쿠톱 미나르 맛 좀 볼래?"

그 개구쟁이 다비드의 쿠톱은 강력한 6센티짜리다. 다른 쿠톱은 85미터밖에 안 되고.

바그마티가 배를 잡고 웃어댄다. "저 꼬마 정말 멋진 고추를 가졌네요. 끝이 뾰족한 힌두교도들 거보다 훨씬 더 멋져요. 주인님 네도 할례를 하나요?"

"네가 알아봐."

"일어서 있을 때는 모두 똑같아 보여요. 다음번에 그게 수그러들었을 때 한 번 봐야지."

우리는 쿠톱 미나르에 이른다. 주차장은 차들로 꽉꽉 들어찼고 공원에는 사람들이 가득하다. 어디로 갈 것인지 마음을 정하려 하고 있을 동안 소나기가 세차게 쏟아져 내리기 시작해서 사람들 모두가 비 피할 곳을 찾아 종종걸음을 친다. "여긴 안 되겠어." 그러고 나서 나는 차를 계속 몰아 메트칼프[17] 저택의 폐허와 자말리 카말리 회교사원을 지나서 메라울리 시내로 들어선다. 아울리야 회교성원 옆의 주차장에 차를 대는 사이 소나기가 억수 같은 폭우로 변해서 빗물이 샴시 탈랍[18]으로 폭포처럼 쏟아져 내린다. 우리는 차 안에서 서로를 더듬으며 앉아 있다. 바그마티가 아래로 쭈르르 미끄

---

16 이슬람교도에게는 돼지를 끌어다대어 하는 욕이 가장 지독한 욕임.

17 1785~1846. 인도 식민지 통치 시대의 정치가.

18 델리 근교에 있는 저수지.

러져 내 다리를 벌리자 나는 불안해진다. 어느 순간에라도 누군가가 유리창 안쪽을 들여다보고 그녀가 무슨 짓을 하려는지 알고 싶어 할지도 모를 일이니까. "여기선 안 돼." 내가 그녀의 머리를 밀어낸다. "자하즈 마할에서 해보자구."

우리는 차를 길 위쪽으로 좀 더 몰아가서 자하즈 마할[19] 옆에 대고 건물 안으로 달려 들어간다. 먼저 들어와 있던, 집으로 돌아가는 길에 비를 만난 것이 틀림없는 한 무리의 시골뜨기들이 우리에게 길을 내준다. 나는 바그마티를 데리고 야외수영장의 수면과 거의 같은 높이인 층까지 계단을 내려온다. 그리고 사람이 아무도 보이지 않자 팔을 둘러 그녀가 숨을 쉴 수 없을 정도로까지 힘껏 끌어안는다. "제 뼈를 부러뜨릴 작정이세요? 저를 죽이고 싶어요?" 그녀가 항의한다.

"네가 여기서 죽는다면 곧장 천국으로 올라갈 거야. 샴시 탈랍의 물은 여러 성인들에게서 축복을 받았으니까."

"그래요! 이제 저를 끝장내려고 하시는군요. 저는 가서 그 성인들에게 제가 애인의 손에 살해됐다고 고하겠어요. 그러면 알라는 제 죄를 용서해주실 거예요. 그리고 다음 번 생에서는 인디라 간디로 태어나 인도의 유명한 딸이 되게 해줄 거구요."

우리는 다시 음란한 장난질을 시작한다. 하지만 한쪽 귀 한쪽 눈, 그리고 정신의 반만을 섹스에 할애하고 다른 귀, 다른 눈, 그리고 정신의 다른 반은 느닷없이 불쑥 나타날 누군가에게 대비를 해두어야 한다면 그건 별 재미가 없는 노릇이다. 우리는 일을 급히 해치우려고 두 번을 시도해보지만 두 번 모두 계단을 내려오는 목소리들 때문에 방해를 받는다. 그처럼 희미한 빛으

---

19 배의 궁전. 호수 옆에 세워진, 여러 곳의 야외수영장과 목욕탕들이 딸린 궁전.

로는 누구도 바그마티가 사내아인지 계집아인지 아니면 양성인지 분간할 수 없기는 하겠지만. 인도 사람들은 사내아이들이 서로를 즐겁게 해주는 짓거리에 대해서는 이해심이 매우 많다. 그들이 탈을 잡는 것은 노골적인 성교로 이를 때뿐이다. 나는 고고학, 역사, 그리고 건축학에 상당한 흥미가 있는 척, 성냥불을 켜들고 타일들을 살펴보면서 돌에 새겨진 글자들을 판독해 보려고 든다.

폭우는 계속되고 납빛으로 흐린 하늘 어디에도 갤 가망이라고는 없다. 나는 성냥불로 어두운 모퉁이들을 살피면서 지하실을 계속 돌아다니다가 바닥에 무슨 글인가가 새겨진 돌이 놓여 있는 것을 발견하고 그 돌을 주워 불빛에 비춰본다. 그 돌 위쪽에는 만자(卍字)가, 양 옆에는 아랍어로 새겨진 '알라'와 함께 두 개의 연꽃이 그려져 있고, 그 밑에 페르시아어로 된 글귀가 적혀 있다.

'샤간 랄 카야스타[20]의 아들이며 신께서 사랑하시는 페르 하즈라트[21] 크와자[22] 니자무딘의 제자이자 노예인 서사(書士) 무사디 랄은 그분의 축복으로 아들 카말 카야스타를 얻었다. 힌두스탄 왕 중의 왕, 군주 중의 군주인 술탄 지아수딘 발반 치세에.'

20 인도 카스트 중의 세습 서기 계층.

21 스승님.

22 지도자.

4

무사디 랄

랄라 샤간 랄의 아들이자 델리 시(市) 메라울리 구역의 힌두교도 카야스타인 나 무사디 랄은, 한쪽 눈에 백내장이 끼어 시력을 잃은 뒤 다른 눈에도 같은 운명이 닥칠까 저어하여, 내가 이승에서 살아오는 동안에 있었던 몇 가지 사건들을 기록해 두려 한다. 알라이기도 하신 이슈와르와 라힘이기도 하신 라마께서 나의 기록이 사실 그대로이며 추호의 숨김이나 빠뜨림도 없음에 증인이 되어 주시기를.

나는 기독교력으로 1265년에 해당되는 회교력 643년, 즉 술탄 지아수딘 발반의 통치가 시작되었던 해에 태어났다. 나의 선조들은 델리의 통치자들을 섬기던 서사들이었는데, 그분들이 봉직(奉職)했던 토마라 라지푸트 부족의 수장(首長) 아낭팔 왕은 랄 코트를 건설한 뒤 그 도시 한복판에다 비쉬누 바그완[1]의 신성한 쇠기둥을 박았다. 그분들은 또한 그 도시를 낄라 라이 피토라로 개명한 왕인 프리트비 라지 차우한을 섬기기도 하였다. 모하메드 고리가 프리트비 라지 왕을 물리쳐 죽이고 델리의 통치자가 된 뒤에도 나의 선조들은 터키어, 아라비아어, 그리고 페르시아어를 익혀 새로운 통치자에게 계속 봉직하였다. 그리하여 증조부는 술탄 쿠투부딘 아이박을 섬기면서 그분 자신의 눈으로 힌두교와 자이나교 사원들이 파괴된 뒤 그 폐허 위로 훗날 쿠와트 울 이슬람이라고 불리게 된 자미아 회교성원이 건설되는 것과 승전탑인 쿠툽 미나르가 세워지기 시작하는 것을 목격하였고, 할아버지는 쿠투부딘의 사위이자 계승자인 술탄 알타마시에게 봉직하였다. 그러나 그분은 비천한 인부들처럼, 술탄이 신성한 예언자의 말(馬) 부라크의 발자국을 보았던 곳에다 샴시 탈랍을 축조했을 때는 땅을 팠고, 성자 쿠투부딘 박티야르 카키의 영묘를 지었을 때는 머리에 돌을 이어 날랐다. 그분이 쿠

---

1 영적인 힘, 정의, 지식, 위대한 명예의 칭호.

툽 미나르가 완성되는 것을 본 해는 1220년이었다. 내가 태어나고 삶의 대부분을 보낸 샴시 탈랍 옆의 석조 가옥을 지은 분은 할아버지였는데, 그분은 술탄 알타미시의 딸이자 3년 반 동안 힌두스탄을 통치했던 라지아 술타나를 섬기기도 했었다. 그리고 강력한 술탄 지아수딘 발반 치세에 메라울리 치안소의 서기였던 아버지 랄라 샤간 랄은 기독교력 1265년에서 1287년까지 계속된 그의 20여 년 통치 기간 중 15년을 봉직한 뒤, 기독교력 1280년에 세상을 떠났다.

우리 카야스타 선조들처럼 나도 서사가 되기 위해 훈련을 받았다. 그래서 처음에는 어느 학자가 내게 산스크리트어와 힌디어를 가르쳤고, 그 다음에는 아버지의 영향력으로 학당에 들어가 아라비아어, 터키어, 페르시아어를 배웠다. 학당에 처음 들어갔을 무렵 나는 터키 아이들과 이슬람교로 개종한 힌두인[2] 아이들에게서 구박을 받았었지만, 내가 터키 말을 하고 터키 사람들의 옷을 입자 그 아이들도 나를 못살게 굴지 않았다. 그리고 마울비[3] 님께서 내가 시달림을 당하지 않도록 압둘이라는 이슬람교도의 이름을 지어준 뒤로 그 아이들은 나를 압둘라라고 불렀다.

외아들이었던 나는 마투라에서 살고 있던 가족이 일곱 명인 집안의 소녀와 약혼을 해두었다가 아홉 살이 되자 결혼을 했는데, 아내인 람 둘라리는 그때 겨우 일곱 살이었다. 4년 뒤, 내가 동거를 할 수 있을 만큼 나이가 들자 우리 부모는 내 결혼을 주선했던 이발사를 마투라로 보내어 아내를 데려오도록 하였다. 그러나 아내의 부모는 내가 나중에 설명하게 될 이유로 우리의 요청을 거절했고, 그 다음에는 비극이 우리 집안을 덮쳐 아버지가 세상

---

2 아리아 인종에 속하는 인도인.

3 이슬람교 율법학자.

을 떴다. 그리고 며칠 뒤에는 어머니까지 그 뒤를 따르니, 열세 살[4] 나이에 나는 이 세상에 혼자 남겨진 신세가 되고 말았다.

치안관 님은 내게 매우 친절했을 뿐 아니라, 문상을 왔다가 아버지의 직위도 그대로 물려받도록 해주었다.

그 무렵쯤 이슬람교도인 친구들이 만일 내가 이슬람교로 개종한다면 전도가 양양해질 것은 물론이고 메라울리의 치안관이 될 야망까지 품을 수 있다고 나를 부추기기 시작했다. 또 새로 개종한 사람들 사이에서 아내를 구하는 데도 아무 어려움이 없을 것이며, 운이 좋다면 순수한 터키나 페르시아 또는 아프가니스탄 혈통의 과부나 이혼녀를 얻을 수도 있다는 것이었다. 재담가인 한 친구는 이렇게 말했다. "만일 네가 이슬람교도라면, 원하는 어떤 여자라도 얻을 수가 있어. 마음만 먹는다면 한꺼번에 네 여자를 얻을 수도 있고."

강인한 몸과 지칠 줄 모르는 손을 지닌 터키 여자와,
젖이 솟아나는 둥근 젖가슴을 지닌 인도 여자와,
단단히 조여 주는 사타구니와 애교를 지닌 페르시아 여자와,
그 셋에게 교훈을 주기 위해 매질을 할 우즈베크 여자를.

그러나 무엇 때문이었는지는 몰라도, 나는 이슬람교로 개종할 마음이 일지 않았다. 어쩌면 그것은 우리 부모가 이슬람교도의 생활방식을 택했기 때문에 내 처가에서 아내를 보내주지 않았을 것이라는 생각에서였는지도 몰랐다. 만일 내가 이슬람교도가 된다면 그들은 이렇게 말할 것이었다. "그러

---

4 출생년도와 아버지의 사망년도를 보면 열세 살이 아니라 만 열다섯 살이라야 맞음.

기에 우리가 뭐라고 그랬어? 어떻게 우리 딸을 그 더러운 이교도에게 줄 수 있냐구?"

어머니의 장례식 마지막 날, 마투라에서 아내의 삼촌이 조문을 하러 왔다. 하지만 그의 진짜 목적은 내가 어떤 사람이며 힌두교의 풍습을 지키는지 알아보려는 것이었다. 어찌 되었건, 그는 내가 머리를 박박 밀고, 신성한 실을 매고, 바라문들을 대접하는 것을 자기의 두 눈으로 똑똑히 보았고, 나는 이발사를 불러 아내를 보내주는 문제에 관해 상의를 해보도록 부탁했다. 그러나 아내의 삼촌은 아무런 언질도 없이 마투라로 돌아갔다.

며칠을 더 기다려본 뒤 나는 치안관 님을 찾아갔다. 그 당시는 사람들이 내게 불운이 덮쳤다고 느껴 동정적인 태도를 보이고 있을 때였다. 치안관 님은 내게 부부간의 권리를 방해했다는 이유로 아내의 부모에 대하여 고소장을 쓰게 한 다음, 그것을 즉시 처리해 달라는 부탁과 함께 마투라의 치안관에게로 보냈다. 만일 그 집안에서 이의를 제기한다면 그들은 체포되어 메라울리로 압송될 것이었다.

한 주일 뒤, 아내가 삼촌과 여동생의 호위를 받아 우리 집 문간에 당도했고, 며칠 뒤 그녀의 삼촌과 여동생은 마투라로 돌아갔다.

람 둘라리는 힌두교도 아내답게 매일 아침마다 내 발을 만지고 가리마에 진사(辰砂) 가루를 발랐다. 하지만 그녀는 내내 울기만 했고, 위로를 해줄 셈으로 어깨에 손을 올려놓기라도 하면 당장에 몸을 움츠려 피하는 것이었다. 또 어느 날 밤에는 내가 그녀의 침상으로 건너가자 비명을 지르기 시작하는 바람에 이웃 사람들이 잠을 깨고 일어나 담장 너머로 무슨 일이냐고 소리쳐 물은 적도 있었다. 나는 완전히 바보가 된 느낌이었다.

아내가 계속 두파타로 얼굴을 가리고 있었던 탓에, 한 달이 지난 뒤에도 나는 그녀가 어떻게 생겼는지를 알지 못했다. 다만 아내의 손과 목을 보고 미인이라는 것을 알 수 있었을 뿐이었다. 또 젖가슴이 풍만하고 엉덩이가 동그스름하게 예쁘다는 것도.

아내가 나와 동거할 생각이 아니라는 것을 알아차리기까지는 몇 주가 더 걸렸다. 그녀는 자기의 음식을 다른 화덕에서 요리했고, 식사도 자기 집에서 가져온 식기와 수저로만 했다. 그녀에게는 내가 더러운 이슬람 이교도였다. 나는 그녀를 강제로 취하려고도 해보았고, 때리기도 했지만 아무 소용이 없었다. 그래서 한 번은 부모 곁으로 돌아가고 싶은지를 물었더니, 그녀의 대답은 내가 자기를 버리거나 아니면 관가(棺架)에 실려 떠날 때만 돌아갈 수 있으리라는 것이었다. 어떻게도 해볼 도리가 없었다. 그렇다고 치안관 님을 찾아가서 내 아내에게 가랑이를 벌려 나를 받아들이도록 명령해달라고 부탁할 수도 없는 노릇이었고! 차츰차츰 나는 내 운명과 타협했다. 우리는 한 지붕 아래서 잤지만 같은 침상에서는 결코 아니었다.

어느 날 아침 나는 람 둘라리에게 쿠툽 미나르를 보여주러 갔다가 그녀를 데리고 맨 꼭대기 층까지 올라갔다. 거기에서는 성자 쿠투부딘 박티야르 카키의 영묘와 샴시 탈람 옆에 있는 아울리야 회교성원과 그 맞은편에 있는 우리 집이 모두 다 훤히 내려다보였고, 우리 바로 아래쪽에는 술탄 알타마시의 무덤이 있었다. 나는 아내에게 힌두교도였던 석수가 '스리 비스바카르메 프라사데가 쓴 글'이라는 명문(銘文)을 새겨 이슬람교도들의 승전탑에 박아 넣은 판석을 보여주었다. 그리고 탑에서 내려온 뒤에는 그녀를 쿠와트 울 이슬람 사원으로 데려가서 터키인들이 어떻게 스물일곱 곳의 힌두교와 자이나교 사원들을 파괴했으며, 기도를 하러 오는 이슬람교도들이 비쉬누와 락쉬미의 신상을 밟고 지나가도록 그 신상들을 출입문 밑에다 묻었는지도 설명했다. 당연히 아내는 그 사원 안으로 한 발짝도 들여놓으려 하지 않았다. 우리가 갔던 길을 되짚어 오고 있었을 때, 아내가 한때는 힌두교 사원의 신과 여신들이었다가 코가 잘려 나가고, 팔이 부러져 나가고, 젖가슴이 쪼아내어진 신상들을 보고는 기둥에 머리를 대고 울기 시작했다. 사람들이 몇몇 모여들었지만 나는 아내가 기분이 좋지 않아서 그런다고 둘러댄 다음 서둘러 그녀를 잡아끌었다. 만일 내가 이슬람교도의 옷을 입고 아내가 부르카─지위가 있는 힌두교도 여인들은 모두 부르카를 썼다─를 쓰지만 않았더라면 일이 아주 난처해졌을 터였다. 집으로 돌아오자 나는 그녀를 호되게 나무랐다.

이슬람교도에 대한 힌두교도의 증오가 나로서는 도무지 이해할 수 없는 것이었다. 회교도들이 힌두스탄을 정복했을 때 우리의 신들은 어째서 그들을 물리쳐주지 않았을까? 그중에는 힌두스탄을 열일곱 번이나─한두 번이 아니라 열일곱 번이나!─침략했던 가즈니의 술탄 마무드도 있었는데. 그는 타네사르에서 차크라스와미 사원을 파괴했지만 그에게는 아무 일도 일어나지 않았다. 그리고 다음에는 솜나트. 사람들 말로는 바다까지도 스물네 시간마다 솜나트의 발을 만지려 엎드린다고들 했지만, 그 바다도 마무드에게서 위대한 솜나트를 구하려고 솟아오르지는 않았다. 뿐인가, 마무드는 싸움에서 진 힌두교도 족장들의 손가락을 잘라내곤 해서 그의 보물함은 힌두교도들의 손가락으로 가득 차 있었다. 그런데도 그는 스스로를 야미누다울라─신의 오른손이자 지상에 있는 신의 그림자인 질 에 일라히─라고 칭했다.

이슬람교도들은 힌두스탄의 지배자가 되었고, 우리가 그들을 통치자로 인정해주는 한 기꺼이 우리 힌두교도들이 원하는 삶을 살아가도록 놓아두었다. 그러나 힌두교도들은 어리석은 자존심으로 가득 차서 이렇게 말했다. "여기는 우리 땅이야! 우리는 저 소를 죽이는 자들과 우리의 사원을 파괴한 자들을 몰아내고 말겠어." 그들은 특히 이슬람교도를 포용했던 힌두인들을 경멸했고 그들을 불가촉천민보다도 더 심하게 다루었다.

힌두교도들은 지나간 영광이라는 상한 음식을 먹고 살았다. 그리고 모이기만 하면 토마라와 차우한 시절의 위대한 날들을 이야기하는 것이었다.

"이 친구야! 우리 선조들이 위대했다는 걸 누가 부정할 수 있겠어?" 나는 내 힌두교도 친구들에게 골백번 이러곤 했었다. "하지만 오늘을 생각하자구. 이슬람교도들과는 맞서 싸울 수가 없어. 그들은 우리에 비해 너무 크고 너무 강하고 너무 호전적이야. 분별을 가지고 그 사람들과 평화롭게 살아가는 법을 배워보자구." 그러나 힌두교도들의 머리에는 이성이 절대로 들어박히지 않았다. 세상 사람들 모두가 저울 한쪽에 네 가지 베다를 올려놓고 다른 한쪽에 상식을 올려놓는다면 상식이 더 무거우리라는 것을 알고 있는데도 힌두교도들은 그렇지가 못했다. 그리고 경멸에 찬 눈으로 나를 괄시하면서 이슬람교도들의 뚜쟁이라 부르는 것이었다. 그들이 말하는 위대한 영웅이란 기독교력으로 1191년에 타라인에서 고리를 한 번 패퇴시켰던 프리트비 라지 차우한이었는데, 바로 그 이듬해 그는 똑같은 전쟁터에서 고리에게 패하여 도륙 당했다. 그러나 힌두교도들은 거기에 대한 답도 준비해 두고 있었다. "프리트비 라지의 단 한 가지 실수는 처음에 그 이교도를 물리쳤을 때 그자의 목숨을 살려 둔 거였어." 이 프리트비 라지에 대하여는 아무도 진실을 알지 못했을 뿐 아니라, 찬드 바르다이라는 시인은 그를 찬양하는 거창한 노래와 춤까지 만들었다. 이 위대한 영웅이라는 프리트비 라지가 여러 여자와 결혼했고 심지어는 인근에 있는 족장의 딸을 유괴한 적까지 있었는데도. 그러나 힌두교도들 앞에서는 그런 소리를 한 마디라도 입에 올려서는 안 되었다. 그들이 스리 람찬드라지[5] 다음으로 숭배하는 것이 바로 그 삼라프 프리트비 라지 차우한이었으니까.

5 힌두교에서의 석가모니.

나는 내가 힌두교도에게도, 이슬람교도에게도 속하지 못한다는 것을 알아차렸다. 그러니 내가 무슨 수로 아내에게 바라문들은 신에게 바쳐진 공물로 살아가고, 라지푸트와 자트[6]들은 땅으로 살아가고, 아헤르와 구자르[7]는 가축으로 살아가고, 바니아는 가게를 꾸려 살아가지만, 불쌍한 카야스타들이 가진 거라곤 머리와 갈대펜뿐이라는 사실을 설명할 수 있었을까! 그리고 내 두뇌와 펜에 대가를 지불할 수 있는 사람은 이슬람교도 통치자들뿐이라는 사실을!

나는 힌두교도들에게서 의절당하고, 아내에게서 따돌림 받고, 나를 멸시하는 이슬람교도들에게 이용당했다. 실로 나는 이도 저도 아닌, 누구에게서나 학대받는 히지나 같은 처지였다.

그러다 나는 니자무딘에 대한 이야기를 들었다. "야무나 강변에 있는 지아스푸르의 수도사를 찾아가면 모든 걱정거리가 다 풀릴 거야." 사람들은 그를 아울리아[8]라고도 불렀고 크와자 님이라고도 불렀다. 그러나 다른 한편으로는, 그를 이제 곧 당해 마땅한 운명과 맞닥뜨리게 될 사기꾼이라고 깎아내리는 유식한 이슬람교도들도 적지 않았다. 나는 현명한 카야스타답게 내 생각을 일체 말하지 않고 바람이 어느 쪽으로 불고 있는지 알아보려고 기다렸다.

그러던 중에 니자무딘이 이단으로 고발을 당해서 거기에 대해 해명하도록 술탄의 호출을 받았다. 재판이 열리던 날 나는 일을 하루 파하고 궁전으로 갔다.

백성들은 지아수딘 발반이라는 이름만 들어도 겁에 질려 오줌을 질금거

6 인도 서북부 지방에 사는 인도 아리안계 종족.
7 인도 서북부 평야에 사는 종족.
8 예언자.

렸다. 그의 성질이 무시무시했을 뿐더러 누구든 그를 쳐다보기만 해도 처형을 한다고 알려져 있었으니 그럴 만도 한 일이었다. 그날도 술탄은 사형 선고를 받은 사람들의 머리를 자를 거대한 검둥이 둘을 옆에 세워 두고 있었다.

얼마나 대단한 구경거리였던가! 위대한 술탄의 옥좌 양 옆으로 도열한 아시리아 경호원들, 칼을 뽑아든 검둥이 도부수들, 수염을 기른 수백 명의 터키 장군들! 옥좌 한옆으로는 비단옷을 입은 다섯 명의 율법학자들이 서 있었고, 다른 편에서 그들을 마주보고 있는 사람은 나보다 별로 나이가 더 많아 보이지 않는 젊은이였다. 그는 검은색 거친 모직으로 된 헐렁한 셔츠를 입었고 머리에는 초록색 스카프를 매고 있었는데, 마찬가지로 초라한 차림을 한 세 명의 추종자들이 그를 따르고 있었다. 그 사람이 바로 지아스푸르의 수피교도[9] 선지자인 니자무딘이었다.

술탄이 먼저 니자무딘에게 말했다. "수도사는 듣거라. 율법학자들은 그대가 이슬람교도와 이교도를 구분하지 않을 뿐 아니라, 신과 인간의 중재자임을 자처했고, 인간과 조물주 사이의 차이점을 망각하는 말을 했으며, 그대의 추종자들이 회교사원 경내에서 음악과 춤에 빠져 신성한 이슬람 계율을 위반했다고 그대를 고발했노라. 그대는 무슨 말로 자신을 변호하겠는가?"

니자무딘이 미소를 짓고 대답했다. "오, 위대한 술탄이시여! 제가 이슬람교도와 힌두교도를 구별하지 않은 것은 사실입니다. 저는 그들이 어느 쪽이나 신의 아들이라고 생각하기 때문입니다. 율법학자들은 신성한 사도(그분께 평화가 내리기를!)의 이름으로 폐하께 알라 앞에서 공적을 쌓기 위해 힌두교 사원을 파괴하고 이교도들을 죽이라고 권합니다. 그러나 저는 신성한

---

9 이슬람교 신비주의자.

계율을 다르게 해석합니다. 저는 신께 봉사하는 최선의 방법이 그분의 피조물을 사랑하는 것이라고 믿습니다. 제가 인간과 조물주 사이의 중재자임을 자처했다는 고발에 대해서는 그러했음을 인정합니다. 그것은 신의 사도(그분께 평화가 있기를!)께서 '이맘[10] 없이 죽는 자는 이교도의 죽음을 맞느니라'고 하셨기 때문입니다. 우리 수피교도들은 그 가르침에 따라 샤이크[11]를 갖지 않은 사람은 종교가 없다고 믿습니다. 율법학자들은 신께서 자주 당신 스스로를 그분의 피조물들로 구현하신다는 사실을 알지 못합니다. 그들은 또한 책에서 얻은 지식이나 논리로는 알라를 이해할 수 없다는 사실도 모릅니다. 알라의 사도(그분께 평화가 내리기를!)께서는 그분마저도 신을 알지 못하느냐는 질문을 받았을 때 이렇게 대답하셨습니다. '아니, 나도 모릅니다. 신은 하나의 경험이니까요.'"

술탄이 율법학자들에게 고개를 끄덕이자, 그들의 우두머리가 옥좌 앞에 부복하고 땅에 입을 맞추었다. "세상의 구원자시여!" 그가 술탄에게 아뢰었다. "모든 군주들 가운데서 가장 현명하시고 가장 공정하신 폐하께서는 저희가 신성한 계율을 상술하는 동안 저런 미물을 필요로 하지 않으실 것입니다. 폐하께서는 이 니자무딘이 무고한 사람들의 눈에 재를 뿌리기 위해 사랑을 이야기하고 있음을 아셔야 합니다." 그가 보자기에 싼 코란을 풀어 그것을 이마에 가져다 대고 한 구절을 읽었다. 사람들 사이에서 한꺼번에 갈채가 터져 나왔다. 와! 와! 찬미와 영광을! 하지만 그들 중에서 아라비아어를 아는 사람은 몇 안 되었고, 그 말이 터키어로 번역되었을 때 그 뜻을 이해하는 사람은 더더욱 적었다.

술탄이 수도사를 돌아다보고 그가 신과 일체라고 주장했던 것에 대하여

10 회교국의 종교지도자.
11 이슬람교도의 4계급.

묻자 니자무딘은 아주 시적인 말로 대답했다. "오, 술탄이시여! 그리고 계율을 배운 그대 율법학자들이여! 또 이 자리에 모인 백성들이여! 당신들은 사랑하고 사랑받는다는 것이 무슨 뜻인지 알고 계십니까? 아마도 당신들 모두가 알고 즐기는 것은 여인에 대한 사랑뿐일 것입니다. 그러나 우리 수피교도들은 그 누구도 아닌 신만을 사랑하며, 성령이 깃들일 때면 보통 사람들에게는 신성(神性)을 가장한 것처럼 들리는 말을 합니다. 그러나 이것을 심각히 받아들여서는 안 됩니다. 폐하께서는 제 짝에게 복종하려고 들지 않던 비둘기의 이야기를 들어보셨을 것입니다. 수놈 비둘기는 화가 나서 제 짝에게 '네가 굴복을 하지 않으면 솔로몬의 옥좌를 뒤집어 놓겠다'고 했는데, 그 말을 미풍(微風)이 솔로몬에게 전했습니다. 그리고 왕이 비둘기를 불러 그 말을 직접 해명하라고 요구하자 비둘기는 이렇게 대답했습니다. '오, 알라의 예언자시여! 연인들 사이의 말이 퍼뜨려져서는 아니 되나이다.' 솔로몬은 그 말이 마음에 들었습니다. 폐하께서도 제 말이 마음에 드시기를 바랍니다."

와! 와! 하는 웅성거림이 퍼져나갔다.

다음에 술탄은 음악의 권위자인 율법학자에게 물었다. 그 율법학자가 다른 책을 펴들자(그들은 여러 권의 책을 가져왔었다) 그들의 우두머리가 다시 아랍어로 된 구절을 읽고 나서 그것을 터키어로 번역했다. 그러나 군중은 그가 돌아다본 뒤에야, 그것도 일부에서만 갈채를 보냈다.

술탄이 다시 니자무딘을 바라보았다. 그 수도사는 어떤 책도 가져오지 않았지만 기억을 떠올려 음악과 춤에 대해 전해 내려온 예언자의 성전(聖傳)을 인용했다.

"알라의 은총이 사람에게 미치면 그 은총은 사람으로 하여금 즐거워 노래하고 춤추게 함으로써 스스로 구현됩니다. 이것이 알라가 깃들었다는 현시

(顯示)라면 저는 그것을 축복이라 하겠습니다."

술탄은 한동안 그 문제에 대해 숙고하면서 수염을 쓰다듬다가 손에 뽑혀 나온 터럭을 유심히 살펴보았다. 그 침묵이 숨 막힐 듯했다. 마침내 그가 목청을 가다듬고 단호한 목소리로 선고했다. "짐은 지아스푸르의 수도사 니자무딘에 대한 율법학자들의 고발을 기각하노라."

구경꾼들이 술탄의 정의감을 칭송하여 박수갈채를 터트렸고, 많은 사람들이 수도사에게로 달려가 거친 모직 셔츠 자락에 입을 맞추었다.

다음날 아침 나는 치안관 님을 만나 니자무딘에 대해서 물어 보았다. "그 사람은 저기로 올라갔네." 그가 하늘을 가리키면서 대답했다. "많은 이교도들에게 참된 길을 보여준 사람이니까. 목요일이나 그믐날 그 사람을 찾아가 보게. 그러면 그 사람이 어떤 기적을 행할 수 있는지 알게 될 걸세!"

다음 목요일, 나는 메라울리에서 1코스[12] 이상 떨어진 지아스푸르로 가기 위해 마차를 한 대 세내었다. 수도원에 당도해서 종자(從者)에게 며칠 전 궁전에서 보았던 분을 만나 뵐 수 있겠느냐고 물었더니 그의 대답은 이러했다. "크와자 님께서는 당신 방에서 명상을 하고 계십니다. 방문객들은 저녁에만 맞으시지요. 무료식당으로 가시면 뭘 좀 드실 수 있을 겁니다."

나는 무료식당으로 갔다. 그곳은 컵처럼 만 잎사귀에 담긴 편두콩과 거친 빵 조각을 차지하려고 드는 이슬람교도와 힌두교도들, 부자와 빈자들로 바글거리고 있었다. 나는 사람들 틈을 비집고 들어가 차파티를 한쪽 움켜쥐고 다시 밖으로 나와 안뜰에 앉았다. 그곳에서는 한 무리의 성가대원들이 힌디어로 노래를 부르고 있었는데, 사람들 말로는 그 노래가 니자무딘과 아주 가까운 압둘 핫산이라는 사람에 의해 작사 작곡된 것이라고들 했다.

---

12 인도의 거리 단위로 대략 3.5 킬로미터.

저녁 늦게 수도사가 방에서 나왔다는 말이 돌자 사람들이 설탕 덩어리에 모여드는 벌떼처럼 그 주위로 몰려들었다. 나는 빽빽이 들어찬 사람들 틈을 헤치고 그에게로 다가가 셔츠 자락에 입을 맞추었다. 갑자기 걷잡을 수 없는 눈물이 터져 나왔다. 수도사가 내 머리에 손을 얹자 간질간질한 느낌이 등골을 타고 흐르면서 향기로운 사향 냄새가 나를 감싸는 듯한 느낌이 들었다. 그가 눈물로 얼룩진 내 얼굴을 받쳐 올렸다. "알라께서 내 옷이 그대의 눈물을 마시게 하셨듯이 그대의 슬픔을 내 슬픔으로 하여주시기를!" 그 말이 떨어지자 나는 마음이 공중에 떠다니는 엉겅퀴의 관모처럼 가벼워지는 느낌이었다.

"압둘라, 내 형제여." 그가 말을 이었다. "그대는 하즈라트 쿠투부딘 박티야르 카키의 영묘 근처에 살고 있으니, 매일 아침마다 그곳으로 가서 알라의 아흔아홉 가지 이름을 암송하라. 그러면 알라께서 그대의 소원을 들어주실 것이다. 마음이 무거울 때면 언제든 찾아오라. 우리 가난한 자들의 오두막 문은 누구에게도 빗장을 지르지 않으니."

메라울리로 돌아오는 길에 나는 속으로 이렇게 묻지 않을 수 없었다. "그는 내가 박티야르 카키의 영묘 근처에 산다는 것을 어떻게 알고 있을까? 또 내 친구들이 나를 압둘라라고 부른다는 것은 어떻게 알았을까? 그리고 만일 누군가가 그에게 내가 누구이며 어디에서 살고 있는지를 알려주었다면, 내가 힌두교도임에도 불구하고 알라의 아흔아홉 가지 이름을 다 알고 있음을 아는 것은 어찌된 일일까?"

나는 그 일을 마음속에만 담아둘 수가 없었다. 그러나 속내를 털어놓을 사람이 달리 아무도 없어서 아내에게 저간의 모든 일들을 다 이야기했다. 우리가 결혼을 한 뒤 처음으로 람 둘라리가 조금이나마 관심을 보이더니 내가 말을 마치자 아주 조심스럽게 물었다. "언제 나를 그곳으로 데려가주지 않겠어요?" 기쁨에 휩싸여 나는 그녀의 손을 잡았다. 그녀의 손이 내 손에 순순히 잡혀들었다.

이슬람 음력으로 새 달 첫날, 나는 람 둘라리를 데리고 지아스푸르를 찾아갔다. 우리가 탄 마차는 먼지 이는 길을 따라 길게 늘어선 행렬 중의 하나여서, 우마차에 가득가득 탄 여자들, 아이들, 그리고 신발을 지팡이에 매단 채 맨발로 걸어가는 남자들을 무수히 지나쳤다.

엄청나게 많은 사람들이 몰려와 있었다. 그리고 거기에다 팔찌와 발목장식을 파는 사람들, 사탕장수들, 옷장수들, 약장수들까지 몰려들어 아예 온전한 장이 서버린 것 같았다. 나는 람 둘라리가 그 성인의 은총을 받지 못하게 될까 봐 두려웠지만, 아내는 이슬람교도들이 요리한 어떤 음식에도 손을 대지 않을 것이므로 그녀를 무료식당으로 데려가지는 않았다. 우리는 마구간 주위를 돌아다니며 요술쟁이, 곡예사, 춤추는 곰, 그리고 원숭이들을 구경하다가 어떤 나무 밑에 앉았다. 나는 낙심이 되기 시작했다. 한 시간만 있으면 해가 질 것이고, 마차꾼은 날이 어두워지기 전에 메라울리로 돌아가야 한다고 성화를 낼 것이었다. 내가 생각에 잠겨 있을 때 수도사 하나가 오더니 말을 걸었다. "압둘, 당신 이름이 압둘이나 압둘라 아닌가요? 크와자 님께서 당신을 찾고 계셨습니다." 그가 사원 뒤로 난 문을 통해 우리를 그 성인이 손님들을 맞고 있는 안뜰로 안내한 다음, 자기를 바짝 뒤따르게 하면서 사람들 틈을 헤쳐 나갔다.

나는 그 성인의 옷소매에 입을 맞추었고 람 둘라리는 그 앞의 땅에 엎드렸다. 크와자 님이 손을 내밀어 아내를 축복했다. "알라께서 그대의 소원을 들어주시리라. 알라께서 원하신다면 그대의 자궁이 열매를 맺으리라. 평온한 나날이 되기를!" 그것이 전부였다. 사람들이 우리를 밀어냈다.

아내의 자궁이 열매를 맺다니? 사람들의 마음을 훤히 다 읽는다는 이 신

같은 남자도 람 둘라리의 마음은 읽지 못했다. 아내가 고개를 돌리는 것으로 보아 그녀도 당황한 것이 분명했다. 메라울리로 돌아오는 길에 아내는 나와 몸이 닿지 않으려고 애를 썼다. 우리는 아울리야 회교성원 맞은편에서 마차를 내려 아무 상관도 없는 사람들인 것처럼 집으로 걸어갔다. 나는 문이 닫힌 가게들을 생전 처음 보는 것처럼 바라보며 앞서 걷고 아내는 부르카로 얼굴을 여민 채 뒤따라오고.

우리 집 안뜰로 들어서자 그녀는 아침에 만들어 두었던 요리를 데우기 위해 화덕에다 불을 지폈고, 나는 벽감에 놓인 등잔에 불을 붙인 뒤 그날 있었던 일들을 적어 내렸다. 얼마쯤 뒤에 아내가 음식을 가져다주고 자기 몫을 먹으러 부엌으로 돌아갔다. 식사를 마친 뒤에 나는 빈 놋쟁반을 내주고 시장으로 구장잎을 사러 나갔다.

집으로 돌아와 보니 람 둘라리는 설거지를 끝내고 그녀의 침상에서 벽 쪽으로 돌아누워 있었다. 나는 등잔을 불어 끄고 침상에 길게 누웠지만 잠을 이룰 수가 없었다. 우리가 아기를 갖게 될 것이라는 그 성자의 약속이 머리를 떠나지 않아서였다. 내가 람 둘라리에게 임신을 시키지 않으면 그녀가 어떻게 아기를 낳을 수 있을까? 나는 그녀도 똑같은 생각을 하고 있는지가 궁금했다. 한 시간쯤 몸을 뒤척이던 끝에, 나는 나지막하게 그녀를 불렀다.

"람 둘라리!"

"네!"

"잠들었어?"

"아뇨."

치안소의 종이 자정을 쳤다. 한 번 더 다시 나는 람 둘라리에게 자느냐고 물었지만 그녀는 아니라고 대답했다. 어쩐지 아내가 내 손길을 싫어하지 않을 것 같다는 생각이 들었다. 나는 일어나서 아내의 침상으로 건너갔다. "같이 누워도 돼?" 내가 물었다. "추워서 그래." 그녀가 자리를 내어주고 대답했다. "원하신다면요."

나는 그녀 옆에 누웠다. 내 몸 속에서 몇 달씩이나 꾹꾹 눌려 있던 정열이 한꺼번에 솟구치면서, 격류가 지나는 길에 있는 모든 것을 휩쓸어 가듯, 욕정이 두려움을 휩쓸어 갔다. 나는 굶주린 사자처럼 그녀를 쓰러뜨려 사리를 찢어내고 그녀에게로 달려들었다. 아내는 나를 받아들이려고 다리를 벌려주었지만, 부끄럽게도 나는 그녀의 허벅지 사이에 이르자마자 씨앗을 방출하고 말았다. 그런 나 자신이 부끄러웠다.

람 둘라리가 몸을 씻으려고 일어나서 주전자에 든 물을 놋쇠 물단지에 쏟아 붓고 사리를 한 옆으로 벗어놓은 다음, 허벅지 사이에다 물을 끼얹기 시작했다. 나는 별빛으로 그녀의 가녀린 허리와 동그스름한 젖가슴과 팡파짐한 엉덩이를 볼 수 있었다. 아내가 벗어두었던 사리로 몸을 닦고 나서 그것을 다시 몸에 둘렀다. 그리고는 잠시 어느 침상으로 가야 할지를 몰라 망설였지만, 내가 손을 내밀자 내 손을 잡고 순순히 옆으로 끌려들었다. 나는 다시 열정이 솟아올라 아내에게서 젖은 사리를 벗기고 그녀의 나신을 따뜻이 감싸 안았다. 이번에는 시간을 좀 더 오래 끌 수 있었다. 그리고 아내도 나를 받아들이기에 좀 더 열심이었다. 마침내 그녀의 입술에서 신음 소리가 새어나왔고, 나는 람 둘라리가 드디어 내 것이 되었음을 알았다.

나는 다시 등잔을 켜고 침대보에 묻은 피 얼룩을 닦아내는 아내를 도와주었다. 하지만 그 일을 마쳤을 때쯤엔 우리의 몸은 또 다시 서로를 갈구했고, 그렇게 온 밤이 지나갔다.

얼굴에 와 닿는 햇살과 귓가에서 붕붕거리는 파리 소리에 나는 잠을 깼다.

람 둘라리는 목욕을 하고 아침 식사를 준비해놓은 뒤였는데, 이제 얼굴은 가리지 않고 메라울리로 왔을 때 입었던 붉은 사리로 치장을 하고 있었다. 내가 침대에서 일어나는 것을 보자 그녀가 얼굴을 붉히고 집안으로 달려 들어갔다. 나도 그녀를 뒤따라 들어가 안에서 문을 잠갔다.

그 이후로 나는 람 둘라리를 아무리 탐해도 모자랄 지경이 되어 그녀에게서 눈을 뗄 수가 없었다. 그녀의 몸동작 하나하나가 내 욕망에 불을 붙였고, 그녀를 떠나 있는 한 순간 한 순간이 내게는 고통이었다. 나는 매일같이 아내의 품에 안기려고 서둘러 집으로 돌아왔다. 그리고 아내는 점점 더 요염해졌다. "난 당신이 원할 때면 언제든 가질 수 있는 창녀가 아니라구요. 당신이 내게 대가를 지불하지 않는 한에는요." 나는 그녀에게 빨간 루비가 박힌 코걸이며 시장에서 찾아낼 수 있는 색색가지 유리 팔찌들을 사다 주었다. 그리고 몇 달 동안 우리의 세계는 매일 밤마다 즐거운 유희를 벌이는 조그만 침상으로 좁혀졌다.

람 둘라리와 나는 힌두교 사원과 수피교도 수도원에 모두 경배를 드리는 집단의 일원이 되어 이슬람교의 축제뿐 아니라 힌두교의 축제에도 참례했다. 그래서 닷세라 축제[13] 때에는 람 릴라[14]를 보러 갔고, 디왈리 축제[15] 때에는 우리 집 난간에 등불을 밝혔고, 홀리 축제[16] 때에는 힌두교도 친구들의 얼굴에 색색가지 물을 뿌렸다. 또 이드 축제[17] 때에는 알고 지내는 이슬람교도들과 선물을 교환했고, 이슬람 성자들의 서거 기념일에는 쿠투부딘 박티야르 카키의 영묘를 찾았다. 그리고 한 달에 적어도 한 번은 지아스푸르를 찾아가 황혼이 진 하늘에서 초승달이 뜨는 것을 지켜보았다.

13 람의 승리를 기리는 힌두교 축제.
14 람의 업적을 공연하는 연극.
15 인도 음력으로 새해 첫날에 벌이는 축제.
16 매년 3월 인도와 네팔에서 열리는 봄 축제.
17 이슬람교도들이 라마단을 끝낸 뒤 사흘 동안 벌이는 조용한 축제.

람 둘라리는 계속 다른 힌두교도 여인들처럼 옷을 입고, 가리마에 진사 가루를 바르고, 이마에는 붉은 점을 찍고, 망갈수트라[18]를 둘렀다. 그리고 나는 계속 두건과 터번을 쓰고, 터키인들처럼 옷을 입고, 깔끔하게 친 턱수염과 콧수염을 기르고, 인사말도 그들이 하는 식으로, 누가 내게 "그대에게 평화가 있기를!" 하면 나는 "그대에게도 평화가 있기를!" 했다. 또 그들이 어떻게 지내느냐고 물으면 나는 "신의 은총으로" 라고 대답했다. 하지만 그들이 내게 "압둘라, 자네는 언제쯤에나 진정한 이슬람교도가 될 건가?" 라고 물으면 나는 "곧요, 그것이 신의 뜻이라면. 신의 뜻대로." 라고 말을 흐렸고, 누군가가 우리에게 힌두교도인지 이슬람교도인지를 물으면 우리는 두 가지 다라고 대답했다. 니자무딘은 우리에게 이슬람교도들의 편협이라는 땡볕과 힌두교도들의 경멸이라는 폭우를 막아주는 우산이었다.

그렇게 날이 가고 달이 갔다. 그 해 말경 람 둘라리는 임신을 했고 산달이 가까워 오자 마투라에 있는 처가로 해산을 하러 갔다. 아들이 태어났다는 소식이 전해지자 나는 치안관 님과 우리가 알고 지내던 모든 힌두교도, 이슬람교도 친구들에게 당과를 한 쟁반씩 보냈다. 몇 주 뒤에 내가 아내와 아들을 데려오기 위해 마투라로 찾아가자 람 둘라리의 여동생들은 몹시들 법석을 떨면서 "이 아이에게 할례를 해줄 작정인가요? 모하메드나 알리나 뭐 그런 이름을 지어 줄 건가요?" 하고 나를 놀려댔다. 하지만 나는 처제들이 떠들고 싶은 대로 실컷 떠들게 놓아두었고 그들과 함께 대단히 즐거운 시간을 보냈다.

나는 아들에게 할례를 해주지는 않았고, 배코를 친 뒤에 바라문을 한 분 모셔다 만트라[19]를 암송하게 했다. 그리고 이름은 카말이라고 지어 주었는

---

18 검은색과 황금색 염주로 된 목걸이.

19 기도나 명상을 할 때 외는 주문.

데, 그것은 힌두교도의 이름도 될 수 있고 이슬람교도의 이름도 될 수 있었다. 즉 힌디어로는 그것이 연꽃을 의미했고, 아랍어로는 두 번째 아에 좀 더 긴 악센트를 두어 발음하면 뛰어나다는 뜻이 되었다. 다음에 우리는 그 아이를 조그마야 사원으로 데려가 성직자에게 이마에 백단향 반죽을 발라달라고 했고, 그 다음에는 지아스푸르로 데려가서 크와자 님께 그 아이를 축복해달라고 했다. 그 일이 모두 끝나자 나는 내 스승의 이름을 돌에 새겨 그 돌을 우리 집 외벽에 끼워 넣음으로써 감사를 표했다.

구루나 스승을 두지 못한 사람들은 그들이 제자에게 어떤 의미를 갖는지 절대로 이해할 수가 없다. 제자들에게는 구루가 아버지나 어머니 이상이어서, 아버지보다도 구루에게 더 많은 존경과 공순함을 보인다. 그들은 또 자기의 어머니보다도 구루에게 더 헌신적이고, 구루의 젖가슴에서 사랑의 젖을 빨며, 아이가 어머니의 무릎을 파고들듯 그의 무릎으로 파고든다. 실로 구루는 제자들이 그에게 육신, 정신, 그리고 세속적인 부를 주기 때문에 신부가 신랑에게서 사랑받는 것보다도 더 제자들에게서 사랑을 받는다. 구루는 이승에 계시는 신의 화신이며, 진정한 구루가 떠났거나 나쁜 구루를 택했을 때 무슨 일이 벌어지는지는 얼마든지 증명이 되어 있다. 크와자 님이 펀자브로 떠났을 때에도 델리를 이루는 모든 작은 도시들은 남편이 외국으로 떠나버린 여인과 같아져서, 혼란이라는 먼지 구름이 불기 시작했고 재난에 이어 또 다른 재난이 뒤따랐다.

술탄 지아수딘 발반의 장남인 모하메드 왕자가 몽고 군대와 싸우다 전사하자, 22년 동안 힌두스탄을 철권 통치해 왔던 강력한 술탄은 여인처럼 울면서 먹지도, 자지도, 국사를 돌보지도 않았다. 그리고 병이 들었어도 시의가 맥을 짚도록 허락하지 않은 끝에, 며칠 뒤 해골처럼 쪼그라들어 죽었다.

왕위를 요구하는 사람들이 여럿이어서 서로가 서로를 도륙했지만, 나는 그들의 이름조차도 기억할 수가 없다. 그런 일이 있은 뒤 델리의 왕좌를 차지한 사람은 킬지 부족의 살 만큼 다 산 늙은이, 잘라루딘 피로제였다. 그러나 피로제의 아들들은 그가 죽을 때까지 기다릴 수가 없었는지 그 중 여럿이 시디 마울라라는 가짜 구루의 영향력 밑으로 들어갔다.

시디 마울라는 그 자신의 수도원을 두고 무료식당을 운영하면서 부자와 권력자들에게 왕실 주방에서나 요리될 법한 당과들을 대접했다. 또 자기를 칭송할 일단의 추종자들을 두고서 그들로 하여금 자기에게 경의를 표했던 장군들과 왕실 혈통을 받은 왕자들의 이름을 줄줄이 외게도 했다. 그러나 사람들은 시디 마울라가 세속적인 부귀나 권력을 위한 치부에 뜻이 없으며, 심지어는 수석사제 자리도 거절했다고 잘못 알고들 있었다. 또한 지체 높은 집안의 딸들이 그와 결혼하고 싶어 했지만 그는 누구도 취하려 하지 않았다는 말이 돌기도 했다. 나는 속으로 개탄하지 않을 수 없었다. "기가 막혀서! 그게 무슨 수도사람? 한 발은 사원에 걸치고 다른 한 발은 왕궁에 걸친 사람이! 아마도 그자는 권력을 쥐려는 의도를 숨기려고 겸손한 척 가장하는 무리들 중의 하나일 거야."

언젠가 시디 마울라를 보았을 때 나는 그가 내 스승인 니자무딘의 발에 앉은 먼지에 입을 맞출 자격도 없다는 것을 당장 알아차렸다. 그는 전갈 꼬리처럼 말아 올린 번들번들한 콧수염과 턱수염을 길러 악당처럼 보이는 작자로, 귀족 티를 내면서 끊임없이 향수를 묻힌 무명 천 쪼가리에다 코를 킁킁거렸고, 젊은 사람인데도 똥배가 잔뜩 튀어나와 있었다. 하다못해 눈이 먼 사람이라도 이 시디가 단식을 하거나 욕망을 극복해야 한다고 믿는 위인이 못 된다는 것을 알 수 있었다. 한 마디로 그는 부자들을 상대하기에 바빠서 가난한 사람들에게는 내줄 시간이 거의 없는, 일찍이 무스타라프가 경고했던 말에 꼭 들어맞는 거만한 사내였다.

자만심으로 목에 핏대를 세운 이 바보에게 말하라!

거만한 태도는 종교를 망치고 정신을 해치고 명성을 앗는다고.

그러니 조심하라!

한 나라에 두 왕이 있을 수 없다는 것은 하나의 칼집에 두 개의 칼이 들어갈 수 없는 것만큼이나 자명한 사실이었다. 그러나 델리에는 한쪽에 킬지 부족의 잘라루딘 피로제가 있었고, 다른 쪽에는 그의 아들 중 하나와 술탄을 폐위시킬 음모를 꾸미고 있는 것으로 알려진 시디 마울라가 있었다. 이쪽 아니면 저쪽이 당할 수밖에 없는 형국이었다.

늙은 술탄이 어떻게 그 수도사를 앞질러 선수를 쳤느냐 하는 것은 대단한 얘깃거리가 된다. 말하자면 그는 사람을 몇 시켜 그 수도사가 술탄에게 적대적인 도당을 거드는 대가로 젊고 아름다운 공주를 약속받았다는 고발장을 내게 한 다음, 고발장이 접수되자마자 시디 마울라의 체포를 명한 것이었다. 시디 마울라와 이십여 명쯤 되는 추종자들이 손에 수갑이 채워지고 발에는 족쇄가 채워진 채 끌려 들어왔을 때 나는 치안소에 있었다. 이제부터 피가 흐를 것이고 시디 마울라의 적 편에 선 사람이면 누구든 그의 저주를 받게 될 터였다. 비록 그 수도사가 가짜라 하더라도, 그의 분노를 사야 할 이유가 어디 있었을까? 나는 치안관 님에게 갑자기 설사가 났는데 의원이 쉬라고 했다는 핑계를 대고 사흘간의 휴가를 청했다.

시디 마울라에게 무슨 일이 있었는지는 병문안을 온 서기들에게서 들어 알게 되었다. 치안관 님은 시디 마울라에게서 어떻게든 자백을 받아낼 셈으로 그를 때리고, 불알을 쥐어짜고, 항문에다 지독히 매운 고추를 밀어 넣고, 입에다 똥오줌을 퍼 넣게 했지만, 시디 마울라는 끝끝내 입을 열지 않았다는 것이었다. 술탄은 머리끝까지 화가 뻗쳤다. "그자와 추종자들을 불 위로 걷게 하라. 그자들이 살아나오면 짐은 죄가 없음을 믿고 풀어줄 것이다." 다음날 메라울리에서 멀지 않은 바하르푸르 마을 근처에 거대한 화장용 장작더미가 쌓아졌다. 시디 마울라가 기적을 행할 수 있다는 평판이 자자했던 만큼, 나는 그 광경을 놓칠 수가 없었다.

술탄도 그 장면을 지켜보려고 왔다. 그러나 장작더미에 불이 붙고 시디와 그의 추종자들이 불붙은 장작더미로 떠밀리자, 술탄은 용기를 잃고 율법학자들을 불러 그들에게 불로 시험을 하는 것이 신성한 계율의 승인을 얻은 것이냐고 물었다. 율법학자들은 고개를 저었다. "타는 것이 불의 본성입니다." 술탄은 명령을 취소하고 궁전으로 돌아갔다. 그러나 시디 마울라와 그의 추종자들이 채찍질을 당하면서 다시 치안소로 끌려오자 술탄은 분노를 치안관 님에게로 돌렸다. "네가 그자의 입을 열게 할 수 없다면 짐에게로 보내라. 짐이 손수 그 더러운 입을 열게 하리라."

람 둘라리에게서 집 안에만 있으라는 간청을 여러 차례 받았음에도 불구하고 나는 샤르 이나우─천 개의 기둥을 가진 카스르 이 하자르 궁전 근처에 건설되고 있던 새로운 도시─로 가는 서기들 틈에 끼었다.

술탄이 자리를 잡았을 때 시디 마울라와 그의 일당은 이미 공판정에 출두해 있었다. 술탄은 기분이 몹시 언짢아 보였고, 말투만 보아도 그의 마음이 몸이나 마찬가지로 불안정하다는 사실을 분명히 알 수 있었다. "네 죄를 자백해라." 그가 호통쳤다. "그렇지 않으면 네 입에서 혀를 뽑아내리라." 그러나 자백을 한다면 그는 머리가 잘리게 될 것이었다.

"저 협잡꾼을 짐에게 가까이 데려오라." 늙은 술탄이 명령을 내리고 시디 마울라가 앞으로 끌려나오자 옥좌에서 걸어 내려왔다. "악마의 자식! 너는 너 자신을 성자라 부르고 왕들의 일에 쓸데없이 간섭했으렷다!" 그가 수도사의 뺨을 갈기면서 소리쳤다. 그러나 시디는 꿈쩍도 하지 않았다. 비록 그의 얼굴은 멍이 들어 시커메지고 눈은 눈두덩이 부어올라 거의 감겼지만, 그의 콧수염 끝은 여전히 말려 올라갔고 태도도 전이나 마찬가지로 방약무인했다. 술탄이 다시 그를 때리며 소리쳤다. "말하라, 네 사통의 결과를!" 시디가 모든 사람들이 다 알아들을 수 있도록 분명하고 힘찬 목소리로 외쳤다. "잘라루딘, 알라의 금욕파 수도사인 이 시디 마울라의 말을 똑똑히 들어두어라!" 그는 마치 노예에게 하명을 하는 투였다. "알라께서는 그분의 종에게 손을 댄 죄로 너를 벌하실 것이다. 너는 네 혈족의 손에 죽을 것이고 너의 시체는 지옥불에 타고 말리라!" 느닷없이 시디 마울라가 술탄의 얼굴과 눈처럼 흰 턱수염에다 피 섞인 가래덩이를 뱉어냈다.

"악당! 후레아들놈! 돼지 새끼!" 늙은 술탄이 미친 사람처럼 날뛰기 시작하다가 자기의 신하들에게 분노를 터뜨렸다. "겁쟁이들! 너희 통치자가 이 개에게 모욕을 당하는데도 보고만 있었겠다!" 공판정에는 시디 마울라를 증오하는 것으로 알려진 교단의 수도사들이 한 무리 있었다. 그들이 시디에게로 달려들어 그를 피떡이 될 때까지 두들겨 팬 다음, 밖으로 끌어냈다. 시디는 거기에서 넝마 자루처럼 쓰러져 있었는데, 그가 살았는지 죽었는지는 알 길이 없었다. 잠시 뒤에 시디 마울라의 머리통을 밟아 뭉갤 코끼리가 끌려왔고, 곧이어 그의 머리통이 피와 버터 같은 지방질을 쏟아내며 코코넛 열매처럼 파열되었다. 나는 무릎이 저절로 꺾이고 떨리는 몸을 진정시킬 수 없어서 그대로 주저앉아 기도를 올리기 시작했다. 내가 정신을 다시 수습하기까지는 한 시간도 더 걸렸지만, 그러고도 나는 친구들의 부축을 받고서야 집으로 돌아올 수가 있었다.

얼마나 끔찍한 날이었던가! 시디 마울라가 샤르 이 나우로 끌려갔을 때는 맑게 갠 아침이었지만, 그가 죽자마자 하늘이 숯덩이처럼 검어지면서 엄청난 메뚜기 떼가 구름처럼 그 도시에 내려앉았다. 나무며 덤불이 모두 기고 뛰고 날고 하는 곤충들로 벌통이 되었다가, 나무들은 순식간에 벌거숭이가 되었고 덤불은 가시나무들로 바뀌었다.

그 다음에는 내가 그때껏 보았던 중에서 가장 지독한 모래폭풍이 불어 닥쳤다. 그것은 마치 벽을 무너뜨리고 나무를 뿌리째 뽑고 사람과 짐승을 동시에 눈멀게 하는 검은 코끼리 군단의 돌격과도 같았다. 온 세상이 캄캄해져서 언제 해가 지고 밤이 왔는지도 알 수 없었다. "이건 시디 마울라의 저주예요." 우리가 카말을 사이에 두고 서로를 부둥켜안고 있을 때 람 둘라리가 말했다.

시디 마울라의 예언은 실현되었다. 술탄 잘라루딘 피로제가 자신의 조카이자 사위이기도 한 알라우딘 킬지에게 살해당한 것이었다. 죽은 술탄이 지옥불에 구워졌는지 어땠는지는 알 수 없었지만, 우리는 초열지옥이 도래할 조짐을 분명히 느꼈다. 한여름의 뜨거운 열기가 델리를 가마솥으로 바꾸었고, 내리쬐는 햇살이 너무도 강해서 매일같이 이삼십 명이 일사병으로 죽어나갔다. 비는 한 방울도 내리지 않았다. 우물이 모두 말라 버렸고, 가축들은 목말라 죽기 시작했고, 농작물은 시들었다. 델리의 시장에는 밀가루도 쌀도 편두콩도 없어서 우리는 다른 지방에서 엄청난 값을 주고 식량을 구해 와야 했다. 온 도시가 길거리에서 죽어가는 굶주린 거지들로 가득 찼다. 힌두교도들은 그들의 신에게 기도를 드렸고, 이슬람교도들은 알라에게 기도했고, 우리는 크와자 님이 돌아오기를 빌었다.

우리의 기도는 보답을 받았다. 어느 날 아침 펀자브 지방에서 돌아온 한 수도사가 크와자 님이 메라울리에서 이틀만 걸으면 되는 거리에 있다는 소식을 전한 것이었다. 그날 저녁, 쿠투부딘 박티야르 카키의 영모에서 그분에게 걸맞은 환영식을 준비하기 위한 시민들의 모임이 열렸다.

고대했던 날이 오자 시민들이 수백 명씩 그 성인을 환영하기 위해 도시의 성문들 밖으로 쏟아져 나갔다.

크와자 님은 창백하고 피곤해 보였다. 뜨겁고 먼지 이는 길을 맨발로 수백 코스 넘게 걸어왔으니 놀랄 일도 아니었다. 하지만 그는 미소를 잃지 않았고, 옷자락에 입을 맞추거나 발을 만질 수 있을 만큼 가까이 몰려든 사람들 모두에게 축복을 내려주었다. 수도사들은 몰려드는 군중으로부터 그를 보호하기 위해 차단선을 쳐야 했다. '환영'이라고 적힌 현수막이 걸린 아치들로 장식된 시장에서 집집마다 옥상에 모여선 여인들은 그에게 장미꽃잎을 뿌렸고 남자들은 그를 화환으로 에워쌌다. 그리고 일단의 성가대원들에 이끌리는 긴 행렬이 메라울리 중심가에 있는 시장을 지나 쿠투부딘 박티야르 카키의 영묘로 구불구불 이어졌다. 그러나 크와자 님은 제발 혼자 있게 해달라는 말을 남기고 아울리야 회교성원의 지하실 방으로 내려가 안에서 문을 걸어 잠갔다.

한밤중에 우리는 우르릉거리는 천둥소리를 들었다. 계절풍이 부는 우기(雨期) 동안 비 한 방울 내리지 않았던 메라울리에 가을비가 소나기처럼 쏟아져 내린 것이었다. 믿지 않는 사람들의 입이 똥으로 채워지기를!

다음 목요일, 나는 카말과 람 둘라리를 크와자 님에게로 데려가 은총을 받게 했다. 지아스푸르로 몰려든 그 엄청난 군중! 내 생전 그렇게 많은 사람들을 본 것은 그때가 처음이었다. 거기에다 날씨까지 몹시 더워서 목이 콱콱 막힐 지경이었지만, 크와자 님의 말은 천국의 산간 계류에 식힌 과일즙과도 같았다.

"신은 단 한 분이되 우리는 그분을 여러 가지 이름으로 부릅니다. 또 그분께 다가가는 방법도 수없이 많습니다. 그러니 모두들 자기 자신에게 가장 낫다고 여겨지는 방식을 따르십시오. 신의 길은 회교사원이나 예배당으로 이끌릴 수도 있고, 우상들로 가득 찬 사원으로 이끌릴 수도 있고, 황야의 외로운 동굴로 이끌릴 수도 있습니다. 여러분이 어떤 길을 가느냐는 중요하지 않습니다. 중요한 것은 그 길을 가는 태도입니다. 여러분의 마음속에 사랑이 없다면 가장 나은 길이라도 여러분을 기만의 미로로 이끌 것입니다."

그러고 나서 크와자 님은 우리에게 예언자 무사의 일화를 한 가지 들려주었다. 어느 날 무사는 가난한 목동의 기도 소리를 들었다. "제가 종이 되려고 하는 당신은 어디에 계신가요? 저는 당신의 신발을 수선하고 당신의 머리를 빗기고 당신께 제 염소젖을 드리겠습니다." 무사가 감히 그런 무엄한 말로 기도를 한다고 목동을 꾸짖자 이번에는 신이 무사를 꾸짖었다. "그대는 내 충실한 종을 하나 쫓아버렸구나."

그러나 알라가 진정한 종교의 본질을 전해 준 것은 역시 예언자 무사에게였다. 그 전능하신 분께서 이르기를, "나는 병들었는데 너는 나를 보러 오지 않았다. 나는 배고팠는데 너는 나에게 음식을 주지 않았다." 고 하자 무사가 물었다. "신이시여, 당신께서도 병들고 배고플 수가 있습니까?" 그러자 신께서 대답하여 가로되, "내 종 아무개 아무개가 아프고 내 종 아무개 아무개가 배고프다. 네가 그 하나를 찾아가 문안하고 다른 하나를 먹였다면 너는 그들에게서 나를 발견했으리라."

크와자 님은 우리에게 수피교의 교리문답을 외게 했다.

현자 중에서도 가장 현명한 이는 누구일까?
세속을 거부하는 사람이니라.
성자 중에서도 가장 성스러운 이는 누구일까?
변화하는 시류에 따라 바뀌기를 거부하는 사람이니라,
부자 중에서도 가장 부유한 이는 누구일까?
스스로 만족하는 사람이니라.

빈자 중에서도 가장 가난한 이는 누구일까?
만족을 모르는 사람이니라.

어떻게 해야 만족할 수 있을까? 나는 나 자신에게 물었다. 크와자 님은 내가 마음속으로만 했던 질문을 알아들은 모양이었다. "그대에게 필요한 것을 겨우 살아갈 수 있을 정도로만 줄이고 욕망을 자제하라."

우리가 그곳을 나섰을 때는 수도원의 담 너머로 해가 진 뒤였다. 카말은 내 무릎에서 곤히 잠들어 있었고 마차꾼들은 메라울리로 돌아가기 위해 종을 울리고 있었다.

당시는 위험스러운 시기였던 데다 메라울리로 돌아가려면 악명 높은 강도들인 자트와 구자르들이 사는 마을을 지나야 했다. 그러나 우리는 10여 대의 마차들로 무리를 지었고 창칼을 든 20여 명의 사내들이 양옆에서 호위를 한 덕분에 아무런 불상사도 없이 메라울리에 당도했다.

그날 하루는 참으로 긴 날이었다. 나는 카말을 침대에 눕히고 람 둘라리가 우유를 한 잔 가져다주자─매일 밤마다 자기 전에 우유를 마시는 것이 내 습관이었다─그녀를 무릎 위로 끌어당겼다. "하루 종일 당신은 욕정을 다스리라는 설교를 들었어요. 하지만 날이 어두워지자마자 또 이 짓을 하고 싶어 하는군요." 아내가 항의했다.

"거참! 당신은 정말 바보로군! 하루 종일 사랑에 대한 설교를 듣고서도 밤이 되니 들었던 걸 모두 잊어버리고 말이야."

"크와자 님은 이런 사랑을 얘기한 게 아니었어요." 아내가 되받았다. "그분이 자주 이러지 않으셨나요? '신과 가까워지고 싶으면 우선 욕망을 자제하라'고 말이에요. 이게 당신이 욕망을 극복하는 방법인가요?" 그녀가 엉덩이를 내 사타구니에 대고 누르면서 물었다. "이런 식으로라면 당신은 절대로 신과 일체가 되지 못할 거예요." 아내가 킥킥거렸다.

"우선 우리끼리 일체가 되어 보자구. 전능하신 분과 일체가 되는 건 나중으로 미루고."

*

세월이 흘러갔다. 우리 치안관 님은 연로하여 직무를 수행할 수 없게 되자 은퇴하여 메카로 가도록 허락을 받았고, 그의 아들이 대신 치안관에 임명되었다.

새 치안관은 성격이 괴팍한 사람인데다, 힌두교도들을 몹시 깔보는 투였다. 그는 술탄 알라우딘 킬지의 열렬한 지지자가 되었는데, 그 술탄은 앞서 얘기했듯이 전(前) 술탄의 조카이자 사위, 그리고 암살자였다.

술탄 알라우딘 킬지는 남쪽의 힌두 왕국에 대한 침략을 개시하여 장군 말리크 카푸르로 하여금 바다가 지척인 곳까지 영역을 확장케 했다. 수천 명의 노예들, 수백 마리의 코끼리와 낙타들, 금은보화가 가득가득 실린 우마차들이 델리로 끌려왔다. 이슬람교도들에게는 봉사의 대가로 힌두 여인들이 주어졌고 수많은 힌두교 사원들이 파괴되었다. 술탄은 칼로 이룬 정복이 오래 가지 못하리라는 크와자 님의 충고에 전혀 귀를 기울이지 않았다.

세상 분위기는 나처럼 이슬람교도의 생활 방식을 택한 힌두교도들까지도 삶이 지겹다고 느껴질 정도로 바뀌었지만 나는 할 일을 했고, 봉급을 받았고, 입을 계속 다물었다. 그리고 만일 어떤 이슬람교도가 우리를 너무 심하게 괴롭히면 지아스푸르에서 피난처를 구했다. 우리 크와자 님 앞에서는 술탄도, 그러니까 자신을 시칸다르 이 샨시[20]라 칭하면서 델리를 다르 울 칼라파[21]라 명명하고, 몽고인 침략자들을 물리쳐 수천 명씩 학살하고, 시리라는 새 도시를 건설하고, 하우즈 이 알라이[22] 옆에 거대한 학당을 짓고, 첫 번째 쿠툽 미나르보다 두 배는 더 높은 다른 탑을 쌓기로 계획했던 그 강력한 술탄까지도 감히 눈을 치켜뜨지 못했다. 또 언젠가 그 술탄이 지아스푸르를 방문하고 싶다는 바람을 표시했을 때에도 크와자 님은 그의 청을 딱 잘라 거절했었다. "우리는 왕과 아무 상관도 없소이다. 술탄이 한 문으로 들어온다면 우리는 다른 문으로 나갈 것이외다."

어느 날 나는 치안소에서 우리 크와자 님을 칭송하는 노래를 부르고 있었는데, 밉살맞은 소리만 골라 하는 서기 하나가 모두에게 다 들릴 만큼 큰소리로 떠들어댔다. "기가 막혀서! 당신 같은 신사를 뭐라고 평할 수 있겠소? 말을 하면 할수록 더 부적절해질 테니! 당신은 여기선 무사디 랄 카야스타고 다른 데서는 샤이크 압둘라, 그리고 어떤 사람에게는 람 람[23] 하고 다른 사람들에게는 살람 합디다. 이슬람교도들하고 같이 있을 때는 카바를 향해 절을 하고 힌두교도들과 함께 있을 때는 쉬바 신의 고추에 입을 맞추고. 치안소에서는 신하, 수도원에서는 수도사, 한 발은 영묘에 걸치고 다른 한 발은 마누라의 침상에 걸치고. 당신은 양쪽에서 쓸 만한 것만 취하려고 든단 말이오. 아니, 관둡시다, 당신에 대해서 얘길 하면 할수록 더 부적절해 보이기만 할 테니."

점심을 먹은 뒤에 나는 치안소로 돌아가지 않고 안뜰에 있는 내 침상에

---

20 알렉산더 2세.
21 칼리파테의 옥좌.
22 델리에 물을 공급하도록 축조되었던 저수지.
23 힌두교도의 인사말.

누워 회색빛 하늘을 응시하면서 그 서기가 했던 말을 곱씹고 있었다. 만일 내게 힘만 있었더라면 나는 그자를 시장으로 끌고 가서 바지를 벗기고 사람들 모두에게 그자의 궁둥이에다 침을 뱉으라고 명령했을 것이었다.

람 둘라리가 내 곁으로 와서 앉아 물었다. "왜 그래요?"

"아무 일도 아냐."

"아무 일도 아닐 리가 없어요. 얼굴에 씌어 있는데요. 왜 나한테 얘길 안 해요?"

내가 이야기를 하는 동안 아내는 조용히 듣고 있다가 이야기를 마치자 벽을 향해 입을 벌렸다. 나는 하늘을 향해 입을 벌렸고. "우리 같은 사람들이 많아." 내가 푸념을 늘어놓았다. "자기를 술타니라고도 하고 아메르 쿠스라우라고도 하는 압둘 핫산이라는 시인도 그중 하나지. 그 사람 아버지는 이슬람교도였고 어머니는 힌두교도였거든. 그래서 힌두교도들에게는 힌디어로 시를 쓰고 이슬람교도들에게는 페르시아어로 시를 쓰지. 그 사람은 인도 사람들에겐 인도의 모든 것을 찬양하고 이슬람교도들에게는 이슬람 국가들의 모든 것을 찬양해. 또 술탄에게는 아첨을 하고 크와자 님에게는 알랑거리고. 그러면서도 양쪽 모두에게 호감을 사고 있어. 그 사람은 회교도 장군들을 찬양하는 시를 써서 그 시로 많은 돈을 벌지만, 다른 한편으로는 수도사인 척도 하고 있지. 하지만 이슬람교로 개종을 했기 때문에 누구도 감히 그 사람한테 뭐라고는 하지 못해. 힌두교도와 이슬람교도 양쪽 모두에게 괄시를 당하면서 그 사람들과 친해지려고 드는 건 우리 같은 가난한 힌두 사람들뿐이야. 우리는 이편에도 저편에도 낄 수가 없어. 사람들은 우리를 어지자지인 것처럼 취급하고."

"그자들이 어지자지가 되어버렸으면!" 람 둘라리가 화가 나서 소리쳤다. "그 압둘 핫산인가, 쿠스라우인가 하는, 여하튼 이름이 뭐건 간에, 그 사람을 찾아가서 얘기해 봐요. 그 사람에게서 조언을 구해 봐요."

"난 그 사람을 좋아하지 않아. 그 사람은 무슨 말을 하건 말에 가시가 있거든. 나 같은 사람들이 감당하기에는 너무 영리해."

"그래도 얘길 잘하면 당신 친구가 될지도 모르잖아요."

"당신은 정말 순진해도 너무 순진하구만! 당신은 세상 돌아가는 방식을 몰라. 부자들은 부자들하고만 친구가 된다고. 영리한 자들은 칭찬하고 아첨하는 사람들만 좋아하고. 쿠스라우는 부자고 영리해. 나는 그 사람이 신경을 써줄 만큼 중요하지가 못하다고. 또 그 사람 허영심을 충족시키면서 시간을 낭비하고 싶은 생각도 없고."

그러나 다음날 나는 지아스푸르로 갔다가 그 압둘 핫산 아메르 쿠스라우라는 자와 정면으로 맞닥뜨렸다. 여느 때처럼 그는 한 무리의 칭송자들에게 둘러싸여 있었고, 들리는 것도 역시 그의 말소리뿐이었다. 나를 보자마자 그가 내게 가시 돋친 혀를 휘둘렀다. "랄라 무사디 랄인가 압둘라가 우리 사이에 그 존엄한 모습을 드러내셨구만." 나는 그를 본 척도 않고 다른 사람들하고만 인사를 나누었다. 그의 친구이자 또 다른 시인인 아미르 핫산 델비는 좀 더 상냥했다. "이보게 압둘라, 요즘 어떻게 지내시는가?" 그가 안부를 물었다. "알라께 영광을!" 내가 자리에 앉으면서 대답했다.

쿠스라우는 내 기분이 상한 것을 알아차리고 화해를 하려고 들었다. "압둘라, 내 자넬 위해서 힌디어로 된 수수께끼를 하나 새로 만들었는데, 자네가 그걸 풀 수 있는지 한 번 알아볼까?"

> 나는 스무 번이나 그들의 머리를 잘랐지만
> 잃은 생명은 하나도 없고 피도 흘리지 않았다네.

그는 내가 오기 전에 다른 사람들에게도 그 수수께끼를 냈던 것이 분명해서 그들 모두가 이구동성으로 떠들어댔다. "이건 정말 기가 막힌 수수께끼야!" 내가 그것이 무엇인지를 알아맞히지 못하자 쿠스라우의 고약한 버릇이 되살아났다. "바보!" 그가 소리쳤다. "답은 수수께끼 그 자체에 있어. 그건 나쿤이야. 자네 나쿤이 양 손톱 발톱을 뜻한다는 것도 모르나? 자넨 이 쿠스라우의 수수께끼를 풀어내려면 머리가 좀 더 있어야겠구만."

"알라는 당신에게 영리함을 주셨고 이슈와르는 내게 예의범절이라는 선물을 주신 거죠." 내가 할 수 있는 힘껏 가시 돋친 소리로 대답했다. 그 말이 정곡을 찔렀는지 쿠스라우가 어조를 바꿨다. 그는 한 순간 시뻘겋게 달아올랐다 다음 순간에는 차갑게 식는 그런 사람이었다. "나쁘게 생각 말게." 그가 구슬렸다. "우리는 서로 믿는 형제들이니까. 이걸 한번 풀어 보게."

> 밤새도록 그는 나와 함께 있지만
> 새벽이 오면 가버리고 말아.
> 그가 가면 내 가슴은 찢어진다오,
> 오, 친구여, 그게 나의 연인이었을까?
> 아닐세, 친구, 그건…….

"그건……? 그건……?" 쿠스라우가 내 코앞에다 대고 손가락을 튕기면서 물었다. 다행히도 누가 답을 댔다. "아닐세, 친구. 그건 램프였어." 쿠스라우는 한 수수께끼에서 다음 수수께끼로 계속 넘어갔다. "그래, 자네가 페르시아의 카카니보다도 더 위대해질 거라는 예언은 분명히 실현되었어." 그의 친구들 중에 하나가 알랑거렸다. 쿠스라우는 그 말을 부정하지 않았다. "나는 크와자 님의 발밑에 있는 먼지에 지나지 않아! 하지만 위대한 니자무딘께서 내게 '인도의 나이팅게일'이라는 칭호를 내려주시고 나를 힌두스탄의 샤이크 사디라고 부르시는데, 이 세상의 어떤 힘이 내가 모든 시대의 가장 위대한 시인이자 음악가가 되지 못하게 막을 수 있겠나? 내 보잘것없는 몸뚱이 안에서 날고 있는 건 내가 아니라 크와자 님께서 내 가슴속에 밝히신 성스러운 불꽃인데."

그런 가장된 겸손과 낯 두꺼운 허풍에 누가 무슨 말을 할 수 있었을까? 사람들은 과연 누군가가 성공을 거두면 곧바로 그의 천재성에 대하여 새로운 면모를 찾아내려고 서로 경쟁을 벌인다. 그것은 쿠스라우에 대해서도 마찬가지였다. 한 사람이 쿠스라우가 위대한 시인이라고 하면 다른 사람은 그를 위대한 음악가라 했고, 세 번째 사람이 쿠스라우가 위대한 정치가라고 하면 네 번째 사람은 그가 더욱더 위대한 검술가라고 단언했다. 쿠스라우는 자기에 관한 이야기들을 퍼뜨리는 수법을 알고 있었다. 이슬람교도들 사이에서는 자기네 조상의 기원을 외국 땅까지 더듬어 올라가는 것이 유행이었는데, 쿠스라우 역시도 터키를 자기의 '고향'이라고 불렀다. 그의 살빛은 나보다도 더 검고 혈관에는 터키인의 피보다 인도 사람의 피가 더 많이 흐르는데도. 또 그가 직접 고른 시적인 필명(筆名)도 출생의 고귀함과 권력과 부를 나타낼 셈으로 고안된 것들이었다. 처음엔 그는 술타니(끝에서 한 글자만 떼면 그것은 술탄이 된다)였다가 그 다음에는 쿠스라우가 되었고 거기에다 아미르까지 덧붙였다. 신은 그에게 두뇌와 재능을 주었지만 그는 겸손으로 재능을 눅이는 법을 잊어버렸다. 자신을 샤이크 사디[24]와 비교한 이 허풍쟁이는 자화자찬하는 사람들에 대해 쓰인 경구를 알지 못했다.

---

24 13세기 페르시아의 시인.

자신의 혀로 자기를 칭찬함은
현자에게 걸맞지 아니하니,
자기 손으로 제 젖가슴을 쓰다듬는다면
거기에서 무슨 즐거움을 얻으랴?

크와자 님이 들어서자 쿠스라우의 태도가 순식간에 싹 바뀌는 꼴이라니! 그는 마치 콧수염이 오만하게 위로 치켜진 마스크를 벗고 콧수염이 겸손하게 아래로 처진 다른 마스크를 쓴 배우 같았다. 그 거만한 허풍쟁이가 옷자락에 입을 맞추고 눈물을 흘리는 열렬한 추종자로 돌변한 것이었다. 그리고 수천 명의 참석자들 가운데서 크와자 님으로부터 "그래, 아무 일 없었는가, 압둘 핫산?"이라는 질문을 받음으로써 영예를 얻으려 드는 것도 언제나 그 하나뿐이었다.

메라울리로 돌아오는 동안 나는 쿠스라우에 대한 언짢은 생각들로 머리가 무거웠다. 다른 사람들이 그가 어떤 이중인격자인지를 알아볼 수 없다는 것이 어찌된 노릇일까? 그는 셀 수도 없이 많은 주인들을 섬겼었다. 만일 누군가가, 언제 지는 해에 등을 돌리고 새로 떠오르는 태양을 숭배해야 하는지 안다면 그것은 바로 쿠스라우였다. 그가 술탄 발반의 조카인 말리크 차주에게 처음 빌붙었을 때 그를 얼마나 극구 찬양했던가! 그러나 얼마 안 가서 곧 그는 술탄의 둘째아들에게 붙어 차주를 깎아내렸고, 다음에는 술탄의 추정(推定) 후계자를 섬겼고, 그 다음에는 아바드의 통치자를 섬겼다. 또 인도를 통치하는 왕조가 힌두 혼혈이었을 때는 자기의 혈관 속에 힌두 사람의 피가 흐른다면서 힌두스탄의 위대함을 극구 찬양하고 힌두스탄의 구장잎과 바나나와 장기(將棋) 선수들과 음악가들을 칭송했지만, 통치자가 고집불통인 이슬람교도로 바뀌자마자 그 똑같은 쿠스라우는 이렇게 주장했다. "사람을 셀 때 힌두교도들은 세지 말아야 해. 그자들은 소를 숭배하고 까마귀가 앵무새보다 더 우월하다고 여기고 당나귀 울음소리에서 불길한 징조를 찾으니까." 쿠스라우의 말에 따르자면 인도를 세상에서 가장 위대한 국가로 만든 원동력은 자기, 즉 쿠스라우가 인도 사람이라는 데 있다는 것이었다. 나는 속으로 나를 달랬다. 쿠스라우는 교활한 아첨꾼이야. 그런데 내가 왜 그런 자 때문에 시간을 낭비하면서 속을 썩여야 하지? 마차가 아울리야 회교성원 밖에 멎었을 때쯤 나는 쿠스라우를 무시해버릴 수 있었다. 내가 보기에 그는 어쩌다 성공을 거둔 어릿광대, 쿠스라[25]에 지나지 않았다.

람 둘라리가 내 발자국 소리를 듣고 걸쇠를 풀어 나를 맞았다. 카말은 이미 잠이 든 뒤였다. 그녀가 내게 데운 우유를 한 잔 가져다주고 옆으로 와서 앉자 나는 그녀에게 지아스푸르에서 무슨 일이 있었는지를 얘기해주었다. 그러면서 깎여나가는 손톱에 관한 수수께끼를 내기도 했지만 아내는 전에 그 수수께끼를 들은 적이 있는지 바로 답을 말했다. 다음에 내가 온 밤을 지새운 뒤 새벽에 떠나가는 다른 수수께끼에 대해서 묻자 그녀가 내 배를 꾹 찔렀다.

"당신 마음속에는 그 생각밖에 없나요?"

나는 그녀의 손을 잡아 내 사타구니에 올려놓고 말했다. "이게 아니라구, 이 멍청한 여자야! 그건 램프야."

그녀가 일어서더니 램프를 불어 껐다.

25 불알을 깐 말.

세월은 유수처럼 흘러갔다. 우리의 음부는 수천 번을 결합하여 서로에게 황홀감을 안겨주었고, 나는 아내의 몸속으로 야무나 강물처럼 많은 정액을 쏟아 넣었지만, 그러한 노력 중 어느 것도 람 둘라리의 자궁에 더 이상의 결실을 맺지는 못했다. 내 머리칼은 점점 더 엷어져서 마침내는 한 올도 남지 않게 되었다. 내 오른쪽 눈도 부옇게 흐려지기 시작했고, 의원들이 처방해 준 안티몬으로도 얼마 안 가서 곧 왼쪽 눈의 시력을 앗아가 버린 백내장을 막아내지 못했다. 람 둘라리의 머리칼도 회색으로 바뀌었다. 아내는 월경을 멈추자 곧 허리에 군살이 끼기 시작한 탓으로 침상에서 일어나야 할 때마다 손으로 무릎을 짚고 남에게 도움을 청해야 되었다. 때때로 우리는 같은 침상에 누웠지만 서로의 입술이 맞닿는 때보다는 궁둥이가 맞닿는 때가 더 많았다. 그러나 우리는 이슈와르께서 우리에게 주실 만큼 주셨다고 여겨 남은 여생을 기도에 헌신하기로 했다.

그때쯤 카말은 성년이 되어 있었고 시리 근처의 하우즈 이 알라이에 있는 학당에서 터키어와 페르시아어에 대한 지식을 습득해두었다. 나는 치안관에게 청을 넣어 그에게 열한 개의 금화를 선물하고 카말을 치안소 서기로 내 자리에 대신 앉혀줄 것을 부탁했다. 그리고 람 둘라리는 조그마야 사원과 지아스푸르 수도원에 같이 참례하던 카야스타 집안의 딸들 중에서 며느리 감을 찾았는데, 카말과 그의 아내가 처신하는 것으로 보아 우리 카야스타 집안이 내 대에서 끝나지는 않을 것임이 분명했다.

우리는 메라울리에 있는 집에서보다도 지아스푸르에 있는 크와자 님의 수도원에서 더 많은 시간을 보내기 시작했고, 다음에는 지아스푸르에다 방을 세내어 살기 시작하면서 메라울리로는 한 달에 한 번씩만 아들과 며느리를 보러 갔다. 그러나 매주 목요일마다 카말이 아내를 데리고 우리를 보러 왔다.

우리는 매일같이 크와자 님을 뵈었다. 쿠스라우 역시 전보다 더 자주 그곳을 찾아왔는데, 세월이 지나 이가 빠졌고 풍자로 싸발려졌던 혀도 순화되었다. 그는 우리와 아주 친해져서 람 둘라리를 제수씨라고 부르기 시작했고, 나도 그의 우정을 받아들여 자주 서로의 집을 찾았다.

늙은 나이에 더 이상 무엇을 바랄 수 있을까? 평화, 기도, 무사(無事), 친구들―그 모든 것이 한 그루의 거대한 보리수나무 그늘 밑에, 그리고 신의 사랑을 받는 동시에 사람들에게서도 사랑받는 우리 크와자 님의 그늘 밑에 있었으니! 우리는 세상의 일부가 되지 않고 그 속에서 살았다. 아무것도 사려는 생각 없이 시장을 이리저리 돌아다니는 사람들처럼.

그러나 이따금씩은 세상 일이 우리의 성소(聖所)로 흘러들지 않을 수 없었으니, 내가 기억하는 한 가지 경우는 술탄 알라우딘 킬지의 죽음이었다. 처음에 우리는 그가 잠을 자던 중에 죽었고, 노예였다가 사령관의 지위로까지 올라선 말리크 카푸르가 회교도 장군들이 계승자에게 칭호를 부여하기 전까지 잠정적으로 통치권을 넘겨받았다는 말을 들었다. 그러나 다음에는 카푸르가 자기 주인의 첫 번째 비(妃)를 침대로 끌어들였고, 두 왕자의 눈을 뽑았고, 많은 사람들을 죽였다는 말이 들렸다. 군주들이 바뀌건 말건 별 상관을 하지 않던 크와자 님마저도 귀에 손을 갖다 대고 "다시는 이런 일이 있어선 안 돼!" 라고 외치셨다. 심지어는 자기 자신의 입으로 "어느 치세에서나 그른 이야기를 엮어냈다." 고 했던 아메르 쿠스라우까지도 지아스푸르에서의 모임에 말리크 카푸르를 풍자하는 시를 써와서 와서 낭송했다. 우리는 크와자 님께서 누군가에게 좋지 않은 말을 하면 그가 틀림없이 벌을 받는다는 사실을 알고 있었다. 일은 실제로 그렇게 되고 말았다. 궁정 하인들이 말리크 카푸르에게 반기를 들고 일어나 그들의 단검을 말리크의 사악한 피로 축인 것이었다.

다음 번 술탄이 된 쿠투부딘 무바라크 샤는 우리 크와자 님을 좋아하지 않았다. 거기에다 아첨꾼들이 술탄의 가슴속에 묻혀 있던 증오라는 재에 부채질을 해서 그것을 적의에 찬 불길로 바꾸는 데는 그리 오랜 시간이 걸리지 않았다. 그들은 이렇게 모함했다. "니자무딘은 사람들에게 자기는 누구에게도 세금 한 푼 내지 않는다고 떠들어댑니다. 그리고 폐하의 백성들이 보는 앞에서 폐하께 부복하라는 왕명도 거역합니다(이것은 크와자 님이 쿠와트 울 이슬람 사원에서 금요일에 열리는 기도회에 참석하지 않는 것을 두고 한 말이었다). 그는 온갖 방법으로 폐하와 쿠스로 칸에 대한 헛소문을 퍼뜨리고 있습니다."

이 쿠스로 칸이 누구였던가? 그는 구자라트[26]로의 원정 기간 동안에 사로잡힌 힌두교도 파와르[27] 소년이었다. 구자라트 사내들은 잘생겼지만 남자답지가 못했는데, 구자라트 사람들 중에서도 파와르들은 가장 잘생긴 동시에 가장 여자 같은 사내들로 알려져 있었다. 나는 이 쿠스로 칸이라는 자를 보지 못했지만, 사람들 말에 따르면 눈은 사슴 같고 눈썹은 언월도 같은 미소년으로, 엉덩이가 여인처럼 팡파짐하다고들 했다. 그런데 무슨 운명의 장난인지, 여인들에 대한 왕성한 색욕으로 이름이 나 있던 술탄은 인도, 이란, 터키의 미인들이 넘쳐나는 하렘에 등을 돌리고 구자라트 출신의 이 소년과 사랑에 빠진 것이었다. 술탄은 그자로 하여금 입술에 색을 칠하게 하고, 그렇잖아도 검은 눈에 화장먹을 바르게 하고, 같은 잔으로 술을 마셨다. 그리고 시의들은 그 소년의 엉덩이에 문지를 향기로운 기름을 조제하라는 명을

---

26 인도 서부 봄베이주 나르바다 강 북쪽의 평야 지대.

27 5−6세기경에 구자라트 지방으로 들어온 네 외래종족 중의 한 종족.

받았다. 그러나 거기에서 그친 것이 아니었다. 다음에는 술탄에게 또 다른 변화가 생겨나 자신의 입술에 색을 칠하고, 자기 궁둥이에 향기로운 기름을 문지르고, 파와르 미동에게 자기가 그에게 하던 짓거리를 자기에게도 하도록 시킨 것이었다. 그 일의 세세한 내용들이 입에서 입으로 전해지면서 더 많은 후추와 양념이 곁들여졌다.

그 상황에 대해 힌두교도들보다 더 황당해한 것은 이슬람교도들이었다. 남자답기 그지없는 터키 사람이 이교도에게, 수말이 암말에게 그러듯, 올라타게 하다니 그게 대체 무슨 수치냐는 것이었다. 그러나 술탄은 이슬람교도들이 못마땅해 하는 이유가 자기의 애인이 힌두교도이기 때문이라는 생각으로 그 소년에게 이슬람교로 개종하고 이름도 쿠스로 칸으로 바꿀 것을 명했다. 그리고 다음에는 둘이 같이 공공연하게 술을 마시고 떠들어댐으로써 그 일을 자축했다. 시장바닥에서도 구자라트 종마와 터키 암말에 대한 외설스러운 농지거리들을 들을 수 있었다. 그 소문들은 마침내 술탄의 귀에도 들어갔는데, 우리 크와자 님을 미워하던 율법학자들은 술탄에게 그와 쿠스로 칸에 대한 온갖 더러운 이야기들의 진원지가 지아스푸르에 있는 수도원이라고 고해바쳤다.

술탄은 그 중상모략을 그대로 믿고서 수도원에 대한 식량 공급을 중단시켰다. 그리고 오가는 사람들을 검문하기 위해 지아스푸르에 치안지소가 세워졌다.

그러나 신께서 역사하시는 방법은 기이하기도 하여라! 술탄 중의 술탄이었던 우리 크와자 님은 다만 종이조각에 알라의 이름을 적어 그것을 수도원 입구에 붙여 놓았을 뿐이었다. 그리고 무료식당에서 요리되는 음식의 양을 두 배로 늘릴 것이라고 공표했다. 알라께서는 우리에게 밀가루, 편두콩, 소금, 그리고 기름이 절대로 부족하지 않도록 유의하셨다. 비록 회교도 장군들이 슬그머니 사라져 버리기는 했어도 수도원을 찾는 가난한 순례자들의 수는 오히려 더 늘어났다.

그처럼 전개된 상황이 그렇잖아도 불같은 술탄의 성질에 부채질을 한 격이 되어, 그는 수도원을 폐쇄하라고 명령했다. 그러나 신께서 역사하시는 방법은 신비롭기도 하여라! 신께서는 그분이 사랑하시는 친구의 곤경을 들으시고 술탄에게 본때를 보여 주기로 하신 것이었다. 그리하여 술탄과 그가 애인으로 삼은 소년의 죄악에 찬 동거가 끔찍스러운 결과를 낳았으니, 왕의 성기에 종기가 돋아 요도를 막은 것이었다. 의원들이 온갖 종류의 고약을 처방했지만 종기는 낫지 않았고 한 방울의 오줌도 새어나오지 못했다. 신벌 (神罰)을 받아 생긴 병에 무슨 약인들 소용이 있을까? 그리고 사람이 오줌을 누지 않고서 얼마나 오래 살 수 있을까? 채 몇 시간도 지나지 않아 술탄은 고통에 몸부림치며 알라께 자비를 내려달라고 울부짖고 있었다. 그의 어머니가 산발을 한 머리에 흙을 끼얹고 지아스푸르로 찾아와 크와자 님의 발을 붙들고 자기의 아들을 용서해 줄 때까지 놓아주지 않겠다며 애원했다. "그대의 아들이 양위를 하고 이 나라를 우리에게 넘기도록 하시오." 크와자 님이 분부했다. 우리는 신께서 사랑하시는 분이 또 다른 기적을 염두에 두고 있다는 것을 알았다.

왕의 어머니가 급히 왕궁으로 돌아갔고, 술탄은 그 끔찍한 고통 속에서 오줌을 눌 수 있게 되자마자 왕국을 포기하겠다고 동의했다. "아니 되오." 우리 크와자 님이 사자에게 일렀다. "먼저 양위를 하고 다음에 소변을 보아야 하오. 왕의 손으로 직접 양위 승인서를 작성하여 옥새를 누르라 하시오."

양위 승인서에 서명을 했을 때 술탄은 거의 죽을 지경이 되어 있었다. 그러나 봉랍(封蠟)에 옥새를 누르자마자, 터지기 직전에 있던 그의 방광이 그

안에 있던 유독한 내용물을 비워냈다. 왕의 어머니가 아들의 오줌이 담긴 항아리를 이고 왕궁에서부터 지아스푸르까지 내내 맨발로 걸어왔고, 궁녀들과 내시들과 경호원들이 그 뒤를 따랐다. 그녀가 크와자 님 앞에 부복하여 그의 발치에 양피지 두루마리를 내려놓자, 크와자 님이 봉인을 뜯고 술탄 쿠투부딘 무바라크 샤에 의해 작성된, 힌두스탄 왕국을 지아스푸르의 수도사 하즈라트 크와자 니자무딘에게 양도한다는 승인서를 큰 소리로 읽었다. 그리고는 양위 승인서를 구겨서 오줌 항아리에 떨어뜨렸다. "우리 수도사들이 속권(俗權)에 간여하는 것은 이것뿐이오." 그 말을 남기고 그는 기도를 하기 위해 자기 방으로 물러갔다.

인간의 본성이 사악하면 후회는 잠시뿐이고 선행을 베풀어준 사람들에 대한 고마움도 곧 사라져버린다. 술탄은 성기가 치료되자마자 전에 그랬던 것처럼 다시 몹쓸 짓을 하기 시작했다. 더군다나 우리 크와자 님이 힌두스탄의 주권을 넘겨받았을 때 어떻게 했었는지에 대한 소문이 두루 퍼져 있던 터였으므로, 술탄은 감사하는 마음보다 굴욕감이 더 컸다. 땅에 떨어져 있던 위신을 다시 일으켜 세울 셈으로, 그는 이슬람교도들에게 새 달 하루 전날 쿠와트 울 이슬람 사원으로 모여 그에게 경의를 표해야 할 것임을 주지시키라고 명했다. 우리 크와자 님이 그날을 타계하신 어머니의 성스러운 기억에 바친다는 것을 알고서 그런 것이었다. 크와자 님은 왕의 명령에 대한 말을 듣고 조언을 구하기 위해 어머니의 무덤으로 기도를 드리러 갔다가 기도를 드린 뒤 앉아 있던 자리에서 그대로 잠이 들었다. 그리고 잠에서 깨자 우리에게 거대한 황소가 자기에게로 달려드는 꿈 이야기를 해주었는데, 결국은 그 거대한 황소의 뿔을 잡아 땅바닥에 쓰러뜨렸다는 것이었다. 그 꿈이 예언하는 바가 무엇인지를 알아보기 위해 해몽가를 찾아갈 필요는 없었다.

마침내 운명의 날이 왔지만 저녁 기도 시간에는 여느 때처럼 크와자 님과 함께 하려는 사람들이 모여들었다. 서쪽 담장의 그림자가 수도원의 안뜰을 가로질러 퍼질 무렵, 크와자 님이 우리 몇 사람을 데리고 떠오르는 달을 보러 옥상으로 올라갔다. 태양의 아래쪽 가장자리가 샤르 이 나우 전쟁터 아래로 막 가라앉았을 때, 우리는 창백한 은빛의 초승달을 보았다. 크와자 님이 짧은 기도를 올린 뒤에 손바닥으로 눈과 턱수염을 쓰다듬고 나서 다음과 같은 구절로 된 페르시아의 시구를 암송했다.

오, 여우야! 너는 어째서 네 굴에 머물지를 않았느냐?
너는 어째서 사자와 다투어 죽음을 자초했느냐?

우리는 한동안 상쾌한 저녁 미풍을 즐기며 옥상 위를 이리저리 거닐었다. 태양도 달도 모두 사라지고, 잠시 황혼이 내렸다가 캄캄한 밤이 되었다. 갑자기 서쪽 지평선이 불타오르면서 여러 마리의 말들이 달려오는 말발굽 소리가 들렸다. 그것은 마치 횃불을 든 일단의 군대가 우리 쪽으로 질주해 오고 있는 것처럼 보였다. 술탄이 크와자 님을 체포하려고 보낸 왕실 경찰대였을까? 치안관이 직접 찾아왔다. 하지만 그는 신께서 사랑하는 분을 체포하러 온 것이 아니라 술탄이 살해되었고 온 도시가 혼란에 빠졌다는 소식을 전하러 온 것이었다.

다음날 아침 우리는 벌어졌던 일의 소상한 전모를 알게 되었다. 술탄과 그의 파와르 애인은 매일 번갈아가며 남자 역할과 여자 역할을 하도록 규칙을 정해 놓고서 즐거움을 배가시킬 셈으로 정교한 결혼식 제스처 게임을 벌이곤 했던 것이다. 한날 저녁에는 술탄이 터키인 신랑으로 파와르를 찾아와 혼인 계약서에 서명한 다음 그를 침상으로 안내하고, 다음날 저녁에는 그 역할이 반대로 되고 하는 식으로. 그리고 결혼식이 끝난 다음에는 다와트

이 발리마[28]가 뒤따랐는데, 분명히 그 운명적인 날 밤에는 술탄이 여자 노릇을 하고 파와르가 그에게 올라탈 차례였던 모양이었다. 술탄은 터키인 신부처럼 헐렁한 명주 옷 위에 거미줄 같은 망사를 두른 차림으로 치장했고, 파와르는 라지푸트 족 신랑이 그러듯 말에 올라 한 무리의 악사들을 이끌고 궁전으로 찾아갔다. 그들은 힌두교 의식에 따라 만트라 가락에 맞추어 희생의 불 주위를 돌며 결혼식을 올렸고, 다음에는 파와르가 터키인 '신부'를 침상으로 데려가 갖가지 희롱을 하면서 옷을 벗기기 시작했다. 터키인 '신부'는 첫날밤에 숫처녀가 그러듯 수줍게 앙탈을 부렸고. 그런 짓을 실컷 즐기고 난 뒤 파와르는 이제 완전히 다 나은 술탄의 성기를 만지작거리기 시작했는데, 그런 행위에 대해서 아는 사람들은 그것이 남자와 남자 간의 부자연스러운 동거에서 흔히 있는 일이라고들 한다. 흥분이 절정으로 치닫자 파와르는 성기를 꺼내어 난폭하기 그지없게 술탄의 항문에다 박아 넣었다. 그리고 술탄이 비명을 지르는데도 미친 듯한 광기에 사로잡혀 양손으로 술탄의 불알을 으스러뜨리고 말았지만, 그의 시야를 가렸던 미혹의 아지랑이가 걷힌 것은 그가 광기에 찬 욕정을 다 짜내버린 뒤였다. 일이 그렇게 되고 말자 그는 대담하게도 술탄의 머리를 자르고 그의 몸뚱이는 아랫것들을 시켜 성벽 아래로 던지게 했다. 그리고는 백성들이 여자 옷을 입는 타락한 성도착자에게서 통치 받는 것을 원치 않기 때문에 자기가 술탄을 처형했노라고 선언했다. 그렇게 해서 남색과 미동에 빠졌던 술탄 쿠투부딘 무바라크 샤의 통치는 끝이 났으니, 그것이 1320년의 일이었다.

델리는 새로운 왕을 맞았다. 남색에 빠진 변태성욕자가 다른 변태성욕자를 승계한 것이었다. 쿠스로 칸이라고 개명을 한 구자라트 출신의 힌두교도

28 첫날밤을 치르는 성대한 잔치.

파와르 라지푸트는 술탄 나시루딘 모하메드라는 칭호로 힌두스탄의 황제임을 선언했다.

우리는 성스러운 운명의 창조자가 이 새로운 술탄이 자기의 죄악에 찬 상대를 없애버린 뒤에 벌을 받지 않고 넘어가도록 그냥 놓아둘지가 궁금했다.

나시루딘은 장군들에게서 충성을 살 요량으로 과다한 선물을 보냈고, 먼 지방의 통치자들에게는 예복을 보냈다. 대부분의 장군들이 그의 선물을 받고 답례를 했지만, 몽고인의 침입에 대비하여 서쪽 변경을 지키고 있던 지아수딘 투그락 하나만은 예복이 담긴 쟁반을 차버리고 이렇게 잘라 말했다. "그 어떤 터키인도 위선자 어지자지를 군주로 인정하지 않을 것이다."

인도의 이슬람교도들이 나시루딘에 대항하여 봉기하자 그는 라지푸트 부족과 자트 부족에게 도움을 청하여 샤르 이 나우를 방어하는 데 그들을 끌어들였다. 전쟁은 그 도시 외곽에서 치러졌는데, 처음에는 터키인들이 좀 밀리는 듯했지만 시내의 이슬람교도들이 자트와 라지푸트들에 대항하여 들고 일어나 전쟁의 국면을 종교가 같은 사람들에게 유리하도록 바꾸었다. 싸움이 끝난 뒤, 지아수딘 투그락은 나시루딘의 사지를 찢고 몸통은 성벽 너머로 던져버렸다. 그리고 뒤이어 수천의 시민들이 칼에 맞아 죽는 대학살극이 벌어졌다. 람 둘라리와 나는 우리 아들과 며느리가 무사하기를 빌면서 온밤을 지새웠다(그러나 현명한 카야스타답게 그들은 집 안에만 틀어박혀 있었고 문에다 이슬람교도의 집임을 알리는 786이라는 숫자를 적어 놓음으로써 피에 굶주린 터키인들의 화를 면했다).

어느 현자는 신하라면 마땅히 통치자의 얼굴에 돋은 사마귀를 볼 것이 아니라, 그의 고상한 모습만을 보아야 한다고 했다. 새로 술탄이 된 지아수딘 투그락은 지체 높은 집안 출신이었을 뿐더러, 힌두 공주를 아내로 취했고 그의 아들인 주나 왕자 역시 힌두 귀족 집안과 혼인을 시켰었다. 힌두교도를 으뜸가는 부섭정으로 삼고 힌두교도인 며느리를 둔만큼, 우리는 그 술탄이 비 이슬람교도인 신민들에게 관대할 것으로 기대했다. 그러나 우리의 기대는 철저히 배반당하고 말았다. 지아수딘 투그락은 고집 센 폭군임이 드러난 것이었다. 또 그 위에다, 아첨꾼들이 그와 크와자 님 사이를 이간질시켰다. "이 늙은 수도사(크와자 님은 그때 여든이 넘어 있었다)의 부섭정으로서 지상에 계시는 폐하께 마땅한 경의를 받아야 합니까?" 그들이 물었다.

지아수딘 투그락은 메라울리와 지아스푸르 사이에다 훗날 그의 부족 이름을 따서 투그라카바드라고 불리게 될 높은 성벽으로 둘린 황금벽돌 도시를 건설한 다음, 모든 사람들이 자기에게 경의를 표하고 자기의 훌륭한 작품을 찬양하러 찾아와주기를 바랐다. 모두들 그렇게 했으나 우리 크와자 님은 그렇게 하지 않았고, 지아수딘이 설명을 요구하자 그 새로운 도시가 얼마 안 가서 곧 구자르 강도들에게 점령당한 폐허가 될 것이라고 예언했다.

그 말이 전해지자 술탄은 크와자 님에게 본때를 보여주겠다고 별렀다. 그 어리석은 남자는 신께서 당신의 사랑하시는 성자, 니자무딘을 통해 말씀하신다는 사실을 깨닫지 못한 것이었다. 그리하여 성스러운 코끼리 조련사 역할을 떠맡으신 신께서는 술탄을 몰이 막대기로 때려 무리에서 떨어져 날뛰는 광포한 코끼리처럼 행동하게 만들었으니, 그가 동쪽 지방에서 승리를 거두도록 함으로써 그의 머리에 누구에게도 패배하지 않는다는 망상을 가득 채운 것이었다. 그 나머지 일은 궁정 신하들이 마저 했다. "오, 전능하신 술탄이시여, 폐하께서는 밀을 거두는 수확자처럼 수천 명이나 되는 적들의 머리를 잘라내셨습니다. 그런데도 무슨 연유로 폐하께서는 이 하찮은 수도사를 없앨 수 없으신지요?" 그들이 물었다. 델리에서부터 단 며칠만 행군하면 되는 거리에 있던 지아수딘 투그락은 그가 수도로 입성하기 전에 지아스푸르의 수도원을 철저히 뭉개버리라는 명을 내렸다.

치안관이 눈물을 글썽이며 찾아와 크와자 님의 발치에 술탄의 명령서를 내려놓자, 크와자 님이 그를 위로했다. "이보게, 나는 여러 왕들이 오가는 것을 보았네. 내가 처음 델리로 왔을 때는 지아수딘 발반이었지. 다음에는 카이코바드와 잘라루딘 피로제, 그 다음에는 킬지 부족 출신의 알라우딘과 쿠투부딘이었고, 나시루딘이 그 뒤를 이었어. 그리고 지금은 지아수딘 투그락일세. 모두 해서 일곱이야. 왕들은 왔다 가지만 알라의 의지는 영원하시다네."

치안관은 크와자 님의 말에 숨어 있는 뜻을 이해하지 못했다. "신께서 사랑하시는 분이시여, 당신은 제게 아버지와 어머니 이상입니다. 술탄은 지금 델리에서 사흘만 행군하면 되는 거리에 있습니다. 이 일을 어찌하면 좋습니까?" 그가 울부짖었다.

"마음 편히 집으로 돌아가게나, 델리까지는 먼 길일세!" 크와자 님이 대답했다.

샤르 이 나우로 돌아가자마자 치안관은 술탄이 사고를 당했다는 소식에 접했다. 그리고 다음날 파발꾼들이 그가 홍예문 밑을 지나다가 그 문이 무너져 내리는 바람에 죽었다는 소식을 가져왔다. 기독교력 1323년의 일이었다. 실로 알라께서는 가장 위대한 책략가시며 약한 자들의 신이시다! 크와자 님의 예언대로 지아수딘이 건설했던 장대한 도시는 곧 폐허가 되고 말았다. 아무나 강물이 점점 줄어들어 그 도시의 모든 우물을 말려버린 탓으로 자칼, 올빼미, 박쥐, 그리고 구자르들의 거처가 된 것이었다. 한때는 황금빛이었던 성벽들은 무너져 내리기 시작했고, 손상되지 않은 채 남은 것은 지아수딘 투그락의 무덤뿐이었다. 마치 알라께서 그의 찬란한 꿈이 어떻게 되었는지를 그에게 보여주고 싶어 하시는 것 같았다.

과거, 현재, 그리고 미래가 모두 적힌 『운명의 서』의 저자이신 신께서는 우리 크와자 님에게 앞으로 올 일들이 적힌 장을 읽도록 허락해주셨다. 어느 날 우리 크와자 님께서 설법을 하던 중에 죽음이란 진정으로 사랑하는 이와 만날 약속이므로 누구도 죽음을 두려워해서는 안 된다는 말을 한 것이었다. "지난 90년 동안 나는 알라와 헤어져 있었습니다. 하지만 그 90년의 매일 매시간 나는 그분과 합쳐지기를 갈망해 왔었지요."

그 말이 지아스푸르에 음울한 그림자를 드리웠다. 나는 크와자 님에게 알현을 청했고 그 앞에 이르자 쓰러져 울었다. 하지만 그는 이런 말로 나를 달랬다.

"자네가 우는 것이 나 때문이라면, 자네도 곧 우리를 따라올 것이니 안심하게. 그리고 자네의 아내도 자네가 떠난 뒤 이 수도원에서 그리 오래 머물지는 않을 것일세."

"오, 신께서 사랑하는 분이시여! 천국에서 저희가 당신을 계속 섬길 수 있도록 저희도 함께 데려가 주십시오!" 내가 울부짖었다.

나는 몹시 침울해졌다. 아무리 나 자신에게, 이제는 제대로 볼 수도 없고 도움을 받지 않고는 걸을 수도 없으니 삶이 살 가치가 없으며 죽음은 곧 노령의 고통으로부터 풀려나는 길이 될 것이라고 해보아도 나는 죽음이 두려웠다. 저 무시무시한 야마 왕국으로 들어가기보다는 병들고 고통스럽게 사는 쪽이 오히려 더 나을 것 같았다. 나로서는 사랑하는 분과 합쳐지고 싶은 욕망이란 없었고 이가 다 빠진 람 둘라리만으로도 얼마든지 족했다.

로마력으로 1324년에 해당하는 성스러운 예언자(그분께 평화가 있기를!)의 헤지라력 702년 라비 우스 사니 달[29]의 어느 날, 크와자 님이 우리에게 천사들이 환영의 노래를 부르는 소리가 들린다고 했다. 그러나 이승을 떠나

---

29 이슬람교도들의 네 번째 달.

기에 앞서 그는 40일 동안의 단식으로 자신의 몸에서 이승의 때를 씻어내고 싶어 했다. "오, 신께서 사랑하시는 분이시여! 의원들 말로는 당신의 몸에 자양분이 필요하고 단 1주일만 단식을 하더라도 너무 지나칠 것이라고 합니다." 우리가 애원했다. 그러나 크와자 님은 우리를 꾸짖었다. "이것이 그대들 모두가 내게서 배운 것인가? 그대들은 단식과 기도가 지상에서 영위하는 삶보다 더 나은 삶을 위한 양식이라는 것을 모르는가?"

지아스푸르에 음울한 그림자가 드리워졌다. 크와자 님이 우리의 근심을 알아차리고 우리에게 일렀다. "나는 목요일까지 그대들과 함께 있다가 금요일에 떠날 것이네. 내 유해는 이 안뜰에 묻어 주게. 쿠스라우(그 무렵 그는 라크나우티로 가 있었다)가 내 무덤 가까이 오지 못하도록 하고. 내가 자연의 법칙을 무시하고 일어나 그를 껴안고 싶은 유혹을 느끼게 될지도 모를 일이니까. 알라와 그분의 거룩한 예언자(그분께 평화가 있기를!)의 계시는 내 수제자 마크둠 나시루딘을 통해 그대들에게 계속 전해질 것이네. 그가 이 어두운 세상에서 그대들의 길잡이가 될 것이야. 그는 로샨 치라그 딜리, 즉 델리의 성스러운 등불이니."

그 일은 정확히 크와자 님의 예언 그대로 실현되었다. 회교력 725년 라비우스 사니 달 18일 금요일[30] 아침, 크와자 님의 영혼이 날개를 달고 천국으로 길을 떠난 것이었다. 하늘을 찢는 한탄의 울음소리가 어떠했으랴! 인근의 도시들에서 수십만의 사람들이 지아스푸르를 찾아왔고, 여인들은 맙소사! 맙소사!를 외치며 가슴을 쳤다. 크와자 님이 후계자로 지명한 하즈라트 로샨 치라그가 밖으로 나와 눈물어린 목소리로 그처럼 슬픔을 표시하는 것은 성스러운 율법에 의해 금지되어 있다며 자제해줄 것을 호소했다. 그리고

---

30 1324년 4월 3일.

조문객들을 각기 다른 그룹으로 나누어 그들에게 코란의 구절들을 한 목소리로 영창 하도록 했다.

크와자 님의 시신은 정결히 닦였고 마지막 기도를 위해 관가가 사원 안뜰에 놓였다가 행렬을 이루어 지아스푸르를 한 바퀴 돌았다. 성가대원들은 내내 노래를 불렀고 관가 바로 옆에 있는 사람들은 다음 구절로 시작되는 노래를 불렀다.

사람들이 당신의 얼굴 보기를 갈망합니다.
어째서 세상에 등을 돌리셨나요?
어디로 가시나요, 아름다운 분이시여?
신께서 사랑하시는 분이시여! 누구를 만나러 가셨나요?

누군가가 크와자 님이 수의 밖으로 손을 내밀었다고 소리쳤다. 관가가 땅에 내려놓아졌고, 사람들이 그쪽으로 몰려든 통에 질서가 다시 회복되기까지는 시간이 좀 걸렸다. 하즈라트 로샨 치라그가 운구를 하던 사람들에게서 노래로 한 질문에 답하는 크와자 님의 목소리가 들렸다는 말을 듣고는 그의 귀에다 입을 대고 큰소리로 외쳤다. "신께서 사랑하시는 분이시여! 이 수도사가 당신께 죽음 뒤의 말은 알라의 율법에 위배된다는 점을 상기시켜드려야 하겠습니까? 당신께서 가실 곳으로 편안히 가십시오." 그가 크와자 님의 손을 수의 안으로 다시 집어넣었고 행렬은 가던 길을 계속 갔다.

크와자 님의 성해(聖骸)는 수도원 안뜰 한복판에 묻혔다. 몇몇 사람들은 무덤에 기름등잔들을 켜두었고 어떤 사람들은 속살이 드러난 땅에 선향(線香)을 꽂았다. 그리고 또 어떤 사람들은 무덤에서 무슨 소리가 들리지나 않는지 알아보려고 귀를 갖다 대었다.

쿠스라우가 라크나우티에서 돌아오자 수많은 사람들이 그가 어떻게 처신할 것이며, 또 크와자 님이 무덤에서 일어나 그를 끌어안는지 보려고 몰려들었다. 쿠스라우는 남편을 잃은 여인처럼 울부짖고 가슴을 치면서 수도원으로 들어왔다. 하즈라트 로샨 치라그가 그를 꽉 부둥켜안았다가 그가 실컷 울고 나자 크와자 님이 그에 대하여 남긴, 무덤가로 오지 못하게 하라는 말을 전했다. 쿠스라우는 무덤에서 몇 미터쯤 떨어진 케우라[31] 덤불 옆에 멈춰서서 고인이 된 친구가 잠들어 있는 곳에 눈길을 고정시킨 채, 뺨을 타고 흘러내린 눈물로 턱수염을 적시며 어머니를 찾는 어린아이처럼 흐느꼈다. 그리고 울음 섞인 목소리로 이런 시구를 암송했다.

> 그녀의 침상에 내 사랑하는 이가 잠들어 있으니,
> 그녀의 검은 머리칼이 얼굴 위로 흩어졌구나.
> 오, 쿠스라우, 땅에 내린 황혼의 그림자가 길어졌으니,
> 너 역시 고향 길을 밟을 때가 되었구나.

쿠스라우는 힌두교도들이 부모님 상을 당했을 때 그러듯 머리를 박박 밀고 자기의 소유물들을 모두 내놓은 뒤 수피교도들이 입는 검은 모직으로 된 거친 망토를 입기 시작했다. 그러다 그는 자신이 예언했던 대로 몇 주일 뒤에 고향 길을 밟았고, 우리는 그를 케우라 덤불 옆에 묻어주었다.

---

31 향기로운 꽃을 피우는 식물로 향수와 방향유의 원료가 됨.

 이제 내 삶의 기록도 마지막 장에 이르렀다. 이미 백내장이 끼어 있는 오른쪽 눈마저 시력을 잃고 더 이상 종이 위에 펜을 굴릴 수 없기 전에, 나는 서둘러 이 구절을 마무리하려 한다.

 여러 주 동안 적조했던 끝에 카말이 제 아내와 두 아이를 데리고 왔다가 우리를 보살피도록 남겨두고 가면서, 술탄 모하메드 투그락이 미쳤다는 말을 흘렸다. 하기는, 우리가 그의 괴상한 버릇에 대해서 들어왔던 것도 벌써 여러 해째였다. 한창 너그러워질 때면 그는 수십만 루피의 금 탕카를 내놓았고, 광기가 발동할 때면 수많은 사람들의 머리를 잘랐다. 그리고 은 루피와 금 탕카를 대신할 동전을 발행한 결과로 교활한 사람들이 동전을 위조해서 그 액면 가치를 금과 은으로 취한 끝에, 이제 국가의 보물 창고에는 아무것도 남지 않았다. 카말의 말에 따르면, 술탄은 중국을 정복한 다음 아시아의 나머지 국가들을 정복하겠노라고 흰소리를 해왔다고 한다. 그리고 이제는 수도를 델리에서 초열지옥 쪽으로 1,000킬로미터도 넘게 더 내려간 다울라타바드로 이전한다는 포고령을 내렸다는 것이다. 그는 모든 남자, 여자, 아이들에게 투그라카바드를 비우고 자기와 함께 남쪽으로 여행할 것을 명했다. 이것은 실로 미친 짓이다! 델리는 어떤 이름으로 알려졌건 간에 — 랄 코트건, 메라울리건, 샤르 이 나우건, 또는 투그라카바드건 — 항상 힌두스탄의 황제들이 자리하는 곳이었다. 델리 사람들은 이 세상의 다른 도시에서 사느니보다는 차라리 죽음을 택할 것이다. 가엾은 카말은 국가의 종복으로서 그 명령에 따라야 하겠지만, 하즈라트 크와자 니자무딘의 영모라는 신성한 구역으로는 술탄의 어떤 칙서도 그 영향력을 미친 적이 없었다.

5

바그마티

오월. 초열지옥의 불길이 맹위를 떨치고 있다. 이글거리는 열기, 소용돌이치며 날아오르는 모래 먼지, 눈을 찌르는 햇살, 수은처럼 번들거리는 아스팔트. 생명의 숨결이라고는 없다. 하다못해 미친개도. 한낮의 땡볕만이 있을 뿐이다.

자동차 시트가 데일 듯이 뜨겁다. "어이쿠야!" 바그마티가 비명을 지르고는 시트를 식힐 셈으로 궁둥이를 들어올린다. "어이쿠야!" 나도 아랍인 흉내를 내어 소리를 지르고 그녀의 손을 잡아 운전대에 올려놓는다. "이 운전대를 만져나 봐." 그녀가 기겁을 하며 손을 움츠린다. "어떤 의사가 우리 보고 나가서 일사병에 걸리라고 하기라도 했어요?"

우리는 쿠툽 가(街)로 접어들어 사프다르 장의 영모를 지난 다음, 유스프 서라이와 킬지, 그리고 투그락을 모두 덮어버린 방갈로들과 한때는 볼 만한 경치를 이루었던 무굴 제국의 기념비들을 지난다. 쿠툽 미나르에서 차를 왼쪽으로 홱 돌려서라도 서라이를 가로지르다 보니 우물가에서 일대 장관이 벌어지고 있다. 자트 족 여인들이 힘차게 두레박을 끌어올려 난간을 따라 죽 늘어놓은 주전자에 물을 채우는 중이고, 두 젊은 여인은 실오라기 하나 걸치지 않은 알몸으로 목욕을 하고 있다. 그들이 우리 차를 보고 허벅지 사이를 가리면서 큼직한 엉덩이를 우리 쪽으로 돌려댄다. 내가 기왕 볼 거 제대로 보려고 속도를 늦추자, 한 여인이 진흙 덩어리를 집어 던진다. 내가 웃음을 터트리자 그들도 따라 웃는다. 이 자트 족 여인들은 늘씬한 키에 젖가슴은 풍만하고 허리는 가늘어서 몸매가 아주 그만이다. 그들이 주전자를 머리에 이고 아마조니아의 여왕들처럼 스커트 자락을 펄럭이며 줄줄이 걸어간다. "저 자트 족 여인들이 힌두스탄에서는 데리고 자기에 제일 쓸 만한 여자들 같지 않아?" 내가 바그마티에게 묻는다.

"다른 사내의 여편네하고 누이들은 언제나 자기 여편네보다 더 그 짓을 해볼 만하죠. 집에서 기른 닭 맛은 편두콩 맛보다 더 나을 게 하나도 없다구요." 바그마티는 케케묵은 속담의 지혜를 믿고 있다.

라도 서라이를 벗어나자 또 다시 뜨겁게 이글거리는 아스팔트 길과 끝없이 넓은 누런 평야가 펼쳐진다. 차 그림자가 우리를 앞질러 달린다. 왼쪽에 보이던 무덤들이 차츰차츰 돌담이 되고, 그 돌담은 땅에서부터 20미터 가까이 솟아오른, 회색과 붉은색의 암석으로 이루어진 육중한 성가퀴가 된다. 우리는 벵골보리수 고목들이 늘어선 가로수 길을 따라가다가 나무 그늘 밑에 차를 댄다. 우리 왼쪽으로는 투그라카바드 성채로 이르는 홍예문이 있고, 오른쪽으로는 그 도시의 건설자인 지아수딘 투그락의 무덤으로 이르는 구름다리가 있다. 그리고 요새 같은 누벽 위로는 성채의 경사진 붉은 벽들과 하얀 대리석 지붕이 솟아 있다.

방문객들의 차를 봐주겠다고 몰려들던 개구쟁이들은 모두 어디로 간 것일까? 한여름의 평일. 방문객도, 개구쟁이들도 없다. 축하를 하라는 부름에 우리는 축하를 한다.

"저게 뭐예요?" 바그마티가 끝이 뾰족한 손가락으로 앞 유리창 가장자리를 움켜쥐고 있는, 시커멓고 털이 숭숭 난 손을 가리키면서 소리친다. 코코 코코 하면서 먹이를 달라고 조르는 레이서스 원숭이의 얼굴이 바짝 다가온다. 바그마티가 내게로 달려들면서 비명을 지르는 통에 원숭이가 겁을 먹고 새빨간 궁둥이를 내보이며 길을 건너 도망친다.

나는 품속으로 기어든 바그마티를 밀어낸다. 차창 밖에 다른 누군가가 또 있다. "선생님, 제가 차를 봐드릴게요."

내가 그러라고 대답할 틈도 없이 다른 아이가 또 나타난다. "선생님 이번엔 제 차례예요. 얘는 바로 전번 차를 봐줬어요. 너 안 그랬어?"

그 두 아이가 말다툼을 시작한다. "선생님, 제가 먼저 얘기하지 않았나요? 얘 차례가 아니에요. 선생님이 결정하세요." 더 많은 아이들이 몰려와서 내 차를 지킬 권리를 차지하려고 다툰다. 내가 차에서 내려 한 녀석의 목덜미를 잡는다. "차는 얘가 봐줄 거다. 돈도 얘한테만 줄 거고."

그걸로 얘기는 끝난다. 그런데 정말 그럴까? 네 녀석이 투그라카바드 성채의 문으로 이르는 길을 따라 우리를 뒤쫓아 온다.

"선생님, 우리가 투그라카바드 유적지를 안내해드릴게요."

"그런 건 나도 다 알아." 내가 대답한다. "우린 안내자 필요 없다."

"선생님, 이게 성채의 대문이에요."

"나도 안다. 그런 얘긴 할 거 없으니까, 저리 가."

"왼쪽에 있는 이 움푹한 곳은 저수지였는데요, 여기서 투그라카바드에 마실 물을 댔었어요."

"다시 얘기하지만 안내인은 필요 없다. 가봐."

"선생님, 여긴 메나 시장, 그러니까 여자들이 가던 시장 유적지예요."

내가 그 녀석들을 돌아다보고 소리친다. "꺼져!"

그 아이들이 얼마쯤 달아나서 되받아 소리친다. "꺼져!" 바그마티와 나는 대포가 놓였던 자리들이며 회교사원, 시장 같은 유적지들 사이로 난 좁은 길을 따라 맨 꼭대기까지 올라가서 경치를 둘러본다. 서쪽으로는 쿠툽 미나르, 남쪽으로는 지아수딘 투그락의 무덤, 그리고 동쪽으로는 카스르 이 하자르 수툰 궁전의 유적지와 샤르 이 나우가 있다. 우리는 갔던 길을 되짚어 오다가 길을 벗어나 부서진 돌더미들과 바식카[1] 덤불을 뜯고 있는 염소 떼 사이를 지난다. 총안(銃眼)이 있는 흉벽 가장자리에 이르자 30미터쯤 아래쪽에 물소들로 가득 찬 웅덩이가 하나 보인다. 한때 투그라카바드 성채를

---

1 쥐꼬리망초과에 속하는 쌍떡잎 식물.

둘러쌌던 해자(垓字)의 유적은 그것뿐이고, 오늘날 투그라카바드라는 이름으로 통하는 것은 옹기종기 모여 있는 지붕이 평평한 벽돌집과 진흙 오두막들뿐이다. 그 나머지 경치는 폐허들이 점점이 흩어진 사이로 새로운 건물들이 빨간 버섯처럼 솟아오르는, 바위투성이에 나무도 없는 평원이다.

바그마티가 내 손을 잡는다.

"얼씨구! 저 여자가 시크교도 손을 잡았어!" 망할 자식들이 아직도 가지 않고 있다. 바그마티가 그 녀석들을 떠맡는다. "너 네들 지금 당장 사라질래, 아니면 작대기로 엉덩이를 한 대씩 맞고 꺼질래?" 그녀가 녀석들에게로 성큼성큼 걸어가면서 을러댄다. 꼬마 녀석들이 있는 힘껏 달아나고 염소들도 그 뒤를 따라 급히 도망친다. 바그마티가 의기양양하게 되돌아오고 우리는 누벽 위에 앉는다. 그녀가 내 가슴에 머리를 기댄다. "원숭이들은 왜 불알하고 궁둥이가 빨간지 알려줄래요?" 그녀가 묻는다.

"잘은 모르겠어. 내가 듣기론 그놈들이 흥분을 하면 빨개진다던데."

"주인님 불알도 작은 신사가 큰 신사가 되면 빨개지나요?"

내가 그 말이 무슨 말인지를 알아듣는 데는 시간이 좀 걸린다. "아직 한 번도 본 적 없어. 게다가 나는 원숭이도 아니고."

"우리 아버지의 아버지들은 원숭이였어요." 그녀가 아주 학자다운 소리를 한다. "다음번엔 꼭 봐야겠네요. 손전등을 비추든가 해서라도."

우리는 누벽 위에 앉아 이야기를 하면서 아래쪽 세상을 내려다본다. 바그마티가 내 귀를 잘근거리다가 작은 신사가 그대로 있는지 확인하려고 내 사타구니를 더듬는다.

햇살이 수그러들면서 태양이 오렌지 빛의 커다란 공이 된다. 까마귀들이 일렬로 날개를 퍼덕이며 시내 쪽으로 날아가고 잉꼬 무리가 회색 하늘을 휙휙 가로지른다. 투그라카바드 마을 위에서는 수천수만 마리의 참새들이 날아올랐다가 케카르 나무들 위를 빙 돌아서 내려앉아 소란스럽게 지저귄다.

　오렌지색 태양이 먼지의 미광 속으로 가라앉는 동안 마을의 사내아이들이 웅덩이에서 물소들을 몰아내 간다. 그 아이들의 외침 소리가 참새들이 지저귀는 소리와 버림받은 개들이 짖는 소리에 섞여들다가 고대의 폐허 위로 섬뜩한 정적이 내려앉는다. 바그마티까지도 말을 잃고 잠잠해진다. 나는 그녀가 이해하지 못할 말로 여러 가지 정적을 이야기한다.

　　아무 소리도 없었던 정적,
　　아무 소리도 없을 법한 정적,
　　이제껏 말이 없었고 아직도 깊이 잠들어 있음이 분명한,
　　차가운 파도 속에 – 깊고 깊은 바다 밑에,
　　또는 아무런 생명체도 없는 드넓은 사막에,
　　어떤 목소리도 죽지 않았고 – 조용히 땅을 밟는 생명체도 없다.
　　한가로운 땅에 절대로 이야기를 하지 않는
　　구름과 그 그림자들은 자유로이 방황하지만,
　　그러나 사람이 살았던 옛 궁전의
　　초록색 폐허에, 버려진 담벽들에,
　　암갈색 어스름을 뚫고 여우와 야생 하이에나가
　　울부짖는 사이사이로 끊임없이 날아다니는 올빼미들이,
　　메아리와 나지막한 바람소리에 슬피 울어도,
　　진정한 정적은 자신만이 아는 외로움.

　회색빛 하늘에서 저녁 별들이 반짝이고 살랑거리는 미풍이 불기 시작한다. 무더운 바람 뒤의 미풍이 서늘하고 상쾌하지만 내 눈은 졸음기로 무겁

게 내려앉는다. 나는 바그마티의 머리칼을 헝클어트린다. 그녀는 어느새 잠이 들어 있다. 나도 눈을 감고 세상에서 잊힌다.

누군가가 나를 바라보고 있다는 느낌에 잠이 깬다. 보름달이 내 얼굴을 비추고 있다. 회색 하늘 어딘가에서 파페하 새가 한 마리 날아와 내게서 2~3미터쯤 떨어진 나뭇가지에 앉더니 달을 향해 대가리를 치켜들고 피이우 피이우 하는 구슬픈 울음소리로 적막한 광경을 채운다.

"들어 봐, 유게니아." 하지만 그녀의 이름은 유게니아가 아니라 바그마티다.

그리고 새는 나이팅게일이 아니라 매사촌[2]이다.

그럼에도 불구하고 달빛을 뚫고서 목청껏 우짖는 소리들이 몰려온다.

끝없는 열정!

끝없는 고통!

*

그러고 나서 얼마쯤 뒤에 나는 벌 떼와 마주친다.

델리에는 여러 종류의 벌들이 있는데, 그중 한 종인 아피스 히스토리쿠스 델리아나는 지난 일에 집착하는 것으로 유명하다. 서식처 : 천장이 높은 아치들. 특히 무굴 이전, 무굴, 무굴 이후, 루티엔스 및 베이커 시대의 것을 좋아함. 벌 떼의 규모 : 벌의 세계에서 알려진 것 중에 가장 거대함. 천적 : 돌멩이, 막대기, 쇠똥 연기, 불붙인 넝마 따위로 못살게 구는 델리의 개구쟁이들. 타고난 희생자 : 공상을 하러 역사적 기념물들을 찾아오는 의심할 줄 모

---

2 주로 나무 꼭대기에서 혼자 사는 여름철새로 다른 새의 둥지에 알을 낳아서 새끼를 키우게 함.

르고 방심한 늙은이들.

어느 오후에 나는 하우즈 카스로 간다. 오월 말이라서 몹시 덥기는 하지만, 이 옛 학당은 무더운 바람이 벽들의 미로를 지나는 사이에 식도록 고안되어 있다. 나는 주랑(柱廊)이 있는 복도 바닥에서 회색 사암 원기둥에 등을 기대고 앉는다. 왼쪽으로는 갓 깎은 잔디밭에 스프링클러가 무지개를 펼치고 황소와 잔디 깎는 사람은 모두 넴나무 그늘에서 쉬고 있다. 바로 앞쪽으로는 세월의 때로 검어진 높다란 석고 지붕을 인 술탄 피로제 샤 투그락의 무덤이 보이고, 15미터쯤 아래 오른쪽으로는 물소들로 시커멓게 뒤덮인 진흙 웅덩이가 있다. 술탄 알라우딘 킬지가 그의 새로운 도시, 시리에 물을 공급하려고 팠던 거대한 저수지 하우즈 이 알라이의 유적은 이것이 전부고, 그 도시에서 남은 유일한 증거는 허물어진 벽들과 성문뿐이다.

뜨거운 바람이 식어 뜨듯해진 미풍이 내 귓가에서 살랑거린다. 머리 위에서는 흰털발제비들이 진흙과 깃털로 된 둥지에서 짹짹거리고 아래층에서는 인도 영화 주제가 가락과 카드놀이를 하는 남자들의 목소리가 들려온다. 그리고 옛 학당의 길어지는 그림자 속에서는 마을 아이들이 자치기를 하고 있다. 바그마티는 나와 함께 있지 않고, 주변의 조용하고 평온한 분위기가 나를 백일몽으로 끌어들인다.

이 학당에서는 무엇을 가르쳤을까? 천문학, 점성술, 수학, 화학, 그리고 코란? 줄줄이 앉은 학생들이 계율을 암송했을까? 시리라는 도시와 그 도시에 마실 물을 공급했던 거대한 저수지에는 무슨 일이 일어났었을까? 안짱다리를 한 몽고인 타이무르가 델리를 약탈하고 우리 조상들을 오만 명이나 도륙했을 때에도 그 저수지가 그대로 있었을까? 그 도시에 사람이 다시 살기까지는 얼마나 오랜 세월이 걸렸을까?

학살이 자행되는 동안 하우즈 이 알라이 주변에서 벌어졌음이 분명한 공포의 장면들이 눈앞에 생생히 떠오른다. 손을 뒤로 묶인 채 주저앉아 고개를 숙이고 있는 사내들, 번뜩이는 언월도(偃月刀)와 몸통에서 떨어져 구르는 머리통들, 뿜어져 나오는 피, 쭉 비어져 나오는 등골 상단. 비명을 지르며 울부짖는 어머니들, 아내들, 그리고 자매들. 공포에 질려 벙어리가 된 아이들. 내가 지금 앉아 있는 곳 근처 어딘가에서 그 장면을 즐기던, 지상에 있는 신의 그림자라는 몽고인. 만일 내가 망원경이 장착된 최신식 저격용 라이플로 무장을 하고 거기에 있기만 했더라면, 나는 화살이 미치지 못하는 거리에 있는 나무 위로 올라가 그 절름발이 개자식을 쏘아 죽이고 그자의 장군들을 추려내어 하나씩 하나씩 지옥으로 보내버렸을 것이다. 그리고 몽고인, 터키인, 타타르인, 또 그 밖의 중앙아시아 야만인 놈들에게 공포를 심어주었을 것이다. 그러면 델리 사람들은 그자들에게 대항하여 일어나 수천의 몽고인들을 염소처럼 도륙하고 그 나머지는 비명을 지르며 사마르칸트로 도망치게 했을 것이다.

돌멩이 하나가 내 머리를 살짝 빗겨 마룻바닥에 쿵 떨어지더니 피로제 샤의 무덤 속으로 도망쳐 들어가는 한 떼의 개구쟁이들이 보인다. "야 이놈들아!" 내가 소리친다. "이 망할 놈들이······." 그러나 내가 그 아이들의 어머니와 누이들을 끌어대어 욕을 하기도 전에 한 떼의 아피스 히스토리쿠스 델리아나가 나를 덮친다. 나는 팔을 내두르며 악마에 쫓기는 사람처럼 도망치지만 벌들은 내 얼굴이며, 목이며, 팔이며 할 것 없이 공격하면서 나를 쫓아온다. 나는 터번을 풀어 얼굴을 싸매고 몸을 잔뜩 웅크린 채 땅바닥에 쪼그려 앉는다. 카드놀이를 하던 사람들이 안전한 곳으로 도망치면서 사람 살리라고 외치는 소리와 잔디 깎는 사람의 황소가 마을로 내달리면서 질러대는 울음소리가 들린다. 벌 떼의 습격은 철수를 하기 전까지 장장 5분이나 계속된다. 나는 몸에서 죽은 벌들을 떼어낸 뒤 뒤엉킨 턱수염에 걸린 벌 두 마리를 잡아내다가 손가락을 쏘인다. 살이 부어오르기 시작하더니, 손가락이 너무 부어올라 제대로 움직일 수도 없이 되고 온몸이 욱신거린다. 나는 차를 세워 둔 곳으로 달려가 최대한 빨리 람 마노하르 로히아 병원으로 몰아간다.

응급병동으로 들어섰을 때쯤엔 눈은 거의 감겨 있고 몸의 일부분은 아예 감각이 없다. 나는 우격다짐으로 사람들 틈을 헤치고 진료실로 들어선다. 그곳은 마치 델리역의 삼등대합실처럼 남자, 여자, 그리고 아이들이 온 바닥에 널브러져 있고, 수염을 기른 어떤 족장은 들것에 뉘어진 채 발로 벽에다 무늬를 그리고 있다. 진료 테이블 주위에는 사람들이 한 떼 몰려 있지만 나는 그들을 밀치고 다가선다. 목과 귀에 쏘인 벌침은 당장 치료를 받지 않으면 치명적일 수도 있어서 나는 거기에 있는 사람들 대부분보다 더 응급치료를 요한다. 의사는 오른손에 의료 기구를 들고 왼손에는 주사기를 든 채 전화통에다 대고 떠벌이다가 주사기를 눌러 바늘에서 공기를 뽑아내고 계속 떠벌여댄다. 의사 바로 앞에는 속옷을 어깨까지 걷어 올린 열너덧 살쯤된 계집아이가 앉아 있다. 내 반쯤 감긴 눈이 그 아이의 보드라운 젖꼭지에 초점을 맞추자 아이 어머니가 나를 노려보고는 시뻘개져서 의사를 돌아다본다. "내 딸애의 몸을 온 세상 사람들에게 다 보여 줄 작정인가요?" 의사가 "잠깐만요." 하고 나서 송수화기를 책상 위에 내려놓고 주삿바늘을 계집아이의 배에 찌른 다음 내일 다시 오라고 한다. 그러고는 다시 송수화기를 집어 든다. "의사 선생, 나 벌에 쏘였어요, 제발 좀⋯⋯." 그가 전화통에다 대고 영어로 "익스큐즈 미" 하고는 내게 펀자브 말로 딱딱거린다. "죽지 않아요! 차례를 지키쇼." 그가 다시 수화기를 집어 들고 사과를 하더니 자기가 좋아하는 레스토랑의 이름들을 줄줄이 늘어놓는다. 진주 궁전, 게이로드, 라구나. 그리고는 전화선 반대편에 있는 어떤 놈팡인가 계집에게 치킨 대신 까마귀 고기가 나을 수도 있다느니, 아이스크림에 압지 조각이 섞일 수도 있다느니 하면서 해해거린다. 내가 감각 없는 손으로 테이블을 쾅 내리치면서 소리를 지르자 그자가 전화통에다 대고 "미안해, 환자들이 너무 많아서. 나중에 다시 전화할게, 바이바이." 하고는 성질이 잔뜩 돋아서 나를 노려본다. "당신, 벌에 쏘인 사람! 내가 바쁘다는 거 모르쇼?" 그가 편자브어로 으르렁거린다. 나는 유식한 티를 팍팍 풍기는 영어로 응수한다. "바쁘다구? 웃기고 자빠졌네! 여기서 사람들이 다 죽어가는 데도 어떤 갈보년하고 식당이 어떻고 음식이 어떻고 떠들어대기나 하는 게 바빠? 당신을 보사부에 고발하겠어. 신문사마다 편지를 써 보낼 거고. 당신이 염병할 뭐라도 된다고 생각해?" 독립국가 인도에서는 영어가 마술 같은 효력을 발휘한다. 그가 벌에 쏘인 내 상처를 진찰하고 나서 뭔가 큼직한 주사를 한 방 놓아주더니 아직 살아 있는 게 다행이니 어쩌니 하면서 너스레를 떤다. 그리고 공손하게 한 마디 덧붙인다. "늦게 봐드린 거 용서하십쇼. 저는 그저 인턴에 불과합니다."

주사를 맞았어도 앞이 잘 안 보이기는 마찬가지다. 가장 가까이에 있는 문 밖으로 나가보니 그곳은 대리석 널판 위에 어떤 시체가 놓여 있는 방이다. 경찰이 '전술한 사망자 아무개'의 몸에 난 상처를 세고 있다가 나를 보고 묻는다. "당신, 친척이나 뭐 그런 사람이오?"

"아니, 난 시체요. 내 시체에서 벌에 쏘인 자릴 좀 세어 주시오."

그가 뭐라고 응수할 틈도 없이 나는 뒷걸음질을 쳐서 재빨리 차를 세워둔 곳으로 돌아온다.

집으로 돌아오자 부드 싱이 내 몰골을 보고 깜짝 놀라더니 어디서 어쩌다 그렇게 됐느냐고 묻는다. 그리고 내가 할 수 있는 만큼 자세히 알려주자 그는 타이르는 투로 검지를 치켜들고 나를 호되게 나무란다. "내 그러기에 몇 번쩍이고 무덤 근처로는 가지 말라고 했잖습니까? 그런 데는 유령들로 가득 차 있다구요. 수천수만 명이 몰살당한 곳에는 수천수만의 유령이 있는 거니까요. 선생님은 벌의 공격을 받은 게 아니라 그 절름발이 타이무르에게 몰살당한 악령들의 공격을 받은 겁니다." 그리고 자기의 손에다 침을 뱉는다.

부드 싱과는 논쟁을 벌일 수가 없다. 나는 그에게 내가 도움을 청하면 들을 수 있도록 침상을 문 가까이에 가져다두라고 이른 뒤 체온을 재본다. 무려 39.5도. 내 나이의 남자라면 혼수상태에 빠질 만큼 높은 온도다.

나는 잠도 못 자고 신음을 해대는 나 자신이 안쓰럽다, 내가 얼마나 죽음에 가까이 갔을까? 과거의 장면들이 눈앞에 생생히 떠오른다. 무고한 사람들을 학살하는 현장에서 술을 마시고 흥청거린 이 타이무르라는 자는 대체 어떤 야만인이었을까? 내게는 그의 비망록이 있다. 나는 그가 자기 입으로 했던 말에 사족을 좀 붙이려 한다.

6

타이무르의 비망록

예순 둘이 되던 소(牛)해 봄의 어느 밤, 짐(朕)은 이상한 꿈을 꾸었다. 과일을 잔뜩 맺은 나무들이 들어찬 어느 과수원을 찾아간 꿈이었는데, 그곳의 나무들에는 수많은 새들이 둥지를 틀고서 과일을 쪼고 있었다. 과수원지기들이 새를 쫓으려고 갖가지 요란한 소리를 내는 중에, 짐은 한 자루 가득 담긴 조약돌과 팔매줄로 무장하고 과수원에 당도하였다. 그리하여 짐은 팔매줄로 새들을 쫓은 뒤 둥지를 부수었고, 과수원지기들은 짐의 발치에 엎드려 그 성가신 새들을 쫓아주신 알라께 감사드렸다.

　마음속에 있는 서판(書板)이 이런저런 계획으로 넘쳐 무거워질 때면 짐은 버릇처럼 늘 그에 대한 꿈을 꾸곤 한다. 짐이 덕망 높은 지도자 자이누딘 아부 바크르 타티야바디에게 그 꿈이 뜻하는 바가 무엇인지를 알려달라고 청하였던 것도 그런 연유에서였다. 종교계의 버팀목이었던 그 지도자는 짐이 곧 통치자들을 너무 많이 둔 탓에 약탈당하고 있는 먼 나라로 원정을 떠날 것이며, 꿈속에서 새들을 쫓았듯 그 통치자들을 몰아내고 그들의 왕국을 손에 넣어 백성들로부터 발에 입맞춤을 받게 될 것이라고 확언하였다. 그러나 짐은 중국을 먼저 정복해야 할지 힌두스탄으로 진격해야 할지 확신을 할 수 없었기에, 머리를 길게 늘인 성자 시예드 모하메드 게수다라즈 ─ 그 역시 종교 문제에 있어서는 짐이 지도자로 택한 사람이었다 ─ 에게 자문을 구하였다. 시예드의 말은 좀 더 구체적이어서 그 꿈을 다음과 같이 해석하였다. "신성한 예언자께서(그분과 그분의 자손들에게 평화가 있기를!) 인도의 광대한 영토에 이슬람교를 전파하도록 폐하를 당신의 호의와 보호 아래 두셨습니다."

　그 무렵 짐은 아시아에 있는 거의 모든 왕국들을 복속시킨 뒤였다. 그리고 이제 힌두스탄이 그 무질서를 통하여 짐에게 대문을 활짝 열어준 것이었다.

알라께서 뜻을 두시지 아니하고는 이 세상에 어떤 일도 일어나지 않는다. 쥐(鼠)해 봄에 짐이 태어났을 당시 어머니 왕비의 자궁에서는 섬광이 날아올랐고, 짐의 손에는 피가 한 움큼 쥐어져 있었다. 현자들이 예언하기를, 짐이 휘두르는 언월도의 섬광은 대장장이의 모루에서 튀는 불똥 같을 것이며, 훗날에는 피의 강을 건너리라 하였다. 그리고 부왕과 모후께서 짐을 축복하기 위해 샤이크 샴수딘에게로 데려가셨을 때, 그는 경전 제67장을 읽고 있다가 이처럼 읊조렸다. "그대는 천국에 계시는 분께서 땅이 그대를 삼키게 하지 않고 그 땅이 흔들리는 것을 보려 하신다고 확신하는가?" 그런 연유로 해서 짐은 타이무르라는 이름을 얻게 되었으니, 천궁도는 짐이 이 시대의 어느 군주보다도 더 우월할 것이고, 종교를 보호할 것이며, 우상을 파괴하고, 만백성의 어버이가 될 것임을 약속하였다. 그러나 짐은 스물일곱에 입은 부상으로 한쪽 다리를 잃어 그 이후로는 걷기보다 말을 타고 다닐 수밖에 없었으니, 상민들이 짐을 면전에서는 비길 데 없는 일곱 나라의 왕, 행운을 가져다주는 합병의 군주라 칭하면서도, 뒤에서는 절름발이 타이무르라 부른다는 것을 알고 있었다.

짐은 운명을 국가에 맡긴 귀족들로 이루어진 쿠릴타이를 소집하여 짐의 꿈에 대한 현자와 성자의 해몽을 상세히 설명한 뒤, 짐이 힌두스탄으로 진격하려는 목적은 이교도들을 참된 종교의 길로 이끌고 그 나라를 다신숭배와 우상숭배의 오습(汚習)으로부터 정화시키는 데 있음을 밝혔다. 그리고 아울러, 머리에는 용기의 투구를 쓰고, 몸에는 결의의 갑주(甲冑)를 두르고, 단호한 의지의 칼을 찬 다음, 피의 강물 속으로 악어처럼 뛰어들라고도 권하였다. 승리를 거두면 그들은 이 세상에서 가장 먼 지평선까지 이슬람의 깃발을 들고 간 전사로서 명성을 얻을 것이고, 패한다면 순교자로서 천국에 들어갈 허가를 얻게 될 것이었다. 짐은 또한 그들에게 힌두스탄의 어마어마한 부, 즉 투그락 왕조의 도시는 햇빛을 받아 빛나는 금박을 입힌 벽돌로 지어졌고, 그 도시의 저수지는 녹은 금으로 채워져 있다고들 한다는 것도 알려주었다. 그러나 다른 한편으로는 이교도들의 성장하는 힘을 상기시키면서, 만약 그들의 입에 납을 틀어막아 없애버리지 않는다면, 그들이 가즈나의 마무드로부터 시작하여 구르 족―모하메드, 쿠투부딘 아이박, 알타마시, 그리고 그의 딸 술타나 라지아―의 뒤를 이은 강력한 군주 지아수딘 발반과 킬지 가문―잘라루딘, 알라우딘―을 거쳐 투그락 왕조―지아수딘, 모하메드, 피로제, 그리고 나시루딘―에까지 이르는 술탄들이 두 세기 이상에 걸쳐 쌓아올린 모든 것을 삼킬 것이라고도 경고하였다.

터키인들의 마음은 그 가늘게 찢어진 눈만큼이나 좁아서, 그들의 지원을 얻고 혀를 붙들어 매기 위해서는 이슬람교에 대한 열정을 부추기는 것만으로는 모자라 황금에 대한 탐욕까지도 만족시켜주어야 했다. 그리하여 짐은 그들에게 과거에도 승전을 거둔 뒤 전리품으로 거두어들인 것 가운데 무엇 하나도 짐이 차지하지 않고 그들끼리 나누어 갖도록 하였듯이, 델리로의 원정 중에도 짐의 수중으로 들어오는 금, 은, 가축, 그리고 노예들을 모두 그들에게 분배해줄 것임을 천명하였다.

쿠릴타이에 참석한 모든 귀족들이 짐의 충고에 감명을 받아 승리로건 또는 천국으로건 짐을 따르겠다며 칼을 뽑아들었다.

짐은 몸소 출정하기에 앞서 손자인 페르 모하메드 자항기르 왕자가 지휘하는 선발대를 보내기로 결정하였다. 자항기르는 꽃피는 봄을 스물세 번밖에 보지 못한 젊은이였으나 여러 전장(戰場)에서 짐을 수행했던 터여서, 짐은 그를 지켜주는 운명의 별이 상승세를 타고 있다는 평가 하에 그를 짐의 막사로 불러 임무를 부여하였다. "왕족인 신부를 안으려 하는 자는 칼날을 가로질러 그녀에게 입맞춤을 해야 하느니라. 짐은 너에게 가즈나의 옥좌를 줄 것인 즉, 거기에서부터 힌두스탄으로 진격하여 물탄이라는 도시를 점령하라." 그런 다음 짐은 그에게 델리의 상황을 알려주었다. 술탄 피로제 투그락은 백성들에게 두려움을 심어 주기보다 회교사원이며 수도원, 학당을 건설하고 운하를 놓는 데 더 많은 시간을 허비하였다. 성스러운 예언자(그분께 평화가 있기를!)께서는 온당하게도 공정한 왕이란 지상에 계시는 신의 그림자이며 그 그림자에 대한 두려움으로부터 백성을 복종시키는 힘이 나온다 하셨거늘, 술탄 피로제는 이교도들이 고개를 들도록 놓아두었을 뿐 아니라, 짐의 분노를 피해 달아난 여러 반역자들에게 사면까지 내림으로써 짐에 대하여 비우호적인 태도를 보였다. 그리고 비록 피로제가 10년 전에 죽었다 하나, 그가 심었던 최고통치자에 대한 불경의 씨앗이 쐐기풀 덤불로 자라났고 그것이 짐의 심기를 어지럽히고 있었다.

그의 아들과 손자들은 연이어 왕위를 계승하였고, 이제는 마무드가 투그락의 옥좌에 앉아 있었다. 그러나 힌두스탄을 통치하는 것은 마무드 투그락이 아니라 두 벼락부자, 즉 물탄을 자기 손아귀에 두었던 사랑 칸과 그의 동생 말루 칸 이크발이었는데, 이제는 그자들이 투그라카바드와 카스르 이 하자르 궁전의 누벽 위에서 수탉들처럼 뻐기고 있었다. 허영의 연기가 그들의 뇌를 흐린 것이었다.

모하메드 자항기르 왕자는 가즈나로부터 진군하여 이내 인더스 강을 건너서 물탄의 사랑 칸을 포위하였다.

그것은 호랑이해의 일이었다. 짐은 왕국 도처로 전령들을 보내어 델리로 진군할 준비가 되었음을 알렸다. 짐의 기치 아래 모여든 병사들의 숫자는 빗방울 숫자만큼이나 무수하였으나, 그중 대다수는 짐과 함께 여러 전쟁터에서 위험과 이익을 함께 했던 짐의 동족, 즉 바를라스 씨족의 추그타이 이슬람교도들이었다. 아몬드 나무들이 봄의 도래를 알렸을 무렵, 짐은 9만 이상의 기병과 궁노수들을 휘하에 두었으되, 스스로는 카피리스탄의 산간지방으로 소규모 특수임무 부대를 이끌면서 마케도니아의 강력한 군주 알렉산더에게까지 대항했던 이교도 부족들 사이에서 대학살을 감행하였다.

하늘을 나는 새보다도 더 빠르게 진군하여 짐은 인더스 강에 당도한 뒤 그 거대한 강을 건너 투그락의 영토로 들어섰고 – 그러는 사이 짐의 손자는 물탄을 점령하였다 – 짐의 진격을 저지하려는 적의 시도를 극복하면서 펀자브 지방의 강들을 건넜다. 그리고 다음에는 팍 파탄에서 멈추어 파리두딘 간지 이 샤카르의 무덤에 경배한 뒤, 그 성자의 축복을 델리에 묻혀 있는 그의 계승자 니자무딘에게 전해주겠다고 약속하였다.

짐의 원정 시기는 점성가들과 태양의 운행을 아는 학자들의 조언을 받아 신중하게 정하여졌다. 그리하여 짐이 펀자브 지방을 지나고 있을 때에는 그곳의 평원이 얼마 전에 내린 여름 폭우로 아직 진창이었으나, 야무나 강둑에 이르자 날씨는 서늘하였고, 하늘은 짐의 궁전 지붕을 덮은 타일들처럼 파랬으며, 미풍은 사마르칸드의 봄바람처럼 향기로웠다.

짐은 범람해 있던 야무나 강을 따라 말을 몰다가 술탄 피로제 투그락이 건설한, 그리고 나중에는 피로자바드, 또는 코틀라 피로제 샤라고 알려지게 된 도시가 한눈에 내려다보이는 곳에서 말고삐를 당겼다. 피로제는 그의 궁전 꼭대기에다 1,500년도 더 전에 이 나라를 통치했던 이교도 아쇼카 왕 시대에 만들어진 가느다란 쇠기둥을 꽂았는데, 거기에는 아쇼카의 점술사였던 현인 고타마의 명문(銘文)이 들어 있다고들 하였다. 피로자바드 시민들은 아무런 저항도 보이지 않았고, 사실상 많은 이슬람교도들이 짐에게 신공(身貢)을 바치겠다고 찾아왔다.

짐의 귀족들은 펀자브 지방에서 노예로 끌어온 수천 명의 이교도들이 짐의 군대가 투그락 군대와 전투를 벌이게 되면 그것을 기화로 짐에게 대항하여 일어날지도 모른다는 우려를 표했고, 그중 몇몇은 적과 전투를 벌이기 전에 그들을 도륙해야 한다고도 주청하였다. 그러나 짐의 관리 하에 있는 노예들이 10만을 넘었으므로, 짐은 그처럼 많은 피를 흘리는 것에 반대하고 그러는 대신 도주를 꾀했던 몇몇 노예들을 추려내러 짐 앞에 대령시켰다. 그리고 만인이 보는 가운데 그들을 참수하도록 명함으로써, 짐이 부여한 유대를 깰 꿈을 꾸는 자들에게 어떤 운명이 기다리고 있는지를 경고하는 한편, 반란의 가시가 짐을 찌르기 전에 미리 밟아버렸다.

1398년 12월 19일, 재상 말루 칸 이크발에게 오도된 마무드 투그락은 짐에게 맞설 대규모의 군대를 풀어 요란하게 북을 치고 피리를 불면서 성 밖으로 나왔다. 그의 장군들은 갑주(甲胄)를 입힌 위에 궁수들이 올라탄 코끼리들을 한 줄로 늘어세워 짐과 대적하였는데, 비록 그 코끼리들이 움직이는 성채 같았다고는 하나 짐은 그에 대한 준비도 되어 있었다. 최전방으로 나가 있는 기병대 뒤쪽의 땅에다 날카로운 말뚝을 박아둔 것이었다. 짐은 카자흐 기병들처럼 갑작스럽게 치고 빠지는 전법을 택하여, 기병들로 하여금 적의 코끼리에게로 질주해 갔다가 화살을 날린 다음 재빨리 되돌아오게 하였다. 그런 일이 여러 차례 반복되자, 투그락의 군대는 엄청난 손실을 입었고 사령관들은 필사적이 되었다. 그러나 코끼리들이 전진할 때마다 짐의 군대는 물러났다. 드디어 맨 앞줄에 있던 코끼리들이 말뚝에 발을 찔려 뒤엉켰고, 그 뒤에 있던 놈들은 앞으로 나아가려 들지를 않았다. 짐은 낙타(코끼리들이 겁을 낸다고 알려진 짐승) 부대에 측면 공격을 명한 다음, 그 짐승들의 등에다 한 짐씩 쌓아 두었던 건초에 불을 지르도록 하였다. 그리고 남아 있던 코끼리들이 겁에 질려 투그락의 기병과 보병들을 노출시키며 달아나기 시작하자, 총진격 명령을 내렸다. 짐의 터키인 전사들이 "알라는 위대하시다!"를 목청껏 외치며 사냥감을 쫓는 사자들처럼 돌진해 나갔고, 투그락의 군대는 전열이 깨어져 뿔뿔이 도망쳤다. 전쟁터를 주관하시는 알라께서 짐의 칼을 승리로 축복하여 주신 것이다.

이틀 뒤인 12월 21일 목요일, 짐은 하우즈 이 알라이라 불리는 넓은 저수지 옆의 옛 학당에 진을 치고 술탄 피로제 투그락의 무덤에서 파테하[1]를 암송하였다. 그리고 조하르[2] 기도를 드린 뒤 시리, 자한파나, 메라울리의 시민들에게 복종할 것을 명하자, 그들은 수천 명씩 들어와 선물을 바치고 터번과 모자를 벗어 짐의 발치에 내려놓으며 용서를 빌었다. 한 무리의 율법학자들이 짐에게 성스러운 코란 경전을 선물하고 같은 이슬람교도로서 더 많은 이슬람교도의 피를 흘리지 말아 달라고 탄원하였다. 그들은 또한 짐에게 그 도시의 주권을 상징하는 열쇠를 들고 와서 짐을 위한 환영행사를 마련케 해달라고도 간청하였다. 짐은 그들의 요청을 받아들이고 배상금 문제를 짐의 장군들과 함께 상세히 논의하라 일렀다.

다음날은 금요일이었으므로 쿠와트 울 이슬람 사원에서 짐이 참석한 가운데 쿠트바[3]가 베풀어졌다. 짐은 술탄 알타마시와 술탄 알라우딘 킬지의 무덤에서 파테하를 암송한 뒤 쿠툽 미나르와 왕실 회교사원의 입구를 둘러보다가 그들의 솜씨에 놀라고 말았다. 이 힌두스탄 사람들은 어떻게 거인처럼 일을 시작하여 금세공장이처럼 마무리를 할 수 있을까? 짐은 그들 가운데서 가장 뛰어난 장인들을 사마르칸트로 데려가 회교사원에서 일을 시키기로 결정하였다. 다음에 짐은 성자 쿠투부딘 박티야르 카키에게 경의를 표하고 그가 여러 가지로 근검한 생활을 실천하였던 아울리야 회교성원을 방문하기 위해 메라울리로 행차하였다. 시민들은 짐에게 성대한 환영식을 열

---

1 코란의 한 구절, "자비롭고 은혜로우신 알라의 이름으로".
2 용맹을 떨치던 중세 라지푸트 여인들이 무사의 명성을 위해 자신을 산 제물로 바친 일.
3 경전 또는 경전을 읽는 종교의식.

어 주었고 회교성원 옆의 샴시 탈랍에서는 수영대회가 벌어졌다. 어디에서나 번영의 조짐들이 보였다.

짐의 후궁들은 카스르 이 하자르 궁전을 보고 싶어 안달을 내고 있었다. 짐은 하즈라트 니자무딘 아울리야의 무덤에서 기도를 드리겠다는 서약을 지키기 위하여 지아스푸르로 행차하는 길에 그들을 그곳까지 데려다 주도록 허락하였다.

힌두스탄 사람들이 해롱거리는 아첨에서 불타는 증오로 태도를 바꾸는 데는 시간이 오래 걸리지 않았다. 그들은 짐이 부과한 배상금을 지불하지 못하는 이유를 늘어놓기 시작하였고, 야음을 틈타 많은 사람들이 소유물을 챙겨 시리, 메라울리, 자한파나를 빠져나갔다. 그리고 심지어는 짐이 성문에 세워 둔 보초들까지 도륙하기를 서슴지 아니하니, 짐은 군대에 명을 내려 그 도시들로 들어가 약탈의 손길을 뻗치고 몸을 부지할 수 있는 남자는 모두 베어버릴 것이며, 여자와 아이들은 노예로 삼으라 하였다. 다음 열흘 동안 짐의 군대는 그들의 칼을 피로 적셨으되, 죽은 자들의 숫자가 얼마인지는—어떤 사람들은 5만이라 하고 다른 사람들은 50만이라 하였다—헤아릴 길이 없다. 또 짐의 용감한 병사들이 탈취한 금은보화의 양이 얼마나 되는지도 측량할 길이 없다. 다만 지위가 가장 낮은 보병까지도 20명 이상의 노예를 취한 것으로 보아, 그들이 델리에서 획득한 부는 몇 대에 걸쳐 쓰고도 남음이 있을 터였다. 짐은 언젠가 성스러운 예언자(그분께 평화가 있기를!)가 꿈속에 나타나 일러주신, 전능하신 분께서 짐의 혈통을 이은 일흔두 명이 군주의 옥좌에 앉으리라고 선언하셨다는 말을 상기하였다. 그 예언은 스스로 실현된 것 같았으므로, 짐은 더 이상 체재하지 않기로 하였다.

델리의 부를 바리바리 실은 무수한 코끼리와 낙타들 뒤에 셀 수도 없이 많은 노예를 거느리고, 짐은 고국 땅을 향해 천천히 행군을 시작하여 야무나 강을 건너고 메루트를 깡그리 약탈한 뒤 산기슭의 작은 언덕들을 따라 행군하면서 소명 받았던 대로 우상을 숭배하는 여러 사원들을 파괴하였다. 한 곳에서는 바라문들이 그들의 신 크리슈나―너무도 강력해서 하룻밤에 1,600명의 여인에게 임신을 시킬 수 있다는 그 신상은 짐의 키만큼 되는 높이에 순금으로 만들어져 있었다―에 손을 대지 말라고 경고를 하기도 하였으나, 짐은 애원하고 울부짖는 바라문들이 보는 앞에서 손수 그 우상을 박살냈고, 바라문들에 대해서는 목을 베라 명하였다.

한 달 뒤에 짐의 개선군은 사마르칸트로 돌아왔다.

그러나 델리로부터 비보가 날아들었으니, 짐이 떠난 뒤에 죽은 자들을 묻을 사람이 없었던 탓으로 썩어가는 시체들에서 역병이 번져 살아 있던 몇 안 되는 사람들마저 병에 걸려 죽었다는 것이었다. 그 후 여러 달 동안 델리의 도시들은 낮이면 까마귀와 솔개와 독수리, 그리고 밤이면 자칼과 하이에나를 제외하고는 버려진 땅이 되었다…….

그러나 짐은 필생의 과업을 완수하였다. 젊었을 적에 일찍이 천국에 단한 분의 신이 계시듯, 이 땅에도 오직 한 분의 왕밖에 있을 수 없다는 사실을 깨달았던 짐은, 알라께서 허여(許與)해주신 기간 동안 세상의 여러 나라를 짐의 통치하에 두려고 노력하였으며, 통치권을 수호하기 위해 한 손에는 정의를, 다른 손에는 형평을 취하고 그 두 등불의 빛으로 짐의 왕궁을 계속 밝혔다. 그러나 많은 사람들이 짐에 의해 흘린 피로 짐을 비난하기도 하였으니, 한때는 잘못 일깨워진 종교 지도자 오베이드가 짐의 이름으로 쿠트바를 암송하는 것을 금한 적도 있었다. 짐이 이교도뿐 아니라 이슬람교도의 피도 흘렸다는 이유에서였다. 그러나 그날 밤 성스러운 예언자(그분께 평화가 있기를!)가 지도자 오베이드의 꿈에 나타나 그의 인사를 받으려 하지 않고 다음과 같은 말로 그를 꾸짖었다. "비록 타이무르가 내 동료들의 피를 많이 흘렀다고는 하나, 그는 친구이고 후원자이며 나의 후손과 계승자들을 존경하는 사람이다. 그런데도 어찌하여 그대는 사람들이 그에게 기도하고 축복하는 것을 금하는 것인가?"

알라께서 짐이 범하였을지도 모르는 그 어떤 죄도 사해주시기를!

7

바그마티

간밤에는 비가 내렸고 잠을 깨자 습기 찬 땅의 향기가 침실로 스며든다. 날씨가 싸늘하다. 내 발치에 놓인 찜질용 온수병은 이미 다 식어 나는 누비 이불 밑에서 몸을 떤다. 나지막한 목소리들이 개울물 소리처럼 내 아파트 옆으로 지나간다. 테이블 램프를 켜고 시계를 보니 새벽 4시 30분. 나는 다시 스위치를 내리고 어떻게든 잠을 청해 볼 셈으로 허벅지 사이에다 양손을 밀어 넣지만 두런거리는 말소리들이 계속 이어진다. 도대체 무슨 일로 이 추운 겨울 새벽부터 사람들이 일어나 있는 것일까?

김이 모락모락 나는 찻잔을 들고 들어온 요리사 때문에 잠이 완전히 달아나고 만다. 그가 전기 라디에이터 스위치를 넣자 침실에 핑크빛 온기가 따스하게 번진다. "날씨가 꽤 춥구만." 내가 한 마디 던진다.

그가 고개를 끄덕인다.

"간밤에 비가 내렸거든요. 지금 바로 간단한 아침 식사를 만들어드려도 될까요? 좀 일찍 나가 봤으면 해서요."

"뭣 땜에?"

"퍼레이드를 보러 가려구요, 독립기념일이잖습니까. 사람들이 잘 보이는 앞자리를 차지하려고 이른 시간부터 집을 나서고 있어요. 부드 싱도 오늘 하루는 쉬는 날로 해주었으면 하구요."

그 둘을 모두 내보내는 것보다 더 나은 것이 무엇이랴? 멍청한 바그마티가 오늘이 휴일이라는 걸 알고 경찰이 요소요소에다 바리케이드를 치기 전에(퍼레이드를 벌일 길을 확보하기 위해서) 도시 이편으로 건너오기만 한다면 우리는 벽난로 옆의 카펫 위에서 독립기념일을 축하할 수 있을 텐데. 하지만 그녀는 신문 한 장 읽지 않고 내가 준 트랜지스터라디오로도 비비드 바라티[1]에서 내보내는 영화 음악만 빼놓고는 아무것도 듣지 않는다. 그러나 아직 희망은 있다. 여러 주일 동안 그 짓을 하지 못한 탓으로 그게 폭발 직전까지 축적되어 있기도 하고. 나는 요리사에게 아침 식사는 테이블 위에다 올려놓고 부드 싱과 떠나기 전에 거실에다 불을 피워 두라고 이른다.

거실로 들어섰을 때쯤엔 벽난로 안에서 장작불이 타오르고 있다. 하늘은 맑게 개였고, 창문으로 햇살이 흘러들고 있다. 숄이며 머플러를 둘러쓴 남자, 여자, 아이들의 행렬이 라지파드와 코노트 서커스 쪽으로 끊임없이 이어지지만 나는 혼자서 초연해하는 내 태도가 아주 우월하게 느껴진다. 그 행사에 관해서라면 신문을 보거나 라디오로 들어도 되는 거니까. 그리고 만일 바그마티에게 조금이라도 센스가 있다면, 나는 그녀의 떨리는 나체 위에서 애국가를 부르고 삼색 깃발을 올릴 수도 있다. 그녀는 여간해서 휴일을 놓치는 법이 없으니까 희망을 걸어도 될 것이다.

인간들의 흐름이 흐르기를 멈추고 아파트 단지가 이상하게 팅 빈다. 모두들 장식마의를 입힌 코끼리들이며, 사막을 순찰하는 낙타들, 탱크들, 민속춤을 추는 여자들을 보러 간 모양이다. 대통령, 수상, 그리고 델리에서 행세깨나 하는 사람들 모두가 거기에 있을 것이다. 유리창 문이 덜컹거리자 나는 라디오를 켜고 귀가 멀듯 요란한 대포소리를 듣는다. 대통령에게 경의를 표하는 스물한 발의 일제사격! 그는 육군, 해군, 공군 부대의 경례를 받을 것이고 다음에는 세계에 비폭력과 평화라는 간디의 메시지를 전할 것이다. 그 다음에는 코를 훌쩍거리는 어린 후레자식들 모두의 아저씨로서 아이들에게 키스를 하는 네루가 있을 것이고.

스물한 번째 대포가 폭발하는 동시에 초인종이 울린다. 바그마티는 나를

---

1 전인도 라디오 방송. 매일 15-17시간을 오락프로로 편성함.

실망시키지 않는다. "기가 막히군! 난 네가 잊어버린 줄 알았어. 무슨 수로 교통차단선을 넘었지?" 내가 즐거운 기색을 감추지 않고 묻는다.

"주인님의 충성스러운 하녀가 가고 싶어 하는 곳을 못 가게 막을 수 있는 사람은 아직 태어나지 않았어요." 그녀가 불 앞으로 손을 내밀며 대답한다. "뼛속까지 얼어붙었어요. 이 델리 사람들은 도대체 무슨 얼간이들인지! 해마다 이 추위 속에서 똑같은 퍼레이드를 구경하러 나가다니."

나는 그녀에게 줄 커피를 한 잔 타서 거기에다 럼주를 약간 섞는다. 하지만 그녀는 얘기에 정신이 팔려서 술 냄새가 난다거나 맛이 달라졌다는 것을 알아채지 못한다. 잔을 비웠을 패쯤 그녀는 몸 바깥쪽이 구워진 것처럼 안쪽도 데워져 있다. 그리고 나는 독립기념일을 축하하고 싶은 충동에 사로잡혀 사춘기 소년 같은 열정으로 그 짓을 시작했다가 1분 뒤에는 "힌두 승리"라는 의기양양한 외침 속으로 뛰어든다. 라디오에서 백만 명의 델리 사람들이 메아리처럼 "힌두 승리"를 외친다. 그 짓은 40초 만에 모두 끝이 나고 만다.

나는 바그마티를 다시 랄 쿠안으로 데려다 주고 싶지만 그녀는 내가 그러도록 놓아둘 생각이 눈곱만큼도 없다. 사실 그녀는 내게 실망해 있고 또 내 기분을 헤아려 줄 만한 사람도 아니다. "그렇게 여러 번 일렀는데도 주인님은 맨 첫 번째 것마저 잊어버렸어요, 참을성 말이에요. 그러니 제가 어떻게 애인을 생각해야 된다는 두 번째 교훈을 일러드릴 수 있겠어요? 세 번째 교훈도 아주 중요해요, 불을 피웠으면 떠나기 전에 껐는지 확인을 해야 된다는. 주인님의 무슈카는 닷세라 축제 때 불타는 스리 랑카[2] 같은데, 주인님은 물도 안 나오는 소방호스 같다구요. 안 그래요?"

---

2 닷세라 축제에 불태우는 라바나와 그 형제들의 우상.

망할 놈의 계집! 그녀는 내가 자기 몸에다 질러놓은 불을 다 끄기 전까지는 나를 편히 놓아두지 않을 것이다. 하지만 그녀는 몸을 식혀야 하고 나는 다시 데워야 한다. 내가 미안하다는 말을 웅얼거리고 수백만이나 되는 사람들이 다시 집으로 돌아오기 전에 나가자고 하자 그녀가 뿌루퉁해져 있다가 양손을 번쩍 들어 올리고 한숨을 내쉰다.

바람은 차지만 햇살은 따뜻하다. 온 세상이 씻긴 듯 깨끗하고 푸르게 보인다. 델리는 지금이 한창 멋진 철이라서 장미며 포인세티아, 부갠빌리아 같은 꽃들로 자태를 뽐내고 있다. 나는 바그마티에게 백호(白虎) 가족을 보여 주려고 동물원으로 차를 몰지만, 다른 사람들도 같은 생각을 했는지 입구가 사람들로 붐빈다. 대신 우리는 동물원 북쪽 끝에 높이 솟아 있는 푸라나 낄라를 택한다. 그곳에는 사람들이 별로 없다. 나는 그녀를 데리고 샘 계단을 내려가서 얼음처럼 차가운 물을 만져 본 다음 세르 샤 회교사원의 햇빛 속으로 돌아온다. 그녀는 스카프로 머리를 싸매고 있다. 그녀를 안 지 벌써 여러 해가 지났음에도, 나는 아직 그녀가 이슬람교도인지 힌두교도인지 모른다. 그녀는 자기가 양쪽 다라고 한다. 그리고 한술 더 떠서, 지금은 시크교도이기도 하다는 거다. 햇빛 속을 이리저리 거닐다가 나는 그녀에게 판다바 형제가 건설한 델리의 첫 번째 도시인 인드라프라슈타 유적에 대해서 얘기해준다. 하지만 그녀는 드라우파디와 그녀의 다섯 남편들에 대해서 훤히 알고 있기 때문에 그 말은 괜한 긁어 부스럼이 되고 만다. "요즘 남자들이 어떤지를 알고 나면 여자들 모두가 남편을 다섯씩은 둬야 된다구요." 그녀가 쏘아붙인다.

인디아 공군 제트기들이 푸른 하늘을 가로질러 뒤에다 하얀 리본 같은 줄무늬를 남기며 비명을 지른다. 그 다음에는 한 무리의 헬리콥터들이 장미꽃 잎과 금잔화 잎을 흩뿌리며 뒤따르고, 독립기념일 퍼레이드가 끝난다. 나는 바그마티를 데리고 셰르 만달 탑으로 올라가 - 경치를 좀 둘러볼 셈으로 - 그 탑이 원래는 셰르 샤 수리가 지은 도서관이었다고 알려준다. "하지만 책은 한 권도 없잖아요." 그녀가 꼭대기에 있는 텅 빈 팔각형의 방을 가리키며 되받는다. 나는 바그마티에게 그 도서관이 있었던 것은 450년도 더 전이라고 설명해준다. 이번에는 그녀도 알아듣는다.

우리는 마투라 로(路)를 따라 빵빵거리고 부르릉거리고 배기가스를 푹푹 내뿜는 버스, 승용차, 오토바이들의 행렬을 지켜본다. 하지만 탑 서쪽은 춥고 바람이 불어서 햇빛이 비치는 동쪽으로 돌아간다. "나 저건 알아요." 그녀가 우리에게서 1킬로미터쯤 떨어진 대리석 돔을 가리키면서 말한다. "저건 후마윤 황제의 영묘예요. 그 사람 왕비가 남편 무덤 위에다 저걸 지었대요. 주인님도 제가 죽으면 무덤을 지어주실 건가요?"

그녀가 짜증내는 기색을 풀고 내 손을 잡아 쥔다. 나는 그녀와 함께 좁고 어두운 계단을 내려오다가 발을 헛디뎌 엉덩방아를 찧는다. "맙소사! 이 사람 죽이기 꼭 좋은 계단에선 조심해야 돼요. 얼굴을 찧었더라면 머리통이 깨어졌을 거라구요."

"그래, 맞아." 내가 쾌활하게 말을 받는다. "후마윤 황제도 바로 이 계단에서, 정확히 430년 전에 그렇게 죽었지, 1530년 1월 26일에."

바그마티는 이제 내 학식에 감명을 받지만 역습을 하지 않고는 못 배긴다. "그 사람 틀림없이 자기 왕비를 맞으러 계단을 달려 내려오고 있었을 거예요. 제가 주인님한테 얘기했죠, 성급한 애인은 언제고 안 좋은 일을 당하기 마련이라고요."

"아니, 그 사람은 왕비하고 같이 자려고 조바심을 낸 게 아니었어. 기도를 드리러 오라는 소리를 듣고 알라를 만날 생각에 마음이 급했던 건데, 그래서 알라가 불러 간 거지."

바그마티가 양손을 앞으로 들어 올리고 죽은 황제의 영혼을 위해 무슨 말인가를 웅얼거린다. 우리는 다시 집으로 돌아온다. 죽어가는 욕정의 불길에 부채질을 해서 다시 타오르게 할 셈으로.

오늘은 일진이 사나운 날이다. 시작부터 재수가 없었고 바그마티가 그처럼 열심히 봉사를 하는데도 제때에 그걸 일으켜 세울 수가 없다. 나는 그녀에게 이제는 나도 늙어가고 있으며 무엇으로도 나를 흥분시킬 수 없다고 푸념을 늘어놓지만 그녀는 아주 신랄하게, 내가 늙어가는 것이 아니라 무관심해진 거고, 다시 분발을 하려면 백인여자가 하나 있어야 할 거라고 되받는다.

바그마티는 내 삶에 끼어든 다른 여자들에 대해 육감을 가지고 있다. 나는 그녀의 가시 돋친 질문들을 받아넘기려고 애쓰면서 그녀와 눈길이 마주치는 것을 피한다. 별것도 아닌 일로 짜그락짜그락하는 사이 오후가 지나가고 저녁때가 된다. 나는 그녀에게 드라이브를 나가서 독립기념일 불꽃놀이를 구경시켜 주겠다고 제안한다. 하지만 그녀는 다시 어깨를 들썩이고 한숨을 내쉰다. 사무국과 대통령궁에서 벌이는 장대한 연출에는 도통 흥미가 없는 모양이다. 사람들로 길이 막혀서 차가 거북이걸음을 하는 바람에 의사당 앞길과 코노트 서커스를 지나 아지메리 문에 당도했을 때쯤엔 오후 9시가 넘어 있다. 나는 차 문을 열어주고 그녀의 손에 10루피짜리 지폐 두 장을 쥐어주지만, 그녀는 경멸스러운 눈길로 그 돈을 내려다보다가 시트에 던져 놓고 사람들 틈으로 사라져 버린다.

바그마티에게 무슨 일인가가 있었다. 그녀는 질투심과 소유욕이 강해지고 있다.

“저는 주인님이 네가 뭐기에 뭐가 어떻다느니, 누가 어떻다느니 따지느냐고 물을 거라는 걸 알아요.” 그녀는 언젠가 그런 말을 했었다. 그러더니 나오지도 않은 눈물을 손등으로 훔치고 나서 말을 이었다. "저는 주인님이 정복했던 푸라나 낄라 같아요. 이제 주인님은 붉은 성채와 하얀 대리석으로 된 궁전을 원해요."

바그마티의 말투에는 풍자가 어울리지 않는다. 그녀는 나를 짜증스럽게 하기 시작했지만 내가 그녀를 피하면 피할수록 더욱더 나를 몰아세운다. 매일 밤마다 그녀는 일을 끝내고 나면 내가 있는지 알아보려고 내 아파트로 찾아왔다가 내가 없으면 부드 싱에게 묻곤 한다. 그러나 부드 싱은 이간질꾼 비슷하게 바뀌어 있다. "그분은 바바라는 미국 아가씨하고 같이 외출했어."

그 미국 아가씨 바바는 열여섯 살 먹은 조진느다. 바그마티가 무슨 이유로 납작코에 주근깨가 다닥다닥하고 머리칼은 빨간 얼뜨기 10대 소녀에 대해 안달을 내는지 나로서는 도무지 알 길이 없다. 이제껏 그녀는 다른 어떤 여자에 대해서도 상관을 한 적이 없었다. 어찌 되었건, 일개 창녀가 무슨 권리로 수많은 단골손님 중의 하나가 자기와 함께 있지 않을 때 무슨 짓을 하는지 따지고 들 권리가 있을까? 그러나 조진느는 바그마티에게 일종의 강박관념이 되어 있다. 그리고 나 역시 조진느가 내게 강박관념이 되어 있다는 것을 인정한다. 나는 언제나 그녀에 대한 이야기를 하고 있다. 바그마티에게 그녀 이야기를 먼저 꺼낸 것도 나였다.

*

내게는 영 안 좋은 해였다. 원고 청탁도 별로 받지 못한 데다, 인도 신문사들에 팔아넘긴 기사들은 그때껏 내가 익숙해져 있던 생활 방식으로 계속 살아가기엔 충분한 돈이 되어주지 못했다. 그래서 나는 인도 정부 관광국에 안내원으로 등록을 하고 외국대사관들과 국제기관들에 명함을 돌렸는데, 1월과 3월 사이의 관광시즌에는 팁만으로도 상당한 외화 벌이가 되었고, 그 돈을 공식 환율보다 더 높게 루피로 교환할 수도 있었다. 또 호텔이며 골동품 거래상, 점쟁이들로부터 고객을 끌어다주는 대가로 커미션을 받기도 했다. 남자 관광객들은 내게 남은 스카치위스키 병을 안겨 주었고, 중년부인들은 나를 자기네 방으로 초대해서 내가 제공한 봉사의 대가로 선물을 주기도 했다.

그리 힘든 일은 아니었다. 몇몇 왕조와 황제들의 이름을 외고 그들이 통치했던 연도를 기억한 다음에는, 그 이야기에 양념을 치기 위한 일화들을 몇 가지 수집하기만 하면 되었으니까. 쿠툽 미나르에서 나는 관광객들에게 그 탑에서 투신자살을 했던 사람들의 숫자를 대고 그들 중 누구도 어째서 온전한 몸뚱이로 떨어져 내릴 수 없었는지를 설명했다. 또 후마윤 황제의 아버지인 바바르가 아들의 병상 주위를 네 바퀴 돌면서 알라에게 아들의 병을 자기에게로 옮겨달라고 빌었던 일이며, 그 며칠 뒤에는 후마윤이 어떻게 건강을 되찾았고 바바르가 죽었는지에 대해서도. 그리고 붉은 성과 그 궁전에 대해서라면, 샤 자한이 그 성을 건축한 이후로 거기에 얽힌 갖가지 재미있는 이야기들 ― 공작 옥좌에 앉았다가 나중에는 눈이 멀거나 살해된 왕들로부터 시작하여, 1857년의 반란 뒤에 그 성을 차지했던 영국인들, 인도군 장교들의 재판, 그리고 마운트 바탄 경이 유니온 잭을 내린 뒤 네루가 그 누벽에 인디아의 삼색 깃발을 올렸던 1947년 8월 11일에 이르기까지 ― 을 상세히 늘어놓았다. 꼭 알아두어야 할 것들을 외고 난 뒤에는 내 학식으로 관광객들에게 감명을 주는 것 외에는 해야 할 일이 별로 더 없었다.

얼마쯤이 지나자 나는 그 일을 즐기기 시작했다. 비록 내게 공짜 세계 일주 비행기 표를 주려는 사람은 없었더라도, 나는 온 세상 사람들이 내게로 온다고 허풍을 떨 수 있었다. 또 언젠가 한 번은 영국에서 노동자로 일자리를 얻었던 사촌이 자기가 '해치운' 백인여자들 - 같은 공장에서 일하던 여자들 - 의 숫자를 자랑삼아 떠벌였을 때 이렇게 응수한 적도 있었다. 나는 여기 델리에 앉아 있으면서도 동전 한 푼 들이지 않고 그보다 훨씬 더 많은 유럽 여자, 미국 여자, 일본 여자, 아라비아 여자, 그리고 아프리카 여자들을 해치웠다고. 그 말에 내 사촌은 입언저리가 처지기 시작하더니 부러워서 불알을 긁적거렸다.

　단 한 가지 곤란한 점은 누구하고도 친구가 될 기회를 잡을 수 없다는 것이었다. 메어리니, 제인이니, 프랑소와니, 미키니 하는 여자들은 모두 하루나 이틀 동안 내게 달링이니, 허니니 하다가 영원히 사라져버렸고, 몇 주일만 지나면 나는 그들의 이름도, 얼굴도 기억할 수가 없었다. 내가 기억할 수 있는 것은 고작 그들에게 올라탔을 때 그들이 어떤 반응을 보였느냐 하는 것뿐이었다. 몇몇은 침대에 죽은 듯이 누워 있었고, 몇몇은 클라이맥스에 올라 버둥거리며 비명을 질렀었다. 또 몇몇은 욕설을 퍼부으며 따귀를 갈긴 다음 꺼져버리라고도 했고.

　하지만 이 미국인 풋내기 아가씨 조진느하고는 얘기가 달랐다.

　그 당시 내가 미국 대사관에 줄을 대고 있던 사람은 카알라일이라는 사내였는데, 나는 그가 자기 말대로 하자면 '잘 대접해야 할 귀한 손님'들을 챙겨준다는 것 말고는 대사관에서 무슨 일을 하고 있는지 몰랐다. 물론 그는 다른 안내인들도 써보았지만, 일단 내가 방문객들에게 '부정직한 행위'를 하지 않는다는 확신이 서자 내 쪽으로 상당히 많은 고객을 밀어주었다. 그래서 미국인들이 내게는 가장 쓸 만한 고객이 되었는데, 사실 그들은 좀 경망스러운 구석이 있기는 했어도 다른 외국인들보다 더 친절하고 관대했다. 특히 나는 카알라일의 '귀한 손님'들에게는 더 조심스러워서 정중했고, 공손했고, 분수를 지켰다. 또 그들을 위해 차 문을 열어주기도 하고, 팁을 노리거나 그들이 들고 다니는 테이프레코더, 카메라, 볼펜 따위를 빤히 쳐다보지도 않았다(그들이 내게 어떤 기념품이든 남겨 주리라는 것을 알고는 있었지만). 나는 그들을 백화점으로 데려가서 커미션을 챙기는 대신 가장 쓸만하고 값싼 상점들에서 쇼핑을 할 수 있도록 도와주었다. 그리고 카알라일이 소개해 준 사람들에 대해서는 절대로 지분거리는 일 없이 꼭 받아야 된다고 우기는 사람들만의 호의를 받아들였다.

미국인들은 내 고상하고 유식한 티가 풍기는 영국 악센트에 다른 어느 나라 사람들보다도 더 많은 감명을 받았다. 그들에게는 내가 신사 안내인, 세월을 잘못 만난 상류층 친구였는데, 그것은 사실이 그랬다.

조진느를 내게 소개시켜 준 것도 카알라일이었다. 그녀는 카알라일 부인의 조카로 크리스마스휴가를 보내러 델리로 온 참이었다. "여긴 조진느요. 그리고 여긴 네 안내인." 카알라일이 성은 뚝 잘라내고 소개했다. 내 이름은 아예 입에 올리지도 않고. 내가 고개를 숙이자 그녀가 내게 인사했다. "하이."

전에도 얘기했듯이 그녀는 어리고, 멍청하고, 주근깨가 다닥다닥하고, 여드름이 잔뜩 난데다 납작코였지만 젖가슴이 상당히 컸고 엉덩이는 그보다도 더 컸다. 그리고 옷은, 젖퉁이를 가로지른 '아리조나' 글자가 박힌 꽉 끼는 스웨터에, 단을 너덜너덜하게 풀어낸 딱 들러붙는 청바지 차림이었다. 나는 그녀에게 관심이 더 가는 게 사람인지 아니면 기념물인지 물어보았다. 그녀가 어깨를 으쓱하더니 혀를 낼름하고 톡 쏘는 목소리로 되받았다. "그걸 내가 어떻게 알아요? 둘 다 조금씩이겠죠." 그러고는 카알라일 부부와 그들의 집, 자동차 할 것 없이 마구 찍어대더니 다음에는 자기도 사진에 같이 끼려고 미니카메라를 내게 넘겼다. 그녀는 말을 아주 빨리 했고 끝이 g자로 끝나는 말에서는 g를 대개 다 빼먹어서 발음이 고인(goin'), 캄인(comin'), 게틴(gettin'), 썬(seen') 하는 식이었다. 그리고 말을 하는 사이사이에 흥, 쳇, 피 하는 따위의 소음을 끼워 넣으면서 끊임없이 빨간 혓바닥을 날름거렸지만, 아주 생기발랄하고 회색 눈과 손으로 말을 할 줄 알았다.

"빨리 안 가고 뭐해요?" 첫날 그녀가 사진 찍어대는 작업을 끝낸 뒤 나를 돌아다보고 채근했다.

나는 정중히 그녀에게 뒷좌석 문을 열어주었다. 하지만 그녀는 내 호의를 무시한 채 운전사 옆자리로 올라탔고, 나는 뒷좌석에 자리를 잡았다. "미스……."

"내 이름은 조진느예요."

"미스 조진느, 아가씨는……."

"미스 조진느가 아니라, 그냥 조진느예요. 댁이 상관없다면요."

"나는 우리 인도 역사에 대해서 읽어봤는지 물어보려고 했던 겁니다. 우리는 이제부터……."

"미국 여고생에게 그런 질문을 하는 건 바보짓이에요, 도대체 내가 왜 인도 역사를 읽었어야 하죠?"

나는 꾹 참기로 작정했다.

"이 질리언들이 모두 뭘 하고 있는 거죠?" 차가 델리 문을 지나 파이즈 시장으로 들어서자 그녀가 물었다.

"질리언들이 아니고 야채 장수들입니다. 저 사람들은……."

그녀가 마치 내가 정말로 사람인지를 확인하려는 듯, 고개를 뒤로 꼬아 나를 쳐다보았다. "질리언이 뭔지도 몰라요? 그건 단위가 가장 높은 수라구요. 백만에 백만을 곱한 것보다도 더 높은. 미국에선 아무리 멍청한 애라도 그런 것쯤은 알아요."

"아, 예. 그렇군요." 내가 공손히 대답했다. "지난 20년 동안 델리의 인구는 세 배 이상으로 늘었습니다. 지금은 4백만이 넘지요."

"그런 건 알고 싶지 않아요." 그녀가 말을 뚝 잘랐다.

우리가 파이즈 시장을 벗어나 왼쪽으로는 왕실사원인 자미아 회교성원이, 그리고 오른쪽으로는 성채의 육중한 붉은 벽이 눈에 들어오자, 그녀가 운전사에게 차를 세우라고 한 다음 사진을 몇 장 더 찍었다. 그런 다음 우리는 붉은 성채 입구까지 차를 몰아갔고, 거기서 내가 표를 사려고 줄을 서 있는 사이 그녀는 다시 사진들을 찍어댔다. 찬드니 초우크건, 통가꾼이건, 행상인이건, 거지들이건 할 것 없이 무엇이든 다. 입구 밖에서 그녀가 다시 멈춰서더니 경비병들의 사진을 찍고는 우뚝 솟은 벽을 올려다보며 "예에!" 하고 탄성을 발했다.

우리가 상점가—놋쇠 장식품이며 금실 은실로 뜬 자수품, 미니어처 타지마할, 그리고 다른 자질구레한 세공품들을 진열한 가게들이 죽 늘어선—로 들어서자마자 그녀가 양팔을 활짝 벌리고 환호성을 질렀다. "이 너저분한 시장에 있는 걸 모두 다 갖고 싶어요. 얼마나 되죠?" 그녀가 이 가게에서 저 가게로 돌아다니면서 물건들을 집어 들었다가 툴툴거리며 도로 내려놓았다. 하지만 그녀는 제법 요령이 있어서 장사꾼들이 무슨 물건이든 팔려고 할 때마다 슬쩍슬쩍 받아넘기곤 했다. 대리석 세공품 상인이 "예, 아가씨, 마빌-바빌[3] 같은 건 어때요?" 하면 고개를 저으면서 "아니, 됐어요." 하고 딱 자르는 식으로.

나카르 카나 문에서 내가 목청을 가다듬자 그녀가 머레이의 여행 안내서

---

3 대리석 장식품을 뜻함.

를 꺼내들고 말을 가로막았다. "얘기하지 말아요 여기가 북을 치던 곳 맞죠? 그리고 저 앞에 있는 붉은 건물은 왕이 백성들을 맞던 디어 원인가 뭔가 하는 곳이고요, 맞죠?"

"바로 맞혔습니다. 저건 디완 이 암, 그러니까 일반 알현 홀이죠. 아가씨에겐 안내인이 필요 없겠습니다, 뭐든 다 아니까요."

"아니, 그렇진 않아요." 머레이의 여행 안내서로 무장을 한 그녀가 내게 샤 자한 황제에 대해서 그가 언제 살았고 언제 왕궁을 지었는지 하는 것들을 줄줄이 늘어놓더니 옥좌 뒤에 있는 오르페우스 상(像), 랑 마할[4], 팔각형의 자스만 탑 따위를 가리키면서 "꿈꾸는 방" 니 "디어로네……" 니 하고 종알거렸다.

"디완 이 카스."

"왕이 공작 옥좌에 앉아서 귀족들을 맞던 곳, 맞죠?"

"맞습니다."

"멋져요! 저 진주색 회교사원은 자기 아버지를 가두고 아린지에이드 왕이 된 사람이 지은 거겠고요."

"아우랑제브."

"나 똑똑하지 않아요?"

"굉장합니다! 아가씨는 전문 안내인으로도 썩 잘 살 수 있을 겁니다."

"하려면 못할 거도 없죠! 나 목말라요. 어디서 우유나 콜라 좀 마실 수 없어요?"

"콜라는 되고 우유는 안 됩니다."

우리는 상점가로 돌아갔다. 그녀가 콜라를 두 병 들이켜고 나서 배를 누

---

4 붉은 성채 안에 있는 왕비의 처소.

르며 끄윽 트림을 했다.

"미안! 기분이 그만인데요."

관광객들에게 붉은 성채를 한 바퀴 둘러보게 하는 데는 보통 한 시간 반이 걸렸지만 조진느는 그것을 20분 만에 해치웠다. 내가 유리 상자에 든 대리석 타지마할을 집어 들고 상점 주인에게 고개를 끄떡이자 그가 공짜로 가져도 된다는 뜻으로 머리를 흔들었다. "미스…… 아니, 조진느, 이건 아가씨를 위한 겁니다. 내 칭찬과 함께."

"나한테요? 왜요?" 그녀가 얼굴을 붉히면서 묻고는 내 손에서 타지마할을 낚아채어 커다란 젖가슴에 끌어안았다. "참 멋지네요, 고마워요." 그녀가 내 코에다 가볍게 키스했다. "그리고 이건 댁이 아주 못돼먹은 계집애에게 아주 잘해 준 보답이에요."

다음부터 그녀는 뒷좌석 내 옆자리에 앉았다. 내가 운전사에게 왕실사원으로 데려다 달라고 하자 그녀가 반대를 하고 나섰다. "아뇨, 하루에 한 곳씩, 됐죠?"

"그러면 델리를 돌아보는 데 한 달이 꼬박 걸릴 겁니다."

"잘됐네요 뭐! 댁은 매일 오전 시간을 나하고 같이 보낼 수 있어요. 그러고 싶지 않나요?"

우리가 찬드니 초우크, 카리 바울리[5], 그리고 사다르 시장을 지나는 사이 조진느는 계속 사진을 찍고 얼빠진 소리들을 주절댔는데, 그러다 느닷없이 고개를 홱 돌려서 나를 똑바로 쳐다보며 낄낄거렸다. "아유! 댁은 굉장히 우습게 생겼네요!" 그녀가 큰 소리로 떠들어댔다. "지난주만 해도 난 누가 나한테 머리에다 붕대를 두르고 턱에 수염이 잔뜩 난 검둥이하고 돌아다니게

---

5 델리의 양념, 향신료 시장.

될 거라는 말을 했더라면 죽어버리려고 했을 거예요." 내가 아무 대꾸도 하지 않자 그녀는 내가 화난 것을 알아차렸다. "내 말 신경 쓰지 말아요." 그녀가 덧붙였다. "난 늘 그렇게 멍청하고 얼빠진 소리를 하니까요. 어쨌든 그 붕대 밑에는 뭐가 들어 있죠?" 나는 아무 대답도 하지 않았다. 그녀가 흥 하고 툴툴거리더니 우리가 카알라일의 집으로 돌아갈 때까지 입을 다물어버렸다. "수염 좀 잡아 봐도 돼요?" 차에서 내리면서 그녀가 물었다. 내가 방어를 하려고 손을 들어 올릴 수 있기도 전에 그녀가 내 수염을 움켜쥐었다가 홱 잡아챘다. 그리고는 시트에다 10루피짜리 지폐를 세 장 던진 다음 양팔로 미니어처 타지마할을 끌어안고 차 밖으로 뛰어내려 그 커다란 엉덩짝으로 문을 쾅 밀어 닫았다. "바이, 내일 봐요."

못돼먹은 계집년 같으니라고! 내가 속으로 투덜거렸다. 저런 계집애는 다리를 묶고 청바지를 벗겨 내린 다음 수박만큼이나 커다란 엉덩짝을 몇 차례 힘껏 갈겨줘야 돼. 그 다음에는 계간이 뒤따라야 하고.

언제부터인지 모르게 나는 커피하우스에서 친구들에게 조진느 얘기를 하고 있었다. 나는 그녀를 "내 덫에 걸린 또 다른 메추리" 라고 깎아내리는 시크교도 신문쟁이가 마음에 들지 않았다. 또 열여섯 살짜리 계집애하고 그짓을 할 생각일랑 말라고 경고하는 정치가도. 내가 커피하우스를 나섰을 때는 늦은 오후였고, 자문나무[6]들이 짹짹거리는 작은 잉꼬들로 살아 움직이는 것 같았다. 나는 가슴 가득 공기를 들이마셨다가 코노트 서커스 어디에서나 다 들리도록 그녀의 이름을 큰소리로 외치고 싶었다. "조진느!" 그러면 차들이 멈춰 설 것이었다. "조진느!" 그러면 앵무새들이 지저귐을 멈출 것이었다. 그리고 들리는 소리라고는 코노트 서커스에서 메아리치며 뱅뱅

---

6 흰 꽃을 피운 뒤 새콤달콤한 자주색 열매를 맺는 열대 상록교목.

도는 "조진느, 조진느, 조진느!" 뿐일 것이었다.

그날 저녁 나는 바그마티에게 조진느 얘기를 꺼냈다. 바그마티는 대체로 내가 자기를 제외한 다른 누군가에게 빠져 있는 것을 좋아하지 않았고, 그래서 나는 그녀에게 조진느가 나보다 마흔 살이나 어리다는 점을 강조함으로써 그 일을 웃어넘기려고 들었다. 하지만 그녀는 내 말에 안심을 하지 않았고, 내가 평소 때보다 더 열성을 보이자 "오늘은 어쩐 일이죠?" 라고 묻는 것이었다. 그 말은 "당신은 나를 취하는 게 아니라 그 엉덩짝이 커다란 열여섯 살짜리 백인여자애를 취하고 있어요." 라는 뜻이었다. 그녀의 생각이 옳았다.

다음날 아침 나는 몸이 좀 찌뿌드드했지만 수염을 염색하느라 춥고 습기 찬 욕실에서 20분을 보냈다. 그리고 카알라일의 집에 당도했을 때쯤에는 조진느에게서 어떤 평가를 받게 될까 신경이 쓰였다.

조진느는 밖으로 나와 햇빛에 미역을 감고 있었는데, 하룻밤 새에 좀 더 큰 것 같아 보였다. "내 헤어스타일 어때요?" 그녀가 머리를 옆으로 돌리며 물었다. 머리칼을 위로 묶어 올려 쪽을 지은 스타일이었다. 그 헤어스타일 덕분에 목이 더 길어 보였고 핑크빛의 조그만 귀도 드러났다.

"아주 멋집니다! 꼭 숙녀처럼 보이는군요."

"난 이미 숙녀라고요, 쳇."

차 안에서 그녀가 내게 잠을 잘 때도 터번을 쓰고 자는지 물었고, 나는 이렇게 대답했다.

"만일 아가씨가 좀 더 나이가 들었더라면 난 이렇게 얘기했을 겁니다. '아가씨가 직접 와서 알아봐요'라고 말입니다."

그녀의 얼굴이 빨개졌다.

"댁은 늙은 색골이로군요! 나한테 수작을 걸거나 뭐 그러려는 건가요?"

이번엔 내가 당황할 차례였다.

"나는 아가씨에게 '좀 더 나이가 들었더라면'이라고 했고 그건 내 나이가 아주 많다는 뜻입니다. 나는 틀림없이 아가씨의 아버지보다도 더 나이가 많을 겁니다."

"그런 쓸데없는 소린 집어치워요!"

내가 아첨을 좀 늘어놓자 — 백인들은 아첨에 길이 들지 않아서 아주 쉽게 들 넘어간다 — 그녀가 내 손을 잡고 미안해하면서 틈을 보였다.

"화내지 말아요. 못되게 굴 생각은 아니었어요."

"아가씨는 못되지 않았습니다." 내가 그녀의 손을 꼭 쥐고 대답했다. "아가씨는 내가 만났던 사람들 중에서 가장 착한 미시 바바(Missy Baba: 예비 숙녀)입니다."

"메시(Messy: 더러운) 뭐라고요?" 그녀가 발끈해서 따지고 들었다.

"메시가 아니라 미십니다. 아첨을 하려는 게 아니라, 내가 아가씨처럼 예쁜 숙녀하고 같이 돌아다니는 게 흔한 일은 아니지요."

"흥." 그녀가 코웃음을 쳤다. "나는 예쁘거나 잘생겼거나 하는 거하곤 거리가 멀다고요."

하지만 내 칭찬이 정곡을 찔렀다는 것은 분명했다. 그녀가 행복감으로 얼굴이 발그레하게 달아오르더니 잠시 뒤에 입을 열었다.

"댁은 참 좋은 분이네요. 아저씨라고 불러도 돼요? 어쨌든 난 아직 댁의 이름을 모르니까요."

계집아이들은 열여섯 살일 때가 한두 살 더 위일 때보다 꼬시기가 더 쉽다. 왜냐하면 열여섯 살짜리 계집애들은 자신을 명확히 알지 못하고, 그래서 잘생겼다거나 머리가 좋다고 — 어느 쪽이라도 좋다 — 칭찬을 해주기만 하면 홀랑 넘어가기 때문이다. 조진느 역시 건방진 태도에도 불구하고 취약

하기 그지없다는 것이 밝혀졌다. 나는 그녀를, 내 말대로라면 '친구들에게 선보이러' 커피하우스로 데려갔다. 그녀가 다시 얼굴을 붉히더니 같은 소리를 또 했다. "아저씨는 늙은 색마라고요, 아시겠어요? 하지만 난 아저씨가 좋아요."

커피하우스에서 나는 '가족 전용'이라고 표시된 자리를 차지하고 그녀가 마실 콜라를 주문한 다음, 내 친구들에게로 건너갔다. 하지만 그들은 조진느를 그리 탐탁해하지 않았고 시크교도 신문쟁이는 이런 소리까지 했다. "난 네가 그 여자애 얘길 하는 걸 듣고 마릴린 먼로 같은 여자를 하나 낚았나 했지. 통통한 젖가슴하고 엉덩이가 일품이기는 하지만."

"아무리 봐도 미인은 아니군." 정치 전문가도 한 마디 거들었다. "그저 그런 미국 여학생이야. 밑구멍 하나 쓸 만하겠군. 하지만 넌 내가 생각했던 것보다도 더 미쳤어. 저 애하고 무슨 장난질이든 쳐봐, 그랬다가는 7년 동안 꼼짝없이 옥살이를 하게 될 테니까."

추잡하고 난잡한 소리들. 나는 다시 조진느에게로 돌아갔다. "저 사람들이 아저씨 여자 친구보고 뭐래요?" 그녀가 물었다.

"여자 친구? 아, 아가씨를 얘기하는 건가요?" 내가 깜짝 놀란 척하면서 대답했다. "아가씨가 대단히 아름답다고들 하더군요."

"거짓말! 100달러 걸겠어요. 저 사람들은 틀림없이 '저런 애송이 계집애하고 무슨 짓을 하려는 거지? 열일곱 살도 안 된 애하고 불장난을 했다가는 감옥에 가게 될 걸.' 했을 거라고요. 어때요, 내 짐작이 틀려요?"

"틀렸어, 틀렸어, 틀렸어!" 나는 허풍스럽게 부인했지만 그녀가 즐거워한다는 것은 알 수 있었다.

이번에는 그녀가 수고료를 봉투에 넣어서 "정말로 고마워요." 라는 말과 함께 건네주었다.

그날 밤 나는 마음이 들떴다가, 양심이 찔렸다가, 기분이 싱숭생숭해서 아무 할 말도 없이 그녀에게 전화를 걸었다. 전화를 받은 것은 그녀의 이모부였다. "조진느가 불편을 느끼게 해서는 안 됩니다." 그가 말했다. "그리고 당신이 그 애를 데리고 다녀준 데 대한 수고료는 내가 지불할 겁니다." 그는 내가 왜 전화를 걸었는지도 물어보지 않고 전화를 끊었다. 하지만 나는 조진느가 자기 이모부 몰래 내게 돈을 주었다는 사실을 알게 되어 마음이 들떴다.

나는 그 정보를 적당한 때에 써먹기로 작정했고, 날이 갈수록 칭찬을 하는 데서 점점 더 대담해졌다. 더군다나 그녀는 매일같이 헤어스타일을 바꿨으므로 그녀를 기쁘게 해줄 만한 기회를 잡을 건수는 얼마든지 있었다. 어느 날 그녀는 선홍색 사리를 입고 나왔는데, 물론 그녀에게는 그 옷이 어울릴 리 없었다. 또 사리를 입은 여자가 어떻게 걸어야 하는지도 몰라서 걸음걸이도 뻣뻣하고 남자 같았다. 하지만 나는 정말 매력적이라느니 뭐니 하면서 칭찬을 늘어놓았다. "오, 고마워요. 아저씨네 민속의상을 입으면 아저씨가 보기 좋아할 것 같다는 생각이 들었어요." 그녀가 대답했다. 나는 그녀에게 펀자브 사람들에게는 사리가 민속의상이 아니고 또 아가씨에게는 사리보다도 살와르 카메즈[7]가 더더욱 잘 어울릴 거라고 알려주었다. "오, 좋아요!" 그녀가 환호성을 질렀다. "당장 그걸 구해야겠어요." 나는 그녀를 재단사에게로 데려가서 그녀가 천을 고르고 있을 동안 펀자브어로 재단사에게 완성된 제품 값은 내 앞으로 달아놓고 보내달라고 했다. 조진느는 마음을 정하지 못하다가 ─ 자기 마음에 꼭 드는 것은 너무 비싸다는 것이었다 ─ 두 번째 나은 것으로 정했다. 하지만 이번에도 나는 재단사에게(다시 펀자

---

7 긴 셔츠와 바지로 된 펀자브 지방 의상.

브어로) 그녀가 첫 번째로 골랐던 천을 쓰라고 일렀다.

"저게 나한테 잘 어울릴 거라고 생각해요?" 우리가 차에 올라타자 그녀가 물었다.

"틀림없이 그럴 거야. 우리말에는 '자마젭'이라는 말이 있는데 그건 어느 옷에나 어울릴 수 있다는 뜻이지. 아가씨는 무슨 옷을 입어도 멋지게 보일 테니까." 물론 그녀는 자마젭과는 거리가 멀었다. 그녀의 커다란 젖가슴과 널찍한 엉덩이에는 어떤 기성복도 제대로 맞을 리가 없었으니까. "아저씨는 정말 괴짜로군요." 그녀가 내 칭찬을 뭉개버렸다. "난 아저씨가 한 멋진 얘기들이 모두 사실이 아니라는 거 알아요. 하지만 그런 말 듣는 게 기분 좋으니까 그만두진 말아요. 아시겠어요?"

그녀를 내 아파트로 꾀어 들이기는 쉬운 일이었다. 그녀가 옷을 맞춘 지 이틀 후, 나는 그녀에게 내 차로 드라이브를 시켜주겠다면서 그녀를 태우러 갔다가 최대한 자연스럽게 말을 꺼냈다. "아가씨 물건이 내 아파트로 배달되었더군. 거리 구경을 하기 전에 그걸 가지러 가는 편이 어떻겠어?"

"오-케이."

그녀가 감탄스러운 눈으로 내 책이며 그림들을 둘러보다가 칭찬을 해주었다. "멋져요, 정말 안락한 집이네요."

"고마워, 앉지."

그녀가 신을 벗고 등널이 있는 장의자에 털썩 주저앉아 다리를 꼬았다. "아니! 뭘 그렇게 빤히 쳐다보는 거예요?"

나는 갈립의 시를 처음엔 우르두어[8]로 인용하고 다음엔 영어로 번역을 해주었다. "그녀가 내 집으로 왔도다. 때때로 나는 그녀를 보고, 또 때로는

---

8 주로 인도의 이슬람교도들 사이에서 쓰이는 힌두스탄어의 한 언어.

내 집을 보노라."

"그건 아저씨가 나를 여기로 데려온 게 기쁘다는 뜻이겠죠? 내 물건은 어디 있어요?"

내가 꾸러미를 가져와서 포장을 풀자 그녀가 신경질을 부리기 시작했다. "난 이걸로 주문하지 않았어요. 너무 비쌌다고요, 기억 안 나요? 그 늙은 재단사가 날 우려먹으려고 든 거예요. 당신네 인도 사람들은 모두 우리 미국 사람들을 벗겨먹으려고 든다고요. 우리가 봉이라고 생각하는 거죠, 안 그래요?"

"그 사람은 이 천을 썼다고 해서 한 푼도 더 청구하지는 않을 거야. 아가씨가 이걸 더 좋아한다는 걸 알고 그냥 이걸로 만들어준 거니까."

그녀는 당황해서 어쩔 줄을 몰라 했다. "미안해요. 아주 친절한 사람이군요. 그런데 이건요?" 그녀가 장식 단추들이 달린 두파타를 펼쳐들면서 물었다. "참 예쁘네요. 하지만 난 이걸 만들어 달라고 하진 않았어요."

"그건 딸려 온 거야, 따로 온 게 아니고."

조진느가 두파타를 머리에 두르고 거울을 찾아 두리번거렸다. "어디에서 이걸 입어볼 수 있죠?" 그녀가 꾸러미를 팔 밑에 끼면서 물었다. 나는 그녀에게 침실을 가리켜주었다. 그리고 거실에서 혼자 있을 동안 위스키를 한 잔 따라서 한 입에 털어 넣고 의자에서 소파로 옮겨 앉았다.

조진느가 펀자브 의상 차림으로 걸어 나오자 그녀의 붉은 머리칼과 얼굴과 어깨 뒤로 후광처럼 드리워진 두파타가 별들이 박힌 한 조각 흰 구름 같아 보였다. 옷은 마치 그녀의 몸매를 펀자브 의상에 맞춘 것처럼 그녀에게 꼭 맞았다. "어때요?" 그녀가 발끝으로 빙 돌면서 물었다.

"아주 썩 잘 어울려! 아가씨가 입었던 어떤 옷보다도 훨씬 더 멋져."

"고마워요. 나도 이게 마음에 들어요."

그녀가 소파로 와서 내 옆자리에 앉더니 핸드백을 열었다. "그 사람이 이 옷값으로 얼마나 달래요?"

나는 목구멍으로 기어들려는 목소리를 억지로 끄집어냈다. "됐어, 나한테 이 옷을 선물할 특전을 줘. 부탁이야."

"정말 고마워요, 모두가 다. 하지만 아저씨는 부담하기 힘들 텐데요?"

"아니, 할 수 있어. 그리고 나로선 아주 기쁜 일이고."

"좋아요, 아저씨가 기쁘다면요." 그녀가 빙 돌아서 재빨리 내 입가에다 키스를 했다. "고마워요, 아저씨."

그 키스에 나는 혀가 마비되어서 얼마쯤 뒤에야 다시 입을 열 수 있었다. "그리고 나는 아가씨한테 빚을 졌어. 아가씨 돈으로 내게 수고료를 지불했더군. 그러지 않았어?"

"어떻게 알았죠?"

"아가씨 이모부에게 전화를 해봤지."

그녀의 얼굴이 새빨개졌다. "그건 바보짓이었어요! 이모부가 뭐래요?"

내가 그녀의 손을 잡아 쥐었다. "걱정 마. 아가씨가 그랬다는 말은 하지 않았으니까. 이제 나는 수고료를 두 배로 벌 수 있게 됐고."

"아유, 교활한 동양인 늙은이!" 그녀가 웃음을 터트렸다. "우리 이모부가 모른다니 안심이에요."

"왜 그분에게 얘길 하지 않았지?"

"몰라요."

이제 주도권은 내게 있었다. "어쩌면 아가씨는 그분 모르게 나하고 같이 있고 싶었는지도 모르지."

"어쩌면요." 그녀가 머리칼을 뒤로 홱 넘기면서 대답했다.

경험 많은 호색한이라면 누구나 10대 소녀하고는 말을 낭비하지 말아야 한다는 것을 알고 있다. 뭔가 진지한 행동을 벌일 때가 되면 그들은 혀가 붙들어 매어지거나 그저 "안 돼요." 라고밖에 하지 못하기 때문이다. 그러니까 손으로 몸에다 이야기를 하는 것이 상책이다. 그래야 흥분을 해서 끽소리 않고 받아들이게 된다. 나는 손가락으로 그녀의 팔을 위아래로 쓸어내렸고, 그녀는 소름이 돋을 때까지 내 손을 지켜보았다. 그 다음에 할 일은 그녀의 허리에 팔을 두르고 내게로 끌어당겨 입술이고, 눈이고, 코고, 귀고, 목이고, 할 것 없이 키스세례를 퍼붓기만 하면 되는 거였다. 그녀가 어쩔 도리 없이 신음소리를 내기 시작했고, 나는 손을 그녀의 셔츠 밑으로 집어넣어 솟아오른 젖꼭지를 만지작거리다가 다음엔 바지 끈을 풀고 그녀의 촉촉한 허벅지 사이로 손가락을 밀어 넣었다. 그리고 잠시 부드럽게 애무를 해주자 그녀가 경련을 일으키고 절정에 달해서 "오, 갓! 오, 갓!" 하고 신음소리를 내며 누운 채로 실물 크기의 고무 인형처럼 꼼짝도 하지 않았다. 그러나 내가 손을 젖가슴 위에 올려놓는 순간, 그녀가 내 손을 탁 쳐내더니 옷가지를 집어 들고 침실로 들어갔다. 그리고 잠시 뒤에는 다시 청바지 차림으로 나와서 살와르 카메즈와 장식 단추들이 박힌 두파타 꾸러미를 장의자에 내던지고 쿵쿵거리며 내 아파트에서 나가버렸다.

내가 조진느를 본 것은 그것이 마지막이었다.

또 카알라일이 내게로 밀어준 고객도 그녀가 마지막이었고. 지금까지도 나는 내가 했던 짓이 미성년자 추행 죄에 해당되는지 어떤지는 모르지만, 꽤 여러 날 동안 밤낮으로 마하바라타에 있는 구절을 곰곰이 생각해보았다. "대양에 떠다니는 두 조각의 나무가 만났다 다시 헤어지듯, 이 세상에 있는 생물체의 결합도 그러하니라."

여러 해 뒤에 나는 기차를 타고 다시 델리로 돌아왔다. 기차역이 바뀌어 있지만 못 알아볼 정도로는 아니다. 플랫폼 수는 50년 전이나 똑같고 짙은 빨간색 셔츠에 더러워진 흰색 도티[9]를 두르고 팔에다는 확인번호가 적힌 쇠 팔찌를 찬 짐꾼들이 궁둥이를 깔고서 플랫폼에 나란히 늘어앉아 있는 것도 그대로다. 구관조들이 짹짹거리면서 소들과 말다툼을 벌인다. 똑같은 행상인들, 똑같이 단조로운 외침들, 레몬 소다, 아이스크림, 차, 뜨거운 차. 어디에나 퍼져 있는 구린내, 지린내, 소독약 냄새도 똑같다.

시월 이른 아침. 엷은 안개가 낀 기분 좋게 서늘한 대기가 겨울의 도래를 예고하고 있다. 나는 플랫폼에서 자고 있는 사람들을 빙 돌아 계단을 올라가서 선로들 위로 가로놓인, 양 옆에 똥 무더기들이 널려 있는 육교를 지나 개찰구 옆으로 계단을 내려온다. 차표를 받는 역무원도 하나 없다. 나는 정거장을 나와 캄퍼니 가든과 그 안에 있는 하딘지 도서관을 마주본다. 깨끗하고 상쾌한 아침 공기. 스쿠터와 택시들이 끝도 보이지 않을 만큼 길게 늘어서 있고, 운전사들은 좌석에 늘어져 요란스럽게 코를 곤다. 나는 큰소리로 지나가는 통가를 부른다. 더러운 숄을 덮어쓴 통가꾼이 의심스러운 눈길로 나를 흘끔거린다. 그 사람은 이슬람교도고 나는 시크교도라서다. "어디로요?" 그가 묻는다. "라이시나! 라이시나까지 얼마요?" 그는 여러 해 동안 뉴델리에서 라이시나라는 지명을 쓰는 사람을 보지 못했고, 그래서 곧바로 내가 원래부터 델리 사람이라고 결론짓는다. 라이시나는 또 6킬로미터가 넘게 떨어져 있으니까 요금도 더 주어야 한다. "주고 싶은 대로 주십쇼. 택

---

9 인도 남자들이 허리에 두르는 천.

시라면 10루피 이상 달랄 겁니다. 댁이 첫 손님이니까 이게 내 마수인 셈이죠." 나는 뒷좌석에 올라서 가방을 앞좌석에 앉은 통가꾼 옆에 놓는다.

그는 시내를 가로질러 가기로 한다. 그러는 것이 더 가깝고 이 시간에는 붐비지도 않을 뿐더러 인적 없는 순환도로보다 더 안전하기 때문이다. 그래서 우리는 캄퍼니 바그 공원을 가로질러 반세기 동안 물이 솟지 않는 샘을 지난다. 로샨 우드 다울라 회교사원 발코니에 기도를 드리러 온 사람들이 줄을 서 있고, 그 옆으로는 색전구들로 꽃줄 장식을 한 시크교 기도소가 보인다. 수많은 숭배자들이 들락거리는 입구에는 파란색과 노란색으로 된 옷을 입고 창으로 무장한 땅딸막하고 수염을 길게 기른 사내들이 지키고 있다.

통가가 왼쪽으로 돌자 붉은 성채의 누벽이 눈에 들어온다. 통가가 다시 오른쪽으로 돌아 다리바로 들어선다. 하얀 옷을 걸치고 꽃과 코코넛이 가득 담긴 놋쇠 쟁반을 든 힌두교도 여인들이 삼삼오오 발을 끌며 야무나 강으로 가고 있다. 우리 앞으로 자미아 회교성원이 우뚝 솟은 곳에서 다라바를 벗어날 때에는 태양이 막 동쪽 첨탑의 고리에 걸린 참이다. 천으로 몸을 감싼 수백 명의 사람들이 넓은 계단 위에서 잠들어 있고, 사르마드의 무덤 개석(蓋石) 위에서는 밤새 지친 기름 램프가 꺼질듯 깜빡거린다. 그 무덤은 때가 새로 입혀졌고 그 위로 시든 자스민과 금잔화가 흩뿌려져 있다. 우리는 냄새 고약한 우르두 시장을 관통하여 라지아 술타나의 무덤으로 이르는 골목길과 높은 대좌에 올려진 칼리 회교성원을 지나 투르크만 문을 통해 성벽으로 둘린 구도시에서 빠져나온다. 공기가 한결 더 신선하다. 수백 명의 민족봉사단 소년들이 널따란 람 렐라 운동장 지휘대 아래서 막대기로 훈련을 하고 있다. 중년의 펀자브 사람들이 지팡이를 짚고 휘적휘적 걸어가는 길을 따라 우리는 뉴델리를 향해 칼을 뽑아든 쉬바지[10]의 육중한 기마상을 지난다. "이게 언제 세워진 겁니까?" 내가 통가꾼에게 묻는다. "2년 전에요." 그가 동상에 앙심품은 눈길을 던지며 웅얼거린다. 우리는 민토 굴다리 밑을 지나 코노트 서커스로 들어선다. "저 건너편에 있는 커피하우스에 내려줘요." 내가 이른다. 통가가 주랑(柱廊)으로 떠받쳐진 쇼핑센터를 빙 돌아 커피하우스 밖에 멎는다. "얼맙니까?" 내가 그에게서 가방을 건네받으며 묻는다. "좋을 대로 하십쇼. 댁은 마수를 해주었고 나는 아직도 애들을 먹여 살려야 하니까요." 그가 말 옆구리를 토닥이면서 대답한다. 그 말은 물을 잔뜩 마신 게 분명해서 아스팔트 길바닥에다 술 빛깔의 액체를 힘차게 내쏘아 사방으로 튀기게 한다. 내가 10루피짜리 지폐를 건네자 통가꾼이 잔돈을 거슬러주려고 주머니를 뒤적거린다. "됐습니다. 애들한테 맛있는 거나 사다주쇼." 그가 나와 내 친족에게 알라의 축복을 빌어주고 말을 몰아 떠난다.

나는 델리에서 발간되는 여섯 종의 영자 일간지들을 산다. 그것은 50파이사씩을 여섯 번 낭비하는 셈이지만, 옛날 습관은 여간해서 없어지지 않는다. 나는 '천국의 거처로 떠난' 시민들의 부고나 읽을까 해서 신문지면들을 획획 넘겨보지만 그런 사람들은 몇 안 되고 내가 아는 사람은 하나도 없다. 또 부고란에 실린 누구도 그의 죽음이 시나 감상적인 산문으로 애도되지 않았다. 델리 다이어리는 오늘이 시크교도들에게는 구루 테그 바하두르의 순교 기념일이기 때문에 부분적인 공휴일이라고 주장한다. 그리고 바로 옆 난에는 특정 지역에서 5인 이상이 모이는 것을 금하는 CPC 144조의 포고령을 언급한다. 치안총감이 말하기를, '악당들, 극악한 자들, 그리고 반사회분자들이 체포되었다고' 분쟁이 예상된다는 것을 알기 위해 행간을 읽을 필요

---

10 이슬람교도인 아우랑제브 황제에 대항했던 힌두교 마라타 부족의 족장.

는 없다.

내가 일디 삼바[11]를 해치우고 신문을 다 읽었을 때쯤엔 커피하우스에서 죽치는 것 외에는 할 일이 별로 없는 작자들이 제각기 자리를 차지하고 앉아서 정치 발전에 대한 의견들을 개진하고 있다. 이제는 내가 늘 만나는 친구들도 줄어들어 있다. 대머리에 퉁방울눈인 사진작가는 작년에 천국의 거처로 떠났고, 자기를 방귀쟁이라고 부른다고 화를 내던 국방성의 방귀 잘 뀌는 서기는 우리를 버리고 떠났다. 그러고 보니 남은 것은 시크교도 신문쟁이와 정치전문가뿐인데, 그들도 지내는 형편이 썩 좋지는 못하다. 시크교도 신문쟁이가 먼저 들어서더니 듬성듬성한 턱수염에서 털을 한 오라기 뽑고 아는 척을 한다. "야, 너 돌아왔구나. 언제 왔냐?" 그러고는 커피를 주문한다. 다음엔 정치가가 나타난다. "악당들이 죄다 체포된 모양이더군." 그가 인사 대신으로 한 마디 던진다. 평소 때는 재치 있는 신문쟁이가 적당한 반격을 찾아내지 못한다. "오늘 이 소동이 모두 어떻게 된 거지?" 내가 묻는다. "우리는 144조와 경찰 개입 없이도 수백 년 동안 구루의 순교기념일을 지켜왔는데 말이야." 정치가—그는 힌두교도다—가 다시 우리에게 가시 돋친 혓바닥을 휘둘러댄다. "시크교도들 말은 절대로 믿을 게 못 된다고. 자기네 구루가 처형당했을 때도 찍소리 못했는데 300년도 더 지난 지금에 와서 뭘 어쩔 수 있겠어, 안 그래?" 그 말에 시크교도 신문쟁이가 분노를 폭발시킨다. "우린 벌써 오래 전에 이슬람교도들하고 화해를 했어. 너희 힌두교도 놈들이 어미 누이가 강간을 당하니까 우리를 부추겨서 대신 싸우게 한 거라고. 너희 놈들은 시크교도와 이슬람교도들이 사이좋게 지내는 꼴을 못 봐주지!" 나는 어떻게든 싸움을 말리려고 든다. "만약 아우랑제브 대신에 다라

---

11 카레 요리의 일종.

쉬코가 왕이 되었더라면 인도 역사가 어떻게 달라졌을까?"

정치가가 자기의 각색을 제시한다. "그 사람은 너희 구루를 처형하지 않았을 거고, 그 구루의 아들은 너희 정강이 둘레로 검버섯이 피게 한 데 대한 변명을 할 필요가 없었겠지. 또 인도는 진짜 힌두스탄, 그러니까 힌두교도들의 나라가 되었을 거고. 그리고……."

"그리고," 시크교도 신문쟁이가 말을 가로챈다. "만일 수염을 기른 칼사가 없었더라면 너 네 힌두교도 조상들이 나디르 샤나 압달리 같은 침략자들에 대항해서 저항하는 방법으로 제시할 수 있었던 거라고는 궁둥이를 까내리고 빽쟁이질을 당하라는 거였겠지."

"쌍소리 하지 마!" 정치가가 시뻘겋게 달아서 으르렁거린다.

"쌍소리를 한 건 너지, 내가 아냐."

그런 식으로 과거는 현재에까지 악의에 찬 그림자를 던진다. 하지만 어디에서도 역사의 그림자는 델리의 커피하우스에서 그들이 벌이고 있는 그런 이상한 패턴을 가정하지 않았다. 나는 여행 가방을 집어 들고 그 둘이 과거에 대해서 실컷 싸우도록 남겨 두고 나온다.

*

바그마티가 팔을 내두르며 달려들어 오더니 봇물 터진 것처럼 말을 쏟아낸다. "시크교도들이 무장을 했어요. 시내 곳곳에서 그 사람들이 기다란 칼을 들고 찬드니 초우크에 있는 기도소로 행진을 하고 있어요. 그 사람들이 뭐라는지 알아요? 300년 전에 누군가가 델리에서 자기네 구루를 죽였으니까 오늘은 델리 사람들을 모조리 다 죽이겠다는 거예요. 그게 어디 이치에 닿기나 해요?"

"네 친구 부드 싱에게 물어 보지 그래?"

"에구머니나! 주인님도 그 작자가 저를 어떤 식으로 보는지 알잖아요. 그 작자가 나한테 묻더라구요, '넌 어느 쪽이야? 국왕 아우랑제브 쪽이야, 아니면 우리 구루 쪽이야?' 하고 말이에요."

"그래, 어느 쪽이지?"

"그 작자 미쳤어요. 하지만 난 할 수 있는 껏 공손히 이랬죠. '난 어느 편도 아니야. 아우랑제브 황제 쪽도 당신네 구루 쪽도.' 그랬더니 그 작자가 뭐랬는지 알아요? '그러니까 넌 중성이야, 안 그래? 만일 네가 여자나 남자였다면 넌 이쪽이든 저쪽이든 되었을 거라구.' 하지만 난 그 작자가 앞으론 찍 소리도 못하게 해놓았죠. 그 작자 다시는 저하고 말싸움을 하지 않을 거예요. 내가 이랬거든요. '야! 이 멍청이 싱의 아들놈아, 하늘에 계신 위대한 신은 별의별 기적을 다 일으킬 수가 있어서 청소부를 브라만으로 만들 수도 있고, 멍청한 바니아를 전사로 만들 수도 있고, 또 불쌍한 어지자지를 남자나 여자로 바꿀 수도 있어. 하지만 위대한 신이라도 너 같은 멍청이의 머릿속에다 분별력을 넣어줄 순 없지!'라구요."

바그마티가 의기양양하게 뻐기면서 소파에 털썩 주저앉더니 담배를 한 개비 뽑아 물고 성냥갑을 내게로 휙 던진다. 나는 그녀에게로 건너가서 담뱃불을 붙여준다. "시내에서 싸움이 벌어질 것 같아요? 트럭에 가득가득 탄 경찰들이 어디에나 깔려 있어요. 찬드니 초우크와 나이 사락, 카지 카 하우즈, 그리고 아지메리 문, 코노트 광장 할 것 없이 어디에나요!"

"아마 그럴 테지!" 내가 대답한다. 나는 지난 며칠 동안 기운이 좀 빠져서 바그마티에게 별로 색욕이 동하지 않았다. 그녀는 막 내가 곤경에서 벗어나는 길을 알려준 참이다. "그 길은 오늘 저녁에 시크교도들의 행렬이 지나갈 곳이야. 그리고 이 아파트 바로 뒤에 있는 기도소를 포함해서 모든 기도소로 시크교도들이 몰릴 거고. 너는 랄 쿠안으로 가서 남편하고 같이 있는 편이 가장 안전할 거야. 내가 그리로 데려다주지."

바그마티가 몹시 의심스러운 눈으로 나를 쳐다보지만 나는 경건한 척하는 표정을 짓는다. 그리고 오늘이 아홉 번째 구루인 테그 바하두르의 순교 기념일인 것을 깜빡했다고 둘러댄 다음, 오늘은 기도를 드리는 날이지 사통을 하는 날이 아니라고 설명한다. 다행히도 바그마티는 신성한 날에 섹스를 하는 것에 매우 미신적이다. 그래서 종종 이런 말을 하기도 한다. "우리는 364일 동안 이 짓을 해요. 하루쯤 거른다고 죽지는 않겠죠."

그녀가 담배를 다 피우고 나자 나는 그녀에게 20루피를 건넨다. "이게 뭐죠?" 그녀가 지폐를 브래지어 속으로 쑤셔 넣으면서 묻는다. 나는 그녀를 랄 쿠안으로 데려다준다.

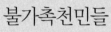

불가촉천민들

국왕 자항기르가 죽었다는 소식이 딜리에 전해진 건 디왈리 축제를 며칠 앞둔 날이었어. 그 뒤로 며칠 동안은 누구도 등불을 켜거나 화덕에 불을 피울 수 없었지. 어른들은 앞으로 40일 동안 누구든 히죽거리나 웃는 소리를 내다가 들키면 목이 잘릴 거라고들 쑤군거렸고. 어머니는 내가 소리를 지르거나 웃으면 안 된다는 걸 잊을까봐 다른 애들하고 놀게 밖으로 내보내주지도 않았어. 그게 내가 아직 어린애였으면서도 그 국왕의 죽음을 절대로 잊지 못하는 이유야.

아버지한테 죽은 국왕 이름이 뭐였냐고 물어봤더니 아버지는 "네까짓 게 국왕 이름은 알아서 뭐할 건데?" 하고 퉁을 주더군. 사실 리카브간지에 사는 어떤 청소부나 구두장이도 그 국왕 이름을 알지 못했어. 그 국왕 이름을 알고 있는 건 회교사원 옆 마을에 사는 이슬람교도들하고 커다란 돌집에서 여러 아내와 여덟 아들에다 며느리들까지 거느리고 사는 청부업자 라키 라이뿐이었지. 그런데 그 이슬람교도들과 라키 라이네 식구들은 꼭 자기네 어머니나 아버지가 죽기라도 한 것처럼 코를 길게 **빼고** 다니더라구. 어떤 사람들은 대단한 사람이 죽었을 때 울 수 있다는 걸 아주 대단하게 여긴다니까.

"우리 같은 불상놈들이 왕하고 무슨 상관이라는 거지?" 나는 지금도 우리 아버지가 그러곤 했던 게 기억나. "그자들이 누구건 우리에겐 똑같아. 하나가 가면 하나가 오고, 학정은 계속되니까."

나는 학정이란 게 누군지 몰랐지만, 좀 더 나이가 드니까 아버지가 이러더군. 학정은 사람이 아니라 부자들이 가난뱅이들한테 하는 짓거리라고 말이야. 우리 불상놈들은 가난한 중에서도 제일 가난했는데, 그래서인지 누구든 우리가 가까이 가면 슬슬 피하기만 했지 아무 짓도 하지 않았어. 아버지 말로는 그것도 역시 학정이라는 거였지만. 어쨌든 그게 우리 업보였지. 우리는 전생에서 못된 짓을 했었으니까. 또 그게 우리가 검둥이로 태어나 온 갖 더러운 일을 해야 되는 이유이기도 했고.

우리 아버지는 국왕을 모두 폭군이라고 불렀는데, 바로 전에 죽은 그 폭군은 허구한 날 취해 있는 렐루 아재보다도 술을 더 마셨기 때문에 아주 나쁜 사람이라는 거였어. 또 렐루 아재도 언젠가 나한테 그 국왕이 매일 스무 잔씩 아라크 술[1]을 마시고 아편을 몇 톨라[2]씩 먹으면서도 밤마다 자기 왕비는 물론이고 하렘에 있는 다른 여자들한테도 그 짓을 할 수 있다고 그랬었고. 그런데 렐루 아재 말로는, 그 왕비가 전에 다른 남자하고 결혼한 적이 있었다는 거였어. 하지만 그 국왕이 아직 왕자였을 적에 그자를 보고는 국왕이 되리라는 걸 당장 알아차리고 술잔에다 무슨 마약 가루를 타 먹였다던가 뭐라던가. 자기를 미친 듯이 사랑하게 만들려고 말이지. 그리고 왕자는 사람을 시켜서 그 여자 남편을 죽인 뒤에 국왕이 되자 그 여자를 왕비로 삼았다는 거였고. 어쨌든, 렐루 아재는 힌두스탄을 다스리는 게 그 국왕이 아니라 이 왕비라고 했어.

하지만 우리 아버지가 그 국왕을 그렇게 미워했던 건 그자가 술을 마시거나 계집질을 했대서가 아니라 우리 구루에게 했던 짓 때문이었지. 아버지는 이러곤 했어. "그자가 술을 얼마만큼 마시고 누구 여편네를 겁탈한대도 상관없지만, 우리 구루에 대항해서 손을 들어 올리는 자는 썩어 없어져야 돼." 그때쯤 우리 리카브간지의 불상놈들은 대부분이 구루의 연화좌(蓮花座)에 마음을 붙이고 나낙의 시크교도입네 하기 시작했었지. 하지만 누구도 나낙이나 그 뒤에 우리를 구해주러 오는 구루를 보지는 못했어. 우리 다섯 번째 구루인 아르준만 해도 바로 전에 죽은 국왕 손에 죽었으니까. 또 그

1 야자열매, 당밀 따위의 즙으로 만드는 중근동 지방의 독한 술.
2 인도의 중량 단위. 1톨라는 11.6683g.

아들인 하르고빈드는 감옥에 처넣어졌고. 그랬으니까 국왕이 죽었다고 해서 우리가 가슴을 칠 이유란 없었던 거지.

우리는 집안 식구 중에 누가 죽으면 적어도 1년 동안은 디왈리 축제 때 등불을 켜거나 홀리 축제 때 색색가지 물을 뿌리지 않았어. 하지만 이슬람 교도들은 풍습이 아주 이상하더라구. 국왕이 죽고 나서 세 달이 차니까 시(市) 치안소에서 나온 어떤 작자가 회교사원 앞에서 북을 쳐대기 시작하는 거였어. 그리고 사람들이 다 모여드니까 이렇게 외치더만. "모든 백성들은 새 국왕의 명을 받들라." 그러고 나서 리카브간지에서 파하르간지까지 갈 만큼이나 기다란 이름을 줄줄이 늘어놓더라구. 지상에 계신 신의 그림자, 왕 중의 왕, 온 세상의 군주, 힌두스탄의 황제, 아불 무자파르 샤하부딘 모하메드 사힙 이 끼란 사니 폐하! 그러더니 우리더러 집집마다 불을 켜고 새 국왕의 장수를 빌어야 할 거라나 뭐라나.

하지만 우리 불상놈들은 집에 불을 켤 기름도, 기도를 드리러 갈 사원도 없었지. 그래서 우리는 다른 사람들이 어떻게 집에다 불을 켜고 새 국왕의 장수를 기원하는지 그저 지켜나 보기로 했어.

어쨌든 그날 어머니가 나한테 깨끗한 셔츠를 하나 내주더만. 사람들 모두가 기중 나은 옷들을 입고 있었는데, 리카브간지의 청소부와 구두장이들도 한 무리를 이루었지. 앞에 있는 남자들은 북소리에 맞춰 춤을 추었고 여자들은 그 뒤를 따라가며 노래를 불렀고. 그때 나는 렐루 아재 손을 잡고 있었어. 아재하고 같이 있는 게 아버지하고 같이 있는 거보다는 더 재미있었으니까. 빔보 아지매도 덩달아 신이 나서 이러더라구. "네 아재 손을 꼭 붙잡고서 술을 마시거나 못된 짓을 하지 못하게 해라."

우리는 이슬람 귀족들이 자기네 저택 밖에다 공짜로 차려 내놓은 샤베트를 실컷 마셨고, 돈 많은 가게주인들이 거저 주는 사탕도 실컷 먹었어. 또 나는 어떤 이슬람 귀족이 자기 코끼리 위에서 뿌려댄 동전을 한 움큼 주워 모으기도 했고. 그때껏 우리 아버지는 나한테 돈이라고는 단 한 푼도 준 적이 없었거든.

자기를 샤 자한이니 온 세상의 왕이니 하고 부른 새 국왕은 그 아비처럼 폭군은 아니었어. 왕좌에 올랐을 때 자기 형제의 가족들을 죽이기는 했어도 그 외엔 아무도 해치지 않았으니까. 하지만 무슨 일이든 다 아는 렐루 아재는 이러더라구. 이 국왕도 그 아비, 할아비, 증조할아비, 그리고 더 윗대의 다른 조상들이 그랬던 것처럼 여자를 밝힌다고 말이야. 어쨌든, 그 국왕이 제일 좋아하는 여자는 장가를 들던 날부터 계속 임신을 시킨 왕비였어. 그 둘이 결혼해서 산 14년 동안 그 여자는 열네 명의 아들딸을 낳았지. 하지만 그 이상은 더 어쩔 수가 없었는지, 열네 번째 아이를 낳다가 그만 죽고 말았어. 국왕은 너무도 슬퍼서 그 여자 시체 위에다 이 세상에서 제일 크고 제일 아름다운 무덤을 만들기로 작정했는데, 그건 파하르간지의 석공들에게는 더없이 좋은 소식이었지. 사람들이 아그라로 옮아갔고, 무덤을 만드는 데 20년이 더 걸렸어. 그리고 아그라에서 온 사람들 말로는 그 무덤이 쿠툽 미나르보다도 더 높고, 아랍 키 세라이에 있는 국왕 후마윤의 무덤보다도 훨씬 더 멋지다는 거였지. 그런데 어느 날 빔보 아지매가 렐루 아재한테 묻더라구, 이렇게. "내가 죽으면 당신도 나를 위해 타지마할을 지어줄 건가요?" 그러자 아재는 이랬고. "먼저 죽어봐. 그러면 나중에 당신을 위해서 타지마할을 지어야 할지 말지 의논을 해볼 테니까."

이 국왕, 샤 자한은 왕이 되고 나서 몇 년 뒤에 딜리로 왔는데 우리 도시가 아주 마음에 들어서 이랬다더만. "짐은 여기에서 살겠노라." 그러고는 자기 건축가들 중에서 우두머리인 무카람 칸을 불러 이랬다는 거야. "야무나 강 옆에다 커다란 성채를 짓고 그 성채 안에다 짐과 왕비들이 거처할 궁전을 짓도록 하라. 짐은 또한 이 세상에서 가장 큰 회교사원도 원하느니라." 그러자 무카람 칸은 국왕 앞에서 세 번 절하고 이렇게 대답했다네. "국왕이시여, 폐하께 평화가 내리기를! 알라께서 원하신다면 저는 폐하께 아그라에 있는 것처럼 많은 운하와 정원과 샘들이 딸린 커다란 성채를 지어드리겠습니다. 폐하께서는 이 세상에서 가장 크고 가장 아름다운 회교사원도 갖게 되실 것입니다. 저는 그 성채가 팔람과 쿠툽에서도 다 보이도록 보즐라 언덕 위에다 짓겠습니다." 다음에 무카람 칸은 대가 아메드와 대가 히라에게 지도를 만들라고 일렀어. 그리고 지도가 다 만들어지자 국왕에게 딜리로 와달라고 청했지. "국왕이시여, 폐하께 평화가 내리기를! 자, 이제 저희가 일을 시작할 수 있도록 초석을 놓아주십시오."

얼마나 좋은 시절이었던지! 사람들 모두가 일자리를 얻어서 죽은 소와 물소 가죽을 벗기고, 다른 사람 똥을 져 나르고 하는 일을 그만두어도 되었으니까. 라키 라이는 인부들을 대주는 계약을 따냈는데, 그때쯤엔 나도 웬만큼 나이가 들어서 그 사람이 나한테 진흙이나 돌 나르는 일자리를 주더만.

하루가 다르게 딜리가 바뀌기 시작했어. 나날이 지어지는 새로운 건물들! 나날이 더 높아지는 도시를 두른 성벽! 매일같이 하늘을 찌르고 솟아오르는 새로운 첨탑과 돔들! 그런 식으로 여러 해가 흘러갔고, 그 일이 모두 끝나자 우리는 아흐레 동안 축제를 벌였어. 왕자들은 몰려든 사람들에게 은화를 뿌렸고, 국왕은 자기 코끼리 중에서 제일 큰 놈을 타고 시내로 들어와 금화를 한 움큼씩 던졌지. 그의 조정 신하들은 이렇게 선포했고. "우리는 이제부터 '딜리'를 '딜리'라고 부르지 않을 것이다. 우리는 이 도시를 '샤자하나바드'로 개명할 것이다." 그렇지만 딜리는 어디까지나 딜리고 어떤 왕이나 귀족도 거기에 다른 이름을 붙일 수는 없는 거였어.

사람이 돈을 버느라고 바쁠 때는 신을 잊어버리기 마련이지. 99루피를 벌자마자 100루피를 채우고 싶어 하니까. 그 도시에서 일을 하고 있던 몇 년 동안 나도 여간해서는 내 구루를 생각조차 하지 않았어. 그런데 아버지가 죽고 내가 가장이 되니까 구루의 대리인이 나를 부르더란 말씀이야. 심부름 꾼을 따라서 그 대리인 숙소로 가봤더니 그 사람은 커다란 침상에 놓인 커다란 베개에 기대 앉아 있더군. 나는 그 사람이 바로 구루인 줄 알고서 무릎을 꿇고 그 사람 앞의 땅바닥에다 이마를 문질렀지.

"그대는 누구인고?" 그 사람이 묻더만.

그래서 나는 이렇게 대답했지. "예, 저는 리카브간지의 자이타 랑그레타입니다."

그랬더니 그 사람이 다시 묻더만. "그대는 구루 나낙의 시크교도인가?"

그래서 나는 우리 아버지가 그랬다면 나도 그렇다고 대답했지.

그러자 이 사람이 호통을 치더라구. "그대는 아비의 영혼을 위해서도, 또 새로 맞은 구루를 위해서도 내놓은 게 아무것도 없지 않으냐!"

나는 아버지 장례식 때 리카브간지에 있는 랑그레타들을 모두 먹여야 했기 때문에 돈이 한 푼도 남아 있지 않다고 대답했어. 그랬더니 하인이 내 목덜미를 쥐어박고 화를 내면서 소리치더라구. "너 지금 구루의 대리인과 논쟁을 하려는 거냐!" 그 사람한테 돈을 치르기 위해 나는 라키 라이에게서 돈을 빌려야 했어. 하지만 속으론 이런 생각이 들더라구. "적어도 나는 뭔가 내세울 게 있어. 구루 나낙의 시크교도라고. 그게 무슨 소리인지는 모르지만 그래도 불상놈 랑그레타 말고는 아무것도 아닌 것보단 더 나아." 그 뒤로 나는 해마다 이 구루의 대리인이 딜리로 올 때면 뭔가를 내놓아야 했어. 그 사람은 내가 가까이 다가가도록 허락하지 않았고 심지어는 내가 바친 돈도 만지려고 하지 않았지만(그런 일은 하인들이 했어), 그래도 나는 다른 사람이 된 것 같은 기분이었지. 또 새 구루가 사람들이 머리나 수염을 자르는 걸 탐탁해 하지 않는다는 말을 듣고부터는, 나도 머리칼을 그냥 자라도록 놓아두었다가 그 위에 터번을 두르고 얼굴에도 수염을 잔뜩 길렀어. 이슬람교도들은 힌두교도들이 수염을 기르면 가만 놔두지 않았지만, 우리 불상놈들한테는 아예 상관도 안했거든. 어쨌건, 우리 수염을 기른 랑그레타들은 다른 불상놈들하고는 달라 보이기 시작했어. 그리고 딜리에서 건물을 짓는 일이 끝나서 다시 청소부가 된 뒤에도, 누가 나한테 내가 누구냐고 물으면 나는 이렇게 대답하곤 했지. "나는 구루 나낙의 시크교도요."

샤자하나바드를 건설한 뒤로 몇 년 동안 국왕은 아그라보다도 딜리를 더 좋아했지만 다음에는 딜리보다 아그라를 더 좋아하기 시작했어. 그러다 보니 우리 도시를 찾아오는 일도 점점 더 드물어져서 장사꾼들과 수공장이들이 다시 아그라로 옮겨가기 시작했지. 사람들은 샤자하나바드가 얼마 안 가서 곧 딜리의 다른 옛 도시들, 그러니까 메라울리, 시리, 시라그, 투그라카바드, 코틀라 피로제샤, 그리고 킬로케리처럼 구자르, 자칼, 하이에나, 그리고 올빼미들의 거처가 될 거라고들 했고.

하수구를 치고 변소를 푸는 일로는 별 돈벌이가 되지 못해서 나는 가게주인과 라키 라이에게서 돈을 빌려야 했어. 하지만 그 사람들 돈에는 이자를 물어야 했는데, 내가 이자를 물지 못하니까 다시는 나한테 돈을 빌려주려고 들지 않더라구. 그 바람에 나는 찬드니 초우크 치안소에 딸린 처형장에서 강제노역을 해야 되었지. 그건 정말 더러운 일이었어. 처음엔 머리가 잘리고 그 다음엔 팔다리가 잘려나가는 걸 보는 데 이력이 나야 했으니까. 처형이 끝난 다음에 내가 해야 할 일은 찢긴 사지들을 끌어 모아서 사람들이 보도록 내놓는 거였어. 그 일을 하는 동안 나는 마치 내가 살인자라도 되는 것처럼 구경꾼들이 나를 피한다는 걸 알 수 있었지. 그리고 매일 저녁마다 찾아가지 않은 시체들을 적어도 서너 구씩은 수레에 실어서 강변에 있는 쓰레기 더미에다 버려야 했고. 하지만 사람이 배를 채우기 위해서라면 무슨 짓인들 못할까!

좀 전에도 얘기했지만 나는 그 일이 싫었어. 수레에 가득 실린 시체들을 끌고 나갈 때마다 "시체요, 시체요." 하고 외쳐야 하는 것도 싫었고, 사람들이 자기네 아이가 나를 보지 못하도록 눈을 가리고서 내가 실어 나르는 냄새 고약한 짐 때문에 코를 틀어막는 것도 싫었어. 심지어는 성문을 지키는 보초들까지도 내가 지나갈 때면 옆으로 비켜섰다니까. 하지만 나는 늘 우리 아버지가 했던 말을 떠올리고 나 자신을 위로했어. "그래도 검문 받지 않고 샤자하나바드 성문을 통과할 수 있는 건 단 둘뿐이야. 왕하고 불상놈."

국왕 샤 자한이 병에 걸렸던 건 그가 딜리로 와 있었을 때였어. 그 사람들은 그 일을 비밀에 붙이려고 했지만 채 몇 시간도 지나지 않아서 사람들 모두가, 대체로는 떠버리였던 의원을 통해서, 술탄이 병에 걸렸다는 사실을 알게 되었지. 그 일은 이렇게 된 거였어. 한밤중에 국왕이 자다 말고 배가 아프다면서 투덜거리는 통에 왕비가 발리마란에 살고 있던 의원을 부르러 보냈는데, 그 의원이 자기는 밤새도록 이름을 발설할 수 없는 어떤 환자를 봐야 했기 때문에 잠을 한숨도 못 잤다고 이 사람 저 사람에게 떠벌려댄 거였지. 그렇게 해서 국왕이 병에 걸렸다는 소문이 퍼져나간 거였고.

다음날 일을 하러 갔더니 시체 나르는 일꾼들 중 하나가 "공휴일!" 이라고 외치면서 이러더군. "왕궁에서 명령이 내려왔는데 오늘은 처형이 없대." 처형이 중단되는 건 이슬람 축제일 아니면 왕이나 왕비 또는 왕자들 중의 하나가 병에 걸렸을 때뿐이었어. 공덕을 쌓아 병이 낫기를 바랄 셈에서였지. 붉은 성채의 성벽 위로 태양이 솟아올랐을 때쯤엔 사람들이 여러 무리로 모여서 귓속말로 얘기를 주고받고 있더만. 백정들에게는 짐승을 도살하지 말라는 명령이 떨어졌고 율법학자들은 왕이 건강을 되찾도록 알라에게 기도하라는 명령을 받았다는 거였지. 또 성직자들에게는 사원의 종을 울리라는 명령이 내려졌고. 상점들마다 문이 닫히고 사람들은 서둘러 집으로 돌아가 문에 빗장을 걸어 질렀어. 그리고 밤이 되면서는 금은보화를 숨기려고 아궁이 밑에다 구멍들을 팠고.

왕이 아팠던 건 변비 때문인 것으로 판명이 나서 의원은 그에게 라버넘[3] 꼬투리로 만든 하제(下劑)를 처방했는데, 그러자 왕은 이틀 밤낮으로 창자 속에 아무것도 남지 않을 때까지 설사를 해댔어. 그 다음엔 피똥을 누기 시작했고. 하지만 대단한 사람들이 병에 걸리면 언제고 대단한 소문이 일기 마련이어서, 왕의 똥구멍이 열렸다 닫혔다 하는 것만으로도 세상이 끝나기나 할 것 같은 얘기들이 오갔지. 그래서 처음엔 그가 변비로 죽어간다는 말이 퍼졌고, 다음엔 이질로 죽어간다는 소문이 돌았어.

우리 아버지는 이런 말을 하곤 했었지. 아비가 딸꾹질을 하면 자식들이 돈지갑을 노린다고. 그런데 국왕의 네 아들놈들에 대해서라면 그게 꼭 맞는 말이었어. 자기네 노인네가 병들었다는 말이 들리자마자 모두들 손에 칼자루를 움켜쥐고 있었으니까. 하지만 그자들은 칼을 뽑아들기 전에 늙은 국왕이 정말로 죽어가고 있는지를 확인하고 싶었던 모양이야. 그래서 저네 아비에게 보내는 선물을 들려 딜리로 사람들을 보냈지만 그 늙은이도 그런 술수쯤은 훤히 알고 있었지. 자기도 젊었을 적에 그런 짓을 해봤으니까. 국왕은 사람들이 자기를 볼 수 있도록 궁전 창가로 옮겨 앉은 다음, 회교사원에다 추수감사절 기도를 드리게 했어. 하지만 그의 아들놈들은 거기에 속지 않고 딜리와 아그라로 쳐들어올 군대를 일으키기 시작했지. 국왕은 아들놈들 중 하나가 옥좌를 차지해버리기 전에 아그라로 가서 옥좌에 앉기로 했

3 콩과의 낙엽교목.

고. 그랬는데도 그의 아들놈들은 연이어 차례로 저네들이 힌두스탄의 왕임을 선포했어. 맨 첫 번째로는 태양이 떠오르는 곳인 벵갈 지방에 있던 슈자가 제 머리에다 왕관을 얹고 이랬지. "나는 힌두스탄의 왕이니라." 그 며칠 뒤에는 남쪽 지방 어딘가에 있던 무라드가 스스로 옥좌에 앉아 이랬고. "내가 힌두스탄의 왕이노라." 아우랑제브는 좀 더 영리해서 무라드를 찾아갔어. 그리고 이랬지. "자네가 다른 형제들을 물리칠 수 있도록 내 자네를 도와줌세. 그러고 나서 통치를 하기엔 너무 나약해진 우리 노인네를 가두기만 하면 자네가 힌두스탄의 왕이 될 수 있어. 그런 다음 나는 메카로 가서 자네를 위해 기도나 드리려네." 국왕의 장남이자 가장 총애 받던 아들인 다라 쉬코는 동생들의 행동에 격분할 수밖에 없었지. "힌두스탄의 왕은 아버님이시다." 그자가 게거품을 물었어. "그리고 다음에는 내가 장남이니까 힌두스탄의 왕이 될 것이고. 내 이 후레자식 놈들인 슈자, 무라드, 그리고 아우랑제브를 없애고야 말리라!"

우리로서는 그자들 중에서 누가 가장 나은 왕이 될 건지 알 길이 없었지만, 청부업자 라키 라이는 다라 편을 들더군. "그 사람은 장남이고, 언제나 장남이 아버지를 계승하는 법이야. 또 그 외에도, 그 사람은 신을 두려워하고 힌두교도와 이슬람교도를 똑같이 취급하지." 하지만 이슬람교도들은 다라를 좋아하지 않았어. 그들 말로는 다라가 힌두교 신의 석상들을 알라나 그 예언자들하고 똑같이 보기 때문에 이교도라는 거였지. 그들이 편을 드는 건 셋째 아들인 아우랑제브였어.

그때쯤 사두[4] 나가처럼 벌거벗고 돌아다니는 유대인 회교 고행자가 하나 생겨났는데, 이 사르마드는 시장에서 마주치는 사람들마다 다라가 이길 거

---

4 은둔해 사는 힌두교 성자.

라고 떠벌려댔어. 딜리 사람들은 사르마드가 신의 친구라는 둥, 그래서 신에게 자기 마음대로 어떤 요구라도 할 수 있다는 둥 하면서 그를 두려워했지. 그러던 어느 날, 나는 서라이⁵에 들렀다가 별 생각 없이 어떤 이슬람교도에게 회교 고행자 사르마드 얘기를 하게 되었어. 그러자 그 이슬람교도가 땅바닥에다 침을 뱉고 욕지거리를 늘어놓더라구. "지옥에나 떨어져라! 여자들 앞에서 부자지를 덜렁거리는 그 부끄러움도 모르는 놈! 그놈을 붙잡기만 하면 내 당장 그걸 잘라서 개들에게 던져 버리고 말 테다!"

회교 고행자 사르마드의 예언은 결국 빗나가고 말았어. 늙은 왕의 아들놈들은 뼈다귀 하나를 놓고 싸우는 굶주린 개떼처럼 싸웠는데, 먼저 다라의 아들인 술라이만 쉬코가 슈자를 쳐부수었지. 하지만 그러는 사이에 무라드와 아우랑제브가 다라를 박살내서 아그라를 함락시키고 늙은 아비를 가둬 버렸어. 그런데 다음에는 이 아우랑제브라는 자가 제 동생인 무라드에게 계략을 썼지 뭐야. 그자에게 술을 잔뜩 퍼 먹여 꽁꽁 묶어서 지하 감옥에 던져 버린 거였어. 그 다음에는 슈자와 다라와 그 아들놈들을 모두 없애버렸고. 그게 우리가 늙은 국왕 샤 자한이 아직 살아 있을 동안에 새 국왕―아우랑제브―을 맞게 된 이유였지. 서라이에 있던 이슬람교도들은 기뻐 날뛰면서 새 국왕이 훌륭한 사람이라고들 짓까불더군. 사실 그 자는 술을 마시지 않았고, 첩이나 고급 창녀를 두지도 않았고, 또 궁전에서 춤추고 노래하는 걸 허락하지도 않았어. 또 적게 자고, 적게 먹고, 기도는 많이 했지. 게다가 자기가 쓸 돈은 경전을 복사해 팔아서 번 것만 썼고. 그래서 이슬람교도들은 왕들이 모두 그랬으면 벌써 오래 전에 힌두스탄에서 이교도들을 내몰았을 거라고들 떠들어댔어. 알람기르라는 게 이슬람교도들이 그자를 부르는 이

---

5 방벽을 두른 마을.

름이었는데, 그들은 이런 말을 하곤 했지. "알람기르, 그분은 살아 있는 성인이시지."

하지만 라키 라이는 속이 편치 못했어. 새 국왕이 그에게 어떤 일거리도 맡기지를 않아서였지. 그런데 여러 해가 지난 뒤 어느 날, 나는 그 집 안뜰에서 그 사람이 남긴 음식을 먹고 있다가 그만 이런 말을 흘리고 말았어. 이슬람교도들이 아우랑제브는 술을 마시지도 않고 계집질도 하지 않기 때문에 신 같은 분이라는 말을 하더라고. 그랬더니 라키 라이가 불끈 화를 내면서 이러더군. "그렇다면 매춘부 히라 바이는 어떻게 된 거지?" 그러더니 겁에 질려서 자기가 했던 말을 누구에게도 절대로 발설하지 말라고 맹세를 시키는 거였어. 하지만 마음속에서 그 히라 바이라는 이름을 몰아낼 수가 있어야지. 그래서 가게주인 — 그 사람도 때때로 나한테 먹다 만 음식을 남겨줬지 — 한테 그 여자가 누군지 물어 봤어. 그랬더니 왼손 엄지와 검지로 고리를 만들어 오른손 검지로 그 구멍을 찌르면서 한마디 덧붙이더군, 이렇게. "하지만 그 히라 바이는 죽었다구." 그 가게주인은 아우랑제브가 힌두교도들에게 인두세를 매겼다는 이유로 그를 좋아하지 않았어. "이 얘긴 절대로 아무한테도 하지 마." 그 사람이 목소리를 죽여서 다짐을 두더니 얘길 꺼내놓더구만. "마라타라는 부족이 그자를 없애려고 하고 있어. 그 부족의 족장인 쉬바지는 무굴 놈들의 똥구멍에다 커다란 대나무 막대기를 찔러 넣었더랬지. 너 그 쉬바지가 국왕의 장군들 중 한 놈의 창자를 손으로 어떻게 찢어냈는지 들어 봤어? 라마의 이름으로 이 얘기에 대해서는 누구한테건 입도 뻥긋하지 마. 그랬다가는 내 목이 잘려나갈 테니까."

하지만 나는 비밀을 지킬 수가 없더라고. 그래서 어느 날 서라이로 찾아가 숙수(熟手) 노릇을 하는 이슬람교도에게 쉬바지라는 이름을 들어 본 적 있느냐고 물어 봤어. 그랬더니 그 친구, 내 얼굴에다 침을 뱉으려고 들더라니까. "어디서 그 더러운 이교도 이름을 주워들었지?" 그 친구가 시뻘개져서 게거품을 무는 거였어. "그 작자는 자기를 친구로 끌어안았던 용감한 장군, 아프잘 칸을 죽인 놈이야. 악당이나 다름없는 놈이라구. 국왕이 그자를 치려고 군대를 보냈는데, 알라의 뜻이 그러하시다면 그 쥐새끼는 제 구멍에서 뛰쳐나와 뒈지게 될 걸. 신의 뜻대로!"

몇 달 뒤, 하루는 그 이슬람교도가 나한테 먹다 남긴 음식을 잔뜩 주는데 보니까 기분이 아주 좋아 보이데. "너, 네가 얘기했던 그 쉬바지 놈이 어떻게 됐는지 들어 봤어? 그 작자 붙들려서 사슬에 묶여 아그라로 끌려갔다구. 이제 곧 지옥으로 보내질 걸." 내가 그 말을 가게주인에게 전했더니, 그건 거짓말이고 쉬바지는 자기 뜻에 따라서 왕과 얘기를 하러 왔다고 그러더만. 어쨌든, 여러 날 동안 딜리 사람들 모두가 이 쉬바지라는 남자 얘기를 하고 있었지. 이슬람교도들은 그가 지독한 무뢰한이라서 왕이 그자의 목을 칠거라고들 했고, 힌두교도들은 그가 위대한 영웅이라고 했어. 그런데 다음엔 그 사람이 도망을 쳐서 데칸에 있는 자기의 산중 왕국으로 돌아갔다는 말이 들렸어. "내가 그러지 않았어?" 가게주인이 침을 튀기더라구. "그자들은 절대로 그분을 잡을 수 없어. 람지가 그분의 보호자시니까."

왕은 화가 머리끝까지 뻗쳐서 바라나시와 마투라에 있는 힌두교 사원들을 부숴버리라고 명령했어. 이슬람교도들에게 겁을 잔뜩 먹은 가게주인은 국왕을 폭군이라고 부르면서 이랬고. "학정이 너무 심할 때마다 신은 폭군들을 없애기 위해 구세주를 보내시지. 이건 기타에 적혀 있는 거야." 심지어는 이슬람교도들과 사이좋게 지내고 있던 라키 라이까지도 고개를 홰홰 젓더군. "이건 암흑시대야. 신께서 우리를 구하기 위해 구세주를 보내주실 거라구."

학정은 계속되었지만 그걸 끝내줄 어떤 구세주도 오지 않았어. 게다가 국왕은 해가 뜨는 쪽으로 몇 코스 떨어져 있는 틸파트 마을의 자트와 바라문들이 자기네 사원에 딸린 토지의 소유권을 요구하자 군대를 보내서 그 마을을 박살내버리기까지 했지. 그들의 지도자인 고쿨라 자트와 그의 추종자들 모두가 딜리로 끌려와 처형을 당하는데도 그들을 구해줄 구세주는 오지 않는 거였어.

3년 뒤에는 나르나울에서 더 지독한 학정이 있었지. 사트나미라 불리는 종파의 수행자들이 수천 명씩 도륙을 당했으니까. 하지만 이번에도 그들을 구하거나 폭군인 국왕을 징벌할 구세주는 오지 않았어.

나는 라키 라이에게 구세주가 언제 올 건지 물어 봤지만 그 사람은 그저 고개만 젓더라구. 그래서 다음엔 우리 구루도 구세주가 될 수 있느냐고 물어 봤지. 그랬더니 "어느 구루 말이야?" 하고 되묻고는 이러더구만. "구루들이 너무 많아. 게다가 그들이 하는 짓이란 대리인을 보내 돈을 거두어들이는 것뿐이고." 그게 라키 라이의 입에서 나온 이상한 얘기였지.

나는 구루에 대한 믿음을 잃기 시작했어. 서라이에서는 이슬람교도들이 구루를 비웃었고, 이러면서. "네가 숭배하는 이 날강도놈이 누구지?" 또 회교사원의 물라[6]라는 자는 — 그자의 입이 똥으로 채워지기를! — 이런 말까지 하더라구. "국왕은 곧 너희의 구루란 자를 순종의 길로 끌어와서 그자에게 알라와 가까워지는 유일한 방법은 그분의 유일한 사도이신 모하메드 — 그분께 평화가 있기를! — 를 통해서라는 걸 가르칠 거야." 비록 내가 구루에 대해서 아는 게 없다고는 해도, 이슬람교도들이 구루를 그런 식으로 깎아내리는 건 싫었어. 하지만 구루는 아그라에서 체포되어 사슬에 묶인 채 딜리로 끌려왔고, 이슬람교도들은 이렇게 비웃었지. "내 너한테 그랬지, 너희가 믿

6 사원에서 공식적으로 기도를 베푸는 사람.

는 이 구루는 날강도놈이라고! 저놈들 모두 목이 매달리게 될 걸."

세 명의 시크교도들과 함께 붙잡힌 구루를 보면서 나는 속으로 이런 생각을 해보았어. "만약 저 사람이 구세주라면 저 사람은 자기 자신을 구하고 폭군을 죽일 거야." 그러면서 나는 내가 리카브간지의 이슬람교도들에게 얼굴을 들 수 있도록 그 사람이 감옥에서 날아오르거나 다른 어떤 기적을 일으키길 빌었어.

하지만 누가 가련한 불상놈의 기도에 마음을 써줄까? 그때 재판관은 카지 압둘 와합이었는데, 그자의 알라가 그자를 지독한 고집불통으로 만들었기 때문에 사람들 모두가 똥고집 카지라고들 불렀지. 어쨌건, 그자는 구루와 그의 세 추종자에게 사형을 선고하고 그들의 몸뚱이는 사람들 모두가 다 볼 수 있도록 치안소 앞에다 내걸라고 명령했어. 그러자 소심한 라키 라이까지도 처음으로 용감해지더라구. "그런 일이 일어나서는 안 되네. 구루는 목숨을 구하려 하지 않았지만, 그자들이 구루의 시신을 더럽히도록 놓아두어선 안 돼." 그 부자 청부업자가 처음으로 나를 "자네"라고 부르더군. 전 같으면 늘 "너" 아니면 더 나쁘게는 "야, 청소부"라고 불렀을 텐데 말이야. 하지만 라키 라이가 밀정이 아니라는 사실을 무슨 수로 알겠어? 그래서 나는 입을 꽉 다물었지. 가난한 사람들에게는 침묵이 가장 쓸 만한 친구니까.

그 해 가을 딜리에서는 이상한 일들이 일어났어. 닷세라 축제가 람 릴라도, 또 라바나와 그 형제들의 우상을 태우는 일도 없이 지나간 거였으니까. 힌두교도들은 국왕이 힌두교 축제를 금지시켰다고들 했고, 이슬람교도들은 그건 거짓말이라면서 힌두교도들이 왜 가장 중요한 축일을 축하하지 않는지 그 이유를 알겠다고 되받았지. 그리고 며칠 뒤에는 디왈리 축제날이 왔지만 어느 누구의 집에도 등불 하나 없었어. 폭죽이 터지는 소리도! 불꽃놀이도! 다른 누구에게 당과를 보낸 사람도. 온 세상이 달도 없는 캄캄한 밤

같았지. 수백만 개의 기름램프들이 깜빡일 것으로 기대했는데 하나도 없으면 그 밤이 얼마나 더 어두워 보이는지는 다 알고 있을 거야. 그렇게 해서 힌두교도들에게는 디왈리 축제가 없었고, 이슬람교도들은 마치 개미들이 엉덩이로 기어오르는 것 마냥 근질근질한 느낌이었을 테지. 서라이에 딸린 회교사원의 물라가 라키 라이에게 가만히 떠보는 투로 어째서 디왈리 축제날 밤에 등불을 하나도 켜두지 않았느냐고 묻더구만. 라키 라이는 이렇게 대답했고. "아주 가깝고 소중한 분이 돌아가시게 되면 힌두교도들 모두가 아주 가깝고 소중한 누군가를 잃은 것처럼 보이지요." 그러자 물라가 잔뜩 비꼬는 투로 외쳤어. "나는 그게 아주 가깝고 아주 소중한 누군가가 죽게 될 거라서 그런 건 아니길 바라겠소, 알겠소이까?"

라키 라이가 아무 대꾸도 하지 않으니까 물라는 대신 나한테 분풀이를 해대더만. "그리고 너, 네가 디왈리 축제 때 램프 불을 켜지 않은 건 네 어미의 어미를 잃었기 때문이냐?" 그래서 나는 이렇게 대답했지. "물라지[7]. 가난한 사람들 집에서는 매일 밤마다 죽음이 있습니다. 저희에게는 램프를 켤 만한 기름이 없으니까요. 제게 돈을 주신다면 리카브간지에 있는 집집마다 불을 켜두겠습니다." 그랬더니 그자가 기어드는 소리로 웅얼거리더군. "너 아주 제법 말 깨나 할 줄 알게 되었구나, 안 그러냐?"

딜리 사람들 모두가 구루가 일으킬 기적에 대한 얘기들을 하고 있었어. 누구라도 구루나 그의 친구들을 해치려고 손을 들어 올리면 눈이 멀 거라고 말이지. 치안관은 딜리에서 사형 선고를 실행에 옮길 사람을 하나도 찾아낼 수 없어서 결국에는 펀자브의 사마나까지 가서 잘라루딘이라는 사람을 하나 불러와야 했고. 그 잘라루딘은 시크교도와 구루들을 몹시 싫어했거든.

---

7 물라의 존칭.

등불도 켜지 않은 디왈리 축제가 지나가고 며칠 뒤에 잘라루딘은 구루와 함께 붙잡힌 시크교도들의 머리를 잘랐어. 하지만 그자는 눈이 멀지 않았고 또 그자에게 무슨 일이 일어나지도 않았지. 그 다음번은 구루 차례였는데, 똥고집 카지가 잘라루딘에게 이랬다더군. "구루의 머리는 목요일에 자를 것이다. 그 시체는 금요일 기도가 끝난 뒤 일반에게 전시될 것이고, 그러면 딜리 사람들 모두가 어느 쪽이 더 강한지를 알게 되겠지. 이슬람교도의 칼이냐, 아니면 이교도의 목이냐, 그 두 가지 중에서."

그렇지만 세상 사람들 모두가 딜리에서 훌륭한 사람의 피가 흐를 때마다 하늘에 계시는 위대한 신께서 분노를 알리신다는 것을 알고 있었지. 목요일이 되자 태양은 불타는 공처럼 뜨거워졌고, 사람들 모두가 무슨 끔찍한 일이 일어날 거라고들 쑤군거렸어. 이슬람교도들까지도 겁이 나서 펀자브 지방으로 가 있는 국왕이 그 일을 알고 똥고집 카지의 명령을 취소시켰으면 했고. 치안관도 밤새도록 기도를 올렸다고 하면서 고개를 젓더라구. "만약 이 구루가 순교를 한다면 이슬람교도들에게 몹시 안 좋을 거야."

하지만 구루에게는 아무 기적도 일으키지 않았어. 그저 신의 이름을 입에 올리고 사마나에서 온 망나니 잘라루딘이 몸뚱이에서 머리를 자르도록 한 게 고작이었지. 그 다음엔 여리꾼이 북을 치고 돌아다니면서, 정의가 이루어졌으며 구루의 시체는 사람들 모두가 보고 교훈을 얻을 수 있도록 치안소 앞에 이틀 밤낮 전시될 것이라고 외쳐댔고.

나는 그 소식을 리카브간지로 가져갔어. 오후가 되자 리카브간지의 시크교도와 힌두교도들이 모두 나무 그늘 아래로 모였지만 누구도 말 한 마디 하지 않았지. 남자들은 한숨을 쉬었고 여자들은 울었는데, 저만치 떨어진 서라이에서 우리를 지켜보고 있던 이슬람교도들까지도 우리의 슬픔에 가슴이 찡해진 것 같았어.

그런데 내가 한숨 소리와 훌쩍이는 소리에 귀를 기울이고 있을 때 어떤 이상한 느낌이 나를 덮치는 거였어. 우리는 구루의 목숨을 구하려고 손 하나 까딱하지 않았고, 이제는 그자들이 구루의 벌거벗은 시체를 사람들이 쳐다보고, 짐승들이 찢고, 새들이 쪼도록 내걸어두려 하고 있었으니! 그런 우리가 대체 무슨 신자들이란 말이지? 내 몸속에서 피가 거꾸로 솟구치면서, 아무 짓도 하지 못한 나 자신에게 화가 나더라구. 구루의 제자들은 대개가 집안 좋은 무사들 아니면 용감함을 뽐내는 자트 족 농부들이었지만 그들도 자기네 구루를 구하려고 아무 일도 하지 않았어. 그러니 일개 불상놈인 나라도 나서서 그런 지체 높은 작자들에게 구루의 시크교도라면 어떻게 행동해야 되는지를 가르쳐줄 수밖에. 물론 그러다 목숨을 잃을 수도 있겠지만, 그렇더라도 내 불상놈 형제들의 세계에서는 존경을 얻게 될 거였으니까.

나는 슬그머니 거기에서 빠져나왔어. 그런데 라키 라이가 나를 보고 일어나더니 뒤쫓아 오더라구. "내 자네에게 맡길 일이 좀 있네만." 그 사람이 내 어깨에 손을 얹으면서 운을 떼더니 의미 있게 한마디 덧붙이데. "만일 자네가 그 일을 할 만한 사내라면 말일세." 라키 라이가 나를 만진 건 그때가 처음이었어. 하지만 나는 그 부자 청부업자를 믿지 않았지. 누구라도 부자들은 절대로 믿을 수가 없는 거니까. 그래서 이렇게만 대답했어. "저는 치안소로 가서 근무를 해야 됩니다." 그러자 라키 라이는 이러는 거였고. "내 자네하고 같이 감세. 나도 치안소에 볼일이 있으니까." 그 사람이 노리는 게 뭐였을까? 하지만 꼭 알아봐야겠다는 생각은 들지 않았어. 그리고 내 어깨 위에 놓인 손은 라키 라이의 손이 아니라 구루의 손이라는 느낌이 들자 이 세상에서 두려울 게 아무것도 없었지. 국왕이건, 똥고집 카지건, 망나니 잘 라루딘이건, 아니, 심지어는 무굴 병사들이나 치안소장이나 그의 경찰대까지도.

라키 라이는 이미 길에다 우마차를 몇 대 일렬로 세워 놓았더군. 그 달구지들에는 목면 꾸러미가 실려 있었고 그의 여덟 아들도 같이 있었는데, 모두들 창칼로 무장을 하고 있었어. 그 사람은 국가 상대 청부업자여서 식구들이 무기를 소지할 수 있었으니까. 라키 라이는 자기 짐수레들을 늘 그런식으로 호위했었고 사람들 모두가 그걸 알고 있었지. 우리는 오후에 리카브간지를 떠났어.

우리가 파하르간지에 이르자 갑자기 태양이 사라지고 바람이 멎더니 수백 마리의 솔개들이 머리 위에서 맴을 돌기 시작하더군. 저 멀리 서쪽에서 황갈색 먼지 구름이 몰려오는 게 보였고. 우리가 딜리 성벽에 당도하자 머리 위를 맴돌던 솔개 떼가 왕실 회교사원 쪽으로 옮아갔어. 다음에는 그때껏 상상도 하지 못했던 기세로 몰아치는 폭풍이 우리를 덮쳤고.

아지메리 문을 지키는 경비병들이 터번 자락으로 얼굴을 가린 채 들어가라고 손짓을 하더군. 폭풍은 우리가 카지 카 하우즈, 랄 쿠안을 지나 파테푸리 공주 회교사원을 거쳐 찬드니 초우크에 있는 치안소로 들어설 때까지 계속 우리를 등 뒤에서 떠밀어줬어.

그 누가 구루의 불가사의한 의도를 알았을까? 먼지 폭풍이 낮을 밤으로 바꾸고, 문이며 창문들이 모두 먼지를 막기 위해 닫히리라는 것을. 경비병들은 막사에 틀어박혔고, 들리는 건 울부짖는 바람 소리뿐이었어.

구루의 시신을 찾아내기는 어렵지 않았어. 나는 그분의 발을 만지고 시신을 어깨 위로 들쳐 멘 다음, 머리는 양손으로 받쳐 들었지. 그리고 한치 앞도 안 보이는 먼지 폭풍을 뚫고서 걸었어. 라키 라이와 그 아들들이 모두 구루의 발을 만지고 나자 우리는 시신과 머리를 황소가 끄는 달구지들 중 하나에 모시고 그 위에다 솜뭉치들을 쌓았지. 그리고 수레를 돌렸는데, 이번에는 우리를 찬드니 초우크로 몰아댔던 그 똑같은 폭풍이 방향을 바꾸어서 우리가 갔던 길을 되짚어 아지메리 문을 나서서 파하르간지로 올 때까지 밀어주는 거였어. 그리고 우리가 리카브간지에 이르자 바람이 뚝 그치면서 먼지가 사라졌는데, 그때쯤엔 이미 밤이 내려 있었지.

라키 라이의 아내와 며느리들은 집 안뜰에다 백단향 장작더미를 쌓아놓고서 기다리고 있었어. 우리가 구루의 시신을 그 위에 올려놓자 온 식구들이 그분의 발을 만졌고 다음엔 라키 라이가 짤막한 기도문을 외고 나서 화장용 장작더미에 불을 붙였지. 그의 아내는 보자기를 하나 가지고 나와서 거기에다 구루의 머리를 싸서 내게 건네주었고, 이러면서. "이것을 아난드푸르에 있는 구루의 아드님께 전해주게나. 구루께서 자네를 거기까지 무사히 데려다주실 게야."

*

능선 위로 올라서자 나는 누가 미행을 하지나 않나 해서 뒤를 돌아다보았어. 저 멀리로 라키 라이네 집 안뜰에서 화장용 장작더미가 너울거리며 타오르는 게 보이더군. 폭풍우는 왔던 때처럼 순식간에 가버렸고, 하늘은 맑게 개여 별들이 총총했어. 아마 보름이 며칠 지난 뒤의 밤이었을 거야. 나는 걸음을 재촉했고, 달이 떠오를 무렵쯤에는 딜리에서 여러 코스를 벗어나 아난드푸르를 향해 가고 있었지.

마침내 구루는 위대한 기적을 행하신 거였어. 똥이며 냄새 고약한 시체나 실어 나르던 짐꾼에게 당신의 신성한 머리를 받쳐 들 특권을 내려주셨으니. 그 이후로 나를 더럽다고 하는 자는 누구나 입이 똥으로 채워질 거였어. 이제 나는 구루의 진정한 아들 자이타 랑그레타였으니까.

9

바그마티

여러 주 동안 나는 바그마티를 보지 못했고, 더 심하게는 아예 생각조차도 하지 않았다. 두루다르샨 TV 방송국에서 내가 진행을 맡았던 〈당신이 모르는 델리〉라는 프로그램에 너무 열중해 있어서였다. 나는 우선 메라울리 교외에 있는 유적들―알타마시, 술탄 가리, 발반, 그리고 자말리 카말리의 무덤들―에서부터 시작하여 서너 곳의 황폐해진 회교사원들과 몇몇 궁전들로 옮겨갔다. 그런데 두루다르샨 TV에 출연한 일이 내게 예기치 않았던 보너스를 안겨주었다. 그 프로그램을 본 뒤 나를 만나고 싶어 하는 어느 숙녀의 편지를 받은 것이다. 그녀는 성이 무엇인지는 빼고 카말라라는 이름으로만 서명을 했다. 아가씨인지 부인인지, 또 자기가 어떤 사람인지―나이가 몇이고 하는 일은 무엇인지―에 관해서도 아무런 언급이 없다. 주소는 어떤 군대숙사의 방 호수다. 알지 못하는 남자들에게 편지를 쓰는 여자들은 대체로 권태가 중증에 달한 축이기 십상이지만 어떤 충동이 나로 하여금 그녀를 만나면 기쁘겠다는 답장을 쓰게 했다. 그런데 이것은 내가 바그마티에 대해서 얼마쯤 죄책감을 느끼고 있을 때의 일이다.

나는 카말라와 만나기로 한 장소인 인도 국제센터 도서관에서 한두 시간쯤을 보낸다. 그녀는 내가 어떻게 생겼는지를 알고 있으므로 나를 찾아내기는 어렵지 않을 것이다.

대체로 나는 그 센터에 있는 잡지나 신문들을 뒤적거리기 좋아하는 편이지만 오늘 아침에는 읽고 있는 것에 정신을 집중시킬 수 없어서 여자들이 들어올 때마다 고개를 들고 쳐다본다. 그 여자는 열다섯 살일까, 쉰 살일까? 뚱뚱할까, 호리호리할까? 피부색이 옅을까, 짙을까? 그리고 대체 무슨 이유로 나를 알고 싶어 할까? 나를 따분하게 하려고? 아니면 나를 유혹해서 같이 자려고?

마침내 한 여자가 들어서서 곧장 내게로 걸어오더니 미소를 지으며 악수를 청한다. "제가 카말라예요."

나도 일어서서 그녀의 손을 잡고 인사에 답한다. "만나게 되어 반갑습니다. 정원에서 커피라도 좀 하시죠."

그녀는 자그마하고 가무잡잡하고 30대로 보인다. 나는 빈 테이블을 하나 찾아내어 우리 두 사람이 마실 커피를 주문하고 이야기를 튼다. "성은 어떻게 되시죠? 카말라 뭔가요?"

"선생님은 호기심이 무척 많으시군요. 좋아요. 저는 카말라 굽타, 브리가디에 굽타의 아내예요. 우리 사이엔 학교에 다니는 아이가 셋 있고요. 하나는 딸이고 둘은 아들이죠."

"세 자녀의 어머니라고요! 대학생이라고 해도 될 만큼 젊어 보이는데요." 내가 놀라움을 표시하자 그녀가 즐거워서 생긋 웃는다. "생각하시는 것처럼 그렇게 젊지는 않아요. 마흔이 넘었는걸요. 결혼한 지도 20년이 더 됐고요. 사람들은 제 딸아이를 막내 동생으로 착각하죠."

"델리 출신이신가요?"

"아니, 타멜 출신이에요. 우리 남편이 델리 본토박이죠."

"본토박이" 라는 말이 그녀의 첫 번째 인도 기질이다. 델리에서만 자랐다고 해도 될 것을.

"지저스 앤 메리 수녀원 부속학교와 미란다 하우스를 거쳐서 혼담을 정했겠군요." 내가 넘겨짚는다.

"세 가지 모두 틀렸어요. 모던 스쿨을 거쳐서 세인트 스티븐 칼리지를 다녔는데, 거기서 남편을 만나 눈 맞아 달아났죠. 나중에 양가 부모님들에게서 계급이 다르고 지방이 다른 결혼을 용서받긴 했지만요. 그 사람은 바니아고 저는 무달리아르[1]거든요. 또 그 사람은 힌디어를 쓰고 저는 타밀어를 쓰는데, 같이 있을 땐 영어를 쓰죠. 우리 애들은 세 가지 모두를 다 하고요."

"굉장하군요! 다른 가족들은 어디에 있습니까?"

"남편은 가족 동반이 안 되는 주둔지에 배속되어 있어요. 애들은 무소리에에 있는 기숙학교에 있고요. 저는 군대숙사에서 기거하도록 허락을 받았죠. 우리는 휴가 동안에만 함께 지내요."

그 이야기 중에 마음에 썩 드는 소리가 있어서 나는 그녀를 어림해보려고 한다. 그녀는 골똘히 커피를 마시고 있는 중이다.

"뭘 그렇게 멍하니 생각하세요?" 그녀가 침묵을 깨고 입을 연다. "전 선생님이 무슨 생각을 하고 계신지 알 수 있어요. 왜 이 여자가 나를 만나려고 했을까 하는 거죠?"

"바로 맞혔습니다."

"글쎄요, 전 별로 할 일이 없어요, 군인 여편네들은 딱 질색이고요. 그래서 책이나 뭐 그런 걸 써야겠다고 생각했어요. 텔레비전에 나온 선생님 프로그램이 제게 아이디어를 준 셈이죠. 델리와 그 유적들에 대해서 쓸까 하는데, 어떻게 생각하세요?"

"서점에 가보면 그런 책들이 수백 권은 있을 겁니다."

"그렇겠죠. 하지만 그것들은 모두가 똑같아요. 그 중 어느 것도 선생님 프로그램에서 보여주었던 건 실려 있지 않다는 거죠. 저는 아무도 모르는 골목길에 숨겨진 오래된 저택들을 많이 알아요. 우리 남편이 파라테 발리 갈리에서 태어나 거기에서 자랐거든요. 들어본 적 있으세요?"

"들어보기는 했지만 가보진 못했습니다."

---

1 고위 군인 관료 계층.

"거 보세요. 선생님도 모르시잖아요. 갈리 나막 하라만이라고는 들어본 적 있으세요? 틀림없이 못 들어보셨을 거예요. 선생님은 제가 보지 못했던 걸 보여주셨어요. 저는 선생님이 못 보신 걸 보여드리죠. 그리고 우리 둘이서 함께 책을 쓰는 거예요. 어떻게 생각하세요?" 그녀가 먼저 손을 내민다. 나는 그 손을 잡는다. "좋습니다." 그리고는 살며시 손을 쥐어본다. 탄탄하지만 나긋나긋하다.

우리는 한 시간쯤 잡담을 나눈다. 마치 여러 해 동안 서로 알고 지낸 사람들처럼. 내가 그녀에게서 거래 이상의 소득을 얻어내게 될 것임에는 의문의 여지가 없다.

나는 그녀를 군대숙사, 그러니까 전쟁 중에 미군 병사들을 수용하려고 지은 낡은 건물 밖에 내려준다. 그녀는 내가 TV에서 보여주었던 곳들을 차로 함께 둘러볼 수 있도록 다음 일요일에 센터에서 만나자는 데 동의한다. "숙사보다는 센터가 더 낫겠죠. 거기엔 엿보는 눈과 심보 고약한 여편네들이 없으니까요." 그녀가 작별인사로 손을 흔들면서 말한다.

*

카말라는 보온병 두 개와 샌드위치 포장박스 하나가 담긴 조그만 바구니를 들고 문 앞에서 나를 기다리고 있다. "점심을 싸가는 편이 혼잡한 카페테리아나 그저 그런 호텔로 가는 것보다는 훨씬 더 나아요." 그녀가 이유를 단다.

나는 그녀에게 늘 지니고 다니던 옥으로 된 조그만 가나파티[2] 상을 선물

---

2 인도 신화에서 시바신을 따르는 반신반인들의 우두머리. 가네샤리고도 함.

한다. "이건 내 행운의 토템입니다. 나는 항상 이걸 지갑 속에 넣어 다니죠. 이게 우리의 우정이 틀어지지 않도록 보살펴줄 겁니다."

그녀가 양손으로 그 조그만 상을 감싸들고 입을 맞춘다. "고마워요. 틀림없이 이게 저한테 행운을 가져다줄 거예요."

우리가 쿠툽 미나르를 지나고 있을 때 그녀가 자기 생각을 말한다. "저는 최근의 조사에서 저게 힌두교도들의 기념물이라는 사실이 입증됐다고 믿어요."

"타지마할과 붉은 성채도 그렇죠." 내가 빈정거리는 투로 덧붙인다. "어디서 그런 말도 안 되는 소리를 주워들은 겁니까? 그 건축물들에는 모두 건축자의 이름과 완공된 날짜가 아랍어로 새겨져 있습니다. 아무래도 힌두 파시스트의 선전물을 읽은 모양이군요."

우리는 메라울리에서 오전 시간을 보낼 셈으로 차를 아울리야 회교성원 옆에다 댄다. 그리고 샴시 탈랍을 따라 걷다가 자하즈 마할을 지나 사람들로 붐비는 거리로 들어선다. 나는 그녀를 쿠투부딘 박티야르 카키의 영묘로 데려가서 근처의 묘역에 있는 무굴 제국 왕들의 무덤을 보여주고, 바하두르 샤 황제의 무덤에서는 반다 바이라기와 7백 명이나 되는 그의 시크교도 추종자들이 처형당했던 이야기를 들려준다.

"그는 능지처참 형을 당하기 전에 먼저 자기의 아들을 죽이라는 명령을 받았지요."

"언제요?"

"1716년 6월 19일, 일요일에요."

"선생님은 틀림없이 이슬람교도들을 증오하시는 모양이군요." 그녀가 웅얼거린다. "그 날짜와 요일을 선생님 생일인 것처럼 기억하시는 걸 보면요."

"아니, 나는 이슬람교도들을 증오하지 않습니다." 내가 반박한다. "반다와 그 일당은 붙잡히기 전에 이슬람교도들을 수천 명씩 학살했었으니까요. 야만스러운 시기였죠."

나는 그녀를 자말리 카말리 회교사원으로 데려간다. 그녀가 커피를 따르고 샌드위치를 하나 건네준 다음 공책과 볼펜을 꺼내든다. "오늘 아침 우리가 보았던 곳들에 대해서 말씀해주세요. 적어두지 않으면 저는 무엇이건 다 잊어버려요."

그녀가 노트를 하고 커피를 홀짝일 동안 나는 그날 일정을 훑어본다. 내가 다시 반다 이야기를 꺼내자 그녀가 같은 소리를 또 한다. "저는 선생님이 이슬람교도를 좋아한다고는 생각하지 않아요."

한 번 더 다시 나는 이의를 제기한다. "내 친구들은 대부분 이슬람교도들이지 힌두교도나 시크교도가 아닙니다."

"선생님이 아우랑제브 같은 사람을 좋아할 리 없어요. 자기 형제들과 조카들을 죽이고 아버지를 감옥에 처넣은 사람이니까요. 그 사람은 힌두교 사원들을 파괴했고 선생님 네 구루들 가운데 하나를 처형했어요. 그런데 선생님이 어떻게 그런 인물을 좋아할 수 있겠어요? 만일 제게 묻는다면 저는 현재 힌두교도와 이슬람교도 사이의 갈등이 모두 아우랑제브에게로 거슬러 올라간다고 장담할 수 있어요."

"이거 보세요, 젊은 숙녀 분. 아무래도 세뇌를 당한 것 같군요! 그 아우랑제브가 힌두교와 시크교 사원들을 짓도록 허락도 했다는 얘기는 들어보지 못했습니까?"

"그건 처음 듣는 얘긴데요. 선생님이 지금 막 꾸며내신 거겠죠."

그녀는 자기를 군대숙사 근처의 길모퉁이에 내려달라고 한다.

우리의 다음번 행선지는 그녀가 내 안내인 겸 조언자 노릇을 해줄 시내

쪽이다. 이번에도 나는 그녀에게 또 다른 미니어처 가나파티를 선물한다. 그것도 수정으로 된 것으로! "이게 부인의 행운을 두 배로 늘려줄 겁니다." 이번에는 그녀가 내 수염에 키스를 해준다. 우리는 붉은 성채까지 차를 몰아가서 거기에 차를 대고, 다음에는 그녀가 나를 찬드니 초우크로 안내한다. "선생님을 다리바나 파라테 발리 갈리로 모시고 갈 순 없어요. 거기엔 우리 인척들이 많이 살고 있는데, 그 사람들이 제가 시크교도와 뭘 하고 있는지 알고 싶어 할지도 모르니까요."

"나도 랄 쿠안 주위로 돌아다니는 걸 눈에 띄고 싶지 않습니다. 거기에 살고 있는 친구들이 있거든요." 내가 장단을 맞춘다.

"랄 쿠안에 있는 친구들이요? 어떤 친구들이죠?" 그녀가 미심쩍다는 투로 묻는다.

"아주 존경할 만하고 호감이 가는 친구들입니다. 때가 되면 그 사람들 얘기를 해주지요."

우리가 나이 사락으로 접어들어 좁은 골목길로 들어서자 그녀가 보리수나무들 밑에 있는 몇 곳의 낡은 저택과 사당들을 가리킨다. 곳곳에서 복개되지 않은 하수구로부터 풍겨나는 악취가 코를 찌른다. 어슬렁거리는 암소들, 행상인들, 스쿠터들, 통행인들 때문에 걸음을 옮기기가 쉽지 않다. 하지만 그 덕분에 때때로 그녀의 손을 잡을 구실이 생기고 그녀 역시 그럴 때마다 내 손을 꼭 잡는다. 그녀의 반응에는 더 바랄 것이 없다.

한 시간 반쯤 꼬불꼬불한 골목길을 헤치며 돌아다닌 끝에 우리가 와 있는 곳은 자미아 회교성원 뒤편이다. 우리는 붉은 성채 밖의 주차장으로 가기 위해 광장을 가로지른다.

"코노트 서커스에 내려주세요." 그녀가 주문한다. "거기에서 뭘 좀 사야 하거든요."

나는 그것이 나와 함께 있는 모습을 군대숙사의 다른 거주자들 눈에 띄지 않도록 하려는 구실임을 알고 있다. 그녀의 태도가 나를 좀 당황스럽게 한다. 내가 그녀에게 내 아파트로 같이 가는 것이 어떻겠냐고 하자 그녀는 내 제안을 딱 잘라 거절한다. 우리가 이야기를 나누는 동안에는 자기가 끌어가고 있는 삶이 불행하다는 사실을 전혀 숨기려 들지 않았으면서도. "군인의 아내가 어떤 삶을 살아가는지 알아요? 남편은 몇 주일씩 몇 달씩 떠나 있어요. 그리고 며칠 돌아와 있는 동안엔 생각할 수 있다는 게 섹스 말고는 아무것도 없고요. 그 사람은 자기 아내가 그걸 좋아하건 싫어하건, 자기 좋을 대로 실컷 그 짓을 하죠. 그리고 다시 떠나버리면 아내는 할 일이 없어서 손가락이나 꼬고 앉아 있어야 하고요."

내 아파트로 가는 것도 아니고 그녀가 나를 자기 방으로 데려가려고도 하지 않는다면, 도대체 델리 어디에서 우리가 하려고 드는 짓거리를 벌일 장소를 찾아낼 수 있을까? 주도권은 내 손에서 그녀에게로 넘어갔지만 나는 그 일에 매듭을 짓기로 작정한다. 그녀가 안 된다고 하면 나는 그녀를 내려 줄 것이다.

센터에서 우리의 세 번째 만남은 따뜻한 8월 오후에 이루어진다. 나는 그녀에게 이번에는 상아로 만들어진 가나파티를 선물한다. "제게 가나파티를 몇 개나 주시려는 거예요?" 그녀가 내 입술에 키스를 하면서 묻는다. 우리는 푸라나 낄라 쪽으로 차를 몬다.

"내가 부인에게 정말로 주고 싶은 게 뭔지 압니까?" 차 안에서 내가 묻는다.

"아뇨, 말씀해 보세요."

"내가 정말로 부인에게 주고 싶은 건 아닙니다."

그녀는 꼼짝도 하지 않고 똑바로 앞쪽만 바라보다가 얼마쯤 뒤에 입을 연다. "그러려면 일이 좀 복잡해질 거예요. 세 번째 아이를 낳았을 때 난관을 묶어버렸거든요. 하지만 노력해본대서 해로울 건 없겠죠?"

이런 여자를 어떻게 대해야 할까? 나는 당황해서 얼굴을 붉히고 그녀의 손을 잡아 입을 맞춘다. 오후 내내 유적지들을 터벅터벅 둘러보는 동안 우리는 어느 쪽에서도 그 이야기를 다시 꺼내지 않는다. 돌아오는 길에 그녀가 과일과 식품을 사야 하니까 군인매장으로 데려다 달라고 한다. "선생님은 그냥 차 안에 계세요." 그녀가 이른다. "오래 걸리지는 않을 거예요."

나는 그것이 정부 관리들이며 군대의 장교들이 빈번히 드나드는 시장을 외간남자와 함께 돌아다니다 들키고 싶지 않아서라는 것을 알고 있다. 몇 분쯤 지나자 그녀가 사과, 통조림, 비스킷, 치즈 따위가 담긴 바구니를 든 짐꾼을 뒤에 달고 돌아온다. 그리고 짐꾼이 바구니를 뒷좌석에 내려놓자 이번에는 군대숙사로 가자고 한다. "이 물건들을 제 방까지 나를 수 없어서요." 그녀가 이유를 붙인다. "제 방에서 간단히 한 잔 하실 수 있을 거예요."

나는 바구니를 들고 그녀를 따라 계단을 올라가서 베란다를 지난다. 그녀의 방은 맨 마지막 방이다. 그녀가 문을 열고 전등 스위치를 올리자 나는 그녀가 함께 들어오는 우리를 본 사람이 아무도 없는 것에 안심하고 있다는 것을 알 수 있다. "저는 이웃 사람들하곤 어울리지 않아요. 참견깨나 하기 좋아하는 사람들이거든요."

내가 간이주방에 바구니를 내려놓자 그녀는 사온 물건들 중 일부를 조그만 냉장고에 집어넣고 나머지는 선반에 올려놓는다. "대접해드릴 수 있는 거라곤 군용 럼주밖에 없어요. 다른 건 구할 수가 없네요. 탄산수하고 드시겠어요, 물하고 드시겠어요?"

"나는 그런 식으론 마셔본 적 없습니다. 언더락으로 주세요."

그녀의 방은 가구가 별로 없는 침실 겸 거실이다. 그녀는 침대에 앉아 있고 나는 소파에 앉아 들큼하고 냄새 고약한 럼주를 찔끔거린다. 독하고 맛없고 빨리 취하는 술이다. 나는 무슨 말을 꺼내야 할지 생각이 나지 않아서 맨 처음 떠오른 말로 침묵을 깬다. "지난번에 부인은 아우랑제브가 괴팍한 사람이라던가 뭔가 하는 말을 하더군요. 그건 이슬람 역사가들이 그를 보는 방식이 아닙니다. 오늘날에는 평범한 이슬람교도들까지도 그가 부당하게 폄훼되었다고 생각하지요."

그녀가 웃음을 터뜨린다. "여자하고 같이 있을 때 죽은 황제보다 더 재미있는 얘깃거리를 생각해낼 수는 없나요?"

"매력적인 여성과 함께 있어서 얼마나 기쁜지 모르겠다고 할 수도 있습니다. 하지만 그러면 다음엔 내가 어디로 이끌리게 되지요?"

"선생님은 저를 아주 조금밖에 모르세요. 제가 얼마나 매력적이 될 수 있는지도 모르시고요. 선생님은 알아내려고 노력조차도 하지 않으셨어요," 그녀가 사리를 벗고 블라우스 단추를 풀어 젖가슴을 드러낸다. "전에 이런 거 보신 적 있어요? 더구나 세 아이에게 젖을 빨린 여자에게서요."

분명히 그런 적은 없었다. 흑단처럼 검고 완벽하게 모양이 잡힌, 열여섯 살 처녀처럼 탄탄한 유방. 그보다 더 검은 젖꼭지들이 똑바로 나를 향해 솟아 있다. "부인은 내가 누드 사진을 포함해서 이제껏 보았던 중에 가장 완벽한 젖가슴을 갖고 있군요." 나는 일어서서 그녀 옆으로 가 앉고 싶은 강한 충동을 느낀다. 그녀가 내 망설임을 알아차린다. "만져보세요. 제겐 늘어진 건 아무것도 없어요."

나는 그녀 옆으로 가서 앉아 손바닥으로 그녀의 젖가슴을 감싼다. 내가 이제껏 접해보았던 그 어떤 유방보다도 더 탄탄한 유방이다. 나는 그녀의 머리에 베개를 받쳐주고 젖꼭지 주위를 핥는다. "이게 선생님이 들어오는 방식이군요." 그녀가 내 머리에서 터번을 벗겨내며 말한다. 내 긴 머리칼이 그녀의 얼굴 위로 퍼지고, 그녀는 내 머리칼을 잡아 머리를 젖가슴으로 더 가까이 끌어당긴다. 나는 잠시 숨을 쉬려고 고개를 들어 그녀의 얼굴을 바라본다. 그녀는 눈을 감고서 숨을 몰아쉬고 있다. 그녀의 입술에 내 입술을 대고 누르자 그녀가 자기 혓바닥과 내 혓바닥이 얽히도록 입을 벌린다. 내 손이 그녀의 엉덩이를 답사하다가 다음에는 허벅지 사이로 끌려든다. "이제 안으로 들어와서 선생님이 약속했던 아기를 주세요." 그녀가 웅얼거린다.

나는 그녀의 명령대로 한다. 그녀는 오르가슴을 빨리 느끼는 타입이어서 그 일은 잠깐 사이에 모두 끝나버린다. 내가 다시 럼 언더락을 홀짝거리고 있는 사이 그녀가 일어나 침대 옆의 테이블에서 담배를 뽑아 물고 불을 붙인다. "자, 이제 마음속에서 그걸 몰아냈으니까 아우랑제브에 대해서 얘기해주실 수 있겠지요?"

10

힌두스탄의 황제 아우랑제브

알라께서 성스러우신 지혜로 힌두스탄 왕국의 통치권을 부여하신 나, 압둘 무자파르 모히우딘 모하메드는, 은혜롭고 자비로우신 알라와 세상의 구원자이신 사도의 이름을 빌어 90년의 생애와 48년의 재위를 간략히 기술하려 한다. 내가 이를 기술함은, 나의 행적을 기록함에 있어 진실을 왜곡한 자들을 정의로우신 알라께서 벌하시도록 하려는 것이다. 바라옵건대, 알라께서 당신의 비천한 종복이 자신의 글로써 자기를 변호한 죄는 사해주시기를.

이 허물 많은 죄인은 구자라트 지방의 소도시 도하드에서 태어났다. 짐이 태어나자 한 시인은 "태양의 광휘가 온 세상을 품으리라" 는 뜻의 「아프탑에 알람탑」이라는 시를 지었고, 다른 음유시인은 "아우랑제브 황제의 왕관에 박힌 진주" 라는 뜻의 '가우하르 에 타지 물루크 아우랑제브'라는 기념명[1]을 지었으니, 이 두 시제(詩題)의 글자들을 합하면 짐이 태어난 해, 즉 기독교력으로 1618년에 해당하는 회교력 1027년이 되었다. 또 점성가들은 짐이 지카드달 15일[2]에 천칭좌와 전갈좌 밑에서 세상 빛을 보았으므로, 짐의 성격이 그 두 좌 모두의 특징을 공유하여 천칭좌로부터는 정의와 자비를, 그리고 꼬리에 독을 품은 전갈로부터는 불굴의 의지와 짐의 권리를 유린하려는 자들을 파멸시킬 힘을 얻으리라 예언하였다.

짐이 태어났을 당시 쿠람 왕자라고 알려져 있던 선친께서는 데칸의 총독이셨고, 그분의 선친이신 자항기르는 힌두스탄의 황제셨다. 그리고 훗날 당신의 이름을 따서 타지마할이라고 불리게 된 아그라의 대리석 영묘에서 평화로이 쉬고 계신 어머니 왕비께서는 14년간의 행복한 결혼생활을 영위하시는 동안 14명의 자식들을 생산하셨다.

그들 중 일곱은 알라의 부름을 받아 천국으로 올라갔고 이 세상에서 머물

---

1 문장 중의 대문자를 숫자에 맞추면 연대로 나타내어지는 구절.
2 11월 3일.

도록 허락받은 자손은 일곱이었으니, 그 일곱 중에서는 자하나라 공주에 이어 다라 쉬코, 슈자 다음에 로샤나라 공주가 태어났고, 이 티끌 같은 피조물은 짐의 부모님께서 얻으신 소산 중에서 살아남은 다섯째 자식이자 셋째 아들이었다. 짐 다음에는 무라드가 왔고, 막내 가우하르 아라 공주는 존경하는 어머니 왕비께서 세상을 뜨신 날인 1631년 6월 7일과 같은 날에 세상 빛을 보았다.

무릇 사람의 기억이란 예닐곱 살이 지나서야 쌓이기 시작하는 연유로, 짐은 어린 시절에 대하여는 거의 기억을 하지 못한다. 다만 나중에 조부이신 자항기르 황제께서 무슨 연유에서인지 짐의 부친을 경원하여 맏형인 다라 쉬코와 짐을 인질로 삼아 라호리에서 그분과 함께 지내도록 하셨다는 말을 들었는데, 그때 짐의 나이 여덟이었다.

황제께서는 지혜롭고 신심 깊은 분들을 짐의 스승으로 지명하시어 미르 모하메드 하심 길라니와 아이트마드 칸 같은 분들로 하여금 짐에게 알라의 신성한 말씀과 성스러운 예언자(그분께 평화가 있기를!)의 전통을 가르치도록 하셨다. 또 그 외에도 짐은 페르시아어, 터키어, 힌디어는 물론 서예도 배웠고, 무엇이든 배울 만한 가치가 있다고 여겨지는 것을 배우는 데서 만족을 얻었다. 실로 알라의 말씀과 그분께서 택하신 사도의 전례들을 배우는 것보다 더 큰 즐거움이 무엇이랴! 그러나 다라 쉬코는 이교도들의 책을 읽고 이단자들과 대화하기를 더 즐겼다. 그리고 기도문을 외는 일과 라마단[3] 동안의 단식을 그만두었을 뿐 아니라, 데브나그리 문자[4]로 통치자라는 글자가 새겨진 반지를 끼기까지 하였다. 그는 또한 종이와 돌에 살아 있는 것들을 똑같이 그려내는 사람들, 가수들, 피리 연주자들, 그리고 무희 같은 부

---

3 회교도들이 일출 때부터 일몰 때까지 금식을 하는 기간.
4 인도 북부와 네팔 등지에서 쓰이던 상형문자.

류를 후원하였고, 신께서 부여해주신 지성이라는 선물을 그 자신이 이루어 낸 것으로 과장하였으며, 그런 탓으로 태도가 거만해지고 언사가 방자해지고 장군들에게 오만해졌다. 그 점에 있어서라면 이것이 옳은 말이었다. "인간의 운명이라는 담요가 검은 색으로 짜였다면, 잠잠과 코사르의 그 많은 물로도 희게 할 수 없으리니."

여러 집안에서 흔히 있는 일이겠으나, 어떤 자식들은 다른 자식들보다 더 귀염을 받기 마련이다. 짐의 선친께서 가장 아끼셨던 자식은 장녀와 장남인 자하나라 공주와 다라 쉬코였고, 그 둘은 필연적으로 다른 어떤 형제자매들보다도 서로 더 가까웠다. 그리고 비록 짐이 모든 동기간들에 대하여 똑같은 애정을 유지했음에도, 로샤나라 공주는 다른 어떤 형제들보다 짐과 더 가까이 있으려 하였다. 마찬가지로 막내인 가우하르 아라 공주는 무라드에게 애착을 보였다.

짐의 부친이신 샤 자한께서는 1627년 10월에 힌두스탄의 황제가 되셨는데, 언젠가 네 아들에 대해서 이런 말씀을 하신 적이 있었다. "다라 쉬코는 제 스스로 선량한 사람들의 적이 되었고, 무라드는 술을 마시는 데만 마음이 있다. 슈자는 만족해할 줄 아는 것 외에는 쓸 만한 기질이 별로 없고. 아우랑제브는 단호하고 총명해서 그 아이만이 인도를 통치하는 짐을 짊어질 수 있겠지만 신체가 허약하구나."

짐이 마음에 결의가 부족하지 않은 것처럼 팔에도 힘이 부족하지 않다는 사실을 세상에 증명해 보인 것은 겨우 열다섯 번의 여름을 보았을 때였다. 태양이 왕실 회교사원의 첨탑들에 자기의 존재를 막 알렸던 어느 이른 아침, 인산인해를 이룬 사람들이 두 마리 코끼리—창 같은 엄니로 무장한 수다카르와 엄니는 제거되었지만 상대 코끼리 못지않게 큰 수라트 순다르—의 싸움을 구경하려고 강의 모래언덕을 따라 운집해 있었다. 인도 대마로 조제한 흥분제를 먹인 그 두 짐승은 한동안 서로 뒤엉킨 채 버티고 있었는데, 그러다 조련사의 채찍질에 성질이 돋고 사람들의 고함 소리에 약이 오른 수다카르가 느닷없이 몸을 홱 비틀어 빼고 구경꾼들에게로 달려들어 그 강력한 발로 여러 사람을 밟아 뭉갰다. 짐을 제외한 모든 사람들이 두려움과 공포에 질려 정신없이 달아났고, 수다카르는 홀로 남아 있는 짐에게로 돌진해 왔다. 그러나 짐은 말이 달아나지 못하도록 고삐를 당긴 다음, 그 미쳐 날뛰는 코끼리가 덮쳐들려는 순간 그놈이 깜짝 놀라서 멈춰 설 만큼 세게 그놈의 머리를 있는 힘껏 창으로 때렸다. 그리고 수다카르가 몸을 홱 돌리면서 짐의 말을 쓰러뜨렸음에도 불구하고, 짐은 지체 없이 일어나 칼을 뽑아서 그놈의 몸통을 난자하였다. 그때쯤 슈자와 태수 자이 싱을 포함한 다른 사람들이 짐을 도우러 달려와 그 짐승을 공격하였고, 수라트 순다르도 다시 싸움에 뛰어들어 수다카르를 경기장에서 몰아냈다. 폐하께서는 짐의 무모함을 꾸짖으셨으나 짐은 이처럼 대답하였다. "죽음은 황제들에게도 그 커튼을 드리우니 그것은 불명예가 아닙니다. 수치는 저의 형제가 한 짓에 있습니다." 슈자는 최선을 다하였으므로 짐의 대답이 겁쟁이처럼 굴었던 다라 쉬코를 겨냥한 말이라는 것은 누가 보기에도 명백하였다. 황제 폐하께서는 그 말을 못 들은 것으로 치부하셨으나 짐의 체중을 달아 꼭 그만한 무게의 금화를 선물로 내리셨고 짐에게 바하두르[5]라는 칭호를 내리셨다. 그리고 몇 달 뒤에는 짐을 데칸 총독으로 임명하셨다. 그러자 다라 쉬코의 마음이 질투로 불타오르기 시작하였다.

열일곱 나이에 짐은 샤 나와즈 사파위의 여식인 딜라스 바노 공녀와 혼인하였다. 그리고 이듬해에는 열넷에 불과한 무라드가 딜라스바노 공녀의 여

---

5 용감한 자.

동생과 가약을 맺으니, 그는 짐의 형제 외에 동서도 되었다. 당시 짐은 기력이 한창 왕성한 나이여서 젊은이로서의 충동이 없지는 않았으나, 부부의 침상에서 시간을 허비하는 일은 거의 없었다. 무기를 든 동료들과 함께 막사에서 지내는 것이 짐에게는 하렘의 후궁들을 희롱하는 것보다 더 적절해졌기 때문이었다. 통치자는 항상 움직여야 하며 어느 한곳에 머물러 있으면 휴식을 취하고 싶어지고 휴식은 수천 가지 재앙을 불러온다는 점을 짐의 마음에 새겨 주신 길라니 스승님의 말씀이 아니더라도, 짐은 통치자가 한 장소에 머무는 것은 고인 물처럼 해롭다는 사실을 일찍이 알아차렸다. 고인 물은 썩기 마련이고, 정체된 왕권은 통치자의 손을 빠져나가는 법이다. 그런 연유로, 당시 힌두스탄의 다른 군주들이나 귀족들의 경우와는 달리, 짐의 총애를 누린 여인은 다섯이 채 안 되었고, 그들은 짐의 씨앗으로부터 열 자식을 생산하였다. 그 여인들 중에서 짐은 단 하나만을 진심으로 사랑하였으나, 그녀의 삶은 짧았고 소생도 얻지 못하였다.

*

그것은 짐의 나이 서른다섯 때의 일이었다. 한여름의 이글거리는 열기가 먹구름과 서늘한 미풍과 비의 계절에 자리를 내어주고 물러갔을 무렵, 짐은 부루한푸르에 있는 이모님 댁을 방문하여 타피 강둑을 따라 늘어선 사슴 목장을 거닐고 있었다. 그러다 짐은 그네를 타는 젊은 처녀들의 웃음소리를 들었는데, 그 처녀들이 베일을 쓰지 않고 있었기에 당황해하지 않도록 그 자리에 멈춰 섰다. 다음에 그 처녀들이 합창으로 노래를 부르기 시작했다. 그 노래 가사 중에서 짐은 신부가 신랑의 사랑을 갈망한다는 내용의 몇 구절을 알아들을 수 있었다. 그 처녀들이 부르는 노래는 시기와 계절에 적절한 라가 메그 말하르[6]였다. 한 목소리가 다른 목소리들보다 높이 솟아올랐다. 아침 햇살에 반짝이는 이슬방울처럼 푸르른 잎사귀들 위로 펼쳐지는 맑고 감미로운 목소리였다. 어느 사이엔지도 모르게 짐의 발걸음은 그 목소리 쪽으로 이끌렸다. 짐이 나타나자 처녀들은 달아났지만 그 목소리는 남았다. 그때까지 짐은 귀만이 매료되었으나 그 목소리의 주인공을 보는 순간 눈까지도 매혹 당하였다. 속살이 비칠 듯 얇고 흰 옷에 감싸인 채 흑단 같은 검은 머리칼을 허리까지 늘어뜨리고 속옷 밑으로 터질 듯한 젖가슴을 드러내며 망고들이 잔뜩 달린 가지를 휘어잡고 있는 젊은 처녀. 그녀가 몸을 살랑살랑 흔들고 사슴같이 커다란 눈으로 짐을 바라보며 노래를 계속하는 동안, 짐은 그 비길 데 없이 아름다운 요정에게서 몇 걸음 떨어진 곳에 박힌 듯 서 있었다. 갑자기 그 처녀가 펄쩍 뛰어올라 나뭇가지에서 망고를 하나 따내어 짐에게로 던졌다. 그 열매가 가슴에 와서 맞는 순간 짐은 마치 번개에 맞은 듯한 느낌이었으나 그 처녀는 돌아서서 궁전 안으로 달려 들어갔다. "찬미와 영광을!" 짐은 탄성을 발하였다. "저 처녀는 인간인가, 아니면 극락에서 내려온 천녀인가?" 짐에게 가까이 다가와 있던 친구들 중 하나가 대답하여 아뢰었다. "전하, 제 말이 틀렸더라도 알라께서 용서해 주실 것입니다만, 저 처녀는 다름 아닌 전하 이모님의 하녀, 히라 바이입니다. 여인들 중에서 가장 아름답고 가수들 중에서 목소리가 가장 곱다는 평이 데칸에 자자하지요." 짐은 한동안 마음의 평정이 회복되기를 기다렸다. 그러나 짐이 살리하 바노 이모님께 문안을 드리러 갔을 때, 그분은 짐의 안색과 혼란스러운 말투에서 짐의 불행을 읽을 수 있었다. 짐은 그분에게 진정으로 원하는 것을 얻을 수 있도록 도와달라고 간청하였다. "저의 하렘에 있는 여인

---

6 비가 오기를 기원하는 노래.

들을 모두 데려가시고 그 대신 히라 바이를 저에게 주십시오." 이모님은 짐을 위해서라면 목숨이라도 바쳐서 무슨 일이든 다 하겠지만 부루한푸르의 통치자이자 남편인 사이프 칸(그는 욱하는 성질을 참지 못하는 것으로 악명이 높았다)이 뭐라고 할지 몰라 두렵다고 하셨다. 짐의 친구이자 동료인 무르쉬드 퀼리 칸이 사이프 칸을 살해하겠다고 나섰으나, 짐은 그가 샤리아트 율법에 위배되는 행위를 하지 못하도록 만류하였고, 대신에 무르쉬드로 하여금 사이프 칸을 찾아가서 할 수 있는 일껏 당돌한 어조로 짐의 제의를 전달케 하였다. 사이프 칸은 그 문제를 숙고해 본 다음 짐의 이모님을 통하여 히라 바이를 짐의 노예 중 하나인 챠타르 바이와 교환하겠다고 알려왔다.

그렇게 해서 히라 바이는 가마에 실려 짐의 하렘으로 들어오게 되었으니, 그 이후로 여러 달 동안 짐은 오로지 그녀만을 생각하였고 그녀 외에는 누구와도 함께 있으려 하지 않았다. 또 그녀가 주는 것이라면 전에는 몹시 싫어해서 입에 댈 생각조차 하지 않았던 술잔까지 받았을 뿐 아니라, 그것이 치명적인 독이었다 하더라도 기꺼이 마셨을 것이었다. 물론 그녀 스스로 짐이 그러는 것을 금하였겠지만. 고자질꾼들에 의해 짐이 그녀에게 빠져 있다는 말이 다라에게로 전해지자, 그는 짐에 대한 비방으로 부왕 폐하의 귀를 심히 더럽혔다. 보고에 의하면 그는 황제 폐하께 이런 말까지 했다는 것이었다. "그 위선적인 무뢰한의 경건과 금욕을 보십시오! 그는 제 이모 댁의 매춘부 하나를 위해 개처럼 타락하고 말았습니다." 그러나 무한히 지혜로우신 알라께서는 짐이 의무의 길에서 벗어나 방황한다고 판단하시어 히라 바이를 데려가셨고, 짐은 짐의 눈물로 가득 채워진 저수지 곁의 아우랑가바드에 그녀를 묻었다.

그 무렵쯤 부왕께서는 뒷소문과 점쟁이들의 헛소리에 귀를 기울이시게 되었는데, 한 번은 짐의 귀에 성자로 통하는 어떤 협잡꾼이 황제 폐하께 사과를 두 개 드리고 나서 손에 그 과일의 냄새가 남아 있는 한 어떤 병에 걸리더라도 치명적이 되지는 않을 것이라고 했다는 말이 들어왔다. 더구나 그 무뢰한은 네 아들 중에서 누가 왕조를 망치겠느냐는 하문에 서슴없이 아우랑제브라고 대답했다는 것이었다. 짐은 부왕 폐하의 손에 그토록 여러 번 입을 맞추었음에도 그분의 손에서 사과 냄새를 맡아본 적이 없었다. 또 왕국을 망치기는커녕, 짐은 선조들이 알지 못하였던 먼 변방으로까지 영토를 확장하였다. 그럼에도 불구하고 부왕 폐하의 마음은 짐에게 독을 품고 있었으니, 그분께서 짐의 흰 얼굴과 성격을 빗대어 짐을 "하얀 뱀"이라 불렀다는 보고가 들어오기도 하였다.

한 사건이 짐의 의심을 굳혀 주었다. 어느 날 저녁 자하나라 공주가 촛불을 들고 침실로 가던 중에 발이 걸려 넘어지는 사고를 당하였는데, 불행히도 촛불이 모슬린 옷에 옮겨 붙어 공주는 심한 화상을 입고 불을 끄기 위해 그녀를 부둥켜안았던 두 하녀는 불에 타 죽는 불상사가 벌어진 것이 발단이었다. 다라 쉬코는 짐에게 그 소식을 뒤늦게 전하였고, 그런 탓으로 짐은 한 달이 지난 뒤에야 아그라에 당도할 수 있었다. 황제께서는 짐에게 몹시 무안을 주시고 총독 직을 박탈해버리셨다. 아무리 설명을 해도 소용이 없었고, 마침내 짐은 고뇌에 차서 이렇게 적었다. "황제께서 그분의 하인들 가운데 나만이 불명예스러운 삶을 살고 마침내는 볼썽사납게 죽기를 원하신다면 복종할 밖에는 다른 길이 없다……. 10년 전에 나는 이 사실을 알아차렸다. 나의 목숨이 표적이라는 것을."

그 해가 다 가기 전에 다라 쉬코가 짐을 야무나 강변에 있는 자기의 궁전으로 초대하였다. 그러나 짐은 그에게 여러 번 농락을 당했던 터여서 그와 거리를 두고 출입구 가까이에 앉기로 하였는데, 다라 쉬코는 그 일을 황제 폐하께 고해바쳐 짐이 위계질서를 지키지 않았다고 짐을 꾸짖게 하였다. 그리고 짐에게는 그 벌로 일곱 달 동안 궁정 출입이 금지되었다.

　그것은 여러 사건들 중의 하나에 지나지 않았다. 황제께서는 짐을 당신의 자식이 아닌 것처럼 따돌리시고, 다른 형제와 그 아들들에게는 생일이면 금은보화를 선물로 내리시면서도, 짐과 짐의 자식들에게는 단 한 번도 그러지 않으셨다. 또 충성스러운 부하들을 승진시키자는 짐의 제의도 번번이 거절당하였다. 짐은 수중으로 들어오는 골콘다[7]의 부를 착복한다는 비난을 받았고, 심지어는 황제의 식탁에 올리기로 되어 있는 데칸 산(産) 망고를 먹는다는 비난까지 받았다. 짐이 델리를 방문하고 있던 중에 황제께서 다라를 힌두스탄의 다음번 왕으로 지명하셨다는 보고가 들어왔다. 그는 황제께서 하사하신 예복을 입고 어전회의에 나타나 공작 옥좌 옆에 놓인 황금의자에 앉았는데, 다라가 더러 어쩌다 옳은 소리라도 한 마디 하면 황제께서는 분명한 어조로 이러곤 하셨다는 것이었다. "향후로 짐은 너의 지혜를 빌리고 너와 먼저 상의를 하지 않는 한 어떤 중요한 일도 하지 않을 것이며 어떤 큰 과업에 대한 결정도 내리지 않기로 마음을 정했느니라……. 짐은 너와 같은 아들로 축복을 내려주신 알라께 아무리 감사해도 부족할 것이니라."

　전에도 말했고 앞으로도 수백 번 말하겠지만, 짐에게는 왕권에 대한 야망이라고는 없었다. 그러나 짐의 스승들이 자주 상기시켰듯이, 지혜로우신 알라께서 짐을 왕가에 태어나도록 하신 이상, 인류에 봉사하고 사람들로 하여금 참된 믿음을 목격케 함으로써 이슬람교를 전파하는 것이 짐의 의무였다. 길라니 스승님께서는 늘 힌두스탄이 선물을 내리시는 분에 의해 조상들이신 타이무르, 바바르, 후마윤, 악바르, 자항기르, 그리고 샤 자한에게 주어진 한 조각 빵과 같다는 말씀을 하셨다. 또 그분은 짐에게 알라는 관대하시

7　인도 동남부에 있는 옛 성곽도시.

나 이슬람의 영역을 확장하는 것이 그분께 후의를 입은 사람들의 의무라는 점도 자주 명심시키셨다. "최선을 다해 사십시오." 그분은 그렇게 말씀하셨다. "그러나 삶은 무상하며 오로지 알라의 이름만이 영원불멸하다는 점을 기억하십시오."

정원에 있을 때는 순간 순간을 즐겨라.
모든 날의 모든 순간을.
봄이 여름이 되고 여름이 가을이 되면
붉은 꽃도 시들어 버릴 것이니.

다라 쉬코가 델리와 아그라에서 황제 폐하의 옷자락에 매달려 있을 동안, 짐은 데칸을 통치하고 발크, 바닥샨, 칸다하르, 그리고 물탄에서 질서를 회복하였다. 또 오도된 페르시아인들과 대적하면서 한 전장에서 다른 전장으로 끊임없이 옮겨 다니기도 하였다. 그러나 짐의 삶에서 변하지 않는 유일한 부분이 있었으니, 그것은 단 하루도 거르지 않고 기도를 드리는 일이었다. 짐에게는 있는 곳이 어디건, 전투가 얼마나 위중하건, 그런 것은 문제가 되지 않았다. 기도 시간이 되기만 하면 짐은 무기를 내려놓고 조물주에게 경배를 드리기 위하여 얼굴을 메카 쪽으로 돌렸다.

오도된 역사가들은 짐이 샤 자한 부왕 폐하께서 아직 살아 계실 동안에 힌두스탄의 통치권을 획득한 경위에 대하여 숱한 거짓말들을 끄적였다. 그들은 짐의 이름을 교활한 이기주의자, 음모를 꾸미는 자라고 더럽혔으나 경전에도 "신은 가장 뛰어난 책략가시니라." 라는 구절이 있다는 사실을 잊은 것이었다. 짐은 다만 그분이 뜻을 펴시는 도구일 뿐.

그러나 점성가와 성인들은 앞으로 올 형국을 미리 예견하였었다. 황제 폐하의 궁전에 있던 한 밀정이 부왕께서 언젠가 미래의 사건들이 적힌 책을 읽을 수 있다는 어떤 성자에게 네 아들 중 누가 공작 옥좌에 앉겠느냐고 물었을 때의 일을 짐에게 알려온 것이었다. 그 성자는 황제 폐하께 네 아들의 이름을 알려달라고 청하였다.

"다라 쉬코가 장남이오." 황제께서 대답하셨다.

"그의 운명은 알렉산더에게 무릎을 꿇은 사람으로서 이름이 같은 다리우스와 같을 것입니다."

"슈자가 차남이오."

"비록 그의 이름이 두려움을 모른다는 뜻이어도 그는 두려움이 없지 않습니다."

"무라드가 막내요." (황제 폐하께서는 버릇처럼 자주 짐의 존재를 간과하셨다.)

"비록 그의 이름이 야망이라는 뜻이어도 그는 야망 하는 바를 이루지 못할 것입니다."

"다음엔 아우랑제브가 있소."

"그는 옳게 이름 지어졌습니다. 왜냐하면 그만이 옥좌에 합당하기 때문입니다. 지혜와 행운은 서로 밀접하게 관련되어 있는 고로, 지혜가 부족한 사람은 행운 또한 얻지 못할 것입니다."

1657년 9월 6일, 부루한푸르에서 짐은 황제 폐하께서 와병중이시라는 소식을 전해 들었다. 그리고 샤자하나바드에 있던 짐의 밀정은 폐하께서 며칠 동안 대소변을 보시지 못하였으며, 진찰을 맡았던 의원들이 그분께서 힌두스탄을 오래 통치하실 가망은 없다고 했다는 암호편지를 보내왔다.

짐은 그 밀정에게 황제 폐하의 건강상태에 대하여 계속 알리도록 지시를 내리는 한편, 형제들의 궁전에 파견되어 있던 밀정들에게는 그들의 일거수

일투족을 상세히 보고하라고 명하였다. 그리고 폐하의 신속한 쾌유를 비는 편지에서는 델리로 문안을 드리러 갈 수 있도록 허락을 구하였다.

황제 폐하께서는 짐에게 와병설은 소문을 퍼트리는 자들이 사소한 복통을 과장한 것이며, 이제는 건강이 완전히 회복되어 아그라로 가려 한다는 짤막한 편지를 보내셨다. 그러나 다른 한편으로, 델리에 있던 짐의 밀정은 폐하의 시의가, 금화를 한 줌 건네받고는, 알라께서 기적을 행하시지 않는 한 폐하께서 이 파란 많은 세상에 체재하실 날이 곧 끝나리라는 소견을 밝혔다고 보고하였다. 그리고 폐하의 시중을 들고 있던 짐의 사랑스러운 누이 로샤나라 공주도 짐에게 다른 형제들의 책동을 암시하고 짐의 성공을 비는 비밀 편지를 보냈다.

짐은 형제들인 슈자와 무라드에게 타이무르와 바바르의 후손답게 행동하라고 충고하였으나 그들은 짐의 충고에 귀를 기울이지 않았다. 그리하여 먼저 벵갈 지방에 있던 슈자가 아불 파우즈 나시루딘 모하메드 티무르 3세, 알렉산더 2세, 샤 슈자 바하두르 가지라는 칭호로 황제임을 선언하였고, 몇 주일 뒤에는 구자라트 지방에 있던 무라드가 마루우와주딘이라는 칭호로 힌두스탄의 군주임을 선언한 뒤, 짐에게 아그라로 함께 진군할 것을 청하였다. 그러나 무라드는 불같은 성질을 이기지 못해 그의 가신이었던 알리 나크비가 다라 쉬코와 음모를 꾸민다고 의심하여 살해함으로써 손을 더럽혔다. 그리고 아그라에 있던 짐의 밀정에게서는 폐하의 건강이 회복되어가고 있음에도 불구하고 다라 쉬코가 이미 붉은 성채의 주인임을 자처했으며, 자신이 힌두스탄의 황제가 되는 데 도움을 구하기 위해 이교도 라지푸트들과 협상을 개시했다는 보고가 들어왔다.

짐은 여러 날 동안 그 문제를 숙고하였다. 짐의 형제들이 그처럼 볼썽사납게 행동하리라고는 믿을 수가 없었다. 특히 다라 쉬코의 망동이 짐의 마음을 심히 어지럽혔다. 만일 그가 왕이 된다면 힌두스탄 제국은 이슬람 군주국임에 종말을 고할 것이며, 무굴 제국의 선조들과 그 이전의 아프가니스탄, 터키 군주들의 노력 또한 허사로 돌아갈 것이었다.

그러나 짐의 마음에 심한 동요를 일으킨 또 다른 문제가 있었으니, 그것은 형제간의 경쟁이라는 해악이었다. 물론 짐은 왕권이 혈족을 모른다는 사실은 알고 있었다. 어떤 애정의 다리도 군주와 그의 아들들을 갈라놓은 심연을 가로지를 수 없으며, 왕의 자식들 사이에서는 어떤 애정의 끈도 존재하지 않는다. 비록 그들이 같은 씨를 받아 차례로 같은 자궁에 들었다 같은 젖을 빨았다 하더라도, 세상을 알 만큼 나이가 들기 무섭게 그들은 형제를 죽이지 않으면 자신이 죽어야 한다는 사실을 알아차렸다.

무굴 제국은 이 세상의 다른 어떤 왕조보다도 더 넓은 영역을 통치했던 탓으로, 다른 어떤 군주들의 승계에서보다 더 많은 왕가의 피를 흘린 것도 무굴 제국이었다. 짐의 위대한 선조이신 자히루딘 바바르께서 1526년에 힌두스탄 제국의 초석을 놓으신 뒤, 그분의 두 아들 후마윤과 캄란은 서로에게 칼을 뽑아들었다. 그리고 알라께서 후마윤에게 옥좌를 허락하시자, 그는 형의 눈에서 빛을 빼앗아버린 뒤 그를 메카로 보내어 죽게 하였고, 후마윤을 계승한 악바르는 캄란의 외아들을 없애버렸다. 마찬가지로, 악바르 황제의 통치 기간 역시 그분의 사랑하는 아들 살림 자항기르의 반란으로 혼란스러웠고, 자항기르 황제 또한 성급한 아들, 쿠스라우를 감금해야 했다. 또 짐의 부친께도 똑같은 운명이 내려서, 당신의 아들인 다라 쉬코와 짐이 볼모로 잡히는 고통을 겪으셔야 했다. 그리고 알라께서 힌두스탄 제국을 부왕 폐하께 내려주신 뒤에도, 그분은 당신의 형제들인 다와르 박쉬와 샤리야르를 그들 소생의 아들들과 함께 제거할 수밖에 없었다. 실로 예언자 예레미아의 말은 옳았다. "아비가 신 포도를 먹으면 자식들의 이빨이 날카로워지느니.”

짐의 네 형제들 역시, 그중 하나만이 공작 옥좌에 앉을 수 있었고 나머지 셋에게는 그것이 처형대가 될 것이었다. 힌두 사람들은 그것을 ‘왕관 아니면 교수대’라는 한 마디 경구로 요약했다. 왕국은 실로 한 번에 하나의 칼만을 집어넣을 수 있는 칼집과도 같다.

힌두스탄의 황제가 되겠다는 야망이 다라를 열병처럼 사로잡았다. 그의 야망은 어떤 미친 허풍쟁이가 그에게 불어넣어 준 확신으로 더욱 부추겨졌으니, 이 사르마드라는 불알을 가릴 천 쪼가리 하나 없는 자가 벌거숭이로 델리의 저잣거리를 돌아다니면서 다라가 인도의 왕이 되리라고 공언한 것이었다.

짐의 마음속 가장 깊은 곳의 비밀까지도 아시는 알라께서는 짐이 무라드의 요청으로 그와 함께 아그라로 진군했을 때 왕권에 대한 욕심이 전혀 없음을 알고 계셨다. 짐의 단 한 가지 목적은 제국이 다라 쉬코 같은 이슬람교도의 적에게 넘어가지 않도록 제국을 구하려는 것이었다.

얼마 안 가서 곧 가장 두려워했던 일이 사실로 확인되었다. 이교도 라지푸트들이 다라 쉬코 편을 들고 나선 것이었다. 다라의 아들인 술라이만 쉬코와 라지푸트의 자이 싱은 베나레스 근처에서 슈자를 패퇴시킨 뒤, 또 다른 라지푸트인 조드푸르 부족의 자스완트 싱을 보내어 짐과 무라드에 대적케 했다. 짐은 그의 군대를 궤멸시킨 뒤 신속히 목표를 향하여 나아갔고, 아그라에서 16킬로미터 떨어진 사무가르에서 다라 쉬코를 격파하여 한 번 더 짐의 칼을 승리로 장식하였다. 그러나 짐이 승리를 허여하신 분께 감사를 드리는 동안 무라드는 예전 버릇대로 포도주를 끼고 침대로 기어들어 여러 날을 계속 취해 지냈다.

승리감으로 들떠 있던 중에도 짐은 예의를 갖추어 부왕이신 황제 폐하께

전말을 보고하였다. "권력이 폐하의 존경스러운 손에 귀속되어 있는 동안 내내 저는 열과 성을 다해 복종하였습니다. 그리고 제가 절대로 한계선을 넘지 않았다는 사실에 대하여는 전지전능하신 알라께서 저의 증인이십니다. 그러나 다라 쉬코 왕자는 폐하의 환우를 빙자하여 모든 권위를 찬탈하고 힌두교도와 우상 숭배자들의 종교를 전파하는 데 마음을 쏟았으며, 예언자에 대한 믿음을 억압함으로써 제국 전체에 걸쳐 혼돈과 무정부 상태를 야기하였습니다. 이에 저는 후세 사람들이 무질서를 구할 방도를 제시하지 못한 책임을 물을까 저어하여 부루한푸르로부터 거병한 것입니다."

짐의 승전군대는 아그라에 당도했고, 다라는 달아났다. 얼마 후, 자하나라 공주에게서 다음과 같은 항의서가 날아들었다. "그대의 무장진군은 아버님께 대항하는 전쟁행위다. 또 비록 그 행위가 다라에게로 향한 것이라 할지라도, 죄가 덜해지지는 않는다. 맏형은 일반법으로나 통상적인 관례로나 아비의 지위를 대신하기 때문이다." 짐은 이제 거짓된 뱀을 진실의 지팡이로 쳐 죽일 때가 되었다고 느꼈다. "다라는 동생들을 해치기 위해 온갖 책동을 다하고 있습니다. 그가 이미 슈자를 어떻게 짓밟았는지 보십시오." 짐은 그렇게 답장을 썼다. "그는 저에 대한 비방으로 황제 폐하의 귀를 더럽혔습니다."

황제 폐하께서는 비록 늙고 병드셨어도 짐을 해치려는 음모의 그물을 계속 짜고 계셨다. 그리하여 짐에게 명검 알람기르를 비롯한 선물을 보내시고, 성채로 당신을 방문하라 초청하시고, 짐의 신앙심을 칭찬하여 '성자'라고도 부르셨다. 그러나 짐의 밀정들은 짐이 그곳으로 발을 들여놓자마자 하렘의 여인들을 시켜 짐을 암살할 음모가 짜여 있다고 경고하였다. 짐은 그 함정으로 걸어 들어가기를 거부하고 강에서 성채로 흐르는 수로를 차단하였다. 다음번 서신에서 황제 폐하께서는 짐에게 동정을 구하셨다. "잎사귀

하나라도 알라의 뜻이 없이는 나무에서 떨어지지 않음을 아는 짐이 어찌하여 운명이 불친절하다고 불평을 해야 하는가? 어제만 해도 짐은 90만 대군의 주인이었는데 오늘은 한 주전자의 물이 절실하구나! 죽은 자에게 물을 주는 힌두교도들을 찬양할지니, 이는 짐의 경건한 이슬람교도 아들이 살아 있는 사람에게도 물을 주지 않으려 함이라!"

짐은 폐하께 물을 보내드리라 명하였으되, 안전을 확신할 때까지는 그분을 방문치 않기로 하였다. 1658년 6월 8일, 붉은 성채의 문들이 짐에게로 활짝 열리자 짐은 황제 폐하와 자하나라 공주에게 종자들을 데리고 궁전 안으로 들어갈 것을 탄원하였고, 짐의 충직한 환관 에타바르 칸에게 짐의 사랑하는 누이 로샤나라 공주를 제외하고는 누구도 마음대로 오가지 못하도록 하라고 명하였다.

다음에 짐은 델리로 도주한 다라 쉬코를 추적하기로 결정하였으나 그러기에 앞서 무라드를 처리해야 했다. 알라께서 짐에게 허여해주신 승리가 있은 뒤로 그가 마음의 균형을 잃고 말았기 때문이었다. 그의 막사에는 음악과 춤, 음주와 환락 외에는 아무것도 없었다. 만일 제국의 지배권이 무라드의 손에 넘어간다면 제국의 전차들이 얼마 안 가서 곧 망가지리라는 것은 불 보듯 뻔한 일이었다. 짐은 무라드가 무굴 제국에 아무런 해도 끼치지 않으면서 마음껏 술을 마시고 흥청거릴 수 있는 장소에 그를 유폐시키기로 결정하였다.

짐은 또한 무라드가 취중에 어리석게도 알라께서 짐에게 내려주신 승리를 자기 손으로 거두었다며 허풍을 떨었을 뿐 아니라, 그의 술친구들에게 다라와 슈자를 처치하고 나면 다음에는 주의를 짐에게로 돌리겠다고까지 했다는 보고도 받았다. 짐은 귀를 더럽힌 그처럼 불경한 생각이 마음까지 더럽히도록 용납하지는 않았으나, 그 이후로는 무라드가 보이는 애정에 현혹되지 않으리라는 결심을 굳히고 그의 행동을 계속 주시하였다.

짐은 힌두교도들이 성지로 여기는 도시 마투라에서 무라드를 기다렸다가, 그가 도착하자 곧 짐의 막사로 초대하여 경건한 이슬람교도인 짐으로서는 마음속으로부터 혐오하는 술을 손수 따라주었다. 무라드는 여러 잔의 술을 마신 끝에 곤드레가 되었고, 짐에게 고용된 여자 노예들이 정신없이 취한 그의 팔다리를 주무르며 무기들을 벗겨냈다. 그리고 다음에는 짐의 신호에 따라 그의 손에 황금 수갑이 채워지고 발에는 황금 족쇄가 채워졌다. 짐은 그가 살아 있는 동안 아편과 술을 아낌없이 내어주라고 명한 뒤 진군을 시작하였고, 델리에 도착하여 그 도시의 행정권을 장악하였다.

다라는 짐의 승전군대가 온 나라를 짐의 발아래 놓아주기 전에 도주하였다. 부왕 폐하께서는 이제 늙고 병들어 제국을 지탱하실 수 없었고, 형제들은 어리석고 무능하다는 사실이 밝혀진 만큼, 짐은 어쩔 수 없이 은자의 거처로 물러가겠다는 간절한 소망을 버리고 왕들의 머리를 장식하는 가시관을 받아 써야 했다. 그것은 짐이 점성가들의 자문을 구한 뒤인 1658년 7월 21일의 일로서, 이란, 보하라, 메카, 그리고 에티오피아 같은 먼 나라의 군주들로부터도 축하사절을 받은 행사였다.

눈엣가시 같은 다라를 제거하는 데에는 다시 1년이 더 소요되었다. 짐의 군대는 펀자브, 라자스탄, 구자라트를 거치며 그를 추적하여 세오라이에서 벌어진 전투에서 그의 부하들을 추풍낙엽처럼 흩어버렸고, 다라는 마침내 아프가니스탄으로 도주를 기도하다 체포되었다. 힌두스탄 황제 즉위 1주년 기념식이 있은 지 몇 주 뒤, 짐의 충직한 신하 말리크 제완이 다라와 그의 아들들과 측근들을 사슬에 묶어 델리로 끌고 왔다.

짐은 율법학자들의 자문을 구하였다. 그들은 한 목소리로 성스러운 법률에 의하면 이단에 대한 형벌은 죽음이라고 단언하였다. 또 짐에게만이 아니라 다라에게도 똑같이 남매인 사랑스러운 누이, 로샤나라도 같은 생각을 표하였다. 다라 쉬코는 짐에게 써 보낸 탄원서로 용서를 빌었다.

"나의 동생이자 왕이여, 나를 처형한다는 것은 자네의 고상한 마음에 비추어 가당치 못한 일일세. 내게 살 집과 전에 부리던 종복들 중에서 시중을 들어줄 하녀를 하나 내어주게. 그러면 나는 물러나 자네의 행복을 비는 기도에 평생을 바칠 것이네."

짐은 다라 쉬코와 논쟁에 빠져들고 싶지 않았으므로 용서를 구하는 그의 탄원서 밑에 한 줄을 첨가하여 되돌려 보냈다. "당신은 권위를 찬탈하였고 선동적이었소."

다라 쉬코의 운명이 오도된 델리 시민들의 분노를 자극하였다. 그들은 다라를 동정하여 눈물을 흘리는가 하면, 그를 재판정으로 끌어 왔던 짐의 충직한 신하 말리크 제완에게 똥오줌을 항아리째로 퍼붓기도 하였다. 짐은 슬픔으로 마음이 무거웠으나 왕권이란 혈족을 알지 못한다는 사실을 다시 한 번 더 상기하고 사형집행 명령서에 서명하였다. 다라는 그의 아들인 시피르 쉬코와 격리되어 1659년 8월 30일 저녁에 처형되었고, 그의 잘린 머리는 확인을 위해 붉은 성채에 있던 짐에게로 보내졌다. 그리고 다음날 아침에는 그의 머리 없는 몸이 델리의 거리들을 지나 짐의 고조부이신 후마윤 황제의 무덤 지하실로 들어갔다.

산간지방으로 도주했던 다라의 아들, 술라이만 쉬코 역시 체포되어 족쇄가 채워진 채 델리로 압송되었고, 1661년 1월 1일 아침에 짐이 임석해 있는 디완 이 카스로 끌려왔다. 여러 해 동안 그를 보지 못하였던 짐은 그의 준수하고 사내다운 용모에 감탄하였으나, 뱀의 껍질이 아름답다 하더라도 그 속에는 치명적인 독이 들어 있다는 사실을 되새겨야 했다. 짐은 그에게 아비와 그 자신이 범했던 엄청난 죄상을 낱낱이 밝힌 뒤, 그를 그왈리오르 성채에 있는 감옥으로 데려가 처형할 것을 명하였다.

짐은 왕관이 다라 쉬코에게 갈 것이라고 거짓 예언을 했던 허풍쟁이 사르마드도 처리해야 했다. 그는 남자와 여자들 앞에서 벌거벗고 돌아다닌 것 외에도 힌두교도 소년에게 빠져 있다는 사실이 추문거리가 되었고, 또 이슬람교도임을 자처하면서도 예언자의 권위를 깎아내리는 표현을 썼다는 보고도 들어와 있었다. 짐은 그를 면전에 불러 그가 했던 예언에 대한 해명을 요구하였으나, 그 무뢰한은 뻔뻔스럽게도 이렇게 대답하였다. "신께서는 그분(다라)께 영원한 주권을 주셨습니다." 짐은 다시 그에게 코란 기도문을 절반만-"모하메드는 그분의 예언자시니."를 빼고 "알라 외에 신은 없느니라." 만-암송하는 것이 사실이냐고 물었다. 그의 대답은 이러하였다.

물라들은 모하메드가 하늘로 올라갔다고들 합니다.
그러나 저는 이렇게 말합니다. "신이 그에게로 오셨도다." 그 나머지는 거짓입니다!

사르마드는 말장난을 하려 들었다. "저는 음(陰)에 흡수된 고로 아직 양(陽)에 이르지 못하였습니다." 벌거벗고 돌아다닌 것에 대하여 질문을 받자 그는 예언자 이사야 역시 벌거벗고 돌아다녔었다고 대답했다. 짐은 그를 만백성이 지켜보는 가운데 왕실 회교사원의 계단 앞에서 처형하라고 명하였다. 나중에 그의 잘린 머리가 코란 구절을 온전히 다 암송함으로써 진실을 인정하였다는 보고가 들어왔다.

부왕께서 살아 계시는 동안 짐은 아그라에서 떨어져 있기로 하는 한편, 제왕들을 위해 쳐지는 차단막으로 인해 다른 이슬람교도들이 기도를 방해받는 일이 없도록 디완 이 카스 옆에 조그만 회교사원을 하나 짓도록 하였다. 그리고 5년 뒤 그 회교사원이 완성되자 짐은 그 사원에 '진주 사원'이라는 이름을 붙였는데, 그것은 그 사원이 실로 티 한 점 없는 진주처럼 보였기 때문이었다. 짐은 그 사원에서 기도를 드리거나 묵주기도를 하면서 많은 시간을 보냈다.

짐의 운명을 기록한 서판에는 부왕폐하를 보라고 적혀 있지 않았다. 여러 달 동안 계속하여 폐하께서는 짐의 아들답지 못한 행동과 형제들에 대한 사악함을 비난하는 편지들을 보내셨다. 짐은 이제 더 쓴 진실을 말해야 할 때가 왔다고 생각하였다. 짐의 부왕폐하께서 궁지에 몰려 있고 턱수염이 희끗희끗해졌으면서도 술을 마시고 흥청거리는 일에 빠져 있다는 보고가 들어온 것이었다. "왕의 본분은 영토를 보전하고 백성들을 보호하는 데 있는 것이지, 육체의 휴식과 욕정의 발산을 즐기는 데 있지 않습니다." 짐은 그렇게 썼다. 짐은 또한 부왕폐하께 당신께서 옥좌에 오르셨을 때 방계 친족들을 제거했던 일을 상기시킴으로써 짐에게 비난의 손가락질을 하거나 알라의 분노를 사리라고 협박하는 것은 온당치 못하다고 반박한 뒤, 그 쓸모없는 논쟁을 종식시키기 위해 이렇게 적었다. "신께서 저의 과업을 인정하지 않으셨다면 제가 어떻게 오로지 신의 선물인 승리를 거둘 수 있었겠습니까?"

1666년 1월, 부왕께서 몸져누우시자 짐은 그분의 소망대로 당신의 침소를 타지 마할이 바라보이는 팔각형 자스민 탑으로 옮겼다. 그러나 1666년 1월 22일 저녁, 폐하께서는 알라의 이름을 입에 올리시고 이승을 떠나 천국으로 들어가셨다.

짐은 긴급한 국사로 인하여 두 주 동안 델리에 묶여 있었으나, 그 일이 끝나자 신속히 아그라로 돌아와 부모님들이 묻히신 신성한 땅을 눈물로 씻었다.

짐이 처음으로 공작 옥좌에 앉은 것은 부왕폐하께서 천국으로 부름을 받으신 지 2년이 더 지나서였다. 다음에 짐은 알라께서 부여하신 임무를 완수해야 한다고 느껴 미르 줌라, 샤이스타 칸을 위시한 장군들에게 이슬람 왕국의 영역을 힌두스탄의 가장 먼 변방까지 넓히라 명하였다. 짐의 승전군대는 동쪽으로 차트가온을 향했고, 북쪽으로는 티베트의 산들을 넘었으며, 서쪽으로는 카불 너머로, 그리고 남쪽으로는 카르나탁 너머로 진군하였다. 짐은 자트, 라지푸트 외에도 사트나미스 부족의 해로운 분파들, 그리고 짐에게 대항하여 고개를 들었던 나낙 푸라스타 부족을 차례차례 격파하였고, 잔꾀를 부리는 마라타 부족의 땅을 유린하여 그들의 우두머리 쉬바가 짐에게 경의를 표하도록 하였다. 또 우상숭배를 일삼는 사원들을 박살내고 그 폐허에 회교사원들을 지었으며, 비이슬람교도들을 옳은 종교의 길로 끌어들이기 위해 인두세를 부과하기도 하였다. 짐이 시행하였던 모든 일에서 유일한 지침은 샤리아트의 성스러운 계율이었다. 짐은 술의 증류를 금했고 술을 마신 혐의가 있는 자는 모두 엄벌에 처하였다. 그리하여 짐이 옥좌에 올랐을 때는 힌두스탄에서 술을 마시지 않는 사람은 짐과 수석 사제 둘뿐이라는 속담이 있었으나, 몇 년도 채 안 되어 음주는 아주 드문 일이 되었다. 또 춤과 노래에는 흔히 음주가 따르기 마련이었으므로 짐은 그 또한 금하였고, 창녀들과 무희들에게는 결혼을 하거나 짐의 제국을 떠나도록 강제하였다. 언젠가 한 번은 짐이 금요일 예배를 드리러 가던 중에 악사와 가수들이 음악과 춤이라는 시체들을 실은 가짜 관가들을 나르다 짐에게로 다가온 일이 있었다. 그때 짐은 그들에게 시체들이 다시는 일어나지 못하도록 아주 깊이 묻으라 일렀다. 이슬람교도인 백성들은 짐이 내린 포고령에 기뻐하였고, 짐을 살아 있는 성인이라고들 불렀다.

짐은 이교도들에 맞서 끊임없이 전쟁을 치렀고, 그들이 뱀 대가리를 치켜들 때마다 여지없이 밟아버렸다. 그리하여 짐의 만년은 대부분 쉬바가 기른 산중의 쥐들과 싸우는 데 허비되었으니, 쉬바의 아들 삼바를 붙잡아 영원히 지옥으로 보내버리기도 하였다. 그러나 짐이 살아 있을 동안 이 땅에서 우상숭배가 일소(一掃)되지는 않으리라는 사실을 깨닫고 자식들에게 성전을 계속하도록 독려하였다.

다른 왕들은 국고를 자기의 사유재산인 양 치부하고 그것을 호사스러운 삶과 여자들, 술, 보석, 그리고 기념물들에 탕진하였으나 짐은 스스로를 신께서 택하신 재물관리인이라 여겨 국고를 백성들에게 득이 되도록 이용하였으며, 짐 자신을 위해서라면 신하들 중에서 가장 가난한 자만큼도 쓰지 않았다. 짐은 사사로이 먹을 음식과 사사로이 입을 옷은 기도를 드릴 때 쓰는 모자들을 꿰매고 성스러운 코란을 복사하여 그것들을 시장에 내다 팔아 얻은 수익만으로 구했다. 짐의 제국처럼 큰 제국을 통치했던 군주들 중에서 짐처럼 청빈한 수도사 같은 삶을 살았다고 주장할 수 있는 이가 과연 몇이나 될까?

이제 짐에게는 이승에 남은 동기간이 누이 셋밖에 없었다. 그러나 짐과 가장 가까웠던 로샤나라 공주는 얼마 전부터 짐의 바람에 무관심한 태도를 보이고 낯선 사람들에게 신중치 못한 행동을 취하더니, 짐이 그녀에게 온전히 충고를 해줄 수 있기도 전에 알라의 부름을 받아 천국의 뜰로 올라갔다. 그녀는 생전에 자신의 휴식처를 아름답게 꾸미고 많은 저녁들을 그 정원에서 보냈다. 그리고 수로와 연못들 옆에다는 향기를 발산하는 갖가지 이국적인 관목들을 심었다. 그녀는 자기의 무덤을, 알라께서 내리는 이슬과 비가 자신의 유해를 깨끗이 씻어줄 수 있도록, 하늘을 그 둥근 지붕으로 삼아 만들어주기를 바랐다. 그녀의 바람은 이루어졌다.

짐은 자하나라 공주에 의지해 위안을 얻으려고 이제 우리 둘 사이에 있던 동기간들이 모두 떠나버렸으니 누님으로서 남동생에게 보여 마땅한 애정을 보여 달라고 간청하였다. 그리고 짐의 대관식 기념일에는 그녀에게 10만 개의 금화를 선물하고 170만 루피를 연봉으로 책정하였으며, '공주 중의 공주' 칭호를 수여하였다. 그녀는 짐의 외로움을 함께 나누고 조언으로 짐을 이끌어주겠다고 동의하였다. 그녀가 알라의 부름을 받았을 때 짐은 모든 사관(史官)들에게 그녀를 '당대의 영웅'으로 표기하라는 명을 내렸다. 왜냐하면 그녀는 실로 당대의 여걸이었기 때문이었다. 그녀는 자신의 바람에 따라 예언자 하즈라트 니자무딘의 무덤 근처에 묻혔고, 짐은 그 묘석에 그녀가 지었던 2행시를 페르시아어로 새겨 넣었다.

 푸른 풀만이 나의 무덤을 가리게 하소서.
 겁쟁이의 무덤을 덮는 데는 풀이 으뜸이니.

 기독교력 1706년 봄, 짐의 형제자매들 가운데서 막내인 가우하르 아라 공주가 알라께 불려가자 짐은 이제 짐 자신 또한 기도멍석을 걷을 차례가 되었음을 알았다. 건강이 악화되기 시작하였을 때 짐은 아메드 나가르에 있었고 그곳이 짐의 인생행로에서 종착지가 될 것임을 깨달았다. 짐에 대한 시중은 알라께서 기도의 재능을 부여해주신 사랑스러운 딸 지나트 운 니사(그 기도의 재능 덕으로 그녀는 델리에 한 커다란 회교사원을 창건했다)와 늙어가는 아내 우다이푸리 공녀가 들어주었다. 백여 명의 의원들이 매일같이 맥을 짚었으나, 인간과 의술이 알라의 명에 거역하여 무엇을 어찌할 수 있으랴? 짐은 시간을 쪼개어 90년간의 생애에 짐이 걸어온 행적들이 기록된 서판을 다시 읽어보았다. 심판의 날에 과연 어떠한 보상과 벌이 짐을 기다리고 있을까?
 이제 와서 짐을 가장 슬프게 하는 것은 짐의 씨를 받아 태어난 자식들이 취한 불충스러운 길이었다. 모하메드 술탄은 일찍이 제 백부인 슈자와 결탁하여 짐에게 대적함으로써 자신의 얼굴에 먹칠을 하였고, 악바르는 이교도들의 땅으로 건너가 버렸다. 그리고 짐이 다라의 여식을 아내로 주었던 아잠은 아무짝에도 쓸모없는 허풍선이임이 밝혀져, 짐은 그가 술을 끊고 자제하는 법을 배우도록 1년 동안 옥에 가두어 놓아야 했다. 또 짐의 막내아들 캄 박시에게는 야망도 경쟁심도 없었다. 그러나 자식들이 짐에게 안겼던 그 모든 능멸 가운데서도 알라께서 시의 재능을 부여하신 영리한 딸, 제부 운니사(그녀는 '마크피'라는 가명으로 시를 썼다)의 행위보다 더 짐의 마음을 아프게 한 것은 없었다. 그녀는 제 오빠 악바르를 부추겨 짐에게 반역을 꾀하도록 선동하였고, 그랬기에 짐은 무거운 마음으로 그녀를 살림가르 성채에 억류하라는 명을 내리지 않을 수 없었다. 그러나 그녀는 마지막으로 짐에게 가시 달린 몽둥이를 겨누었다. 다음의 2행시를 남기고 죽은 자들의 땅으로 가버린 것이었다.

나는 이 힌두교도의 땅에서 그토록 잔인하고 참혹한 일을 겪었으니 이제 다른 땅으로 가서 그곳을 고향으로 삼으려네.

짐은 맏아들인 무아잠에게 신뢰를 두고 있었으나, 그마저도 짐이 비자푸르와 골콘다를 상대로 벌인 승리로 가득 찬 싸움에서 적과 내통함으로써 신뢰를 저버렸다. 짐은 정의를 실행함에 있어 사사로운 애정이 끼어드는 것을 용납지 않고 그를 하옥시킨 뒤 머리칼을 자르지도 손톱을 깎지도 못하게 하였을 뿐 아니라 물 외에는 어떤 음료도 마시지 못하게 하였다. 그는 7년이 꽉 차는 세월을 감옥에서 보냈다.

1707년 여름, 짐이 크리슈나 강변의 데브푸르 마을에 야영지를 차렸을 때 심한 열병이 짐을 덮쳤다. 혼수상태에서 짐은 샤이크 간자의 4행시를 암송하였다.

그대가 팔십하고도 더 많은 해를 세었을 때
시간과 운명이 그대의 문을 두드리리라.
하지만 그대가 백세까지 살아야 한다면
그 삶은 죽음 바로 그 자체일 것이니.

짐의 병상에서 시중을 들던 한 귀족이 다음 구절을 덧붙였다.

그런 상태에서도 기도를 하십시오.
그리고 기억하십시오.
신의 뜻은 죽어가는 재도 살린다는 것을.

짐은 이승에서 더 머물고 싶은 생각이 추호도 없었고, 끊임없이 짐을 괴롭히는 열이 멀지 않아 알라께서 부르시리라는 희망을 굳혀주었다. 그처럼 열에 뜬 상태에서 짐은 또 다른 2행시를 지었다.

어느 순간에라도 숨이 끊어질 수 있으리라.
그리고 세상의 모습은 다른 형태를 띠리라.

짐은 길을 잘못 든 자식들에게 충고의 말을 남기는 것이 옳다고 여겨 아잠에게 다음과 같이 썼다. "나는 홀로 왔다가 이방인으로 가노라. 나는 자신이 누구인지 모르며 무엇을 하고 있었는지도 모르노라. 권력과 함께 지나간 순간은 그 뒤에 슬픔만을 남기느니. 나는 제국의 관리인도 보호자도 아니었노라. 그토록 귀중한 삶은 헛되이 낭비되었고, 나의 마음속에 신이 계시나 나는 그분을 볼 수 없노라. 인생은 무상하고 과거는 가버렸으니, 미래에 대한 희망이란 없으며……. 나는 구원이 두렵고 형벌이 두렵노라. 신의 너그러움과 자비를 믿으나 내가 범하였던 죄과가 있기에…….”

그리고 캄 박시에게는 이렇게 썼다. “내 영혼의 영혼……. 나는 이제 홀로 가노라. 이제 와서 네 무기력함을 슬퍼한들 그것이 무슨 소용이랴. 나는 이제껏 가했던 모든 고통, 범했던 모든 죄, 저질렀던 모든 잘못의 결과를 함께 가져가노라. 빈손으로 세상에 왔다가 이 엄청난 죄악과 더불어 가려하고 있으니 이 얼마나 이상한 일인가! 무엇을 보든 나는 다만 신을 보노라……. 끔찍한 죄를 지었고 어떤 형벌이 나를 기다리고 있을지 모르기에…….”

그 글들은 종말이 가까워왔음을 알고 죽음을 두려워하는 늙은이에 의해 쓰인 것이 아니라 자신의 임무를 완수하지 못한 채 이승을 떠나는 것이 두려운 늙은이에 의해 쓰인 것이었다. 짐은 힌두스탄 전역에서 이교도 마타라, 라지푸트, 자트, 그리고 시크들이 무기를 들고 일어나는 것을 보았다. 또 짐은 뒤에 남겨두고 가는 후손들의 정신과 의지가 얼마나 나약한지도 보았고, 짐이 떠나고 나면 바바르에 의해 건설된 무굴 제국이 기우뚱거리기 시작하다 무너져 혼란만이 남으리라는 것도 알았다. 아즈마 하마 파사드 바키[8].

짐은 이미 다울라타바드 성채의 발치에 있는 덕망 높은 샤이크 자이누딘의 묘소 안뜰의 간소하고 장식되지 않은 무덤을 짐의 안식처로 선택해두었다.

---

8 아우랑제브가 남긴 마지막 말로 “내 뒤에는 혼란”이라는 뜻임.

짐은 종말이 가까워졌음을 알았다. 짐의 측근들 역시 작별의 시간이 지척에 있음을 알아차리고 짐에게 임종을 비켜가기 위하여 코끼리와 다이아몬드들을 자선으로 베풀어줄 것인지 물었다. 짐은 비록 혀가 말을 잃었더라도, 글로써 그런 계책은 이슬람교도에게 어울리지 않음을 밝혔다. "보물 창고에서 그대들이 원하는 것을 모두 가난한 자들에게 나누어주고 짐의 시신 위에는 영묘를 짓지 말라." 짐은 그렇게 썼다. "그리고 이 티끌 같은 피조물을 신속히 매장지로 옮겨 가서 쓸모없는 어떤 관도 쓰지 말고 땅에 맡겨라."

11

바그마티

평생 동안 나는 유령들에게 시달려 왔다. 델리는 이 세상의 어느 도시보다도 더 유령이 많은 도시이므로, 델리에서의 삶은 하나의 긴 악몽일 수도 있다. 나는 유령을 한 번도 본 적이 없고, 또 그런 것들이 존재한다고 믿지도 않는다. 그럼에도 불구하고, 내게는 그 유령들이 현실이다. 나는 죽어가는 사람들과 죽은 사람들 앞에 얼굴을 비치고, 화장터와 묘지들을 찾아 돌아다님으로써 이 '유령 공포증'을 이겨내려고 해보았다. 하지만 그것도 소용이 없었다. 평화로운 기분으로 돌아와 그 두려움을 몰아냈다는 상상을 했다가도, 날이 저물기 무섭게 죽은 자들의 혼령이 되살아나곤 해서였다. 문들이 저절로 열리고 바람 한 점 없는데도 커튼이 펄럭이면, 나는 주위에서 죽은 자들의 보이지 않는 존재를 느낀다. 내가 그런 두려움을 털어놓은 사람은 바그마티 하나뿐인데, 그것은 그녀가 유령을 믿기 때문이다. 하지만 그녀는 나를 가엾어 하기는커녕, 어린애라고 부르면서 깔깔대다가 이렇게 덧붙인다. "제가 죽으면 주인님 옆으로 찾아와 누울게요. 그러면 주인님은 그 어린애 같은 두려움에서 벗어나게 되겠죠? 하지만 주인님이 다른 누구하고 그 짓을 하는 걸 알게 되면 단 하룻밤도 못 자게 할 거라구요." (그녀는 아직도 내가 브리가디에의 아내인 카말라와 바람을 피웠다는 이유로 나를 용서하지 않고 있다. 하지만 카말라는 이제 남편을 따라 가족동반 주둔지로 가버렸고, 그래서 바그마티도 내게 전처럼 그렇게 화를 내지는 않는다.)

내가 유령과 마주쳤던 여러 사건들 중에서 절대로 잊을 수 없는 것이 한 가지 있다. 그것은 몇 년 전의 일이었는데, 나는 전화로 삼촌이 몹시 위중하니까 죽기 전에 한 번 찾아가 보라는 말을 들었다. 삼촌은 여러 해 전부터 죽어가고 있었던 데다, 천식까지 앓아서 퀭하고 불타는 눈에 수염이 더부룩한 해골이 되어 있었다. 그가 오랫동안 살아 있는 유령 같은 존재였기에 직감적으로 나는 그의 침대에서 멀찌감치 떨어져 있어야 한다는 것을 알았다.

그러나 죽음과 죽은 자를 애도하는 울부짖음에 대한 병적인 매혹이 내 마음속의 충고를 무시하도록 부추겼고, 어느 사이엔가 나는 병자의 침대 옆에 빙 둘러앉은, 문병을 온 친척들이 들어찬 방에 들어와 있었다. 몇몇은 기도를 올리고 있었고 다른 사람들은 서로 귓속말을 나누고 있었다. 숙모는 가래가 가득 찬 타구(唾具)를 들고서, 머리를 무릎 사이로 처박은 채 덧베개에 기대어 앉은 삼촌 옆에 앉아 있었다. 삼촌이 한참이나 쿨룩거리는 소리로 기침을 해대다가 고개를 들자, 누런 고름 같은 가래가 검은 수염을 타고 내려와 턱 밑에 받쳐진 타구로 떨어졌다. 숙모가 타월로 삼촌의 수염을 닦아주고 나서 내가 보러 왔다는 말을 전했다. 하지만 삼촌은 나를 알아보는 기색이라고는 없이, 그 커다란 눈으로 나를 멀거니 쳐다보다 머리를 무릎 사이로 떨구었다. 그리고 1분쯤 뒤에 눈을 크게 뜨고 입을 헤 벌린 채 모로 쓰러졌다. 죽은 것이었다.

숙모가 양손으로 이마를 찰싹찰싹 치며 소리쳤다. "아이고! 나는 어떻게 살라고! 보세요들, 나는 과부가 됐어요!" 그녀가 유리 팔찌를 침대 기둥에 던져 박살내자 다른 사람들이 그녀를 위로하려고 몰려들었다. 누군가가 사자의 눈을 감기고 입을 다물린 다음, 턱 주위로 끈을 묶고 콧구멍을 솜뭉치로 틀어막았다. 한동안 곡성이 이어지다가 요란스럽게 기도문을 외는 소리가 뒤따랐다. "신은 한분뿐이시니 그분은 최고의 진리이시며……." 어쩌고 저쩌고.

계절풍이 부는 철이어서 하늘에는 구름이 잔뜩 끼어 있었지만, 나는 집 안에서 혼자 잘 엄두가 나지 않았다. 그리고 또 바그마티를 찾아내어 밤을 같이 보내자고 설득할 방도도 없었다. 나는 부드 싱에게 에어컨이 고장났으니까 내 침구를 아파트 뒤편 잔디밭에다 깔아 놓으라고 일렀다. 그 잔디밭은 다른 아파트들에서 내려다보이고, 사람들의 목소리도 들리고, 하인들의 숙소에서 불빛이 흘러나오기도 해서 안심이 되었다. 나는 모기장을 치고 그 얇은 보호막 안에 드러누웠다.

모든 조치를 다 취했음에도, 나는 눈을 감을 수 없었다. 별별 짓을 다해보아도 어디에서건 나를 뚫어져라 쳐다보는 삼촌의 눈이 보여서였다. 불들이 하나둘씩 꺼져가면서 사람들의 목소리도 섬뜩한 적막 속으로 잦아들었다. 희뿌연 달빛이 하늘에 번지고, 뽕나무에서 부엉이들이 울었다. 그 중 한 마리가 획 날아올랐다 쏜살같이 길바닥으로 날아내려 생쥐 한 마리를 채가는 것이 보였다. 언제인지도 모르게 눈이 감겼고, 나는 아침에 보았던 죽음을 되살리고 있었다. 죽은 삼촌이 되살아나서 정연한 걸음걸이로 잔디밭을 가로질러 내게로 오더니, 모기장을 들추고 자기의 얼굴을 내 얼굴에 바짝 갖다 대는 것이었다. 나는 공포에 질려 굳어들었다. 목소리도 나오지 않았다. 그러다 목구멍으로 끙끙거리는 소리가 기어올라 요란한 외침으로 터져나왔다. 죽은 삼촌이 내 어깨를 흔들어대며 외쳤다. "선생님! 선생님! 접니다, 부드 싱요. 비가 내리기 시작했습니다. 자리를 안으로 들여야겠어요."

나는 식은땀으로 목욕을 하고 있었다. 이웃 아파트들에 불이 켜지더니 어떤 목소리가 물었다. "무슨 일이오?" 부드 싱이 나 대신 대답했다. "아무 일도 아닙니다. 이분이 악몽을 꾸었어요."

나는 안으로 들어가 방마다 전등불을 모두 켠 다음 부드 싱에게 나가보라고 일렀다. 그리고 안락의자에 푹 파묻혀 앉아 나 자신과 소리 없는 말다툼을 벌이기 시작했다. 아무리 생각해도 황당하기 짝이 없었다. 그런 얼간이 짓을 하고 말았다니! 이제 부드 싱은 누구에게건 자기의 예순 살 먹은 주인이 겁먹은 애처럼 굴더라는 말을 떠벌릴 것이었다.

나는 그 황당하고 터무니없는 공포증을 털어내 버리기로 작정했다. 새벽 3시 30분, 나는 바지를 주워 입고 죽은 자들을 극복해내고야 말겠다는 결의에 차서 가랑비 속으로 나섰다. 그리고 무덤들이 널려 있는 로디 공원으로 통하는, 인적 없는 길을 따라 어슬렁거렸다. 그 무덤들 위에 앉아 그 밑에 누워 있는 작자들에게 "여보쇼." 하고 불러볼 셈에서였다.

우선 나는 1444년에 죽은 사이이드 왕조의 세 번째 통치자 모하메드 샤를 찾아갔다. 높은 대좌 위에 올려진 팔각형의 커다란 영묘. 나는 그에게 그 공원이 로디 부자(夫子)의 것인데 거기에 있는 이유가 뭐냐고 따졌다. 그는 아무 대꾸도 하지 않았다. 그 대신 돔 속에 있는 박쥐들이 대답했다. "그가 먼저 왔고 로디 부자는 나중에 왔어. 게다가 그 시칸다르 로디라는 자는 델리에서보다도 아그라에서 더 많은 시간을 보냈으니까 여기에 있을 이유가 더더욱 없다고."

나는 다시 가랑비 속을 걸어 시칸다르 로디가 지은 바라 굼바드 회교사원으로 갔다. 아름다운 돔! 하늘을 찌를 정도로 솟아있는 젖꼭지하며 탱탱하게 둥근 모양이 코코넛의 땅, 남쪽 지방 출신인 카말라의 젖가슴을 꼭 닮았다. 나는 그 회교사원 주변을 좀 돌아다니다가 무너져가는 무덤에 앉아 몇 미터쯤 떨어진 곳에 있는 셰이시 굼바드 회교사원을 자세히 살펴보았다. 하지만 그 회교사원의 돔은 아주 조금은 바람난 여자 같아서, 낮에는 레이스 달린 브래지어처럼 보이는 색색가지 타일 장식이 흐릿한 달빛 속에서는 보이지 않았다. 그 회교사원에서 시칸다르 로디의 무덤으로 옮겨가는 사이 대담성이 나를 저버리기 시작했다. 그는 높은 담으로 둘린 사각형의 뜰 안쪽에 묻혀 있었는데, 한밤중에 그 담으로 둘러 쳐진 곳 안쪽에다 나를 가둘 용기가 나지 않았다. 만일 어떤 유령이 출입구를 막아버리기라도 한다면?

나는 계단을 올라갔다가 다시 내려왔다. 그렇게 두 번을 시도해 보았지만 입구 안쪽으로 들어설 수는 없었다. "들어갔던 걸로 치자." 나는 자신을 위로했다. 어쨌건, 그는 델리를 좋아하지 않았으니까 그 때문에 성가셔질 이유는 없었다. 또 그의 아들인 이브라힘 로디가 무굴 제국의 바바르에게 패하여 죽은 것도 델리가 아니라 파니파트에서였으므로 로디 부자에게 더 이상의 경의는 표하지 않아도 되었다.

그때쯤 동쪽 하늘이 훤해지면서 드롱고[1]들이 새벽을 알렸고, 이른 아침에 집을 나선 보행자들이 아트풀라 다리를 건너고 있었다. 바라 굼바드 맞은편의 잔디밭에 야외 요가 수업을 하는 사람들이 모여 있었다. 이제 살아 있는 사람들의 세계가 깨어났고 죽은 사람들의 세계는 낮 동안 물러가게 될 터였다.

---

1 참새목 권미과의 새.

12

나디르 샤

여러 해 전, 짐이 선친의 염소 떼를 돌보며 거친 빵을 먹고 모래바닥을 자리 삼아 자던 때 꾼 꿈이 있었다. 그 꿈에서 짐은 목동이 아니라 어부로 바뀌어 있었고, 뿔이 넷 달린 고기가 그물에 걸려 있었다. 짐은 물고기란 대저 왕권의 상징이나, 장려한 환상을 만들어내는 것이 주린 배의 속성이라는 것 또한 알고 있었다. 자연은 하루 종일 노예처럼 일하는 자의 밤 시간은 천녀(天女)들로 가득 찬 궁전에서 보내도록 해주는 반면, 낮 동안에 주권을 휘두르는 왕은 반란과 암살의 악몽으로 잠을 설치게 한다. 그리하여 알라께서는 정의를 베푸시니, 한 사람에게는 낮의 즐거움과 밤의 비참함을, 다른 사람에게는 해가 떠서부터 질 때까지의 고생과 해가 져서부터 뜰 때까지의 열락(悅樂)을 주신다.

그 꿈은 짐의 기억 속에 깊이 새겨졌고, 이스파한의 통치자가 되자 짐은 학문에 통달한 예언자에게 자문을 구하였다. 그는 물고기란 실로 왕권의 상징이며 그것의 네 뿔은 네 왕국을 상징한다고 단언하였다. 한 마디로 알라께서는 짐이 네 나라를 통치하도록 예정하셨던 것이니, 짐은 이스파한의 통치자인 동시에 이란의 황제가 되었고, 아프가니스탄 또한 머지않아 짐에게 굴복할 것이었다. 그 다음에는 힌두스탄 말고 어느 나라가 짐의 네 번째 왕국이 될 수 있었으랴?

칸다하르 시를 포위하고 있던 동안에 짐은 두 번째 꿈을 꾸었다. 하즈라트 알리 무르타자가 다가와 당신의 축복받은 손으로 짐의 허리에다 모든 것을 정복하는 명검 줄피카르를 손수 둘러주는 꿈이었다. 짐은 그 꿈을 숙고하면서 그 축복받은 분이 "동쪽에서 서쪽까지의 거리가 얼마나 됩니까?" 라는 질문을 받았을 때 "태양이 하루에 여행하는 거리지요." 라고 대답하였던 것을 상기하였다.

"타마스 쿨리 칸," 짐은 자신을 독려하였다. "델리로 이르는 길이 그대에게 손짓을 하고 있다!" 마침내 꿈은 실현되어 며칠 뒤에 짐은 델리로 와달라는 초청장을 받았다. 그러나 그 초청장은 당시 무굴 제국의 옥좌에 앉아 있던 나시루딘 모하메드 샤로부터 온 것이 아니라, 그의 신하였던 두 귀족, 즉 데칸의 통치자였던 아사프 자 니잠 울 물크와 델리 동쪽의 아바드라고 알려진, 그에 못지않게 중요한 지방의 통치자였던 사다트 칸에게서 온 것이었다. 그 초청장이 짐에게 전달된 비밀스러운 방법과 표현방식으로 보아 그 초청장을 보낸 자들은 하나의 문장에 두 가지 이상의 뜻을 함축시키는 법을 알고 있음이 분명하였고, 그랬기에 짐은 속으로 이런 생각을 하였다. "나디르 샤, 너는 적의 손으로 뱀들의 대가리를 칠 줄 알게 되었을 만큼은 백성들을 통치해 왔다!"

짐이 무굴 왕에 대하여 '적'이라는 표현을 한 이유는 그가 짐에게 심히 불손한 태도를 보여 왔기 때문이다. 그는 짐의 궁전과 그의 궁전 사이에서 통상을 유지하는 일에 등한하였고, 짐의 편지에 답장하기를 게을리 하였으며, 심지어는 짐의 사절들을 델리에 억류하기까지 하였다. 그런데 주인이 내리는 녹을 먹으면서도 그 주인을 몰락시킬 음모를 꾸미는 니잠 울 물크와 사다트 칸은, 어떤 말로 비유를 하여야 땅에 똬리를 틀고 있으면서 그 위로 올라서는 자를 언제든 물 준비가 되어 있는 독사에 비기는 것보다 더 낫게 비유할 수 있을까?

중요한 문제에 있어서는, 그것을 아랫사람들의 충고로 희석시켜 판단을 흐리지 않는 것이 현명한 법이다. 그리하여 짐은 손수 자신의 이익이라는 잉크병에 외교라는 펜을 담가 전략이라는 양피지에 답장을 썼으나, 그 초대를 받아들이지도 거절하지도 않았고, 다만 델리로 가는 길에 맞닥뜨리게 될 어려움들을 열거하였을 뿐이다. 짐이 지나게 될 술라이만 산맥과 힌두쿠시 산맥의 험준한 협곡들, 싸우며 헤쳐 나아가야 할 아프간과 팔란의 호전적인 부족들, 카불과 라호리의 비열한(卑劣漢)들이 짐에게 품고 있는 악의. 짐은 무굴 황제가 그 휘하에 두고 있다는 강력한 군대를 언급하며 서한을 마무리 하였다. 초청장을 보낸 자들이 짐을 손아귀에 들린 칼 삼아 휘두를 음모를 꾸미고 있는지, 아니면 그들의 충성심이 통치자의 남용으로 인해 너무도 훼손되어 그들이 짐의 손에 고분고분 들어오는 무기가 될지는 답장을 받아보면 알게 될 터였다.

답장을 그리 오래 기다릴 필요는 없었다. 그들은 짐을 돕겠다고 맹세하였을 뿐 아니라, 다른 장군들에게 짐을 구원자로 보도록 충고하는 형식으로 보냈던 편지의 사본도 함께 보내 왔는데, 그 편지에서 그들은 무굴의 주권자를 이렇게 평하였다. "나시루딘 모하메드 샤 폐하께서는 술과 여자로 세월을 허송하고 계십니다…… 무굴 제국의 위대한 유산이 탕진되고 있으며 얼마 아니하여 곧 이교도 마라타들의 손에 넘어갈 지경에 이르렀습니다."

모하메드 샤의 방탕에 관한 보고는 다른 경로들을 통해서도 짐의 귀에 들어왔다. 그가 한 손으로는 연인을 끌어안고 다른 손에는 술잔을 들고 있지 않은 일이 거의 없다는 보고가 날아든 것이었다. 비록 그가 랑겔라, 즉 다채로운 군주로 알려져 있었고 페르시아 시에 능통하다는 말이 있기는 하였어도, 그는 "그대의 샅에서 나오는 열정을 적으로 간주하라."는 샤이크 사디의 경고에 귀를 기울이지 않았다.

뜻을 펼치려는 사람은 자신의 명령에 복종할 것이나
열정은 복종을 받으면 언제까지고 명령을 하리라.

짐이 칸다하르와 가즈니를 수중에 넣고 카불 시(市)를 점령하자, 명목상으로는 무굴 제국의 영역이었던 아프가니스탄 전역이 짐에게 굴복하였다.

짐은 모하메드 샤에게 다음과 같은 말을 전하는 것이 최선이라고 생각하였다. "짐이 카불에 이르러 그 도시를 점령한 것은 오로지 이슬람교에 대한 열정과 폐하에 대한 우정 때문이라는 점을 고귀하신 폐하의 영명하신 마음에 분명히 아로새겨주셨으면 합니다. 짐은 데칸의 비열한들 ─ 이교도 마라타들 ─ 이 이슬람 왕국의 영역에 공물을 요구하리라고는 상상조차도 할 수 없었습니다. 짐이 이 아토크 방면에서 머무르는 것은 이교도들이 델리를 향해 이동할 때 짐의 카질바시[1] 승전군을 보내어 그자들을 지옥의 심연으로 몰아넣기 위함입니다……. 역사는 이란의 왕들과 폐하의 선조들 사이에 존속했던 우정으로 가득 차 있습니다. 하즈라트 알리 무르타자의 이름으로 짐은 종교와 우정에 대한 열정을 제외하고는 다른 어떤 이익도 취하지 않았고, 또 앞으로도 취하지 않을 것임을 맹세합니다. 폐하께서는 그 반대의 경우를 생각하실 수도 있을 것입니다만, 짐은 과거에 늘 그러하였듯 앞으로도 폐하의 찬란한 가문에 친구가 될 것입니다."

모하메드 샤는 짐의 편지에 답장을 하지 않았다. "오냐, 좋다." 짐은 마음속으로 다짐하였다. "그러나 짐은 이슬람 왕국이, 천국을 포도즙 솟아나는 샘이라 여기고 천박한 매춘부들을 천녀들처럼 아름답다고 생각하는 자에 의하여 통치되는 불행을 겪는다는 이유만으로, 이교도들에게 약탈당하는 것은 용납지 않으리라."

짐은 모하메드 샤에게 또다시 편지를 보냈다. 이번에는 정신 못 가누게 취한 그의 머리에도 분명히 들어박힐 만큼 명확한 용어들을 구사하여, 무굴 제국의 질서를 회복하고 힌두스탄 왕국을 이슬람 국가로 복원시키기 위해 곧 델리로 진군할 것임을 밝혔다. 그에 따르는 대가는 은화 4천만 루피와

---

1 이슬람교 시아파 전사.

무굴 제국의 네 북쪽 지방을 이란에 양도하는 것이 될 터였다. 그러나 모하메드 샤의 전행(前行)으로 보아 다음의 경고를 한 마디 추가하는 것이 현명한 처사였다. "짐은 40일 이내에 답장이 오기를 기대합니다."

40일이 지나고 다음에는 한 해가 다 지났다. 그러나 모하메드 샤는 답장을 하지 않았을 뿐더러, 짐의 사자를 델리에 억류하기까지 하였다.

짐은 총동원령을 내렸다. 상승(常勝)하는 짐의 기치 아래로 병사들이 불빛에 끌리는 나방들처럼 모여들어 날개 달린 곤충들이 불길에 사랑을 바치듯 짐을 위해 기꺼이 목숨 바치기를 원하였다. 그들 중에는 카질바시, 터키인, 그루지야인, 우즈베크인, 아프간인, 그리고 파탄인과 빌로체인²들도 있었다. 짐은 또한 영국, 프랑스, 그리고 이탈리아 출신의 기술자와 포병들도 병적에 편입시켰고, 얼마 되지 않아 곧 휘하에 12만 5천의 대군을 거느리게 되었다.

1738년 11월 6일, 큰북들이 울렸고 짐은 델리로의 긴 행군을 시작하였다. 날씨가 이미 추워져서 짐이 지나온 계곡들에서는 밤이면 서리가 내려 혹독하였고, 카불과 펀자브의 평원 지대 사이에 거주하는 부족들은 밤마다 떼강도로 변하여 짐의 군용물을 약탈해 갔다. 짐은 그들에게 본때를 보여주고도 싶었으나, 힌두스탄의 정세 때문에 행보를 늦출 수 없었다.

짐은 키베르 협곡의 서쪽 입구에 당도하였다. 그 통로는 함정이나 다름없었을 뿐 아니라, 산꼭대기들에는 짐을 노리는 강도들이 큰 무리로 모여 있다는 말도 들렸다. 짐은 저녁 기도를 드리기 위해 잠시 멈추어 휘하의 장병들을 집결시켰다가, 해가 질 무렵 막사를 걷고 진군하라는 명을 내렸다. 그리고 강도들이 누비이불의 온기 속에서 잠들어 있을 동안, 맑고 차가운 하

---

2 인도와 인도 서부 국경에 사는 아프가니스탄인.

늘에서 반짝이는 별들 외에는 짐을 인도해줄 불빛 하나 없는 험준한 골짜기를 지나 80킬로미터를 행군하였다. 강도들이 떠오르는 해에 눈을 부빌 무렵 짐은 페샤와르 시 외곽에 당도하였고, 아무런 어려움 없이 그 도시를 점령하였다.

짐은 행보를 재촉하여 힌두스탄 왕국의 이름이 유래한 인더스 강의 드넓은 물줄기를 건넌 뒤, 다섯 강들이 관통하여 흐른다는 데서 이름을 딴 펀자브의 광대한 평원으로 들어섰다. 그 땅은 짐이 그때껏 보았던 어느 평원보다도 더 평탄했지만, 그 계절에 눈을 즐길 만한 곳은 못 되었다. 그러나 행군 중에 자주 북쪽과 서쪽으로 눈 덮인 언덕들이 보였다. 멀리서 보니 그 눈들을 헤치고 지나와야 했을 때보다 얼마나 더 아름답게 보이던지!

하늘은 청금석처럼 파랬고 햇볕은 자수정처럼 따뜻했다. 그리고 황갈색의 평원에는 밀이며 겨자, 사탕수수가 푸른 오아시스들처럼 점점이 흩어져 있었다. 사냥감들도 풍부해서 자고새, 공작, 사슴들이 지천으로 널려 있었고, 연못과 강들로는 여러 종류의 물새들이 날아들었다. 짐은 또 그 외에도, 호랑이, 흑표범, 그리고 표범들도 많이 발견된다는 말을 들었다. 그 풍요로운 섬들의 한복판에는 성채처럼 담을 두른 마을들이 있었는데, 그곳 주민들은 대부분이 이슬람교도였고 짐이 이교도 마라타들로부터 나라를 구하기 위해 왔다는 것을 알게 되자 우호적인 태도를 보였다. 짐은 그들에게서 식량을 구한 대가로 은화와 금화를 지불케 하였고, 부하들 중에 누가 여하한 것이든 무력으로 탈취를 하는 것이 발견되면 그자의 목을 치게 하였다. 또 인도 여인에게 추행을 한 자들에 대하여는 불알을 까게 한 뒤, 괴롭힘을 당한 여인들에게 가해자의 한 달 치 봉급과 잘라낸 불알로 배상을 해주었다.

라호리의 통치자인 자카르야 칸은 항복의 표시로 머리에 보자기를 뒤집어쓰고 짐을 찾아오기에 앞서 저항하는 척 연극을 벌였고, 짐이 힌두스탄으로 진격해 온 동기를 오해했었다고 변명하였다. 짐은 그가 거짓말을 하고 있음을 알았으나 "용서를 구하는 자의 변명을 받아들이라."는 하즈라트 알리 무르타자의 말을 떠올리고 그로 하여금 짐의 발에 입을 맞추도록 허락한 뒤 군대를 움직인 데 대한 경비로 200만 루피를 배상케 하였다.

라호리 시에서 남쪽으로 수 킬로미터 떨어진 샬리마르 공원의 쾌적한 환경 속에서 열엿새를 보내는 사이, 낮은 점점 더 길어졌고 햇볕은 더 따뜻해졌다. 그곳에서는 판야나무들이 커다란 붉은 꽃을 피웠는데, 정원지기들은 그 심발(토착민들은 그 꽃을 그렇게 불렀다)의 색깔로 다가올 여름 더위를 미리 알 수 있다고들 하였다. 즉 그 꽃의 타는 듯한 붉은 빛깔이 선명하면 선명할수록 여름 햇살이 더 맹렬하다는 것이었다.

델리에 있던 밀사들로부터 모하메드 샤가 짐의 델리 진격을 저지하기 위해 대군을 일으켰다는 보고가 들어왔다. 짐은 라호리에서 너무 오래 지체한다면 봄이 여름으로 바뀔 것이며, 짐의 전사들로서는 그 더위가 몹시 견디기 어려우리라는 것을 알고, 진군을 재개하라는 명을 내렸다.

짐은 선발대를 뒤따라 짐의 야영지가 차려져 있는 틸라우리 마을에 당도하였다. 무굴 군대는 카르날 시와 알리 마르단 칸의 이름을 딴 운하 사이에서 화승총이 미치는 거리의 서너 배쯤 떨어진 참호에 틀어박혀 있었다.

다음날 아침 짐은 말에 올라 적의 병력 배치를 둘러보았다. 모하메드 샤는 실로 30만이 넘는 대단한 병력을 이끌고 나왔으나, 무굴 군대는 전술에서라면 아직 풋내기인 것이 분명하였다. 병력이 우리보다 두 배는 되고 이천 마리 이상의 전투용 코끼리들, 등에 회전포가와 포창(砲廠)을 올려놓은 수천 마리의 낙타들, 그리고 헤아릴 수 없이 많은 기병을 휘하에 두었으면서도, 그는 자기의 진지 주위로 높은 흉벽을 급조함으로써 짐을 공격할 능력을 스스로 빼앗고 말았다. 알라께서는 그에게서 판단력을 박탈하고 그를 짐의 손에 넘기신 것이었다.

짐은 기동대에 무굴 군대의 식량 공급을 차단하라는 명을 내렸다. 학식 높은 사디의 말은 참으로 옳았다. "전사가 배부르면 공격을 하는 데 용감할 것이나 배를 곯으면 도망치는 데 용감할 것이다." 짐은 적을 여러 날 동안 굶주리게 하고 그들의 배가 비어 있을 때 곳곳에서 공격을 감행케 하여 혼란을 불러일으켰다. 그들은 사방으로 대포를 쏘아댔으나 짐의 병사들을 맞추지는 못했다.

1739년 2월 14일 저녁, 굶주림에 내몰린 무굴의 대군이 토루(土壘)에서 나와 전단을 열었다. 처음에는 코끼리들이 물밀듯 몰려왔다. 그러나 짐은 불타는 나프타가 실린 낙타들을 보내어 코끼리들과 대적케 하였고, 코끼리들은 놀라 도망을 치면서 오히려 제 주인들을 밟아 뭉갰다. 무굴 군대가 전열을 재정비하기 전에, 짐은 기병대에 공격 명령을 내려 사자를 사냥하는 전사들로 하여금 적의 방어선을 무너뜨리게 하였다. 두 시간 동안의 교전에서 2만 명의 적이 살해되었고 그보다 더 많은 숫자가 생포되었다. 치명적인 부상을 입은 사람들 가운데는 무굴 궁전의 동량(棟梁)들 중 하나라고 여겨지던 삼사무다울라도 있었는데, 그 고상한 남자는 시(詩) 옹호자로서도 평판이 높았기에 짐은 그의 사망 소식을 접하자 진정으로 슬펐다.

모하메드 샤의 항복을 수락하기에 앞서 짐은 그의 얼굴에 패배의 먼지가 내려앉도록 하였다. 그런데 그가 용서를 빌기 위하여 보낸 사절이 누구인가 했더니, 바로 짐을 힌두스탄으로 초청했던 아사프 자 니잠 울 물크였다! 그 자는 주인의 녹에 충실하지 못하였지만 짐의 뜻을 펴는 도구가 되기도 하였으므로, 짐은 그에게 예복을 내리고 모하메드 샤가 짐의 승리로운 발밑에 굴종의 칼을 놓도록 허락하였다.

다음날 힌두스탄의 황제 나시루딘 모하메드 샤가 알현을 청하였다. 그러나 그는 목숨을 빼앗기게 될까봐 두려워 막사 밖에서 걸음을 멈추고, 용서를 구하기 위한 맹세로 먼저 코란을 받쳐든 환관을 들여보냈다. 짐은 그 경전에 입을 맞춘 뒤, 짐의 소중한 아들 나스룰라 칸 왕자에게 무굴 왕을 데리고 들어오라 일렀다. 모하메드 샤가 짐의 막사로 들어와 절을 하고 짐의 발밑에 칼을 내려놓자, 짐은 자리에서 일어나 그를 포옹하고 마음속에서 두려움을 몰아내라고 권하였다. "적에 대한 짐의 정책은 공개적인 전쟁이지, 배반하는 암살이 아니오."

그러나 모하메드 샤는 짐의 말을 믿지 않았고, 앞에 음식이 놓이자 겁먹은 얼굴에 의심의 그림자를 드리웠다. 짐은 그의 접시를 짐의 접시와 바꾸어 놓고 술잔도 같은 식으로 바꾸었다. 그리고 좀 더 안심을 시켜주기 위해 손수 카와[3]를 따라 그에게 권하였으나, 그러한 친절로도 그의 가슴에 우정의 불을 붙일 수는 없었다. 짐은 그에게 분명한 말로 충고를 해주는 것이 상책이라 생각하였다.

"짐이 그대에게 몇 차례에 걸쳐 편지를 쓰고 짐의 우정을 입증하기 위하여 사절을 보냈음에도 불구하고, 그대가 자신의 할 도리에 그처럼 무심하고 등한했다는 것이 참으로 이상하오. 이는 그대가 짐에게 만족스러운 답장을 보내는 것이 온당치 못하다고 생각한 것이 아니겠소?" 답변을 듣기 위해 짐은 말을 멈추었지만 모하메드 샤는 벙어리처럼 침묵을 지켰다. 짐은 하던 말을 계속하였다. "그대는 자신의 직무에 관심을 보이지 않았소. 짐이 그대의 제국으로 들어섰을 때에도 그대는 짐이 누구이며, 목적이 무엇인지를 물어보기 위해 사절을 보내지 않았다는 말이오! 또 그대의 신하 가운데 누구도 서신이나 인사장을 가져오지 아니하였고, 심지어는 짐이 그대에게 보낸

---

3 차나무 잎과 사프란, 계피, 생강 등을 넣어 끓인 중동 지역의 전통 녹차.

인사장에도 답을 하지 않았소."

다음에 짐은 그가 전쟁을 치르면서 범했던 실수들을 지적하였다. "그대는 어리석게도 자신을 참호에 가두었소. 물도 식량도 없이 방책 안에서 견딜 수 없다는 것은 생각하지 않고 말이오. 그러다 무슨 일이 생겼는지 보았을 것이오!"

무굴 왕의 머리는 수치심으로 계속 숙여져 있었으나, 짐은 그가 떠나기에 앞서 짐이 힌두스탄으로 진격해 온 동기에 대해 한 점의 오해도 남기고 싶지 않았다. "짐이 이처럼 멀리 진군을 해온 것은 오로지 그대의 나태와 자만심 때문이었소. 짐은 그대의 제국을 취하지는 않을 것이나, 그간 엄청난 경비를 소요했고, 짐의 병사들 또한 대장정을 한 탓으로 몹시 지쳐 있을 뿐더러 필수품도 부족하오. 짐은 델리로 진군하여 그곳에서 짐의 군대가 원기를 회복하고 아사프 자 니잠 울 물크가 동의한 배상금이 마련될 때까지 얼마간 머물러야 하겠소. 그런 다음에 그대 자신의 직무를 그대에게 맡길 것이오."

모하메드 샤는 짐의 발로부터 눈도 들지 못하고 짐의 말에 귀를 기울였다. 짐은 그에게 떠나도 좋다는 허락을 내렸으되, 사람을 시켜 그의 왕비 말리카 울 자마니와 아들 아메드를 짐의 숙영지에 인질로 보내도록 하라는 말을 전하였다.

짐은 무굴 왕으로 하여금 짐의 행렬을 뒤따르게 하고서 델리로 진군하였다. 그리고 무굴 제국의 수도 외곽에 이르자, 카질바시 기병들로 구성된 경호단을 파견하여 무굴 왕을 그의 궁전까지 호위하고 그 도시에서 짐을 맞이하기 위한 준비를 시키도록 조처하였다.

짐의 숙영지는 나뭇가지가 땅까지 늘어져 내린 우람한 벵골보리수들이 우거진 녹지 한복판에 인도 장군들이 쾌적한 저택을 두고 있던 샬리마르라는 교외에 차려졌다. 그곳에는 또한 원주민들이 매우 맛있어하는 망고라 불리는 과일나무 과수원들도 있었는데, 당시에 그 나무들은 파리, 벌, 그리고 거미 같은 곤충들을 끄는, 겨우 보일 듯 말듯 한 연푸른색 꽃송이들을 피우고 있었다. 망고나무들은 또한 까마귀만한 크기에 하루 종일 끊임없이 깍깍대는 검은 새, 코엘이 즐겨 둥지를 트는 곳이기도 하였다. 그 과수원들에는 망고나무들 외에 구아버 나무들도 상당히 많았지만 그 과일 역시 제철은 아니었다. 코라산과 메세드에 있는 짐의 정원들에서는 봄이 얼마나 달랐던가! 그곳에서는 흑갈색 포도 줄기에서 새잎이 돋아날 때면 밤과 낮이 모두 나이팅게일의 감미로운 노랫소리로 채워졌었다. 짐은 마음속으로 알라께 감사하였다. "알라시여! 이란에서의 하루는 힌두스탄에서 백일을 사는 것보다 더 가치가 있습니다!"

다음날 짐은 라호리 시장으로 열린 북쪽 문을 통하여 무굴 왕의 도시에 입성하였다. 그러나 짐은 그 도시에서 체재하는 동안 짐의 부하들과 시민들 사이에서 불상사가 생겨나는 일이 없도록 짐의 군대는 대부분 성벽 밖에 남겨두었다.

짐은 장미와 자스민과 금잔화를 교묘히 엮어 페르시아어로 '환영'이라는 말을 수놓은 꽃 아치들이 늘어선 길을 지났고, 그러는 동안 발코니들에서는 베일을 쓴 여인들이 짐에게 장미 꽃잎을 뿌렸다. 이 힌두 사람들은 분명히 아첨하는 기술을 알고 있었다. 꽃향기가 라호리 시장 전체에 퍼져 있는 아위[4]와 독한 마늘 냄새에 섞여드는 중에 짐은 샤 자한 황제의 공주들 가운데 하나의 이름을 따서 지었다는 커다란 회교사원, 파테푸리 사원을 지났다.

찬드니 초우크라 불리는 넓은 길로 들어서자, 그 길 한가운데는 물이 흐

___
4 미나리과의 약용식물.

르는 수로가 있었고 양옆으로는 나무들이 늘어서 있었다. 자우하리 시장이라고 알려진 보석 상점가를 지나면서 짐은 쟁반에 가득 담긴 보석들을 선물받았고, 다음에는 새로 지어진 회교사원을 지났다. 짐이 듣기로 그 회교사원은 모하메드 샤의 재물관리인인 로샨 우드 다울라에 의해 건립되었다고 하였는데, 비록 그 사원이 규모는 작았더라도 그곳의 대리석과 황금은 재물관리인의 부를 여실히 말해주고 있었다. (나중에 짐은 로샨 우드 다울라가 사악한 뇌물수수자임을 알았다. 이란에서와 마찬가지로 힌두스탄에서도 사원의 건립자들은 축재자들이었다.)

그 회교사원을 지나자 곧 감옥과 처형장이 딸린 델리 치안소가 나타났다. 치안소 다음은 꽃 시장인 풀 키 만디였는데, 그 시장은 갖가지 무늬의 꽃 장식을 한 데다 그 맞은편의 발코니들에까지 수많은 꽃 줄들이 연결되어 있어서 마치 꽃의 터널처럼 보였다. 다음 시장인 다리바 입구에서는 은세공사들이 짐에게 보석들이 담긴 쟁반을 선물하였고, 그 중 몇몇은 짐의 이름으로 그 도시에 널려 있는 거지들에게 동전을 한 줌씩 던져주기 전에 짐이 타고 있던 말의 등자를 만지도록 허락받았다. 붉은 성채 입구 근처에는 군인들의 숙영지인 우르두 시장이 있었으나, 그곳은 무굴 왕의 명에 따라 짐의 카질 바시 경호대를 들이기 위해 비워져 있었다.

짐이 성 안으로 들어서자 짐을 환영하는 무굴 제국의 예포가 발사되었다. 짐은 베풀어진 환대에 만족하고 북을 울려 델리가 짐의 보호 하에 있으며 시민들은 바르게 처신하는 한 아무 두려움 없이 생업에 종사할 수 있을 것임을 선포하였다. 그리고 델리의 통치자인 루트풀라 칸과 치안관인 하지 파울라드 칸에게 예복을 하사한 뒤, 짐을 맞이하기 위한 준비가 훌륭했음을 치하하였다.

짐이 체재할 곳으로는 디완 이 카스 주위의 몇몇 장소가 마련되었다. 그곳에서 짐은 무굴 왕가의 왕자들을 접견한 다음 그들로부터 공물을 받고 예복을 하사하였다.

그날 오후에 짐은 야무나 강변에서 벌어진 불꽃놀이를 참관하였다. 불꽃놀이 다음에는 춤과 노래가 뒤따랐는데, 짐은 비록 최근의 승리가 축하받을 만하다손 치더라도, 낯선 자들의 무리에 휩쓸리지 않는 것이 현명하리라 여겼다. 그러나 주최자인 모하메드 샤를 기쁘게 해주기 위하여 짐은 그의 술잔을 받았고, 델리에서 가장 아름답다는 처녀도 받아들였으되, 그녀에게 눈길도 주지 않고 짐이 즐거움을 줄 때까지 침소에서 기다리라 일렀다.

모하메드 샤는 술을 너무 많이 마신 탓으로 자신과 접대하고 있던 빈객을 망각한 채 발목에 방울을 달고 무희들의 춤에 끼어들었다. 그는 무희들 못지않게―눈을 똑같이 요염하게 뜨고, 손을 똑같이 교묘하게 움직이고, 발을 똑같이 재빠르게 놀리면서―춤을 출 줄 알았다. 장군들 중에 하나가 그의 춤 솜씨에 박수갈채를 보내면서, 폐하는 힌두스탄의 어떤 무희보다도 더 춤 솜씨가 좋다고 칭찬하자 모하메드 샤가 원숭이처럼 웃더니 느닷없이 사타구니에서 성기를 끄집어내었다. "무희는 누구도 이게 없지!" 그가 성기를 흔들어대며 자랑스럽게 소리쳤다. "누구든 이것보다 더 크게 할 수 있는 자가 있으면 금화 백 닢을 주겠다." 짐은 그의 어리석은 행동에 실소를 금할 수 없었지만 그는 짐의 미소에 부추겨져서 내기를 두 배로 올렸다. "그리고 누구든, 터키인이건, 이란인이건, 이걸 더 잘 쓸 수 있는 자에게는 금화 이백 닢을 주겠다."

누구도 감히 그의 시합 요청에 응하려 들지 않았다. 그 어리석은 자는 짐에게 가시 돋친 혀를 내두를 만큼 대담해져서 사디의 시구를 인용하였다.

……오, 늙어 꼬부라진 할머니,

머리칼을 감쪽같이 염색했구려, 하지만
굽은 등이 다시 펴지지는 않을 것을!

　그가 자기의 신하들을 돌아다보며 뜻있는 미소를 짓자 정신 못 가누게 취한 아첨꾼들이 박수갈채를 보냈다. 짐은 그러는 것이 짐을 빗대어 하는 짓임을 알았다. 수염을 염색할 시간이 없었던 탓으로 그 뿌리가 짐의 머리칼과 함께 똑같이 희끗희끗해 보였기 때문이었다. 불과 몇 시간 전에 짐의 발에다 입을 맞추었던 위선자 사다트 칸이 또 다른 시구를 인용하여 맞장구를 쳤다.

　　요즘 나는 어떤 노쇠한 늙은이가,
　　머리칼은 희끗희끗한 주제에,
　　아내를 얻으리라 꿈꾸었다는 말을 들었으니,
　　그녀는 보배라는 이름의 아름다운 처녀.
　　그는 다른 남자들에게서 훔친 보석을 숨기고
　　첫날밤에 치러지는 일을 하려 들었지만,
　　첫 번째 공격에서 남자의 물건이 잠들고 말았으니,
　　활시위를 당겼으나 표적을 맞추지는 못했다네.

　짐은 바로 그 자리에서 사다트 칸의 뺨을 후려치고 싶었으나 그에 대한 징벌은 다른 날로 미루기로 하였다. 그러나 그 정신없이 취한 자들에게 그들이 독 묻은 화살을 어디로 겨누고 있는지, 그것을 짐이 모른다고 생각하도록 놓아두고 싶지는 않았다. 그들의 웃음소리가 가라앉자마자 짐이 답하였다.

예쁜 얼굴, 황금 실을 넣어 짠 비단 가운,

장미꽃 열매, 알로에, 화장품, 그리고 향수.

여인을 아름답게 해주는 이 모든 것들,

그러나 사내의 진정한 장식은 불알인 것을.

그들이 목청껏 큰소리로 짐에게 환호를 보냈다. "축하합니다! 찬미와 영광을!"

연회를 파하고 짐은 침소로 물러갔다. 짐이 침상 위에 비스듬히 기대어 눕자마자 노예 처녀가 절을 하고 신을 벗긴 다음 발을 주무르기 시작하였는데, 여러 날 동안 힘든 여행을 한 뒤라서 그 느낌이 더없이 상쾌하였다. 짐은 발을 그녀의 무릎에 올려놓고 다리도 주무르도록 하였다가 그녀가 젊고 아름답다는 것을 알았다. "처녀, 그대 이름이 무엇인고?" 짐이 하문하였다.

"폐하의 노예는 누르 바이라고 하옵니다. 폐하께 술을 한 잔 올리는 영광을 누릴 수 있겠사온지요?"

그녀가 짐을 말끄러미 올려다보았다. 알라께서는 그녀에게 어떤 눈을 주신 것인지! 페르시아 영양보다도 더 크고, 더 짙고, 더 맑은 눈. 그런 눈을 하고서 어떻게 이야기를 할 수 있었을까? 그녀가 은 술병에 든 술을 금 술잔에 따라 양손으로 받쳐 들었다. 짐은 그 술잔을 받기는 하였지만 늘 그래 왔던 대로 입에 대지는 않고 – 짐은 낯선 자의 손으로부터는 술도 물도 음식한 조각도 받아먹지 않았다 – 테이블에 올려놓았다. 누르 바이는 짐에게 억지로 술을 권하지는 않았다. "제가 폐하를 즐겁게 해드리는지요?" 그녀가 고개를 갸우뚱하고 검지로 뺨을 찌르며 물었다.

"네 얼굴이 참으로 보기 좋으나 그 나머지는 아직 모르겠구나." 짐이 대답하였다.

그 말이 무슨 뜻인지를 알아차린 누르 바이가 짐의 발을 발걸이에 올려 놓고 일어섰다. 그리고 바지 끈을 풀어서 벗어 내린 다음 슈미즈를 벗어 카 펫 위로 떨어뜨리고는, 부끄러움을 이기지 못해 어쩔 줄을 모르고 양손으로 얼굴을 가렸다. 그렇게 하여 그녀는 짐의 눈앞에서 알몸을 완전히 드러냈는 데, 짐은 그때껏 그녀처럼 몸매가 좋은 처녀를 본 적이 없었다. 계피처럼 짙 은 살결에 도도하리만큼 탱탱하게 솟은 젖가슴, 너무도 호리호리해서 한 손 으로 움켜쥘 수 있을 것 같은 허리. 그녀는 몸집이 작은 편이였지만 엉덩이 는 하라트의 수박들만큼이나 컸다.

"누르 바이, 그대는 몇 살인고? 전에 남자를 알았던 적이 있느냐?" 짐이 하문하였다.

그녀는 충격을 받은 척 해보였다. "뉘라서 감히 다른 남자에게 더럽혀진 몸을 폐하께 드릴 수 있겠습니까? 저는 폐하께 즐거움을 드리기 위해 키워 졌사옵니다. 이제껏 누구도 제 몸을 만지지 않았고 폐하께 광영을 입은 뒤 에는 누구도 제 몸을 만지지 못할 것이옵니다."

그녀는 나이로는 아이였지만 유혹의 말을 하는 재주에는 달통해 있었다. 짐은 그녀에게 가까이 오라 이른 뒤 그녀의 얼굴과 몸을 쓰다듬었다. 팔다 리며 겨드랑이와 음부에도 털 한 오라기 없이, 윤을 낸 호도처럼 탄탄하고 매끈한 피부. 그녀의 몸에 바른 향기로운 기름이 자스민 향기를 풍겼다. 모 하메드 샤가 그처럼 어리고 발랄한 계집아이를 짐의 침소로 보낸 데는 필시 어떤 의도가 있었을 터였다.

고난과 투쟁으로 보낸 50여 년 세월이 여자에 대한 욕망을 줄이기는 하였 으나, 짐은 초대를 해준 주인에게 페르시아의 사내들이 전쟁터에서 강한 것 처럼 규방에서도 능력이 있다는 사실을 증명해 보이기로 하였다. 짐은 침상에 눈처럼 하얀 시트를 깔도록 한 다음 누르 바이에게 짐의 욕정이 충분히 고조될 때까지 봉사할 것을 명하였다. 그녀는 아주 잘 가꾸어져 있었다.

짐이 그녀에게 무엇을 선사할지 알게 되자, 그녀의 얼굴에 떠올라 있던 앳된 호기심이 경계하는 표정으로 바뀌었다. 짐은 그녀를 부드럽게 대하였으나 그녀는 고통을 참지 못해 울었고, 침대보는 그녀의 처녀성과 짐의 남자다움에 대한 증거를 충분히 받았다.

일을 다 치르고 나자 짐은 그녀의 벌거벗은 몸뚱이에 보석들이 박힌 황금 장신구들을 아낌없이 내려준 뒤, 그녀가 짐과 이제껏 잠자리를 같이 했던 여인들 중에서 가장 매력적이라고 칭찬을 하여주었다. 그녀는 눈물을 훔치고 미소를 지었으나, 그녀를 짐의 하렘으로 데려가겠다는 바람을 표시하자 다시 울기 시작하였다. "폐하께서 델리에 머무신다면 이 노예는 마지막 숨을 쉴 때까지 봉사해드릴 것이옵니다만, 폐하께서 저를 델리로부터 떼어 놓으신다면 이 계집은 독을 마시고 자결할 것이옵니다." 그녀의 대답은 몹시 완강하였다.

짐은 델리 사람들이 그 도시를 벌이 꽃을 사랑하듯 사랑한다는 말을 듣기는 하였으나, 그 고급 창녀인 어린 계집이 이란에 있는 짐의 궁전보다 델리의 유곽에서 살기를 더 원한다는 말을 믿을 수가 없었다.

그러나 짐은 그 계집에게 정분을 줄 생각도, 또 불행하게 만들고 싶은 생각도 없었으므로 짐이 델리에서 머물 동안만 시중을 들라 일렀다. 어쩌면 그녀가 마음을 돌리게 될 수도 있었다. 아니면 짐이 마음을 바꾸거나.

다음날은 금요일이었으므로 짐은 그 도시의 모든 사원들에서 짐의 이름으로 쿠트바를 베풀라 명하였다. 그럼으로써 짐이 델리로 온 목적은 오로지 이슬람 국가의 질서를 회복하기 위해서였음이 태양처럼 명확히 밝혀질 것이었다.

오후에 짐은 사람을 보내어 사다트 칸을 불러오도록 하였다. 그는 여러 아들 외에 한 무리의 가신들까지 끌고 왔는데, 자기가 아사프 자 니잠 울 물크와 더불어 짐에게 힌두스탄으로 와달라는 초청장을 보냈고 또 붉은 성채의 둥근 지붕 밑에 축적된 엄청난 부를 알려주기도 하였다는 이유로 짐에게 감히 무람없는 태도를 보이고 측근들에게도 자신의 중요성을 심어 주고 싶어 하였다. 짐은 그에게서 망상을 벗겨내야 한다고 느꼈다. 그러나 전날 밤에 그가 취해서 했던 행동에 대하여는 일언반구도 하지 않았고, 다만 짐이 델리로 온 것은 마타라 이교도들로부터 무굴 제국을 구해 줄 경우 원정 경비를 그들이 충당하겠다고 했던 약속에 기인했음을 상기시켰다. 그리고 이어서 짐이 델리에 당도한 이후로 그의 행동에서 전에 했던 약속을 지키려 하지 않는다는 인상을 받았다고 덧붙였다.

참으로 옳게도, 하즈라트 알리 무르타자는 이렇게 말한 바 있었다. "때때로 말은 칼처럼 마음을 꿰뚫으며 혀는 창끝보다 더 날카로울 수도 있느니." 그래서 짐은 노기 띤 혀로 경고의 말을 꺼냈다. "사다트 칸, 이슬람 수호 군대는 아직 그 희생의 대가를 받지 못하였소." 짐이 무뚝뚝한 어조로 말을 이었다. "짐은 그대가 약속했던 사천만 루피 중에서 조가비 하나도 받지 못한 즉, 이 담보한 금액이 내일 해질 때까지 지불되지 않는다면 짐의 불쾌함을 알릴 것이오."

그러나 그 경고는 사다트의 머릿속에 각인되지 못하였다. "이 세상의 정복자께서 돈이라니요?" 그가 자기의 측근들을 돌아다보고 동의를 구하면서 해롱거렸다. "돈이라니요! 저희는 위대한 나디르 폐하를 위해 목숨을 바칠 터인 걸요!"

그를 수행한 자들이 그의 뻔뻔스러움에 박수갈채를 보내자 짐은 노기가 치밀었다. "이리로 오라, 사다트 칸!" 짐이 명령하였다. 그의 얼굴에서 어리석은 웃음기가 걷혔고 짐에게로 다가오는 동안 그의 무릎이 떨렸다. 그가 머리를 숙이자 짐은 그의 왼쪽 귀를 잡고 끌어당겼다. "짐은 이런 식의 교활한 이야기를 좋아하지 않는다! 짐은 약속을 깨는 자를 좋아하지 않는다!"

사다트 칸의 얼굴이 벌개졌다가 다음에는 샛노래지더니, 말을 더듬기 시작하였다. 짐은 그의 따귀를 때리고 얼굴을 후려친 다음, 그가 비틀비틀 물러서자 발길로 배를 걷어찼다. "짐의 눈앞에서 썩 사라지거라!" 짐이 호령하였다. "내일까지 짐의 군대에 바쳐져야 할 것이 바쳐지지 않는다면 짐은 너를 찬드니 초우크의 치안소 앞에서 곤장으로 치게 할 것이다!"

사다트 칸은 짐의 면전에서 넋을 잃고 말았다. 그리고 짐에게서 당한 징벌이 감당해낼 수 없을 만큼 심한 것이었던지, 바로 그날 밤 자신의 가슴에 칼을 찔러 비참한 생을 마감하였다.

델리 사람들은 은혜를 모를 뿐 아니라 비겁하기도 하였다. 그들은 짐이 무굴 제국을 이교도들로부터 구하기 위해 산을 넘고 협곡을 지나고 불모의 사막을 거치면서 그 멀고 먼 거리를 행군하여 온 수고에 고마워하기는커녕, 뻔뻔스럽게도 짐이 그들의 나라로 온 것은 이슬람교도에 대한 사랑이 아니라 황금에 대한 탐욕이라는 의심을 내비친 것이었다.

이맘이 짐의 이름으로 쿠트바를 베풀고 있었을 때, 원주민들이 왕실 회교 사원에서 난동을 일으켰다는 보고가 들어왔다. 또 짐의 장교들에게서도 사람들이 거리에서 카질바시 경호원들에게 침을 뱉었고, 여인들은 발코니에서 그들이 집 아래로 지나가는 동안 머리 위로 쓰레기를 쏟아 부었다는 보고가 올라왔다. 또 야채 장수들과 백정들도 짐의 이란 병사들에게는 그 도시 사람들에게보다 더 높은 가격을 요구하고 있었다. 델리 시민들은 짐이 병력의 대부분을 성벽 밖에 주둔시킨 것이 그들의 안전을 위해서였다는 사실을 깨닫지 못하였다. 그뿐만 아니라, 성벽으로 둘린 샤자하나바드에 불과 수백의 이란 군대가 있을 뿐이라는 것을 알아차리자 뻔뻔하게도 짐에게 대항하여 그 비겁한 눈썹을 치켜 올렸고, 그럼으로써 자기네의 도시로 죽음의 천사를 불러들인 것이었다.

1739년 3월 10일 토요일, 태양이 백양궁에 들었던 그날은 또한 하즈라트 이브라힘이 그의 아들 유수프를 알라께 바쳤던 날인 이드 우즈 주하 기념일이기도 했다. 짐의 경호원들은 그날 길 잃은 황소 몇 마리와 길거리에서 배회하는 어린 암소들을 희생물로 봉헌하였다. 그러자 모든 소과동물들을 신성시하는 힌두교도들이 그에 격분하여 짐의 부하들에게는 쌀을 팔지 않겠다고 나섰다. 짐은 병사들에게 쌀 대신 이슬람교도 상인들에게서 밀가루를 사라고 명하였다. 델리에 있는 이슬람교도들의 배신이 짐의 눈에 띈 것은 바로 그때였다. 그들이 밀가루의 가격을 세 배로 올린 것이었다. 한 번 더 다시 짐은 분노를 억눌렀다. 하즈라트 알리 무르타자도 "분노는 광기의 한 부류이니라!" 라고 하지 않았던가? 짐은 밀의 가격을 10시어[5] 당 은화 1루피로 정하고 곡물 상점들의 문을 열어젖히라 명하였다.

그날 오후 짐은 부하들이 아지메리 문에서 서쪽으로 화승총 탄환이 미치는 거리만큼 떨어진 곡물 시장, 파하르 간지로 식량을 구하러 갔다가 습격당했다는 보고를 받았다. 그러나 소문에 귀를 기울이는 것은 짐의 습관이 아니었으므로, 짐은 사실 여부를 확인하기 위하여 경호원들 가운데서 일곱을 뽑아 현장으로 보냈다. 그러나 일곱 중 단 셋만이 돌아올 수 있었고, 그 셋도 몸에 제각기 폭행당한 증거들을 지니고 있었다. 폭도들의 우두머리는, 그들의 보고에 따르면, 니아즈 칸과 셰 사와르 칸이라는 두 파탄인이라고 하였다.

---

5 인도의 무게의 단위로 1시어는 대략 1킬로그램 정도임.

그 흉한들은 짐의 화승총병 분대를 에워싸고 그들을 산 채로 불태웠다. 또 짐의 병사들 중에서도 많은 숫자가 살해되었고 흉한 니아즈 칸에게 이끌린 무장폭도들이 그 불경한 손을 짐의 부하들에게 뻗칠 셈으로 붉은 성채를 향해 오고 있다는 말도 들렸다. 짐은 우르두 시장과 찬드니 초우크가 한눈에 내려다보이는 라호리 문의 누벽 위로 올라갔다. 총을 쏘는 소리가 들렸고, 찬드니 초우크와 자미아 회교성원 바로 옆의 저자거리를 가득 메운 창, 칼, 그리고 화승총을 든 인파가 성채 쪽으로 물밀듯 몰려오는 것이 보였다.

우르두 시장에 배치된 짐의 경호원들은 그 광기의 파도에 대항하여 용감히 자신을 지켰다. 짐은 그들에게 우르두 시장에서 철수하여 성채의 동쪽 벽과 강 사이에 있는 모래톱으로 퇴각하라는 지시를 내린 다음, 서쪽의 라호리 문과 남쪽의 델리 문에 대포를 설치케 하고 폭도들에게 탄환을 발사하라 명하였다. 그리고 샬리마르에 있는 군대의 사령관들에게도 전령을 띄워 즉각 증원군을 보낼 것이며, 다음날 아침 도시 안으로 입성할 채비를 갖추라고 전하였다.

그날 밤은 폭도들의 고함 소리와 천지를 뒤흔드는 대포 소리로 아비규환이었다. 짐의 심기는 모하메드 샤가 자기 백성들의 행위에 대하여 그 어떤 사과도 하려 들지 않았다는 사실로 인해 더더욱 어지러웠다. 시장에서는 짐이 누르 바이의 꾐에 넘어가 독을 마셨으며 죽음의 자리에 누워 있다는 말이 공공연히 오간다는 보고도 들어왔다. 무굴 왕의 출납관이 알현을 청했을 때, 짐은 그가 짐의 부하들에게 어떤 해악이 가해졌는지 두 눈으로 똑똑히 보았다는 것을 표정으로 알 수 있었다. 이제 짐의 마음은 정하여졌다. 짐은 전날 밤의 기억들이 마음속에서 끓어오르는 분노를 녹이도록 허락지 않고 서둘러 침실로 돌아갔다. 그리고 전날 밤 짐에게로 보내졌던 술병을 가져오라 이른 다음 누르 바이를 짐의 면전에 대령시키라 명하였다.

누르 바이가 전날 밤처럼 요염하게 미소를 짓고 엉덩이를 흔들며 다가왔다. 그녀의 눈은 어떤 속임수도 드러내지 않았으나, 짐의 얼굴에 노기가 서린 것을 보자 겁을 먹었다. "폐하의 노예가 행실 나쁘게 처신하는 죄를 범했는지요?" 그녀가 짐의 발을 잡고 물었다.

만일 그녀가 거짓말쟁이였다면, 열여섯 살 밑으로는 이 세상에서 가장 거짓말을 잘하는 계집임이 분명하였다. "누가 네게 이 술병을 주었느냐?" 짐이 물었다. 그녀는 천진스럽게 놀란 표정을 지었다. "아무도 주지 않았사옵니다, 폐하. 거기에 놓여 있었습니다. 저는 그것이 폐하께서 즐기시어 쉬라즈에서 가져오신 술로 생각했사옵니다. 그것이 폐하의 심기를 어지럽혔사온지요?" 짐은 술병을 집어 들고 한 잔 가득 채워서 그녀에게 건넸다. "마셔라!" 짐이 명령하였다.

그녀의 눈에 두려운 기색이 떠올랐다. 그녀가 짐의 손에서 술잔을 받았다. "저는 이제껏 제 입술에 술을 댄 적이 없사옵니다."

"마셔라! 그렇지 않으면 억지로 마시게 하리라!"

누르 바이가 술잔에 손가락을 담갔다가 혀에 갖다 대보고는 역겨워서 얼굴을 찡그렸다. 그러나 다음에는 손가락으로 코를 막고 다른 손으로 술잔을 들어 입에 쏟아 붓더니, 술을 토해내면서 발작적으로 기침을 해댔다. 그녀가 새빨개진 얼굴로 숨이 막힌 것처럼 목을 감싸 쥐었다. "폐하께서는 즐거움을 위해 이 독을 마시나요?" 그녀가 눈물이 글썽해진 눈으로 물었다.

그 술이 전날 밤 짐의 침소에 놓여 있던 것과 같은 술인지 아닌지는 분명치 않았으나 짐도, 또 누르 바이도 그 술을 마신 데서 어떤 악영향을 받지 않았으므로 그 술에 독이 들지 않았다는 것만은 분명하였다. 짐은 누르 바이에게 가까이 오라 이른 뒤 양손으로 그녀의 얼굴을 감싸고 눈물이 번진 눈을 들여다보았다.

"누르 바이, 만일 누가 짐에 관한 이야기를 하거나 짐에게 무슨 일을 하라고 요구하면 반드시 짐에게 알려야 하느니라. 너는 짐의 보호를 받을 것이며 짐은 네게 너의 체중과 같은 양의 금을 안겨줄 것이니라." 그녀가 바닥으로 미끄러져 내려와 짐의 발에 입을 맞추었다. 짐은 그녀의 목에 루비 목걸이를 걸어 주고 물러가라 이른 뒤, 밀정을 하나 붙여 며칠 동안 그녀의 거동을 감시케 하였다.

일요일, 짐은 평소보다 일찍 일어나 아우랑제브의 진주 회교사원에서 새벽 기도를 올리고 간단한 아침 식사를 들었다. 주둔군 장군들이 성내로 들어와 짐의 하명을 기다리고 있었다. 짐은 그들에게 라호리 문 앞에 부대를 배치하라 일렀다.

태양이 떠오르자 델리의 폭도들이 다시 길거리로 몰려나왔다. 짐은 불신의 미풍이 폭풍우가 바다에 거친 파도를 일으키듯 오합지중을 분기시키는 것을 보았으나, 짐의 출현이 그들의 감정을 가라앉힐 것이라고 생각하였다.

태양이 붉은 성채의 누벽들 위로 떠오르자 짐은 경비병들의 호위를 받으며 찬드니 초우크로 말을 몰았다. 거기에서 본 장면은 눈에 절로 눈물이 솟는 참상이었다. 짐의 충직한 부하들이 거리 이곳저곳에 죽은 채로 누워 있었고, 그들의 시신은 끔찍하게 절단되어 있었다. 불과 이틀 전에 꽃과 금은 보화라는 공물로 짐을 환영하였던 그 위선적인 비열한들은 이제 짐에게 욕설을 퍼부었고, 짐의 머리 위로 장미 꽃잎을 뿌렸던 풀 키 만디의 꽃장수들은 이제 짐에게 진흙덩어리와 돌을 쏟아 붓고 있었다. 짐은 로샨 우드 다울라 회교사원에서 말을 내려 발코니에 좌정하였다.

가까이에 있는 집들의 발코니에서 오물과 돌멩이들이 짐에게로 날아들더니 다음에는 누군가가 총을 쏘았다. 총탄은 짐을 살짝 비껴 지나가 파리채를 들고 있던 시종에게 맞았다. 그 가엾은 자가 짐에게로 쓰러져 품에 안긴 채, 어의(御衣)에 피를 쏟으며 "맙소사!" 하는 단말마의 비명을 지르고 절명하였다.

그 충직한 하인을 바닥에 눕히고 나자 인내의 컵이 가장자리까지 차올랐다. 짐은 칼을 뽑아들고 외쳤다. "이 칼이 칼집에서 나와 있는 한 이 가증스러운 도시에 있는 모든 시민들의 목숨이 박탈될 것이다. 단 하나도 살려 두지 말라!"

짐은 힌두스탄 사람들의 성격에서 또 다른 일면을 보았다. 그들은 자기네를 도와달라고 짐을 초청했던 데서 교활했고, 어느 편이 승리를 거둘 것인지가 확실해질 때까지 그들의 군주와 짐에게 번갈아 충성을 맹서하는 데서 위선적이었다. 짐은 그들이 전쟁터에서 얼마나 겁이 많으며 패배했을 때에 얼마나 비굴한지를 보았고, 아첨이라는 당의(唐衣) 밑에 속마음을 숨기는 현란한 말솜씨를 경험하였다. 또 그들 다수가 무리를 지어 의심하지 않는 소수의 병사들을 덮쳤을 때 얼마나 잔인해질 수 있는지도 보았다. 그러나 이제 그들의 머리 위로 죽음의 천사들이 맴돌자 그들은 양떼처럼 무력해졌고, 짐의 병사들은 팔이 저릴 때까지 그들을 수십 명씩 도륙하였다.

짐은 로샨 우드 다울라 회교사원을 떠나 붉은 성채로 돌아오다가 다리바 입구를 지나면서 부하들에게 이교도들이 거주하는 그 저주받은 거리에 있는 집들을 모두 다 무너뜨리라고 명하였다. 짐의 병사들은 다리바에 있는 모든 남자, 여자, 아이들을 죽이고 시장에 불을 질렀다. 샤자하나바드에서 유일하게 화를 면한 구역은 자미아 회교성원과 델리 문 주변의 시장들뿐이었는데, 그것은 태수 사르불란드 칸이 짐을 찾아와 그곳 주민들은 누구도 폭도들에게 가담하지 않았다며 애원을 한 덕분이었다.

오후가 되자 모하메드 샤가 알현을 허락하여 달라고 간청하였다. 그때쯤에는 짐의 마음속에서 타올랐던 분노의 불길이 피의 강에서 꺼져 있었으므로 짐은 그가 짐의 발에 입을 맞추도록 허락하였다. 그는 침소봉대하는 기술을 알고 있었다.

"폐하께서 뽑으신 복수의 칼에 목숨을 부지한 자가 단 하나도 없습니다." 그가 우는 소리를 했다. "파괴를 더 계속하는 것이 폐하의 뜻이라면 죽은 자들에게 생명을 불어넣은 뒤 학살을 재개하십시오."

짐은 수천 명의 용감한 병사들이 여섯 시간에 걸쳐 사람 죽이는 일에만 전념했다는 것을 제외하고는 얼마나 많은 숫자가 살해되었는지는 알지 못하였다. 짐은 칼을 도로 칼집에 꽂은 뒤, 북을 울려 짐의 흡족함을 알리라 명하였다.

대량학살의 결과를 보는 것으로 눈을 더럽히고 싶지 않아서 짐은 거리에 널려 있는 시체와 피를 말끔히 치우라 일렀다. 참으로 공교롭게도 그날은 이교도들이 서로에게 핏빛 붉은 물을 뿌림으로써 봄이 온 것을 축하하는 날이었다. 이교도들은 그들의 관습대로 죽은 자들을 불태워 그들이 마땅히 가야 하는 지옥으로 보냈고 이슬람교도들은 학살당한 자들을 강의 모래톱을 따라 묻었다. 태우거나 묻어 줄 사람이 없는 시체들은 그 도시에 얼마든지 있는 솔개, 까마귀, 고양이, 개, 그리고 자칼들에게 맡겨졌다.

비록 짐이 그 저주받은 도시에 용서라는 감미로운 미풍을 허락하였다 하더라도, 그 도시의 시민들이 지은 죄를 속죄 받았다고 믿게끔 하고 싶지는 않았다. 그리하여 짐은 부하들을 장군들과 부유한 상인들의 집으로 들여보내어 찾아낼 수 있는 것이면 무엇이든 다 약탈케 하였다.

이의를 다는 자들은 짐에게로 끌려와 친족들이 보는 앞에서 곤장을 맞았고, 그들의 집 바닥은 파헤쳐졌으며, 그 집안의 여인들은 발가벗겨졌다. 많은 사람들이 그러한 징벌을 당한 뒤 얼굴을 들 수 없어 그들 자신의 손으로 비참한 삶을 마감하였다. 옥수스 강물이 바다로 흘러들듯, 금은보화가 짐의 보물창고로 흘러들었고, 짐은 이란에 있는 백성들에게 향후 3년 동안은 어떤 조세도 징수하지 않을 것임을 선언함으로써 낭보를 전하였다. 그 점에 있어서는 하즈라트 알리 무르타자도 이처럼 옳은 말을 한 바 있었다. "아량을 더 잘 보이려면 신속히 베풀어야 하느니!"

그러나 모든 일이 끝나자 짐은 왠지 스스로 무안해져서 혼자 있고 싶다는 말로 시종들을 물린 뒤 여러 시간 동안을 생각에 잠겨 앉아 있었다. 짐은 꿈 속에서 예언된 네 왕국을 정복하였고, 이슬람교라는 창으로 이교도들의 땅 심장부를 찔렀으며, 수천 명의 우상숭배자들을 지옥으로 보냈다. 그럼으로써 짐은 알라와 그분의 예언자(그분에게 평화가 있기를!)에게 봉사한 것이었다.

뿐이랴! 짐은 부를 축적하였고, 수백만 이란인의 가정에 번영의 등불을 켜게 하였으며, 짐과 그들의 자손들은 짐이 칼로써 거둔 수확으로 7대를 배불리 먹고도 남음이 있을 터였다. 아시아인들은 짐의 이름을 들으면 경외심에 멈춰 섰고, 모든 남자들이 어느 곳으로든 기꺼이 짐의 깃발을 따랐다. 또 짐은 하렘에 코카서스인, 터키인, 이란인, 아랍인, 아프간인, 그리고 힌두인까지 가장 아름다운 여인들을 두었으며, 짐의 씨를 받은 한 무리의 건장한 아들들과 미모의 딸들을 얻기도 하였다. 한 마디로, 짐은 인간이 바랄 수 있는 모든 것을 다 누리고 있었다. 그런데도 어떤 이상한 우울감이 짐에게로 스며드는 것이었다.

누르 바이가 늘 짐의 마음속에 있었다. 짐은 그녀와 함께 지냈던 밤을 곰곰이 돌이켜 보았으나, 그녀가 짐에게 해를 끼치려 하였다든가 아니면 스스로 자청해서 다른 누군가의 사악한 도구로 이용되었다고는 믿을 수가 없었다. 아니, 어쩌면 짐을 해치려는 계획이 아예 없었는지도 몰랐다. 그러나 짐의 귀는 누르 바이의 이름이 섞여 들어간 독기 품은 소문으로 채워져 있었다. 짐은 시종을 불러 그녀를 짐의 면전에 대령시키라고 일렀다.

누르 바이는 눈물로 짐의 발을 씻으며 양탄자 위에 엎드려 흐느끼는 사이사이 짐에게 어째서 자기를 의심했느냐고 여러 차례 물었다. 그러나 짐으로서는 그녀를 의심할 아무런 이유도 없었기에 뭐라고도 대답을 할 수 없었다. 짐은 다만 그녀의 부복한 모습을 바라볼 뿐이었다. 활처럼 굴곡이 진 허리와 그녀에게서 즐거움을 얻으려 하는 자들을 기쁘게 해줄 엉덩이. 그러나 그녀의 아름다운 자태를 보고 있어도 짐의 사타구니에 욕망이 불붙지는 않았다. 또 그 외에도, 이제 짐은 그녀의 몸뚱이를 지배할 수 있다손 치더라도 마음까지 지배할 수는 없다는 것을 알고 있었다.

한 번 더 다시 짐은 그녀에게 품었던 의심을 보상하기 위해 그녀의 양 손목에 금팔찌를 채워주고 그만 물러가라 일렀다. 그러나 누르 바이는 물러가기를 거부하였다. 그리고 짐의 무릎 사이에 턱을 받치고 앉아 짐의 얼굴을 말끄러미 바라보는 것이었다. "폐하께서는 세상에 화를 내고 계세요." 그녀가 짐의 기질을 옳게 읽고 한 마디 하였다. "폐하께서는 너무도 많은 사람을 죽이셨어요. 그것은 옳은 일이 아니에요."

짐은 그녀의 대담함에 놀랐고, 그녀의 머리칼을 쓰다듬다가 느닷없이 자기혐오에 휩싸였다. 솟아나는 눈물을 감추기 위해 짐은 양손으로 얼굴을 가렸으나, 가슴을 들먹이게 하는 흐느낌은 멈출 수가 없었다. 누르 바이가 더 대담해져서 허락도 구하지 않고 짐의 무릎에 올라앉았다. 사내답지 못한 격정의 순간이 지나자 짐은 누르 바이를 가만히 몸에서 떼어낸 뒤 혼자 있게 해달라고 일렀다. 그녀는 짐의 처소를 떠나기에 앞서 짐에게 발리마란[6]의 의원인 알라비 칸을 부르라고 다짐을 두었다. "그분이 거머리를 써서 폐하

6 찬드니 초우크 대로 근처에 있는 거리.

의 몸속에 흐르는 화난 피를 없애주실 거예요."

다음날 짐은 예수(그에게 평화가 내리기를!)의 치료력을 지녔다는 의원 알라비 칸을 불렀다. 그는 세월의 무게로 허리가 굽었고, 긴 수염은 눈처럼 희었고, 지팡이에 의지하여 걸음을 옮겼다. 그러나 그에게는 살 날이 그리 많지 않다는 사실을 아는 노인들이 지닌 대담성이 있어서 짐을 꾸짖기부터 하였다. "폐하께서 화를 다스리는 법을 배우지 않으시면 화가 폐하를 다스리게 될 것입니다."

짐은 성질이 급한 것을 인정하였다. "성미가 급할 뿐 아니라, 폐하," 그 의원이 반박하였다. "위험스러울 정도로 성미가 괄괄하십니다. 화는 광기의 일종이라서 억제되지 않는다면 치료가 불가능해집니다." 그의 말은 그가 준 약보다도 더 썼다. 그러나 아첨꾼과 간신배들의 알랑거림을 들었던 뒤여서, 그의 퉁명스러운 말이 류트의 선율처럼 들렸다. 짐이 그 도시에 떨어졌던 대재난에 대해서 들은 것도 그의 입을 통해서였다. 짐은 그에게 델리 시민들이 먼저 짐의 병사들에게 손을 댔으며, 그래서 그들에게 동해보복의 자유를 줄 수밖에 없었다고 설명을 하려 애썼다.

"지옥에나 떨어져라!" 그 늙은 의원이 소리쳤다. "여인과 어린아이들에게 동해보복이라니요! 무고한 사람들을 죽이는! 그것이 폐하의 나라에 두루 퍼져 있는 그런 정의인가요?"

짐은 화를 내는 대신 그가 말을 계속하도록 놓아두었고, 그 이후로도 처방을 받기보다는 그가 하려는 말을 듣기 위해 알라비 칸을 불렀다. 그는 짐의 결점을 드러내는 무모한 용기를 가지고 있었지만 또 한편으로는 짐에게 빻은 진주와 예멘 산(産) 꿀을 혼합해 만든 최음제를 조제해주기도 하였다. 짐의 기력이 왕성하다 하더라도 짐의 하렘에 있는 서른세 명의 후궁들, 그리고 이제는 젊고 열심인 누르 바이가 짐의 정기를 무리하게 짜냈을 수도 있기 때문이었다.

짐의 마음을 바꾼 것이 의원 알라비 칸의 충고였는지 누르 바이의 봉사였는지는 기억할 수가 없다. 그러나 짐은 보름 동안 사형 선고를 내리지 않았고, 동료들과 함께 웃고 농담을 하기 시작하였다. 어느 날 짐은 무굴 제국의 재무대신인 카즈마루딘 칸에게 그의 하렘에 있는 여인들의 수가 850명이라는 말이 사실이냐고 물었다. 그리고 그가 사실이라고 인정하자 짐은 이렇게 한 마디 덧붙였다. "150명을 더 취해서 밈 바시[7]가 되도록 하시오." 참석자들은 그 말에 눈물이 날 때까지 웃고 또 웃었다. 그리고 이후로도 그 농담은 여러 아첨꾼들에 의해 짐에게 여러 번 되뇌어졌다.

짐은 무굴 왕이 자신의 의지로 역작을 이룰 만한 양식을 지녔으리라는 희망에서 그를 자신의 지혜에 맡겨두었다. 그러나 모하메드 샤의 머리통은 상식 대신 교활한 생각들로 채워져 있었다. 그는 간계로 짐의 인내를 시험하려 들었고, 짐에게 두 집안이 결혼동맹으로 맺어져야 한다는 뜻을 전하였다. 짐은 그가 자기의 빚을 혼인지참금의 형태로 지불할 수 있도록 구실을 찾는다는 생각으로 그 제의를 수락하였고, 그 결과 짐의 사랑하는 아들이자 짐의 씨를 받은 두 번째 소산인 나스룰라 미르자 왕자가 아우랑제브 황제의 손자이자 캄 박시의 아들인 예즈단 박시의 딸과 혼인을 약속하였다.

그러한 계제에 힌두스탄 사람들은 재담에 빠지는 것이 통례여서, 자기네의 혈통을 몹시 자랑스러워하는 무굴 왕의 후궁들이 짐의 아들에게 7대까지 조상들의 이름을 대보라고 요구하였다. 나스룰라 미르자 왕자는 당황해서 할 말을 잃었다. 짐의 세속적인 부가 낙타 한 마리와 양 몇 마리로 이루어졌던 시절을 알고 있었기 때문이었다. 그의 혀가 윗니와 아랫니 사이에

---

7 천 명의 사령관.

계속 갇혀 있자 짐이 그를 대신하여 말을 받았다. "보아라. 그들에게 네가 나디르 샤의 아들이며 칼의 아들, 칼의 손자, 그런 식으로 7대가 아니라 70대까지 계속하거라." 짐의 그 말에 여인들이 박수갈채로 화답하였다. "잘했어요! 아주 잘했어요!"

그것은 짐이 델리 시민들에게 무시무시한 징벌을 내린 지 불과 보름밖에 지나지 않았을 때의 일이었으나, 그들은 기꺼이 지난 일을 잊고 결혼축하 의식에 참여하려는 것 같았다. 붉은 성채의 누벽들 위로 기름램프들이 켜지고 성대한 폭죽놀이가 뒤따랐다. 또 많은 술잔치와 무희들의 춤판이 벌어지기도 하였다. 결혼식은 1739년 3월 26일에 거행되었고, 뒤이어 다와트 이 발리마가 치러졌다. 무굴 왕은 짐과 짐의 막료(幕僚)들에게 선물을 보냈는데, 아마도 자기의 딸들 중 하나를 짐의 아들에게 주었으니 몇 가지 자질구레한 물건들로 빚을 청산할 수 있으리라는 희망에서였을 것이다. 짐은 그에게 이란인이 전쟁터에서 한 수 위인 것처럼 계략에서도 인도인의 의표를 쉽게 찌를 수 있다는 교훈을 가르쳐주기로 작정하였다.

짐은 무굴 왕가의 소유물들 가운데 지극히 귀중한 것이 두 가지 있다는 말을 들었다. 그 하나는 순금으로 만들어지고 다이아몬드와 루비와 에메랄드들이 박힌 공작 옥좌였는데, 그것은 구천만 루피의 가치가 있는 것으로 평가되었다. 그리고 다른 하나는 '빛의 산'이라는 다이아몬드로, 비둘기 알 만큼이나 크고 온 세상 사람들이 7년 동안 벌어들이는 수입의 가치가 있다는 것이었다. 짐은 궁전의 지하창고를 수색하도록 명하였으나 옥좌도 다이아몬드도 찾아낼 수 없었다.

짐이 모하메드 샤에게 그 물건들의 행방을 묻자 그는 공작 옥좌는 19년 전에 부서졌고 빛의 산은 본 적도 없다고 대답하였다. 그러나 짐은 사다트 칸에게서 빛의 산이 모하메드 샤의 수중에 있다는 말을 분명히 들은 바 있었다. 그는 자기의 선조들처럼 그 다이아몬드를 팔에 차는 대신 터번의 주름 속에 숨겨 두고 있었다. 짐은 그 물건을 가지고 싶다는 욕구를 드러내지 않고서도 그것을 손에 넣을 수 있는 계책을 한 가지 짜냈다.

짐은 인도의 장군들과 짐의 이란 장군들이 모두 참석한 어전회의를 소집하고 먼저 모하메드 샤에게 왕의 임무들을 설명하였다. 그리고 다음에는 그의 조상들이 앉았던 대리석 의자로 그를 안내한 뒤, 미리 준비해놓으라고 명령해두었던 왕관을 가져오라고 짐의 부하들 중 하나에게 손짓으로 일렀다. 짐은 모하메드 샤의 터번을 벗기고 그의 머리에 그 왕관을 올려놓았다.

"알라께서 그대에게 번영과 장수를 허여하시기를!" 짐의 축원에 궁정 신하들이 박수갈채로 답하였다. 짐은 모하메드 샤의 눈길이 이제 그와 나 사이에 놓여 있는 터번에서 떨어지지 않고 있음을 알았다. 또 그가 답례로 한 연설도 짐에게라기보다 그 터번에다 대고 한 것처럼 보였다. 그는 짐을 형으로 여기겠다는 말로 연설을 끝냈는데, 그 말이 일을 더 쉽게 해주었다. 그가 자리에 앉자 짐은 자리에서 일어나 힌두스탄에서는 형제의 우의를 맹세하는 사람들끼리 서로 터번을 교환하는 것이 관례임을 알게 되었다고 한 다음, 그의 머리에서 왕관을 벗기고 짐의 터번을 대신 올려놓았다. 그리고 모하메드 샤가 짐에게도 똑같이 해주도록 머리를 숙였다. 그 가엾은 자는 결국 짐의 계략에 말려 자신의 손으로 짐에게 빛의 산을 넘겨주었고, 짐은 그를 포옹하는 것으로 어전회의를 끝냈다.

그 다이아몬드는 정말로 터번의 주름 속에 있었다. 그것은 크기가 매알만 하고 너무도 휘황해서 그 속에 태양의 정기를 가두어둔 것처럼 보였다. 짐은 그 다이아몬드가 손에 들어왔다는 사실을 비밀로 하지 않고 오른팔에 찼다.

4월 말이 되자 햇살이 초열지옥의 불길로부터 날름거리는 불꽃처럼 뜨거위졌다. 짐은 열이 나서 온몸이 따끔거렸고 알라비 칸이 차가운 과일음료들을 조제해주었음에도 불구하고 음식과 여자들에 대한 욕구를 잃었다. "델리는 폐하가 계실 곳이 못됩니다." 늙은 의원이 충고하였다. "정말 그렇소!" 짐이 대답하였다. "이스파한에서의 하루는 당신 나라에서의 평생의 가치가 있소."

짐의 귀에 델리를 칭찬하는 말이 그처럼 많이 들렸다 하더라도, 그곳에는 사실 짐을 즐겁게 해주는 것이 별로 없었다. 짐은 그곳 사람들과 그들의 태도가 마음에 들지 않았고, 그들의 음식과 술도 마음에 들지 않았다. 또 수박은 향기도 없으면서 속을 거북하게 만들었고, 그토록 찬미를 받아온 망고 역시 짐의 입맛에는 너무 달았을 뿐 아니라 손과 수염을 더럽히기도 하였다. 그리고 델리의 기후 또한 나른함과 몸이 따끔거리는 열기와 짜증을 불러일으켰을 뿐이었다.

짐은 그 도시에서 획득한 것들 모두를 코끼리, 낙타, 그리고 나귀들에 실을 것이며 이란으로 돌아갈 채비를 갖추라고 명하였다. 그리고 국가의 통치를 위한 조치들을 취해서 인더스 강 서쪽의 네 지방은 짐의 제국에 귀속시켰으나 그 나머지는 모하메드 샤와 니잠 울 물크에게 남겨주기로 하였다. 무굴 왕은 단순하고 쾌락을 좇는 반면, 그 신하는 교활하고 야망이 컸다. 만일 그 둘이 조화를 이루지 못한다면 짐은 힌두스탄을 합병할 권리를 얻게 될 것이었다.

1739년 5월 5일 토요일, 짐은 무굴 제국의 수도를 떠났다. 짐이 얼마라도 마음을 남기고 떠난 사람은 단 둘뿐, 그 하나는 혀가 매서운 의원 알라비 칸이었고 다른 하나는 요염한 누르 바이였다. 황제는 자기의 제국 내에서 무슨 명령이든 내릴 수 있으나 정직한 사내와 여인의 마음에는 그 명령이 통하지 않는다. 그 둘을 강제로 데려갈 수도 있었지만, 노인은 여행을 견뎌낼 수 없을 것이고 누르 바이는 내내 울 것이었다. 짐은 그녀의 몸을 데려갈 수 있다 해도 그녀의 마음은 델리에 남으리라는 것을 알았다. 여인의 마음이 다른 곳에 있다면 그녀의 육체가 무슨 소용이랴!

짐은 의원에게 갖가지 선물을 아낌없이 안겨주고 누르 바이에게는 그녀의 몸무게에 해당하는 금을 내려준 뒤 그들과 델리 시에 작별을 고하였다.

13

바그마티

방금 전에 바그마티가 떠났다. 간밤에 그녀가 나와의 정사를 즐거워하지 않은 것 같다는 생각이 들기는 하지만, 그것이 현재의 나다. 이제 나는 늙었고, 그래서 기분이 울적하다. 전화벨이 울린다. 투그락 로에 있는 경찰서에서 걸려온 거다. "부드 싱의 고용주신가요?"

"글쎄요, 어떻게 보자면요. 그 사람은 우리 동 전체의 수위인데, 나는 그 사람이 내 아파트를 봐주는 대가로 얼마씩 더 주고 있지요. 무슨 일입니까? 차에라도 친 겁니까? 사고나 뭐 그런 건가요?"

"아뇨, 여자들에게 추행을 했습니다."

부드 싱에 대해서라면 뭐라도 다 믿을 수 있지만, 여자들을 추행했다는 건 어불성설이다. 틀림없이 뭔가 오해가 있을 것이다. 어쨌든, 그 불쌍한 친구가 나를 고용주라고 끌어다댔다면 나는 그를 빼내줘야 하므로 차를 몰아 경찰서로 간다.

부드 싱은 한 순경과 수갑을 한 쪽씩 나누어 차고 베란다 바닥에 앉아 있다. 그와 짝이 된 순경은 구장잎을 씹으며 의자에 앉아 있고. 그 둘 중 누구도 내가 온 것을 전혀 알아채지 못한다. 내가 허리를 굽히고서 부드 싱에게 무슨 일이었는지 얘기해보라고 하자 그는 아무 말도 없이 나를 노려보기만 한다. 나는 그에게 어떻게 된 일인지를 알아야 보석으로 꺼내 줄 수가 있다고 설득한다. "그 사람 미쳤어요." 순경이 바닥에다 구장즙이 섞인 가래를 뱉으면서 한 마디 툭 던진다. 부드 싱이 천천히 고개를 돌려 잡아먹을 듯한 눈으로 그 순경을 노려보면서 웅얼거린다. "당신이 미쳤어! 당신 어머니가 미쳤어! 당신 동생 년이 미쳤어! 당신이 뭐기에 나보고 미쳤다고 해? 동생 년하고 붙을 놈!"

"거 보십쇼, 미쳤다고 하지 않았잖습니까." 순경이 느긋하게 담배를 씹으면서 능친다. "이 사람하고 얘기해봤자 소용없습니다. 안으로 들어가서 조사관님하고 얘기해보시죠."

조서 작성실로 들어가서 찾아온 용건을 말하자 경위가 내게 자리를 권하고 부드 싱이 '부녀자 추행죄'로 체포되었다고 설명한다. 나는 그럴 리가 없다면서 부드 싱은 흠잡을 데 없는 성격이라는 둥, 여자들에게 관심을 보인 적이라곤 없다는 둥 하고 늘어놓다가, 가끔씩은 그에게 무슨 일이 일어나곤 한다면서 머리께에다 손가락을 빙빙 돌린다.

경위가 고개를 끄덕이고 나서 부드의 '부녀자 추행죄'에 대해 알려준다. 그는 뭐라고 혼잣말을 웅얼거리면서("기도한 겁니다." 내가 말을 가로챈다. "그 사람 정시에 기도를 하거든요.") 코노트 서커스의 회랑을 따라 걷고 있다가 느닷없이 어떤 젊은 여자의 젖가슴을 움켜쥐고 누르면서 빵빵 했다는 것이다. 그리고 당한 여자가 충격에서 벗어나기도 전에 다른 쪽 젖가슴을 움켜쥐고 또다시 누르면서 빵빵 했고. "아, 그랬군요. 가엾은 친구 같으니! 저 사람은 한때 군대 트럭운전사였어요. 젖가슴을 경적이라고 여긴 게 분명합니다." 내가 설명한다. 경위는 코노트 서커스에 있던 여자들보다는 좀 더 이해심이 많다. 틀림없이 부드 싱은 그 밖에도 여러 여자들의 '경적'을 눌렀는데, 그러자 자지러지는 비명소리가 일었고 몇몇 학생들이 몰려와 그를 마구 두들겨 팼다. 하지만 일은 그것으로 끝난 게 아니었다. 포장도로에 바나나를 한 광주리 가득 놓고 파는 여인이 하나 있었는데 부드 싱은 바나나들을 이것저것 들춰보며 값을 물었다. 그리고는 바나나 값이 너무 비싸다고 생각했는지, 자기 것을 훨씬 더 싸게 팔겠다면서 바나나 장수에게 자기의 물건을 꺼내 보였다. 부드 싱이 돌았다는 것을 알 리 없는 그 여인은 네 어미한테나 갖다 주라고 응수했는데, 그러자 부드 싱이 어떻게 했냐고? 그 바나나 장수의 젖가슴을 양손으로 움켜쥐고 빵빵 했다는 것이다. 그 다음에는 경찰이 그를 체포했고. "저 사람 틀림없이 트럭운전사였던 때를 생각한 겁니다." 내가 다시 설명한다. "가끔가다 한 번씩 그런 일이 일어나지요." 경위는 대단히 친절하다. 하기는 이미 부드 싱을 흠씬 두들겨 팬 뒤이기는 하지만. "여자들 젖가슴을 누르고 자기 물건을 꺼내 보이고 한 벌로는 그만하면 충분하겠지요. 누구 여편네를 겁탈한 것도 아니잖습니까?" 그가 아량을 보인다. "하지만 다시는 그러지 못하게 하십쇼."

14

시인 메르 따끼 메르

내가 연인에 더 가까웠는지 시인에 더 가까웠는지는 모른다. 사랑과 시 모두가 나를 고갈시켰으되, 가슴에 품었던 연정은 내게 오명을 덮어씌웠고 내 시는 힌두스탄 전역으로 울려 퍼지는 명성을 안겨주었다. 또 사랑은 내게 고뇌를, 시는 황홀감을 안겨주기도 했으나 사랑도 시도 돈이 되어주지는 못했다. 비록 내가 벌어들였던 얼마 안 되는 것 모두가 말의 화환을 엮어 얻은 대가이기는 했어도. 절묘하게 깎인 다이아몬드와 유리구슬을 분간하지 못하는 사람들 틈에서는 내가 무엇을 먹게 되느냐가 내 솜씨의 뛰어남보다 후원자들의 변덕에 따라 결정되었던 것이다. 언젠가 나의 덕망 높은 아버님 미르 모하메드 알리께서는 이런 말씀을 하셨다. "애야, 나는 네 장래가 걱정스럽구나. 네 가슴속에 불이 지펴졌으나 그것이 너를 어떻게 할지 몰라서 말이다." 당시 아홉 살에 지나지 않았던 나는 그분의 말씀을 웃어넘겼다. 그러나 아버님께서는 연륜의 지혜가 있었기에, 그 사랑의 불길이 나를 이루고 망치리라는 것을 알고 걱정하신 것이었다.

또 그로부터 1년쯤이 지난 어느 날 밤에는 저녁기도를 드리고 난 뒤 내게 이처럼 이르셨다. "아들아, 세상은 너무도 빨리 변하는데 그것을 따라잡을 시간은 너무 적구나. 인생행로 또한 몹시 평탄치 못하니 항상 발걸음을 조심해야 하느니라. 시간이 날 때마다 너 자신을 아는 데 그 시간을 바치거라." 그러나 열 살에 불과했던 나는 무엇이든 마음에 드는 일을 하는 데 많은 시간을 보냈고, 또 나 자신에 대해 모르는 것이 그리 많다고도 생각하지 않았다.

당시 우리는 아그라 교외에 있는 외딴집에서 살고 있었는데, 거기에는 아버님이 두 아내로부터 얻은 자식들 외에도, 아버님과 더불어 깨어 있는 시간의 대부분을 기도와 명상으로 보내는 아마눌라 숙부님도 같이 계셨다. 그런데 그분들은 기도를 드리거나 명상을 하지 않을 때면 사랑에 대해 논쟁을 벌이시곤 해서, 아버님은 신을 사랑한다면 신께서 창조하신 모든 것을 사랑해야 된다 하셨고, 숙부님은 그것을 다른 식으로, 즉 신의 피조물을 사랑하는 것이 곧 신을 사랑하는 것이라고 표현했다. 나로서는 그 두 분이 어떻게 똑같은 말로 매일같이 몇 시간씩 토론을 할 수 있는지 알 수가 없었다. 아마눌라 숙부님의 마음속에 있던 사랑이 무엇이었는지를 알게 된 것은 세월이 좀 더 흐른 뒤였다. 때때로 나는 숙부님이 신의 피조물을 사랑하는 일에 대하여 그토록 많은 이야기를 하면서도 주위에 여인들이 있으면 땅에서 눈도 들지 않는 이유가 무엇일까 궁금해지곤 했었다. 그런데 어느 날 저녁 숙부님은 아그라 시장으로 바람을 쐬러 나갔다가 어떤 예쁘장한 사내아이와 눈길이 우연히 마주쳤고, 그러자 그 아이를 미친듯이 사랑하게 된 것이었다. 그 일이 있은 이후로 숙부님은 식욕과 마음의 평정을 모두 잃은 끝에, 며칠 뒤에는 그 소년에 대한 갈망으로 수척해져서 세상을 뜨고 말았다.

그러나 아버님에게는 사랑이 그와 전혀 다른 뜻이어서, 언젠가 한 번은 내게 이런 말씀을 하셨다. "애야, 사랑을 네 유일한 벗으로 삼거라. 이 우주를 지탱하는 것은 사랑이니 말이다. 네가 이 세상에서 볼 수 있는 것은 모두 사랑이 다르게 구현된 것이니, 불은 사랑의 열기, 흙은 사랑의 토대, 바람은 사랑의 덧없음, 밤은 사랑이 꿈꾸는 상태, 낮은 사랑이 깨어 있는 상태이니라." 당시에는 아버님의 말씀이 나로서는 이해가 가지 않았다. 그러나 어렸을 적부터 나를 몰아갔으되 전혀 알지 못했던 사랑에 대한 탐구가 나를 이끄는 운명의 별이 되었으니, 불행히도 그 사랑은 아마눌라 숙부님을 죽음으로 몰아갔던 사랑도, 또 아버님께서 염려하셨던 나의 끊임없는 열정으로 인한 사랑도 아닌, 한 남자가 한 여자에게 머리와 가슴을 송두리째 빼앗길 때 휩싸이게 되는 그런 사랑이었다.

아버님은 두 번 결혼하셨는데, 델리의 유명한 시인 아르주의 여동생이었던 첫 번째 아내로부터는 아들 하피즈 모하메드를 얻으셨고, 두 번째 아내인 나의 어머니로부터는 맏이인 나를 포함하여 세 아이를 얻으셨다. 이복형은 아버님이나 계모인 어머니, 또는 이복동생들에게 애정이라고는 없었고, 그중에서도 특히 나를 가장 미워하셨다. 아버님께서는 그 점을 익히 아시고 생전에 지니셨던 모든 것을 우리에게 똑같이 나누어주는 것이 상책이라 여기셨으나 그러지는 못하셨다. 태양이 중천에 떠 있고 뜨거운 바람이 불던 어느 여름날 오후, 아그라로 몇몇 병든 제자들을 보러 갔다 돌아오신 뒤 곧 일사병으로 쓰러지신 것이었다. 아버님은 천국의 냄새를 맡으시고 하피즈 모하메드와 나를 불러 이렇게 이르셨다. "얘들아, 나는 회교 고행자라서 돈도, 땅도, 재산도 없다. 가진 것이라고는 삼백 권쯤 되는 책뿐인데, 나는 채권자들에게 300루피쯤 되는 빚도 지고 있다. 그러니 이 세상에 대해 눈을 감기 전에 내 책과 빚을 너희 둘에게 똑같이 나누어주었으면 싶구나."

그러자 이복형이 말을 받고 나섰다. "아버님, 아버님께서는 제가 우리 집안에서 배운 사람이고 책들로 공부해서 덕을 볼 수 있는 유일한 자식이라는 것을 잘 알고 계십니다. 따끼는 그 책 종잇장들로 연을 만들어 날리기밖에 더하겠습니까?" 그 말에 아버님은 몹시 언짢아 하셨지만 임종을 목전에 두고 계셨기에 다만 힘없는 목소리로 충고를 하는 데 그치셨다. "하피즈 모하메드, 내 말 잘 듣거라. 배움의 불꽃은 네 집을 빛낼 것이 아니라 따끼의 집을 빛낼 것이다." 그 다음에는 나를 돌아다보고 한 말씀 덧붙이셨다. "둘째야, 빚을 다 갚기 전까지는 내 시체를 묻지 말라. 그러나 걱정할 것은 없다. 네게 돈이 들어올 것이니."

알라의 이름을 입에 올리고 아버님은 세상을 뜨셨다. 그분의 부음이 아그라로 전해지자 사람들이 아버님께 마지막 경의를 표하기 위해 우리 집으로 모여들기 시작했다. 그중에는 내게 장례비로 쓸 돈을 내놓은 몇몇 힌두교도 상인들도 있었다. 나는 그들의 돈은 사양했지만 아버님의 회교도 제자 한 분이 내 무릎에 올려놓은 500루피가 담긴 가방은 사양하지 않고 받아서 아 버님이 생전에 지셨던 빚을 갚고 그분의 시신을 아마눌라 숙부님의 무덤 옆 에 모셨다. 열한 살 나이에 나는 세상에 홀로 남겨져 과부가 된 어머니와 나 이 어린 동생들을 보살펴야 하는 처지가 된 것이었다. 내가 가진 재산이라 고는 장례식 경비를 치른 뒤 채권자들에게 진 빚을 갚고 남은 100루피와 아 버님에게서 물려받은 슬기로운 말들뿐이었다.

아마눌라 숙부님은 내게 파르세어와 우르두어뿐 아니라 시를 짓는 법도 가르쳐 주셨는데, 나는 그분에게서 배운 보잘것없는 지식으로 부잣집 아이 들을 가르쳤다. 그리고 몇 번인가는 저녁때 시회(詩會)를 찾아가 델리와 아 그라의 이름난 시인들이 낭송하는 자작시를 듣기도 했다. 하지만 그 시인 들은 대부분 시를 쓰는 데서 새로운 착상이 하나도 없는 그저 그런 음률꾼 들이었다. 그런 시인들 중에서도 특히 내 경멸감을 돋웠던 것은 시회가 열 릴 때마다 대단한 인기를 얻고 있던 마수드라는 작사자였다. 마수드는 잘났 지만 건달처럼 생긴 사내로, 시의 격이 한참 떨어지는 것을 감미로운 목소 리로 낭송함으로써 보상할 줄 알았다. 사람들은 시회가 시작되기만 하면 그 가 쓰고 있던 가명인 파르와나를 외쳐댔고(나는 늘 그를 파르와나의 비어 인 "파탕가" 라고 불렀지만), 여인들 또한 그를 몹시 좋아해서 시회 모임이 있을 때마다 칸막이 뒤에 앉아 있던 부인들이 하녀들에게 그가 작사한 노래 들을 적어달라고 요청하는 종이쪽지를 건네곤 하는 것이 눈에 띄었다. 그의 노래들은 대체로 불길 속에서 제 몸을 태워버리는 나방의 불에 대한 사랑이 었는데, 나로서는 모세나 아브라함만큼이나 케케묵은 주제가 어떻게 사람 들의 감동을 불러일으킬 수 있는지 어이가 없었다. 마수드에 대해서 더더욱 화가 났던 것은, 그가 그 형편없는 주제로 단 한 줄의 새로운 변형도 만들어

내지 못한다는 것이었다. 그러나 내가 내 손으로 시를 써보려 하도록 처음에 나를 몰아댔던 것은 나뱅이에 대한 그 가치 없는 질투심이었음은 솔직히 고백하겠다.

다른 식구들이 잠들어 있을 동안 나는 등잔불 앞에 앉아 시를 쓰곤 했다. 내 머릿속에서는 시들이 타스넴 강물처럼 넘쳐흘렀다. 비록 내가 부끄러움이 너무 많았던 탓으로 그 시들을 사람들 앞에서 낭송하지는 못했더라도, 작품 수준이 중간은 넘는다고 여겨지는 몇몇 시인들에게는 내 시를 보여주었다. 그들은 나처럼 어린 사람이 언어를 그처럼 잘 구사할 수 있다는 것에 놀라움을 표했고, 몇몇은 내가 다른 사람의 시를 슬쩍했을 것이라고 의심했다. 그리고 어떤 사람은 이렇게도 말했다. "이 시들을 정말로 네가 지었다면 파르와나의 시대는 곧 끝나게 될 거다." 또 어떤 사람은 이런 말을 하기도 했고. "그 친구 이제 불길 속으로 뛰어드는 수밖엔 별 도리가 없겠는걸." "아니, 그 나뱅이를 시인이라고 부릅니까?" 내가 당돌하게 물었다. "그 사람은 고자 같은 목소리를 내는 음률꾼일 뿐입니다." 열두 살밖에 되지 않은 애녀석이 버르장머리 없게도 아그라의 시 낭송 모임을 주도하는 인물에 대해 모욕적인 말을 했다는 소문이 돌기 시작했고, 시간이 지나자 마수드도 내가 했던 말을 듣게 되었다. "그 메르 따끼라는 녀석이 뉘 집 아들놈이지?" 그가 으르렁거렸다. "내 이 녀석한테 절대로 잊지 못할 본때를 보여주겠어." 그를 알고 있던 몇몇 집들이 내게서 일자리를 거두어버렸다. 그러나 마수드는 그에 만족하지 않고 사람들 앞에서 나를 망신시키기로 작정했다.

그것은 아그라에서 가장 부유한 지주이자 그의 아내가 파르와나에게 빠져 있다는 소문이 돌고 있던 라이스 미안의 저택에서 시회가 열렸을 때의 일이었다. 누군가가 마수드의 귀에다 대고 사람들 틈에 내가 끼어 있다고 귀띔을 해주었다. 나는 그에게 귀띔을 해준 자가 나를 똑바로 쳐다보고 있는 사이 마수드의 눈이 청중을 훑고 지나가는 것을 볼 수 있었다. 잠시 뒤에 그가 고개를 끄덕이고 나서 누구에게나 다 들릴 만큼 큰소리로 내뱉었다. "자, 이제 구경거리를 지켜보자구!" 한 시인이 낭송을 마치자 마수드의 친구들이 소리치기 시작했다. "파르와나 님, 파르와나 님!" 그가 사람들에게 조용히 해달라고 양손을 들어올렸다. "여러분께서 제 부족한 재능을 알아주신 것에 감사합니다. 저는 항상 여러분의 명령에 따를 준비가 되어 있는 노예입니다만, 오늘 저녁만큼은 여러분의 변변찮은 하인이 입을 열기에 앞서 힌두스탄의 떠오르는 별을 위해 모쪼록 조용히 해주시기 바랍니다. 그 사람 앞에서라면 파르와나는 파탕가에 지나지 않습니다. 그러나 세상 사람들이 아직 그의 칼람¹을 들어보지 못했으므로 그의 이름을 알지 못하는 것은 여러분의 잘못이 아닙니다. 그는 아직 머리꼭대기에 피도 마르지 않았지만 자신을 대가들 중의 대가로 여기고 있습니다." 그의 말투에 빈정거리는 기색이 역력했다. 그의 친구들이 재미있어하면서 낄낄거리자 마수드가 그 중 하나를 돌아다보고 큰소리로 물었다. "그 개구쟁이 이름이 뭐라고 했지? 아, 그래. 메르 따끼 메르. 그의 당당한 얼굴 앞에 촛불을 놓아 줘."

나는 기겁을 하며 놀랐다. 그때껏 시회에서 시를 낭송한 적도 없었을 뿐더러, 내가 쓴 시를 하나도 가져오지 않았기 때문이었다. 촛불이 내 앞에 놓이고, 수백 명 사람들의 눈길이 내게 고정되었다. 나는 이마에서 땀이 배어 나오고 손이 떨리기 시작했지만 눈을 감고 아버님을 생각하면서 기도를 올렸다. "알라시여! 당신께서는 저의 조언자이자 피난처시니." 그러나 불나방을 주제로 해서 지어 두었던 2행 연시 말고는 무슨 말을 해야 할지 아무 생각도 떠오르지 않았다. 그 시는 단지 나방이 나를 모욕하려고 드는 이 얼치

---

1 원래는 신의 말씀이라는 뜻이나 여기서는 시라는 뜻임.

기 시인의 수법과는 다르게 표현될 수도 있음을 증명하기 위한 것이었다. 나는 될 수 있는 한 겸손하게 허두를 꺼냈다. "파르와나 님, 제 시를 낭송하기에 앞서 당신께 보잘것 없는 선물을 드리려 하니 받아주시기를 간청합니다." 그런 다음 나는 맑은 목소리로 시를 낭송했다.

> 나방은 불꽃을 보았다.
> 그러나 다음에는 너울거리며 솟구치는 불의 혀뿐.
> 그 불꽃에 눈길이 끌리는 순간,
> 나방은 불 속에 있었다.

그들 중 누구도 그와 같은 사랑―사랑하는 대상에 의해 소실되는 것 외에는 아무것도 생각하지 않는 사랑―의 관점을 알지 못했었다. 그 시가 청중의 마음속으로 들어가 박히자 박수갈채가 터져 나왔다. "감사합니다! 찬미와 영광을! 얼마나 아름답게 지어졌는지!" 그 시의 진가를 인정받은 것에 용기를 얻어서 나는 전날 밤에 지어둔, 그때까지도 내 마음속에 생생히 남아 있던 시를 한 편 낭송케 해달라고 허락을 구했다.

> 어느 것을 보아도 사랑, 사랑뿐이니
> 땅 밑에서 하늘까지 사랑이 쌓여 있구나.
> 사랑은 사랑받는 것, 사랑하는 것.
> 사랑의 본질은 사랑으로 사랑하는 데 있으니,
> 사랑 없이는 누구도 뜻을 이루지 못하리.
> 사랑은 욕망이니 그 대상을 사랑하고,
> 사랑은 고뇌니 그 고통의 해독제를 사랑하라.

오, 현자여, 그대는 아는가 사랑이 무엇인지?

사랑 없이는 세상의 질서가 깨어지리니,

시인들이 옳게 말했다면 신이 곧 사랑.

시회 참석자들은 내 시 낭송에 감동해서 한 구절 한 구절이 끝날 때마다 "와! 와! 재청이요!" 하며 박수갈채를 보냈고, 나는 그 시를 몇 번씩 다시 낭송해야 했다. 수많은 사람들이 내게로 몰려와 은화를 소나기처럼 퍼부었다. 그리고 어떤 하녀는 그 시를 내 손으로 직접 써서 다음날 아침에 저택으로 가져오라는 쪽지와 함께 금화를 건네기도 했다. 쪽지는 그 저택의 안주인이 보낸 것이었는데, 그것이 내가 시인과 연인으로서 경력을 쌓아가게 된 발단이었다.

그날 밤 나는 한잠도 자지 못했다. 시 낭송 모임에서 받았던 박수갈채 소리가 귓가에 계속 맴돌고 있어서였다. 나는 그 허풍쟁이 파르와나의 콧대를 꺾어버린 것이었고, 이제부터 그는 내가 참석한 시회에 다시는 얼굴을 내밀 수 없을 것이었다. 그런데 내 시를 가져오라는 이 귀부인은 또 누구일까? 내 머리가 빙빙 돌고 있었다. 뜬눈으로 밤을 새웠음에도 불구하고, 다음날 아침에는 상쾌하고 의기양양한 느낌이었다. 나는 어머니에게 전날 밤 있었던 일들을 소상히 알리고 금화와 내게 쏟아 부어졌던 은화들을 건네 드렸다. "이게 모두 네 아버님 덕이다." 어머니가 기뻐하며 말했다. "그분이 너를 지켜보고 계셔. 그분은 네가 힌두스탄에서 가장 유명한 시인이 되는 걸 보시게 될 거야."

나는 전날 밤에 낭송했던 시를 깔끔하게 적어 서둘러 지주 라이스 미안의 저택을 찾아갔다. 라이스는 말들을 훈련시키고 있었다. 얼마쯤 뒤에 나를 여인들의 거소로 안내해 줄 하녀가 나왔다. "댁은 아직 어린 소년이군요.

윗입술에 수염도 나지 않았어요." 그녀가 요염하게 말했다. "아무도 댁이 규방에 드나드는 걸 뭐라고 하지 않을 거예요." 나는 페르시아 산 카펫 위로 벽을 따라 몇 개의 덧베개들이 놓이고 두껍게 커튼이 드리워진 어두컴컴한 방으로 안내되었다. 잠시 뒤에 주인여자가 방안으로 들어서자 나는 고개 숙여 인사를 한 다음 내 시가 적힌 양피지를 공손히 두 손으로 받쳐 들었다. "제 보잘것없는 재능을 알아주시어 큰 영광입니다." 내가 겸양을 보이자 그녀가 말을 가로막았다. "선생님이 오신 것을 영광스럽게 느껴야 할 사람은 나예요. 힌두스탄에서 가장 유명한 시인이 되시면 그 위대함을 처음 알아본 이 하찮은 여인을 기억해 주시겠지요?"

내 귀에는 그녀의 말이 천상에서 들려오는 음악 같았다. 나는 가만히 눈을 들어 그녀를 바라보았다. 하지만 그녀가 덧베개에 기대어 앉은 채로 내 눈을 똑바로 보고 있어서 오랫동안 그녀를 바라볼 수는 없었다. 그녀는 서른쯤 되어 보였고, 작은 키에 땅딸막한 몸집이기는 했어도 동그스름한 얼굴에 흑단 같은 머리칼이 깔고 앉아도 될 만큼 긴 미인이었다. 그밖에 내가 그녀에게서 알아볼 수 있었던 것은 탱탱한 젖가슴과 딱 들러붙은 파자마 밖으로 터져 나올 것만 같은 팡파짐한 엉덩이뿐이었다. 그녀의 빤히 쳐다보는 눈길이 나를 불안하게 했다. 마치 그녀가 눈으로 나를 삼키고 있는 것 같은 느낌이 들었다. 한참이나 시간이 흐른 뒤에 그녀가 내게 앉을 것을 권하고 하녀들에게 다과를 내오라고 일렀다. 다과가 내 앞에 차려내어지는 동안에도 나는 그녀의 눈길이 계속 나를 훑고 있는 것을 느낄 수 있었다. 접대가 끝나자 그녀는 나를 작은아들의 비스밀라[2] 의식에 초대했다. 그리고 내게 자기의 시들을 몇 편 보아주고 어떻게 하면 더 나은 시를 쓸 수 있는지 충고

---

2 "신께 맹세코!" 라는 뜻으로 이슬람교도들이 좋은 일을 시작할 때 쓰는 말.

를 해줄 수 있겠느냐고 물었다. 다음에 그녀는 내게 자기 아이들의 가정교사 자리를 제안했는데, 그 말을 듣자 나는 마치 비단 그물에 걸리려는 새 같은 기분을 느꼈고, 기쁜 마음이 드는 한편 어쩐지 좀 걱정이 되기도 했다. 궁핍했던 날들은 끝났지만 자유로운 날들 역시 종말을 고하려는 것 같아서였다.

어머니에게 그녀와 만났던 일에 대해서 이야기하자 어머니는 내 기쁨과 걱정을 함께 나누어주었다. "그 주인여자에 대해서는 나도 들은 얘기가 꽤 있다. 그 여자는 가난한 집안 출신이었는데, 열여섯 살도 채 안 되어 지주 라이스에게 팔려왔다는 거야. 그때 라이스는 벌써 쉰이 넘었고 첫 부인에게서 낳은 자식들도 여럿 딸려 있었지. 사람들 말로는 그 여자 둘째아들이 남편 애가 아니라 그 여자가 한동안 가정교사로 삼았던 파르와나라는 시인의 아들이라고들 하더구나. 하기는 지주 라이스도 이제는 늙어가는 데다 자주 델리를 떠나 있곤 하니까." 어머니가 잠시 말을 끊었다가 다시 이었다. "얘야, 너도 이제 결혼을 할 만큼 나이가 든 것 같구나. 내 너한테 걸맞은 좋은 처녀를 하나 찾아보마." 내 나이 비록 열다섯밖에 안되었다 하더라도 나는 어머니의 마음을 어지럽히는 것이 무엇인지 알 수 있었다. 어머니는 주인여자에게 고마움을 표하고 나와 짝이 될 만한 처녀를 찾아달라고 부탁도 할 겸해서, 그녀를 직접 찾아가보는 편이 좋겠다고 생각했다.

주인여자는 어머니에게 대단한 호의를 보이면서 비단옷을 선물하고 이제 곧 천계(天界)에서 가장 밝은 별이 될 아들을 둔 것에 대해 칭찬의 말을 늘어놓았다. 그리고 어머니가 내게 아내감을 찾아주려 한다는 이야기를 꺼내자 그녀는 주저 없이 이렇게 대답했다. "그 일은 제게 맡기세요. 아드님에게 꼭 맞는 처녀가 있어요. 그 처녀를 보시겠어요?" 어머니는 사양했다. "그 처녀가 주인마님 마음에 드신다면 우리가 보거나 뭐라고 할 필요가 있겠어요?

마님의 선택이 축복받기를!"

다음날 주인여자가 내게 놀리는 투로 나를 위해 아내감을 찾아놓았다면서 설명을 덧붙였다. "그 처녀는 절세미인은 아니지만 아주 순진하고 흰 대리석처럼 순결한 처녀예요. 그런 처녀를 아내로 맞는다면 선생님 집안에 추문의 숨결이 지나갈 일은 절대로 없겠죠. 또 그 처녀 부모님이 부자는 아니더라도 결혼 비용은 우리가 어떻게 해볼 거고, 혼인지참금도 적당히 마련해 주겠어요. 내 간택을 거절하지는 않겠지요?"

주인여자가 내 신붓감으로 택한 처녀의 아버지는 지주의 먼 친척으로 그의 과수원들 중 한 곳에서 관리인 노릇을 하고 있었다. 그런데 주인여자의 의도가 분명해진 것은 내가 그 처녀, 살레마와 결혼을 하고 난 뒤였다. 내 아내는 정말로 미인은 절대 못되어서 대꼬챙이처럼 **빼빼** 말랐고―나는 양손으로 그녀의 허리를 움켜쥘 수도 있었다―젖가슴은 겨우 보일 듯 말듯 했다. 그리고 앞니는 입을 다물었을 때에도 **삐드러져** 나왔고, 말을 할 때면 잇몸까지 보였다. 그녀에게서 쓸 만한 점이라고는 흰 대리석처럼 순결하다는 것뿐이었지만, 그녀가 내 아내인 탓에 나는 사통의 길로 **빠져들도록** 유혹을 받게 되었다.

주인여자는 원하는 것이면 무엇이든 손에 넣고야 마는 계획적이고 노련한 여자였다. 그래서 늙은 지주 라이스에게서는 자기가 원하는 남편을 얻었고, 시인으로 통하는 엉터리 음률꾼은 간간이 즐기는 애인으로 삼았다. 또 시에 대한 그녀의 취향도 시의 진정한 가치보다는 시인이 받는 박수갈채로 결정되었다. 그런데 이제 메르 따끼의 별이 상승세를 타고 있었으므로, 그녀는 내 후원자인 동시에 애인이 될 작정을 하고서 나에게 무시해도 좋을 만한 아내를 구해준 것이었다.

나는 그 주인여자의 이름을 밝히지는 않을 것이다. 신성한 샤리아트 계율에 적혀 있는 모든 죄 중에서도 가장 큰 죄는 기꺼이 몸과 마음을 준 여인을 배신하는 것이니까. 다만 나는 그녀를, 얼굴이 보름달처럼 둥글고 예뻐서 내가 지어준 이름으로, 카마룬니사라고만 부르겠다.

그녀는 비유를 하는 편이 실제보다 더 돋보일 듯한데, 그녀의 마음속에는 천 년의 여자다움이 있어서 유혹을 하고, 유혹을 당하고, 자기가 택한 남자에게 그 말고는 이 세상 누구도 중요하지 않다는 환상을 심어줄 줄 알았다. 그리고 애인들에게는 몸을 내주듯 기꺼이 마음도 내주었다. 그녀가 내 애인이었던 동안 그녀는 마치 내가 그녀의 하나뿐인 신인 것처럼, 내가 쓰는 문장 하나하나는 코란의 한 구절인 것처럼 느끼게 해주었고, 내 연인인 동시에 어머니이자 보호자, 친구도 되어 주었다. 그녀는 나와 떨어져 있는 것을 단 한 순간도 견딜 수 없어 했다. 또 자기의 승낙 없이 내가 다른 친구를 두는 것도 참을 수 없어 했고 이 삶에서는 물론 다음 번 삶에서도 내게 영원히 충실할 것을 맹세하기도 했다. 때때로 나는 그녀에게 속박당하고 있다는 느낌이 들어서 풀려나기를 원했지만, 그러면서도 다른 한편으로는 그녀가 나를 묶고 있는 긴 비단 끈이 사랑하는 여인에 대한 끝없는 추구를 만족시켜 주기 위해 신의 손으로 꼬아진 것이라고도 느꼈다. 그러나 카마룬니사가 나를 헌신짝처럼 버리고 또 다른 엉터리 음률꾼 ─ 내가 델리를 떠난 뒤 아그라의 시 낭송 모임들에서 인기 있는 나비가 되었다는 것이 그의 자격이었다 ─ 에게로 관심을 돌렸을 때 나는 산산이 부서지고 말았다. 그 여인이 나를 이루고 파멸시킨 것이었다. 한 마디로 그것이 시인이자 연인인 메르 따끼 메르가 살아온 이야기다.

*

　내가 어떻게 해서 지주 라이스의 저택으로 초대를 받아 가게 되었고 그 집안의 가정교사가 되었는지는 이미 이야기한 바 있다. 주인여자는 늘 수업을 참관하면서 내가 아이들을 가르치는 동안 내내 나를 지켜보았다. 그리고 수업이 끝나기만 하면 전날 밤에 써두었던 무슨 시든 낭송을 해달라고 졸라대는 것이었다. 그녀는 내 시를 구구절절 칭찬했고, 서정시를 낭송할 때면 "찬미와 영광을!"을 외치며 내 손에서 시구가 적힌 종이를 채뜨려 가슴에 꼭 끌어안았다. 그리고 때로는 자기가 지은 시를 보여주기도 했는데, 그 시들의 내용은 보잘 것 없었지만 나를 대상으로 쓴 것임은 분명했다. 나는 그 시들을 칭찬했고 어떻게 하면 운율과 보격(步格)을 향상시킬 수 있는지도 알려주었다. 또 때로는 그녀의 손에서 종이를 받아들어 내 이마에 대고 누르기도 했다. 그녀는 내게 점심식사를 대접했을 뿐 아니라 저녁때 집으로 돌아와 보면 그녀가 내 가족에게 보낸 비리야니[3]며 다른 맛있는 음식들이 와 있곤 했다. 그런 식으로 그녀는 내가 무굴 제국에서 가장 중요한 사람이라는 느낌을 갖도록 해주었다. 밤이 되어 아내와 함께 잠자리에 들 때면 나는 주인여자의 풍만한 엉덩이가 나를 받아들이기 위해 위로 쳐들리는 광경을 눈앞에 그리곤 했다.

　주인여자는 무엇을 손에 넣기로 마음을 정하고 나면 관계된 사람들 모두를 옭아매는 술책의 거미줄을 짜기 시작했다. 모든 줄을 손가락에 걸어 꼭두각시들을 마음대로 부리는 일에서라면 그녀를 따를 사람이 없었을 것이다. 그녀는 우리가 주고받았던 시들을 통해 내가 손쉬운 희생물이 될 것이

3　쇠고기나 닭고기를 넣은 비빔밥.

라는 확신을 얻고 나자, 교묘한 계략을 남편에게로 돌렸다. 그의 앞날을 위한 것이라는 구실로 라이스에게 델리로 가서 페르시아의 나디르 샤가 인도를 침략할 계획을 짜고 있다는 소문이 사실인지 알아보라고 설득하는 동시에, 델리에서 가장 막강한 인물인 왕실재무관 삼사무다울라에게 청을 넣어 내가 황제 폐하를 알현할 수 있도록 해달라고도 부탁한 것이었다. 누가 그 계략을 의심할 수 있었을까? 만일 그녀가 나를 원한다면 어째서 나를 아그라에서 다른 곳으로 보내려 할까? 그녀의 남편은 두 가지 제안에 모두 동의했을 뿐 아니라, 나를 불러 자기가 출타해 있을 동안 자기의 저택에서 지내달라는 부탁까지 했다. 자기가 없는 동안 집안을 돌봐줄 믿을 만한 사내가 있어야 하고 또 아이들의 교육이 중단되어서도 안 된다는 것이었다.

지주 라이스가 하인들과 말구종을 거느리고 델리로 떠나자마자 저택의 방 배치가 새로 바뀌었다. 사내아이들은 저희 아버지가 쓰던 침실로 옮겨갔고 그 아이들 방이 내 차지가 된 것이었다. 그리고 두 방 사이에는 주인여자의 내실이 있었다.

주인여자는 오래 지속되지 않을 것이 분명한 그 귀중한 시간을 허송하려 들지 않았다. 하지만 그녀의 표리부동은 대담무쌍한 태도 못지않게 놀라운 것이었다. 아침에 남편을 눈물로 떠나보낸 지 채 몇 시간도 안 되어 오후가 되기 무섭게 그녀는 다리, 겨드랑이, 그리고 음부에서 털을 밀어내고 향기로운 기름으로 온몸을 마사지하느라 바빴다. 내가 그런 모든 사실을 알아낸 것은 저녁식사가 끝나고 한 시간쯤 뒤 아이들이 자러 가고 하인들도 숙소로 물러갔을 때였다. 그녀는 마치 아내를 기다리는 남편의 침대로 오듯 내게로 왔고, 나 역시 그녀와 오랫동안 결혼생활을 해왔던 사람처럼 사랑의 말을 교환하느라 시간을 허비하지 않았다. (어찌 되었건, 연인들이 사랑을 나누기 전에 주고받는 말은 우리가 처음 만났던 날부터 서로에게 건넨 시들과 눈으로 주고받은 대화로 교환된 셈이었다.) 그녀는 램프를 불어 끄려고도 하지 않고 옷을 모두 벗더니 내 옷을 벗겨내고 허리에 팔을 둘렀다. 다음에 우리는 한 모금도 더 삼킬 수 없을 때까지 서로의 입에 든 꿀을 받아마셨고, 다음에는 그녀가 나를 살며시 침상 위로 밀어 눕히고 다리를 벌려 내 위에 걸터앉았다. 그녀의 허벅지 안쪽은 여름날 아침 장미 꽃봉오리에 맺힌 이슬처럼 촉촉이 젖어 있었다. 그녀가 내 뺨에 얼굴을 밀착시키고 이가 아프도록 누르다가 얼마쯤 뒤에는 신음 소리를 내기 시작하더니 온몸을 뒤흔드는 전율과 함께 땀에 흠뻑 젖어 무너져 내렸다. 그때껏 나는 그런 황홀감을 안 적이 없었고, 그것을 말로 표현할 길도 없다.

그녀가 몸을 일으키려고 하자 나는 양손으로 그녀의 엉덩이를 잡고 끌어당겨 빠져나가지 못하게 했다. 그녀는 농염한 나이여서 경험이 더 풍부했고, 나는 젊어서 욕정이 더 많았다. 그녀가 내게 알겠다는 미소를 지어 보이고는 복종하겠다는 표시로 내가 주된 역할을 하도록 체위를 바꾸었다. 나는 그녀의 얼굴이며 목이며 가슴이며 할 것 없이 깨물고 혀로 그녀의 귀를 핥았다. 이번에는 그녀도 내가 힘을 다 쏟아내기 전에 몇 번씩이고 절정에 달했다. 우리는 반시간쯤 쉬고 나서 다시 사랑 놀음을 시작했고, 그렇게 온 밤이 다 지나갔다. 나는 그 일이 언제 끝났고 그녀가 언제 내 방을 빠져나가 자기의 침실로 돌아갔는지도 몰랐다. 다음날 잠이 깼을 때는 눈꺼풀이 마치 풀로 붙여놓은 것 같았지만 피곤하기는커녕 기운이 더 솟아난 느낌이었다. 그리고 또 남편으로서의 신뢰를 저버렸다거나 아내에게 불충실했다는 죄책감보다는 알라께서 몸과 마음의 결합을 축복해주셨다는 느낌이 들었다. 내가 보기에 그것은 비속한 사랑이 아니라 신성한 사랑이었다.

뜰로 내려가 보니 주인여자는 무르하[4]에 앉아 두 하녀에게서 발 마사지를 받고 있었다. 땅바닥에는 부리를 비벼대며 구구거리는 비둘기들이 여기저기 흩어져 있었고. 내가 아다브[5]를 하자 그녀가 미소를 지어 보이며 말했다. "우리 시인 친구 분이 편안한 밤을 보냈을 거라고 믿어요." 그러고는 하녀에게 내 아침 식사를 올리라고 이른 다음, 그녀의 남편이 전날 밤 묵었던 시칸드라에서 보낸 편지를 읽어주고 나서 내 아내에게 말린 과일을 한 쟁반 보냈다고 덧붙였다.

그녀는 우리의 생활을 자기에게 맞도록 바꾸어 짰다. 그리고 어머니와 아내에게는 환심을 사기 위해 아이들을 가르쳐 주는 대가로 그때껏 보지 못했던 큰돈을 안겨주었다. "내 아들이면 댁의 아들도 아니겠어요?" 그녀가 아내에게 물었다. "댁의 남편이 내 아이들을 가르치도록 해준다면 댁은 우리에게 언제까지 갚아도 못 갚을 빚을 주는 거예요. 내가 그 대가로 주는 건 겨우 구장잎이나 사서 씹을 정도밖에 안 되고요." 그녀는 돈과 선물로 아내와 어머니를 기쁘게 해주었고, 자기 남편에게는 나를 설득해서 다른 어떤 일도 하지 않고 아이들을 가르치는 일만 하도록 했다는 편지를 써 보냈다.

그녀는 나에게 아주 진실했다. 설령 그녀가 세상 사람들 모두에게 거짓말을 했을지라도 나에게만은 아니어서, 자기가 아이들이 딸려 있던 라이스 미안과 결혼하게 된 이야기까지도 해주었다. 그가 원한 것은 자기와 집안일을 보살펴줄 사람이었다. 그녀는 그 일을 했고 그가 말과 비둘기들을 훈련시키도록 많은 시간을 내주었다. 몇 달에 한 번씩 술로 욕정이 부추겨지면 라이스 미안은 그녀와 잠자리를 함께 했는데, 그럴 때면 그녀는 남편의 자존심을 살려주기 위해 열정적인 정사로 녹초가 된 것처럼 가장을 하곤 했다. 심

---

4 팔걸이 없는 긴 의자.
5 존경한다는 뜻으로 예의를 차려 하는 손짓 인사.

지어 그녀는 파르와나와의 관계며 그에게서 임신이 된 태아를 지우기 위해 무슨 고생을 했는지 까지도 털어놓았다. 우리 둘 사이에서 말하지 않고 넘어간 것은 아무것도 없었다. 그녀가 조성해내는 친밀감이 그토록 컸기에, 아내를 가까이 할 때마다 나는 죄책감을 느꼈다. 그러나 주인여자는 우리의 관계를 지속시키기 위해 자기는 남편을 계속 사랑하는 척해야 할 필요가 있더라도 나는 아내를 달랠 필요가 없다고 나를 설득했다. 그리고 내 가엾은 아내는 너무 얌전했던 탓으로 내게 무엇을 먼저 요구하지는 못했다. 그녀는 아무런 불평도 하지 않았을 뿐 아니라, 내 모든 정력이 시를 쓰고 아이들을 가르치는 데 소진되었다고 믿었다.

여러 날 동안 나는 주인여자와 함께 더없이 행복한 시간을 보냈다. 내가 삶의 참다운 의미를 알게 된 것도 옷에 꽉 끼이는 그녀의 탄탄한 몸에서였다. 우리는 마음과 육체의 열망을 충족시킴으로써 서로에 대한 갈망이 물릴 만큼 채워지기를 바라며 긴긴 시간들을 보냈다. 그러나 실제로는 그렇지가 못해서 우리 둘만 남겨질 때마다 서로에 대한 열망은 처음 그대로인 것 같았다. 또 우리가 매일 밤을 벌거벗은 채 서로의 품에 안겨 보냈음에도, 새벽이 오기가 무섭게 그녀는 갓 결혼한 신부처럼 얼굴을 가리는 것이었다. 나는 그녀의 베일 뒤에 숨어 있는 수수께끼를 알아내려는 욕망에 압도되었다. 그녀를 보면 볼수록 그녀의 육체에 대한 열망이 더욱 커졌다. 그녀의 아름다움은 맑은 물에 잠긴 진주처럼 빛났고, 그녀의 달빛 같은 광휘가 펼쳐질 때면 실제의 달빛은 한낱 거미줄만도 못해 보였다.

이글거리는 불길이 우리의 가슴을 태우지만,
우리는 가라앉았고 내 마음은 고뇌에 잠겼어라.
새벽이 오는 것과 더불어 램프불의 심지가

마지막 한 방울의 기름까지 핥아먹고 죽으리니.

나는 세상 사람들과 내 어머니와 아내와 아이에게까지 무심해졌다. 친인척들은 내가 가족을 소홀히 한다는 이유로 나를 백안시했지만, 사랑을 위해 고통을 당하는 것보다 더 큰 기쁨이 무엇이랴!

한 달 뒤에 지주 라이스가 델리에서 돌아왔다. 그때쯤 나는 그가 주인여자에게 아무런 의미도 없으며, 그녀는 남편에게 또 다른 일을 맡겨 쫓아 보낼 궁리를 할 것이라는 생각을 품고 있었다. 하지만 그녀가 남편을 맞으며 보이는 애정표시와 그의 면전에서 나를 대하는 딱딱한 태도에 나는 그만 아연실색하고 말았다. 그녀는 가장 좋은 비단옷을 입고 눈에는 화장 먹을 칠하고 입술에는 붉은 연지를 발라 몸치장을 하고서 남편과 둘이서만 있으려는 열망을 거침없이 내보였다. 우리가 함께 점심식사를 마치자마자 그녀가 선언을 하듯 입을 열었다. "이분은 힘든 여행을 하신 뒤라서 쉬셔야 해요." 그녀는 늙은 남편을 따라 사실로 들어갔고, 나는 펜을 손에 쥔 채 혼자 남겨졌다.

나는 마음속에서 이는 혼란을 걷잡을 길이 없었다. 그토록 친밀한 정을 나눈 뒤이고 보니, 서로에게 다른 누군가의 손길이 닿는 것을 용납한다는 것이 거의 불가능해 보였다. 나는 그녀가 남편과 함께 있고 싶어서 내보인 그 부끄러움도 모르는 음란한 짓거리를 이해할 수 없었다. 내 속을 더욱 뒤집어놓은 것은 저녁 늦게 방을 나온 그녀의 모습이었다. 머리칼은 헝클어졌고 뺨에는 화장먹이 튀어 있는 그녀의 행색은 마치 사람들 모두에게 자기가 지금까지 무슨 짓을 했는지 알리고 싶어 하는 것 같았다. 내가 잔뜩 골이 나 있는 동안 그녀는 걱정스럽게 내 몸이 어디 편찮은 것 아니냐고 몇 번씩이나 물었다. 그리고 자기 남편이 있는 앞에서 내게 우리 집에다는 내가 중요한 일로 저택에 머물러 있었다는 쪽지를 보냈다고 알렸다. "우리 남편이 삼사무다울라 나리와 만났을 때 무슨 비밀 얘기가 있었는지 알려주실 거예요." 그녀가 말을 꺼내자 그녀의 남편이 말을 받았다. "그래, 나는 할 수 있는 한 빨리 델리로 돌아가야 하네. 페르시아가 침략할 거라는 소문이 떠돌고 있어서 말일세. 만약 그 소문이 사실이라면 우리는 허리에 칼을 차야 할 것이고, 사실이 아니라면 한 달 내에 집으로 돌아올 것이네, 그 동안 자네는 여기에 머물면서 아녀자들을 돌보아주게." 그러자 주인여자가 애원했다. "제발! 제발! 선생님의 머리칼을 걸고 맹세하겠어요, 제 청을 들어주시지 않으면 선생님과 다시는 얘기도 하지 않겠다고요." 나는 몹시 화가 났지만 달리 어쩔 도리가 없어서 저택에 남아 있기로 동의했다. 그날 저녁 수많은 아그라 시민들이 안부도 물을 겸 델리 소식도 알아볼 겸해서 라이스를 찾아왔다. 하지만 그는 대답을 하는 데 아주 신중했고 재빨리 화제를 바꾸어버렸다. "델리 사람들이 뭐라고 하건 걱정 말고 자네들은 이곳에 머물러 있으면서 우리 마른 빵과 달[6]을 함께 나누고 따끼 님의 말에 귀를 기울여야 하네. 메르 님의 칼람을 듣지 못했다면 자네들은 아무것도 듣지 못한 것일세."

성대한 잔치에 이어 시회가 시작되었다. 나는 아무 말도 하지 않고 운이나 맞춘 음율꾼 바지[7] 졸작들에 귀를 기울였다. 어떤 하인이 내게 종이쪽지를 하나 건네주었다. 나는 그것이 주인여자의 필적임을 알아보았다. "선생님의 칼람이 이 비천한 하녀를 빛내주시길." 촛불이 내 앞에 놓였고, 나는 휘장 뒤에서 내게 고정된 그녀의 눈길과 내 입에서 말이 떨어지기를 기다리는 그녀의 귀를 느꼈다.

---

6 콩이 주원료인 걸쭉한 국.
7 각운을 일치시키는 운율법.

밤이면 메르는 얼마나 낙담을 하는지!

그의 입에서 나오는 것은 도와달라는 외침뿐.

사랑의 길을 걷기 시작하면서 그는 불같아졌으나,

이제 사랑이 끝났으니 그는 타고 남은 한줌의 재.

  시회는 내게 거듭거듭 재청을 하며 밤늦게까지 계속되었다. 그 모임이 계속되는 동안 나는 갈채라는 술로 기분이 고조되었으나 모임이 파하고 내 비참한 모습을 내려다보는 무수한 별들 아래로 옥상에 놓인 침상에 홀로 눕자 가슴이 분기로 휘저어졌다. 내가 누워 있는 옥상 밑에서는 나와 몸을 합쳤던 여인이 가랑이를 벌려 다른 사내를 맞아들이고 있었다. 그녀는 자기 남편과의 관계를 변화시킬 의도는 추호도 없이 나를 아내에게 생소한 사람으로 만들어버린 것이었다. 나는 버림받고 배신당한 느낌이었다.

  지주 라이스는 다시 수도(首都)로 돌아갔고 나는 델리 문까지 그를 수행했다. 그날 나는 그의 저택으로 가는 대신 내 가족에게로 돌아갔다.

  그날 밤 나는 아내를 내 침상으로 끌어들여 난폭하게 유린했다. 그것은 내가 그녀의 처녀성을 빼앗은 뒤로 한 번도 없었던 일이었지만, 그 가엾은 여자는 내 거친 태도를 감지덕지 받아들였다. 그것을 내 사랑의 증표로 받아들인 것이었다(그날 밤 그녀는 내 두 번째 아이이자 둘째 아들을 임신했다). 밤이 이슥할 무렵, 주인여자의 하인들이 음식과 과일이 가득 담긴 쟁반을 들고 찾아왔다. 그리고 주인여자가 속내를 털어놓는 하녀 나세마는 내 손에 쪽지를 슬쩍 쥐어주었다. 그 쪽지는 내가 지었던 2행 연시로 시작되었다. "오랫동안 편지도 전갈도 보내지 못했습니다. 정절을 보이는 의식은 이제 끝났습니다." 그 편지는 내가 없이는 온 세상이 황량해질 것이고 만일 내가 다음날 아침까지 돌아오지 않는다면 자기는 독약을 마실 것이며 자기의 죽음은 내 책임일 것이라는 말로 계속되었다. 내 분노는 가뭇없이 사라졌고, 나는 후회막급인 심정으로 나세마에게 다음날 아침에 가겠다는 말을 전했다.

나는 죄인이 용서를 빌며 법정으로 들어가듯 지주의 저택으로 들어섰다. 주인여자가 내게 눈길도 주지 않고 빈정대는 투로 쏘아붙였다. "메르 님은 우리를 거지 취급하는군요. 기분이 좋을 때에나 우리 동냥 그릇에 몇 조각 빵부스러기 같은 호의를 던져주고요." 나는 아무 대답도 하지 않았다. 내가 아이들을 가르치면서 몇 시간을 보낼 동안 그녀는 말 한마디 없이 슬픈 눈으로 나를 응시하며 앉아 있었다. 점심 식사를 한 뒤 나는 내 방으로 물러갔다가 전에 내가 그녀에게 낭송해 주었던 시를 적은 쪽지가 베개 위에 놓여 있는 것을 보았다.

삶은 어쩌면 선 그리기와 같아서
드러난 모습들은 일종의 믿음.
이 은총의 시기를 우리는 성대라 부르나
그것을 조심스럽게 살펴보라!
그것은 일종의 기다림.

나는 오후 내내 그녀를 기다렸지만 그녀는 오지 않았다. 땅거미가 길어질 무렵 나는 그녀가 안뜰에 홀로 있는 것을 보고 냉담하게 집으로 돌아가도 되겠느냐고 물었다. "내 장례식에도 오지 말아요!" 그녀가 쏘아붙이고 나서 두파타 자락으로 얼굴을 가리고 안으로 뛰어 들어갔다.

나는 감상적인 통속극의 무뢰한 역할을 하는 데는 익숙지가 못했다. 차라리 라이스가 나를 델리로 함께 데려갔더라면 싶었다. 그랬다면 나는 내가 꿀단지에 들러붙은 파리 같다고 느끼게 만드는 이 여자에게서 풀려나게 될 터였으므로. 그러나 아직 올 것이 더 있었다. 내가 저녁식사를 마치고 하인들이 설거지를 하건 말건 먼저 물러나오자마자 그녀가 내 방으로 따라 들어와 문을 걸어 잠근 것이었다. 그리고 내게로 다가오더니 말릴 틈도 없이 내 발치에 쓰러져 울기 시작했다. 아그라에서 가장 부유한 지주의 아내가 가난한 선생이자 시인의 발치에서 울다니!

"내게 화가 났군요." 그녀가 눈물을 흘리며 말했다. "하고 싶은 대로 나를 벌해주세요. 때리건 창녀처럼 취급하건 좋을 대로 다 해도 되지만 화만은 내지 말아요." 나는 그녀를 끌어올려 침상에 앉히고 손으로 눈물을 닦아주었다. 그녀가 슈미즈 밖으로 젖가슴을 꺼내어 내 머리를 젖가슴에 대고 눌렀다. "이걸 있는 힘껏 세게, 피가 날 때까지 깨물어줘요." 나는 그녀의 젖가슴에 부드럽게 키스를 하고 그녀의 눈과 입술에도 입을 맞추었다. "우리 어디로든 달아나서 결혼해요. 난 남편이 싫어요. 그 사람이 다시는 내게 손을 대게 하고 싶지 않아요." 우리가 몸을 합치자 그녀가 간청했다. "그러면 아이들은 어떡하고요? 또 추문은요?" 내가 빙긋이 웃고 나서 물었다. 그녀가 내 눈을 똑바로 들여다보았다. "당신과 함께 있을 수만 있다면 누구건 무엇이건 다 포기하겠어요. 나와 결혼하겠다고 약속해줘요." 나는 그러겠다고 약속했다. 얼마 안 가서 곧 나는 절정에 이를 것 같아 그녀에게서 몸을 빼려고 했지만 그녀는 양다리로 나를 단단히 조이면서 목쉰 소리로 외쳤다. "그러지 말아요. 무슨 일이 있더라도 오늘 밤 난 당신 거예요."

첫 번째 격정이 지나가자 나는 그녀에게 남편에게도 그런 호의를 보였었느냐고 조심스럽게 물어보았다. "나를 대체 어떤 여자로 보는 거예요?" 그녀가 발끈해서 되물었다. "당신과 사랑을 하고 있으면서 다른 사람에게 몸을 줄 수 있을 것 같아요? 당신이 내가 늙은 남자에게 그처럼 열심인 걸 보고 화가 났다는 건 알아요. 하지만 누구든 세상 사람들 앞에서는 체면을 지켜야 해요, 안 그래요? 당신은 아내가 있다고 해서 내게 불성실했나요?" 나는 그 질문을 그녀에게 되돌림으로써 슬그머니 넘겨버렸다. "그런 일이 가능하다고 생각해요?"

우리는 다시 사랑 놀음으로 빠져들어 섹스를 다룬 책에 적혀 있는 모든 행위뿐 아니라 아무 데도 적혀 있지 않은 여러 다른 행위들까지 서로에게 시도했다. 우리 사이에는 둘이서만 쓰는 호칭이 있어서 그녀는 내게 카마르였고 나는 그녀에게 삶이었다. 또 우리는 성기에도 애칭을 붙였는데 내 것은 왕이었고 그녀의 것은 왕비였다. 그리고 월경 중일 때면 그녀는 꼴 보기 싫은 수다쟁이 쭈그렁 할멈이 찾아왔다고 바꾸어 말했다. 우리는 매번의 교합에서 완전한 만족을 얻는 것에 중점을 두었다. 그래서 내가 조루를 하면 그녀는 끈기 있게 내 욕정을 되살렸고, 일반적으로 용인된 행위에 물렸다고 느껴지면 내 쾌락을 위해 거리낌 없이 다른 방법들을 제공했다. 어떤 남자가 그보다 더 나은 여자를 알 수 있을까? 또 어떤 여자가 더 나은 남자를? 나는 다음과 같은 시를 지었다.

> 욕정이 인간을 사람으로 만들었으니
> 사람이 욕정의 노예가 아니라면
> 그들은 하나같이 신이 되었을 터.

그렇게 하루하루가 지나갔다. 우리는 둘이서만 있을 때면 늘 서로에게 자기가 지내온 이야기를 해주었는데, 나는 할 이야기가 별로 없었지만 그녀는 내게 아무것도 숨기지 않았다. 자기가 어쩌다 그 쓸모없는 작자 파탕가의 노래 솜씨에 반해서 사랑에 빠졌었지만 결국에는 그가 호색한이라는 것을 알게 되었을 뿐이며, 그가 자기를 정복했다고 떠벌리는 통에 신뢰를 배반당했다는 것까지. 우리가 서로에 대해서 모르는 것은 아무것도 없었다. 남자는 여자들과의 불륜 정사를 별 탈 없이 넘길 수 있지만 행실이 문란하다고 알려진 여자는 신세를 영원히 망칠 수도 있다. 그런데 이 여자는 외간남자인 내 앞에 발가벗고 누워 있으면서도 자기의 삶에 다른 남자는 없을 것이라고 맹세를 했었다. 내가 여자라는 부류에 대해서 몰라도 얼마나 몰랐던지!

얼마 안 가서 곧 사람들이 입방아를 찧기 시작했다. 그러나 주인여자는 그런 뒷소문이 자기 남편 귀에만 들어가지 않으면 어떤 말에도 신경을 쓰지 않는 것 같았다. 또 그녀의 하인들도 주인여자 얘기로 혀를 잘못 놀렸다가는 자기네 식구들의 밥줄이 무사하지 못하리라는 것을 알고 있어서, 라이스에게는 그가 없는 동안 주인마님이 식사도 제대로 하지 않았다는 둥, 그가 무사히 돌아오기만을 기도하며 시간을 보냈다는 둥 꼬박꼬박 거짓말을 늘어놓았고, 그 늙은 남자는 더더욱 열심이 되었다. 남자의 그 못 말리는 허영심이라니! 그러나 지주의 저택이 아그라 전체는 아니어서, 내가 저잣거리로 나설 때마다 나를 아는 사람들이 두 가지 뜻을 담은 말로 수작을 걸곤 했다. "여보게 메르, 자네 펜은 힘이 대단하더구만. 가슴뿐 아니라 파자마도 찢을 수 있으니 말일세." 또는 내 등을 철썩 치면서 이러기도 했다. "메르 따끼, 행운의 여신이 자네에게 어떻게 미소를 짓는지!" 어느 날 저녁 집으로 돌아가자 어머니가 나를 한옆으로 부르더니 경계심이 가득 담긴 목소리로 말을 꺼냈다. "따끼야, 별의별 소문들이 다 돌고 있구나. 누구도 사람들의 입을 막을 순 없는 거고. 아그라 사람들 모두가 너와 주인여자 얘기를 하고 있어. 나는 그 말을 하나도 믿지 않는다만 그런 소문이 그 여자 남편 귀에까지 들어간다면 무슨 일을 당하게 될지 몰라. 그 사람은 성질이 불같아서 우리 모두를 죽이는 것쯤은 아무렇지도 않게 생각할 테니까. 제발 그 저택으로 가는 걸 그만두어라. 네가 할 수 있는 무슨 변명이라도 해봐. 늙은 어머니가 죽어가고 있다거나, 너 좋을 대로 무슨 말이든 해봐."

나는 주인여자에게 어머니가 했던 말을 곧이곧대로 다 전했다. 그녀가 잠시 생각에 잠겼다가 속에 든 말을 뱉어냈다. "사람들 마음은 그렇게 더럽다니까요!" 그 이후로 그녀의 연정은 열의가 덜해졌고 내게 무굴 궁전에서 인정을 받는 것이 얼마나 중요한지 늘어놓기 시작했다. 그리고 한 달쯤 뒤에는 자기 남편이 보낸 편지를 소리 내어 읽고는, 그가 내 후원자에게 뿐 아니라 드높은 성채 궁전에서 시를 발표할 수 있게도 손을 써두었으니까 한시 빨리 델리로 가야 한다면서 이러는 것이었다. "이제부터 내 삶은 황량해질 거예요. 하지만 당신의 별이 힌두스탄의 하늘 위로 찬란히 빛나는 것을 보게 되면 나는 이 사람이 내 연인이었고 나는 그가 사랑한 여자였다고 하겠어요."

내가 델리로 떠나는 날이 되자 그녀는 초록색 비단 스카프에 금화를 몇 개 싸서 입술을 내 귓가에 대고 속삭였다. "알라는 최상의 보호자이시니, 은혜롭고 자비로우시도다." 그녀가 스카프를 내 팔에 둘러 묶어주고 평범한 힌두스탄어로 덧붙였다. "당신이 어디로 가건 알라께서 함께하실 거예요. 그분이 당신을 해악에서 구해주시고 당신에게 명성을 안겨주시기를." 하지만 그녀의 기도에는 이런 의미가 포함되어 있지는 않았다. "알라께서 당신이 내게로 돌아오도록 해주시기를."

떠나기 전에 나는 시를 한 수 지어 그것을 사랑의 정표로 남겨주었다.

그대는 스스로 찾아와 그대만의 생각에 잠겼으나,
나는 그대가 무엇을, 혹은 누구를 원하는지 모르노라.

내가 누군가를 원한다면 그것은 당신,

내가 누구를 보고 싶어 한다면 그것은 당신.

당신은 내 가슴의 욕망, 내 눈의 기도.

*

주인여자가 델리로 떠나는 나를 보며 슬픔이 더 컸는지 안도감이 더 컸는지 정확히는 알 수 없었다. 심지어는 나 자신의 느낌이 어땠는지도 확실치 않았다. 처음에 나는 새장에서 풀려난 새 같은 느낌으로 자유가 내게 가져다준 즐거움에 노래를 부르고 싶었지만, 다음에는 그녀가 나를 2년 이상 가두어 놓고서 사랑의 노래를 불러주고, 먹여주고, 보살펴주었던 황금새장이 그리워졌다. 내가 그녀를 사랑했던 것일까? 나는 알 수 없었다. 나로 하여금 나 자신을 가치 있게 느끼고 사랑하도록 한 것은 아마도 그녀의 사랑이었을 것이다. 그것이 무엇이었건, 나는 세 번째 휴식처인 마투라도 지나기 전에 늙으신 어머니와 나 대신 집안을 돌보도록 맡겨 두고 온 동생, 아내, 그리고 두 살 난 아들 칼루보다도 카마룬니사 생각을 더 많이 하고 있었다.

당시는 어지러운 시기여서 도처에 운 나쁜 여행자들을 노리는 자트, 구자르, 마라타, 그리고 로힐라 무리들이 떠돌고 있었다. 심지어는 아그라에서 델리로 통하는 왕도마저도 그들의 약탈로부터 안전하지가 못했다. 나는 속으로 이렇게 말했다. "오, 메르, 여행은 이제부터인데 어째서 편치 못하다고 불평하느냐. 델리까지는 아직도 길이 먼데." 나는 말을 탄 검객들과 화승총을 든 사람들이 앞뒤에서 경계를 서는 대상에 따라 붙어 낮에만 여행을 하고 밤이면 방벽을 두른 여행자 숙소에서 묵었다. 그리고 지아스푸르에서 함께 여행해온 일행과 헤어져 하즈라트 니자무딘 아울리야와 훌륭한 작품들로 내게 감명을 주었던 크와자 아메르 쿠스라우의 무덤에 경배를 드렸다. 그 뒤로 이틀 밤낮을 나는 후마윤 황제의 영묘에서 멀지 않은 회교도 마을에서 묵었는데, 내가 앞으로 여러 해 동안 내 집이 될 무굴 사람들의 도시를 처음 본 것은 그곳의 대리석 탑에서였다.

나는 델리 문을 통해 그 도시로 들어섰다. 지주 라이스가 성문을 지키는 하사관에게 나를 통과시키라는 전갈을 보내둔 덕으로 그가 보초들 중 하나를 시켜 지주 라이스가 묵고 있는 집까지 안내를 해주었다. 라이스는 자기의 식객이 되었다가 자기 아내의 애인이 됨으로써 신뢰를 저버린 내게 과분하리만큼 친절한 태도를 보였고, 나는 그에게 주인여자와 아이들, 그리고 집안사람들 모두가 그를 얼마나 그리워하는지 천연덕스럽게 거짓말을 늘어놓았다. 다른 것은 몰라도, 그녀는 내게 얼굴색 하나 변하지 않고 거짓말을 하는 법 하나는 제대로 가르쳐주었다.

지주 라이스의 주선으로 나는 파테푸리 회교성원 근처의 시장에 방을 두 칸 세낼 수 있었다. 그 집은 초라한 누옥(陋屋)이었지만, 내 지갑에 든 돈으로는 그곳이 최상의 거처였다. 나는 그곳에다 '허풍쟁이의 무덤'이라는 이름을 붙이고 일기장에 그 궁상을 자세히 적어두었다. "벽에는 터진 틈이며 갈라진 자리들이 있고 어디에서나 먼지가 떨어져 내린다. 한 쪽 구석에서는 두더지가, 다른 쪽 구멍에서는 생쥐가 밖을 내다보고 있다. 큰 쥐들이 내 집을 함께 쓰고, 언제나 모기들이 앵앵거린다. 사방 벽에서 늘어져 내린 거미줄이며, 밤이면 귀에 거슬리는 귀뚜라미들의 울음소리. 모서리들은 부서지고, 문짝들은 뒤틀리고, 여기저기 돌멩이들이 비어져 나와 있다. 거기에다 검댕이 묻어 시커먼 몰골을 하고 있는 들보며 서까래들⋯⋯. 이것이 가난뱅이 메르의 거처다. 여기에서 나는 매시간을 보낼 것이다."

며칠 뒤 지주 라이스가 나를 무굴 제국의 옥좌 뒤에서 실권을 휘두르고 있던 재무관 삼사무다울라의 조카인 모하메드 와시트에게 소개시켜주었다. 와시트는 내게 곧 열리게 되어 있는, 자기 삼촌이 주빈으로 참석하게 될 시회에서 내가 진가를 입증해 보인다면 나를 도와주도록 하겠다고 약속했다.

그 시회는 다르야간지라고 불리는 파이즈 시장의 어느 저택 옥상에서 열렸다. 내게 언제나 내 카마르를 생각나게 하는 보름달이 뜬 밤이었다. 바닥에는 눈처럼 흰 시트 위로 자스민과 장미 꽃잎들이 흩뿌려진 카펫이 깔려 있었고, 양 옆으로는 덧베개들이 죽 늘어 놓여 있었다. 그리고 난간을 따라서는 샤베트 주전자들이 일렬로 놓여 있었다. 야무나 강을 건너 불어오는 미풍이 카스, 장미, 그리고 자스민 향기와 한데 섞였다. 그 시회에는 델리 시의 귀족들만이 초대를 받았고 시인들은 가장 유명한 시라주딘 알리 칸, 즉 내 의붓어머니의 오라버니인 '아르주'를 포함하여 십여 명이 참석했다. 참석자들 대부분이 내 이름을 듣기는 했었지만 내 얼굴을 보거나 목소리를 들은 사람은 아무도 없었다. 나는 그런 대단한 모임에서 어떤 시를 낭송해야 할지 몰라 초조해져서 손바닥을 연신 셔츠에 문질렀다.

궁정 귀족들이 들어서기 시작했고, 그들의 이름이 불릴 때마다 우리는 경의를 표하기 위해 자리에서 일어났다. 맨 마지막으로 재무관 삼사무다울라가 입장하자 참석자들 모두가 허리를 굽혀 그를 맞았다. 그가 답례를 하고 나서 우리에게 좌정할 것을 권했다. 잠시 뒤에 사회자가 시회를 진행하기 전에 먼저 시인과 내빈들의 수염부터 축일 수 있도록 하는 것이 삼사무다울라 님의 기쁨이라고 알렸고, 그 제의는 참석자들 모두에게 박수갈채로 받아들여졌다. 시회에서 샤베트 외에 포도주가 제공된 것은 내 생전 그때가 처음이었다. 술잔들이 돌고 얼마 안 가서 곧 모두들 기분이 거나해졌다. 나는 전에도 포도주 맛을 본 적이 있기는 했지만 그처럼 빼어난 술―칸다하르 산(産) 포도로 빚어지고 히말라야의 눈으로 식힌―은 절대로 아니었다. 그러나 내 간은 과음을 감당해낼 만큼 튼튼하지가 못했고, 또 첫 번째 공식 출연에서 창피를 당한다면 그 도시의 웃음거리가 될 것이므로, 나는 시를 낭송한 다음에 잔을 다시 채우기로 했다.

시회는 델리의 시인들이 작품을 낭송하는 것으로부터 시작되었다. 하지만 그들의 시는 나방과 불꽃이니, 나이팅게일과 장미니, 레일라와 마즈눈[8]이니 하는 주제를 다룬 진부한 것들이었다. 새로운 아이디어도 새로운 표현법도 없었지만, 그럼에도 불구하고 참석자들은 꼬박꼬박 박수갈채를 보냈다. 마침내 촛불이 내 앞에 놓이고 사회자가 내 이름을 알렸다. 그리고 내가 비록 나이는 어리더라도 아그라에서는 모르는 사람이 없게 되었으며, 델리에서는 첫 선을 보이는 것이라고 소개했다. 나는 그의 찬사에 사의를 표한 뒤, 원래는 아그라에서 박수갈채를 받았던 사랑을 주제로 한 시를 한 편 낭송할 생각이었지만 참석하신 분들의 분위기를 보니 술잔이 도는 동안 마음속으로 지은 시를 한 편 낭송하도록 양해를 구해야겠다고 말문을 열었다. (그러나 사실대로 얘기하자면, 그 시는 아그라에서 카마르가 내 몸 위에 누워 자기 입에 든 술을 내 입으로 흘려주었을 때 지은 것이었다.) "들려주세요! 들려주세요!" 그들이 외쳤다. 나는 취기를 주제로 한 시를 한 편 낭송했다.

친구여, 용서 하게나! 그대는 내가 취한 것을 알 수 있으니,

꼭 권해야겠다면 빈 잔으로 해주게나.

나는 술이 좀 취했으니까.

술병이 돌면 한 모금만 따라주게나,

8 연애소설의 주인공들.

가득 채우지 말고 입술을 적실만큼만.

나는 술이 좀 취했으니까.

내가 험한 말을 하더라도 그건 모두 취기 탓이니,

자네도 욕이든, 심중에 있는 말이든 다 하게나.

나는 술이 좀 취했으니까.

혹은 술잔을 붙잡듯 나를 붙들거나,

아니면 나와 짝이 되어 함께 좀 걸어 보세나.

나는 술이 좀 취했으니까.

내가 비틀거린대도 그것은 어쩔 수 없는 일,

나쁘게 생각 말고 투덜거리지도 말게나.

나는 술이 좀 취했으니까.

금요일 기도가 달아나지는 않을 것이니,

자네가 머문다면 나도 자네와 함께 하려네,

나는 술이 좀 취했으니까.

메르는 변덕이 나면 지독히 까다로울 수도 있으나,

깨어지기 쉬운 유리 같으니 함부로 대하지는 말게나.

그는 술이 좀 취했으니까.

　참석자들은 넋을 잃었다. 귀족들이 차례차례 나를 포옹하고 내 손에 돈을 쥐어주었다. 나는 재무관 삼사무다울라 앞으로 안내되었다. 그가 내게 자기의 손에다 입을 맞추도록 허락한 다음, 다정한 목소리로 입을 열었다. "아들아, 나는 자네 아버님의 제자였다네. 자네가 여기 델리로 온 것을 보니 그분께서는 타계하신 듯하이. 나는 그분께 많은 빚을 졌는데 이제 그 빚을 자네에게 대신 갚으려 하네. 내일 아침 우리 거처로 오면 우리가 자네를 위해 무엇을 할 수 있는지 알아봄세."

나는 그의 손에 다시 입을 맞추고 자리에 앉았다. 그리고 술잔을 서너 차례 다시 채워 차게 식힌 포도주를 물마시듯 마셨다. 머릿속이 온갖 소리들로 가득 찼고 다른 시인들이 뭐라고 하는지도 들리지 않았다. 식사가 제공되기 전에 나는 그 저택에서 슬며시 빠져나왔다. 세상 사람들은 술 취한 사람을 용서해준다. 칸다하르 포도주에 취해 달빛 교교한 델리로 나서고 보니 모든 것이 아름다워 보였다. 은은한 달빛에 미역을 감고 있는 거리들, 별들이 총총히 박힌 검푸른 하늘. 나는 걸음이 좀 불안정하기는 했지만 파이즈 시장에서부터 자미아 회교성원을 지나 매춘가 차우리 시장을 거쳐서 환관들의 거주 구역인 하우즈 카지까지 길을 찾는 데는 별 어려움이 없었다. 나는 계속 카마르 생각을 하면서 우리 두 사람이 함께 있었다면 얼마나 기뻤을 것인지를 상상해보았다. 또 우리가 다른 시인들에 대한 나의 승리를 어떻게 축하할 수 있었을 것인지도. 나는 어떤 빤[9] 가게에서 걸음을 멈추고 빙 둘러선 손님들 사이로 끼어들었다. "당신 가게에서 가장 나은 빤을 말아주시오." 빤 장수가 대답을 하기 전에 한참이나 나를 쳐다보았다. "메르 님, 선생님이 전에는 결코 맛보지 못했던 걸로 만들어 드리겠습니다. 어쩌면 선생님은 제 빤에 대해 시를 한 편 짓고 거기에다 제 이름을 넣을지도 모르지요." 나는 그가 나를 알아보아준 것이 기뻤다. "나를 어떻게 압니까?" 내가 묻자 그가 씩 웃었다. "델리 사람 치고 메르 님의 작품을 들어보지 않은 사람이 누가 있습니까? 선생님의 시가 사람들 모두의 입에 오르내리고 있는데요."

그가 놋쇠 주발에서 마가에[10] 잎을 한 다발 꺼내더니 가장 부드러운 것으

---

9 후추 잎에 여러 가지 향신료를 싸서 만드는 것으로 약간의 마취 성분이 있음.

10 남비하르 주에서 생산되는 구장.

로 골라서 거기에다 라임과 아선약(阿仙藥)을 바르고 향기로운 구장 열매와 담뱃잎을 첨가한 다음, 빻은 진주 가루와 황금 가루를 뿌렸다. 그리고 마지막으로 마가에 잎사귀를 접은 다음 정향 꼬치에 꿰어서 금박으로 쌌다. "델리에서는 이걸 팔랑 토르[11]라고 부릅지요. 이걸 드셔보시고 제 말이 사실이 아니라면 저는 샤자하나바드에서 제일가는 빤 제조인 하리 람 차우라시아가 아닙니다."

나는 그가 다른 사람들 앞에서 내게다 대고 그런 식으로 떠들어대는 것이 못마땅했다. 그래서 은화 1루피를 건네고 바로 빠져나와 빤을 우물거리면서 ─그것은 몹시 매운 음식이어서 온몸에 땀이 솟았다─랄 쿠안으로 계속 걸음을 옮기고 있었는데, 그러다 빤 가게에서 보았던 사람들 중 하나가 뒤따라오고 있는 것을 알아차렸다. "내게 무슨 볼일이라도 있소?" 내가 돌아서서 물었다.

"메르 님, 오늘 같은 밤은 사랑을 위해 만들어졌지, 인적 없는 거리를 걸으라고 만들어진 게 아닙니다." 그가 아주 공손하게 대답했다. "제가 선생님을 델리에서 가장 아름다운 처녀, 그러니까 왕가의 피를 물려받은 공주보다 못하지 않고 열여섯밖에 되지 않은 처녀에게로 모셔다드릴 수 있습니다. 만일 그녀가 선생님께 최고의 순간을 안겨주지 않는다면 제 이름이 차판 미안이 아닙니다."

내가 조심스러운 태도를 벗어던지고 그 뚜쟁이를 따라 랄 쿠안으로 갈라지는 어둡고 좁은 샛길로 들어선 것이 술 때문이었는지 빤 때문이었는지 아니면 보름달 같은 얼굴을 한 카마르 생각 때문이었는지는 모른다. 그가 어느 초라해 뵈는 집 문을 두드렸다. 안에서 어떤 노파의 묻는 목소리가 들렸

---

11 침대를 부수는 음식.

다. "이 늦은 시간에 누구요?"

"문 여슈, 손님을 모셔왔으니까."

노파가 걸쇠를 벗기고 우리를 안으로 들이더니 내게 인사를 하고 나서 말했다. "늦은 시간이긴 하지만 딸아이를 깨워서 주인님을 환영하도록 준비를 시키지요. 주인님께서는 이 불쌍한 노파에게 빵을 살 돈은 좀 주시겠지요?" 나는 그녀에게 저녁때 시회에서 선물로 받은 금화들 중 하나를 내주었다. 그녀는 내 씀씀이에 기꺼워하는 것이 분명했지만 닳고 닳은 여자라서 좀 더 얻어내려고 들었다. "이렇게 지체 높은 신사 분에게는 좀 더 많은 걸 기대했는데요." 나는 그녀에게 금화를 한 닢 더 주었다. 그녀가 뚜쟁이에게 대가를 치르고 나를 내실로 안내했다.

램프 불들이 켜지고 노파가 내 앞에 말린 과일 쟁반을 가져다 놓자 나는 손을 저어 그 쟁반을 물렸다. 몇 분 뒤 그 노파가 딸이라고 했던 처녀가 졸린 눈을 부비며 방안으로 들어왔다. 그녀는 분명히 젊고 예뻤다. 카마르가 그 나이 적에 그랬을 것처럼 예쁘고 동그스름한 얼굴. 하지만 얼마쯤은 수줍었다. "점잖게 대해 주세요. 그 앤 아직 어린애라우." 노파가 방을 나서면서 한 마디 던졌다.

나는 그 처녀에게 금화를 한 닢 주었다. "이건 아가씨 거요. 저 늙은 여자나 뚜쟁이한테는 얘기하지 말고." 그녀가 돈을 받아들고 내 무릎에 머리를 올려놓더니 흐느끼기 시작했다. 나는 그녀의 긴 머리칼을 쓸어주다가 다음에는 맨살이 드러난 등을 쓰다듬었다. 그리고 손을 그녀의 가라라[12] 속으로 집어넣어 동그스름한 엉덩이를 쓰다듬는 사이 성욕이 일었다. 그녀가 내 파자마 끈을 풀었고, 나는 그녀를 침상에 눕힌 뒤 그녀와 한 몸이 되었다. 내

---

12 파자마의 헐렁한 윗부분.

가 카마르에게 불성실했던 것일까? 아니었다. 그 어린 처녀를 통해 나는 그녀를 재창조하고 우리가 함께 누웠던 시간들을 되살린 것이었다. 술과 최음제가 섞인 빵 덕분에 나는 한 시간을 끌었다. 그녀는 거듭거듭 절정에 달했고 내가 그녀의 몸 안으로 정력을 다 쏟아 부었을 때쯤엔 온몸이 땀으로 흠뻑 젖어 있었다.

그녀가 몸을 씻고 나서 젖은 헝겊으로 내 남근을 닦아준 뒤 옆으로 와서 앉았다. "그 차판이라는 사람이 그러는데 선생님은 유명한 시인이라더군요." 그녀가 말했다. "이 하녀에게 선물로 시를 한 편 지어주세요." 나는 시를 지을 기분이 아니었지만 그 처녀의 기분을 상하게 하고 싶지 않았다. "종이와 펜과 잉크를 주면 내 아가씨를 위해 몇 자 적어주지." 그녀가 공책에서 종이를 한 장 찢어내고 갈대 펜을 가져다준 다음 도기 잉크병을 받쳐 들었다. 잠시 생각을 해본 뒤에 나는 이렇게 적었다.

구름의 계절이자, 술병의 계절에
장미 정원에는 장미뿐 아니라 그대도 있구나.

내가 파테푸리에 있는 집으로 돌아온 것은 막 동이 트려는 무렵이었다. 내 머리는 지끈거렸고 입술은 바싹 말라 있었다. 옷을 갈아입다가 나는 전날 밤에 받았던 금화와 은화가 모두 없어진 것을 알아차렸다. 무굴 공주로 통하는 그 열여섯 살짜리 계집애가 아니고는 누가 그런 짓을 할 수 있었을까? 메르, 네가 있는 곳이 어디인지 좀 더 잘 살펴라. 여기는 범상한 거주지가 아니다! 여기는 델리다!

재무관 삼사무다울라 앞으로 출두했을 때에도 나는 머리가 어질어질했다. 재무관도 술이 다 깨지 않은 것 같았는데, 그의 조카인 모하메드 와시트가 내 후원금을 책정해달라고 하자 핏발선 눈으로 나를 바라보다가 허락을 내렸다. "그래, 어젯밤 우리는 저 젊은이의 시를 들었지. 후원금을 받을 만한 경우야. 게다가 우리는 저 젊은이의 선친도 본 적이 있으니까, 매일 1루피씩 내주도록. 다음!"

다음 번 청원자가 채 입을 열기도 전에 나는 그 앞으로 양피지를 한 장 내밀었다. "재무관님께서는 그 분부를 기꺼이 문서로 남겨주시리라 믿습니다." 비록 나이는 어렸더라도 나는 기록으로 증거를 요구하지 않으면 식언을 밥 먹듯 하는 공복들의 관행을 알고 있었다.

내 간단한 요청에 재무관이 벌컥 화를 내면서 파르시어로 딱딱거렸다. "지금은 펜과 잉크병 시간이 아니다." 그러나 나는 뜻을 굽히지 않았다. "저는 각하께서 문장을 구성하신 방법이 이해가 되지 않습니다. 각하께서 '지금은 서명을 할 시간이 아니다'라거나 또는 '펜과 잉크를 가져올 사람이 당직이 아니다'라고 하셨다면 저는 이해를 했을 것입니다. 그러나 '펜과 잉크병 시간이 아니다'란 말은 아주 이상하게 들립니다. 그것들은 생물체가 아니고, 따라서 적당하거나 적당치 못한 시간이 있을 수 없습니다. 그것들은 각하의 명령에 따라 가져오게 할 수 있는 물건입니다."

재무관님의 얼굴에 웃음기가 번졌다. "메르 따끼, 자네는 재치가 있는 젊은이로구만. 내 기꺼이 그 약속을 양피지에 적어주지." 그가 축복받은 손으로 손수 내 후원금을 적고 서명을 한 다음 거기에다 인장이 새겨진 반지를 눌렀다.

"가서 번창하라. 그대의 작품이 선친의 명예를 높이고 그대에게 명성을 가져다주기를."

그 시절 델리에서의 삶은 얼마나 황홀했던가! 사람들은 자기네가 지은 시의 진가를 인정받기 위해 내 집으로 몰려들었고, 내가 어디로 가건 나를 알아보고 칭송을 아끼지 않았다. 또 그 도시에서 열린 시회에서 내가 가장 빛나는 시인이 되지 못했던 적도 없었다. 자미아 회교성원에서의 금요일 기도 역시 그 자체로 하나의 큰 기쁨이었다. 비록 내가 나 자신을 이슬람교도라고 스스럼없이 내세울 수는 없었다 하더라도, 나는 이슬람교도들과 우상숭배자들 사이에 그리 대단한 차이가 없다는 것을 알았다. 내가 금요일 기도에 반드시 참석하기로 했던 것은 기도가 끝난 뒤 사람들로부터 받는 칭송이 마음에 들어서였다. 델리 사람들은 나를 사랑했고, 나는 그들과 그 도시를 사랑했다.

그러나 슬프게도 행복한 날이 영원히 지속될 수는 없었으니, 페르시아의 나디르 샤가 아프가니스탄을 점령하고 나서 인더스 강둑에 이르렀다는 소식이 전해진 것이었다. 침략자들을 맞아 싸울 준비가 진행되는 동안 델리에서는 공포감이 점점 더 확산되어 부유한 상인들이 도시를 떠나기 시작했다. 나는 아내에게서 아그라로 돌아오기를 간청하는 편지를 몇 통 받았다. 그 편지들에서 아내는 주인여자가 이제는 음식과 선물을 보내지 않고 있으며 가정교사도 새로 구했다는 소식을 전하기도 했다. 또 아그라에서 온 사람들 말로도, 내가 영혼을 팔았던 주인여자가 새로 구한 가정교사에게 반해서 그의 집에 선물공세를 하고 있다는 것이었다. 나는 그런 이야기들을 믿지 않고 지주 라이스를 찾아가 보기로 했다. 그는 마침 이란인들과 싸울 군대를 양성하려고 아그라로 돌아가기 전에 잠시 델리로 와 있던 참이었는데, 그 역시 내 후임자로 지명된 남자에 대해 아낌없는 칭찬을 늘어놓았다. 그가 대단한 시인은 아니더라도 훌륭한 선생이라서 아이들을 그에게 맡겼으며, 이제는 한 집안 식구처럼 되어서 자기가 아그라를 떠나 있는 동안 그의 저택에 머물고 있다는 것이었다.

내 마음은 페르시아의 침입보다도 아그라에서 벌어지고 있는 일로 더 혼란스러웠다. 그러나 델리는 내게 먹고 살 양식을 제공해주었기에, 신변이 위험하지 않은 한 델리에서 계속 머무는 편이 더 나을 것이었다. 나는 여자가 그처럼 딴마음을 품고 있다면 그 여자 때문에 잠을 설치기보다는 죽었다고 치부하고서 잊어버리는 것이 상책이라고 나 스스로에게 다짐을 해두었다. 그러나 마음속에서 그녀를 몰아내려고 하면 할수록, 그녀는 더욱더 고통스럽게 내게로 돌아왔다. 타오르는 가슴의 불을 끄려면 강물처럼 많은 눈물이 있어야지, 한두 방울의 눈물로는 불길을 더 거세게만 할 뿐이었다. 내 시들로 승화시키고 몸과 마음을 함께 나누었던 여인에게서 배신을 당한 탓으로 나는 인간성이 비틀려 까다로워졌고, 성질이 급해져서 걸핏하면 화를 내고 말다툼을 벌였다.

1738년 가을, 나디르 샤가 펀자브의 평원지대로 침공해 들어오자 무굴 제국 군대는 그의 진격을 저지하기 위해 델리를 떠났다. 사령관들 중에는 재무관 삼사무다울라도 있었다. 나는 무굴 군대의 승리와 내 후원자의 무사 귀환을 기원했다.

1739년 봄의 어느 날, 양측 군대는 카르날에서 격돌했다. 그러나 알라는 페르시아 군대에 승리를 내려주었고 무굴 군대는 참패했다. 순교자의 지위를 얻은 수천 명 가운데는 왕실 재무관이자 메르 따끼 메르의 후원자이며 보호자인 삼사무다울라도 있었다. 이제 와서 내가 아무리 그를 칭송한다 하더라도 그의 위대함과 관대함을 옳게 정의할 수는 없겠지만, 그는 내 머리 위로 드리워진 너그러운 비구름과도 같았다. 알라께서 그분의 고귀한 영혼이 평화로이 쉬게 해주시기를! 나는 질투심 많은 글쟁이들의 독설을 막아줄 사람 하나 없이 내버려졌다. 또 내가 빈곤의 앞치마를 벌리고 도움을 청할 수 있는 사람도 하나 없었다. 나는 가난하고 무력하고 누구의 도움도 받을 수 없는 외로운 처지가 되고 말았다. 치는 것이 번개의 속성이라지만, 슬프게도 그것이 메르의 둥지를 친 것이었다.

카르날에서의 대참패 소식이 들리자 곧 나는 말을 한 필 세내어 아그라로 향했다. 대상들과 합류할 필요는 없었다. 온 길이 델리에서부터 이웃 도시와 마을들로 달아나는 피난민들의 긴 행렬이기 때문이었다. 그 피난길에서 우리가 이란인보다도 더 두려워했던 것은 우리의 동족들—손길이 미치기만 하면 어떤 남자든 죽이고 손아귀에 들어오는 어떤 여자든 겁탈하는 마라타, 자트, 그리고 구자르 족속들—이었다. 아그라에 당도하기까지는 5일이 걸렸다. 그때쯤 나디르 샤의 강도떼는 델리를 유린하고 약탈하느라 바빴지만, 그 도시에 몰아친 운명도 내 가슴을 에는 고통보다는 덜 가혹했을 터였다. 나는 속으로 이런 생각을 하고 있었다. "도시는 다시 지어지고 사람들이 다시 살 수 있겠지만, 세상에 어떤 힘도 산산이 부서진 가슴을 이어붙일 수는 없어."

아그라는 내 마음을 황폐케 한 곳이었다. 그리고 나는 내 눈으로 우리의 사랑에서 무엇이 남아 있는지 보려고 돌아왔다. 친구여, 우는 것이 나의 일이라 할지라도 그대는 내가 얼마나 더 오래 눈에서 눈물을 닦도록 만들려는 것인가?

나는 우리 두 사람의 관계가 어떻게 진전되었으며, 우리의 열정이 거센 흐름에 던져진 종이배처럼 어떻게 우리를 실어갔었는지 회상했다. 사랑은 늙었건 젊었건, 결혼을 했건 아니했건, 누구에게도 면제되지 않는 고뇌다. 그녀에게 열중해 있었을 때 나는 어떻게 그녀의 발에 충성의 맹세라는 꽃들을 뿌렸으며, 처음에는 특별히 아름답다고 생각되지 않던 여인이 연인으로 바뀐 뒤에는 그녀가 어떻게 이 세상에서 가장 아름다운 여인이 되었던가? 그녀는 아름다운 여인들이 모인 곳에서도 무수한 별들 가운데 보름달처럼 빛났고, 그녀의 미소는 꽃망울을 활짝 틔우려는 장미꽃봉오리 같았으며, 치렁치렁한 머릿결은 아침결의 미풍 속으로 향기를 발산했었다. 하지만 그녀가 내게 그처럼 아름답게 보인 것은 순전히 그녀가 내 욕망의 틀 속에서 빚어졌기 때문이었다. 그런 여인이 나를 속이고 다른 애인을 취했다는 것이 나로서는 도저히 이해할 수 없는 일이었다.

하지만 나는 여전히 그녀를 갈망하고 있었다. 그리고 내가 아그라로 돌아오자, 이미 꺼져 재가 되었다고 믿었던 열정의 불이 다시 부채질을 받아 맹렬한 불길로 바뀌는 것이었다.

빈손으로 돌아왔음에도 나는 식구들에게서 따뜻한 환영을 받았고 둘째 아이를 처음 보았다. 그러나 내가 아그라를 떠난 뒤로 겨우 한 달밖에 안되었을 때 주인여자가 우리 가족에게 쌀쌀해졌으며(그러니까 소문은 사실이었다!), 내 가족들이 마지막으로 찾아갔을 때는 몸이 불편하다는 핑계로 만나주지도 않았다는 것을 알게 되자 얼마쯤은 쓰라린 심정이 되었다. 내 마음에 상처 주기를 즐기는 이복형이 재미있다는 투로 그녀와 새로 고용한 선생 사이의 불륜이 사람들 입에 얼마나 오르내리고 있는지를 떠벌려댔다. 그의 말이 화살처럼 내 가슴을 찔렀다.

다음날 아침 나는 지주 라이스에게 인사를 드리러 갔다. 그는 이란인들과 싸울 군대를 양성하기는커녕, 무굴 황제가 나디르 샤 ─ 라이스가 믿을 만한 소식통에게서 들은 바에 의하면 힌두스탄에서 우상숭배를 뿌리 뽑으려는 헌신적인 이슬람교도이며 강직하고 공정한 사람이라는 ─ 와 협정을 맺지 않았다고 깎아내렸다. 그가 나를 데리고 들어가서 보여준 규방의 모습은 나 대신 다른 선생이 아이들을 가르치고 있다는 것만 제외한다면 주인여자가 무르하에 앉아 지켜보고 있는 것하며, 내가 떠났던 때와 똑같았다. 아이들은 나를 아주 따뜻하게 맞았고 선생도 내게 친절한 태도를 보였지만, 나는 그의 못생긴 얼굴에서 우쭐해하는 표정을 알아챌 수 있었다.

주인여자는 체중이 불어 있었고 나를 볼 때면 언제나 눈을 빛냈던 광채도 사라진 뒤였다. 나에 대해 마치 낯선 사람을 대하듯 깍듯이 예의를 차리는 그녀의 태도가 불 꺼진 기름 램프처럼 싸늘했다. "메르 선생님, 우리는 델리가 선생님 이름으로 떠들썩했다는 말을 들었어요. 아그라 사람들에게는 참으로 자랑스러운 일이죠." 잠자리를 함께 했던 세 남자를 모두 앞에 두고서도 이 여인은 얼마나 태연하던지! 나는 분노와 혐오로 얼굴이 달아올랐고, 밖으로 달려 나가 아그라 사람들 모두에게 이 여인은 자기 남편에게 뿐만이 아니라 애인에게도 불성실했다고 소리쳐 알리고 싶었다. 그러면 그들은 한 번이 아니라 세 번 그녀를 돌로 쳐 죽일 것이었다. 하지만 나는 입도 떼지 못한 채 그만 가봐야 한다는 변명을 하고 그곳에서 물러났을 뿐이었다. 아그라 사람들도 나를 자랑스러워하기는커녕, 아예 내 쪽으로 고개를 돌리려고도 하지 않았다. 덕망 높은 내 아버님의 발에 낀 먼지로 눈을 닦았던 사람들이 내게서 눈을 돌린 것이었다. 내 목소리는 황야에서 메아리도 없이 사라져버리는 대상들의 낙타방울 소리 같았다. 여섯 달 동안 그런 수모를 겪은 끝에 나는 아그라를 떠나기로 결심했다.

내가 델리로 돌아온 것은 한여름이었다. 참으로 이상한 일이었지만, 다음 번 삶에서 내 동반자가 되겠다고 맹세했던 여인의 배신으로 쓰라린 아픔을 겪고 복수할 방법들을 궁리하며 아그라를 떠났음에도, 나는 마음속으로부터 그녀를 몰아낼 수 없었다. 나는 델리의 폐허들 사이를 헤매고 돌아다니며 어디에서나 그녀를 찾았고, 그녀의 모습이라는 보시를 얻기 위해 내 눈이라는 동냥그릇을 나르시스의 컵처럼 들고 다녔다. 매일 아침 동이 틀 때마다 아침결의 미풍처럼 거리에 있는 모든 집들의 문을 두드리며 돌아다녔던 것이다. 나는 해 뜰 녘의 거센 바람에 흔들리는 촛불처럼 되어 내 안에서 타오르고 녹고 쪼그라들었다. 그러면서 죽음에 가까이 다가갔고 이상한 광기가 나를 덮쳤다. 의원들은 내 혈통에 광기가 흐른다며 그 광기가 이제 내 피 속으로 용솟음친 만큼, 치료를 하려면 피를 뽑아내는 수밖에 없다고들 했다. 그리고 내 몸에 뜸을 뜨는가 하면, 거머리들을 붙이고 마치 내가 미쳐 날뛰는 광인이라도 되는 것처럼 어둡고 더러운 지하실 방에다 가두어버렸다. 마침내 어느 고명한 의원이 나를 보러 왔다가 내 상태를 보고 깜짝 놀랐다. "사랑의 고뇌로 괴로워하는 사람에게 내가 무슨 처방을 할 수 있으랴!" 그가 개탄했다. 내게 얼마간의 동정을 베풀어준 사람은 먼 친척이었는데 그 여인은 내게 갈아입을 옷과 음식을 가져다주고 위로의 말을 해주었다. 알라께서 그녀를 축복해 주시기를!

　자포자기해서 나는 속으로 이렇게 말했다. "사랑과 갈망의 그물에 걸리기보다는 사슬에 묶여 토굴감옥에 갇히고 거기에서 죽는 한이 있더라도 그게 더 나아." 나는 절망에 겨워 시를 한 편 지었다.

　　눈이 나를 망쳤어, 하고 가슴이 불평하면,
　　가슴이 나를 잃어버렸어, 하고 눈이 되받는다.
　　어느 말이 진실이고 거짓인지는 모르나,
　　그 둘 사이에서 죽어간 것은 나 메르.

　나는 나 자신에 대한 경고의 말로 유언장을 쓰고 싶었다. "메르, 가슴이 원하는 일은 무엇이든 다하되, 결코 사랑에는 빠지지 말라. 사랑은 사랑하는 사람도 사랑받는 사람도 구할 수 없으니."

마침내 나는 여러 주일 동안 감금되어 있던 지하 감옥에서 풀려나 큰길이며 샛길들을 어슬렁거리고 돌아다녔다. 어느 쪽으로 눈을 돌려도 나디르의 야만족이 저지른 유린의 흔적들이 보였다. 집 한 채도 온전히 남아 있지 않았고 낄라 이 마울라에서는 보석들과 값비싼 가구들이 깡그리 약탈당했다. 심지어는 왕가의 피를 받은 귀공자들까지도 거지로 전락해서 몇몇은 여러 날을 굶어야 했다. 시정이 그러했는데 내가 뉘라서 불평을 할까! 절망 속에서 나는 공주로 통하는 처녀를 품에 안고 하룻밤을 보냈던 더러운 오두막을 찾아갔다. 하지만 그 골목에 있던 집들은 하나도 남아 있지 않았고 누구도 그 노파와 처녀가 어떻게 되었는지를 알지 못했다. 아마도 노파는 죽었을 것이고 처녀는 이란 병사들에게 붙잡혀 노예로 끌려갔을 것이었다.

내 사랑하는 도시에 어떤 불행이 닥쳤던 것인가! 시크교도들, 마라타들, 도적들, 소매치기들, 동냥아치들, 통치자들. 그 모두가 우리를 희생물로 삼고 있었다. 재산이 없는 자는 행복하였으니 가난이 유일한 부였고, 그런 관점에서 사물을 보게 되자 나는 부유한 중에서도 가장 부유한 동시에 가난한 중에서도 가장 가난한 자였다.

어느 날 나는 그 도시를 헤매다가 바로 얼마 전에 허물어진 집들이 있는 곳으로 가게 되었다. 그 구역은 내가 잘 알고 있던 곳이었지만, 남아 있는 집들이 거의 없어서 어디가 어디인지 알아볼 수가 없었다. 또 그들과 가까웠던 사람들이 어떻게 되었는지도 알 길이 없었다. 내가 사람들에게 누군가의 이름을 대고 물으면 그들은 이렇게 대답했다. "그 사람은 이제 여기 없소." 그들이 어디로 갔느냐고 물어도 대답은 같거나 아니면 "그 사람들이 어디로 갔는지 나는 아무것도 모르오." 라는 것이었다. 그 거리에 있던 집들 모두가 무너져 내렸고 눈길이 미치는 한 보이는 것이라고는 온통 폐허가 된 드넓은 공간뿐이었다. 시장은 종적도 없이 사라져 버렸고 저자거리에서 자주 보이던 시골 멋쟁이들도 사라졌다. 이제 나는 어디에서 아름다움을 찾을 것인가? 지난날 즐거움을 사랑했던 내 동료들은 모두 어디로 달아났는가? 잘생긴 젊은이들이며 지혜로운 노인들, 그 모두가 사라졌다. 나는 누군가에 의해 지어진 시구를 떠올렸다.

> 언젠가 이 허물어진 도시를 지날 때,
> 나뭇가지에 외로이 앉은 새가 있어서,
> 이 황량한 폐허에 대해 뭘 알고 있니? 하고 물었더니
> 그 새가 대답하기를, 난 그걸 두 마디로 요약할 수 있어,
> 슬퍼! 슬퍼! 라고.

*

나디르 샤에게 약탈당해 황량한 땅이 되어버린 델리에서 내가 도움을 청할 수 있는 사람은 거의 아무도 없었다. 어쩔 수 없이 나는 내가 델리로 오기 전까지는 델리에서 가장 이름난 시인이었던 시라주딘 알리 칸, 즉 아르주에게 도움을 구했다. 그는 처음엔 내게 호의를 보였고 후원자를 찾도록 도와주기까지 했다. 내가 시를 더 이상 파르시어로 쓰지 않고 자미아 회교 성원의 널따란 계단에 몰려드는 상민들이 쓰는 언어로 짓는 데 전념하게 된 것도 그의 충고에 따른 것이었다. 하지만 그 시들이 내게 인기와 갈채를 안겨주자 무슨 이유에서인지 모르게 아르주는 갑자기 내게 등을 돌렸다. 내 생각으로는 아마도 내 이복형이 그에게 나와 내 은인의 아내 사이에 있었던 불륜에 대해 편지를 쓴 것 같았다. 아니, 어쩌면 그는 내 어머니가 시아파이

기 때문에 나도 시아파 쪽으로 기울었다고(아르주는 완고한 수니파였다) 생각했는지도 몰랐다. 하지만 나는 시아파도 수니파도 이슬람교도도 힌두교도도 아니었다. 내 믿음에 대해서 나는 이렇게 적었다.

나는 힌두교사원과 회교사원을 넘어
내 마음을 나의 지성소로 만들었지.
이 가시들이 흩뿌려진 길 끝에서
내 방황과 내 여행이 모두 끝나리.

다른 이슬람교도들처럼 나는 금요일마다 회교사원을 찾았다. 또 힌두교도들처럼 이마에 카스트 표시를 그려 넣고 몇 세기 전에 이슬람교를 버린 우상숭배를 하는 사원들에서 예배를 드리기도 했다. 그러나 아르주의 분노를 산 가장 그럴듯한 이유는 내 인기가 점점 더 높아간다는 데 있었다. 그는 시인들의 왕에게 씌워지는 왕관이 자기에게서 벗겨져 내 머리 위로 얹히는 것을 보았다. 질투는 칼보다도 더 빠르게 우정을 잘라버린다. 아르주의 적개심 탓으로 나는 여러 후원자들을 잃어서 살아가기가 더더욱 어려워졌고, 일정한 수입이 없었기에 바니아, 야채 장수, 우유 배달부 같은 사람들에게서 돈을 빌려야 했다.

그러나 내가 전에도 썼듯이, 드높은 붉은 성채의 대리석 궁전으로부터 파하르간지의 가장 초라한 오두막에 이르기까지 온 도시의 모든 구역에서 가슴을 에는 한탄의 울부짖음이 일고 있었을 때 메르가 왜 자신의 운명을 한탄했어야 할까! 그 저주받을 나디르 샤는 델리에서 수천 명의 과부들이 남편을 잃은 슬픔에 가슴을 치고 수천 명의 고아들이 길거리에서 동냥을 하도록 내몰았다. 그 참상에 대해서는 더 말하지 않는 편이 나으리라. 우리에게는 한 명의 왕, 모하메드 샤와 세 명의 통치자들이 있었으니, 그 한 편은 재정을 손아귀에 쥔 수상, 사프다르 장이었고 다른 한편은 장군들인 이마둘 물크와 인티자무다울라였다. 황제의 칙서는 그 자신의 하렘에조차도 미치지 못했고, 황제를 대신해서 명령을 내리는 사람은 한때 무희였던 힌두인 왕비와 그녀의 조언자인 자베드 칸이었다. 자베드 칸은 왕실 하렘을 맡고 있던 환관이었는데, 환관이었음에도 불구하고 힌두인 왕비의 애인이라는 소문이 자자했다. 그런데 메르가 무슨 이유로 자베드 칸을 헐뜯어야 할까? 그는 어느 면에서는 남성성을 박탈당했지만 나의 비방자들을 무시함으로써, 그리고 내 머리위로 보조금이라는 우산을 펼쳐줌으로써 남자다움을 입증했다. 적어도 나는 하루 한 끼의 식사와 입고 있는 옷이 누더기가 되면 갈아입을 옷 한 벌은 보장받았다.

한동안은 행운이 사프다르 장의 편이어서, 모하메드 샤가 죽자 그는 황제의 스물한 살 난 아들 아메드 샤를 무굴 제국의 옥좌에 앉혔다. 그러나 아메드 샤는 국사를 돌보기보다 혼기에 든 처녀들과 어울려 주색에 빠지기를 더 즐겼고, 국사는 모후(母后)와 그녀의 막역한 친구 자베드 칸에게 맡겨졌다.

자베드 칸은 사프다르 장을 탐탁해 하지 않았고 이마둘 물크와 인티자무다울라 편에 가담해서 그를 타도할 계획을 세웠다. 사프다르 장이 수상으로 취임한 지 몇 달 뒤, 그의 목숨을 노리는 기도가 있었다. 그의 저택이 있던 니감보드 가트 부근에서 그에게 집중사격이 가해진 것이었다. 사프다르 장은 말에서 떨어지는 것으로 화를 면했지만 그의 가신(家臣)들이 여럿 살해되었다. 사프다르 장은 배후에서 음모를 꾸민 장본인이 자베드 칸이라는 의심을 품고 그를 없앨 계책을 짜냈다. 자베드 칸에게 우정을 가장해서 바라트푸르 자트 족의 수장인 수라지 말과 함께 그를 아침식사에 초대한 뒤, 식사가 끝나자 그를 한옆으로 데려가 가신들 중 하나를 시켜 뒤에서 찌르도록 한 것이었다. 그의 머리는 몸뚱이에서 잘려 야무나 강의 모래밭에 던져졌다. 왕비는 비탄에 잠겼고, 나는 또다시 후원자를 박탈당했다.

사프다르 장의 병사들과 황제의 가신들 사이에서 일상적인 전쟁이 시작되었다. 매일같이 양쪽의 군대가 충돌하여 총탄이 날고, 칼이 번뜩이고, 도랑으로 피가 흘렀다. 더군다나 그들은 전쟁을 대신 치러줄 로힐라, 자트, 마라타, 그리고 시크교도들을 끌어들였는데, 돈이면 물불을 가리지 않는 그 용병들은 낮이면 고용주들을 위해 싸웠고 밤이면 힘없는 사람들을 강탈했다. 델리 시민들은 자기네 집에서조차도 안도감을 느끼지 못해서 모후에게 보호구역을 내달라 애원했고, 모후는 마지못해 그들의 청을 받아들여 수천 가구가 찬드니 초우크 옆에 있는 샤히바바드 공원의 개활지로 이주했다. 다행히도 계절풍이 거세지 않았던 덕으로 비바람을 맞아 죽은 사람이 많지는 않았다.

마침내 사프다르 장이 굴복하고 말았다. 그는 시아파교도였는데 그의 이슬람 군대 내에는 시아파교도들이 몇 안 되었던 탓으로, 자트와 마라타 족속(그들은 도저히 믿을 수 없음이 증명되었다)을 설득하여 자기편으로 끌어들이려다 넌더리가 나서 그만둔 것이었다. 관직에서 물러난 뒤 그는 라이시나와 쿠툽 사이의 도로변에 마지막 휴식처를 짓고 아바드에 있는 사유지들을 돌보며 시간을 보냈다.

아메드 샤의 통치는 그가 아직 붉은 궁전에서 살고 있을 동안에 끝이 났고, 홀카르 휘하의 마라타 부족이 델리 근교를 약탈한 뒤 아우랑제브 황제의 증손자인 모함마드 아지주딘을 새로운 황제로 옹립했다. 그는 1754년 6월 5일에 즉위해서 스스로를 황제 알람기르 2세라고 칭했지만, 이 자칭 세계의 정복자는 붉은 성채의 누벽들로 둘러싸인 공간에 지나지 않는 제국을 통치했을 뿐이었다.

무슨 이유로 왕들의 비극적인 이야기를 중언부언 늘어놓아야 할까? 델리는 이란인들이 그 영혼을 말살한 뒤로는 결코 예전과 같지가 않아서 왕들과 귀족들과 그들의 고용인들이 시체를 쪼려는 독수리 떼처럼 몰려들었다. 나는 아그라를 제외하고는 아무데로도 갈 곳이 없었기에 델리에서 계속 머물렀다. 한 여인의 배신이 나로 하여금 아그라에 영원히 등을 돌리게 한 것이었다. 그 온갖 살해와 학살이 자행되는 동안 그녀는 내게 하다못해 안부 편지도 한 장 보내지 않았다. 그런 사람이 존재한다는 것마저도 잊어버리는 것이 상책이었다. 그때쯤에는 내 아내와 아이들 — 이제 내게는 두 아들과 딸이 하나 있었다 — 이 델리로 와서 합류했지만, 나는 극심한 가난 속에서 살았고 이름과 명성 외에는 번 것이 거의 아무것도 없었다. 그리고 내 아이들은, 가르쳐 본 결과 셋 모두 시를 쓰는 것보다는 돈벌이가 되는 일을 하는 데 더 소질이 있는 것으로 밝혀졌다.

1758년 겨울, 나디르 샤의 계승자인 아프간 왕, 아마드 샤 압달리가 무굴 제국에 대해 자기의 권리를 요구했고, 이어서 아프간 군대는 아무런 저항도 받지 않고 펀자브 지방을 가로질러 델리를 점령했다. 압달리는 우리에게 안전과 번영을 약속했지만 밤이 되기가 무섭게 만행이 시작되어 시내에서는 불길이 일고 집들이 약탈당하고 불살라졌다. 아프간의 무뢰한들은 문을 부수어 넘어뜨리고 집 안에서 찾아낸 사람들을 묶어 산 채로 불태우거나 목을 잘랐다. 어느 곳에서나 유혈과 파괴가 잇따랐다. 사람들은 옷을 빼앗긴 채 벌거숭이로 길거리를 배회했고, 여러 날 동안 누구에게도 먹을 것이라고는 없었다. 박해 받는 사람들의 울음소리가 하늘을 찔렀다. 그런데도 스스로를 진주 중의 진주이자 신앙의 대들보라고 칭한 압달리는 굶주린 사자처럼 탐욕스러워서 이슬람교도 형제들의 곤경에 눈 하나 깜빡이지 않았다. 사람들이 수천 명씩 델리에서 허허벌판으로 달아났고 거기에서 많은 사람들이 기아로, 또는 비바람을 맞아 죽었다. 그렇잖아도 가난했던 나는 더욱 가난해졌고 간선도로변에 있던 내 집은 납작하게 깔아뭉개졌다.

끊임없이 후원자를 찾으면서 나는 더 이상 도움이 되지 않는 이슬람 귀족들에게 등을 돌리고 힌두 귀족을 찾았다. 다행히도 시 애호가였던 족장 주갈 키쇼레와 나가르 말이 내게 자기네의 글을 교정해달라고 보냈다.

1759년 겨울이 되자 사태는 더욱더 악화되었다. 장군 이마둘 물크는 알람기르 2세의 피를 흘림으로써 그 더러운 손을 또다시 더럽혔고, 전 황제의 장남인 미르자 압둘라 알리 가우하르는 아바드로 도망을 쳐서 스스로를 샤 알람 2세(그는 바바르 혈통의 17대 손이었다)라고 칭했다. 나로서는 델리에서의 곤경이 견디기에 너무 힘겨운 것이어서 알라에 대한 믿음을 접어두고, 여섯 달마다 쓰레기로 덮이는 황무지보다 나을 것이 거의 없는 델리에서 살기보다는 차라리 시골로 내려가 힌두교도인 자트 족과 함께 사는 편이 더 안전하겠다는 결정을 내렸다.

나는 수라지 말이 통치하는 자트 족의 바라트푸르로 옮겨갔다. 내가 그곳에 있을 때 마라타 군대가 또다시 힌두스탄으로 내려온 압달리와 그의 아프간 군대를 맞아 싸우기 위해 북서쪽으로 진군했다. 그러나 1761년 1월 17일, 우리는 마라타 군대가 이틀 전에 파니파트 전투에서 열에 하나 꼴로 죽었고, 아프간인들의 칼을 용케 피한 자들은 떼거리로 구자르와 자트 족을 덮쳐 그들의 목숨까지 포함해 모든 것을 빼앗았다는 소식을 전해 들었다. 나는 델리에서 아프간인들이 떠나고 평화가 회복될 때까지 바라트푸르에 눌러 살기로 했다.

여섯 달 뒤에 나는 용기를 내어 집으로 돌아갔다. 여기에 내가 1761년 여름에 쓴 일기를 인용하겠다.

"나는 내 사랑하는 도시로 돌아왔다. 처참한 광경을 보니 저절로 눈에 눈물이 가득 고인다. 한 걸음 한 걸음을 옮길 때마다 불안과 동요가 더 커진다. 한때 내가 익히 알고 있던 집도, 이정표도 알아볼 수가 없다. 전에 살던 사람들은 흔적도 없고 어느 곳에나 소름끼치는 공허가 내려 있다. 불현듯 나는 내가 한때 살았던 거처로 와 있음을 알아차리고 그 당시의 내 삶을 회상했다. 저녁이면 친구들을 만나 시를 낭송하고, 사랑을 하고, 아름다운 여인들을 연모하며 잠 안 오는 밤을 보내고, 내 마음을 사로잡은 그 치렁치렁한 머리칼에 대해 시를 쓰던 때를. 그것이 바로 삶이었다! 이제 거기에 무엇이 남아 있는가? 아무것도 없다. 잠시 즐겁게 이야기를 나눌 사람 하나도! 나는 그 길에서 벗어나 인적 없는 거리에 서서 소름끼치는 정적과 처참한 광경에 아연실색해 입을 쩍 벌린다. 그리고 속으로 맹세를 한다. 내가 살아 있는 한 다시는 이 길을 찾지 않으리라고. 이제 델리는 인적 없는 길들에 먼지만이 떠도는 도시지만 지난날에는 바로 이 도시에서 황금으로 주머니를 가득 채울 수도 있었다.”

“족장 나가르 말은 장려금을 철회했다. 그러나 어쩔 것인가? 이제 나는 고쳐도 소용없는 시를 더 이상 고칠 필요가 없을 것이다. 그러나 빈손으로 떠나왔기에 귀족들의 문을 두드리며 구걸을 하고 다닌다. 시인으로서의 명성 덕분에 아직은 그럭저럭 살아갈 수가 있다 — 개나 고양이가 살아가듯이.”

“나는 델리에 저주받을 아프간인들이 다시는 보이지 않도록 해달라고 기도를 드린다. 압달리의 군대는 그들이 포획한 낙타와 코끼리로 운반해 갈 수 있는 것보다도 더 많은 것들을 약탈하고는, 자기네 왕에게 만약 힌두스탄에 머물고 싶다면 혼자서 그렇게 해야 할 것이라고 통고했다. 약삭빠르게도 압달리는 한 걸음 양보하고 그가 유린했던 영토의 통치를 위해 몇 가지 조치를 취한 다음 아프가니스탄으로 돌아가고 있다. 작은 자비를 베풀어주신 알라께 감사할진저!"

"아프간인들이 너무도 건방지고 오만해진 탓에 알라께서는 그들이 비천한 중에서도 가장 비천한 계층인 시크교도들의 손에 굴욕을 당하도록 함으로써 혼내주기로 하셨다. 사오만 가량의 시크교도들이 물러가는 아프간인들의 통로를 막고 전쟁터에서 일찍이 보지 못했던 용기로 그들과 맞서 싸운 것이었다."

"시크교도라면 아무리 심한 부상을 입더라도 적에게 등을 보이지 않는다는 것은 모두가 다 아는 사실이다. 그들 무리는 신속하게 이동해 뿔뿔이 흩어진 아프간 군대를 포위해서 그들에게 칼을 안긴다. 그리고 해가 지기만 하면 사방에서 아프간 군대를 덮쳤다가 아침이 되면 사라져버림으로써 아프간인들에게 생지옥의 맛을 보여준다. 이 시크교도들은 머리와 수염을 길게 길러 사나운 용모를 하고 있는데, 때로는 아프간 인들을 덮치기 전에 긴 머리를 풀어 헤쳐서 그들이 겁에 질려 도망치게 만든다. 그들은 아프간인들의 밤을 섬뜩한 비명 소리로 채우고 그들의 보병은 아프간 기병들과 싸우면서 칼로 그들의 안장을 난도질한다. 한 마디로, 시크교도들은 전대미문의 방법으로 아프간인들에게 굴욕을 준 것이다. 싸우려는 의지를 잃은 아프간인들이 할 수 있는 최선의 방법은 죽을힘을 다해 도망쳐 힌두교도들이 장악하고 있는 국가의 영역에서 벗어나는 것이었다."

"시크 군대는 꺼꾸러지는 오합지졸이 된 아프간 군대를 바짝 뒤쫓아 아토크 강까지 추격한 다음 펀자브로 돌아와서 압달리에 의해 임명된 라호리의 통치자를 도륙하고 펀자브의 지배자가 되었다. 그리고 이제는 핏발 선 눈을 델리로 돌렸다. 이 아름다운 도시가 야만족의 거처로 전락하는 것보다 이 도시에 닥칠 수 있는 더 가혹한 운명이 과연 무엇일지!"

　나는 비를 머금은 구름처럼 무거운 심정으로 이곳에서 저곳으로 떠돌아다녔다. 델리는 더 이상 나와 내 가족에게 식량을 대줄 수 없었기에 나는 한 번 더 다시 바라트푸르에서 피난처를 구했다. 내 명성이 나를 앞지른 덕분에 남쪽, 동쪽 그리고 서쪽으로부터 사람들이 나를 보려고 찾아들었다.

　그러나 명성과 칭찬의 말이 주린 배를 채워주지는 않는다. 나는 내게 살아야 할 단 하나의 목숨과 백 가지의 영감과 채워야 할 천 가지의 욕망이 있음을 알고 있다. 그러나 이제 나는 내 어깨를 짓누르는 세월의 무게를 느끼고 점점 더 거센 바람에 흔들리는 촛불처럼 되어갔다.

　페르시아인들, 아프간인들, 그리고 마라타 부족 다음에 온 것은 자트 족이었다. 자트의 족장 수라지 말이 아그라와 델리를 노략질했을 때 나는 아직 바라트푸르에 있었다. 델리에는 누구에게 약탈당할만한 것이 남아 있지 않았지만 내 친구들에게서 온 편지로는 자트 무법자들이 이란의 나디르 샤보다도 더 지독하다고들 했다. 델리를 위해 남아 있던 단 한 가지 희망은 자트 족과 시크교도들을 모두 궁지에 몰아넣었던 장군 나지부다울라였으나, 그 희망은 나지부다울라의 죽음과 함께 사라졌다. 그리고 불과 4년 전에 압달리가 파니파트에서 참패시켰던 마라타들이 다시 강성해져서 그 저주받을 종족인 마라타들이나 시크교도들이 델리의 통치자가 될 것처럼 보였다. 알라께서 우리가 그런 재난에 들지 않도록 보호해 주시기를!

　10년이라는 긴 세월 동안 나는 집 없는 방랑자처럼 이 도시에서 저 도시로 떠돌았다. 그러나 샤 알람 2세가 델리로 돌아오자 나도 그곳으로 돌아가 명성과 재산을 다시 추구하기로 작정했다. 내 유일한 희망은 수상인 미르자 나자프 칸이었는데, 그는 이란인이었기에 시아파 교도였고 나도 어머니의 영향으로 그 교파에 마음이 끌렸다. 또 미르자는 진정한 검의 달인이기도 해서 아그라를 자트들로부터 해방시켰고, 시크 산적들과 로힐라 강도떼를 물리쳤다. 심지어는 마라타들까지도 그와 칼로 겨루기를 두려워했다. 알라께서 그의 검이 항상 승리를 거두도록 지켜주실 것인가?

하지만 그것은 알라의 뜻이 아니어서, 1782년 4월에 미르자 나자프 칸은 세상을 떠났고 사프다르 장의 영모가 마주 보이는 정원에 묻혔다. 파멸을 재촉하는 피 묻은 검이 다시 한 번 칼집에서 뽑혀 나왔다. 나자프 칸의 조카인 미르자 샤피가 고인이 된 통치자의 양자인 미르자 아프라시압의 손에서 권력을 찬탈하자 아프라시압이 자객을 고용해서 1783년 10월에 미르자 샤피를 암살한 것이었다. 그리고 몇 달 뒤에는 아프라시압이 미르자 샤피의 동생에게 살해당했다. 누군가가 다른 누구를 죽이지 않고 지나가는 날이 단 하루도 없었다. 아무도 안전하지가 못했다.

기아와 불안이 나를 사랑하는 도시로부터 루크노우로 내몰았다. 이곳에서는 태수 아사프다울라가 나를 친절히 맞아들여 내 가족의 생계를 유지하도록 연금을 책정해주었다. 그러나 예절과 세련된 말솜씨를 뽐내는 루크노우 사람들은 내게 그 중 아무것도 보여주지 않았다. 내가 참석했던 첫 번째 시회에서 그들은 내 커다란 터번과 헐렁한 옷을 경멸스러운 눈으로 바라보다가 도대체 어디에서 왔느냐고 물었다. 촛불이 내 앞에 놓이자 나는 그에 걸 맞는 대답을 시로 대신했다.

> 당신들, 이 동쪽 지방 사람들은
> 내 궁핍함을 알고 나를 놀리는구려.
> 서로 소리죽여 웃으며 내게 묻기를
> 당신은 도대체 어디서 왔소?

내 그대들에게 대답하리다.
한때 이 세상의 도시들 중에서 첫째 가는
아름다운 도시가 있었으나
그 도시는 파괴되어 폐허가 되었으니
나는 그 도시에 속하고 델리가 그 이름이라오.

*

　루크노우 사람들은 나를 이해하지 못하고 나는 그들을 이해하지 못한다. 그들의 이상한 땅에서 내가 어떻게 내 이야기를 할 수 있을까? 나는 그들이 이해하지 못하는 언어로 말을 하고, 그들은 이 메르가 하는 말 한마디 한마디에 말 이외의 뜻이 있다는 것을 알지 못한다. 내가 쓰는 언어는 델리의 상민들이 가장 잘 이해한다. 오, 메르, 무슨 이유로 이 죽은 자들의 모임에서 이야기를 하려 하는가? 울고 있는 내 눈에서 눈물이 강처럼 흐르고 내 가슴은 폐허가 된 델리와 같다. 새로 피어나는 장미도 내게 아무런 즐거움을 주지 못하고 그 날카로운 가시도 아무런 고통을 주지 않는다. 나는 내가 사랑에 취해 삶을 보냈고 그 사랑을 내 심장의 피라는 장밋빛 포도주와 함께 마셨던 델리로 돌아가야 한다는 것을 가슴으로 알고 있다. 한숨을 내쉬며 나는 내가 지었던 한 편의 시를 떠올린다. "너는 벌써 물집 잡힌 발이 아파 우는데, 델리까지는 길이 멀구나. 친구여!"
　델리에서 전해진 소식이 사람들 모두의 눈에서 눈물을 자아낸다. 나디르 샤도, 압달리도, 마라타들도, 자트들도, 아니 심지어는 시크교도들도, 나지부다울라의 손자로 잘못 태어난 굴람 카디르와 그의 흉포한 로힐라 무리들이 저질렀다고 전해진 것과 같은 대재난은 불러일으키지 않았었다. 이 무뢰

354

한이 샤 알람 2세를 모욕하고 폐한 뒤 그의 눈을 뽑은 것이었다. 알라께서 그의 시체를 초열지옥의 불길로 태워주시기를! 델리에서 살인과 약탈이 얼마나 더 오래 계속될지는 알라만이 아실 일이나, 그자들이 다시 약탈을 할 수 있기 위해서는 약탈물을 얼마간 돌려주어야 하고, 죽일 사람을 찾아내기 위해서는 죽은 자들을 되살려야 할 것이었다. 델리는 살아 있는 해골처럼 되었다고들 한다.

불길 속에서 모든 건물들이 재로 변할 때까지 타버렸으니,
가슴의 사랑이 불에 탄 그곳은 얼마나 아름다운 도시였던가!

*

얼마간은 좋은 소식이 있었다. 마라타 족이 로힐라 무리에게 통렬한 패배를 안긴 것이다. 굴람 카디르는 사로잡혀 고문을 받고 참수되었다. 하지만 그를 위해서는 눈물 한 방울도 흐르지 않는다. 오히려 내 사랑하는 도시를 모독했던 한 악한이 마침내 벌을 받았기에 마음이 평온하다. 델리가 과연 그 영광스럽던 날들로 돌아가게 될 것인가? 그것은 알라만이 아실 일이다.

이 끔찍한 땅에서 나는 여든여덟 번의 여름과 겨울을 보았다. 내 눈의 광채는 흐려졌고 지난 3년 동안 나의 네 가족—두 아들, 딸, 그리고 아내—모두가 세상을 떠났다. 이제 나는 글을 쓰거나 읽을 수도 없고, 나를 보살펴줄 사람도 하나 남아 있지 않다. 내 잔해를 델리의 향기로운 먼지 속에 섞을 수만 있으면 좋으련만, 그 마지막 바람마저도 내게는 허용되지 않는다. 운명은 나를 루크노우로 데려와 술 나르는 사람이 다른 사람들에게는 술을 내놓으면서도 내 잔에는 독을 넣은 시회로 나를 끌어들였으니, 여기에서 메르는

어떤 안식처도 찾지 못할 것이다. 그는 흐르는 물처럼 세상이라는 정원에서 흘러나가야 할 것이다.

그토록 많은 사람들이 끝까지 한 동아리가 되기 위해 같은 길을 가는데도 어째서 사람들은 죽음으로 이르는 길에 대해 무시무시한 이야기들을 하는 것일까? 나는 죽는 것에 대해 아무런 두려움도 없다. 내 삶에는 두 연인, 카마룬니사와 멜리가 있었으니, 하나는 나를 파멸시켰고 다른 하나는 나를 위해 파멸되었다. 내게는 살 이유가 아무것도 없다. 그 두 연인을 위해 나는 이 시를 짓는다.

> 내가 죽은 뒤에 눈을 뜨면,
> 내 유일한 소망은 그대의 얼굴을 다시 보는 것.
> 그대가 거처를 둔 곳은 내 마음속이었으니,
> 어디에서 이 약탈당한 곳을 볼 눈들을 찾을거나?

15

바그마티

바그마티는 저녁 시간을 나와 함께 보내기로 되어 있다. 아마도 내가 데리러 와주기를 기대하고 있을 것인데, 열의를 보이지 않으면 그녀는 내가 자기에게 무관심해졌다거나, 더 나쁘게는 발기불능이라고 면박을 줄 것이다. 그 짓을 하지 않기 위해서는 그럴듯한 핑계가 있어야 한다. 열이 있다거나, 팔이 부러졌다거나, 페니스에 열상(裂傷)이 생겼다든가 하는. 하지만 나는 그저 속이 더부룩할 뿐이다. 누구든 배에 가스가 차본 사람이라면 배출을 시키기 전까지는 욕정의 불길이 일지 않는다는 것을 알고 있겠지만.

오래 전 그런 문제가 처음 생기기 시작했을 때 나는 속을 더부룩하게 만드는 음식들의 목록을 작성해 보았다. 그런데 거기에는 내가 좋아하는 식품들이 상당수 들어 있었다. 날 양파, 망고, 치쿠[1], 아이스크림, 케이크……. 나는 정사 스케줄에 약간의 변화를 줌으로써 당면한 문제를 극복했다. 무슨 얘기냐 하면, 행위 전이 아니라 행위가 끝난 뒤에 그런 음식들을 먹은 것이다. 그리고 세월이 더 지나자 나는 행위 전이 아니라 후에 먹는 음식 리스트에도 다른 항목들을 추가했다. 쌀밥, 편두콩, 감자, 튀긴 음식……. 그 목록은 먹을 수 있는 것이면 다 포함될 정도로까지 계속 늘어갔지만, 그럼에도 불구하고 저녁 무렵이면 내 배에는 으레 가스가 찼다. 그래서 나는 점심을 건너뛰고 밀회 시간을 저녁에서 오후로 옮겼다. 한동안은 그것이 썩 효과가 있었다. 하지만 밀회를 하려면 두 사람이 있어야 하는데, 바그마티는 낮거리를 즐기는 여자가 아니다. 그래서 바그마티가 찾아올 것이 확실하다 싶을 때면 나는 아침을 블랙커피와 비타민 B정제 ― 내가 알아내기로는 최음제에 가장 가까운 ― 로 때우곤 한다.

오늘 아침부터 내가 먹은 것이라고는 블랙커피 두 잔과 비타민 B 복합제

---

1 열대 아메리카산 상록수 열매. '사포지라'라고도 함.

한 알뿐이다. 그런데도 배에는 가스가 꽉 차 있고 색욕도 동하지 않는다. 그 짓이고 뭐고 방귀나 한 번 후련하게 뀌었으면 더 바랄 게 없을 것 같다. 나는 깨금발로 방안을 뛰어 돌아다녀도 보고 올챙이배에다 무릎을 바짝 갖다 붙이고 누워 배를 문지르기도 하면서 별별 짓을 다해보지만 그 무슨 짓도 소용이 없다. 샤이크 사디가 했던 말이 꼭 옳았다.

오, 현자여! 배는 바람의 감옥이니,
현명한 자들은 바람을 잡아 두지 않는다.
바람이 그대의 배를 괴롭히면 풀어주어라, 방귀로.
뱃속의 바람은 가슴속의 돌과 같으니.

오, 쉬라즈의 현자시여! 그 바람이 정말로 가슴속의 돌처럼 나를 괴롭히고 있습니다. 어떻게 풀어주어야 할까요?

방귀를 뀌는 것은 인생삼락 가운데 하나니, 그 첫째는 섹스요, 둘째는 비듬이 잔뜩 낀 두피(頭皮)에 기름을 문지르는 것이요, 셋째는 길고 시원하게 방귀를 뀌는 것이다. 그러나 중년으로 접어들면서 나는 그 가치의 순서를 거꾸로 바꾸었다. 이제는 방귀를 뀌는 것이 내 인생삼락 중에서 첫째다.

방귀 중에서 으뜸은 뭐니 뭐니 해도 그 소리가 천둥처럼 울렸다는 트럼펫 -우리 조상들에게는 최상으로 알려졌던-이다. 그것은 의지적인 행위고 선언적이며 남성적이다. 그리고 소리는 크더라도 냄새는 거의 없다. 소리가 크면 클수록 냄새는 덜한 법이다. 그 주제에 대해서 의식적으로 탐구를 했던, 대머리에 퉁방울눈인 사진쟁이 친구는 트럼펫 옹호자다. 그는 트럼펫이 신선한 과일과 땅 위에서 자라는 비섬유질 야채로 다이어트를 하는 사람들만이 뀌어낼 수 있다는 제법 그럴싸한 의견을 갖고 있는데, 그런 음식들만이 순수하다는 것이다. (가금류, 생선류, 육류 따위는 영양가는 높지만 부차적인 부속물의 범주에 속하며 여러 가지 양념들과 피클, 보존식품, 처트니[2] 같은 신선하지 않은 음식들, 또는 무, 감자, 당근, 마늘처럼 땅 밑에서 자라거나 양파, 캐비지, 순무, 꽃양배추처럼 땅에 붙어 자라는 식물들은 한 마디로 순수하지가 못하다는 것이다). 그 사진쟁이 친구는 빈속에 수분이 많은 수박을 먹음으로써 트럼펫을 과시했는데, 과연 한 시간이 지나자 제트기처럼 힘차게 방귀를 뀌었다.

방귀 중에서 두 번째는 셰흐나이[3] – 우리 조상들은 그것에 두 번째 지위인 차상을 부여했다 – 로, 그 소리는 뽀오옹 뽀오옹 하고 울린다. 나는 그 소리를 셰흐나이, 즉 바라나시[4]의 거장인 비스밀라 칸에 의해 유명해진 관악기에 비유하고 싶다. 셰흐나이 역시 트럼펫처럼 의지적인 행위로서 궁둥이를 약간 들썩이거나 배를 부드럽게 압박함으로써 뀔 수 있다. 하지만 그것은 음조가 낮고 오래 지속된다는 점에서 트럼펫과는 다르며, 스코틀랜드의 민속악기인 백파이프로 처음에 내는 소리 – 삐이인 – 가 그와 매우 흡사하다.

세 번째 유형은 무두질하지 않은 가죽이 철벅거리거나 오래된 양피지가 버스럭거리는 것 같은 소리를 내는 스크레이퍼인데, 그것은 사실 한 번이 아니라 여러 번 짧게 이어지는 – 삐디딕 삐디딕 삐디딕 – 방귀 소리다. 스크레이퍼는 타마시크[5]한 음식을 너무 많이 먹어서 생기는 부산물이며, 또한 나이가 들어 직장 근육이 헐거워진 현상이기도 하다.

---

2 인도의 달콤하고 매운 양념.

3 피리의 일종.

4 갠지스 강변에 있는 도시.

5 자연의 세 가지 속성 가운데 하나로 무지, 나태, 노여움의 원인이 되는 것.

네 번째는 타블라[6]로, 그것은 봉고 드럼을 치는 것처럼 단 한 번 픽하는 소리로 존재를 드러낸다. 그러나 타블라는 주인의 승낙 없이 새어나오기 때문에 어쩌다 주인이 다른 사람들과 함께 있을 경우에는 그 주인을 몹시 난처하게 만드는 제멋대로인 놈이다.

다섯 번째는 소리 없는 냄새 폭탄인 푸스킨이다. 그것은 소리가 없기에 옆 사람에게 비밀스러운 선물 – 숨겨진 보물 – 로 떠넘기기에 가장 적격이며, 주는 사람은 "나는 아니야." 하는 표정으로 코를 싸매 쥐고서 다른 누구인가를 흘겨볼 수 있다. 하지만 "말을 하는 사람이 방귀를 뀐 사람이다." 라는 일본 속담대로 조심을 해야 한다. 그러니 냄새 고약한 숨겨진 보물을 뀔 때는 다른 사람들이 누가 장본인인지를 짐작케 하는 편이 좋다.

나라마다 방귀에 대한 태도가 판이하게 다르다. 유럽인들과 미국인들은 방귀에 대해 전혀 스스럼이 없는데, 그것은 그들이 물려받은 그리스 유산의 일부다. 서기 1세기경의 니콜라스도 배에 가스가 차면 아무 때든 방귀를 뀌는 미덕을 격찬했었다.

> 방귀는 갇히면 사람을 죽일 수 있으나,
> 풀어주면 노래를 부를 수 있다.
> 건강을 주는 노래를. 방귀는 사람을
> 죽이기도 하고 살리기도 하는 강력한 왕.

니콜라스는 소리 없는 냄새 폭탄과 귀에 들리는 여러 가지 방귀의 차이점을 알고 있었다. 즉, 이런 식으로.

---

6 인도의 전통 타악기.

헨리는 한숨짓는가, 방귀뀌는가?
그의 숨결은 어느 쪽에서나 강하니.

방귀를 뀌라는 권고는 근대 영국문학에서도 발견된다.

문학가들이여, 우리가 헤어지기 전에
왜 방귀를 절대로 안 뀌는지 말씀해 주시렵니까?
절대로 안 뀌다니요, 친애하는 브라이트 양?
하도 많이 뀌어서 뀔 필요가 없는 것이랍니다.

백인종들은 가스가 많이 차지 않는 온화한 음식을 먹지만, 그렇더라도 가스가 차면 사람들이 있건 말건 전혀 예의를 차리지 않고 가스를 내뿜는다. 그러나 이 경우에도, 술꾼들이 숨겨진 보물을 뀐다면 몹시 역겨울 수밖에 없다. 술로 인해 생겨난 방귀는 냄새가 보통 아니게 고약하기 때문이다. 백인들이 보여 준 조야(粗野)함의 극치는 한 프랑스인이 무대에서 방귀의 힘을 과시했던 것이었다. 그는 내기를 걸고 바지 뒤에다 터진 틈을 낸 다음, 궁둥이에서 1미터 떨어진 곳에 켜놓은 촛불을 방귀로 껐다.

백인들이 역겹다지만 인도인들도 그보다 별로 더 나을 것이 없다. 인도 사람들은 유머 감각이 형편없다 보니 방귀를 농담거리로 삼는데, 더군다나 맵고 타마시크한 음식들을 먹기 때문에 방귀를 뀌는 데서라면 세계 챔피언 감들이라서 서로를 비웃을 때가 많다. 한 번은 내각의 어떤 장관이 전인도 라디오 방송의 외부 인터뷰에서 녹음을 하던 중에 트럼펫을 뀐 적이 있었다. 물론 그 부분은 다시 녹음이 되었지만, 정작 방송으로 내보낼 때가 되자 실수로 첫 번째 녹음이 방송되었다. 그 덕분에 그는 자신의 방귀 소리를 전

세계에 들려주었다는 유일무이한 영예를 얻게 된 셈이다. 진기록들을 담는 기네스북은 주목하시라.

방귀에 대해서 가차 없는 태도를 보이기로 말한다면, 그 영예는 페르시아인들과 이란인들에게로 돌려져야 한다. 그들에게는 시회에서 방귀를 꿔었던 한 젊은 이란인의 이야기가 전해지고 있는데, 그 젊은이는 후회스러움을 이기지 못해 자기가 살던 도시를 떠났다. 그리고 스스로 부과한 여러 해의 형기를 치른 뒤 자기의 작은 범행이 잊혔으리라는 기대를 품고 고향으로 돌아와서 몇몇 사내아이들에게 자기가 예전에 살았던 집을 가리켜달라고 했다. 그러자 개구쟁이 녀석들은 "그 방귀쟁이 아무개 아무개의 집말인가요?"라고 물었고, 그 가엾은 사내는 다시 유형지로 돌아갔다는 것이다.

방귀를 꾄 사람에게 호의를 베푸는 것으로 치자면 그 첫 번째 상은 방귀에 대해 보인 그 숭고한 태도로 인해 귀머거리 하탐으로 알려졌던 발크의 수피교도 압둘 라만 하탐 이반 운완 알 아삼에게로 돌아가야 한다. 전해오는 말에 의하면, 그 덕망 높은 수피교도는 한 늙은 여인에게 교리상의 어떤 의미에 관한 문제를 설명해 주고 있다가 그 여인이 방귀를 꿔자 목청을 돋워서 이렇게 말했다는 것이었다. "좀 더 크게 말하시오. 나는 귀가 잘 들리지 않소." 그 이후로 하탐은 그 여인이 세상을 뜰 때까지 15년이라는 긴 세월 동안을 사람들이 그의 귀에다 대고 소리를 지르는 것까지 참아내면서 귀가 잘 들리지 않는 것처럼 가장했다고 한다. 귀머거리 하탐은 방귀를 꿔고 당황해 하는 사람들의 수호성인인 셈이다.

내가 진짜 행위 대신으로 늘어놓은 이 방귀에 대한 박식한 이론을 바그마티가 받아들여줄지 모르겠다.

16

1857 세포이 항쟁

지금도 나는 남편을 부추겨서 델리로 옮겨오게 했던 나 자신을 절대로 용서할 수 없다. 더군다나 그는 늘 이런 말을 하곤 했었는데도. "캘커타가 어때서 그래? 여기서도 우린 아주 행복한데."

캘커타가 잘못된 것은 아무것도 없었다. 하지만 그래도 내게는 거기서 살고 싶지 않았던 이유가 몇 가지 있었다. 그 하나는 거기가 서양인과 인도인의 혼혈아들로 득실거리는 데라서, 그들과 아예 상종을 하지 않는 한 영국 신사들이 나를 그런 사람들 중 하나로 오해하기 시작한다는 것이었다. 그런데 내가 이런 말을 한다고 해서 그 혼혈인들에게 무슨 악감정이 있는 것은 절대로 아니다. 나는 검둥이의 피가 좀 섞인 사람들 중에서도 멋진 신사들을 몇은 알고 있으니까. 혼혈이라는 것이 그들 잘못은 아니지 않은가? 하지만 어쨌건 간에 나는 그들과 거리를 두어야 했다. 어머니는 캘커타에서 너무 오래 살다 보니 자기가 영본국 어디에서 태어났는지도 잊어버렸고, 거기에다 한술 더 떠서 끔찍한 영국·인도 혼혈인을 남편으로 고르기까지 했다. 하지만 나는 결혼만큼은 진짜배기 영국신사, 그러니까 여왕 폐하 우편전신국에서 근무하던 알렉산더 앨드웰 씨와 했다. 우리가 결혼식을 올렸을 때 나는 꽃다운 열여덟 살이었고 그는 서른 줄에 들어 있기는 했어도, 조금 전에 얘기했듯이 남편은 진짜―한 치도 틀림없는―영국 산이었고 나는 그가 캘커타의 하층민들과 섞이는 것을 원치 않았다.

우리의 결혼생활에서 첫 2년 동안 알렉은 내게 두 딸을 안겨주었다. 하지만 얼마 안 가서 곧 그는 말 그대로 꽝이 되었고, 쉰다섯 살이 되자 직장에서도 은퇴했다. 나는 그가 우리를 영본국으로 데려가 주었으면 했지만 그는 캘커타를 떠나려 하지 않았다. "여기서 사는 게 훨씬 더 싸게 먹혀. 본국으로 돌아가면 우린 하녀나 사환을 둘 수 없다고." 라는 것이 그의 말이었다. 어찌 되었건, 그는 한 푼도 저축을 해두지 않았고, 그래서 우리에게는 영본 국으로 가는 뱃삯을 치를 돈도 없었다. 또 거기에다 설상가상으로, 더 싼 집 을 찾아서 초우링헤와 원주민 시장 사이에 있는 혼혈인 거주구역으로 이사 를 가야 하기까지 했다. 나는 되도록 이웃 사람들과는 상종을 하지 않으려 고 했지만, 알렉은 오리가 물을 반기듯 혼혈인을 받아들여 함께 술을 마시 는 것은 물론이고, 그 사람들 집으로 찾아가기까지 하는 것이었다. 나는 그 에게 통사정을 했다. "알렉, 난 딸아이들을 인도에서 키우고 싶지 않아요. 그 애들을 본국에 있는 쓸 만한 학교에 보내고 싶어요. 당신 연금으로 그럴 수 없다면 백인들이 모자라는 북쪽 지방으로 올라가요. 거기에서라면 당신 이 무슨 일자리든 얻을 수 있을 거라고 믿어요. 당신 봉급에다 연금을 합치 면 우리 딸아이들에게 걸 맞는 교육을 시켜 줄 수 있잖아요. 우리는 얼마쯤 저축을 한 다음에 영국으로 가서 합치면 돼요. 또 그러는 동안에 제대로 된 사람들과 어울릴 수도 있고요." 그 말을 한 번만 더했으면 백 번은 될 것이 었다. 그런데도 그 잘난 알렉산더 앨드웰 씨는 내 말에 귀를 기울이기는커 녕, 언제나 한 귀로 듣고 한 귀로 흘리는 식이어서, "누가 나 같은 늙은이에 게 일자리를 주겠어?" 하고는 휭하니 밖으로 나가버리는 것이었다.

　나는 완전히 질려버리고 말았다. 그래서 나는 알렉에게 알리지도 않고 그 의 직장 상사였던 조지 앳킨스 씨를 찾아갔는데, 앳킨스 씨는 마흔밖에 안 된 독신에다 정말로 멋진 남자였다. 그가 내 말을 귀담아듣고 나서 생각해 볼 시간을 좀 달라더니 캘커타 클럽에서 자기와 함께 저녁식사나 하지 않겠 느냐고 물었다. 정말로 멋진 일이었다! 연미복을 입은 신사들, 롱드레스를 걸친 부인들! 음식을 나르는 하인들, 남자 사환들, 그리고 기가 막힌 음식 들! 앳킨스 씨는 정말 너무도 당당했다. 그리고 또 이런 말까지 하는 것이었다. 사람들 앞에서 부인처럼 아름다운 분과 함께 있는 모습을 보일 수 있게 되어 대단히 자랑스럽다고. 나는 그의 코에다 살짝 키스를 해주었다. 저녁 식사와 춤이 끝나자 그는 나를 자기의 이륜마차로 바래다주었는데, 나는 이번엔 작별 키스로 진짜 입맞춤을 해주었다.

며칠 뒤 앳킨스 씨가 나를 저녁식사에 초대했다. 얼마나 낭만적이던지! 촛불에 샴페인에다 갖가지 음식들. 영국 산 햄, 체다 치즈, 그리고 캘커타의 가장 호사스러운 상점 ─ 더 홀 오브 올 네이션즈 ─ 에서 구해온 최상품들. 나는 그가 원하는 것이 무엇인지 알고 있었다. 그리고 내가 원하는 것이 무엇인지도. 저녁 식사를 마치자마자 우리는 본론으로 들어갔고, 나는 그에게 정말로 멋진 시간을 안겨주었다. 앞에서도 얘기했지만, 나는 알렉이 남자구실을 못하고 있어서 서른여섯밖에 안 됐으면서도 1년이 넘도록 남자를 알지 못했었다.

조지 앳킨스는 성교 ─ 내가 말하는 의미는 완전무결한 성교다 ─ 에 대해서라면 가장 기초적인 것도 몰라서 삽입을 하자마자 일이 끝나버렸다. 하지만 그는 두 번째로 일을 치르기 위해 분발했는데, 이번에는 몹시 거칠어져서 내 젖가슴을 깨물고 내 가엾은 엉덩이에 손톱을 박아 넣고 있는 힘껏 세게 방아질을 해대는 것이었다. 그가 절정에 이르려고 하자 나는 비명을 질렀다. "아아, 못 견디겠어요!" 그가 무릎을 굽힌 채로 허리를 낮추고 요란하게 "우아!" 하는 소리를 지르면서 무너져 내렸다. 내가 절정에 달해서 녹초가 된 척하자 그는 첫 번째 용을 베어버린 성 조지 같은 표정이 되어 아주 다정해졌다. "아프지 않았어요? 용서해줘요." 아프지 않았냐고? 기가 막혀서! 하지만 나는 최대한 노곤한 목소리로 대답했다. "아뇨, 아프진 않았어요. 그저 힘이 빠진 것뿐이에요. 정말 더없이 좋았어요. 고마워요, 고마워요, 고마워요." 조지 앳킨스는 마치 봉급이 두 배로 오르고 크리켓 경기에서

100점을 기록한 사람처럼 보였다. 그가 내 옆에 누워서 자기의 가슴을, 마치 그게 온통 금메달들로 덮이기라도 한 것처럼, 툭툭 쳤다. 나는 그의 젖꼭지를 만지작거리기 시작했다가 그것들이 단단해지자 올챙이배에 키스를 하고 배꼽에 코를 박았다. 안쓰럽게도 축 늘어져 있는 그의 성기가 보였다. 나는 곱슬곱슬한 갈색 음모 사이로 손가락을 밀어 넣어 그 정체 모를 놈을 살살 만지작거렸다. 그의 물건이 뱀 놀리는 사람의 바구니에서 대가리를 치켜드는 뱀처럼 꿈틀거리기 시작했다. 나는 그것이 완전히 되살아나서 크기가 상당해질 때까지 혀로 핥다가 그의 사타구니 위로 올라앉아 허벅지 사이로 그것을 받아들였다. 그가 살아 있는 한 언제까지고 나와 함께 보냈던 밤을 기억하게 되었으면 싶었다. "당신이 이렇게 멋진 여자가 된 건 당신 몸 속에 인도인의 피가 흐르고 있어서겠지요?" 그가 내 등 뒤로 팔을 두르며 물었다. 하지만 나는 그 말이 조금도 마음에 들지 않았다. "아니에요, 조지. 제 몸 속엔 인도인의 피 같은 건 없어요. 나는 당신처럼 진짜배기, 그러니까 100퍼센트 영국인이고, 그걸 자랑스럽게 여겨요. 이제 한 가지 약속해주세요. 알렉이 북쪽 지방 어딘가에서 일자리를 구하게 해주셔야 돼요. 분명히 약속하실 수 있죠?" 나는 그에게 키스를 하고 사타구니를 비벼대다가 그의 눈을 똑바로 들여다보면서 다시 물었다. "약속하신 거죠?" 그는 내게서 눈을 돌리려고 했지만 나는 양손으로 그의 머리를 붙잡았다. "약속해주세요. 당신에게도 보람 있는 일이 되도록 하겠어요." 내가 다짐을 두었다. "내 힘닿는 데까지 알아보지요." 그가 대답했다. 그것으로 충분했다. 나는 혀를 그의 입 안으로 밀어 넣고 우리 둘 모두가 두 마리 짐승처럼 될 때까지 일을 치렀다. 피가 배어 나오도록 물고 할퀴고 피를 빨면서. 그 마지막 행위에서 우리는 하마터면 서로를 죽일 뻔했다. 이번에는 사람들이 변호사 사무실에서 하는 말처럼 "서명되고 봉인되어 송달된" 것이었다. 그의 마부가 나를 집으로 데려다주었을 때는 새벽 세 시였다.

다음날 아침 나는 알렉에게 앳킨스 씨를 찾아가보라고 잔소리를 늘어놓았다(남편에게는 누군가에게 부탁을 해서 앳킨스 씨에게 말을 넣어보도록 했다고 둘러대고서). 한 가지 불안한 것은 앳킨스가 나를 캘커타에 붙잡아두려고 하면 어쩌나 하는 것이었지만, 남자들이 어떤지는 다들 알고 있는 일 아닌가! 일주일도 채 안 되어 그는 델리에다 알렉의 일자리를 마련해주었고, 나는 고마움을 표하기 위해 그의 방갈로를 찾아갔다. 그러나 이번에는 촛불도 샴페인도 저녁식사도 없었고, 단지 그가 내게 그 짓을 했을 뿐이었다.

그렇게 해서 우리는 1856년 봄에 델리로 옮겨왔다. 그리고 대부분의 유럽인들이 살고 있던 다르야간지에 커다란 이층집을 세내었는데, 그 집에는 울타리가 쳐진 널따란 주인 거처 외에도 하녀, 집사, 등불을 켜는 하인, 물 긷는 하인, 급사, 마부, 청소부들과 다른 하인들의 숙소가 딸려 있었다. 그 집은 높은 담장들이 둘리고 육중한 철대문이 달린 성채 같아 보였고, 집 동쪽은 그 밑으로 야무나 강이 흐르는 델리 시의 성벽이었다.

11월에 나는 세 번째 아이로 딸을 하나 더 낳았다. 우리는 그 아이를 카슈미리 문 근처에 있는 성 제임스 교회로 데려가서 세례를 받게 했고 이름은 조지나라고 지어주었다(나는 앳킨스 씨에게 우리 딸아이의 출생과 이름을 알리는 카드를 보냈다). 그리고 보름 뒤에는 조지나의 탄생을 축하하는 파티를 열었는데, 델리에서 이름깨나 있는 사람들만이 초대를 받았고 50명 이상의 신사숙녀가 초대에 응했다. 총독 대리사무관이자 오리지널 귀족인 데오필러스 메트칼프 씨도 잠시 들렀다. 또 찬드니 초우크 중심가에 있는 은행 지배인인 베레스포드 씨와 그의 부인은 아이들을 데려왔고, 붉은 성채의 경비 책임자인 더글러스 대위는 판무관인 심슨 프레이저 씨와 동행이었다.

나는 아기 때문에 술을 마시거나 춤을 출 수는 없었지만 나 말고는 모두들 대단히 멋진 시간을 보냈다.

우리는 원주민을 아무도 초대하지 않았지만 그럼에도 불구하고 많은 사람들이 우리에게 선물을 보내주었다. 그 선물들 중에는 늙은 왕 바하두르 샤의 총애를 받는 지나트 마할 왕비가 보낸 아름답게 수를 놓은 비단도 있었다.

메트칼프 씨가 나를 한옆으로 데려가더니 호의를 한 가지 베풀어줄 수 있겠느냐고 물었다. 태수들의 하렘에서 그 처첩들이 무슨 말을 하는지 알기 위해 그들과 계속 접촉할 사람이 필요하다는 것이었다. 그가 어떻게 해서 내가 힌두스탄 말을 알아들을 수 있다고 생각했는지는 모르지만, 개인적으로 부탁을 받은 일이라서 나는 아기가 젖을 떼고 나면 무슨 일이든 하겠다고 약속했다.

델리에서의 겨울은 참으로 즐거웠다. 12월로 접어들자 날씨가 장작불을 피우기 꼭 좋을 만큼 싸늘해져서 아침이면 땅에 서리가 내렸지만 낮에는 밝고 따뜻했다. 나는 우리 집을 아주 편안한 곳으로 만들어 유럽인들을 환대하는 장소로 개방했다. 더글러스 대위와 그의 젊은 부관은 정기적으로 찾아오는 손님이 되었고, 나는 그들이 좋아하는 정향과 육두구를 곁들여 뜨거운 럼 펀치를 대접했다. 크리스마스이브가 되자 우리는 성 제임스 교회에서 열린 캐럴 서비스[1]에 참례했다. 그리고 다음날 아침 우리 집 베란다는 남편의 원주민 부하직원들이 크리스마스 선물로 보낸 과일과 꽃바구니들로 가득 찼다. 그날 오후에 메트칼프 씨가 유럽인들을 자기의 저택으로 초대했고, 카슈미리 문 밖에 있는 그의 저택 잔디밭에서 우리는 여왕폐하를 위해 건배

---

1 크리스마스 직전에 캐럴을 부르고 크리스마스와 관련된 이야기를 읽는 축하의식.

했다. 그리고 저녁에는 우리 집 크리스마스트리 주위로 몇몇 독신자들이 모여들었는데, 모두들 몹시 취했고 알렉은 곤드레가 되어서 침대로 들어 옮겨야 했다. 사내들은 나를 희롱했지만 - 그렇더라도 아주 심각한 것은 절대로 아니었다! 그저 실컷 크리스마스 축하 키스를 하고 끌어안고 한 것뿐이었다.

성탄절 다음날 알렉은 더글러스 대위와 사냥을 나갔다가 검은 수사슴 두 마리, 오리 네 마리, 그리고 근 오십 마리나 되는 자고새를 잡아서 돌아왔다. 우리는 친구들에게 사슴 다리고기와 자고새를 한 쌍씩 보냈다.

섣달 그믐날에 우리는 성대한 잔치를 벌였다. 메트칼프 씨가 다시 우리 집으로 찾아오는 영광을 베풀어주고 나서 떠나기에 앞서 나를 한옆으로 부르더니 원주민 여자들이 무슨 말을 하고 있는지 알아보겠다고 했던 약속을 일깨웠다. 메트칼프 씨는 그 일에 아주 열심인 것 같았고, 나는 바로 일을 시작하겠다는 말로 그를 안심시켰다.

정말로 재미있는 일은 메트칼프 씨가 떠난 뒤에 시작되었다. 알렉은 완전히 곯아떨어져서 침대로 들어 옮겨야 했는데, 채 1미터도 떨어지지 않은 곳에서 부관들 중 하나가 나를 강간하다시피 하는데도 정신없이 취한 그 멍청이, 내 남편은 그를 계속 부추기는 것이었다. "그 화냥년을 해치우라구…… 계속해……." 그것이 델리에서의 삶이었다.

연말연시 축제기간이 지나자 나는 조지나의 탄생축하 파티와 크리스마스 때 선물을 보내준 원주민 부인들에게 감사장을 보냈다. 그러자 몇몇 부인들이 우리를 찾아와 한 집안 식구들 사이에서 감사장까지 보낼 필요는 없었다고 떠들어댔는데(내가 원주민 가족과 한 식구라니? 기가 막혀서!), 원주민들은 그처럼 허풍을 떠는 데서라면 타고난 재능이 있다. 나는 그들 누구에게나 "자매"였고 그들이 데려온 아이들은 나를 "이모"라고 불렀다. 면전에서는 알랑거리고 아첨을 하면서도 뒤에서는 언제고 단검으로 등을 찌를 준비가 되어 있는 사람들!

*

1857년 4월 어느 날이었다. 날씨가 몹시 더워졌던 것으로 기억된다. 우리는 물 긷는 하인들을 시켜 문간에 늘어놓은 카스들에 물을 끼얹게 했다. 하지만 오후에는 아무도 밖으로 나갈 엄두를 내지 못했고, 날이 어두워진 뒤까지도 후텁지근해서 우리는 옥상에다 자리를 펴고 팡카왈라들에게 돌아가며 밤새도록 부채질을 하게 했다. 하루는 지나트 마할 왕비가 탈카토라에 있는 그녀의 영지에서 생산된 수박과 망고를 한 쟁반 가득 보내주었다. 나는 그 과일을 날라 온 하인들에게 팁을 두둑이 주고 나서 메트칼프 씨에게 그 사실을 알렸다. 그는 내게 전갈을 보내어 지나트 마할에게서 과일바구니를 선물 받은 유럽의 부인들이 사의를 표하기 위해 그녀를 방문할 예정이니까 그들과 동행하라고 권했다.

나는 두 딸과 함께 은행가인 베레스포드 씨가 보내준 사륜마차에 올랐다. 라호리 문에서 더글러스 대위가 우리를 맞았다. 그날 오후 우리 백인 마님 일행은 플레밍 상사의 나이 지긋한 부인과 그녀의 딸인 스컬리 부인, 그리고 몇몇 다른 여자들이었다. 더글러스 대위가 우리를 하렘 경비대 우두머리인 뚱뚱한 환관 바산트 알리 칸에게 인계했고, 그 환관의 안내로 우리는 메나 시장과 양편에 왕가 사람들의 방이 늘어선 끝없이 긴 복도를 지났다. 그러나 이 세상 어느 곳에서도 그보다 더 누추하고 냄새 고약한 궁전은 찾아보기 힘들 것이었다. 그들의 거처는 내 하인들의 거처만도 못했고 여인들의 차림새는 내 하녀들보다도 더 남루했다. 우리가 안내된 곳은 강이 내려다보이는 왕비의 접견실이었다.

우리는 페르시아 융단이 씌워지고 수놓은 비단으로 덮인 덧베개들이 놓여 있는 장의자에 앉았다. 한여름 더위에 융단이라니! 하지만 그보다 더 가관인 것은 원주민들이어서, 왕비를 보러 온 사람들마다 커다란 부채를 흔드는 하녀를 뒤에 둘씩 세워두고 있었다. 그들이 우리에게 장미와 케우라 꽃물을 뿌렸고, 여자 의전관이 왕비의 행차를 알렸다. "이 시대의 빛나는 영광, 세계의 여황제, 힌두스탄의 왕비 전하 납시오!" 원주민들은 거창하게 들리는 칭호를 쓰기 좋아한다. 왕비가 들어설 때 보니 그녀는 정말로 미인이었다. 커다랗고 둥근 눈, 올리브빛 피부, 그리고 흑단처럼 검은 머리. 그녀는 머리 위로 드리워진 거미줄처럼 얇은 두파타에 북인도 민속 의상으로 대단히 우아한 차림을 하고 있었다. 우리가 그녀를 맞으려고 일어서자 그녀는 우리 하나하나와 악수를 하면서 영어로 "굿 에프터눈!" 하고 인사를 건넸고, 내 딸아이들의 뺨을 토닥여주기도 했다. 그녀는 영어를 약간 알고 있기는 했어도 페르시아어나 힌두스탄어를 썼는데, 우리 대부분이 힌두스탄어를 약간씩은 알고 있어서 의사소통에는 별 지장이 없었다. 이야기가 동나자 우리는 실없이 킥킥거리거나 소리 내어 웃었다.

백인 마님들을 보거나 함께 이야기를 나누고 싶어 하는 호기심 강한 원주민 부인들과 그 딸들이 여러 명씩 들락거렸다. 남자들은 규방에 들어오는 것이 금지되어 있었지만 왕비의 외아들인 자완 바크트 왕자는 그의 아내와 함께 입장이 허락되었다. 그는 바로 얼마 전에 자기의 사촌누이와 결혼한 젊은이로 나이는 열여섯밖에 안되었는데도 피부가 누르죽죽했다.

왕비는 우리 모두에게 선물을 주었고, 우리 역시 그녀와 세자빈에게 답례를 했다. 내 딸아이들은 비단 민속의상과 바지, 그리고 금팔찌를 선물 받았다. 나는 답례로 왕비에게는 야들리 라벤더 향수를, 그리고 세자빈에게는 숙녀용 손목시계를 주었는데, 그들은 내 선물에 무척이나 즐거워했다.

　사람들이 몇몇씩 소집단으로 나뉘자 나는 자완 바크트와 그의 아내가 포함된 그룹에 끼어들었다. 왕자는 숙녀들 앞에서 처신하는 법을 배우지 못한 탓으로 계속 구장잎을 씹었고 환관이 어느 곳으로나 들고 다니는 은제 타구에 소름끼치는 핏빛 가래를 뱉어냈다. 그리고 상민들처럼 계속 사타구니를 긁적거리는가 하면 자기 동료들의 귀에다 대고 소곤거리는 고약한 버릇까지 있었다. 때때로 그는 우리가 알아듣지 못할 거라는 생각으로 페르시아어를 쓰곤 했는데, 내가 그에게 말을 걸려고 해서였는지 사악한 눈과 혀를 내게 겨누고 자기 아내에게 페르시아어로 된 2행시를 암송했다.

　　이 꽃 저 꽃으로 옮겨 다니며 노래를 부르는
　　나이팅게일에게서는 정절을 기대하지 말지니.

　그 분별없는 여자는 손으로 얼굴을 가리고 숨이 막히도록 웃어댔다. 자완 바크트의 눈길이 내게로 쏠려 있어서 나는 그 시가 나를 빗댄 것이 아닌가 싶었는데, 그의 어머니가 어떤 부인과 이야기를 하고 있을 동안 그는 자기 어머니를 보며 다시 페르시아어로 떠들어댔다. "젊은 처녀의 옆구리에 있는 화살이 늙은 남자보다는 더 낫지." 그의 아내가 다시 배를 잡고 웃어대자 그 얼간이는 그녀의 웃음에 부추겨져서 계속 주절거렸다.

　　그녀가 남편의 손에 쥐어져 있는
　　굶주린 사내의 아랫입술처럼 흐물흐물하고 축 늘어진 것을 보았을 때……
　　그녀가 할 일은 잠든 자가 아니라 시체를 깨우는 것.

나는 정말로 화가 뻗쳤다. "당신 남편이 떠들어대는 이 불쾌한 소리가 무슨 뜻이죠?" 내가 그의 아내에게 따져 물었다. 자완 바크트가 영리한 척을 하려고 들었다. 그 바보에게는 내가 페르시아어를 알아들을 수 있다는 생각이 떠올랐을 리 없었다. "앨드웰 부인, 제 말은 당신의 미모를 칭찬한 것입니다." 그가 능글거리는 미소를 띠고 대답했다. "화를 낼 이유가 전혀 없습니다. 화난 여인에 대해서는, 좀 전에 암송했던 시를 쓴 그 비길 데 없는 시인, 사디가 이렇게 말했지요……." 그러고 나서 그가 페르시아 시를 인용했다.

잠자리에서 만족하지 못하고 일어난 여인은
자기 남편과 말다툼하고 싸우리라.
그러나 지팡이 없이는 일어설 수 없는 노인이
어떻게 그 자신의 지팡이를 세울 수 있을까?

"난 그게 무슨 뜻인지 정확히 알아요." 내가 페르시아어로 말을 잘랐다. "당신 부끄러운 줄 알아요! 당신 어머니에게 지금 당신이 뭐라고 했는지 얘기할까요?" 그 작자의 얼굴이 어땠는지를 보았더라면! 말라비틀어진 바나나 잎처럼 샛노래져서 낚시에 꿰인 지렁이처럼 꿈틀대는 꼴이라니! "거기 두 사람 무슨 일로 말다툼을 하지요?" 그의 어머니가 나를 돌아다보고 물었다. "아드님에게 물어 보세요, 전하." 내가 대답했다.

나는 자완 바크트가 끼어 있는 그룹에서 빠져나와 방을 가로질러 내 눈길을 끌려고 하던 처녀에게 말을 걸었다. 그녀는 자기가 배운 영어실력을 시험해보고 싶어 했다. 자완 바크트도 재빨리 돌아서서 스컬리 부인과 이야기를 하기 시작하는데, 그가 무슨 말을 했는지 그녀가 발딱 일어서더니 플레밍 부인에게 고해바쳤다. "어머니, 이 악당이 뭐라고 하는지 들었어요? 이 작자 말이 자기가 곧 영국을 깔아뭉갤 거고, 그런 다음엔 힌두교도들을 모두 죽일 거래요." 플레밍 부인은 늙었고 몹시 퉁명스러웠다.

"정말로 그랬나요, 자완 바크트?" 플레밍 부인이 화난 소리로 물었다. 왕비는 그녀의 아들에게 몹시 화가 난 것 같았다. 자완 바크트가 시뻘건 이빨을 드러내며 원숭이처럼 씩 웃었다. "그저 농담을 한 것뿐입니다."

"당신이 요즘 배운 농담이란 게 어떤 거지요?" 플레밍 부인이 따지고 들었다. "우선 당신은 숙녀(나를 뜻하는 말이었다)에게 무례했고, 다음엔 영국인들에게 무례했어요! 만약 힌두스탄에서 무슨 말썽이 생긴다면 누구보다도 먼저 당신 목부터 날아갈 줄 알아요!"

"지옥에나 떨어져라!" 하녀들이 합창을 했다. 지나트 마할 왕비의 얼굴이 당혹감으로 달아올랐다. 모두들 그녀가 백인들이 자완 바크트를 델리의 다음 번 왕으로 지명해주기를 바라고 그들의 문을 두드려 왔다는 사실을 알고 있었다. 그런데 이제 그 멍청이가 그녀의 희망에 찬물을 끼얹고 있는 것이었다. "그게 무슨 무례한 말이냐? 당장 사과하도록 해라." 그녀가 호되게 꾸짖었다.

"어머님!" 그 얼간이가 징징거렸다. "저는 다만 페르시아 인들이 힌두스탄을 침략하려고 한다는 소문이 떠돈다는 말을 했을 뿐입니다. 백 년 전에 나디르 샤가 그랬던 것처럼 이교도들을 학살할 거라고 말이지요. 어머니께서도 제가 델리에 와 계신 유럽 숙녀들의 목숨을 구하기 위해서라면 제 목숨이라도 바칠 각오가 되어 있다는 것을 잘 알고 계시지 않습니까?"

그의 말은 내가 이 원주민들을 두고 해왔던 말을 증명했을 뿐이었다. 머리끝부터 발끝까지 뻔뻔스럽다는. 어쨌건 내게는 메트칼프 씨에게 해줄 이야깃거리가 생긴 셈이었다.

접견이 끝나자 지나트 마할 왕비가 구장잎이 담긴 쟁반을 가져오게 해서 손수 하나씩 건네주었다. 다른 유럽인들과 마찬가지로 나도 구장의 그 고약한 맛을 참아낼 수 없었지만 궁정예법 상 거절을 할 수는 없었다. 그래서 우리는 구장잎을 우겨넣고 왕비에게 인사를 한 다음 그곳에서 나왔다.

나는 남편에게 궁전에서의 모임에 대해 이야기했지만 그는 별로 놀라는 기색이 아니었다. 남편 말로는 귓결에 원주민들이 페르시아나 러시아가 침략해 올 거라고 하는 말을 들었고 심지어는 자미아 회교성원 벽들에서 그 침략이 여름철에 있을 거라고 하는 포스터들까지 보았다는 것이었다. 남편은 케닝 경이 총독으로 취임했던 날부터 그런 소문들이 계속 돌고 있었다고 했다. 그가 취임선서를 하려고 걸어가다가 카펫에 발이 걸려 비틀거린 일을 두고 원주민들은 그것이 케닝 정부도 마찬가지로 비틀거리다가 무너질 것이라는 알라의 계시라고들 하고 있다는 것이었다. 알렉은 원주민들 대부분이 영국의 통치가 플라시 전투 100주년에, 그러니까 6월 중 어느 때에 끝날 것으로 믿고 있다고 했다. "이 지겨운 검둥이들이 할 수 있는 거라곤 나불거리는 것뿐이야." 그가 단언했다. "어디 해볼 테면 해보라고들 그러지. 우리는 놈들의 더럽고 시커먼 똥구멍에다 기름칠한 막대기를 쑤셔 넣을 테니까." 알렉은 꽝이 된 이후로 그런 상소리를 입에 달고 살았다.

알렉은 메트칼프 씨를 찾아가 내가 궁전에서 알아온 이야기와 그가 시장에서 주워들은 말을 전했다. 메트칼프 씨는 알렉에게 고맙다고 한 다음, 내가 왕의 여러 손자들 중 하나인 미르자 압둘라의 하렘에 있는 여인들과 계속 접촉하도록 권해달라고 부탁했다.

미르자 압둘라는 다르야간지에서 살고 있었고, 우리 집 뒤쪽 길에 사는 핫산 아스카리라는 자의 추종자였다. 그리고 핫산 아스카리는 왕의 귀(耳)이자 2년 전에 죽은 왕의 딸이 그의 부인이었다. 미르자 압둘라의 누이는 나를 여러 번 찾아왔었는데, 나는 답례로 그녀를 방문할 생각이 전혀 없었지만 메트칼프 씨가 남편을 통해 부탁을 한 뒤로는 영본국을 위해 내 몫을 해야 되겠다고 느꼈다.

어느 날 오후에 나는 미르자 압둘라의 집을 방문했다. 그런데 이 원주민들은 유럽 숙녀가 방문을 할 때면 어찌나 아첨을 해대는지! 그리고 얼마나 쩔쩔매는지! 그 여자들은 들뜨고 숨이 차서 이야기도 제대로 할 수 없을 지경이었고, 침략과 반란에 대한 소문들을 늘어놓고 싶어 안달이었다. "사람들이 떠들어대는 걸 막을 순 없지 않겠어요?" 미르자의 첫 번째 부인이 말문을 열었다. "사람들 수만큼이나 소문도 많으니까요." 나는 그녀에게 핫산 아스카리에 대해서 물어보았다. "알라를 믿는 분이시죠." 그녀가 대답했다. "하지만 우리 교파는 아니에요. 그분은 시아파고 우리는 수니파거든요. 우리는 그분과 아무 관계도 없어요."

나는 그 말이 거짓이라는 것을 알고 있었다. 틈틈이 우리 집안일을 해주는 재단사가 미르자 압둘라의 집안일도 해주고 있었는데 그가 내게 미르자의 집에서 핫산 아스카리를 보았다고 했기 때문이었다. 전에도 말했듯이 원주민들은 절대로 믿을 수가 없다. 그들은 말을 배우는 날부터 거짓말을 배우기 시작하고 진실을 말하는 것보다 거짓말을 하는 편이 더 현명하다고 생각한다. 알렉이 메트칼프 씨에게 내가 미르자 압둘라의 집을 찾아갔던 일을 보고하러 갔다가 돌아오더니 영국군 병영에서 원인을 알 수 없는 불이 났고 이상한 사람들이 차파티를 들고 뛰어 돌아다닌다고 했다. 그 교활한 검둥이들이 우리에 대해 음모를 꾸미고 있는 것은 분명했지만 그 이중인격적인 반역자들이 얼마나 빨리 우리를 등 뒤에서 찌를 것인지는 알 수 없었다. 그 일이 벌어졌던 날을 나는 얼마나 생생하게 기억하는지!

잠을 자러 가기 전에 우리가 늘 하던 일은(먼지폭풍이 불지 않을 경우에)

옥상에서 간단하게 술을 한 잔 하고 저녁을 먹으면서 시간을 보내는 것이었다. 그런 다음에는 전에도 얘기했듯이 물 긷는 하인들을 시켜 물을 뿌리게 하고 하인들에게 침구를 깔도록 했다. 나는 처음엔 내 침구를 알렉과 나란히 깔게 했지만 그가 매운 카레를 먹었을 때마다 속에 가스가 차서 불쾌한 짓을 해대곤 하는 통에 나중에는 그가 뀌어대는 방귀에 잠을 설치지 않으려고 그의 침구를 멀찌감치 떨어진 곳에다 깔게 했다. 그러나 옥상에서의 밤은 서늘했고 이른 아침결의 미풍은 아주 상쾌했다.

배반은 이슬람교도들이 해가 뜬 뒤부터 해가 질 때까지 단식을 하는 라마단 달의 어느 아침에 시작되었다. 지금도 나는 기도시간을 알리는 사람의 외침소리에 잠이 깼던 것을 생생히 기억한다. 날은 아직 어두웠지만 다르야 간지에는 회교사원들이 많아서 기도시간을 알리는 사람의 외침소리에 이어 또 다른 외침소리가 뒤따랐고, 그래서 나는 잠을 더 잘 수 없었다. 우리 집에서 부리는 이슬람교도 하인들이 해가 뜨기 전에 요리를 하고 그날 치의 음식을 게걸스럽게 먹느라 법석들을 떨고 있었다. 강 건너편 정글 위로 새벽동이 터오자 왕실 회교사원에서 대포가 발사되었고, 그 폭발음에 알렉과 아이들이 잠을 깼다. 얼마쯤 뒤 집사가 우리에게 간단한 아침식사를 올려주었다.

곧 딸아이들이 커다란 컵에 담긴 우유를 들고 마시면서 옥상 위를 뛰어돌아다니기 시작했다. 알렉과 나는 차를 마시고 있다가 어떤 뚱뚱한 바니아가 놋쇠 요강을 들고 와서 벽 가까이에 쪼그려 앉는 것을 보았다. 이 원주민들은 벽만 보면 사족을 못 쓴다. 그래서 알렉은 아침마다 자기가 마실 차와 함께 고무줄 총과 조약돌을 한 쟁반씩 가지고 올라왔는데, 그날도 바니아가 용변을 보기 전에 조약돌을 날렸다. 알렉이 쏜 돌이 핑 소리를 내며 놋쇠 요강에 맞자 그 바니아가 재빨리 일어서서 도티를 추슬렀다. "썩 꺼져라,

이 검둥이 놈아!" 알렉이 소리쳤다. 그 불쌍한 작자는 썩 꺼졌고 우리는 한 바탕 웃음을 터트렸다. 다음에는 자고새가 담긴 고리버들 새장을 든 사내가 왔고 몇 미터쯤 뒤에서는 다른 자고새가 꼬르륵 꼬르륵 꼬르륵 하면서 쫓아왔다. 알렉이 총을 들어올려 – 그는 강에서부터 머리 위로 날아오는 기러기나 오리를 쏘기 위해 침대 머리맡에다 늘 총을 놓아두고 있었다 – 자고를 겨냥했다. "빵! 저 통통한 놈을 잡아버렸으면 좋겠군, 멋진 자고 파이가 되겠는걸. 아무렴!" 그는 매일 아침마다 총으로 그 자고새를 겨누고 똑같은 말을 하곤 했다. 그날도 여느 날이나 다름없이 시작되었다.

시뻘건 태양이 뜨겁게 솟아올랐고, 해가 뜨면서 파리들이 날아들었다. 알렉과 아이들이 아래층으로 내려간 뒤 나는 계단 가까이에 있다가 강 건너편에서 먼지구름이 이는 것을 보았다. 무엇인가 해서 지켜보았더니 기병총을 쏘아대며 선교(船橋) 위로 질주하는 한 무리의 기병들이었다. "이리로 올라와서 봐요!" 내가 소리쳤다. 알렉이 옥상으로 다시 올라왔을 때쯤엔 그 기병들은 보루(堡壘) 뒤로 사라졌지만 다른 무리가 뒤따라와서 성벽을 따라 다르야간지 쪽으로 말을 몰았다. 그들이 옥상에 서 있는 우리를 보고 소리쳤다. "저 못된 양코배기들을 죽여라!" 그들은 동인도회사 제복을 입고 있었다.

우리는 아래층으로 달려 내려가 하인들에게 문을 모두 닫으라고 일렀다.

마지막 황제

죄인이 단식에 들어가면 알라께서 낮을 더 길게 하신다는 말이 있다. 치료사 예수(그에게 평화가 내리기를!)력으로 1857년 5월에 해당하는 우리 예언자(알라께서 그분을 축복하시길!)력 1273년의 라마단 달 동안이 짐에게는 그렇게 보였다. 짐은 이슬람 계율을 지키기 위해 최선을 다하였으나 이제 육신은 쇠하고 때로는 육신의 만족을 찾아 의지를 굽힌다. 그 해에는 신성한 단식의 달이 망고철에 떨어졌다. 망고를 즐기기에 가장 적당한 시간은 늦은 아침부터 이른 오후까지라지만 먹는 것이 금지되었으니 어쩔 수 없는 일. 만일 알라께서 짐의 믿음을 시험하기 원하신다면 짐은 맹세코 이 땅의 과실들 중에서 으뜸인 그 과일을 포기할 것이다.

근자에 들어서는 해가 뜨기 한 식경 전에 일어나 발코니에 앉아서 강을 굽어보는 것이 짐의 일과가 되었다. 짐은 새벽 기도를 드리기 전까지는 누구도 짐을 방해하지 말라는 지시를 내려두었고, 그럼으로써 동이 틀 때까지 서너 시간을 홀로 보내며 명상에 잠길 수 있었다. 짐은 어둠과 정적 속에서 담요를 두르고 앉아 있는 것이 좋았고, 야무나 강물에 비친 스러져가는 달빛을 지켜보는 것이 좋았다. 또 달 없는 밤이면 무수한 별들이 박힌 검은 하늘을 응시하는 것이 좋았고, 동이 터오는 하늘에서 샛별의 은빛 광휘가 스러지는 것을 보는 것도 좋았다. 짐은 뻐꾸기들의 울음소리와 더불어 화려하게 떠오르는 태양을 보는 것이 좋았다. 서늘한 아침 바람은 짐의 가슴에 구슬픈 시적 영감을 불러일으키지 않은 적이 없었으니, 때로 짐은 촛불을 밝혀 한두 편의 시를 적어 내렸고, 때로는 가잘[2] 구절들이 짐의 마음속에서 노래로 바뀌도록 놓아두었다. 그리고 또 자우크나 미르자 갈립, 또는 짐의 도시에 있는 다른 시인들이 보내 온 시구들을 훑어보는 아침도 있었다.

짐은 다른 어떤 시간보다도 그러한 시간에 조물주와 더 가까워진다고 느꼈기에 그 평화와 휴식의 시간을 소중히 하였고, 그 시간들 덕분에 낮 동안

---

2 회교도의 무훈담.

짐을 짓누르는 불쾌한 현실을 견딜 수 있었다. 온 세상에 밤의 장막이 드리워져 있을 때면 마음의 거울은 이런저런 생각들이 별처럼 반짝이는 하늘과 같으니, 그 때가 내면적 자아와 친교를 나누며 사람이 자신을 왕 중의 왕, 힌두스탄의 황제라 칭할지라도 얼마나 비소(卑小)한지를 깨닫기에 가장 좋은 시간이다.

그처럼 홀로 보내는 시간이 지나면 짐은 빛나는 조상 알람기르 아우랑제브(알라께서 그분의 영혼이 천국에서 편히 쉬도록 해주시기를)께서 건설하신 진주 회교성원으로 향하였고, 그 대리석 회교사원의 눈처럼 서늘한 기운 속에서 조물주(별들과 달에 은빛을, 태양에 불과 빛을 주신 분)와 그분의 예언자(그분께 알라의 축복이 있기를)에게 경의를 표하였다.

성스러운 라마단 달에는 그 일상이 다소 바뀌어 백성들이 식사를 할 수 있도록 동쪽 지평선 위로 동이 터오기 전의 이른 시간에 주방의 불이 지펴졌다. 라마단 기간 동안 짐은 그 이른 시간들을 디완 이 카스의 안락의자에 앉아 묵주기도를 드리고 알라의 아흔아홉 이름들을 되뇌며 보냈다. 아침 수라가 올려 지면 짐은 홀로 식사를 하였고, 다음에는 짐의 사랑스러운 왕비 지나트 마할이 구장잎을 손수 말아 올렸다. 짐은 구장을 씹고 수연통으로 담배를 피우며 야무나 강의 물줄기가 하늘의 명령에 따라 그 빛이 바뀌는 것을 지켜보았다. 그리고 라호리 문에서 단식의 시작을 알리는 대포가 울리면 수연통을 받드는 시종이 짐의 면전에서 담뱃대를 거두었다.

*

짐이 기억하는 한 그 일은 정확히 라마단 열엿새 째 날인 1857년 5월 11일, 월요일 아침에 일어났다. 그 전날 밤 지나트 마할 왕비와 짐은 발코니를 거닐며 시간을 보냈는데, 달이 차고 하늘은 맑아서 왕비가 강에 비친 달에 관하여 무슨 말인가를 했었다. 그리고 짐이 무더운 날씨에 대하여 불평을 하자 왕비는 망고에 감미로운 맛을 주고 자스민과 마울사리에 향기를 주려면 사막에서 불어오는 바람의 이글거리는 열기가 필요하다고 아뢴 뒤, 그 증거로 자신의 머리에서 그러한 꽃들로 만들어진 머리장식을 풀어 짐에게 건네주었다. 짐이 그 머리장식의 향기를 들이쉬고 나서 돌려주자 왕비가 다시 아뢰었다. "그것을 폐하의 베개 옆에 두시오소서. 그것이 폐하께 이 하녀 지나트를 떠올려줄 것이옵니다." 라마단 기간 중에는 여인들과 동침을 하는 것이 금지되어 있었으므로 짐은 그 꽃으로 된 선물을 받아들였다. 짐의 꿈은 그 향기로 채워졌고, 잠을 깨자 새벽별과 아침결의 미풍이 짐에게 사랑하는 왕비를 떠올려주었다.

5월 11일. 짐은 세정식과 기도에 다소 늦었음에도 야무나 강 위로 동이 터오는 정경을 지켜보았다. 강 건너편에서 수박을 재배하는 농부들의 원두막에 켜진 불빛들이 밝아오는 하늘 아래서 창백해져가는 사이 선교에서 근무교대를 하는 병사들이 눈에 들어왔다. 짐은 자고새 사프란팔리프으로 가볍게 식사를 한 다음, 마침 제철을 맞은 천국 망고를 두 개 들었다. 그리고 얼음으로 차게 식혀 사프란을 가미한 우유도 큰 컵으로 한 가득 마셨다. 그 다음 일은 여느 때처럼 구장잎을 씹고 수연통을 몇 모금 빠는 것이었다. 새벽 기도를 마치자 짐은 디완 이 카스로 돌아갔다. 충직한 시의 아사눌라 칸이 짐의 면전으로 안내되어 짐의 맥을 짚어보도록 허락 받았다. 시의는 죽음을 면치 못할 육신의 체액을 결정하는 단 한분이신 전능한 신의 은총으로 짐의 건강이 양호하다고 아뢰었다. 다음에는 짐의 종복들인 환관 바산트 알리 칸과 바킬 굴람 압바스가 왕실 회계내역을 보고하였다. 짐의 지출은 늘 그렇듯 짐의 수입보다 많았다. 짐은 일람을 거부하고 손을 저어 그들을 물린 뒤, 모여 있던 탄원자 무리들로부터 등을 돌리고 야무나 강을 따라 이어진 경치를 주시하기 시작하였다.

해는 이미 떠올라 있었다. 세탁부들이 평평한 돌 위에 놓인 빨랫감을 두들기고 있을 동안 아낙네들은 세탁한 옷가지들을 모래 둑에 펼쳐 말렸고 아이들은 모래밭에서 뛰어 놀았다. 멜론 바구니를 진 인부들이 줄을 지어 선교를 건너고 있었다. 여느 여름날 아침과 다름없는 정경이었다.

갑자기 소란스러운 소리가 들리더니 기병들이 허공에다 총을 쏘아대며 말을 달려 선교를 건너오는 것이 보였다. 선교에 세워둔 보초들은 그들의 진격을 저지하지 못했다. 그 병사들이 모래밭을 가로 질러 짐에게로 달려와 왕궁의 누벽 밑에서 말고삐를 당겼다. "도와주십시오! 도와주십시오!" 그들이 소리쳤다. "저희 청원을 들어주십시오." 몇몇은 구호를 외쳤다. "고마우신 국왕 만세!" 짐은 난간 아래쪽을 내려다보았다. 그 병사들은 동인도회사의 제복을 입고 있었는데, 짐을 보자 경례를 올리고 같은 말을 되풀이하였다. "힌두스탄 황제 만세!" 그중 하나가 목청껏 소리쳤다. "저희는 메루트에서 필랑기들을 죽였습니다. 예수꾼들이 저희의 믿음을 망치려 합니다. 저희가 이 땅에서 사악한 이교도들을 몰아내고 폐하를 힌두스탄의 황제로 모시겠습니다!" 그리고 나서 모두가 함께 외쳤다. "무굴 제국 만세!"

"강력하고 전능하신 알라 외에는 두려움도 권능도 없노라!" 짐이 소리쳐 답하였다.

"저들이 누구인가?" 짐이 환관 바산트 알리 칸을 돌아보고 하문하였다. 그는 대답은 하지 않고 뒤룩뒤룩 살이 찐 검은 얼굴에 능글맞은 미소를 지을 뿐이었다. "당장 더글러스 대위에게 알리고 저들이 시내로 들어오지 못하게 하라." 짐이 명하였다.

바산트 알리 칸이 절을 하고 물러갔다. 그의 태도에서 무엇인가 짐의 명령을 서둘러 수행하지 않을 것 같은 조짐이 보였으므로 짐은 대위에게 또 다른 전령을 보냈다. "승리자 인도 만세!" 메루트에서 온 병사들이 누벽을 따라 짐의 처소 쪽으로 이동하면서 외치기 시작하였고 더 많은 기병들이 말을 달려 선교를 건넜다.

왕궁 경비대 책임자인 더글러스 대위가 짐에게 경의를 표하고 아래로 내려가서 그 병사들을 회유하겠다고 청하였다. 짐은 그가 생명을 위태롭게 하지 않도록 만류한 뒤 발코니로 나가서 아무도 그를 해치지 못하도록 그 옆에 섰다. "그대들이 원하는 것이 무엇인가?" 그가 병사들에게 물었다. "그대들은 무슨 권리로 폐하의 심기를 이처럼 불편하게 하는가? 즉시 그대들의 연대로 돌아가라. 그러지 않으면 중벌을 면치 못할 것이다." 밑에 있던 병사들이 고함지르기를 멈추고 짐의 처소 창문 밑에 모여 있던 동료들에게로 말을 몰아갔다. 더글러스 대위가 반란을 일으킨 폭도들을 체포하기 위해 떠났다.

짐은 기다렸다. 선교 위로 행진해 오는 동인도회사 제복을 입은 병사들이 눈에 들어왔다. 더글러스 대위와 함께 짐의 성 안에서 기거하고 있던 심슨 프레이저 씨가 전령을 보내어 자기 집안 여자들을 안전한 짐의 하렘으로 데려올 수 있도록 가마를 내어달라는 청과 함께 성채의 문들 위에 대포를 놓을 수 있도록 허락을 구하였다. 짐은 그러한 요청에 즉시 응하도록 명하였으나, 운명이란 늘 그렇듯 꼬이기 마련이어서 짐이 그 명령을 수행하도록 맡긴 자는 환관 바산트 알리 칸이었다.

짐은 기다렸다. 전령들이 시내 곳곳에서 소동이 벌어졌다는 소식을 가져왔다. 짐은 숙고하였다. 혼란의 불길이 높지 않을 동안 전략의 물을 뿌림으로써 그 불길을 끌 수 있을 것인가? 짐은 폭도들이 시내로 들어오도록 해서는 안 된다는 명령을 내리고 백인들에게는 그 폭도들을 타이를 동안 시외로

나가 있을 것을 권하였다. 그러나 아무도 짐의 말에 귀를 기울이지 않았다.

한 시간 뒤 짐은 폭도들이 시내로 들어와 다르야간지에서 몇몇 유럽인들을 살해했다는 보고를 받았다. 그리고 다음에는 찬드니 초우크에 있는 삼루 공주의 저택에서 살고 있던 은행 지배인의 가족 역시 살해되었다는 말을 들었다. 짐은 성채 내에 있는 유럽인들의 안전이 몹시 염려되어 그 부인들이 짐의 하렘으로 들여졌는지 알아보도록 조처하였는데, 더글러스 대위와 프레이저 씨, 그리고 부인들이 그들의 거처에서 살해되었다는 사실을 안 것은 그때였다.

누군가가 성문을 열어 폭도들을 들인 것이었다. 짐은 왕궁 경비병들이 여럿 포함된 반란군 무리에 둘러싸였고, 그들은 짐을 저희의 진정한 군주이며 힌두스탄의 황제라고 선언했다. "누가 짐을 황제라 부르는고?" 짐이 항의하였다. "짐은 이 비참한 땅에서 하루하루 삶을 연장하는 회교 고행자니라. 짐에게는 아무런 힘도 없고 짐의 미약한 목소리는 이 성채의 누벽 밖으로는 들리지 않느니라." 그러나 그들은 짐의 말에 귀를 기울이려 하지 않았다. 짐은 격류에 띄워진 종이배와도 같았다.

그날 오전과 오후 내내 병사들은 부름도 받지 않고 예고도 없이 짐의 궁전으로 계속 쏟아져 들어왔다. 그들은 궁정예법을 지키려고도 하지 않고 짐의 하인들을 밀어붙이는가 하면 특별 알현에만 사용되는 디완 이 카스로 행진해 들어와 짐의 손에 입을 맞춤으로써 짐의 축복을 얻으려 들었다. 그중 몇몇은 짐에게 은화를 선사했으나 대부분은 그들의 입술로 짐의 손가락을 더럽혔을 뿐이었다.

그것은 좋은 일과 나쁜 일이 뒤섞인 꿈 같았다. 때때로 놀라서 꿈을 깨듯, 짐은 천 번의 뇌성벽력처럼 울리는 폭발음에 놀라 그 꿈에서 난폭하게 깨워졌다. 왕궁의 벽들이 지진을 겪는 것처럼 흔들렸다. 몇 분 뒤 짐은 영국 병사들이 카슈미리 문에서 화약에 불을 붙였고 그 폭발로 짐의 백성들이 수백 명 죽었다는 보고를 받았다. 온 도시가 혼란에 빠져들었다.

앨리스 앨드웰, 또는 아베샤 바노 베굼

나는 인도 사람 말은 절대로 믿지 않았는데, 그럴 때마다 내 생각이 옳았다는 게 밝혀졌다. 하지만 그날 오후에는 인도인 행세를 할 수밖에 달리 어쩔 도리가 없어서 남편을 설득했다. "알렉, 달걀을 모두 한 바구니에 담지 말도록 해요. 당신은 다른 사람들하고 같이 가요. 난 애들을 데리고 미르자 압둘라에게로 갈 테니까요." 알렉은 내 말에 따랐다.

나는 딸아이들에게 지나트 마할 왕비가 선물한 민속의상을 입힌 다음, 하녀에게서 깨끗한 살와르 카메즈를 한 벌 빌려 입고 그녀의 더러운 부르카를 걸쳤다. 그리고 가마를 두 채 빌려서 한 채에는 손위인 아이들을 태우고 다른 한 채에는 내가 아기를 안고 탔다. 하인들 중 하나가 우리와 함께 가주겠다고 나섰다. 가마의 창 덮개들은 지체 있는 원주민 여인들이 가마를 타고 갈 때처럼 내려졌다.

미르자 압둘라는, 내가 전에도 얘기했듯이, 왕의 손자였다. 그는 왕실 회교사원에서 가까운 우르두 시장에 살고 있었는데, 내 남편에게서 여러 번 도움을 받은 적이 있었고 그의 아내와 누이들도 나를 자주 나를 찾아왔었다. 그들은 늘 내게 "당신은 우리 자매예요." 라고 하면서 내 아이들을 딸이라고 불렀다.

폭도들은 우리를 통과시켰고, 우르두 시장에 당도할 때까지 우리는 누구의 검문도 받지 않았다. 미르자 집안 여자들은 우리를 아주 친절하게 맞아들였다. 특히 그의 누이는 내 아이들에게 키스를 하고 나서 자기가 살아 있는 한 그 아이들을 털끝 하나도 다치지 않게 하겠다고 다짐했다. 나는 그들에게 이 곤경이 끝나기만 하면 그들의 호의에 반드시 보답하겠다고 약속했다.

우르두 시장은 회교도 지역이었다. 그 곳에는 몇 군데의 서점과 갖가지 가게들—푸줏간, 염색공, 연 제조공, 당과 장수, 구장잎 장수—이 있었고, 그 가게들 뒤쪽은 부유한 귀족들의 저택이었다.

미르자 압둘라의 저택으로 이르는 통로는 좁은 골목인 데다 한옆으로 고약한 냄새를 풍기는 도랑이 흐르고 있었지만, 저택 안쪽은 널찍한 안뜰에 베란다들이 딸려 있어서 바람이 아주 잘 통했다. 안뜰 한복판에는 미르자가 기르는 비둘기 집들이 얹힌 커다란 보리수나무가 한 그루 있었고, 베란다에는 종려와 자스민 화분들이 늘어 놓여 있었다. 안뜰 한옆은 미르자의 아내들과 어머니, 누이, 그리고 한 무리의 다른 여자 친척들과 하녀들이 사는 거처였다.

미르자 압둘라는 새 애호가여서 자기 집 옥상에다 여러 종류의 멋진 새들을 키우는 새장을 두고 있었다. 매일 오후에 그는 스카프와 호루라기로 방향을 지시하며 그 새들을 날리곤 했는데, 그 외에 싸움을 시키는 자고새와 메추리들도 기르고 있었다. 왕가 혈통의 다른 왕자들과 마찬가지로 미르자도 결코 어른으로 성장하지를 못해서 나이 서른을 넘겼으면서도 힘들여 일해본 적이 없었고 왕에게서 받는 연금으로만 살았다. 게다가 늘 그 지역의 바니아들에게 빚을 지기까지 해서 그 집안 여자들은 끊임없이 보석류를 저당 잡혀야 했다. 그러나 무슨 수로도 그가 첩을 더 들이거나 매춘가에 가는 것을 막을 수 없었다. 그는 이웃들과 연날리기 시합을 하거나 그들의 비둘기를 꾀어 들이면서 오후 시간을 보냈고, 저녁이 되면 자기의 메추리와 자고새들을 몰고 나가 다른 귀족들의 메추리와 자고새들과 싸움을 시켰다. 그리고 시내에서 무슨 행사가 벌어지기라도 하면 거기에 가 있는 미르자 압둘라를 틀림없이 볼 수 있었다.

미르자 압둘라는 날이 어두워진 뒤에야 집으로 돌아왔다. 그는 목청껏 큰소리로 떠들어대고 있었는데, 그 어조에서 나는 그가 허풍을 떨고 있다는 것을 알 수 있었다. 갑자기 누군가가 그의 집에 내가 와 있다고 귀띔을 한 듯, 갑자기 그의 목소리가 낮아지더니 잠시 뒤에 그가 여인들의 처소로 들어와서 전에는 감히 그럴 엄두도 내지 못했던 친밀한 태도로 반가운 척을 했다. "안녕하십니까, 부인?" 그가 영어로 인사를 건넸다. "아니, 그보다는 마담과 아이들의 차림새를 보니 그대에게 평화가 있기를 이라고 해야겠군요."

원주민들에게는 속담이 한 가지 있다. 곤경에 처한 남자의 아내는 모든 남자의 제수라는. 그들은 자기네 제수하고 같이 잘 생각은 절대로 하지 않는다. 그들에게는 내가 분명히 곤경에 처한 제수였고, 그래서 나는 농담을 받아들여 짐짓 겸손을 떨면서 대답했다. "그대에게도 평화가 있기를. 왕자님께서 며칠 동안 이 댁을 피난처로 허락해주시니 참으로 훌륭하십니다. 알라께서 왕자님의 친절에 보답해주시기를!"

"부인을 여기로 모시게 된 것이 큰 영광이지요." 그가 사타구니를 긁적거리면서 희롱하는 투로 말을 이었다. "하지만 제 생각엔 부인이 철저한 이슬람교도 지역인 우르두 시장에 계시는 것보다는 좀 더 안전한 장소로 옮기는 편이 좋을 것 같군요. 부인도 이슬람교도들이 양코배기와 예수꾼들에 대해 어떻게 느끼는지는 알고 계실 테니까요."

나는 그가 우리를 "양코배기"라고 하고 인도인 기독교들을 "예수꾼"이라고 했다는 것이 도무지 믿기지가 않았다. 그런 자들과는 더 이상 얘기를 해보았자 소용이 없었다.

"하지만 부인은 진짜 이슬람교도처럼 보이는군요." 그가 계속 주절거렸다. "부인 가족 모두의 안전을 위해서 이슬람 교리를 배워두는 것이 좋을 겁니다. 제가 부인에게 교리를 가르쳐줄 마울비를 하나 보내드리지요. 그 사람이 부인을 나이 사락에 있는 내 별채로 안내도 해줄 겁니다. 귀중품들은 이곳에 보관시켜 놓아도 좋습니다. 이 사람은 내일 부인이 편안하신지 가뵙도록 하지요."

나는 아이들의 목숨을 구할 수만 있다면 무슨 말에든 따르기로 했다. 마울비가 오자 나는 그에게 어머니가 카슈미르 지방의 이슬람교도였고, 나도 백인과 결혼을 하기는 했어도 여전히 이슬람교도라고 둘러댔다. 그가 우리에게 다음의 구절을 외게 했다. "신은 한 분뿐이시고 모하메드는 그분의 사도시니." 다음에 그는 우리에게 이슬람교도 이름을 지어주었다. 나는 앨리스에서 아예샤가 되었고 큰딸 메리는 마리암, 둘째딸 피요나는 파티마, 그리고 조지나는 제하나라가 되었다. 그 마울비는 우리 셋을 개종시킨 것에 몹시 기뻐했다.

나는 은화 꾸러미를 미르자 압둘라에게 보관시키고 그 집안의 여인들과 작별한 뒤 미르자의 별채로 길을 떠났다. 이번에는 딸아이들을 내 가마에 함께 태웠다. 우리는 여러 번 검문을 받았지만 수염을 기른 마울비의 말 한마디면 그대로 무사통과였다. 우리가 나이 사락의 별채에 이르자 마울비가 관리인에게 우리를 들이라고 일렀다.

한눈에 나는 미르자 압둘라의 그 별채가 놀이와 도박에 쓰인다는 것을 알 수 있었다. 관리인은 히지다였는데, 그가 우리를 안내해 들인 방에는 벽에서 벽까지 하얀 시트로 덮인 카펫이 깔려 있었고 시트 위로는 덧베개들이 흩어져 있었다. 그리고 한쪽 벽에는 커다란 거울들이 붙어 있었고 천장에는 상들리에가 매달려 있었다. 침상들이 놓인 어두운 곁방이 우리가 쓰도록 마련된 방이었다. 딸아이들은 지칠 대로 지쳐서 곧바로 잠이 들었지만 나는 그 아이들 옆에 앉아 밤을 새웠다.

다음날 아침 나는 하인을 시켜 미르자 압둘라에게 맡겨둔 돈을 찾아오라고 했다. 그러나 한 시간 뒤에 그 하인이 돌아오더니 미르자가 내게서 받은 것이 아무것도 없다며 딱 잡아떼더라고 고했다. 더군다나 그는 우리에게 그날 중으로 집을 비워달라고까지 했다는 것이었다. 그러자 어지자지가 자기 말대로 하면 우리를 위해 중재를 해보겠다고 나섰고, 나는 그 말에 따르기로 했다. 딸아이들이 안전하기만 하다면 내게는 무슨 일이 일어나더라도 상관없었다.

오후가 되자 어지자지가 내게 주인님을 맞이하기 위한 준비를 시키러 왔다. 그는 우선 내 손바닥과 발바닥에 적갈색 해나 물감 반죽을 칠하고 나서 그 반죽이 마를 동안 물 긷는 하인들을 시켜 욕조에 물을 채운 뒤 거기에다 장미꽃 물을 여러 컵 쏟아 부었다. 그런 다음 욕실에서 옷을 벗기고 못 박힌 손으로 내 몸을 여기저기 더듬다가 나를 바닥에 눕히고는, 다리를 벌려 음모를 밀어내면서 그 더러운 손가락을 내 성기에 집어넣고 추잡한 짓거리를 해댔다. 목욕을 시키는 동안에도 그는 내 젖가슴을 움켜쥐었고 더러운 타월로 내 몸을 닦고 나서는 내 성기에 오배자 가루를 문질렀다. 원주민들은 그것이 괄약근을 조여 준다고 믿는다. 그 가루가 원했던 효력을 보이는지 확인을 하려고 그가 나를 눕히고 혓바닥을 밀어 넣었다. 진짜 물건이 없는 이 어지자지들은 별의별 다른 짓들로 보상을 받으려고 든다. 그 작자가 점점 더 광란상태로 빠져들어 옷을 벗고 그 냄새 고약한 기형적인 성기를 내 얼굴에 밀어붙이면서 목쉰 소리로 외쳤다. "키스해! 키스해!" 그건 도저히 못할 짓이었다. 내가 그를 홱 밀쳐내자 그가 내 뺨을 갈기고 을러댔다. "미르자에게 한 마디라도 빼끗하면, 네 딸년들의 목을 따버리겠어."

그가 내게 수놓은 비단옷을 입히고 눈에 검댕을 바른 다음, 맛 고약하고 냄새 강한 구장잎을 씹게 했다.

그날 저녁에 내가 겪었던 일은 당혹과 수치라는 두 단어로 압축될 수 있을 것이다. 나는 인도인들이 얼마나 썩었고 악당 같고 교활하고 타락하고 음란한지를 세상 사람들에게 알리기 위해서 내가 당했던 일을 낱낱이 기술하려고 한다. 그 나라 사람들은 모두 벽에 늘어세워 총살을 시키고 그 시체는 들개 떼에게 던져주어야 마땅하다.

미르자 압둘라는 두 친구들하고 같이 왔다. 그들의 머리칼은 기름으로 떡칠이 되어 있었고, 눈은 안티몬을 넣어 검게 번들거렸다. 또 귀에는 향기 나는 솜뭉치를 틀어박았고, 입에서는 시뻘건 구장즙이 줄줄 흘렀다. 그들 모두 얇은 옥양목 셔츠에 헐렁한 자루 같은 파자마를 입고 있었다.

"와, 와, 서양 여자! 이 드레스가 정말 잘 어울리는구만!" 미르자 압둘라가 자기 친구들에게 나를 소개시키면서 소리쳤다. "이 친구들은 내 진짜 형제나 다름없지. 아니, 진짜 형제보다도 더 가까워."

"맛있는 사냥감을 쏘아 잡으셨군요." 그들 중 하나가 알랑거렸다.

"무르익은 데다 경험도 많아 보이는데요."

그런 상황에 처해 있으면서도 그 말에 나는 몹시 화가 났다. "백인여자하고 그 짓을 한번 해보는 게 제일 큰 소원이었습니다." 다른 친구가 말했다. "미르자 왕자님, 제 평생소원을 풀게 해주신 거 감사드립니다."

"나한테 반만 감사해야 될 거야. 자네 소원은 반만 풀릴 테니까." 미르자 압둘라가 대답했다. "앨리스, 일명 아예샤 베굼은 반만 백인여자거든. 나머지 반은 카슈미르 여자고. 틀림없이 자네도 카슈미르 골짜기는 여러 번 즐겨봤을 걸!" 그 사내들이 와자하게 웃음을 터뜨리고 서로의 손을 찰싹찰싹

쳤다. 나는 그 혼혈이니 뭐니 하는 소리가 몹시 듣기 싫었다.

미르자 압둘라가 내 손을 잡아끌어 덧베개에 기대 앉혔고, 다른 사내들은 우리를 마주보고 앉았다. 어지자지가 주전자를 들고 들어오더니 네 개의 은 잔에 냄새가 고약한 액체를 따라서 내게도 한 잔 내밀자 나는 고개를 저었다. "라마단 중에 술을 마시는 건 용서받을 수 없는 범죄예요." 내가 쏘아붙였다.

"와, 와!" 미르자 압둘라가 요란하게 웃어댔다. "어제의 예수쟁이가 우리에게 이슬람 설법을 하고 있구만. 이거 보라구, 성전 동안에는 무슨 일이건 다 허용되는 거야." 그가 자기 잔에 담긴 것을 목구멍으로 털어 넣고 같은 말을 되뇌었다. "성전 동안에는 무슨 일이건 다 허용된다구. 무슨 일이건 다! 알아들어?" 나는 알아들었다. 사내들이 잔을 비우자 어지자지가 다시 채웠다. 미르자 압둘라가 잔을 내 입술에 갖다 대고 명령했다. "마셔. 안 그러면 억지로 목구멍에다 쏟아 부을 테니까." 그 불량배들이 내게 무슨 짓을 할지는 뻔한 노릇이었다. 나는 술을 마시는 편이 그 치욕스러운 일을 좀 더 쉽게 받아들일 수 있을 것이라는 생각으로 한 모금 맛을 보고 나서 잔째로 털어 넣었다. 그 술은 양념을 친 브랜디였는데, 식도를 뜨겁게 하면서 뱃속으로 흘러들었다.

"아주 훌륭해!" 그들이 합창으로 소리쳤다. "이제 시회를 시작해도 되겠군."

내 술잔이 다시 채워졌다. 그들의 혀는 이미 브랜디에 취해 꼬부라져 있었다. 한 사내가 사디의 시를 낭송하자 미르자 압둘라가 자우크와 갈립이라는 어떤 궁정시인들의 시구로 답했다. 세 번째 사내는 늙은 왕 바하두르 샤가 지은 구절을 인용했고 다음에는 셋 모두가 무굴 치세의 영광과 영국인의 사악함에 대해서 떠들어댔다. "동인도회사 군대가 굴복하기만 하면," 미르자 압둘라가 주절거렸다. "우리는 양코배기들의 불알을 모두 까버리고 그 여편네들을 우리 하렘에 집어넣겠어." 그 농담에 모두들 요란스럽게 웃어 댔다.

미르자 압둘라가 내 무릎에 손을 올려놓고 허벅지를 더듬으면서 꼬집기 시작했다가 다음에는 젖가슴에 손을 얹고 젖꼭지를 만지작거리기 시작했다. "전하, 저희는 옆방으로 물러가도 되겠습니까?" 그의 친구들이 일어나서 물었다. 압둘라가 고개를 끄덕이자 그들은 같은 덧베개에 기대어 있는 우리 둘만 남겨두고 어기적어기적 방을 나갔다.

미르자 압둘라는 한동안 내 젖꼭지를 만지작거리다가 다른 손으로 슬그머니 허리를 감았다. 그리고 자기 파자마 바지의 매듭을 풀어 내 손을 끌어다 자기 사타구니에 올려놓았는데, 그의 성기는 이미 발기가 되어 벌떡거리고 있었다. 나는 술잔을 들어 그 불타는 듯한 액체를 쭉 들이켰다. 이제는 누가 내게 무슨 짓을 한대도 상관없었다. 나는 먼저 선수를 치는 편이 낫겠다는 생각에서 반듯이 누워 미르자 압둘라를 내게로 끌어당겼지만, 그 술 취한 남자가 일을 끝내기까지는 굉장히 오랜 시간이 걸렸다. 마침내 그가 용을 써서 절정에 이르려는 것처럼 보였을 때, 압둘라가 큰소리로 친구들을 불렀다. 자기가 무슨 짓거리를 하고 있는지 보여주려는 것이었다. 그가 내 뺨을 구멍이 뚫리도록 세게 물어뜯으면서 정액을 내쏘았다. 그가 몸을 일으키자마자 그의 친구들이 내게서 얼마 남아 있지도 않은 옷가지를 마저 다 벗겨내고 나를 겁탈했다. 나는 마치 두 마리의 갈색 개들이 으르렁거리고 물어뜯고 할퀴고 밀치면서 서로 차지하려고 싸우는 하얀 고깃덩이 같았다. 그런 식으로 무덥고 긴 밤 내내 그 짓이 계속되었다. 하나가 일을 끝내면 다른 하나가 광란에 빠져들었고, 거기에다 어지자지까지 가세해서 손가락이건 혓바닥이건 자기 몸에 붙은 것이라면 무엇이든 다 찔러 넣었다.

나는 땀으로 흠뻑 젖었고 지쳐서 죽을 지경이었다. 아침이 되자 압둘라와 그의 친구들은 그 더러운 몸에서 독기 품은 정액을 모두 뽑아낸 뒤 노래를 부르고 음란한 상소리를 질러대며 비틀비틀 걸어 나갔다. 어지자지 하나만이 남아서 개가 썩은 고기를 찢어발기듯 나를 물고 할퀴는 동안 나는 시체처럼 누워 있었다. 그 짓은 낮 동안의 금욕이 시작되었음을 알리는 대포소리가 들릴 때까지 계속되었다. 단 하룻밤 사이에 얼마나 엄청난 일이 벌어졌던 것인지!

나는 "엄마, 엄마, 일어나!" 하는 조지나의 울음소리에 정신이 들었다. 딸아이들은 몹시 충격을 받은 상태였다. 그 아이들은 내 그런 모습 – 벌거벗은 데다 멍투성이가 된 – 을 본 적이 없었다.

자기네의 직분에 끝까지 충실했던 사람들은 내 하인 알리 아메드와 그의 아내뿐이었다. 아메드는 내가 무슨 일을 겪었는지 알아차리고 자기 돈으로 가마를 두 채 빌려 우리를 자기의 오두막으로 모시겠다고 했다. 그러나 얼마 안 가서 곧 사람들이 잔뜩 몰려들더니 고함을 지르기 시작했다. "그 양코배기 여자를 넘겨라!" 알리 아메드의 아내가 참으로 대담하게도 밖으로 나가서 그들을 야단쳤다. "나는 예언자 부족인 쿠레이시 부족 사람이고 내 집에서 피난을 하고 있는 부인과 아이들은 회교도들이야. 저 사람들한테 손을 대려면 먼저 나하고 내 남편을 죽여야 될 걸. 이중에 누구라도 예언자의 피를 손에 묻히고 싶은 사람 있어? 있으면 나와 봐! 지금은 성스러운 라마단 달이야!" 그녀의 호통에 몰려든 사람들이 슬금슬금 물러났다.

나는 그 가난한 사람들의 목숨을 위태롭게 하고 싶지 않아서 알리 아메드를 불러 지나트 마할 왕비에게 도움을 청하는 편지를 전해달라고 부탁했다. 그 편지에서 나는 내가 이슬람교도인 어머니에게서 태어났으며 두 딸과 함께 이슬람 교리를 암송했다고 밝힌 뒤, 아예샤 앨드웰이라는 이름으로 서명했다. 그러나 답장은 없었다.

나는 여러 이슬람 귀족들에게도 편지를 써 보냈지만 그들은 아예 답장을 하지 않거나 도와줄 수 없어서 유감이라는 쪽지를 보냈을 뿐이었다. 부유한 사람들과 영향력 있는 사람들 모두가 우리를 버렸을 때 우리에게 빚진 것이라고는 하나도 없는 가난한 남자가 우리를 돕겠다고 찾아왔다. 그는 내가 이름을 물어보려고도 하지 않았던 재단사였는데, 내 딸아이들의 프록코트를 바느질하면서 그 아이들을 몹시 좋아하게 되었다는 것이었다. 그는 세포이[3]인 사촌과 함께 찾아와서 자기의 사촌이 반란군 편으로 넘어가기는 했지만 누구도 우리를 해치지 못하게 하겠다며 코란을 걸고 맹세했다. 우리는 그 재단사 가족과 하루 밤낮을 보낸 뒤 해질 무렵 이슬람교도들이 저녁기도를 하고 있을 동안 시장을 몰래 빠져나왔다. 재단사와 그의 세포이 사촌이 우리 가마를 붉은 성채까지 호위해주었다. 다음에 우리는 경비병들에게 인계되어 왕의 아들인 미르자 무갈 앞에 세워졌다. 그때서야 나는 미르자 무갈이 내가 왕과 지나트 마할 왕비에게 보냈던 편지들을 모두 가로챘다는 사실을 알게 되었다. 그는 경비병들에게 우리를 다른 유럽인들과 같이 지하 감옥에 집어넣되, 사악한 예수꾼으로 취급하지 말고 회교도로 취급하라는 명령을 내렸다.

1857년 5월 13일 수요일. 우리 가족은 다시 합쳤다. 알렉은 내가 그 동안 겪었던 일을 용서하고 이렇게 맹세했다. "그 개만도 못한 미르자 압둘라를 발기발기 찢어버리고 말겠어!" 그러나 영국 여자들은 우리에게 싸늘한 태도를 보였다. 내가 이슬람교도라는 이유로 경비병들이 보여주는 호의가 그들을 화나게 한 것이었다. 그들에게는 거친 차파티가 주어졌지만 내게는 고

---

3 식민지 시절 영국 육군에 속해 있던 인도 병사.

기를 넣은 카레가 제공되었다. 그리고 때로는 경비병들이 나와 내 아이들에게 같이 식사하자는 말을 건네기도 했다.

지하 감옥의 더위와 코를 찌르는 냄새는 정말 끔찍했다. 그곳에는 변소라고는 없었으므로 우리는 어두운 구석에서 용변을 보고 배설물을 손으로 집어 벽에 뚫린 구멍 밖으로 내던져야 했다. 거기에다 우리가 겪어야 했던 그 온갖 수모들! 원주민들은 우리가 마치 동물원의 짐승들이라도 되는 것처럼, 매일같이 우리를 보러 몰려와서 입에 담을 수 없는 욕설을 퍼부어댔다. 그리고 어느 날에는 자완 바크트가 찾아와 나를 형수라고 부르면서 놀린 적도 있었다. "미르자 압둘라는 내 형이나 마찬가지요." 그가 능글거리면서 말했다. "그러니 당신은 내 형수가 되는 게 아니겠소?"

그러다 5월 16일 토요일이 되었다.

나는 뭔가 무시무시한 일이 일어나리라는 것을 알아차렸다. 아침으로 주는 차파티도 없었다. "이제 곧 당신들이 가게 될 곳에서 실컷 먹을 수 있을 거라구." 보초들이 이죽거렸다. 하지만 그들은 나와 내 아이들에 대해서는 걱정을 하지 않아도 된다고 나를 안심시켰다. 십여 명의 세포이들이 감방으로 들어와 다른 남자들, 여자들, 아이들 모두에게 밖으로 나가라고 명령했다. 내 딸아이들이 알렉에게로 달려가 그의 다리에 들러붙었지만 세포이들은 그 아이들을 제 아버지에게서 떼어내어 내 쪽으로 밀쳤다. "저 사람들이 아빠를 데려가지 못하게 해!" 딸아이들이 울부짖었다. 나는 세포이들에게 애원을 했지만 그들은 내 말을 들은 척도 하지 않았다. 불쌍한 알렉은 다른 사람들과 함께 떠밀려 나갔다. 그들이 문에 빗장을 걸었고 이제 남은 것은 내 딸들과 나 그리고 지하 감옥에 있는 유럽인들을 도와주다가 붙잡힌 늙은 회교도 여인 하나뿐이었다.

사람들이 외치는 소리, 그리고 다음에는 총소리가 들렸다. 그 다음에는 아이들과 여인들의 비명소리. 그러고 나서는 쥐죽은 듯 고요해졌다.

나는 맨 처음 떠오른 생각이 이런 것이었다고 사실대로 고백하기가 부끄럽다. "이제 나를 멸시할 사람은 아무도 없어. 미르자 압둘라와 그자의 친구들만이 나에 대해 떠벌리겠지. 이 일이 끝나기만 하면 나는 알렉의 연금을 받게 될 거야. 그러면 딸애들을 데리고 영국으로 가서 내가 누구고 어디서 왔는지에 대해 시끄럽게 굴지 않을 아무나하고 새 출발을 하는 거야!" 그러고 나서 나는 몹시 울었다.

바하두르 샤 자파르

오후 늦게 마흔 명 가량 되는 유럽인들(그중에는 아마 아이들도 몇 있었을 것이다)이 손을 포박당한 채 짐의 면전으로 끌려왔다. 수많은 군중이 뒤를 따르고 있어서 경비병들이 그들을 저지하느라 애를 먹었다. "도와주십시오! 도와주십시오!" 그들이 소리쳤다. "저자들은 우리 인도 사람들을 죽였습니다. 저희는 정의를 원합니다. 저 외국인들을 목매달거나 저희에게 넘겨주십시오." 백성들은 화약 폭발로 인해 인명을 잃은 것에 복수를 하려는 것이었다. 백인종들은 짐과 짐의 조상들에게 여러 가지로 나쁜 짓을 하였으나, 짐은 화약에 불을 붙인 행위와 무관한 사람들에게까지 복수의 손길이 미치는 것을 용납지 않고 죄수들을 짐의 보호관리 하에 두어 하렘의 지하감옥에 수용할 것을 명하였다. 폭도들은 입정이 몹시 사나워져서 어떤 자들은 짐의 권위를 손상시키는 구호를 외치기까지 하였다. 짐은 시종장에게 알현을 끝마치라고 명하였으나, 소동은 그가 "물러들 가라."를 외치고 붉은 커튼을 내린 뒤에도 한동안, 이성을 지닌 백성들이 흥분한 자들을 설득하여 황제의 바람에 따르도록 할 때까지, 계속되었다. "백성은 신의 것이고 나라는 왕의 것이니 세상에 피난처를 주시는 분의 법률에 복종하라!" 그들이 물러가면서 외쳤다. 짐은 왕실 주방에 명을 내려 유럽인 죄수들에게 음식을 가져다주도록 조처하였다.

짐이 진주 회교성원에서 저녁 기도를 드리고 있을 때 짐의 뒤쪽으로 낯선 자들이 여럿 늘어서 있는 것이 보였다. 그곳이 신의 전당이었기에 짐은 노기를 띠지는 않았으나, 마음이 몹시 혼란스러웠고 알라께 인도를 해달라고 청할 수도 없었다. 짐이 사원을 나서자 백성들이 또다시 양코배기의 피를 요구하는 구호를 외치기 시작하였고, 그중 몇몇은 무엄하게도 짐에게 죄수들을 넘겨달라고 요구하기까지 하였다. 그러나 이번에도 짐은 그들의 요구를 받아들이지 않고 화약 폭발로 친척을 잃은 백성들에게 동정을 표한 뒤, 신의 뜻에 따라 고인들을 매장하라고 그들을 타일렀다.

저녁때 짐은 자미아 회교성원에서 짐의 이름으로 쿠트바가 베풀어졌다는 것을 알았다. 짐의 신하들이 왕가 선조들의 위대함과 짐의 미덕을 극찬함으로써 짐을 높이 받들었고, 그리하여 운명은 짐에게 그 움직임을 조절할 끈도 주지 않고 소용돌이치는 구름 속으로 짐의 연을 띄워 올린 것이었다.

짐은 13년 이상 지하실에 처박혀 있었던 백은(白銀) 옥좌에 앉았다. 그 옥좌는 타이무르와 바바르, 후마윤, 악바르, 자항기르, 샤 자한, 알람기르 아우랑제브 1세, 바하두르 1세, 자한다르 샤 파루크시야르, 모하메드 샤, 알람기르 2세, 샤 알람 같은 선조들과 짐의 덕망 높은 선친 악바르 샤 2세께서 앉으셨던 자리였다. 짐은 일몰을 알리는 대포 소리가 울릴 때까지 신하들에게서 경배를 받은 뒤 하례를 끝냈다.

그러나 군중은 흩어지지 않았다. 많은 사람들이 밤을 보내기 위해 알현장의 대리석 바닥에 자리를 깔았고, 그들이 타고 온 말은 짐의 정원에 있는 꽃들로 배를 채웠다. 짐에게 남겨진 것은 강을 따라 늘어선 궁궐들뿐이었다.

짐은 생각할 시간을 갖기 위하여 좌우를 물린 뒤 디완 이 카스의 덧베개에 기대어 앉아 천장으로 눈길을 돌렸다. 그 천장이 금박과 은박으로 덮여 있던 때가 어제 같았는데, 이제는 곳곳에서 석고마저 벗겨져 있었다. 짐은 대리석 원주들이며 한때는 루비, 자수정, 청금석 그리고 홍옥수가 박혀 있던 텅 빈 구멍들을 바라보았다. 짐의 눈길이 빛나는 조상 샤 자한 시대의 영광을 찬미하는 빛바랜 글귀에 가서 머물렀다. "이 세상에 축복받은 곳이 있다면 그곳은 여기, 그곳은 여기, 그곳은 여기." 짐의 가슴속에서 깊은 한숨이 솟구쳤고 짐의 눈은 눈물로 흐려졌다.

*

짐이 그처럼 생각에 잠겨 있을 때 공손히 기침을 하는 소리가 짐의 주의를 끌었다. 왕비를 받드는 시녀가 절을 하고 주인이신 지나트 마할 왕비께서 짐과 함께 단식을 마칠 수 있는 특권을 간청한다고 아뢰었다.

짐은 피곤한 발을 끌고 짐의 처소로 향하였다. 여느 때처럼 짐이 한 방에서 다른 방으로 나아갈 때마다 환관과 시녀들이 짐의 행차를 알렸다. 짐이 왕위에 오른 뒤 스물두 해 동안 들어왔던 그 말들이 이번에는 새로운 의미를 띤 것 같았다. "지상에 계시는 신의 그림자, 힌두스탄의 황제, 시라주딘 칸, 모하메드 아부 자파르 바하두르 샤 가지 폐하 납시오!" 짐은 지나트 마할 왕비의 처소로 들어섰다. 수를 놓은 테이블보 위에 음식들이 차려져 있었고 샹들리에에는 자스민과 마울사리 화환들이 걸려 있었다. 그리고 귀퉁이마다 놓인 꽃병들에는 케우라 다발이 꽂혀 있었다. 짐이 들어서자 하녀들이 절을 하고 물러갔다. 짐은 카펫 위에 좌정하여 피곤한 몸을 덧베개에 기댔다.

지나트 마할 왕비가 안으로 들어섰다. 그녀는 17년 전 짐이 그녀를 신부로 맞아 궁전으로 데려왔던 때처럼 황금빛 능라 옷에, 킹코브라의 머리 모양으로 말아 올린 삼단 같은 머리를 거미줄처럼 얇은 하얀 두파타로 가렸고, 허리에는 짐이 내린 에메랄드와 진주가 박힌 띠를 매고 있었다. 왕비가 사슴처럼 커다란 눈을 빛내며 미끄러지듯 짐에게로 다가왔다. 그 발걸음이 너무도 우아해서 짐의 귀에는 맑게 울리는 소리가 들린 듯하였고, 보이지 않는 손이 램프 손잡이를 돌려 심지를 더 밝게 올린 것도 같았다. 마치 사디가 "밤중에 요정이 나타나면 그 출현으로 어두움이 밝혀진다."고 했던 것처럼 그녀의 아름다움은 필설로 다할 수가 없었다.

"폐하의 노예가 힌두스탄의 황제를 맞이해도 되겠나이까?" 그녀가 짐에게 세 번 절하고 세 번 인사를 드렸다.

"찬미와 영광을!" 짐이 그녀의 아름다움을 눈에 가득 담으며 외쳤다. "찬미와 영광을!"이라는 말은 짐이 그녀를 처음 보았을 때─당시 그녀는 열여섯이었고 짐은 예순다섯이었다─입 밖에 낼 수 있었던 유일한 말이었다. 그 뒤로 열일곱 번의 여름이 지나는 동안 왕비의 아름다움은 더욱 무르익어 그녀에 대한 짐의 욕망 또한 더욱 커졌다. 짐은 그녀가 짐을 위해 마련한 맛난 음식들을 먹기보다는 그녀의 통통한 무릎에 머리를 얹고 그녀로 하여금 손가락으로 짐의 허연 머리칼을 쓸게 하고 싶었다. 왕비는 짐의 마음을 읽었음이 분명한 듯, 준비한 것들이 마음에 드느냐고 물었다. 짐은 사디의 시구를 인용하였다. "나는 배고프나 달리 배고픈데, 음식상을 마주하고 있구나. 나는 여인들로 가득 찬 목욕탕 문에 있는 호색한 젊은이 같아라." 그러자 왕비의 뺨에 석류빛 홍조가 떠올랐다.

짐은 지나트 마할이 마련한 수라가 짐이 가장 즐기는 것들임을 알아차렸다. 아홉 가지 양념으로 만든 나우라탄 처트니를 발라 꼬치에 꿰어 구운 사슴 고기, 공작과 메추리 날개 구이, 금박으로 싸서 얇게 썬 망고로 장식한 쿨피. 그녀는 짐이 손을 씻도록 거들어주고 손수 음식을 집어 짐의 입에 넣어주었다. 짐은 왕비가 그런 친절을 보였던 것이 언제였는지 기억할 수 없었다. 식사가 끝나자 왕비가 라임과 아선약 반죽과 향기로운 담뱃잎을 섞어 구장잎을 말아 짐의 입에 넣어주었다.

　짐이 구장잎을 씹고 있을 동안 왕비가 대담하게도 자신이 그날 밤 잠자리를 같이 할 특권을 누릴 수 있는지 물었다. 짐은 적잖이 당황스러웠으나, 짐의 선조들이 마지막 숨을 내쉬는 날까지 여인들을 취할 수 있었다는 말이 있는 만큼, 까닭이 없는 것은 아니었다. 비록 짐이 물려받은 유산 중에 남은 것이 거의 없다 하나, 아무도 짐에게서 선조들이 물려주신 피를 빼앗을 수는 없었다. 일흔 살에도 짐은 돌멩이들이 흐트러진 언덕 중턱을 가로질러 영양을 좇았고 손수 그놈의 머리를 잘랐다.

　알라께서는 짐의 팔에 힘을 주신 것과 마찬가지로 짐의 허리에도 똑같은 힘을 주셨다. 그랬으므로 짐의 생각과 욕망이 서로 일치하지 않았던 것은 살아온 세월 때문이 아니라 신성한 계율 때문이었다. 왕비는 짐의 눈에서 갈등을 읽고 긴장된 시기에는 샤리아트 계율이 면죄를 주며 성전을 개시한 만큼 사소한 일탈은 허용될 것이라고 짐을 안심시킨 뒤, 감미롭고 요염한 목소리로 하피즈의 시를 낭송하였다.

　　사랑이나 술이 없이는 한순간도 앉지 말게나.
　　지금은 축하와 장미꽃과 자스민의 나날들이니 .

　그녀의 입에서 풍겨나는 냄새가 너무도 향기롭고 통통한 엉덩이의 유혹이 너무도 따뜻해서 짐은 여든두 살 나이와 긴긴 하루 동안 겪은 소동에도 불구하고 피로가 싹 가시는 듯하였다. 짐은 왕비가 낭송한 시를 썼던 바로 그 시인의 말로 화답하였다.

오, 얼마나 많은 후회의 맹세가 지켜지지 않았던가?
술의 미소와 처녀의 삼단 같은 머릿결로.

짐은 시의 아사눌라가 짐을 위해 조제해둔 최음제를 큰 스푼으로 한가득 복용하였고, 잠시 뒤에는 첫날밤을 치렀던 때와 똑같은 열정으로 왕비를 맞아들였다. 교합이 끝난 뒤에 짐은 또다시 하피즈의 시구를 인용하여 짐이 거행한 일에 후회가 없음을 밝혔다.

욕망이 남김없이 채워질 때까지
내 몸이 그녀에게 닿을 때까지
이 몸에서 영혼이 떠날 때까지
나는 욕망을 절제하지 않으리니,
내가 죽거든 무덤을 열어 보게나.
내 심장에서는 불길이 타오르고
내 수의는 연기에 싸였을 터이니.

그리하여 우리는 젊은 연인들처럼 우리 사이에 머리칼 외에는 아무것도 없이 서로의 품에 안겨 잠이 들었다. 대포를 쏘는 소리에 짐은 곤한 잠에서 깨어났다. 지나트 마할이 그 크고 아름다운 눈을 뜨더니 부끄러움에 휩싸여 재빨리 옷을 입고 물었다. "이런 밤늦은 시간에 누가 대포를 쏘지요?" 그녀가 포성이 울리는 소리를 세기 시작하였다. "하나, 둘, 셋…… 스물하나!" 마침내 그녀가 아뢰었다. "힌두스탄 황제폐하께 드리는 예포이옵니다. 이 하녀가 폐하께 맨 먼저 경의를 표하게 하여주시옵소서." 그녀가 세 번 절하고 세 번 인사를 드린 뒤 살며시 침전에서 물러갔다.

짐은 펜을 들어 몇 주일 전부터 짓고 있던 시에 마지막 손질을 가하였다.

사랑을 함에 있어 내가 슬퍼하는 것은
평화로움이나 인내를 잃어서가 아니라네.
다른 친구들을 내가 맹세코 부인했을 때
사랑의 슬픔이 내 친구가 되었으니

지금까지도 그것은 천 가지 의문이나
시종은 이 땅에서 기쁜 나날과 연이은 자비가
언제까지고 지속되지 않으리라는 것을 알고
이제는 술잔도 술도 가져다주지 않는구나.

나 자신에 대하여는 아무것도 모르면서
다른 사람들의 선과 악은 알고 있었는데
그러다 나 자신의 악행에 눈을 돌리니
내 보기엔 누구도 그리 사악하지 않더라.

태양의 눈부신 광휘와 더불어
여러 날 뒤에 오늘 그녀가 왔으니
나는 평화로움과 인내를 모두 잃었노라.

그녀가 수줍음을 웬만큼은 떨쳐냈기에

오, 자파르! 사람이란 온전치가 못하더라.
아무리 사려 깊고 현명하고 자비롭더라도.
즐거움을 좇을 때는 신을 망각하고,
격정에 휩쓸리면 성스러운 분노를 망각하니.

그렇게 하여 짐의 희망이라는 촛불은 운명이라는 폭풍 앞에 켜졌고, 짐은 힌두스탄의 폭풍우 치는 바다에 낡아 부서질 것 같은 돛배를 띄웠다.

*

젊을 때는 사랑을 나눈 밤에 뒤따르는 곤한 잠이 태양의 운행을 잊게 한다. 이제 와서 지나간 날들을 돌이켜본들 그것이 무슨 소용이랴! 짐은 자정을 알리는 종소리에 잠이 깼다. 그리고 사지(四肢)에 이제껏 살아온 세월의 무게를 느끼며 안락한 잠자리에서 몸을 일으켰다. 짐은 사원으로 가서 세정식을 한 다음 라마단의 계율을 어긴 것에 대하여 알라께 용서를 구하는 이샤 기도를 드렸다.

짐은 한동안 사원에 그대로 앉아 있었다. 달이 바로 짐의 머리 위로 떠올라 있었고 대리석 바닥은 히말라야의 눈만큼이나 차가웠다. 짐은 전능하신 분께서 우리의 예언자(그분께 평화가 있기를!)를 불러 성스러운 임무를 맡기신 것이 라마단 셋째 주였음을 상기하고 알라께서 세상으로 내려 보내신 첫 번째 구절인 수라 96절을 암송하였다.

암송 : 진흙으로부터 인간을

창조하신 조물주의 이름으로,

암송 : 그대의 주님께서는 펜으로

가르치셨던 분들 중에서 가장 너그러우시니

당신께서는 알지 못하시는 사람도

가르치셨으되 인간은 은혜를 모르니,

저 스스로 부유해진 줄 알기 때문이다.

실로 그 공은 조물주께 돌려야 할 것을.

짐은 알라께서 짐의 기도를 들으시고 용서를 해주셨으리라는 느낌이 들었다. 그래서 가벼워진 마음으로 회교사원을 떠나 몇 시간 동안 편한 잠을 이룰 수 있었다.

짐은 하인들이 일어나기 전에 기침하여 팔각형 탑으로 행차하였다. 홀로 생각에 잠겨 보기 위함이었다. 마음속으로 그 전날 벌어졌던 사건들의 극악 (極惡)함이 몰려들었던 것은 바로 그때였다. 짐이 옳게 처신하였던가? 짐은 운명의 주인인가, 아니면 교활한 꼭두쇠의 손에 놀아나는 꼭두각시에 불과한가?

짐은 펜을 들어 다음 구절을 적어 내렸다.

짐은 시간의 수레바퀴에 붙잡혔으니

편안한 삶과 잠은 이제 가버렸구나.

죽음이 임박했음을 짐은 알고 있으니

새벽이나 황혼녘에 이 생명 끝나리라.

짐의 심경(心境)은 맑지가 못하였다. 짐은 다만 명색뿐인 왕에 불과하였고, 비록 한때는 이 세상에서 가장 아름다웠다는 궁전에 거하고는 있으되, 이제는 그 궁전도 명색뿐이었다. 더구나 짐의 자식들에게는 그것마저도 허용되지 않아서 짐이 세상을 뜨자마자 붉은 성채를 떠나야 할 것이었다. 양놈들은 짐의 위대한 선조들께서 유산으로 남겨주신 행운의 대양 가운데서 단 한 방울의 물밖에는 주지 않았고, 짐은 그것을 공물이라는 이름으로 받아들였다. 황제에게 지불되는 것에 대하여 다른 어떤 이름을 붙일 수 있을까? 그러나 양놈들은 그것을 연금이라 고집하였다. 황제가 그 백성들의 연금 수령자라니!

위대한 힌두스탄 왕국은 ─ 그리고 동시에 우리 위대한 선조들께서 내리신 봉토(封土)들도 모두 ─ 차례차례 양놈들 손으로 넘어갔다. 그자들은 친구에게도 적에게도 인정을 베풀지 않았다. 양놈들을 친절히 맞아들였던 오우드의 장대한 저택은 바로 몇 달 전 양놈들에게 소유권을 박탈당했다. 그리고 오우드 이전에도 나그푸르와 지한시, 사 타라, 탄죠레, 무루쉬다바드, 그리고 카르나탁이 같은 꼴을 당하였다.

신성한 책에서 이르기를, "신은 압제자들을 사랑하지 않는다." 라고 하였다. 어느 누구도 양놈들처럼, 심지어는 종교문제에까지 간섭을 하면서, 가엾은 백성을 억압할 수는 없었다. 그들의 종교에는 깨끗한 고기와 불결한 고기의 구분도 없어서 소와 돼지를 모두 먹을 수 있도록 허용되어 있었다. 그러나 양놈들이 대체 무슨 권리를 가졌기에 우리 힌두교도와 이슬람교도 병사들에게 돼지기름과 쇠기름으로 더럽혀진 총알을 입에 넣으라고 명령한다는 말인가? 그들이 이슬람교와 힌두교를 모두 망치고 백성들을 모두 기독교인으로 바꾸려 한다는 증거를 여기서 더 대야 할 필요가 있을까? 양놈 신부들은 우리 성스러운 예언자의 이름과 신성한 코란을 비방하였다. 그러나 사람이 믿음과 이름을 영예롭게 하는 일 외에 무엇으로 살았는가? 또 사람이 죽은 뒤에는 이름 말고 무엇이 더 남는가? 짐은 신께 믿음을 바쳤다. 그 점에 대해서라면 이것이 실로 옳은 말이다. "키잡이가 노아인데 바다의 파도를 두려워할 이유가 무엇이랴!"

다음에는 짐의 승계와 관련된 성가신 문제가 있었다. 사랑하는 왕비 지나트 마할은 우리 삶의 교합으로 태어난 미르자 자완 바크트가 손위인 미르자 다라 바크트에 우선하여 왕세자로 지명되기를 간절히 원하고 있었다. 그러나 총독은 짐의 권고를 받아들이려 하지 않았고, 알라께서는 그분의 성스러우신 지혜로 샤 루크를 부르신 뒤 이어서 미르자 다라 바크트도 부르셨다. 짐이 지나트 마할의 간곡한 청을 이기지 못해 미르자 자완 바크트의 자격을 맨 앞에 놓은 것은 두 아들을 잃은 뒤였다. 그러나 이번에도 총독은 짐의 권고를 무시하고 짐의 여러 아들 가운데 하나인 미르자 파크루를 세자로 인정하였다.

미르자 파크루는 뇌물에 넘어가 근소한 연금을 받는 대가로 붉은 성채를 포기하겠다는 협약서에 서명을 하였고, 다음에는 알라께서 미르자 파크루도 불러가셨다. 알라께서 짐의 세 아들을 데려가시자 양놈들은 짐의 후계자로부터 성채와 궁전을 빼앗으려는 ─ 그리고 후계자가 누구이건 간에 폐하라는 칭호까지 빼앗으려는 ─ 의도를 드러냈다. "오, 자파르, 이 통치는 다만 그대가 살아 있는 동안만일 뿐! 그대 뒤에는 상속자도 왕국을 다스릴 통치자의 이름도 없을 것이니." 양놈들은 이승에서 짐의 체재(滯在)를 단축시키려고 혈안이 되었던 나머지, 짐이 병들어 눕자 궁전 문들에 경비대를 배치시킨 적도 있었다. 짐은 부득이 총독에게 편지를 쓰지 않을 수 없었다. "각하, 짐에게는 평화롭게 죽을 권리도 없는 것이오? 그대는 짐의 시신이 그대들에게 대항하는 군대라도 일으킬 것으로 생각하시오?"

사디의 말은 참으로 옳았다. "열 명의 수도사들이 한 담요 밑에서 잘 수는 있으나, 어느 나라도 두 왕을 섬길 수는 없느니." 우리 힌두스탄에도 그와 똑같은 말이 있다. "한 나라에 두 통치자가 있을 수 없는 것은, 하나의 칼집에 두 개의 칼이 들어갈 수 없는 이치와 같다." 짐이냐, 아니면 양놈이냐 였다. 짐에게는 그것이 명백하였다.

짐은 왕자와 귀족들, 그리고 세포이의 대표자들로 이루어진 회의를 소집하여 그들에게 행정부를 재편하고 우리 영토에서 외국인들을 몰아낼 계획을 수립하라 권하였다. 회의는 짐의 맏아들, 미르자 무갈을 최고사령관으로 선출하고 칼을 뽑아드는 데 가장 열심이었던 미르자 아부 바크르를 부사령관으로 선출하였다.

회의가 끝나자 짐은 핫산 아스카리를 불러오도록 하였다. 아스카리는 사람들 말에 따르자면, '명상의 두건에 머리를 깊이 묻고 있다가 통찰의 대양 위로 떠오른' 수도사로서, 그에게는 미래를 꿰뚫어 볼 수 있는 눈이 있다고들 하였다. 그 수도사―그는 다야르간지에 있는, 얼마 전에 세상을 뜬 짐의 딸 나왑 공주의 집에서 살고 있었다―가 당도하기를 기다리는 동안 짐은 시종에게 그날 발간된 신문들을 읽으라고 명하였다. 델리 우르두 뉴스, 시라즈 울 아크바르, 그리고 사디크 울 아크바르 지에는 카슈미르 문에서의 병기고 폭발사고 목격 기사와 그 병기고를 손에 넣으려다 희생된 수백 명 순교자들의 이름이 실려 있었다. 다음에 짐은 영자 신문인 델리 가제트에는 그 사건에 대하여 어떤 기사가 실려 있는지 하문하였다. 신문을 읽어주는 시종은 그 신문사의 직원들이 이슬람교도로 인정받은 미국인 하나만 제외하고는 모두 살해되었기 때문에 그 신문은 발행되지 않았다고 아뢰었다. 그 말을 들은 뒤 짐은 아무 말도 하지 않고 시종을 물렸다.

핫산 아스카리가 어전으로 안내되자 짐은 일어서서 그를 맞았다. 그는 실로 신과 같은 사람이었을 뿐 아니라, 알라께 자기의 수명에서 20년을 덜어 짐에게 보태드릴 것도 탄원하였다. 짐은 그를 옆자리에 앉도록 하고 짐의 도시에 불고 있는 폭풍에 대하여 어떻게 느끼는지 물었다. 그 수도사는 수전노가 금을 아끼듯 말을 아꼈다. 그가 눈을 감고 묵주기도를 올리기 시작하더니, 몇 분쯤 뒤에 고개를 들고 천장을 쳐다보았다. "감사합니다, 알라시여! 감사합니다, 알라시여!" 그가 양손으로 수염을 쓰다듬으며 외쳤다. "수도사, 그대는 운명의 책에서 미래를 읽었을 것이니 짐 앞에 어떤 운명이 놓여 있는지 말해주지 않으려오?" 짐이 초조해져서 그를 재촉하였다.

"오로지 알라께서만 미래를 아십니다. 저는 신심 깊은 분들의 발밑에 있는 먼지에 지나지 않습니다. 때때로 시간의 거울을 언뜻언뜻 보기는 합니다만." 그 수도사가 하늘을 가리키면서 대답하였다.

그가 말을 끊고 다시 묵주기도를 올리기 시작하였다. "알라의 이름으로 미래의 거울을 들여다보고 혀를 푸시게. 이 불쌍한 사람을 더 이상 괴롭히지 말고." 짐이 다시 그를 재촉하였다.

마침내 그 수도사가 입을 열었다. "폐하께서는 제가 꾸었던 꿈을 기억하시겠지요? 무굴 제국의 옥좌만을 제외하고 무엇이든 다 삼켜버리는 홍수 꿈 말씀입니다."

"기억하다마다!"

"그때 저희는 그 꿈이 페르시아인이나 러시아인들의 힌두스탄 침략을 예고하는 것으로 해석했습니다. 그러나 이제 저희는 그 홍수가 힌두스탄의 영토 안에서 일어났음을 알고 있습니다. 그 홍수는 폐하께서 다스리시는 왕국의 적들을 삼킬 것이고 다만 공작 옥좌(그 공작 옥좌는 백여 년 전 나디르 샤에게 빼앗기고 말았지만 우리 백성들은 짐이 앉아 있는 옥좌인 은박 입힌 나무의자를 계속 공작 옥좌라고 불렀다)만이 그 홍수를 견뎌낼 것입니다."

"아멘! 아멘!" 짐이 감탄하여 소리쳤다. "알라께서는 틀림없이 그분께서 사랑하시는 이의 예언을 실현시켜주실 것일세!"

다음에 짐은 양놈들과 대적하는 성전에 페르시아 군대가 우리를 도우러 와줄 가망성에 대하여 물었다. 그는 이슬람 군대가 기꺼이 예수꾼들과 칼을 겨루러 올 것이라고 단언하였다. 그 수도사는 이어서 하우즈 카스에 사는 한 힌두교도 여인이 여아로 세쌍둥이를 낳았다고 알려주었다. 그 아기들은 태어나자마자 말을 했는데, 첫째는 "올해에 큰 재난이 일어날 거야." 라고 했고, 둘째는 "살 사람은 보게 될 거야." 라고 했고, 셋째는 "힌두교도들이 지금 이 계절에 홀리⁴를 치른다면 그런 악운을 모두 면하게 될 거야. 신만이 전지전능하시니까." 라고 했다는 것이었다. 그런데 수도사 아스카리의 말로는 힌두교도들이 평소 때는 연말에 피우던 홀리 불을 지금 피우고 있다는 것이었다.

짐은 핫산 아스카리에게 사의를 표하고 짐을 위해 계속 기도해줄 것을 요청하였다. 그리고 황금 사슬을 손에 쥐어준 뒤 그가 사양하기 전에 짐의 처소로 걸어 나왔다.

*

짐은 그 수도사에게서 들었던 말을 한시 바삐 지나트에게 알리고 싶어 규방으로 행차하였다. 왕비가 방문객들과 하녀들을 물렸다. "수도사 핫산 아스카리가 다녀갔소." 그러고 나서 짐은 기대감을 높이려고 잠시 뜸을 들였다.

"그리고 폐하께 자기가 꾸었던 홍수 꿈 이야기를 해주었겠지요? 또 힌두

---

4 옷가지를 태우는 의식.

교도들이 홀리 불을 피운다는 이야기와 태어나자마자 말을 하기 시작했다는 세 여자아이들 이야기도요. 폐하의 이 하녀 또한 예수꾼들의 종말과 무굴 왕조의 부흥을 예언한 대가로 금화를 받아야 할 것이옵니다." 지나트 마할이 말을 받았다.

짐의 궁전에서는 소문이 얼마나 빨리 퍼지는 것인지! 마치 벽에 귀가 있고 미풍에 혀가 있는 것 같았다. 지나트가 짐의 눈에 떠오른 놀라움을 알아차리고 한 마디 덧붙였다. "폐하, 제가 나름대로 운명의 책에 적혀 있는 것을 알아내는 방법이 있는 것일까요?" 그녀가 이마를 두드리면서 말을 이었다. "그것은 위대한 하피즈가 예언했던 것이옵니다." 그녀가 하피즈 작품집에서 은으로 된 책갈피를 질러두었던 페이지를 열고 읽었다.

> 푸르른 천국의 들판에서 나는, 낫 같은 초승달을 보고 슬퍼했다네.
> 씨뿌리기와 거두어들이기로 기억되는
> 그래서 아, 운명이여, 너는 잠자고 태양은 피었구나 했더니.
> 대답이 들리기를, 지난날에 그랬듯이 희망을 잃지 말게나.

그녀가 마지막 구절을 반복하였다. "지난날에 그랬듯이 희망을 잃지 말게나." 그 행복한 모습에 즐거워져서 짐은 그녀의 뺨에 입을 맞추었다. "아니, 이런 대낮에! 폐하께서는 부끄러움도 모르시나요?" 그녀가 얼굴을 붉히며 물었다.

짐은 대답으로 하피즈의 말을 인용하였다. "그대가 부끄러움을 말하는가? 부끄러움이 내 명성인 것을."

봉기가 일어난 뒤로 이틀 동안 짐은 정말로 힌두스탄의 황제인 것처럼, 그리고 양놈들은 마차에 실려 짐의 영토를 떠난 것처럼 느꼈다. 그러나 사흘째 되던 날 짐의 시야를 흐렸던 환상의 베일이 벗겨지고 말았으니, 짐의 아들인 미르자 무갈이 통치자의 모든 권한을 찬탈해버린 것이었다. 백성들은 왕자의 명령에 따랐고, 심지어는 환관 바산트 알리 칸 같은 짐의 몸종들마저도 그에게 충성을 바쳤다.

미르자 왕자는 델리 시의 폭도들을 선동하여 짐의 보호관리 하에 있던 유럽인들을 해치려 하였다. 짐은 그에게 꾸지람을 내린 뒤 바산트 알리 칸 같은 자들의 말에 귀를 기울이지 말라고 경고하였으나, 짐의 권고는 아무런 소용이 없었다. 사흘 뒤 ─짐은 그날이 3월 16일, 토요일이었다고 기억한다─ 그들은 지하 감옥에서 수감자들을 끌어내어 마치 바크르 이드[5]에 희생양을 죽이듯, 아녀자를 포함하여 서른아홉 명의 목을 베어버린 것이었다. 짐의 처소 앞에 있던 왕실 분수대는 그 무고한 사람들의 피와 시체로 채워졌고, 짐은 하렘에 피난처를 구하였다. 지나트 마할 왕비가 짐의 무릎에 머리를 묻고 어린아이처럼 울었으나, 짐의 힘으로는 그 귀를 찢는 희생자들의 비명을 침묵시킬 수 없었다. 그리고 밤이 되자, 강둑에서 짖어대는 자칼들의 울음소리가 장례식에서 울부짖는 여인들의 곡성처럼 요란하였다.

다음날 짐이 미르자 무갈과 그 뻔뻔한 고자 바산트 알리 칸을 불러 꾸짖자, 그들은 무엄하게도 짐에게 성전사들 편인지 아니면 이교도들 편인지를 물었다. 그리고 심지어는 지나트 마할 왕비의 부친과 짐의 시의인 아사눌라 칸이 양놈들에게서 돈을 받았다는 말까지 비치는 것이었다.

짐은 그 중상모략을 아무 소리도 들리지 않는 듯한 표정으로 들었으나 이후로는 마음이 둘로 갈라졌다. 그리하여 때로는 신속한 승리와 제국의 부흥을 바랐고, 또 때로는 백인들이 짐에게 화해를 청하여 짐과 짐의 후손들을

---

5 신을 기쁘게 하기 위해 산 제물을 바치는 이슬람교도들의 축제.

힌두스탄의 왕으로 인정하고 국가가 짐의 이름으로 관리되기를 바랐다. 그러나 어느 경우에도 짐은 예정된 은거지에서 기도와 조용한 명상으로 여생을 보낼 수 있도록 평화가 오기를 기도하였다.

5월 24일 일요일 저녁, 새 달이 떠올랐다. 짐의 눈은 대기 중에 낀 먼지로 인하여 그 달을 알아볼 수 없었으나, 지나트 마할이 지는 해 바로 위쪽의 붉은 하늘을 가리키면서 거기에 분명히 은빛 단검처럼 빛나는 초승달이 있다 하였다. 다음날 짐은 아끼는 코끼리 마울라 박시를 타고 시장으로 행차하여 백성들과 함께 왕실 회교사원에서 오후기도를 드렸다. 그리고 돌아오는 길에는 짐의 코끼리 주위로 무리를 지어 빙글빙글 도는 거지들에게 동전을 뿌려주었다. 짐이 라호리 문에 이르렀을 무렵 해가 졌고, 궁전의 누벽들에는 기름램프들이 밝혀져 있었다. 짐은 고개를 돌려 자미아 회교성원을 포함한 온 도시가 불빛으로 반짝이는 것을 지켜보았다. 폭죽들이 하늘로 쏘아 올려 색색가지 별들로 폭발하는 중에 짐을 기리는 스물한 발의 예포가 발사되었다.

이드 울 피트르[6]는 늘 한껏 즐기는 날이었다. 라마단 달 동안 신심 깊은 사람들을 묶고 있던 금제의 매듭이 헐거워지는 그날, 짐은 백성들이 마음껏 즐길 수 있도록 질타의 눈을 감았다. 그러나 짐의 자식들은 다른 사람들에게 해를 끼치지 않고는 즐거움을 취할 줄 몰랐으니, 한밤중에 다리바의 부유한 힌두교도 상인 집으로 난입해 들어간 왕자를 체포하도록 도와달라는 부치안관의 애원에 짐은 잠을 깨고 말았다. 다른 하나는 랄 쿠안의 남녀추니 거처에서 벌거숭이로 술에 취한 채 붙잡혔고, 또 하나는 왕실 혈통의 옹주가 운영하는 다르야간지의 어느 평판이 좋지 못한 술집에서 싸움에 휘말

---

6 회교력으로 아홉 번째 달이 끝나고 새 달 둘째 날에 치러지는 축제.

렸다. 타이무르와 바바르의 집안이 그렇게까지 타락하고 말았다니!

다음날 아침 짐은 자식들을 불러 그들의 귀를 꾸짖음의 혀로 채찍질하였다. 그들은 고개를 숙인 채 짐의 꾸지람을 들었으나, 그들의 핏발선 눈과 창백한 안색으로 보아 그 침묵은 마음에서 우러난 후회라기보다는 몸 상태가 좋지 않은 데 기인한 것이었다.

통치의 고삐를 쥐고 있는 자들이 마치 길들여지지 않은 말에 올라 있는 풋내기들 같았다. 그들은 재산을 탕진할 줄만 알았지 벌어들이는 법을 몰랐고, 회계가 어떻게 되가는지도 관심이 없어서 국고를 텅 비게 하였다. 또 성전에 참여하여 기꺼이 싸우려는 백성들이 그토록 많았음에도 그들을 훈련시키려는 자는 아무도 없었다. 전사들은 곡괭이와 창과 칼을 들고 소총으로 무장한 훈련된 군대와 싸우도록 전쟁터로 내몰렸다. 이드 울 피트르 닷새 뒤에 강 건너편 가지아바드에서 교전이 있었으나, 승리는 양놈들에게로 돌아갔고 순교는 우리 회교도 전사들에게 떨어졌다. 그리고 며칠 뒤에는 대간선도로변에 있는 바드리온에서도 같은 일이 반복되었다.

수도사 핫산 아스카리는 그러한 패배가 준비에 만전을 기하라는 알라의 경고라고 짐을 위로하였다. 점성가들 역시 양놈들의 통치는 플라시 전투 백주년 기념일인 6월 23일에 끝날 것임을 예언하였고, 짐의 회교도 전사들은 수천 명씩 출정하여 도시 성벽 밖 사브지 만디에 군대를 집결시키고 있던 적을 덮쳤다. 한 번 더 알라께서는 짐의 회교도 전사들에게 극락의 천녀들을 내려주셨으나, 승리의 기쁨을 맛본 것은 양놈들과 그들이 돈으로 산 시크, 구르카 용병들이었다.

사브지 만디에서의 패전 소식이 온 도시를 슬픔 속으로 몰아넣었다. 백성들은 사령관들에 대한 믿음을 잃고 모두들 반역을 했다느니 양놈들에게서 돈을 받았다느니 하며 서로를 비난하였고, 뒤이어 사막에서 불어온 열풍이 백성들의 인내를 시험하였다. 갑자기 상인들이 물건을 숨기기 시작하여 곡식도 사료도 구할 수 없었다. 가난한 자들은 필사적이 되어 그중 많은 사람들이 도둑이나 강도로 돌변하였다. 짐은 그 결과가 어떻게 될지 알 수 없었다. 그럴 즈음, 델리에 이상한 사내가 하나 나타났다.

니할 싱

살아오는 동안 내내 나는 딜리 얘기를 들어왔어. 어렸을 적부터 어머니가 우리 구루의 머리를 잘랐던 딜리 왕 아우랑제브 얘길 해줬으니까. 어머니는 그자를 아우랑가라고 불렀는데, 그 이름을 입에 올릴 때마다 침을 뱉곤 했었지. 그래서 나도 그 아우랑가라는 이름에는 침을 뱉게 되었고. 내가 좀 더 자라고 나니까 아버지가 우리 조상들, 그러니까 딜리를 약탈해서 말 안장 가득가득 금은보화를 싣고 돌아왔던 조상들의 무훈담이며, 우리 구루가 순교했던 바로 그 자리에 기도소를 지은 사다르 바겔 싱 얘기를 해주더군. 나중에 내가 펀자브 치안대로 들어갔을 때는 동료들이 이러는 거였고. "딜리를 보지 못했다면 아무것도 못 본 거라구." 그 친구들 얘기가, 딜리에서는 젖가슴이 조그만 망고처럼 생긴 어린 창녀건, 엉덩이가 호박처럼 동그스름한 애녀석이건 다 구할 수가 있다는 거였어. 그리고 창녀나 애녀석을 구할 돈이 없으면 동전 두 개만 가지고도 어지자지를 구할 수 있는데, 그런 어지자지가 창녀나 애녀석보다 더 재미있을 수도 있다는 거였지. 그래서 나는 무슨 일이든 생겨서 딜리로 가게 되었으면 하고 기도를 했던 거고.

우리 마음속 비밀을 아는 구루가 내 기도에 응답을 해주더군. 어느 날 내가 휴가를 받아서 집에 있는데 두 사내가 우리 마을을 찾아온 거였어. 그중 하나가 북을 치고 돌아다니면서 모두들 커다란 보리수나무 아래로 모이라고 외치데. 그 다음엔 다른 사내가 이러는 거였고. 회교도들이 동인도회사에 대항해서 반란을 일으켜 무굴 왕을 다시 딜리의 옥좌에 앉혔다고 말이야. 그런데 이 무굴 왕은 바로 우리 구루를 죽였던 그 아우랑가의 손자의 손자가 아니었겠어? 거기에다 우리를 불러 모았던 사내 얘기로는 동인도회사 군대로 들어가서 딜리를 함락시키기만 하면 찾아낼 수 있는 금은보화는 모두 우리 것이 될 거라는 거였고. 나는 당장 그 사내한테 치안대에다 신청서를 내서 휴가를 연장해달라고 했지. 그런 다음엔 아버지와 어머니의 발을 만지고 나서 딜리로 길을 나섰고.

우리 마을에서는 레나와 나타라는 두 녀석이 나하고 같이 떠났어. 그런데 날씨가 어찌나 뜨겁던지! 꼭 온 세상이 가마솥 속에 들어 있는 것 같더라니까. 거기에다 흙먼지가 눈이건 콧구멍이건 가리지 않고 날아드는데, 검은 수염이 다 누렇게 되더라구. 하지만 우리는 속으로 "시크 사자들에게 더위 따위가 뭐야?" 하면서 한낮의 땡볕을 뚫고 말을 몰았지. 그러다 길가에 우물이 보이면 거기서 몸을 씻고 넴나무 그늘에서 잠시 쉬었다가 다시 떠나곤 했어. 우리가 암발라에 도착한 건 이틀 뒤였지.

우리를 검사하러 온 사람은 얼굴이 원숭이 똥구멍처럼 빨갛고 대머리가 훌러덩 까진 커다란 백인이었어. 그 사람은 이미 진드족 족장이 내준 시크교도 100명에다 지나는 길에 있는 마을들에서 다시 100명을 더 뽑아 200명을 거느리고 있더군. 나는 치안소 제복을 입은 데다 내 말도 갖고 있어서 문제없이 뽑혔지. 또 레나와 나타도 뽑혔고. 다음에 그 백인이 푸라비아어[7]로 연설을 했는데, 내가 알아들을 수 있었던 거라고는 우리가 이슬람교도들과 싸울 거

---

7 인도에서는 힌디어, 벵갈리어, 우르두어, 마이틸리어, 푸라비아어 등 여러 언어가 쓰이고 있음.

고, 우리 구루가 아우랑가에게 백인들이 해가 뜨는 쪽으로부터 와서 시크교도들의 도움을 받아 그의 왕조를 무너뜨릴 거라고 했다는 소리뿐이었어. 우리 구루가 아우랑가에게 했다는 예언은 어머니한테서도 또 아버지한테서도 들은 적이 없는 거였지만 나는 속으로 백인들은 똑똑하니까 그 백인 얘기도 틀림없이 사실일 거라고 생각했지. 그런데 어느 날 아침에, 내가 나중에 알아낸 바로는 이름이 허드슨이라는 이 백인이 사열을 하면서 죽 늘어서 있는 지원병들의 가슴과 배를 손가락으로 꾹꾹 찌르고 팔을 만져보고 하더라구. 그 백인은 나한테도 똑같은 짓을 하고 나를 머리끝부터 발끝까지 훑어보는 거였어. 나는 그 줄에 있는 어떤 녀석보다도 키가 더 컸고 몸집도 더 좋았지.

"너 이름이 뭐지?" 그 백인이 묻더군.

"니할 싱입니다."

"니할 싱하." 그 사람은 진짜 편자브 사람처럼 정확하게 내 이름을 부르더라구. "니할 싱하, 이제부터 너는 내 전령이다." 허드슨 나리는 그런 식이었어. 절대로 누구에게든 아무것도 묻지 않고 명령만 내렸지.

다른 녀석들은 질투로 달아올랐으면서도 내 등을 철썩철썩 치면서 축하해, 축하해! 하고 아부를 떨더군. 하지만 내 뒤에서는 흰둥이 끄나풀이니 뭐니 하고 험구를 하더라구. 뭐라고 하든 상관할 건 없었지. 나는 허드슨 나리가 마음에 들었으니까. 또 허드슨 나리도 내가 마음에 드는 것 같았고. 어쨌든 그 뒤로는, 내 봉급이 다른 현지인 용병보다 더 많지는 않았어도, 우리 수베다르[8]였던 사다르 만 싱까지도 나한테 말을 걸 때면 항상 공손하게 "여보게 니할 싱지.[9]" 라고 하더라구.

8 현지인 대장.
9 싱의 존칭.

418

우리는 새 제복, 그러니까 빨간색 터번에, 카키색 상의에, 빨간색 허리띠에, 카키색 바지를 지급받았어. 빨간색, 카키색, 빨간색, 카키색으로 말이야. 그래서 다른 백인들은 우리를 홍학이라고 부르기 시작했지. 또 우리는 아주 빨리 쏠 수 있는 데다 주둥이에 긴 칼까지 달린 화승총을 지급받았고 창도 가지고 다녔어.

며칠 동안 훈련을 받고 나서 우리는 딜리로 떠났어. 카르날에서 흰둥이 중대원들이 언덕을 내려와 우리와 합치더군. 하지만 흰둥이들은 햇살과 뜨거운 바람을 견디지 못해서 우리는 밤에만 말을 몰아 행군하고 낮에는 나무 그늘 밑에서 잠을 잤지. 그러면서 우리는 가라운다, 사말카, 라세를 지났는데, 그 마을들은 동인도회사에 적대적이었지만 우리 앞에서는 감히 찍소리도 못하더라구. 우리가 딜리 변두리에 당도한 건 칠흑같이 어두운 밤중이었어. 우리는 곧장 막사로 들어가서 자라는 지시를 받았는데, 그 백인들의 조치는 아주 적절한 거였지.

그때 우리는 무덥고 적막한 밤을 뚫고서 30여 킬로미터나 말을 몰아온 뒤였어. 모두들 지쳐서 허리띠를 풀거나 신발을 벗지도 않고 잠이 들었지만 나는 마음이 들떠서 눈을 감을 수가 없더라구. 게다가 막사 안에서는 열두 녀석이 코를 골면서 방귀를 뀌어댔고. 그래서 나는 밖으로 나와 몸을 씻고 평평한 바위를 찾아 그 위에 드러누웠지. 다음에는 긴 머리칼을 풀어헤치고 밤바람에 몸을 식히며 별들이 총총한 밤하늘을 쳐다보았고. 내가 눈을 떴을 때는 별빛이 좀 흐릿해지고 하늘이 회색으로 바뀌어 있었으니까 깜빡 잠이 들었던 게 분명했어. 내 가슴이 점점 더 커져서 마침내는 내가 바라보고 있는 세상만큼이나 커지더라구. 나는 구루 나낙이 그 제자들에게 했던 말을 떠올렸지. "보아라, 마르다나 형제여. 주님의 기적을!"

"와 대단한데!" 나는 속으로 환호성을 질렀어. "위대한 구루가 정말 대단한 도시를 세웠구나!" 해가 떠오르고 있는 왼쪽에 수트레즈 강만큼이나 넓은 강이 회색 성벽 뒤쪽으로 흐르고 있더군. 그 성벽은 아주 높았는데, 해가 지는 쪽 바로 맞은편 강둑에서부터 시작해 눈길이 닿는 데까지 길게 이어지다가 나무 덤불 뒤로 사라졌어. 또 그 성벽에는 보루와 문들도 많았고, 그 뒤로 커다란 성채의 또 다른 붉은 벽도 보였지. 그리고 돔이며 첨탑과 지붕들도. 하지만 전쟁의 흔적이라고는 찾아볼 수가 없었어. 또 누가 살고 있다는 조짐도 보이지 않았고.

*

강 위로 붉은 해가 떠오르기 시작하자 대포를 쏘는 소리가 들리더니, 비둘기들이 수천 마리씩 날아올라 소란스럽게 울더군. 나는 나무 꼭대기에 앉아 있던 수백 마리나 되는 독수리들이 벌통에 몰려드는 벌떼처럼 썩은 고기로 몰려드는 걸 봤어. 그런데 다음에는 그게 나뭇가지들에 매달려 반쯤 먹어치워진 시체들이라는 걸 알아차렸지. 먹었던 게 목구멍까지 기어오르더라구. 나는 막사 안으로 들어가 몸을 쭉 펴고 동료들 옆에 드러누웠어. 너무 피곤했거든.

기상나팔 소리에 우리는 모두 일어났어. 나는 차를 한 잔 마시고 나서 우리 진지가 어떻게 놓여 있는지 둘러보았지. 우리가 있는 곳은 붉은 바위산의 높은 능선이었는데, 요리사 말로는 그 능선 꼭대기에 힌두 라오라는 마라타 부족 사람의 커다란 집이 한 채 있다더군. 그 집은 적의 총탄이 미칠 수 없는 곳에 있어서 백인 장교들이 그 집을 차지하고 있었지. 또 흰둥이 보병대원들도 적의 총탄이 미치지 못하는 능선 더 높은 곳들에 진을 쳤고. 성벽에 더 가까이 있는 건 우리 검둥이들이었어. 우리 중에는 파탄 사람, 빌로체 사람, 그리고 펀자브 회교도들도 있었는데. 그래서 나는 요리사에게 물어 봤어, 이렇게. "이 회교도들이 여기서 뭘 하는 거요?" 그랬더니 요리사가 이러더군. "그 친구들은 반란군에 가담한 힌두교도들하고 싸우게 될 거야." 그래서 내가 "그러면 이 구르카들은?" 하고 다시 물어봤더니 요리사가 이러더구만. "그자들은 백인이 싸우라고 명령만 내리면 누구하고라도 싸울걸. 구르카들의 머리통은 쇠로 만들어졌고 그 속은 쇠똥으로 채워져 있으니까. 만일 백인이 '네 아비를 쏴라' 하면 그자들은 저네 어미아비라도 쏠 거라구." 백인들이 우리 원주민들을 서로 갈라놓는 수법에는 정말 놀라지 않을 수가 없어. 우리 구루가 그들에게 굉장한 지혜를 주신 거지. 그리고 용기도. 그래서 허드슨 나리도 이런 말을 한 거고. "백인 하나면 검둥이 열 못지 않아."

한낮이라서 태양이 바로 머리 위에 있을 때였어. 내가 넴나무 그늘 아래서 태평하게 코를 골고 있는데 누가 나를 마구 흔들어 깨우더라구. "어이, 니할리아, 나팔소리도 못 들었어? 자다 죽고 싶어서 그래?" 나는 벌떡 일어나서 머리에 터번을 둘렀지. 그런데 내가 본 게 뭔 줄 알아? 백인들이 망원경을 들여다보고 있는 거였어. 나는 그 사람들이 보고 있는 쪽을 바라보았지. 그랬더니 뭐가 보였는 줄 알아? 그 도시 맨 오른쪽 끝에 있는 사브지 만디라는 곳에서 적군 기병대가 우리 쪽으로 말을 몰아오고 있는 거였어. 기병대 뒤로는 보병기동대가 따라왔고. 그자들 모두가 동인도회사 제복을 입고 있더군. 그렇게 얼마쯤을 보고 있으려니까 그자들이 누가 결혼식을 올리기라도 하는 것처럼 성벽에서 포를 쏘기 시작하데. 콰르릉 콰르릉 대포가 울리고 쉬잉 쉬잉 포탄들이 날아들었어. 다음엔 능선에 떨어진 포탄들이 우리 막사를 박살내거나 말들을 죽였고. 그 악당들이 조준을 잘했다는 건 인정해줘야 되겠더라구. 그자들은 또 계략도 많이 알고 있어서 우리가 맡에 올라타자마자 북을 울리기 시작하더니 "하르 하르 마하데브[10]. 알리, 알리, 알리." 하고 외치면서 우리 부대 측면으로 돌진해오는 거였어. 마침내 허드슨 나리가 칼을 뽑아들고 큰소리로 외쳤지. "공격!" 우리는 그자들과 대적하려고 전속력으로 말을 몰았어. 하지만 적은 우리가 사정거리에 들자마자 화승총을 쏘고는 방향을 돌려 달아나더라구. 그리고 우리가 사망자와 부상자를 세고 있으려니까 적 저격병들이 백인들에게 총을 쏘기 시작했는데, 그중 한 놈이 나한테다 대고 소리를 치는 거였어. "이거 보쇼, 시크교도 양반, 당신은 왜 양놈 돼지에게 목숨을 팔고 있는 거요? 우리 편으로 오쇼. 우린 봉급도 더 많이 줄 거요." 그자들은 우리 편을 여럿 죽였고 우리도 그자들 편을 몇 죽였지. 하지만 그자들은 포로를 하나도 잡지 못한 반면 우리는 30명쯤을 포로로 잡았어.

우리는 적 시체들을 뒤져 벨트에서 꽤 많은 금화와 은화를 찾아냈고 반지나 귀고리를 한 자가 있으면 손가락과 귀를 잘라냈지.

허드슨 나리가 포로들을 한 나무 밑에 죽 늘어세우더니 무릎을 꿇으라고 명령하더군. 그리고 다음엔 기병총에 장전을 하더니 수염이 허연 늙은이를 겨누면서 물었어. "너, 회사 녹을 얼마나 오래 먹었지?"

그러자 허연 수염이 양손을 싹싹 비비면서 애걸복걸하더군. "잘못했습니다요. 용서해주십시오!"

다른 놈들도 마찬가지로 "주인님, 용서해주십쇼, 가진 걸 다 드릴 테니 죽이지만 말아주십쇼." 하면서 훌쩍거렸고. 그자들이 벨트를 풀어 동전이며 반지며 다른 자질구레한 장신구들을 꺼내놓더군.

허드슨 나리는 그런 물건 따윈 거들떠보지도 않고 다시 허연 수염에게 물

---

10 전투를 치를 때 비슈누와 크리슈나를 기리며 외치는 구호.

었어. "너 어느 연대냐?"

"26연댑니다요. 여러 전쟁터에서 나리들에게 봉사했었습죠. 어디로든 보내만 주시면 다시 나리들을 위해 싸우겠습니다요." 그자가 허드슨 나리의 발을 움켜쥐었지만 허드슨 나리는 다른 발로 그냥 걷어차버리더라구. "네 사령관이 누구냐?"

"미르자 무갈입니다요……. 나리, 죽이지만 말아주십쇼. 저희가 아는 건 뭐든 다 말씀드리겠습니다요."

"너희들 병력이 얼마나 되지?"

그러자 포로들이 앞 다투어 자기네 연대 이름을 대더구만. 아마 저쪽 편에도 만 명이나 그 이상 있는 것 같았어. 허드슨 나리는 알려고 했던 걸 다 알고 나자 기병총 공이치기를 당겨 그 늙은이의 가슴에다 들이밀고 방아쇠를 당겼지. "이거나 받아라, 이 은혜도 모르는 놈!" 허연 수염은 요란하게 "야, 알라!" 하는 비명을 지르면서 거꾸러졌고.

"이 은혜도 모르는 놈들의 머리를 베고 그 시체는 자칼에게 먹여라." 허드슨 나리가 명령했어.

포로들이 금세 사색이 되어버리더라구. 우리는 그자들의 벨트를 풀어냈고 청소부들은 제복과 장화를 벗겨냈지. 그런 다음엔 발가벗긴 채로 능선 아래까지 끌고 내려가 일렬로 늘어세웠고. 우리가 그자들을 무릎 꿇려서 고개를 숙이라고 하니까 훌쩍거리고 똥오줌을 싸고 난리도 아니더군. 우리는 큰칼로 그자들의 목을 쳤는데, 그건 마치 구루의 주방에서 쓸 염소를 도살하는 것 같았어. 단지 한 놈의 목만 염소 목보다 두꺼워서 단칼에 베어지지 않더군.

그리고 나서 우리는 허드슨 나리에게서 럼주를 더 배급받았지.

*

그런데 우리 전우 중에서도 두 명이 심한 부상을 입었어. 내가 야전병원으로 찾아가보니 그 친구들은 보리수나무 밑에 누워 있더군. 막사 안에는 원주민들을 들일 여지가 없었거든. 그리고 의사들도 흰둥이들을 돌보느라 바빴고. 그중 많은 사람들이 콜레라, 이질, 아니면 열병을 앓고 있었으니까. 몇몇은 그저 뜨거운 햇살을 견디지 못해 축 늘어졌고. 나는 그 친구들 옆에 앉아 다리를 주물러주었어. 얼마쯤 뒤에 허드슨 나리가 의사를 하나 데려왔는데, 그 의사는 땅바닥에다 연고를 한 봉지 툭 던지고 이러더라구. "이걸 부상자들에게 발라주고 이틀 뒤에 반드시 보고하도록."

오후에 나는 허드슨 나리를 보러 갔어. 그 사람은 자기 막사에서 뭔가를 적고 있더군. 내가 "나리, 몹시 피곤하시겠습니다. 장화를 벗겨드릴까요?" 했더니 나리는 아무 대꾸도 하지 않았지만 의자를 빙 돌렸어. 그래서 나는 땅바닥에 앉아 나리의 각반을 풀고 다리를 주물러 줬지. 잠시 뒤에 나리가 쓰던 걸 그만두고 나를 돌아보면서 묻더군.

"오늘 썩 괜찮은 전투였지?"

"나리, 그자들이 우리 쪽 사람들을 여럿 죽였습니다."

그러자 나리가 자기 서류를 훑어보고 이러더군. "사망 17명, 부상 25명, 죽거나 못쓰게 된 말이 스물."

내가 본 사망자만 해도 열일곱은 훨씬 넘었지만 나는 그게 무슨 소린지 알 수 있었어. 나리는 흰둥이들 숫자만 센 거였지. "영국과 싸우려면 오합지졸 군대로는 안 돼. 이건 그자들의 대공세였지만 우리는 그자들의 등뼈를 분질러놓았지." 나리가 그렇게 뻐기더니 설명을 덧붙이데. "오늘은 6월 23일, 그러니까 영국이 이슬람교도들을 격파했던 플라시 전투 100주년 기념일이야. 저자들은 100년이 지났으니까 이번엔 자기들이 승리할 차례라고 믿었겠지." 그러더니 같은 소리를 또 하는 거였어. "하지만 백인들을 상대하려면 오합지졸 무리로는 안 돼."

나는 허드슨 나리의 장화를 벗겨냈어. 그리고 발을 주무르면서 "영국 사람들은 정말 용감합니다." 하고 기분을 좀 맞춰줬지. 그랬더니 나리는 이 세상에서 가장 훌륭한 전사들이니 어쩌니 하면서 한술 더 뜨더군. 나는 고개를 끄덕이고 나서 한 마디 덧붙였어. "시크교도들도 아주 용감합니다. 한 시크교도가 십이만 오천 명의 적을 당해내거든요."

허드슨 나리는 그 말이 마음에 들지 않았던지 대머리를 쓱 문지르고 퉁을 주더라구. "무드키, 페루샤르, 사브라온, 물칸, 칠리안왈라, 그리고 구자라트에서 무슨 일이 있었지?"

"나리, 시크 군대는 장교들에게 배신을 당한 거였습니다."

"그건 패배자들이 늘 하는 소리라고, 우리는 사령관들에게서 버림을 받았다고 말이지." 허드슨 나리는 성질이 아주 불같은 사람이라서 말다툼을 벌여 화를 돋울 이유는 없었어. 하지만 나는 속으로 이런 생각을 하고 있었지. "만약 시크교도들이 반역자 대신 훌륭한 장군들의 지휘를 받았더라면 그 사람들은 런던으로까지 진격해서 당신네 어머니를 겁탈했을 거요."

내가 나리의 양말을 벗기고 발바닥을 문질러 줬더니 나리가 눈을 감고 고양이처럼 골골거리는 소리를 내기 시작하더군. 그러다 얼마쯤 뒤에는 "됐어, 그만 가봐." 했고. 그래서 나는 경례를 하고 나왔지.

다음날 아침에 나는 부상당한 친구들이 어떤지 보러 갔어. 하지만 보리수나무 밑에는 아무도 보이지가 않더라구. 그래서 병원 안으로 들어가 봤더니 거기에도 없었고. 어떤 청소부가 그 친구들이 밤중에 죽어서 화장터로 보내졌다고 그러더군.

*

　이 딜리 놈들은 우리에게 숨 쉴 틈도 안 주려고 들더구만. 곤히 잠들어 있
는 한밤중에 우리 쪽으로 대포를 쏘아대기 시작하는가 하면 우리가 나무 그
늘 밑에서 꾸벅꾸벅 조는 뜨거운 한낮에 도둑놈들처럼 살금살금 기어와서
기병총을 탕 탕 갈겨대는 거였으니까. 그자들은 또 우리 진지로 밀정들을
보내기도 했는데, 이슬람교도들에게는 코란을 든 이슬람교도를 보내서 돼
지고기를 먹는 양놈들에 맞서 성전에 가담하라고 간청했고, 우리 시크교도
들에게는 갠지스 강물이 담긴 놋쇠 단지를 든 바라문들을 보내서 소를 먹는
멀레차[11]들을 죽이라고 꼬드겼어. 그리고 또 뭐, 흰둥이의 목 하나당 백 루
피씩 주고 자기네 편으로 오면 봉급도 더 많이 주겠다나 뭐라나. 하지만 우
리는 계속 먹은 녹에 충실했지. 밀정들이 가져온 돈을 받고 난 다음에는 그
자들을 넴나무에 목매달았으니까.

　백인들 역시 밀정들을 고용했어. 그 우두머리는 라잡 알리라는 외눈박이
사내였는데, 그자는 오고 싶을 때면 언제든 우리 진지로 왔다가 시내로 돌
아가곤 했지. 사람들 말로는 그자가 왕의 귀라고들 하더군. 여하튼 그자는
허드슨 나리의 귀에다 무슨 말인가를 한참씩 속닥거리고 나서 돈을 받아가
곤 했어.

　검둥이들은 허드슨 나리를 좋아했지만 흰둥이들은 그 사람을 좋아하지
않더라구. 나는 그걸 정찰대라고 불리는 부대가 페샤와르에서 왔을 때 알았
어. 허드슨 나리는 종종 "그때 우리 정찰대원들 사이에서는……." 어쩌구
하면서 지난 시절을 얘기하곤 했는데, 말하는 투로 보아 정찰대원들은 이

11　힌두교도들이 이슬람교도를 경멸적으로 부르는 말.

세상에서 가장 훌륭한 전사들인 게 분명한 것 같더군. 하지만 나리가 왜 정찰대를 떠났는지는 알 수가 없었어. 딱 한 번 나리는 어떤 '수상쩍은 속임수'에 대해서만 얘기했을 뿐이었지. 하지만 정찰대원들이 행진해 들어왔다가 허드슨 나리를 보자마자 검둥이들이 대열을 이탈해서 나리를 끌어안더라구. 얼마나 볼만한 광경이던지! 파탄 사람들, 빌로체 사람들, 시크교도들이 모두 허드슨 나리를 끌어안는 거였어. 하지만 백인들은 알지도 못하는 사람인 것처럼 숫제 고개를 돌려버리더라니까.

한날은 어떤 흰둥이가 나한테 내가 누구냐고 묻더군.

그래서 나는 차렷 자세를 하고 대답했지. "허드슨의 호스(horse: 말)입니다." 그랬더니 이자가 한바탕 웃어젖히고 나서 다른 흰둥이들을 돌아다보고 이러는 거였어. "허드슨 아스(arse: 엉덩이)래." 그자들 모두가 웃음을 터트렸지만 나는 그 흰둥이들이 어째서 웃는지 알 수가 없더라구.

심지어는 최고사령관인 윌슨 각하까지도 허드슨 나리를 좋아하지 않았어. 또 군대를 좀 더 모으기 전까지는 허드슨 나리에게 딜리 공격을 허락하려고 들지도 않았고, 거기에다 뜨거운 바람이 더 뜨거워지고 매일 오후만되면 모래폭풍이 불기 시작하는 바람에 허드슨 나리는 성질이 더 사나워졌지.

7월 초였는데 하루는 내 생전 처음 보는 엄청난 폭풍이 몰아치더군. 햇볕에 누렇게 그을린 흙먼지가 눈이건 콧구멍이건 가리지 않고 한 움큼씩 날아드는 거였어. 한 시간쯤 지나자 먼지는 그대로였지만 날씨가 좀 서늘해졌고다음에는 낮이 밤으로 바뀌었지. 그 다음에는 천둥번개가 하늘을 가르더니비가 억수같이 쏟아져 내려 흙먼지와 그 전에 불려온 것들을 싹 다 쓸어갔고. 나는 막사 밖으로 뛰어나와 친구들에게 외쳐댔어. "어이, 레니아! 비 온다! 어이 나티아! 이 아편쟁이들아, 나와 봐! 하늘에 구멍이 뚫렸다구!" 우리는 터번이고 제복이고 다 벗어던지고 속고쟁이 바람으로 달려 나와 긴 머리를 풀어헤치고서 춤추고 노래를 불렀지. "아아, 오늘 같은 날 애인만 하나 있다면 발바닥으로 별을 세게 했을 텐데."

흰둥이들이 현지인 용병들에게 우리가 어떻게 된 거냐고 묻더군. 그러자 파탄 것들은 고개를 저으면서 씩 웃었고, 도그라[12] 것들은 낄낄거리면서 이러는 거였어. "나리, 저 시크교도들은 머리가 길거든요. 더위를 먹어서 미쳤나봅니다." 그래서 우리가 큰소리로 이렇게 되받았더니 놈들이 찍소리도 못하더구만. "어이, 너 네 어미하고 누이들도 머리가 기니까 틀림없이 더위 먹었을 걸. 우리한테 보내라구. 그러면 우리가 사타구니에 오른 열을 식혀줄 테니까."

날이 어두워지자 나무들이 개똥벌레들로 뒤덮이더군. 우리는 그놈들을 잡아서 수염이 번쩍번쩍해질 때까지 붙이고 방그라 춤[13]을 추면서 돌아다녔지.

비는 밤새도록 내렸어. 때로는 요란하게 우리 막사를 두드리기도 하고 때로는 멀리 사라져가는 메아리처럼 희미해지기도 하면서. 아무도 잠을 제대로 잘 수가 없었지.

동틀 녘에 일어나 보니 하늘이 시커먼 구름으로 뒤덮여 있더군. 세상은 온통 깨끗하게 씻긴 초록색이었고. 어디선가 빠옹 빠옹 하고 공작새 우는 소리가 들리기에 이리저리 둘러봤더니 힌두교도 라오의 저택 난간에 수놈한 마리 암놈 두 마리, 합쳐서 세 마리가 있었어. 수놈이 꼬리를 들어 펼치자 그게 초록색, 파랑색 눈알들이 가득 든 부채로 바뀌더군. 나는 막사 안으로 머리를 디밀고 소리를 쳐댔지. "일어나, 이 아편쟁이 놈들아! 공작이 춤

<hr>

12 북인도 지방의 힌두 사람.
13 편자브 지방의 춤.

을 추고 있다구!"

"즈그 어미하고 그 짓이나 하라고 그래." 레나가 통을 주면서 돌아누웠지만 그래도 두 친구는 그 멋진 광경을 보려고 밖으로 나왔지.

뒤쪽에서 검은 구름이 몰려오는 중에 공작새가 옥상에서 춤을 추는 장면은 천 루피를 주고 본대도 아깝지 않은 광경이었어. 구루가 그 새에게 정말 기가 막힌 아름다움을 내려준 거지. 수놈 공작이 사내다움을 뽐내는 젊은 왕자처럼 자랑스럽게 목을 뒤로 빼고서 앞으로 두 걸음 내디뎠다, 뒤로 두 걸음 물러났다 하더군. 그러는 사이 갈색 줄무늬가 진 암컷들은 안달 난 계집처럼 숨을 할딱거리면서 기쁨에 깃털을 바르르 떨었고.

탕!

수놈 공작새가 벽 너머로 굴러 떨어졌어.

탕, 탕.

암컷 두 마리도 땅으로 거꾸러졌고.

"야호, 세 마리 잡았다!" 흰둥이들이 환호성을 지르더군. 나는 젖은 땅바닥에 주저앉아 울었어. 우리가 이 공작새를 죽이는, 제 어미하고 붙어먹을 놈들을 위해 싸우고 있다니! 이 하얀 원숭이들이 비에 대해서 뭘 알고 있을까? 흰둥이 계집들에게는 계절풍이 부는 철의 먹구름을 떠올려줄 검은 머리칼 같은 건 없어. 또 굽이치는 흰 구름들을 떠올려줄 커다랗고 둥근 젖가슴도 없고. 흰둥이 계집들은 망고나무에 어떻게 그네를 매고, 몬순철에 어떻게 노래를 부르는지도 몰라. 흰둥이들이 노래 부르는 거 들어본 적 있어? 나는 암발라에 있는 교회에서 들어 본 적이 있는데, 여자들은 히히호호 하고 소리를 질러대고 남자들은 당나귀처럼 바우바우 하고 울어대더군. 그런 자들이 어떻게 비의 선율과 공작새들의 춤을 감상할 수 있겠어? 온 세상이 초록색으로 빛날 때에도 이 흰둥이들은 오로지 죽일 생각만 하고 있더라구.

내가 일어나서 허드슨 나리에게 아침 차를 가져다줬을 때도 이러더라니니까. "지금이 바로 공격할 때다. 병사들에게 전투준비를 시켜."

＊

무거운 대포들은 코끼리들이 끌어냈고 낙타와 황소들에는 좀 더 가벼운 대포들이 비끄러매어졌어. 땅이 미끄러워서 우리는 모두 맨발로 가야 했지. 허드슨 나리 하나만 말에 올라탔고. 비가 가랑비로 잦아들어 있어서 바위 능선에서는 괜찮았지만 사브지 만디 근처에서는 진창에 발이 무릎까지 푹푹 빠졌어. 코끼리 한 마리가 주르르 미끄러지다가 흙탕물을 왕창 튀기면서 벌렁 나자빠지더군. 코끼리를 부리는 사람은 용케도 깔리지 않고 뛰어내렸지만 대포가 굴러서 주둥이가 땅에 처박혔지. 코끼리는 가까스로 일어나서 저를 부리는 사람이 기어오를 수 있게 순순히 한쪽 앞다리를 들어 올렸고. 대포를 다시 수레에 싣는 데는 스무 명이 달라붙어야 했어. 그런데 미끄러지는 코끼리도 우습기 짝이 없었지만 낙타가 미끄러지는 꼴은 더 꼴불견이더라구. 궁둥이를 깔고 앉으려고 하다가 그 기다란 다리가 뒤엉켜버리는 거였으니까. 하지만 낙타는 저를 보고 웃으면 몹시 성질을 내니까 조심해야 돼.

우리는 미끄러지고 넘어지면서 가랑비를 뚫고 전진했어. 사브지 만디까지 2킬로미터 남짓을 가는 데 꼬박 두 시간이 걸리더라니까. 하지만 적장은 우리가 그곳에 이를 때까지 눈치를 못 채고 있었어. 자기 애인하고 방[14]이나 마시면서 계절풍이 부는 첫날을 즐기느라고 말이야.

14 인도 대마의 잎과 꽃에서 우려낸 마약.

비가 그치고 구름 틈새로 파란 하늘이 보이기 시작하더니 얼마 안 가서 곧 딜리 시 위쪽의 하늘이 색색가지 연들로 채워지더군. 그 연들이 공중에서 싸움을 벌였는데, 그러다 연 하나가 줄이 끊겨 빙글빙글 돌아내리면서 아래로 떨어졌어. 우리는 사내아이들이 "줄을 끊어!" 하고 외치는 소리를 들었어. 그리고 검은색, 흰색, 갈색 비둘기들이 하늘을 선회하는 동안 남자들이 스카프를 흔들고 호루라기를 부는 것도 보았고. 또 사브지 만디에 있는 어떤 집에서는 무희들의 방울 소리와 타블라 북으로 박자를 치는 소리가 들려오기도 했지.

쾅, 쾅, 쾅. 저 멀리 카슈미리 문 근처에서 우리가 쏜 포탄들이 터지는 소리가 메아리쳤어. 그러자 연들은 재빨리 끌어내려졌고 비둘기들은 비둘기장으로 돌아갔지. 노래하고 춤추는 소리도 뚝 끊겼고. 쾅, 쾅, 쾅. 카슈미리 문과 모리 문 근처에 있는 보루들에서 반란군이 맞받아 대포를 쏘아댔어. 우리 작전은 효과가 있었지. 카슈미리 문과 모리 문 근처에서 대포들이 서로 탄환을 쏘아대고 있을 동안 우리는 시장과 그 한가운데에 커다란 집이 있는 정원이 포함된 사브지 만디 구역을 포위했던 거니까. 공격나팔 소리가 울리고 우리 대포가 시장으로 발사되었어. 다음에 우리는 창문에 얼굴이 보이기만 하면 누구든 쏘고, 남자건 여자건 아이건 할 것 없이 거치적거리면 총검으로 찌르고 하면서 빠르게 전진했지. 정원으로 둘러싸인 커다란 집에서만 대응사격이 오더군. 우리는 나무 뒤에 몸을 숨겼지만 우리 쪽 병사가 좀 더 가까이 접근하려고 할 때마다 총에 맞곤 해서 나중에는 대포를 끌어왔지. 첫 번째 포탄이 벽에 구멍을 냈고 두 번째 포탄이 구멍을 또 냈는데, 그러고 나니까 지붕 한쪽이 와르르 무너져 내리데. 우리는 그 집에 일제사격을 하고 나서 착검을 한 뒤에 돌진했지. 우리에게 맞설 사람은 아무도 없었지만 우리는 모험을 걸지 않기로 했어. 그래서 일단 그 집을 포위하고 일

령종대로 살금살금 접근했지. 나는 일개 분대를 이끌고 커다란 방을 지나 넓은 계단을 올라갔어. 그런데 거기에서 무엇을 보았냐구? 내가 천 번의 기회를 준다고 해도 알아맞힐 수 없을 걸. 어떤 여자였으니까! 계단 꼭대기에 눈이 별처럼 빛나고 코에는 다이아몬드가 반짝이는 그 여자가 서 있더라구. 그런데 그 여자가 무슨 짓을 하고 있었는지 알아? 내 쪽으로 칼을 휘둘러대고 있더라니까.

나는 뒤를 따르고 있던 나타 싱을 돌아다보고 소리쳤어 "어이, 나티아! 내가 찾아낸 걸 좀 봐!"

나타 싱이 내 옆으로 와서 그 여자를 빤히 쳐다보다가 "잘 논다, 잘 놀아!" 하고 탄성을 지르고는 다른 녀석들에게도 소리를 쳤어. 계단이 화승총으로 무장한 시크교도 병사들로 차 있는데 케케묵은 칼을 휘둘러대는 여자가 있었으니. 하지만 그 여자는 절대로 철모르는 햇병아리는 아니었어. 적어도 마흔은 되었고 도시 여인들이 그렇듯 축 늘어진 창백한 피부를 한 여인이었지. 허연 머리칼은 헤나로 뻘겋게 물을 들였고, 이는 구장즙에 절은데다 얇은 옥양목 셔츠 안으로는 커다란 젖가슴이 축 늘어져 있는.

"아줌씨, 그걸로 이 쑤시려고 그래?" 나타가 그 여자의 칼을 가리키면서 이죽거리더니 대담하게도 바짝 다가가서 칼을 뺏어 들더군. "아줌씨, 왜 이걸로 우릴 죽이려고 해?" 그가 물었어. "눈으로 그러는 편이 더 쉬울 텐데 말이야."

"그 여자 희롱하지 마. 네 어머니뻘은 되겠다." 내가 나타에게 한 마디 던졌어.

그랬더니 이 친구가 되받아치더군. "이봐, 난 제 어미하고 붙는 걸로 유명하다구." 우리는 한바탕 웃어젖혔지.

허드슨 나리가 말을 타고 들어서는 바람에 우리는 웃음을 그쳤어. 다음에는 나타가 그 여자를 계단 아래로 끌고 내려와 나리의 말 앞에다 팽개쳤고.
"나를 쏠 셈인가요?" 그 여자가 일어서더니 묻더군. 하지만 목소리에 떨리는 기색이라고는 없었어.

허드슨 나리가 주춤했다가 "이 여자가!" 하고 호통을 쳤어.

그러더니 그 여자가 뭘 해서 먹고 사는지 넘겨짚더군. "너 창녀냐? 이 집에서 뭘 하고 있었지?"

그러자 여자는 대담하게도 이러는 거였어. "나는 지하딘[15]이다. 사악한 예수꾼과 싸우는 내 형제들을 돕고 있었다."

허드슨 나리의 힌두스탄어 실력은 사악한 예수꾼이 무슨 소리인지 알아들을 정도는 되었어. 그래서 내가 얼른 그 여자 등에다 총검을 들이밀고 을러댔지, 나리를 기쁘게 해주려고. "혀를 붙들어 매지 않으면 이 총검 끝이 네 배꼽으로 튀어나오는 꼴을 보게 될 거다!"

하지만 그 겁 없는 여편네는 꿈쩍도 하지 않더라구.

"니할 싱, 그 계집을 심문하게 주둔지로 데려가라. 그런 다음에 그 계집이 가고 싶어 안달인 천국으로 보내면 된다."

우리는 그 여자를 앞서서 걷게 했고 걸음이 늦어지면 내가 그 여자의 엉덩이를 한 대씩 쥐어박았어. 한번은 그 여자의 궁둥이 사이에다 손가락을 찔러 넣기도 했고. 하여튼 돌아오는 길에 우리는 재미깨나 봤지.

"이봐, 오늘 밤엔 우리 무기에다 기름칠 좀 할 수 있겠는걸." 나타가 능치더군. 그러자 레나도 한 마디 거들었고. "멋진 여자야. 당신은 우리 뜨거운 총열을 식혀주고, 우린 당신 몸속에다 총알을 식혀주고."

하지만 그 여자는 한 마디도 하지 않더군. 아예 우리를 보려고도 하지 않

---

15 회교도 여전사.

더라니까.

나는 그 여자를 허드슨 나리의 막사로 데려갔어. 나리는 막 헬멧을 벗고 칼을 풀어놓은 참이었는데, 불문곡직 돌아서서 그 여자 빰을 후려갈기더라구. 나리는 몸집이 아주 크지는 않았어도 힘이 대단했지. 여자가 비틀비틀 바닥에 쓰러져 울면서 징징거리더군. "나를 죽이고 싶으면 죽여라. 왜 나를 못살게 구는 거냐?"

허드슨 나리가 의자에 앉더니 책상에서 수첩과 연필을 꺼내들고 심문을 시작했어.

"이름?"

"안와르 바이"

"어디서 살지?"

"차우리 시장."

"누가 네 군대를 지휘하고 있지?"

"바크트 칸, 이틀 전에 사령관 직을 인계받은 바레일리[16]의 장군."

"누가 그 따위 은혜도 모르는 놈을 장군으로 만들었지?" 나리가 화난 목소리로 다시 묻더군. "사브지 만디에는 군인들이 얼마나 있지?"

"나는 모른다. 오늘은 보초를 서기 위해 거기로 보내진 거고 보통 때는 여자들 막사에서 지낸다."

"여자들 막사?"

"그렇다. 거기에는 회교도 여전사들도 좀 있는데, 몇몇은 나처럼 병사들과 같이 있고 다른 여자들은 병원에서 일을 하거나 군인들에게 요리를 해준다."

---

16 인도 북부 우타르 프라데시 주의 도시.

"너는 그 집에서 뭘 하고 있었지?"

"이미 얘기했다. 보초를 서고 있었다고. 나는 두 달 전 성전에 가담했을 때 일자리를 포기했다. 알라께서 내 죄를 사해주시기를."

그 말에 허드슨 나리가 성질이 잔뜩 돋아서 따지고 들더군. "너는 죄 없는 여자와 어린아이들을 죽이는 게 성전이라는 거냐?"

그리고 여자가 대답을 하지 않자 호통을 쳐댔어. "말해라! 이게 너희 잔인한 회교도들이 잔인한 성전을 치르는 방식이냐?"

이 여자는 부끄러운 줄 모르는 건 물론이고 겁도 없더라구. 그 여자가 뭐라고 했는지 알아? 이러는 거였어. "백인 양반, 나는 당신네 군인들이 여인들의 배에 칼을 찔러 넣는 걸 봤어. 어린아이들이 공중으로 던져 올려졌다가 총검에 꽂히는 걸 내 이 두 눈으로 똑똑히 보았다고."

허드슨 나리가 시뻘겋게 달아오르는데 보니까 정말 굉장하더구만. 아예 벙어리가 되어버리더라니까. 하지만 그 여자는 누가 무슨 짓을 하건 상관없다는 투로 계속 떠들어대는 거였어. "그리고 당신도 지금 당신의 그 손으로 한 여인에게서 피를 보려고 하고 있어."

그 여자는 교활한 창녀였어. 허드슨 나리가 자기에게 무슨 짓을 하려는지 알아보려고 들었던 거지. 나리는 한동안 잠자코 있더니 다시 냉정해져서 내게 이러더군. "여자라도 무기를 지녔을 때는 다른 병사들과 다르게 대우받기를 기대할 권리가 없다. 이 여자를 데려가라. 나는 이 여자 얘기라면 더는 아무것도 듣고 싶지 않다."

나는 그 여자 팔을 움켜쥐고 밖으로 끌어냈어.

해가 막 지려고 해서 날이 곧 어두워질 참이었지. 나는 허드슨 나리의 전령인 만큼 그 여자를 맨 먼저 겁탈할 셈이었어. 그런 다음에는 잠이나 자면서 다른 친구들이 번차례로 그 짓을 하게 놓아두었다가 잠이 깨면 두 번, 세 번 더 겁탈할 셈이었고. 그러다 이른 새벽에 쓰레기장으로 끌고 가서 쏘아 죽이면 되는 거였으니까. 우리에게는 이런 속담이 하나 있어. 먼저 목을 축이고 나서 우물에 침을 뱉으라는.

내가 그 여자를 우리 막사로 데려갔더니 동료들이 차파티를 우물거리고 있다가 음란한 농지거리를 던지더군. "기름칠 좀 하게 생겼구만, 어떻게 할 거야? 순순히 대줄래, 아니면 우리가 꼼짝 못하게 찍어 눌러줄까?"

"어이, 어이. 그 여자 그냥 놔둬. 다 늙어빠진 할망구를……."

"저 여자 아궁이는 아직 따끈할 거라구. 그걸 꺼버리기 전에 먼저 우리 빵 덩어리들을 구워도 돼."

"그래, 저 여잔 창녀야. 틀림없이 자기 화덕 위에다 군대 부엌을 차렸었을 걸. 내 장담하는데, 저 여자 허벅지 사이로 아마 몇 개 연대는 지나갔을 거야."

"니할리아," 젊은 축들 중 하나가 겸손을 떨더군. "먼저 선배님 무기부터 문지르시죠. 그래야 우리도 남아도는 정액을 빼내버릴 수 있을 테니까요."

그 여자는 아예 귀가 먼 것처럼 굴더군. 하지만 다음엔 나를 돌아다보고 이러는 거였어. "시크교도 나리, 허락을 해준다면 저녁기도를 올리고 싶은데요. 그런 다음엔 나를 어떻게 해도 좋아요." 그 여자는 마치 가지 요리를 해달라고 부탁하는 것처럼 침착하게 그 말을 하더라구.

모두들 한목소리로 찬성했지. "그럽시다. 니할리아, 저 여자가 알라에게 기도를 하게 해주쇼. 그래서 저 여자가 마음이 가벼워진다면 우리 마음도 가볍게 해줄 테니까."

"좋아, 하지만 빨리 해, 후딱후딱." 그러고 나서 나는 다른 친구들 틈에 끼어 배급받은 럼주를 마셨어.

그 창녀가 두파타를 흙바닥에 펼쳐놓더니 무릎을 꿇고 앉아 얼굴을 해 지는 쪽으로 돌리더군. 그 여자 코에 박힌 다이아몬드가 반짝 빛을 발했어.

"저 여자 코걸이는 누가 가질 거야?" 나타가 묻더군.

아무도 대답을 하지 않자 이번에는 레나가 말했어. "저 여자 귀하고 팔에도 금붙이를 달고 있어. 니할 싱한테 팔아 오라고 해서 돈을 나눠 가지면 될 거야."

그 창녀가 일어서는데 보니까 눈은 감겼어도 입술은 계속 달싹거리고 있더군. 그리고 허리를 굽히자 옥양목 셔츠 안으로 너무 익은 호박처럼 축 늘어진 젖가슴이 보였어.

그 여자가 다시 무릎을 꿇고 앉아 이마를 땅바닥에 대고 몇 번 누르더군. 그러더니 발뒤꿈치를 땅에 붙이고 쪼그려 앉아서 책을 읽는 것처럼 양손바닥을 눈앞으로 들어 올렸는데, 얼굴이 발갛게 달아올라 있었어. 우리는 그 여자에게 하던 농지거리를 그만두었지. 그 여자 눈에 가득 고였던 눈물이 뺨을 타고 흘러내려 옥양목 셔츠로 떨어지고 있더라구. 우리는 하던 말까지도 그만뒀어. 그 여자 입술도 움직임을 멈췄고. 잠시 뒤에 그 여자가 양손바닥으로 눈물을 훔쳐내더니 얼굴을 처음엔 오른쪽으로 돌렸다가 다음엔 왼쪽으로 돌리더군. 나는 이슬람교도들이 양 옆에 있는 사람들을 축복하기 위해서 그런다는 걸 알고 있었어. 우리는 그 여자 오른쪽에 있었고. 다음에 그 여자가 셔츠 호주머니에서 묵주를 꺼내들고 기도를 올리기 시작했는데, 그때쯤엔 날이 거의 저물어 있었지. 기도를 마치자 그 여자가 묵주를 다시 목에 걸고 일어서더군. "시크교도 나리, 나는 준비됐어요."

아무도 입을 열지 못했어. 아니, 그 여자 얼굴을 쳐다보지도 못하겠더라구. 얼마쯤 뒤에 내가 입을 열었어. "안으로 들어오슈." 그리고 여자가 안으로 들어오자 막사 귀서리를 확 잡아당겨 닫았지. "앉으슈." 그런 다음 나는 그 여자 손에다 차파티 세 쪽과 편두콩을 좀 올려놓았어. "먹으슈."

"시크교도 나리, 나를 쏘아죽일 작정이라면 왜 이런 수고를 하는 거지요?" 그 여자가 무심결에 지나가는 말처럼 묻더군.

"먹으슈! 얘기는 나중에 하고."

그 여자가 차파티를 몇 쪽 먹고 나자 나는 수통을 건네주었어. 그 여자 물은 꽤 많이 마시더군. 이제 날은 완전히 어두워져 있었지. 나는 기병총을 집어 들고 그 여자에게 다른 쪽 출구로 해서 막사 밖으로 나가라고 명령했어. 총구를 그 여자 등에 거의 닿을 정도로 들이대면서.

보초들이 수하(誰何)를 하더군. 나는 암호를 댄 뒤에 사살할 포로라고 설명을 달았어. 그리고 나서 우리는 쓰레기장을 지났는데 악취가 지독하더라구. 그 여자까지도 두파타 자락으로 코를 가릴 정도였으니까. 나는 그 여자를 사브지 만디에서 화승총 탄알이 미칠 만한 곳까지 데려가서 물었어. "여기서부터 길을 찾을 수 있겠소?"

그 여자가 빙 돌아서더니 나를 바라보더군. "알라께서 당신을 보호하시길……. 알라께서 당신과 당신의 아이들에게 장수를 내려주시길……. 알라께서……."

나는 기병총을 땅에 내려놓고 그 여자 발을 만졌어. "우리가 못되게 굴었던 거 용서해주십쇼……. 우리가 험한 말 했던 거 용서해주십쇼……. 당신은 우리 어머니나 같습니다."

"알라께서는 모든 죄를 사해주시는 분이시지요. 알라께서 제 죄를 사해주실 수 있다면 당신의 죄도 틀림없이 사해주실 거예요."

그 여자가 어둠 속으로 사라지는 동안 나는 슬리퍼가 차락차락 끌리는 소리에 귀를 기울이고 있었어. 한동안 아무 소리도 들리지 않다가 얼마 뒤에는 반란군 보초가 수하를 하는 소리가 들리더군.

나는 기병총을 들어 올려 하늘에다 대고 쏘았어.

바크트 칸은 체구가 엄장하였고 살빛이 먹구름처럼 검었으며, 눈은 번개처럼 번뜩였고 말소리는 천둥처럼 우렁찼다. 그가 델리로 온 것은 사람들 모두가 비를 내려달라고 빌고 있던 바로 그 무렵이었다. 바크트 칸은 궁정 예법에 대하여 아는 것이 전혀 없었으나, 짐은 그가 경배를 올리고 짐의 손에 2루피를 쥐어주는 순간 알라께서 짐의 기도에 응답하셨음을 알았다. 짐은 먼저 그에게 예복을 하사하였고, 그가 다시 어전으로 출두하자 그를 바크트 칸 장군이라 칭하였다.

"안녕하십니까, 폐하!" 그가 비하르 지방 사투리로 답하였다. "저는 장군이 아니라 수베다르에 불과합니다. 그러나 제게는 만 명의 회교도 전사들이 있고, 저희는 폐하를 위해 피를 흘리는 영광 외에는 아무것도 바라지 않습니다."

짐은 군대와 시민들이 힌두교도와 이슬람교도를 가리지 않고 바크트 칸을 열렬히 환영했다는 보고를 받았다. "바크트 칸, 짐은 그대를 장군이자 최고사령관으로 임명하노라." 짐이 그에게 명하였다. "알라께서 그대의 검을 승리로 빛내주시기를."

"보십시오, 폐하." 그가 예법을 지키지 않고 말을 받았다. "폐하의 함자는 자파르가 아니신가요? 자파르는 승리를 뜻하지 않습니까? 폐하는 자파르일 것입니다. 누가 내기를 걸어도 좋습니다." 그가 누구라도 나서보라는 듯이 손을 내밀었다.

바크트 칸과 함께 계절풍이 찾아왔다. 짐의 정원에 내려앉은 가을에 짧은 봄이 온 것이었다. 한동안 짐은 전쟁수행 임무를 바크트 칸에게 맡기고 계절풍이 부는 동안 짐이 진주 회교사원 뒤쪽의 하야트 박시 정원에 세워둔 누각들인 사완과 바돈에서 며칠을 보냈다. 그 두 누각 사이에는 커다란 저수지가 있었고, 그 저수지 한가운데에는 마치 물에 떠 있는 것처럼 보이는 다른 석조누각이 있었다. 짐은 그 누각으로 방문객들을 실어 나를 조그만 배도 한 척 보유하고 있었는데, 짐의 신하들은 그 배에 짐의 이름을 따서 자파르 마할이라는 이름을 붙였다. 지난날 짐은 그 누각들에서 주연을 베풀어 노래와 춤으로 벗들에게 즐거움을 주었고, 또 어느 해엔가는 짐의 하렘으로 들어오겠다고 동의한 지나트 마할 왕비의 여동생 타지마할 공녀를 기리는 뜻에서 조촐한 시회를 열기도 하였다. 짐은 왕비의 승낙을 얻어 처녀였던 그녀에게 성은을 내리고 사나흘 밤 동안 잠자리를 함께 하였었다.

며칠 동안 짐은 총소리를 듣지 못하였다. 들리는 것은 먹구름이 몰려들면서 우르릉거리는 천둥소리와 빗방울이 후드득거리는 소리, 그리고 무희들의 방울 소리와 타블라 북이 박자를 치는 소리뿐이었다. 짐은 비둘기들을 날리며 오전 시간을 보냈다.

다음에는 꽃장수들의 축제일이 왔다. 짐은 사랑하는 왕비 지나트 마할과 미르자 자완 바크트 왕자를 대동하고 쿠투부딘 박티야르 카키의 영모에 경배를 드리기 위하여 메라울리로 행차하였다.

짐은 아끼는 코끼리 마울라 박시에 올라 라호리 문을 나서서 찬드니 초우크를 지났고, 바릴마란에 이르러서는 짐의 정신적 스승이었던 칼레 칸에게 경의를 표하기 위하여 코끼리에서 내렸다. 파테푸리 공주 회교사원에서 짐은 랄 쿠안을 향해 왼쪽으로 방향을 돌렸다. 그곳에서는 지나트 마할 왕비의 부친인 아사드 퀼리 칸이 예물과 망고 한 바구니를 선물하였다. 그리고 짐이 카지 카 하우즈의 매춘가를 지날 때에는 그곳의 숙녀들이 발코니에서 짐의 머리 위로 꽃들을 뿌렸다.

짐은 아지메리 문을 지나 도성을 벗어났다. 그리고 파하르간지와 라이시나 마을을 지난 뒤, 잔타르 만타르라고 알려진 족장 만 싱의 전망대에 이르러 짐이 지나트 마할에게 하사한 탈카토라 과수원의 일꾼들로부터 망고 바구니를 하나 더 선물 받았다. 사프다르 장의 영묘에서 짐은 그곳의 회교사원과 부속학당을 둘러보기 위해 잠시 행보를 멈추었다. 짐의 다음번 휴식처는 유스프 서라이였는데, 그곳에서 짐은 선물 받은 망고를 시식한 뒤 오수(午睡)를 즐겼다. 짐이 잠에서 깨었을 때는 정오가 한참 지난 데다 서쪽 지평선에 비구름이 무겁게 드리워져 있어서 짐의 코끼리를 부리는 시종이 마울라 박시의 걸음을 재촉하였다.

메라울리에 당도하자 비가 내리기 시작하였으나, 짐은 여러 시간 동안 짐이 도착하기를 기다리고 있던 시민들의 환영을 받았다. 그들은 일단의 가수들과 무용수들에 이끌리는 행렬을 이루었고, 짐이 메라울리의 좁은 길을 따라 천천히 나아가는 사이 백성들은 짐에게 꽃잎을, 하늘은 비를 뿌렸다. 짐이 숙소인 자하즈 마할에 당도하자 불꽃놀이가 시작되었다. 샴시 탈랍의 물은 떨어지는 빗방울들로 파문이 일었고, 하늘은 번개가 칠 때마다 밝은 자줏빛과 푸른색과 황금색으로 타오르다가 그 타고 남은 것이 억수 같은 비가 되어 저수지로 쏟아져 내렸다. 보아라! 얼마나 아름다운 세상인가! 지붕을 때리는 빗소리와 물이 콸콸 흐르는 소리에 짐은 스르르 잠이 들었다.

*

다음날 아침에는 하늘이 맑게 개었다. 짐은 아울리야 회교성원에서 새벽기도를 드렸다. 그 작은 회교사원은 독방에서 40일 간의 단식기도를 수행했던 아지메르의 크와자 무이우딘 치쉬티, 팍 파탄의 파리두딘 간즈 이 샤카르, 그리고 다른 성인들의 행적에 힘입어 신성시되는 곳이었다. 아침 기도를 드린 뒤 짐은 쿠투부딘 박티야르 카키의 무덤으로 행차하여 그 주변에 묻혀 계시는 여러 조상님들의 무덤에서 파테하를 암송하였다.

짐을 수행한 왕비는 그 성인의 무덤으로 접근이 허용되지 않았으나 장미와 자스민으로 무덤 위에 걸어 놓을 천개(天蓋)를 만들어 선사하였다. 다음에 짐은 묘역 안마당에 있는 25미터 깊이의 우물로 뛰어드는 자들의 경기를 관람하고 그들에게 적절한 상을 내린 뒤, 메라울리 주위에 있는 여러 유적지들을 둘러보며 남은 낮 시간을 보냈다. 그리하여 처음에는 쿠툽 미나르와 쿠와트 울 회교사원으로 행차하였다가, 다음에는 알라우딘 킬지와 알타마시로, 그리고 이맘 자민의 무덤에서 파테하를 암송한 뒤 다시 코끼리에 올라 메트칼프 공(公)의 저택을 지나 시인 카말리의 회교사원으로 행차하였다. 그리고 발반 황제의 무덤에 이르러서는, 그 무덤의 관리가 소홀하였기에 보수를 명하였다.

짐은 자하즈 마할에서 오후 시간을 보내며 샴시 탈랍 건너편에 있는 우산처럼 생긴 누각들에 일단의 셰흐나이 연주자들을 모아 놓고 연주를 명하였다. 셰흐나이의 선율이 잔물결진 수면 위로 은은하게 떠올라서 짐에게로 흘러왔다. 전주곡의 느린 전개와 더불어 하늘에서는 뭉게구름들이 피어오르기 시작하였고, 선율이 다음 악장인 가트로 접어들자 부드러운 미풍이 불기 시작하였다. 구름들이 마치 타블라 북과 경쟁이라도 벌이듯 점점 더 빠르게 감돌고 있었다. 얼마나 멋진 즉흥 연주인가! 짐은 뇌성이 울리는 소리와 바람이 몰아치는 소리를 들었고, 먹구름이 잔뜩 드리워진 하늘을 보았다. 온 주위가 어두워져서 등불들이 밝혀졌다. 그리고 셰흐나이 가락이 빠른 박자로 마지막 악장에 접어들면서 비가 쏟아지기 시작하였다. 한 사람의 위대한 거장이 하늘을 감동시켜 눈물을 흘리게 하고 가느다란 양초가 자신을 태워 고뇌와 황홀 속에서 빛을 발한다는 말은 참으로 옳았다. 짐은 라가 메그 말하르를 듣다가 다음에는 등불들의 선율에 귀를 기울였다. 마치 무엇인가에 홀린 듯한 느낌이었다.

그렇게 근심걱정 없는 사흘을 보내며 짐은 유적지들을 방문하고, 음악을 듣고, 카타크[17] 무희들의 춤을 관람하였다. 또 때로는 그저 덧베개에 머리를 기대고 누워 구름들을 바라보기도 하였다.

짐이 델리로 돌아왔을 때 국사는 사디의 표현을 빌리자면 검둥이의 머리칼처럼 엉켜 있었다. 적이 증원군과 성을 공격하기 위한 포위공격 병참부대를 지원받은 것이었다. 짐의 군대는 탄약, 무기, 보급품 등 모든 것이 부족하였고, 게다가 미르자 무갈과 바크트 칸이 서로에게 가시 달린 몽둥이 같은 비난을 퍼붓고 있었다. 또 시민들과 군인들 사이에도 많은 분쟁이 일어 시민들은 군인들을 비겁하다 욕하였고, 군인들은 상인들이 적과 거래를 한다고 욕하였다. 짐의 군대는 대부분이 이슬람교도였고 상인들은 대부분이 힌두교도였던 만큼, 그것은 놀랄 일이 아니었다. 바크르 이드가 다가오자 미르자 무갈과 몇몇 이슬람교도 장군들은 힌두교도들이 양놈들에게 호의를 보이고 있다는 이유로 그들의 재산을 거두는 데 찬성하였다.

짐은 그와 같은 방침에 반대한 바크트 칸을 지지하여 소의 도살을 금지시킨 뒤 낙타를 한 마리 희생시킴으로써 모범을 보였다. 바크르 이드는 평화롭게 지나갔다.

그 축제가 지난 지 이틀 뒤, 사탄의 손이 화약을 건드렸다. 엄청난 양의 화약이 폭발하여 많은 사람들이 죽고 그들의 집이 파괴된 것이었다. 양놈들은 그 불행을 최대한 이용하여 짐이 신뢰하는 충고자들인 시의 아사눌라와 왕비 지나트 마할이 화약의 폭발에 관여했다고 넌지시 비치는 날조된 편지

17 인도 전통무용.

들을 유포시켰다. 그리고 마침내는 폭도들이 아사눌라의 집에 불을 질렀다. 짐은 그와 가족들을 구하기 위하여 경호원들을 보냈으나 폭도들은 무엄하게도 디완 이 카스로 밀고 들어와 짐에게까지 배반을 했다며 험악한 비난을 퍼부었다. 짐은 누구라도 시의의 재산을 소유한 자가 발견되면 배를 가르도록 할 것임을 단언하였다.

적들이 사방에서 몰려옵니다.
오, 알라! 전능하신 분이시여!
당신께서는 저를 도울 유례없는 군대를 보내셨으니
저의 기도로 당신께 승리를 간구하나이다.

*

델리 위로 사악한 의심의 증기가 계속 떠돌고 있었다. 짐은 짐의 운명 자체가 짐을 불리한 입장에 놓았으며, 따라서 승리할 수 없다는 결론에 도달하였다. 델리의 운명이 경각에 달려 있었다. 짐이 구할 수 있는 것이면 무엇이든 구하려고 애를 쓰는 것만이 사리분별 있는 행동이었다. 짐은 적군 사령관 월슨에게 밀사를 보내어 짐과 지나트 마할과 왕자들의 생명이 보장되고 짐의 연금이 복원된다면 성문을 활짝 열어 그의 군대를 들이는 방법을 모색하겠다고 전하였다. 그러나 그는 짐에게 답장을 하는 예의마저도 보이지 않았다.

짐은 모래시계에서 마지막 한 알의 모래까지 다 흘러내리기를 기다렸다. 그러는 데는 불과 이레밖에 걸리지 않았다. 9월 14일, 양놈들과 그들의 동맹군인 파탄인, 펀자브의 이슬람교도, 시크교도, 도그라, 그리고 구르카들이 델리 공격을 개시하였다. 카불 문에서 강까지 이르는 성벽의 북쪽 면 전체가 끊임없는 포격을 받았고 붉은 성채까지 포탄들이 떨어져 몇몇 환관들의 거처가 파괴되었다.

바크트 칸 장군은 용감히 맞서 싸웠다. 오전에는 사브지 만디에 있다가 오후에는 모리 문에, 그리고 저녁때는 카슈미르 문에 모습을 보이며 동에 번쩍 서에 번쩍한 것이었다. 그러나 해가 진 뒤 그가 궁전으로 보고를 드리러 왔을 때는 적이 시내로 밀고 들어와 있었다. 시민들은 모든 거리에서 그들과 싸웠고, 아녀자들까지도 적들의 머리 위로 돌을 던졌다. 짐 또한, 노령 탓에 뼈가 약해지기는 하였어도, 아랍 산 말 하담에 올라 짐의 군대를 격려하러 나갔다. 그러나 알라께서는 짐이 굴욕에서 교훈을 얻어야 하리라는 의도를 보이셨다.

9월 21일, 바크트 칸이 델리가 함락되었음을 고한 뒤 짐에게 전투를 계속할 수 있도록 그와 함께 오우드로 갈 것을 청하였다. 짐은 그에게 82년 세월이 짐을 무겁게 누르고 있다는 말로 용서를 구하였다. 덕망 높은 사디가 말하였듯이, "짐은 은거할 집으로 물러나 앉아 제휴(提携)의 자리를 걷고 부주의한 말들이 적힌 서판을 씻은 뒤 분별없는 잡담에 더는 말려들지 않는 것이 타당하다 생각하오."

백성들이 도시를 떠나기 시작하였다. 짐 역시 떠나기로 결정하였다. 처음에 짐은 덕망 높은 쿠투부딘 박티야르 카키의 신성한 유해에 더 가까운 메라울리로 갈 생각이었으나, 미르자 엘라히 박시(세상을 뜬 왕세자 미르자 파크루의 장인)가 짐에게 조상 후마윤 황제의 영묘에서 피난처를 구하도록 간하였다. 그의 말에 의하면, 메라울리에서는 방어할 수 없지만 그 영묘는 요새 같아서 백인들과 협상을 벌일 장소가 되리라는 것이었다. 짐은 그의 충고를 받아들였다.

운명의 손이 출발의 북을 울렸다. 짐은 무거운 마음으로 젊은 시절부터 짐의 친구였던 코끼리 마울라 박시와 아랍 산 말 함담에게 작별을 고하였다. 그리고 비둘기장에 있던 비둘기들을 모두 풀어주며 그들에게 짐의 참상을 널리 알리라 일렀다. 짐의 가마 행렬은 아그라 도로를 택하였고, 궁녀들과 환관들, 하인들이 그 뒤를 따랐다. 길을 가는 동안 내내 짐은 마차며 우마차, 또는 노새를 타고 가거나 걸어가는 수백 명의 백성들을 지나쳤다. 아랍 키 서라이에 당도하자 영묘 주위의 정원들에 빽빽이 모여 있는 사람들이 보였다. 짐의 아들들과 손자들, 조카들, 질녀들, 그들의 가족과 친척들이 모두 그곳으로 와 있는 것이었다. 그날 밤 짐은 선조 후마윤 황제의 무덤 발치에 피곤한 머리를 기대었다.

다음날 이른 아침, 사람들이 수의에 싸인 시체들처럼(밤 사이 날씨가 쌀쌀하게 바뀌었다) 누워 있는 동안 짐은 예언자 니자무딘의 무덤으로 걸음을 옮겼다. 지상에 계시는 신의 그림자, 힌두스탄의 황제, 국왕 가지의 행차를 알리는 의전관 하나 없었다. 기도를 드린 뒤 짐은 예언자의 무덤 아래에 앉아 묵주기도를 올렸다. 그리고 선친이신 악바르 샤 2세, 형인 미르자 자항기르, 자하나라 공주와 시인 아미르 쿠스라우의 무덤들에서 파테하를 암송하였다. 다음에는 짐 역시 얼마 안 있어 곧 그들 사이에서 잠들 것이라는 생각이 떠올라 수도사들의 기도문을 읊조렸다. "오, 주여. 악한 자들에게 자비를 베푸소서. 당신께서는 이미 선한 자들을 선하게 창조함으로써 자비를 베푸셨으니." 짐은 알라께서 짐을 위해 마련해두신 운명에 부응할 채비를 단단히 차리고 영묘로 발길을 돌렸다.

니할 싱

그 뒤로 매일같이 비가 내리더군. 그 바람에 야무나 강물이 불어서 홍수에 선교가 떠내려갔어. 하지만 우리 쪽에서 보자면 그게 잘된 일이었지. 왜냐면 반란군은 병력과 물자를 대부분 강 건너편에서 조달했거든. 어쨌든, 비가 내리는 동안에는 전투가 별로 없었어. 간간이 쿠드시아 정원에서 작은 충돌이 벌어지거나 서로에게 총을 쏘아대는 정도였을까.

비는 시작되었을 때 그랬던 것처럼 일순간에 뚝 그쳤어. 더 많은 흰둥이들이 우리 진지로 와서 합류를 했는데, 그 친구들은 커다란 대포며 막대기처럼 생긴 화약들을 가져왔더군. 위대한 전사들이라는 니콜슨과 테일러 두 나리가 딜리 공격을 지휘하러 왔고. 식량을 팔러 온 장사꾼들이 시내에서는 날마다 '고추' 값이 오르고 '후추' 값은 떨어진다고[18] 귀뜸을 해주더군. 또 외눈박이 라잡 알리도 매일같이 찾아와서 허드슨 나리 귀에다 무슨 말인가를 한참씩 속닥이기 시작했고. 어느 날 저녁에 나는 허드슨 나리의 발을 주무르고 있다가 이렇게 물어봤어. "나리, 그 외눈박이가 나리께 뭐라고 속닥속닥하는 겁니까?" 그랬더니 처음엔 허드슨 나리가 시뻘개져서 이렇게 되묻더라구 "그러니까, 너 엿들으려고 했던 거냐?" 그래서 나는 이랬지. "아닙니다, 나리. 만일 제가 엿들었다면 나리께 물어보려고나 했겠습니까?" 그러자 허드슨 나리가 이러더군. "늙은 국왕이 만일 우리가 자기 목숨을 살려주고 연금을 준다면 딜리 성문을 열어젖히겠다고 했다는 거야."

"그래서 나리는 뭐라고 하셨습니까?" 내가 다시 물었어.

"나는 먼저 성문을 열고 그 다음에 얘기하자고 했지." 그 말을 들으면서

---

18 고추를 허드슨에, 후추를 바크트 칸에 빗댄 말임.

나는 이제 곧 공격이 시작되겠구나 하는 생각이 들었어. 하지만 아무 일도 일어나지 않더라구. 하기는 이천 명 이상의 흰둥이들이 병원에 있었던 데다 매일같이 몇 명씩은 토하거나 피똥을 싸고 죽어나갔으니까. 다른 흰둥이들은 럼주 배급이 모자란다고 투덜대면서 힌두교도 라오의 집 벽에다 장교들이 술을 마시고 그 짓을 하는 그림들을 끄적거렸고. 그런 작자들이 어떻게 전쟁터로 뛰어들 수 있을지 한심하더라구. 거기다 월슨 각하는 맨날 한다는 소리가 '내일…… 내일'이었고. 수베다르인지 장군인지 하는 그 바크트 칸이라는 작자가 계속 우리 진지를 공격해서 우리 편 사람과 말을 죽이는데도 말이지.

*

다른 사람들이 흰둥이에 대해서 뭐라고 하건, 싸울 때가 되니까 그 사람들 이 세상에 있는 어떤 종족보다도 더 잘 싸우더구만. 예를 들어 니콜슨 나리만 하더라도 악마 라반[19]처럼 기골이 장대하고 우리 구루들처럼 수염을 길게 길렀는데―어떤 바보들은 저네들을 니콜슨의 군대라고 하면서 니콜슨을 다시 태어난 우리 구루들 중에 하나라고까지 하더라구―힘이 굉장해서 황소를 단 일격에 쓰러뜨릴 수도 있었지.

우리 허드슨 나리도, 대머리가 훌렁 까졌고 수염도 기르지 않았고 또 니콜슨 나리처럼 그렇게 크지는 않았더라도, 용감하기가 사자 같았어. 그랬으니 니콜슨과 허드슨 나리로서는 뜸만 들이고 있는 게 안달이 날 수밖에 없었지. "이 월슨 각하는 맨날 한다는 소리가 '내일, 내일'인데 그러고도 무슨

---

19 대서사시 라마야나에 등장하는 악마.

최고사령관이라는 거지?" 그 두 나리는 걸핏하면 그렇게 구시렁거리곤 했어. 마침내는 그 두 사람이 월슨 각하를 찾아가서 "지금 곧 전투를 시작해야 합니다." 하고 졸라댔지. 그런데 바로 그때 외눈박이 라잡 알리가 바크트 칸이 펀자브 지방에서 내려오는 흰둥이 보병들을 공격하기 위해 나자프가르와 로타크로 대군을 보내고 있다는 정보를 가져왔더군. 그러자 월슨 각하는 니콜슨에게 "그렇게 싸우고 싶다면 나자프가르로 가게." 했지. 그리고 허드슨 나리에게는 이랬고. "자네도 싸우고 싶어 안달이라면 로타크로 가게."

다음날 저녁에 우리는 로타크로 출발했어. 우리 부대는 오백 명의 현지인 기병들과 열 명의 흰둥이 장교들로 이루어져 있었지. 우리는 밤새도록 말을 몰아 다음날 아침 이른 시각에 로타크에서 1킬로미터 남짓 되는 곳에 멈췄어. 그런 다음 각자 차를 마시고 말에게 먹이를 먹였지. 해가 떠오르자 우리는 전투 준비를 했는데, 반시간쯤 뒤에 성문이 열리더니 화승총과 칼로 무장한 기병들이 밀물처럼 쏟아져 나와 우리에게로 달려들더군.

허드슨 나리가 퇴각명령을 내렸고, 우리는 말머리를 돌려 1킬로미터 조금 못 미치게 뒤로 내뺐지. 그런데 적은 우리가 진짜로 달아나는 줄 알고서 "알리, 알리." 하고 고함을 질러대며 우리를 뒤쫓아오더라구. 하지만 그자들이 우리를 거의 다 쫓아왔을 때 허드슨 나리가 다시 명령을 내렸어. "뒤로 돌아 돌격!" 우리는 빙 돌아서 어깨에 메고 있던 기병총을 내려 일제사격을 가했지. 단박에 50명의 적이 꺼꾸러지더구만. 다음에 우리가 창을 꼬나들고 돌진하자 적은 전열이 깨어져 뿔뿔이 도망쳤고. 사내답게 맞선 병사들은 불과 한 줌밖에 안 됐어. 그때 나는 허드슨 나리가 정말로 싸움을 좋아한다는 걸 내 눈으로 직접 보았지. 칼을 뽑아들고 적에게로 달려들어 일대 일로 싸움을 벌이는데, 적이 채찍을 휘두르면서 앞으로 달려들었다 뒤로 물러났다 하는데도 그때마다 공격을 피해내더라니까. 그러고는 "다시 해봐라! 검술에 대해서 배운 게 그것뿐이냐?" 하고 호통을 치는 거였어. 상대가 다시 싸우려고 달려들자 허드슨 나리는 단칼에 그자를 두 동강 내버렸지. 그리고 다른 적, 다음에는 또 다른 적, 와! 와! 허드슨 나리! 와! 와! 나리는 일당 십만입니다!

우리는 단지 두 명만을 잃고 삼백 명 이상의 적을 베었지.

저녁 무렵에 우리는 능선으로 돌아왔어. 니콜슨 나리도 돌아왔고. 그런데 니콜슨 나리는 나자프가르에서 바레일리의 장군이라는 바크트 칸에게 어찌나 맹공격을 가했던지 그자가 꼬랑지를 내린 개새끼처럼 낑낑대면서 도망을 쳤다더군.

이제 윌슨 각하는 "내일"이라고 할 핑계거리가 하나도 없었지. 때마침 펀자브 지방에서 온 흰둥이 부대가 우리에게 필요한 대포를 모두 가져오기도 했고. 그 친구들이 각자 위치로 뛰어들어 대포를 쏘기 시작하는데, 채 몇 시간도 안돼서 도시의 성벽이 마마를 앓은 것처럼 되더라구. 하지만 우리는 총공격을 개시하기 전에 그 성벽을 날려버려야 했어. 그 일은 우리 마자비 족 시크교도들에게 맡겨졌는데, 구루는 가련한 마자비들에게 얼마나 대단한 용기를 주신 것인지! 그들은 어느 날 밤 화약 자루들을 짊어지고 출발했어. 그들이 성벽에 가까이 다가가고 있었을 때 반란군 저격병들이 사격을 가했는데, 뒤로 달아나기엔 너무 늦어서 한 병사가 화약자루를 끌어안고 앞으로 돌진했지. 탕! 그가 쓰러지자 두 번째 병사가 달려 나가 화약자루를 집어 들고서 몇 걸음 더 앞으로 날랐고. 탕! 탕! 두 사람이 모두 죽자 이번에는 세 번째 마자비가 달려 나가 화약자루를 성벽에 조금 더 가까이 옮겼어. 그런 식으로 용감한 구루의 아들 40명이 목숨을 초개같이 버렸지. 하지만 때는 신의 뜻에 합당한 새벽이었고, 위대한 구루는 그들의 임무를 성공으로 축복했지. 화약이 성벽 바로 밑에 놓여 폭발한 거였어. 콰광! 생전 처음 들는 요란한 폭발음이더라니까! 땅이 흔들리고 성벽 한 귀퉁이가 허물어져 내리는데, 정말 굉장하더구만! 뚫린 자리는 황소 다섯 마리가 나란히 쟁기질을 하면서 지나갈 수 있을 만큼 넓었고.

그런데 이 백인들은 총공격을 언제 개시할 건지 통 알려주려고 들지를 않더라구. 자기네들끼리만 영어로 지껄여대면서 말이야. 또 우리 검둥이 중에 누가 가까이 다가가기라도 하면 염병할이니, 뒈질이니, 우라질이니 하고 욕지거리를 하면서 말을 뚝 끊어버리더라고. 백인들은 성질이 몹시 사나워지고들 있었어.

9월 첫째 주 어느 날 새벽, 드디어 우리 포대들이 포문을 열더군. 풀썩, 풀썩, 돌멩이들이 털 빗기는 빗에서 이는 보풀처럼 날아오르더라구. 포격은 하루 종일, 그리고 한밤중까지 계속되었어. 한밤중에 우리는 잠에서 깨워졌고 해가 뜨기 전에 총공격이 시작될 거라는 말을 들었지.

우리 부대는 강에서부터 사브지 만디까지 죽 이어진 도시 성벽 전체를 동시에 공격하기 시작할 5개 종대로 나뉘었어. 우리는 럼주를 두 배로 배급받았고 딜리를 점령하면 6개월 치 봉급을 더 받게 될 거라는 약속도 받았지.

밤은 검둥이 낯짝처럼 새까맣더구만. 팔을 뻗치면 내 손도 보이지 않을 정도로 말이야. 하지만 우리는 누구도 입을 열 수 없었고 거기에다 신발까지 벗고서 살금살금 위치로 옮겨가야 했어. 우리 공격지점은 카슈미르 문이었는데, 뿌옇게 새벽 동이 틀 무렵 대포들이 불을 뿜기 시작하더군. 하지만 반란군도 우리의 움직임을 감지하고 있었던 모양인지 우리에게 맹공을 퍼붓는 거였어. 양쪽에서 가지고 있는 걸 죄다 쏘아대는 게 꼭 무슨 구경거리 끝판 같더라니까. 그런 치열한 공방전이 한 시간쯤 계속되다가 대포소리가 뚝 끊겼는데, 그 정적이 얼마나 소름끼치던지! 이마에서 땀이 줄줄 흐르더라구. 나는 럼주를 벌컥벌컥 들이켰어. 그 다음엔 엄청난 폭발이 일면서 돌들이 허공으로 날아오르고 카슈미르 문에서 먼지 기둥과 연기가 솟아오르더군. 그 문이 날아가 버린 거였지. "말하는 자에게 은총이 있기를!" 우리 수베다르인 만 싱이 큰칼을 뽑아들고 외쳤어. 우리도 큰칼을 뽑아들면서 맞받아 소리쳤고. "진리를 위해 돌진!" 그리고 우리는 딜리 시내로 돌진해 들어갔지.

반란군이 둥둥둥, 둥둥둥 북을 울리기 시작하더니 총탄을 소나기처럼 퍼붓고 겁도 없이 "알리, 알리, 알리." 아니면 "하르 하르 마하데브."를 외치면서 우리에게로 달려들더군. 누가 그자들에게 투지가 하나도 남아 있지 않다고 그랬는지! 하지만 우리에겐 대포와 기병총과 병력이 더 많았고, 그래서 우리는 죽은 자와 죽어가는 자들의 몸뚱이를 밟고 밀어닥쳐 토루를 뛰어넘었지. 그 외눈박이 후레자식 라잡 알리는 반란군이 무기를 내려놓을 거라고 했었지만, 적은 목숨을 아랑곳하지 않고 말벌 떼처럼 우리에게로 달려들더라구. 여자와 애녀석들은 우리에게 더러운 욕을 퍼붓고, 양놈들 끄나풀이라고 욕지거리를 해대며 우리 머리 위로 돌을 던지는 거였고(그런데 만약 그 창녀—이름이 뭐였더라?—가 다시 붙잡힌다면 그걸로 내 목숨은 끝이었지).

전투는 오전을 지나 오후까지 치열하게 계속되었지만 저녁이 되자 카슈미르 문에서 모리 문까지 뻗어 있는 시장들이 우리 수중으로 넘어오더군. 우리는 지치고 목도 말랐는데, 카슈미르 문 근처에는 술집들이 많아서 우리는 닥치는 대로 부수고 들어가 찾아낼 수 있는 거라면 뭐든 찾아내 퍼마셨지. 흰둥이들은 술에 취해 밤새도록 럼주병을 치켜들고서 옹알옹알옹알 노래를 불렀고. 우리는 집집마다 샅샅이 뒤져 죽은 자들 몸에서 금화와 동전을 찾아내고 집에 매여 있던 소와 물소들은 성벽 밖으로 끌어내 우리 마자비들에게 보관시켰어. 월슨 각하는 성질이 있는 대로 돋아서 남은 술을 모두 해자(垓字)에 쏟아 붓게 하고 누구든 약탈하는 자가 눈에 띄면 총살하라는 명령을 내렸지만 누가 누구를 총살해? 백인들은 약탈물을 분배할 포상계원을 지명할 거라고들 했는데. 우리도 좋다 했고.

다음날 아침 전투가 재개되었어. 우리는 거리거리, 골목골목마다 싸우면서 헤쳐 나가야 했지. 어디에나 반란군을 돕는 베일 쓴 여자들과 어린 애녀석들이 있었으니까. 흰둥이들은 반란군이 자기네 여자와 아이들을 죽인 이상 눈에 들어오는 여자와 애들을 모두 죽여 버리겠다고 설쳐대더군.

붉은 성채 대문들이 우리에게 활짝 열리기까지는 여러 시장에서 나흘 동안 더 저투를 치러야 했어. 우리는 취주악대가 연주를 하는 중에 라호리 문을 통해 입성했지. 하지만 붉은 성채에는 눈먼 여인과 늙은 불구자 하나만 빼놓고는 아무도 없더군. 흰둥이들은 그 둘한테 총검으로 장난질을 쳤는데, 총검 양끝이 희생자의 몸속에서 맞부딪치는지 보려고 한 사람은 앞에서 찌르고 또 한 사람은 뒤에서 찌르는 거였지. 그러면서 한바탕 웃어젖혔고.

영국 국기가 게양되자 우리는 받들어 총을 했고 흰둥이들은 자기네 여왕의 만수무강을 비는 노래를 불렀어. 그 다음에는 여왕폐하를 기려 스물한 발의 예포가 발사되었고. 흰둥이들은 그 궁전을 숙소로 삼더군. 우리는 해자 건너편 개활지에서 야영하라는 명령을 받았어.

*

다음날 우리는 찬드니 초우크와 거대한 자미아 회교성원을 둘러싸고 있는 시장들에서 반란군을 몰아냈어. 차우리 시장엔 노래를 부르는 처녀 하나 없고 카지 카 하우즈에도 창녀 하나 없더군. 또 랄 쿠안에도 어지자지 하나 없었고. 하지만 우리는 상당한 양의 금은보화며 소와 물소들을 손에 넣었지. 또 여러 곳의 옛 궁전들을 폭파하고 거리거리에다 불을 지르기도 했지. 흰둥이들은 왕실 회교사원도 날려버리고 싶어 했지만 윌슨 각하가 이런 말로 그들을 말렸다더군. "그러면 우리 편에 있는 파탄인들, 빌로체인들, 그리고 펀자브에서 온 이슬람교도들의 분노를 사게 될 것이다." 백인들은 과연 똑똑해.

그 회교사원은 우리 시크교도 전우들에게 배당되었어. 돔 아래 있는 널따란 방이 병사들 차지라니! 거기에다 말을 붙들어 맬 양옆의 기다란 베란다까지. 그 사원에는 널따란 정원 한가운데 연못이 두 개 있었는데 한곳에서는 우리가 목욕을 했고 다른 곳에서는 말들을 목욕시켰지.

나는 딜리를 내려다보려고 첨탑으로 올라갔어. 자기의 왕국을 내려다보려는 왕이 된 것 같은 기분이더라구. 궁전이고 집이고 회교사원이고 시장이고 할 것 없이 우리가 불을 지른 곳마다 연기가 피어오르고 있더군. 그러다나는 남쪽을 바라보았는데, 성문 밖으로 쏟아져나가는 사람들의 물결이 보였어. 내가 한참이나 그들이 모두 어디로 가고 있는지를 궁금해 하고 있는데, 총소리가 들리더니 난간 파편 하나가 내 수염 속으로 날아들데. 어떤 후레자식이 나를 노리고 있던 거였어. 총탄이 날아온 곳은 차우리 시장 쪽이었는데, 하지만 창녀들이 모두 달아나버린 판에 사창가에 혼자 남은 녀석이 뭘 어쩔 수 있겠어? 나는 겁을 먹지 않았고 몸을 피하지도 않았어. 대신 바지 앞섶을 풀어헤치고 그놈에게 내 물건을 보여주었지.

그날 저녁 나는 허드슨 나리를 찾아가서 운을 떼어봤어. "나리, 저놈들이 물건을 죄다 챙겨가고 있습니다. 이러다 우리는 손가락밖에 빨지 못할 겁니다." 그러자 나리가 대머리를 쓸어 넘기면서 그 문제를 곰곰 생각해 보더군. 그 다음에는 윌슨 각하에게로 가서 그 도시를 남쪽 끝에서부터 공격하라는 허락을 받아냈고.

이틀 뒤에 허드슨 나리의 말인 나는 말을 타고 성벽 주위를 한 바퀴 돌았어. 우리는 천막 안으로 치고 들어가는 놀이를 실컷 즐겼는데, 우리가 창으로 찌른 건 나무토막들만이 아니었지. 우리를 보고 달아나는 자들도 마찬가지였으니까. 창을 피한 자들은 기병총으로 쏘아 죽였고. 우리는 딜리 문을 통해 다시 시내로 들어와 다르야간지에서부터 자미아 회교성원 계단까지 온통 훑고 다녔어. 그렇게 실컷 말을 타고 돌아다니면서 실컷 인간사냥을 한 뒤에는 그 사원 연못에다 창을 씻었고. 물빛이 아주 시뻘겋게 변해서 말들도 가까이 가려고 들지를 않더라구.

바하두르 샤 자파르

짐은 이틀을 기다렸다. 사흘째 되던 날 아침 한 백인이 50명의 시크교도 기병들로 이루어진 경호대를 거느리고 영묘 문 앞에 이르렀다. 그들의 사자는 짐 앞에서 그처럼 자주 부복하고 짐의 발에 입 맞출 특권을 애원하였던 외눈박이 아첨꾼 라잡 알리였다. 그가 짐에게 미르자 엘라히 박시가 영국군 사령관 윌슨으로 하여금 짐을 체포하도록 약정을 맺었다고 고하였다. 그리고 영장을 집행할 권한은 허드슨 소령이라는 자에게 맡겨졌다는 것이었다. 짐은 시의 아사눌라 역시 적에게로 넘어가 짐의 재산목록을 작성하고 있다는 말에 짐 자신의 귀를 믿을 수 없었다. 뱀의 가죽이 매끈하면 매끈할수록 그 독아에 더 많은 독이 있다는 말은 참으로 옳았다.

짐은 누구에게도 할 말이 남아 있지 않았다. 그 역겨운 외눈박이 후레자식놈 라잡 알리가 만일 짐이 저와 함께 간다면 목숨을 구할 수 있을 것이라고 짐을 설득하였다. 여든두 살 나이에 목숨이 무슨 소용이랴? 그러나 짐은 지나트 마할 왕비와 자완 바크트를 생각하지 않을 수 없었다. 그리고 또 짐의 장성한 아들, 미르자 무갈도 있었다. 미르자는 짐에게 라잡 알리의 얼굴에다 침을 뱉으라고 짐을 쫴치면서 이처럼 흰소리를 하였다. "우리는 이 흰둥이와 그자의 수염 기른 시크교도들을 꼬챙이에 꿴 불고기로 만들 것입니다!"

한 시간 동안 짐은 갑론을박에 귀를 기울이다가 심중의 생각을 말하지 않고 지나트 마할 왕비와 짐의 아들 자완 바크트를 불렀다. 짐이 그들을 이끌고 영모의 계단을 내려오는 동안 미르자 무갈과 그의 병사들이 계속 고함을 질렀다. 그러나 짐은 알라의 계시 외에는 누구의 충고에도 귀를 기울이지 않고 미르자 무갈과 다른 아들들에게 백인들이 짐을 어떻게 대하는지 보고 나서 그들의 행동 방침을 정하라 일렀다. 짐은 이번이 마지막이리라는 것도 알아차리지 못한 채 그들을 포옹하고 짐의 친척들과 하인들에게 작별을 고하였다. 그들은 짐의 손에 입을 맞추고 울었다.

짐의 가마들이 영묘 문 밖, 짐을 체포하러 온 자들이 기다리고 있는 곳으로 옮겨졌다. 걸음을 떼어놓기 전에 짐은 옥좌부(玉座賦) 열 번, 사도는 믿으니 열 번, 그분이 신일진대 열 번을 암송한 뒤 하늘을 향해 양손을 들어올리고 읊조렸다. "알라시여, 당신의 종 바하두르 샤 자파르를 당신에게 맡깁니다. 짐을 굽어 살피시오소서." 짐은 시크 기병대를 지휘하는 백인에게로 다가가 그가 허드슨 각하인지 물었다. 그가 고개를 끄덕이자 그에게 친절을 베풀어 짐과 왕비와 왕자의 목숨이 부지될 것이라는 보장을 한 번 더 해줄 수 있겠느냐고 물었다. 그가 다시 고개를 끄덕였다. 짐은 페르시아의 정복자 나디르 샤가 우리 조상님께 선사한 명검 줄피카르를 그 백인에게 건넸고, 짐의 아들도 그의 검을 건넸다. 다음에 우리는 가마로 들어가라는 명령을 받았다. 우리는 양놈들의 포로가 되었다.

델리로 돌아가는 데는 꼬박 하루가 걸렸다. 짐은 군중의 외침소리를 들을 수 있었고 짐의 가마 행렬이 여러 번 멈춰 섰다. 그러나 오후가 되자 소동은 잦아들었고, 짐이 마침내 델리 문으로 들어섰을 때에는 호송 기병대의 말울음소리 외에는 아무 소리도 들리지 않았다. 라호리 문에서 허드슨 각하가 짐을 흰둥이들의 군대에 인계하였다.

예전에는 짐이 성채로 들어설 때마다 짐의 도착을 알리는 예포들이 발사되었고 악단이 낙카르 카나[20]를 연주하였었다. 그러나 이번에 들린 소리는 한 흰둥이 병사가 다른 병사에게 짐을 인계하면서 "바두르 샤" 라고 잘못 발음한 짐의 이름뿐이었다. 짐의 가마들은 미나 시장을 통과하였고, 우리는 몇 달 전 짐이 유럽인들에게 피난처로 내주었던 – 그들이 폭도들에 의해 학살되기 전에 – 지하실에 감금되었다. 문은 밖에서 빗장이 걸려 잠겼고 문 앞에는 무장경비병이 배치되었다. 짐은 나쁜 소식만을 제외하고는 세상의 모든 소식들로부터 차단되었다.

운명의 활은 짐의 몸에 백 개의 독화살을 쏘았으나, 피가 부족해서 마비된 팔다리가 가시의 따끔한 감촉을 느끼지 못하듯, 짐의 마음도 슬픔에 마비가 되고 말았다.

20 솥 모양의 큰북.

은신처에 숨어 있던 반란군들을 모조리 소탕하고 딜리가 동인도회사 손으로 완전히 넘어왔다고 할 수 있기까지는 일주일이 더 걸렸어. 남은 건 빈집과 시체들, 그리고 시체들을 먹어치울 개와 고양이, 쥐들뿐이었지. 며칠 뒤에 힌두교도들은 다시 돌아와서 가게 문을 열어도 좋다는 허락을 받았어. 하지만 힌두교도 행세를 하려던 이슬람교도 놈들은 목숨을 내놓아야 했지. 그자들에게 옷을 벗으라고 명령한 다음 자지를 총검으로 들추고는, "이놈은 끄트머리가 잘려나갔으니 어떻게 된 거지?" 하고 물으면 그자들은 얼굴에서 핏기가 싹 빠져서 오줌을 질질 싸기 시작했어. 우리는 그자들이 숨겨놓은 금이나 은을 찾으러 돌아왔다는 걸 알고 있었지. 그래서 우리는 그자들을 앞세워 집까지 따라가 찾아낼 수 있는 걸 다 찾아낸 다음 그자들을 백인 재판관에게 넘겼어. 그러면 재판관은 그자들에게 몇 가지 물어보고 나서 교수형에 처하라는 명령을 내렸고. 그자들은 우리 구루가 아우랑가에게 처형당했던 찬드니 초우크 한복판에 있는 치안소로 끌려가게 될 거였지. 치안소 앞에 십여 개의 교수대들이 세워지면서부터 백인들은 저녁식사가 끝나면 그곳으로 말을 몰아오곤 했어. 그러면 사환들이 의자며 소파들을 내오고, 시중꾼들이 브랜디나 포도주로 잔을 채우고 여송연에 불을 붙여주었지. 그 다음엔 구경거리가 시작되는 거였고. 우선 여섯 명씩 한 조가 된 죄수들을 일으켜 세워서 손을 뒤로 묶고 목에 올가미를 걸어. 다음엔 백인들이 주먹을 쥐어서 엄지손가락을 아래로 내려 신호를 보내. 그러면 널빤지들이 당겨져 나가. 백인들은 어느 놈이 제일 오래 견디나 내기를 걸곤 했지. 제일 먼저 죽을 놈이 누구인지를 알아맞히기는 쉬웠어. 제일 심하게 몸부림을 쳐서 제일 빨리 제 목을 조르는 놈이니까. 때로는 그자들의 눈알이 튀어나오고 콧구멍으로는 피가 뿜어져 나오기도 했지. 어떤 자들은 곧바로 죽었고 또 어떤 자들은 다리를 잡아당겨야 끝장이 났어. 그러는 동안 백인들은 웃고 떠들고 술을 마시고 내기를 걸면서 즐기는 거였고.

*

하지만 허드슨 나리는 그런 구경거리엔 절대로 시간을 낭비하지 않았어. 그 사람 생각은 더 큰 내기에 있었으니까. 아니나 다를까, 어느 날 허드슨 나리가 월슨 각하를 찾아가더니 이러는 거였어. "제가 가서 딜리 왕을 잡아 오게 해주십시오." 그러자 최고사령관은 이랬고. "좋아, 하지만 나는 백인들을 더 이상 잃고 싶지 않아." 그러자 허드슨 나리가 나를 돌아보고 이러더라구. "제 시크교도들을 데려가겠습니다. 니할 싱하, 가장 용감한 애들로 50명을 추려서 내일 아침에 큰 사냥 떠날 준비를 시켜 둬."

그게 9월 21일이었어. 그때쯤엔 날씨가 바뀌어서 밤이면 싸늘해졌고 이슬이 가랑비처럼 내렸다. 나는 나타와 레나를 포함해서 50명을 추린 다음 그 친구들에게 회교사원 설교단 주위에서 자라고 일렀어. 그리고 다음날 동이 트기도 전에 그 친구들을 깨웠지. 우리는 차파티를 두 쪽씩 삼키고 차를 큰 컵으로 한 잔씩 마신 뒤 제복을 입고 말에 올라 회교사원 계단을 내려갔어. 허드슨 나리는 말에 탄 두 이슬람교도를 뒤에 달고 왔더군. 하나는 늘 보던 외눈박이 라잡 알리였고 다른 하나는 커다란 털모자와 금테를 두른 코트로 이슬람 귀족 같은 차림을 한 사내였는데, 나리는 그자를 정중하게 미르자님이라고 불렀어(그자의 이름이 미르자 엘라히 박시고 몇 년 전에 죽은 왕세자의 장인이라는 건 나중에야 알게 됐지).

하지만 그 미르자는 허드슨 나리 귀에다 무슨 말인가를 하고 나서 바로 떠나더군. 우리는 파이즈 시장을 따가닥 따가닥 달려서 딜리 문 밖으로 나왔는데, 칼을 뽑아 어깨에 둘러멘 허드슨 나리가 맨 앞에서 말을 몰았고 외눈박이 라잡 알리가 그 뒤를 따랐지. 나는 외눈박이 뒤에서 50명의 현지인 기병들을 이끌었고. 우리는 한 손에 창을 들고 등에는 총탄이 장전된 기병총을 메고 있었어. 그리고 또 큰칼도 각자 두 개씩 있었는데, 하나는 안장에 부착되어 있었고 다른 하나는 벨트에 끼워져 있었지. 해가 뜰 무렵 아그라로 통하는 왕도를 따라가다 보니 길 양편에 있는 여러 옛 유적지들에 사람들이 득실거리고 있더군. 남자들은 권총과 칼로 무장을 하고 있었고. 하지만 누구도 감히 우리에게로 가까이 오거나 뭐라고 하지는 못했어.

　외눈박이 라잡 알리가 나리 옆으로 따라붙더니 그 건물들에 대해서 설명을 늘어놓더군. 허드슨 나리는 들은 척도 않는데 그 작자는 계속 주절대는 거였어. "저건 피로제 샤의 궁전 지붕 꼭대기에 꽂힌 불교도의 기둥이지요." 어쩌구 하면서 말이야. 하지만 나는 의심이 들더라구. 이슬람교도 왕이 살던 궁전 지붕 꼭대기에 어떻게 불교도의 기둥이 꽂힐 수 있느냐, 이거야. 우리가 옛 성채의 아주 높다란 벽 아래를 지나고 있을 때 외눈박이가 다시 떠벌리더군. "저건 아리아인들에 의해 처음 건설되었고 인드라프라스타라고 알려졌다는 푸라나 낄라―옛 성채―지요. 저 안에는 세르 샤 수리 회교사원과 후마윤 황제의 도서관이 있습니다." 힌두교도의 성 안에 회교사원이 있을 수 없다는 걸 누가 나리에게 얘기해줘야 할지 정말 답답하데! 하지만 허드슨 나리가 그 외눈박이 조랑말의 말을 듣는 둥 마는 둥 하고 있기에 나는 그냥 잠자코 있었지. 해가 높이 떠올랐을 무렵 우리는 아주 높은 담으로 둘러쳐진 커다란 건물 문 앞에 당도했는데, 그 안쪽으로 보이는 건 거대한 흰색 대리석 돔뿐이었어. 외눈박이가 그게 후마윤 국왕의 무덤이라는 둥, 늙은 왕과 가족들이 그 안에 숨어 있다는 둥, 설명을 늘어놓더군.

외눈박이는 계속 주절거렸어. "그리고 이건, 나리, 이사 칸의 무덤인데, 그 너머로 저기 사람들이 몰려 있는 곳은 한때 아랍 키 서라이라고 알려졌 었지요. 그 뒤로 붉은 돔이 보일 겁니다. 그건 악바르 황제 때의 위대한 재 상들 중 한 분인 압둘 라힘 칸 이 카난의 무덤이지요. 그리고 뒤쪽의 저 건 물들은 예언자 샤이크 니자무딘 성하(聖下)의 영묘에 딸린 겁니다. 왕실 혈 통의 여러 왕들과 왕비들, 그리고 왕자들이 그 성자의 무덤 근처에 묘를 썼 지요."

마침내는 허드슨 나리가 짜증이 나서 말을 잘라버렸지. "알았소, 알았소, 라잡 알리. 그런 지긋지긋한 유적들에 대해서는 다음에 얘기할 수 있을 거 요. 우리에겐 당장 해야 할 더 중요한 일이 있소. 그러니까, 일이나 빨리 해 치웁시다. 하루 온종일을 허비할 시간은 없단 말이오!"

허드슨 나리와 외눈박이가 말에서 내리자 나도 말에서 내려 그 두 사람의 말고삐를 받아 들었지. 다음엔 외눈박이가 손바닥으로 커다란 대문을 탕탕 쳤고. "거기 누구요?" 안에서 누가 묻더군.

"마울비 라잡 알리, 동인도회사 측의 사자(使者)요. 폐하께 급히 전할 말 이 있소."

얼마쯤 뒤에 대문 한구석에 붙은 쪽문이 열리더니 보초가 고개를 쑥 내 밀고 줄줄이 읊어대더군. "힌두스탄의 황제, 왕 중의 왕, 지상에 계시는 신 의 그림자, 바하두르 샤 가지 폐하께서 동인도회사의 사자 마울비 라잡 알 리 바킬의 알현을 허락하셨습니다. 마울비 라잡 알리는 안으로 들도록 하시 오."

"정말 한심하군!" 나는 속으로 그렇게 말했어. "구멍 속에 든 쥐처럼 숨어 있으면서도 자기가 왕 중의 왕이라는 거야, 글쎄!

라잡 알리가 안으로 사라지자 쪽문이 닫히더군.

허드슨 나리가 땅에 침을 뱉고 대문 앞에서 왔다 갔다 하기 시작했어. 누구에게도 한 마디 하지 않고 또 누벽에서 우리를 내려다보는 사람들을 쳐다보려고도 하지 않고서. 그렇게 많은 사람들이 있는데도 숨소리 하나 안 들리다니! 그 수천 명이나 되는 사람들의 침묵에 나는 겁이 나서 죽을 지경이었어. 들리는 소리라고는 말이 재갈을 씹고 히힝거리고 방귀를 뀌고 오줌을 누는 소리뿐이었지. 그리고 까마귀들이 깍깍거리는 소리. 하지만 다음에는 사람들이 서로 말다툼을 하는 소리가 들리더니 누군가가 큰소리로 외치더라구. "승리의 길로!" 그러자 수백 명의 목소리가 합세해서 고함을 질러댔고. "알라는 위대하시다!"

외치는 소리가 더 들렸어. "양놈들을 죽여라!"

50명의 시크교도와 백인 한 명이 무슨 수로 수천 명을 상대할 수 있겠어?

그자들은 마음만 먹으면 우리를 다진 고기로 만들 수도 있었지. 하지만 와, 와, 허드슨 나리! 누구도 나리 같을 수는 없었어! 아무 소리도 안 들리는 것처럼 계속 왔다갔다만 하더라니까.

또 한 시간. 내 입은 바짝 타들었고 옷은 식은땀으로 흥건해졌어. 다른 쪽에서 들리던 목소리들이 점점 더 가까워지자 허드슨 나리가 다시 말에 오르더군. 나도 외눈박이의 말을 나무에 매놓고서 내 말에 올라탔지. 다음에는 허드슨 나리가 가죽케이스에서 권총을 꺼내 들고 노리쇠를 당기기에 나는 창을 움켜쥐었고. 커다란 대문이 천천히 안쪽으로 열리면서 차례차례로 가마 세 채와 총칼을 휘둘러대는 험악하게 생긴 사내들이 한 패거리 나오더군. 다음에는 몇몇 여인들이 울부짖으면서 가마를 에워쌌고. 하지만 그 여자들은 허드슨 나리와 우리 시크교도 병사들을 보고는 돌처럼 얼어붙었어. 외눈박이 라잡 알리가 나리에게로 와서 고개를 홰홰 젓더니 두 번째 가마로 되돌아가서 누군가에게 뭐라고 하더군. 그러자 어떤 늙은 사내가 밖으로 나왔는데, 그 늙은이는 키가 컸고 몹시 여윈 데다 허리가 구부정했어. 가지런하게 다듬은 허연 수염을 길렀고 커다란 털모자에다 모피로 안을 댄, 발까지 늘어져 내리는 긴 외투를 입고 있었지. 그자가 어기적어기적 걸어오더니 나리를 올려다보고 묻더군. "허드슨 각하와 인사 나누는 영광을 누릴 수 있을까요?"

"예, 제가 허드슨 소령입니다. 당신이 바하두르 샤인가요?"

"그게 이 불행한 남자의 이름으로 알려진 것이지요, 허드슨 각하. 당신에게서 짐과 지나트 마할 왕비와 짐의 아들 자완 바크트 왕자의 목숨이 부지될 수 있다는 말을 들을 수 있을까요?"

"예, 최고사령관이신 윌슨 각하께서 당신들의 생명을 보장했습니다." 그 말에 군중 사이에서 웅성거림이 일더군.

하지만 허드슨 나리는 권총을 치켜들고 이렇게 목청껏 외치는 거였어. "너희 백성들은 잘 들어라! 너희 중에 누구 하나라도 방해를 하려고 든다면 나는 이 가마 안에 있는 세 사람을 개처럼 쏘아 죽일 것이다! 잘 알아두어라!"

그 엄청난 배짱! 폭도들이 슬금슬금 물러나자 늙은 왕이 칼을 풀어서 떨리는 손으로 받쳐 들더군. 허드슨 나리는 말에서 내려 그 칼을 받아 다시 나한테 건넸고. 그런데 얼마나 굉장한 칼이던지! 초록색 비취와 금으로 된 손잡이에 보석들이 박힌 거더라니까! 다음엔 그 국왕의 아들인 자완 바크트라는 젊은 녀석이 맨 뒤에 있던 가마에서 나와 칼을 바쳤는데, 나리는 그것도 내게 건넸지. 그 칼 역시 굉장했어! 황금과 다이아몬드와 루비들이 박힌 거였으니까! 허드슨 나리가 가마를 출발시키라고 명령하더군. 앞쪽에는 50명의 현지인 기병들, 다음에는 가마 세 채, 그 다음엔 나리와 나, 우리 뒤에는 엄청난 수의 폭도들. 하지만 우리는 뒤 한 번 돌아다보지 않았어. 그자들이 우리가 뒤에서 총을 맞을까 봐 두려워한다고 여기지 않도록 하려고 말이지. 나는 등골이 오싹오싹하고, 몸에서는 식은땀이 줄줄 흘렀어. 여간 겁이 나는 게 아니더라구. 그런데도 허드슨 나리의 시뻘건 얼굴엔 두려워하는 기색 하나 없더라니까! 우리는 폭도들이 계속 뒤따라오는 중에 옛 성채의 총안(銃眼)이 나 있는 성가퀴 옆을 지났어. 인드라프라스타 성채에서는 반란을 일으킨 세포이들이 수천 명 몰려나왔고. 하지만 우리는 그자들을 무시하고 가마꾼들의 걸음에 보조를 맞췄지. 다시 반 코스를 더 가자 폭도들이 떨어져 나가기 시작하더군. 그리고 얼마 안 가서 곧 우리 시크교도 현지인 기병들과 허드슨 나리만 남았고. 우리가 힌두스탄 황제와 왕비와 아들을 포로로 잡아가는 중이라니! 그건 위대한 구루의 기적이었어!

우리는 딜리 문을 통해 들어가는 대신 왼쪽으로 방향을 홱 틀어서 해가 지고 있는 쪽으로 말을 몰아 투르크만 문과 아지메리 문을 지났어. 그 다음에는 오른쪽으로 돌아 카불리 문을 통해서 시내로 들어갔고. 허드슨 나리는 딜리 사람들 모두에게 우리가 그자들의 왕과 왕비와 아들을 포로로 잡았다는 걸 보여 주고 싶어 했지만 거리는 텅텅 비어 있었지. 개떼만이 시체를 뜯어먹다 말고 우리를 쳐다보았을 뿐. 독수리들은 우리가 지나는 길에서 비켜 푸드덕거리며 몇 발짝씩 날아갔고. 치안소 앞에는 여섯 구의 시체들이 교수대에 그대로 매달려 있었는데, 까마귀들이 그 시체들을 쪼고 있더군. 우리는 아홉 번째 구루가 아우랑가에게 처형되어 순교했던 기도소를 지날 때 큰 칼을 뽑아들고 경의를 표했지. "말하는 자에게 은총이 있기를!" 내가 시크교도들의 전투구호를 소리 높여 외쳤어. 그러자 현지인 기병들이 맞받아 소리쳤고. "진리를 위해 돌진!"

우리가 붉은 성채 밖에서 말고삐를 당겼을 때에는 아직 날이 훤했어. "누구입니까?" 어떤 흰둥이 보초가 묻더군.

"델리의 전 왕 바하두르 샤와 그의 아내 지나트 마할, 그리고 아들 자완 바크트를 포로로 호송해 오는 허드슨 소령이다."

대문이 열리고 허드슨 나리와 외눈박이 라잡 알리가 가마들과 함께 안으로 들어갔어.

우리는 말머리를 돌려 자미아 회교성원으로 돌아갔고.

그날 우리는 염소를 스무 마리 잡았어. 그리고 고기가 구워지는 동안 양껏 럼주를 마시고 잔뜩 취해서 노래를 부르기 시작했지. 레나가 암낙타와 그 짓을 하려고 들었던 늙은이가 어쩌구 하는 노래를 읊어대기 시작하더군. 레나는 이 늙은 왕에 대한 노래를 많이 알고 있었거든. 하지만 내 운명이라니! 나리의 말구종이 찾아오더니 나리가 붉은 성채에서 나를 찾는다는 거였어. 나는 술이 잔뜩 취했지만 그 친구를 따라갔지.

나는 말을 몰아 나리의 숙소로 갔어. 안으로 들어가 보니 나리는 그날 아침에 건네받은 칼들을 살펴보는 중이더군. 호롱불빛 아래서 손잡이에 박힌 보석들이 별처럼 빛나는데, 얼마나 기막힌 솜씨던지! 나리가 나한테, 하나에는 자항기르 황제의 이름이 들어 있고 다른 하나에는 페르시아의 침략자 나디르 샤의 이름이 들어 있다고 알려주더군. 하지만 나리는 별로 즐거워하지 않았어. "내가 윌슨 각하에게서 얻어낸 거라고는 이것뿐이야. 잘했다는 칭찬 한 마디도 없고." 나리가 툴툴대더군. "그 늙은 국왕과 그자의 애새끼를 죽였으면 싶었는데."

"나리, 나리께서 제게 약간의 암시만 주셨더라면 제가 그자들의 몸뚱이에서 머리를 잘랐을 텐데요."

"알아, 알아." 나리가 당장 말을 자르더군. "할 수만 있었다면 내 손으로 직접 했을 거야. 하지만 백인 남자의 약속은 지켜져야 하는 거니까. 이제부터는 사정이 달라질 거야. 왕의 다른 아들들과 조카들은 없애도 좋다는 허락을 받았어. 그자들은 백인 마님들과 그들의 어린 바바로그들을 죽인 무뢰한들이니까. 월슨 각하가 이러더군. '자네 좋을 대로 해. 하지만 그 일로 나를 성가시게 하지는 말게.' 수베다르 만 싱에게 내일 이 시간까지 현지인 기병을 백 명 준비시키라고 해. 이건 위험한 일이 될지도 모르지만 이 일이 끝나면 럼주는 얼마든지 있어."

*

다음날 아침에 나는 시간 맞춰 병사들을 준비시키느라 상당히 애를 먹었어. 수베다르 만 싱은 고함을 질러댔고. 허드슨 나리는 또 다른 흰둥이 맥더웰 나리와 외눈박이 라잡 알리를 데려왔더군. 그때 우리는 이미 회교사원 앞에서 말을 타고 정렬해 있었지. 두 나리들이 라잡 알리와 선두에서 말을 몰았고 나는 바로 그 뒤를 따랐어. (하지만 라잡 알리와는 눈도 마주치고 싶지 않아서 그자의 눈이 먼 쪽을 택했지.) 우리 뒤에는 두 수베다르들, 또 그 뒤로는 아침결의 미풍에 터번 자락을 펄럭이며 아침 햇살에 창을 번쩍이는 백 명의 시크교도 현지인 기병들. 라잡 알리가 나한테는 딜리의 옛 건물들에 대해서 주절대려고 하지 않더군.

우리가 후마윤 영묘 북쪽 문에 이르자마자 사람들이 몰려들기 시작했어. 그중 일부는 바로 옆에 있는 아랍 키 서라이에서 몰려왔고 또 일부는 니자무딘에서 몰려왔고. 얼마 안 가서 곧 건물들의 옥상이며 담 위로 사람들이 잔뜩 들어찼는데, 그중 많은 사람들이 기병총으로 무장을 하고 있었지.

*

라잡 알리가 한 번 더 다시 안으로 들어갔어. 우리는 한 번 더 다시 "알라는 위대하시다!" 라고 외치는 소리를 들었고, 다음에는 그자들이 문 쪽으로 점점 더 가까이 오는 소리가 들리더군. 천천히 대문이 열렸고, 등이 불쑥 튀어나온 황소 두 마리가 끄는 우마차에 세 사내가 웅크리고 앉아 있었어. 외눈박이 알리는 바퀴 옆에 서 있었어. 마차 뒤로는 침울하면서도 험악한 얼굴에 총칼로 무장한 사내들이 뒤따르고 있었지. 두 나리가 말에서 내려 우마차로 올라갔어. 그리고 허드슨 나리가 명령을 내렸지. "라잡 알리, 그 세 죄수들의 신원을 확인하시오."

라잡 알리가 한 사내에게 손을 갖다 대면서 "미르자 무갈 바하두르" 하더군. 그자가 우마차에서 내리더니 떨리는 손으로 맥더웰 나리에게 칼을 받쳐 들었어. 맥더웰 나리는 그 칼을 받았고.

"미르자 아부 바크르." 라잡 알리가 다른 사내에게 손을 올려놓고 이름을 대자 그자도 마차에서 내려 맥더웰 나리에게 칼을 건넸어.

"미르자 키즈르 술탄."

세 번째 사내도 두 사내의 예를 따랐어. 그리고 다음엔 세 사내 모두 다시 우마차에 올라 웅크려 앉았지. 몰려든 사람들이 그 광경을 지켜보고 있었는데, 그중 몇몇은 언뜻 보기에도 몹시 흥분해 있더라구. 분노에 찬 웅성거림이 함성으로 바뀌었고, 우마차가 움직이기 시작하자 폭도들이 그 뒤로 따라붙었어.

허드슨 나리가 말머리를 돌려서 칼을 뽑아 높이 치켜들더니 "멈춰라!" 하고 명령을 내리더군. 폭도들은 멈췄고 침묵이 내려앉았어. 다음에 허드슨 나리가 50명의 현지인 기병들에게 마차 앞쪽으로 가라고 명령한 뒤 맥더웰 나리와 함께 폭도들에게로 말을 몰아갔고. 폭도들이 영묘 문에까지 한 발짝 한 발짝 뒤로 물러나자 허드슨 나리가 목청껏 다시 외쳤어. "무기들을 내려놓아라!"

구루의 또 다른 기적이었지! 그자들이 찍소리 못하고 칼과 화승총을 땅바닥에 던지는 거였어. 그 무기들을 모아 마차에 싣는 데만도 두 시간이 걸리더라니까. 내 생전 그런 일을 겪어본 건 그때가 처음이었어. 그리고 또 평생 허드슨 나리 같은 사람을 다시 만나지도 못했고. 내가 늘 얘기했듯이 나리는 십만을 당해낼 수 있는 사람이었지!

우리는 부대원들을 따라잡으려고 느린 구보로 말을 몰았어. 길가에 무장을 한 무리들이 죽 늘어서 있더군. 그 무리들은 우리가 도시에 접근해갈수록 그 수가 점점 더 불었지만 우리는 그자들을 헤치고 죄수들을 호송하는 부대에 합류했어. 우리 주위와 도시 성벽들 위는 온통 우리에게 칼을 휘둘러대며 "알라는 위대하시다!"를 외치는 무장 폭도들이었지. 나는 구루에게 기도를 드리고 목숨이 부지된다면 찬드니 초우크 기도소에다 1루피를 틀림없이 바치겠다고 맹세했어. 그런데 구루가 내 기도를 들어주시더라구. 허드슨 나리가 죄수들을 호송하는 마차로 뛰어올라서 멈추라고 명령하자 웅성거리던 소리가 뚝 끊기더라니까. 그때 우리는 시내에서 1킬로미터 조금 못 미치는 곳에 있는 성문을 통과하고 있었어. 우리 오른쪽으로는 외눈박이 라잡 알리가 얘기한 불교도의 기둥이 꽂힌 이슬람 궁전의 거무스름한 유적이 보였고 그 나머지는 온통 머리통과 뽑아든 칼과 기병총들의 바다였지. 해가 막 지려는 참이었는데, 허드슨 나리가 양손을 들어 올리고 안장에서 빙 돌아앉더니 모두에게 다 들리도록 큰소리로 외치더군. "딜리 사람들은 들어라!" 그 호령에 딜리 사람들이 귀를 기울이자 나리가 말을 이었어. "우리가 호송 중인 이 세 남자는 살인자들이다! 이 백정들은 그들의 손으로 여러 무고한 여인들과 아이들의 피를 흘렸다! 너희는 이제부터 동인도회사의 정의를 목격하게 될 것이다! 뒤로 물러서서 보아라! 그리고 기억해라!"

군중이 뒤로 물러나자 우리 현지인 기병들이 우마차 주위를 빙 둘러쌌어. 다음엔 허드슨 나리가 명령을 내렸고. "너희 셋 모두 내려서 옷을 벗어라!"

그 세 사내는 시키는 대로 했어. 얼굴이 샛노래져서 말이야. 셔츠를 벗는 그자들의 손이 부들부들 떨리고 있더군. "모두 다!" 허드슨 나리가 다시 명령했어.

자루처럼 생긴 바지를 벗어 내리는 그자들의 무릎이 달달 떨리더군. 그 이슬람교도들은 음경 끝을 잘랐을 뿐 아니라 음모까지도 밀어버렸더라구. 나는 그때껏 할례한 대가리를 부끄러운 듯 축 늘어뜨리고 있는 그자들의 자지보다 더 가련해 보이는 자지는 본 적이 없었다니까.

"너, 아부 바크르. 앞으로 나서라." 허드슨 나리가 명령을 내렸어.

서른다섯쯤 된 체격이 다부진 사내가 몇 걸음 주춤주춤 앞으로 나서더니 손으로 사타구니를 가리더군. "니할 싱, 이자의 팔에서 저걸 벗겨내라." 나리가 아부 바크르의 팔에 둘린 부적을 가리키면서 명령했어.

나는 그 호신부를 비틀어 빼내서 내 호주머니에다 집어넣었지.

"네 기병총을 이리 줘."

나는 나리에게 기병총을 건넸어.

"나리, 죽이지 마세요!" 아부 바크르가 손을 싹싹 비비면서 울부짖었어.

하지만 허드슨 나리는 그자의 가슴을 겨냥해서 그대로 갈겨버렸지 탕! 아부 바크르가 "알라시여!"를 외치고 핏물 웅덩이에 쓰러졌어.

구경꾼들은 공포에 질려 말문이 막혀버렸지. 누구도 손 하나 꼼짝 못하더라니까. 허드슨 나리는 겁에 질려 초죽음이 된 나머지 두 죄수들의 머리에도 총을 갈겼어.

우리는 그 세 구의 시체들을 땅에 널브러진 채로 놓아두었어. 총 맞은 자리에서는 피가 콸콸 흘러나왔고, 벌어진 입에서는 침이 질질 흘렀고, 눈은 뿌연 대리석처럼 흐려져 갔지. 그 셋이 우리 발치에 쓰러져 있는 동안 처형을 지켜본 수천 명의 무장한 사내들은 사색이 되어버렸고.

수베다르 만 싱이 큰칼을 치켜들고 소리쳤어. "진리를 위해 돌진!" 우리도 큰칼을 뽑아들고서 답창했고. "진리를 위해 돌진!"

시체들이 우마차에 실리자 우리는 다시 시내로 말을 몰았어. 우리 앞쪽에 있던 사람들이 아침햇살에 안개가 걷히듯 양 옆으로 물러나더군. 우리는 다르야간지를 지나 찬드니 초우크에서 왼쪽으로 빙 돌아 시크교도 기도소로 갔어. 그리고 세 구의 시체를 기도소 계단에 던진 다음 자미아 회교성원으로 돌아가 럼주를 마시고 염소 고기를 먹었지. 레나는 암낙타와 그 짓을 하려고 했던 늙은이의 노래를 불렀고.

다음날 아침 나는 허드슨 나리를 찾아갔어. 나리의 위대한 용기를 찬양할 셈으로. 나는 나리의 방으로 들어가서 경례를 붙였는데, 나리는 편지를 쓰고 있더군(나리는 매일같이 자기 부인에게 편지를 썼거든). "그래, 니할싱." 나리가 아무 일도 없었던 것처럼 경례를 받고는 내가 대답을 하지 않자 "뭐 원하는 게 있나?" 하고 묻데.

"나리, 저는 나리의 위대한 용기에 존경을 표하고 축하를 드리러 왔습니다." 하지만 나리는 고개만 끄덕이고 나서 내가 거기에 있지도 않은 것처럼 계속 편지를 쓰더라구.

나는 다음에 무슨 말을 해야 할지 몰라 그대로 서 있다가 이렇게 물어봤어. "나리께 제가 해드릴 일이 뭐 없겠습니까?"

나리가 편지를 봉투에 집어넣고 봉해서 내게 건네주더군. "부쳐."

나는 그 편지를 받았어. 그런데 나리가 갑자기 좀 더 즐거운 표정이 되어서 이러더라구. "수베다르 만 싱에게 가서 현지인 기병들에게 나리가 아주 기쁘다라는 말을 전하란다고 해. 또 럼주도 원하는 대로 얼마든지 주라고 하고. 당분간은 일이 더 없을 거야." 그러더니 잠시 말을 끊었다가 물었어. "숙영지에서는 뭐라고들 그러지?"

"나리의 이름이 입에 오를 때마다 사람들이 와! 와! 합니다."

그 말에 나리가 기뻐하더군. 그래서 나는 자미아 회교성원을 떠나기 바로 전에 들었던 얘기에 대해서 물어봤지. "나리, 나리께서 총살하신 세 남자의 머리를 잘라서 늙은 왕에게 선물로 보냈다는 말이 사실인가요? 그 사람이 뭐라고 하던가요?"

허드슨 나리가 당장에 낯색을 바꾸더니 내 눈을 똑바로 쳐다보더라구. "니할 싱, 어디서 그런 헛소문을 주워들었지?"

"나리…… 사람들 말로는……."

"내 말 잘 들어." 나리가 말을 딱 자르더군. "백인들은 문명인이야. 힌두스탄의 원주민들하고는 달라. 백인들은 사람 머리를 잘라서 그걸 쟁반에 담아 친척들에게 선물로 보내지는 않아. 동인도회사는 공정해. 강하지만 공정해. 잘 알아두도록!"

"예, 주인님." 그런 다음 나는 경례를 붙이고 자미아 회교성원으로 돌아갔어.

바하두르 샤 자파르

지하 감옥으로 들여보내진 전령이 짐의 친족들과 지지자들의 죽음에 관한 비보를 전하였다. 짐의 두 아들인 미르자 무갈과 미르자 키즈르, 그리고 손자인 미르자 아부 바크르가 총살당했다는 것이었다. 짐은 아무런 항의도 하지 않고 다만 짐의 재산을 매각하여 얻어진 것들로 고인들에게 적절한 장례식을 치러주도록 하라는 탄원서를 냈을 뿐이었다. 미르자 무갈, 아부 바크르, 그리고 키즈르 술탄의 시신은 후마윤 황제의 영모로 들어갔고, 교수형에 처해진 자자르와 파루크나가르의 태수들은 하즈라트 쿠투부딘 박티야르 카키의 무덤 근처에 있는 메라울리의 가족묘지에 묻혔다. 그리고 역시 교수형에 처해진 발라브가르의 수장(首長) 바하두르는 힌두교도였으므로 야무나 강변의 니감보드 가트에서 화장되었다. 처형된 짐의 다른 아들들과 조카들, 그리고 손자들의 운명에 대해서는 그들의 시신이 니자무딘 아니면 메라울리에 묻혔다는 것만 제외하고 더는 알 수가 없었다. 백인들에 의해 총살당하거나 교수형에 처해진 수천 명 가운데는 짐의 친구이자 시인인 샤이크 이맘 박시, 즉 '사브하이'와 그의 두 아들도 있었으나 백인들이 그들의 시신을 어떻게 했는지는 아무도 모른다.

가을의 질풍이 한때는 짐의 왕국이었던 정원을 휩쓸고 지나가면서 모든 나무들을 뿌리째 뽑아버렸다. 짐은 마음의 평정과 살려는 의지를 잃고 잡힌 새가 새장 창살에 제 날개를 부딪히듯, 지하 감옥의 벽에 머리를 부딪히며 운명을 한탄하였다. 예전에 한때는 세상이 오후의 따뜻한 햇살에 꽃봉오리들의 보물 상자가 열리는 꽃밭처럼 보였던 시절도 있었으나, 이제는 그 똑같은 세상이 수백 수천의 썩어가는 시체들로 악취를 풍기고 있었다. 여기에 낮이면 햇빛으로 목욕을 하고 밤이면 달빛으로 미역 감던 도시가 있었느니, 여기에 천국의 선녀들처럼 아름다운 여인들이 살던 도시가 있었느니! 누가 이 도시를 약탈하였는가? 누가 그 약탈한 것들을 가져갔는가? 세상의 모든 도시들 중에서 가장 아름다웠던 이 델리가 이제는 망가진 폐허였다. "오 자파르, 무슨 재난이 닥친 것이냐? 아니면 너 자신의 젊음이 도망을 친 것이냐?"

짐이 어떤 수모를 겪었는지 기술하려면 잉크병으로 한가득 눈물을 흘려도 모자랄 것이다. 백인들은 시도 때도 없이 창문들을 통해 짐이 무슨 짐승이라도 되는 것처럼 들여다보는가 하면, 짐이 감금되어 있던 지하 감옥 문들은 백인 무리들을 위해 느닷없이 열어 젖혀지기 일쑤였다. 그럴 때면 짐의 여인들은 면벽하여 얼굴을 숨겼고, 짐은 일어나서 백인 남녀 하나하나에게 인사를 해야 했다. 그들은 짐을 조롱하였다. "당신, 인도 황제가 되고 싶었지요, 안 그렇소?" 때로는 한 젊은 흰둥이가 염소 울음소리를 흉내 내기도 하였다. "늙은 영감, 당신의 젊은 아내들은 어디 있지요?" 그는 그렇게 묻곤 하였다. 모두들 웃음을 터트렸으나 짐은 그 모욕을 알라의 뜻으로 받아들였다.

펜과 종이를 달라는 짐의 요청은 거절당하였다. 짐은 수연통에서 목탄 조각들을 모아 두었다가 지하 감옥의 벽들을 석판 삼아 시를 짓고 기도를 드리며 시간을 보냈다.

젊은 시절에 짐은 사랑하는 이에 의해 갇히고 고통 받는 연인의 불평을 주제로 한 시를 한 편 지었었다. 백성들 사이에서 큰 인기를 끌었던 그 시구는 대체로 이러하였다.

내 사랑하는 간수가 왜 나를 이토록 괴롭힐까?
신께서 누구도 다른 누구에게 속박되지 않도록 하시기를.

그 구절에서 간수가 사랑하는 사람이 아니라 적이었다면 얼마나 정확했을까!

짐은 백인 간수가 힘주어 하는 말이 무슨 뜻인지를 곧 알 수 있게 되었다. 그는 짐의 군대가 백인여자와 아이들을 죽였다는 이유로 짐을 야만인이라 불렀다. 아는 사람들은 짐이 그러한 살육을 막기 위해 최선을 다하였다고 맹세하였으나, 백인들은 짐을 믿으려 하지 않았다. 그들은 자기네 족속이 삼십여 명 살해된 것에 대한 복수로 삼십여 명의 천 곱 이상을 살해하였다. 사악한 종자의 소산인 외눈박이 아첨꾼이자 위선인인 라잡 알리가 짐에게 엄숙히 약속했던 보장에도 불구하고 짐은 재판에 회부되었다. 짐의 기소자들, 변론자들, 판사들 모두가 백인이었다. 그들은 짐의 녹을 먹었던 자들—시의 아사눌라, 수도사 핫산 아스카리, 라잡 알리, 굴람 압바스, 무쿤드랄—을 줄줄이 늘어세우고 그들이 지시받은 내용을 앵무새처럼 되뇌게 하였다.

짐에 대하여 혀를 뒤집은 자들 가운데는 혼혈인 아예샤 앨드웰도 있었다는 사실을 기록하려니 서글픈 마음을 금할 수 없다. 짐이 그 여인과 세 딸의 목숨을 구하기 위하여 짐 자신의 목숨을 무릅썼었음에도! 이 아예샤는 흰둥이를 남편으로 맞았던 어머니에게서 태어나 이슬람교도로 자랐다. 그러나 아버지에게서 흰 피부를 물려받고 영어로 종알종알하는 법을 배워 그녀는 백인여자로 통하였고 늙은 흰둥이와 결혼하였다. 짐은 그녀의 남편까지 구할 수는 없으나 성스러운 코란의 구절들을 암송하고 딸들에게 코란 구절을 외게 한 그녀를 위해서는 중재를 할 수 있었다. 그랬기에 짐은 그녀가 짐이 그녀에게 베풀어 주었던 일들을 모두 증언하리라고 희망하였던 것이다. 그러나 그녀는 이슬람교와 기독교 두 가지 믿음 모두가 거짓임을 입증하였을 뿐이었다. 알라께서 그녀를 벌해주시기를!

알라만이 짐의 유일한 목격자셨다. 누구도 짐을 위해 입을 열려 하지 못하였고, 백인들은 짐에게 겨누어진 모든 고발을 근거로 짐에게 유죄를 선고하였다. 짐은 선조들이 삼백 년 동안 정복하고 통치해왔던 나라에서 추방당

한다는 선고를 받았다. 차라리 그들이 짐에게 사형을 선고하여 짐의 뼈를
델리의 성스러운 흙에 섞을 수 있도록 해주었으면 좋았을 것을.

열넷 비들과 짐의 아들 자완 바크트가 짐의 추방이라는 불행을 함께 나누
겠다고 동의하였다. 그러나 결국에는 그들 중 여럿이 이런저런 구실로 생각
을 바꾸었고 짐이 힌두스탄의 국경을 넘기도 전에 짐을 버렸다. 짐의 사랑
하는 왕비 지나트 마할은 짐 곁에 머물렀다. 그녀는 낙타 우리의 두엄 같은
곤경 속에서 짐의 친구로, 짐의 가장 애정 깊은 동료로 남았다. 짐은 성스러
운 예언자께서 당신의 아내, 카디자에 대하여 했던 말을 떠올렸다. "내가 가
난할 때 그녀는 나를 부유하게 해주었고 온 세상 사람들이 나를 버렸을 때
그녀는 나를 위로했고 내가 거짓말쟁이라 불렸을 때 그녀는 나를 믿었다."

여행길에 짐은 다음과 같은 시를 지었다.

　　사랑하는 이에게 그토록 시달렸으니
　　짐은 어쩔 수 없이 고국을 떠나야 하리.
　　타오르는 초에서 떨어지는 촛농처럼
　　짐은 삶의 고리를 떠나리.
　　짐의 눈에서 눈물이 흐르고
　　정원지기는 짐이 그의 정원에 들지 못하게 막으니
　　짐은 웃으며 왔다가 울면서 헤어지노라.

17

바그마티

바그마티는 요즘 내게 몹시 실망을 하고 있다. "펀자브 사람들은 모두가 빈털터리로 델리에 왔어요. 그런데 지금은 어떤가 보세요! 온 도시를 그 사람들이 차지하고 있어요. 그 사람들은 자기네가 살 궁전을 지었고, 탄두리 치킨을 먹고 위스키를 마신다구요. 또 살이 뒤룩뒤룩 찐 여편네를 외제차에 태우고 델리 바람을 쐬어주러 나가기도 하구요. 그런데 주인님을 보세요! 똑같이 조그만 셋집, 똑같이 덜덜거리는 고물차, 경적만 빼놓고는 어디에서나 삐그덕거리는 소리가 들리지 않나요? 불과 몇 년 전에 주인님 마을을 떠나온 사람들까지도 델리의 절반을 차지하고 백만장자들처럼 살고 있어요. 그런데 주인님은 하루 종일 종잇장에다 죽은 파리대가리나 그려서 얻는 게 뭐죠? 주인님은 벌써 여러 해 동안 제게 사리 한 벌, 팔찌 하나 사주지 않았어요."

바그마티가 그렇게 잔소리를 늘어놓을 때는 아무 말도 하지 않는 게 상책이다. 하지만 때로는 내 침묵까지도 그녀의 화를 돋워 잔소리를 계속 늘어놓게 만든다. "왜 아무 말도 하지 않는 거죠? 왜 아무 짓도 하지 않는 거예요? 주인님은 정말로 늙은이가 다 되어서 하루 종일 안락의자에 앉아 방귀나 뀌고 있을 셈인가요?"

그 말이 아픈 데를 찌르자 나는 분노를 폭발시킨다. "닥쳐! 넌 그 짓을 하고 난 그 대가로 돈을 치르면 되지, 그 이상 원하는 게 뭐야?"

"요즘엔 그것도 별로 많은 게 못되잖아요." 그녀가 내 눈을 똑바로 들여다보면서 비꼬는 투로 되받는다. "제가 받는 돈에 대해서라면, 저 밖에 있는 부드 싱까지도 제가 떠날 때마다 물어요. '그 양반이 너한테 빤하고 비디 담배를 살 돈으로 얼마나 줬지?' 하고요. 주인님이 제게 주시는 돈으로 살 수 있는 건 그게 전부라구요. 저한테 화를 내봤자 소용없어요. 진실은 아프지만 전 주인님을 위해서 이러는 거니까요. 제 말은 청부를 맡는다든가 기성

품을 수출한다든가 하는 사업 같은 걸 해보시라는 거예요. 신문에 글을 끄적여주거나 백인여자들에게 쿠튭 미나르를 보여주거나 하는 것보다는 훨씬 더 많은 돈이 들어올 테니까요."

그녀의 말에도 어느 정도 일리는 있다. 하지만 이 나이에 내가 무슨 수로 알지도 못하는 새로운 사업을 시작할 수 있을까? 그리고 또 어디서 그럴 돈을 구할 수 있을까? 나는 다시 침묵 속으로 빠져든다. 그런 류의 맹공격에는 침묵과 뿌루퉁한 태도가 최상의 방어책이다.

나는 책을 집어 들고 읽는 척하면서 바그마티가 나를 혼자 있게 남겨두고 가버리기를 바란다. 델리에 신물이 났듯이, 바그마티에게도 싫증이 나기 시작하고 있다. 생각 같아서는 근일 중에 돈만 좀 생기면 바그마티에게는 말하지 않고 런던행이건 뉴욕행이건 비행기 표를 사서 한밤중에 몰래 델리를 빠져나가고 싶다.

그녀가 내 손에서 책을 낚아채고 바짝 앞으로 다가와서 마룻바닥에 앉더니 내 무릎에 손을 올려놓고 말을 잇는다. "주인님은 요즘 성미가 급해지고 있어요. 제가 무슨 말을 할 때마다 화를 내요. 전에는 제게 화를 낸 적이 없었잖아요. 도대체 왜 그러시는 거예요?"

내 입에서 체념의 한숨이 새어나온다. 하지만 나는 그녀의 말이 옳다는 것을 알기에 아무 대답도 할 수 없다. 그녀가 양손으로 내 다리를 주무르기 시작한다. 아주 상쾌하게 육감적으로. 나는 싸움에 졌다는 것을 안다. 내가 어디에서 자신을 낮추어 내 화를 누그러뜨려줄 바그마티 같은 여자를 찾아낼 수 있을까? 그녀가 내 다리를 자기 무릎에 올려놓고 발바닥을 문지르기 시작한다. 그녀는 숙련된 마사지사여서, 내가 섹스보다 기분 좋은 마사지를 더 즐기기 시작한다는 것을 알고 있다. 때때로 나는 그녀가 내 머리가죽에다 기름을 바르고 나서 뭉툭하고 억센 손가락으로 비듬 가려움증을 열심히 문질러 없애줄 때까지는 발기를 하지 못한다. 그녀의 봉사에 내 머리가 죽 다음으로 반응을 보이는 것은 발이다. 그래서 스르르 잠이 들지만 않으면 일은 그 마사지사와 내가 동침을 하는 것으로 끝이 난다. 나는 곤두선 신경이 누그러지고 화가 풀린다. 이제는 바그마티와 델리에게서 떠나기 위해 외국행 비행기 표를 사고 싶지 않다. 장담하건대 일단 그 둘의 마수(魔手)에 걸리면 달아날 길이라고는 없다.

18

건설자들

우리 집 현관홀인 동시에 남자 손님 대기실이었던 문간방 벽에는 컬러로 인쇄된 초상화가 두 장 붙어 있었다. 하나는 아버지가 비스듬히 기대앉는 덧베개가 놓인 나무 단(壇) 위에 걸려 있던 빅토리아 여왕의 초상이었고, 다른 하나는 그 여왕의 초상 맞은편 벽에 걸린 구루 나낙의 초상이었다. 매일 아침마다 어머니는 기도를 드린 뒤 도기주전자에 담긴 버터밀크를 휘젓는 동안 두 개의 선향에 불을 붙여 그 두 초상화 틀에 하나씩 꽂아 놓고 경의를 표했다. 처음엔 구루에게, 다음엔 여왕에게. 그리고 아버지는 매일 저녁마다 기도문과 신의 도움을 비는 주문을 외고는, 여왕의 초상 앞에 합장을 하고 서서 큰소리로 축원을 하곤 했다. "신이시여, 우리 여왕님을 축복하시어 그분께서 오래도록 우리를 다스리게 하소서! 그분의 백성들인 우리를 축복하시어 언제까지나 충성스럽고 만족스럽게 하소서."

1901년에 빅토리아 여왕이 서거하자 우리는 이틀 밤낮을 쉬지 않고 신성한 그란트[1]를 읽으면서 그녀의 영혼이 우리 구루의 연화좌 옆에서 안식처를 찾도록 기도했다. 그리고 여왕의 아들인 에드워드가 즉위했을 때에는 형제 같은 관계로 지내는 사람들에게 당과접시들을 보냈다. 그로부터 9년 뒤, 에드워드 황제가 서거하자 우리는 다시 그란트를 밤낮으로 연이어 읽었고, 그 며칠 뒤 조지 5세가 힌두스탄의 황제임을 선포했을 때는 또다시 당과를 돌렸다. 우리 가족은 구루들에게 헌신적인 것처럼 녹을 먹게 해준 영국의 통치자들에게도 충실했다.

국왕 조지와 왕비 메리를 실은 배가 봄베이 선착장으로 들어왔던 1911년 11월 2일, 아버지와 나는 기차로 델리에 도착했다. 우리가 통치자들의 은총을 받아 건설 계약을 따낼 수 있는지 알아보기 위해서였다. 아버지는 몇 년

---

1 시크교도의 성전(聖典).

동안 건설업에 종사해오면서 굴을 뚫고 캘커타와 여름 수도인 심라 사이에 철도를 놓았었지만, 그 즈음에는 집을 짓는 것이 산에 구멍을 뚫는 것보다 더 돈이 된다는 생각을 가지고 있었다.

내가 마지막 졸업시험도 치르지 못한 채 학업을 그만두어야 했던 것도 아버지의 강요 때문이었다. "배우는 건 돈을 벌기 위해서인 거다." 아버지는 그렇게 말했다. "돈을 벌기 위해서 네가 알아두어야 할 건 더하고 빼고 곱하고 나누고 단리와 복리를 계산하는 것뿐인데, 너는 그걸 모두 다 배웠어. 그 나머지는 버려도 되는 쓰레기야." 내가 영국 사람들처럼 유창하게 영어로 말하는 법을 배우고 싶다고 토를 달자 아버지는 성질이 잔뜩 돋아서 내게 뚜쟁이놈이라고 욕을 해댔는데, 그 욕은 아버지가 걸핏하면 써먹곤 하던 것이었다. 하지만 내 기분이 상한 것을 알아차리고는 아주 다정하게, 영국 신사들은 영어를 자기네처럼 하는 인도인보다 엉터리 영어를 하는 인도인을 훨씬 더 좋아한다고 덧붙였다.

아버지는 별것 아닌 일에도 시뻘겋게 달아서 지팡이를 휘둘러대는 사람이었으므로, 열네 살 때 나는 아버지가 배울 것은 다 배웠다는 결정을 내리자 학교를 그만두고 아버지를 따라 계약을 따내는 일에 뛰어들어야 했다. 내가 열일곱 살이 되자 아버지는 내 나이가 결혼을 할 만큼 되었다는 결론을 내리고 이웃 마을에서 열세 살짜리 처녀를 아내로 골라주었다. 그녀는 열여덟(그리고 나는 스물둘)이 되기도 전에 두 아들을 낳았는데, 다음에 아버지는 내가 아내와 아이들을 마을에 남겨두고 자기를 따라 델리로 행운을 잡으러 가야 한다는 결정을 내렸다.

그때껏 나는 델리처럼 장려한 도시를 본 적이 없었다. 그 당시에는 500명 이상의 힌두교 족장들과 토후국 왕들이 종복들을 거느리고 그곳에서 진을 치고 있었던 데다, 멀리 떨어진 지역들에서 수십만의 상민들이 그들의 폐하를 보러 오기도 했기 때문에 그 도시가 더욱 크고 더욱 장려해 보일 수밖에 없었다. 우리는 사흘 동안 거처를 찾아 돌아다닌 끝에 두페린 다리 근처의 극장 뒤쪽에 있는 한 낡은 건물 이층에 방을 두 칸 세내었다. 두페린 다리 밑으로는 델리와 펀자브, 델리와 라지푸타나, 델리와 인도 중부를 오가는 기차들이 지나다녔다.

　다르바르[2] 준비를 보러 가기 전에 우리는 간이침대와 테이블과 의자들을 사들였다. 델리 시 북쪽으로, 동쪽은 야무나 강에서부터 서쪽은 샬리마르 공원 너머로까지 60평방킬로미터 이상에 걸쳐 사만 개의 텐트들로 이루어진 킹즈웨이 캠프라는 하나의 도시가 세워졌다. 하루 종일 연대 규모의 악단들이 오르락내리락 행진을 하고, 장식마의를 입힌 코끼리들에게 무릎을 꿇고 코를 들어 올려 절을 하도록 훈련을 시키고, 토후국 왕과 그 아들들이 왕과 왕비 앞에 일렬로 늘어서서 어떻게 절을 해야 하는지 등등 예행연습이 계속되었다. 그 프로그램 하나하나가 총독 하딘지 경과 총독 부인에 의해 여러 번 검토되었고 그들의 수석 고문인 맬컴 헤일리가 말을 타고 돌아다니며 모든 사항을 일일이 점검했다. 그리고 또 사람들 말로는 여하한 경우에도 환영행사 진행이 방해를 받지 않도록 지난달에 구만 마리 이상의 쥐들을 잡아 죽였다고도 했다.

　1911년 12월 2일 새벽 4시, 아버지의 삶을 규율하는 자명종이 울렸다. 날씨가 혹독하게 추워서 얼음처럼 차가운 물로 세수를 하는 동안 이가 딱딱 부딪혔다. 우리는 전날 저녁에 먹다 남긴 차파티를 뜨거운 김이 모락모락 나는 차와 함께 급히 삼킨 다음 칠흑 같은 어둠 속으로 길을 나섰다. 델리 역으로 향하는 국왕폐하 부처의 기차가 두페린 다리 밑을 통과하기 훨씬 전

2　영국 식민지 인도에서 열렸던 영국인을 위한 축하행사.

에 그 다리를 건너야 했기 때문이었다. 얼마쯤 뒤에는 그 다리를 포함하여 델리로 통하는 선로가 악한 자들의 못된 기도를 막기 위한 예방조치로 경찰에 의해 차단될 것이었다.

목적지에 닿기까지 우리는 주위로 밀려드는 수많은 구경꾼들과 함께 근 5킬로미터를 걸어야 했다. 킹즈웨이 캠프 근처의 길들은 대낮같이 밝혀져 있었지만 우리가 자리를 잡았을 때쯤에는 가로등 불들이 꺼졌고, 뒤이어 드넓게 펼쳐진 광장 위로 눈부시게 밝은 태양이 떠올랐다. 광장 한쪽 끝에는 붉은 카펫으로 덮이고 천개(天蓋) 아래에 두 개의 '옥좌'가 놓인 연단이 설치되어 있었다. 그 연단 앞쪽과 양 옆으로는 높이가 제각기 다른 의자들이 줄줄이 늘어 놓여 있었는데, 그 광장에는 틀림없이 30만을 넘는 사람들이 들어차 있는 것 같았다. 나는 속으로 이렇게 물어 보았다. 델리를 빼놓고는 인도 어디에서 그처럼 예의바르고 질서정연한 군중을 볼 수 있겠는가! 사람들은 하얀 제복 차림의 병사들이 지시하는 대로 배당된 자리에 앉았고 누구도 감히 이의를 달지 못했다. 또 고함 소리도, 말다툼을 하는 소리도 없었다. 군악대는 내내 연주를 계속하면서 취주악대가 연주를 끝내면 백파이프들이 애처로운 소리로 울기 시작했고, 그 연주가 끝나면 또 다르게 드럼 소리와 심벌즈들이 부딪히는 소리가 울려 퍼졌다.

갑자기 악대들이 연주를 멈췄고 멀리서 스물한 발의 예포를 쏘는 소리가 들렸다. 국왕폐하 부처가 델리 역에 도착한 것이었다.

한 시간이나 그쯤 뒤에 우리는 시내 쪽으로부터 우리 쪽으로 점점 더 가까워지는 군중의 함성을 듣고 국왕 일행이 출발했다는 것을 알았다. 코끼리들의 긴 행렬이 방울을 딸랑거리며 쿵쿵 다가왔고, 그 뒤로 연대 규모의 악단에 이어 보병, 기병, 그리고 더 많은 악대와 코끼리들이 뒤따랐다. 나는 사진에서 보았던 국왕폐하 부처를 알아볼 수 있을까 해서 지나가는 호우다

³로마다 눈을 돌렸지만 누가 누구인지 알 수 없었다. "왕과 왕비는 어디에 있지요?" 코끼리들이 모두 다 지나가자 내가 아버지에게 물었다. 아버지도 그들을 알아보지 못한 것 같았다. "저 분이 사령관님이시다." 아버지가 말을 탄 키 큰 남자를 가리키면서 말했다. "그리고 저기 하던지 경 옆에 흰 말을 타고 계신 작은 신사분이 국왕이십니다." 아버지 옆에 앉아 있던 남자가 알려주었다. 나는 실망했다. 그는 코끼리 등에 올라 있어야 했다. 국왕이 키 큰 총독 옆에 있는 탓으로, 수염을 기른 분홍색 난쟁이 같아 보였던 것이다. 내 생각엔 틀림없이, 국왕과 왕비가 옥좌로 걸어가기 전까지는 국왕을 알아본 사람이 몇 안 되었을 것이었다. 다음에 연합악대가 국가 '신이여 왕을 구하소서'를 연주하자 사람들 모두가 일어섰다.

우리가 앉아 있는 곳에서는 연설이 한 마디도 들리지 않았다. 하얀 제복을 입은 병사들이 인도 사람들에게 겁을 줘서 제자리에 붙들어 앉힐 수는 있었다 치더라도, 그들이 내내 서로에게 "이것 봐! 저것 봐!" 하면서 떠들어대는 것까지는 막을 수는 없었기 때문이었다. 그런데 갑자기 큰 소동이 벌어졌다. 한 차일(遮日)에 불이 붙고 사람들이 달아나기 시작한 것이었다. "앉아! 앉아!" 백인 병사들이 목청껏 큰소리로 외쳤다. 하지만 누구도 그 말을 들으려고 하지 않았다. 누구에게나 자기 목숨은 이 세상 어느 것보다도 더 소중한 것이니까. 아버지와 나도 사람들과 함께 달아나 몇 분 뒤에는 캠프를 벗어났고, 우리 셋집으로 돌아올 때까지 숨을 돌리려고 멈추지도 않았다.

나는 벵갈과 마하라쉬트라에서 저질러진 이간질꾼들의 불충한 행위에 관한 신문 기사를 읽은 일이 있었다. 이번 화재의 배후에도 아마 그들이 있었

---

3 상교(象轎): 코끼리 등에 얹은 닫집이 있는 가마.

을 것이었다. 시장에서 사람들은 누가 불을 질렀고, 얼마나 많은 사람들이 죽었으며, 국왕과 왕비가 어떻게 구사일생으로 피신을 했는지에 대해 마구잡이 추측들을 하고 있었다. 또 그런 엄청난 일이 벌어진 이상 여러 사람의 목이 달아날 것이고, 틀림없이 정부의 분노가 델리 시에 떨어져 도시의 일부를 불태워 무너뜨리라는 명령이 내려질 것이라고도 했다. 하지만 그날 저녁 우리는 지역 신문들의 호외를 보고 그 불이 전기합선으로 인해 일어났으며 인명손실 없이 곧바로 꺼졌다는 것을 알게 되었다. 또 그 호외에는 정부가 두 가지 중대한 결정을 내렸다는 기사도 실려 있었는데, 하나는 6년 전에 제정된 벵갈 분할법이 철회되리라는 것이었고, 다른 하나는 인도의 수도가 캘커타에서 델리로 옮겨지리라는 것이었다.

커즌 경에 의해 1905년에 만들어진 벵갈 분할법은 그 법이 힌두교도와 이슬람교도를 더더욱 분리시켜 동벵갈에 이슬람 국가를 세우려는 의도라고 여긴 힌두교도들의 분노를 샀다. 그래서 벵갈의 젊은 힌두교도들과 마하라쉬트라 사람들과 몇몇 오도된 시크교도들은 그 법을 무효로 하고 영국인의 통치를 끝장내겠다고 맹세했다. 그 이후로 벵갈에서는 영국군 장교들에게 폭탄이 투척되어 몇 사람이 살해되었고, 구자라트에서는 커즌 경을 승계하여 총독이 된 민토 경의 목숨을 노리는 기도가 있었다. 그리고 런던에서도 유학을 가 있던 한 펀자브 청년이 와일리를 총으로 살해한 사건이 발생했다. 그러자 영국인들은 현명하게도 벵갈 분할법으로 인해 너무 많은 불만이 야기되었다는 사실을 알아차리고 그 법의 철회가 테러를 종식시키리라는 희망에서 그런 결정을 내린 것이었다. 한동안은 그 결정이 효과가 있었다. 하지만 그 결정은 다른 한편으로 영국인들이 폭탄과 권총에 겁을 먹을 수 있다는 인식을 심어주기도 해서, 인도 민족주의자들은 백인종이 갈색인종보다 더 우월하다고 생각하는 것은 잘못이라고 떠들어댔다. 일본인 같은 난쟁이 황인종도 러시아라는 강력한 제국의 백인 차르들을 패퇴시킬 수 있는데, 일억 오천만이나 되는 인도 국민들이 한 줌밖에 안 되는 인도 거주 영국인들을 다진 고기로 만들지 못할 이유가 뭐냐는 것이었다. 인도 사람들 모두가 나란히 서서 오줌을 누기만 해도 인도에 있는 영국인들을 모두 빠뜨려 죽일 수 있다는 것이 그들의 말이었다.

수도를 델리로 이전한다는 결정은 폭넓은 지지를 받았다. 반대를 한 것은 캘커타에서 사업을 벌이고 있던 유럽인들뿐이었다. 그들은 하딘지 경이 배후에서 조종을 했을 것으로 의심하고 그를 몰아내기 위한 캠페인을 벌여 HMG라는 글자가 이제는 '폐하의 정부(His Majrsty's Government)'가 아니라 '하딘지는 가야 한다(Hardinge Must Go)'는 뜻이라고들 했다. 하지만 그들의 노력은 헛수고가 되고 말았다. 델리는 언제나 힌두스탄의 수도였고 전국토의 중심에 더 가까웠다. 또 하딘지 이전에도 델리를 인도의 가장 중요한 도시로 간주한다는 사실을 분명히 암시했던 총독들이 있었다. 1877년에 리튼 경이 빅토리아 여왕을 힌두스탄의 황제로 선언하는 포고문을 읽었던 것도 델리에서였고, 마찬가지로 1903년에 커즌 경이 국왕 에드워드 7세의 즉위를 기념하는 다르바르를 벌였던 곳도 델리였다.

벵갈 분할법의 철회가 일단 선포된 만큼, 국왕이 그 결정을 취소하리라고 의심할 여지는 없었다. 다르바르를 벌였던 날로부터 사흘 뒤 국왕 부처는 킹즈웨이 캠프에 새로운 수도의 초석을 놓았고, 그 다음날에는 영국으로 돌아가기 전에 호랑이 사냥을 하러 네팔로 떠났다.

아버지는 예지력과 돈을 버는 요령이 있는 사람이었지만 또 한편으로는 몹시 인색하기도 해서 땅콩이나 양파, 감자 따위를 놓고 옥신각신 값을 깎기도 했다. "안 쓰는 게 버는 거다." 아버지는 종종 그런 말을 하곤 했다. "지금 은행에다 1루피를 집어넣고 그걸 복리로 늘려봐라. 이자가 이자를 낳는다. 백 년 동안 아무 짓 않고 은행에 앉아 있기만 해도 그 1루피는 십만 루피가 될 거다." 아버지는 영어를 할 줄 모르면서도 영국인 관리들을 구워 삶아 자기가 원하는 것을 얻어낼 줄 알았다. 그들 중 누구인가를 찾아갈 때면 아버지는 언제나 커다란 흰색 터번을 쓰고 검은 코트를 입고 왼쪽 어깨에서 허리까지 금실로 수를 놓은 현장(懸章)을 드리웠다. 그리고 시장에서 구할 수 있는 최상품 과일을 사 우리 과수원에서 나온 것이라며 백인들에게 선물하는 것이었다. 물론 우리에게 과수원이라고는 없었다. 또 우리 고향 마을 하달리에서 나는 과일도 대추야자뿐이었다. 아버지는 내게 이런 말을 하곤 했다. "백인들에게는 절대로 돈이나 보석을 주려고 하지 마라. 그러면 욕을 하고 네 궁둥이를 걷어차서 내쫓을 테니까. 하지만 과일은 달라, 그건 받아들일 만한 선물이거든." 그는 백인들의 하인들과 서기들에게 팁을 주는 데에도 인색하지 않았다. 나중에 아버지는 내게 그 이유를 설명했다. "이건 행하가 아니다. 이건 중요한 투자야." 그 말은 옳았다. 아버지에게 유리한 백인들의 지시는 절대로 관청의 서류철 속에 묻히는 법 없이 그 즉시로 전달되었으니까.

다르바르를 위해 설치되었던 텐트들이 철거되자마자 새로운 수도를 건설하기 위한 계획들이 추진되었고, 맬컴 헤일리가 감독관으로 임명되어 수도개발계획의 책임을 맡았다. 아버지는 헤일리가 우리 고향 근처에 있는 도시 샤푸르를 방문했을 때 그를 만난 적이 있었는데, 그 감독관에게 인사를 드리러 가면서 나도 같이 데려갔다. 그를 만나러 가기 전에 우리는 파테푸리 시장에서 그 철에 구할 수 있는 오렌지, 사과, 그리고 칸다하르 산 석류를 최상품으로만 구입해서 서너 개의 바구니에다 핑크색 포장지와 은색 끈으로 멋지게 포장했다. 바구니 하나는 그 백인의 개인비서에게 선물되었고 다른 바구니에 든 과일들은 하인들 사이에서 나누어졌다. 헤일리에게 아버지가 전에 그를 만나본 적이 있다는 귀띔을 해주고 아버지의 과수원에서 딴 과일을 전해준 사람은 바로 그 개인비서였다. 헤일리는 샤푸르 주위에서는 과일나무가 자라지 않는다는 것을 분명히 알고 있었겠지만, 그럼에도 과일 바구니를 선선히 받아들이고 아버지에게 편자브말로 자기가 뭐 도와줄 수 있는 일이 있겠느냐고 물었다. 그리고 아버지가 나를 그에게 '감독관님 자신의 아들'로 소개시킨 뒤 우리가 건설공사에서 쌓은 경력을 밝히자 종이 쪽지에 우리 이름과 주소를 적고 나서 말했다. "뭔가 할 일이 생기면 연락을 해주겠소."

헤일리에게서 편지가 오기를 기다리는 것 말고는 달리 할 일이 없었으므로 아버지는 다른 유력 인사들—은행 지배인들, 부동산 소유자들, 그리고 델리의 지도층 집안 가장들—을 찾아가보기로 했다. "그 사람들 중 하나가 언제 도움이 될 수 있을지 아무도 모른다. 하지만 중요한 인물이라면 누구하고든 교제를 계속해야 되는 거다." 그것은 아주 지당한 말이었다. 우리는 붉은 성채와 왕실 회교사원을 보러 가기도 하고 시크교 기도소들을 둘러보기도 했다. 기도소들은 델리에 시크교도들이 많지 않은 데다 그들 중 썩 부유한 사람도 없어서 유지 상태가 형편없었다. 심지어는 시크교에서 열리는 일요일 저녁집회도 남자 여자를 합쳐 백 명을 넘지 못했다. 우리가 첫 인사를 하면서 델리에 처음 왔다고 하면 모두들 우리에게 쿠툽 미나르를 보았느냐고 물었다. 그들 말로는 그 탑이 이 세상에서 제일 높고, 꼭대기 층에서는 사방으로 십여 킬로미터에 걸쳐 흩어진 유적지들이 훤히 다 보인다는 것이었다. "언제든 통가를 하나 빌려서 거기에 가봐야겠다." 아버지가 내게 말했다. 하지만 나는 그때쯤 혼자 속으로 꿈꾸기 시작한 것이 있어서 이렇게 대답했다. "저는 제 차를 직접 몰아서 쿠툽으로 갈 겁니다." 그 당시에는 델리에서 가장 부유한, 열 남짓밖에 안 되는 인도인 집에서만 차를 보유하고 있었다. 아버지는 내 야망과 자신감에 뿌듯해진 것이 분명했지만 그러면서도 껄껄 웃고는 내 말을 무시해 버렸다. "뚜쟁이놈아! 차를 사겠다고 하기 전에 돈 버는 법부터 배워라. 너 그게 값이 얼만지 알기나 하니?"

하지만 아버지는 내가 자전거를 한 대 사도록 허락해주었다. 멋지게 빠진 진초록색 영국제 롤리로. 자전거를 배우는 데는 시간이 오래 걸리지 않았고, 그 뒤로 15년 동안 그 롤리 자전거는 내 롤스로이스이자 다임러가 되었다.

영국인에 대해서 말하자면, 그들이 뭘 해주겠다고 약속할 때는 그 말을 액면 그대로 믿어도 된다. 헤일리를 찾아갔다 온 지 한 달 뒤에 우리는 그에게서 자기 사무실로 와달라는 쪽지를 받았다.

우리가 헤일리의 사무실로 갔을 때는 영국인 관리들이 여러 명 나와 있었다. 헤일리는 우리를 토목공사본부의 수석기술자에게 소개만 시켜주었는데, 그 기술자는 우리 인사에 답례도 하지 않고 이러는 것이었다. "도로공사와 직원들의 숙소공사를 시작하도록 하시오. 우선 당신들이 일하는 걸 보고 나서 다른 일들을 생각해봅시다. 내일 아침에 감독기술자를 만나보시오."

아버지는 곧장 토목공사본부 사무실을 찾아가서 누가 누구인지를 알아보았다. 그리고 어떤 서기에게서 감독기술자로부터 그의 하인들에 이르기까지 그곳에서 일하는 사람들 모두의 이름과 주소를 얻어냈다. 돌아오는 길에 우리는 전신전화국에 들러서 고향에 남아 우리 재산을 돌보고 있던 동생에게 인부관리와 회계를 맡아볼 수 있는 믿을 만한 사람을 몇 보내달라는 전보를 쳤다.

다음날 아침, 우리는 사무실로 감독기술자를 만나러 가기 전에 늘 그랬던 대로 '우리 과수원에서 나온' 과일 바구니들을 들고 그의 거처로 찾아가 하인들에게 후한 팁을 안겼다. 감독기술자는 우리를 만나주지 않았지만, 그의 집사가 주인님은 자기 집으로 찾아오는 인도인들을 절대 만나지 않는다고 알려주었다. 지금 이날까지도 나는 그 과일이 그에게 전달되었는지, 아니면 그의 하인들이 먹어치웠는지는 알지 못한다.

우리가 토목공사본부 사무실에 도착한 지 몇 분 뒤에 감독기술자가 차를 몰고 와서 우리를 불렀다. 일은 내가 예상했던 것보다도 더 쉬웠고 다른 입찰자들은 아무도 없었다. 그가 우리에게 알리푸르 가에 있는 임시 사무국 건물 주위로 놓일 길들이 그려진 지도를 한 장 내주고 그 일을 완성하는 데 필요한 경비와 시간의 견적을 이틀 내에 제출하라는 지시를 내렸다. 우리는 인부들을 고용하는 데 필요한 경비와 돌, 시멘트, 모래의 구입 및 운반에 들어갈 경비를 산출하면서 오후 시간을 보냈다. 총액은 20만 루피에 달했다. 다음날 아버지는 견적서에 천 루피짜리 어음을 끼워서 감독에게 제출했고, 그 이튿날에는 감독이 우리를 보러왔다. 그는 우리의 견적을 최저한으로, 그렇더라도 상당한 이익을 남겨주는 선까지 깎아내렸다. 아버지는 그에게 또다시 천 루피짜리 어음과 스카치위스키를 한 병 안겨주었고, 두 사람은 이제부터 시작될 사업의 동반자 관계를 굳히기 위해 서로를 포옹했다. 우리 업계에서는 그런 일이 관행처럼 되어 있어서, 건설계약과 조금이라도 관계가 있는 인도인이라면 누구나 자기 몫을 미리 챙겨 받았다. 영인(英印) 혼혈 관리들 역시 대개는 돈이나 위스키를 기대했다. 그러나 무슨 일이 벌어지게 될지를 알고 있는 영국인 관리들은 크리스마스 선물로 한두 병의 위스키가 끼워 넣어진 과일 바구니 외에는 아무것도 받지 않았다.

내가 그 일에서 요령을 터득하기까지는 그리 오랜 시일이 걸리지 않았다. 우리는 라지푸타나의 바그레 부족 노동자들을 고용하기 위해 대리인들을 보냈는데, 그 불모지는 늘 가뭄과 기근을 겪고 있어서 인부들을 모집하는 것은 어려운 일이 아니었다. 그들은 해 뜰 때부터 해 질 때까지 돌을 깨고,

땅을 깎고, 모르타르와 시멘트를 섞으면서도, 하루에 반루피(여자들에게는 더 적었다)씩만 주면 감지덕지였다. 그리고 매일 저녁마다 무리를 지어 그들의 오두막으로 돌아갈 때면 여자들은 내내 노래를 불렀다. 그런데 돈을 버는 우리는 번 돈을 세며 시간을 보내면서도 다른 청부업자들이 우리보다 더 벌고 있으면 안달을 냈었으니!

1912년 4월, 국왕에게서 인정받은 건축가 에드윈 루트옌스와 도시 건설자 일행이 새로운 수도의 부지를 조사하러 델리로 건너왔다. 그들은 말을 타고 킹즈웨이 캠프 주변과 능선을 거쳐 야무나 강을 따라 마즈눈 카 틸라 상류에서부터 초크라까지 둘러보았다. 그리고 몇 차례 더 코끼리를 타고 그 지역을 다시 답사해본 뒤, 킹즈웨이는 저지대인 데다 강이 너무 가까워서 습하기 때문에 적합지 않다는 결론을 내렸다. 그들은 또 다시 보름 동안 말에 올라 파하르간지와 메라울리 사이의 마을들과 푸라나 낄라 뒤쪽의 야무나 강에서부터 능선까지 두루 둘러보았고, 그런 다음 신도시를 건설하기에 가장 적당한 부지는 말차 마을 주변 지역이며 총독궁과 사무국은 라이시나 언덕 위에 지어져야 한다고 결론지었다. 전에 킹즈웨이 캠프를 신도시 부지로 선정했던 하딘지 경도 그들의 의견에 동의했다. 그들의 국왕폐하가 킹즈웨이에 초석을 놓았다는 사실이 그들에게는 별 문제가 되지 않았다. 그들 말로는 부지에 신성하다느니 뭐니 하는 것은 없다는 거였다. 그 똑같은 초석은 다른 어딘가에 다시 놓일 수도 있었다.

그리고 사실 그렇게 되었다. 헤일리가 사람을 보내 아버지(그때쯤 아버지는 그에게서 가장 신임을 받는 청부업자가 되어 있었다)를 불러서 초석을 킹즈웨이로부터 말차에 있는 새 부지로 옮길 예정이라고 알린 것이었다. 하지만 그 일에 관해서는 누구에게 한 마디라도 새어나가서는 안 되었으므로, 그가 직접 차를 몰아 사프다르 장의 무덤까지 간 다음 걸어서 초석이 다시 박히게 될 말차 부근의 지점까지 우리를 데려갔다. 그 지점 주위로는 철조망이 둘러쳐지고 두 명의 무장경찰이 보초를 서고 있었다.

초석을 파내어 그것을 새로운 부지에 옮겨 박는 일은 아버지가 내게 처음부터 끝까지 다 알아서 하도록 맡긴 첫 번째 일이었고, 나는 감격에 몸을 떨었다. 우선 먼저, 나는 그 돌이 박히게 될 구덩이를 하나 팠다. 그러고 나서 우마차를 한 대 빌리고 그 일을 할 인부들을 여섯 명 골랐다. 우리는 호위를 해줄 경찰도 네 명 배당받았다. 드디어 5월 어느 날 저녁, 나는 인부들과 경찰을 실은 우마차 옆으로 자전거를 타고 해가 진 뒤 킹즈웨이 캠프에 도착했다. 그리고 돌을 파내어 짚단을 깔아둔 우마차에 올려놓고 타르 칠을 한 방수포로 덮었다. 그런 다음 우리는 석유등을 든 사내의 안내로 길을 나섰다. 나도 이번에는 다른 사람들과 함께 우마차 뒤에서 걸었다. 우리는 마치 장례행렬 같아 보였다. 도시를 빙 둘러 가야 했기 때문에 갈 길이 멀어서 우리가 말차에 당도한 것은 자정이 지나서였다. 구덩이에 초석을 박고 모르타르를 채우는 데 한 시간이 또 걸렸고, 일이 다 끝나자 나는 인부들 하나하나에게 보답으로 일 루피씩을 더 주었다. 내가 집으로 돌아갔을 때쯤에는 날이 다 새어 있었다. 아버지가 아침 기도를 하다 말고 일이 어떻게 되었느냐고 물었다. 나는 아버지에게 상세히 설명을 해주었다. 그런 다음 내가 인부들에게 일 루피씩 더 주었다고 덧붙이자 아버지는 내게 뚜쟁이놈이라고 욕을 해댔다.

우리는 이제 더 나은 거처에서 살기에 충분한 돈을 벌고 있었다. (그러나 우리는 여전히 한데로 나가 변을 보는 데 길이 들어 있어서 더럽고 냄새 고약한 변소로 가면 변비가 심해진다는 것을 알게 되었다.)

우리는 토목공사본부에서 거의 전적으로 떠맡고 있던 임시 사무국 건설과 관련해서는 단 한 건의 계약도 따내지 못했고, 그래서 신도시가 세워질 예정인 지역으로 옮아가겠다는 결정을 내렸다. 우리가 이용할 수 있는 노동력과 건축자재들 덕분에 두 개의 방과 부엌, 그리고 안뜰이 딸린 집을 짓는 데는 채 한 달도 걸리지 않았다. 그 집은 어느 옛 밀가루 공장 근처에 지어졌는데, 다른 시크교도 청부업자들도 우리를 본받아서 나중에 구(舊) 방앗간거리라고 알려지게 된 길을 따라 판잣집들을 지었다. 그리고 얼마 안 가서 곧 우리는, 비록 우리가 제각기 다른 지방에서 왔고 또 계급이 서로 다르다고는 해도, 한 가족처럼 지내게 되었다.

루트옌스는 신도시 계획안을 마련하고 총독궁과 사무국을 어디어디에 지을 것인지 정했다. 나는 루트옌스가 애초의 계획에서는 후마윤 황제의 무덤 뒤쪽으로 야무나 강에 댐을 쌓아 붉은 성채에서 푸라나 낄라까지 이르는, 호변도로와 도시를 관통해서 흐르는 수로들이 딸린 거대한 풍치호수를 조성하고 싶어 했다는 말을 들었다. 그 계획안은 어마어마한 경비 때문에 승인을 받지 못했다. 루티옌스는 또 옛 무굴 도시의 성벽과 시장들을 관통해 총독궁에서부터 자미아 회교성원까지 도로를 내고도 싶어 했지만, 그 안 역시 기각되었다. 그러나 나머지 계획안들은 총독의 승인뿐 아니라 루트옌스가 영국으로 돌아가서 알현한 국왕 조지의 승인도 받았다. 루트옌스는 작업을 분담하기 위해 옛 동료인 허버트 베이커를 데려왔다. 도시의 전반적인 설계 외에도 총독궁과 전승기념 아치의 설계는 루트옌스가 맡았고, 베이커는 사무국과 국회를 설계했다. 그 나머지 일은 두 사람 사이에서 균등하게 배분되었다. 그 두 사람은 여러 해 전부터 서로를 알고 있었다. 베이커는 남아프리카에서 건물들을 설계했었을 때 루트옌스를 자기의 동료 건축사로 택했었고, 루트옌스는 뉴델리를 건설하는 일에 베이커를 파트너로 택함으로써 그 경의 표시에 보답을 하고 있는 것이었다. 그랬으므로 사람들은 그 둘이 좋은 친구라고 생각했지만, 루트옌스가 왕실과 총독 부인에게서 얻은 인망과 그의 재능에 대한 질투심이 베이커의 마음을 괴롭히고 있었다.

루트옌스는 통찰력이 있는 사람이었다. 그도 베이커도 인도의 옛 궁전들과 회교사원들, 힌두교 사원들을 그리 높이 평가하지는 않았지만 설계에는 인도적인 특징들을 가미하기로 합의했다. 내가 그에게서 가장 큰 감명을 받았던 것은 도로가 놓이기도 전에 계획안에 있는 길들을 따라 나무를 심으라고 지시한 것이었다. 그의 지시에 따라 적합한 종류의 묘목들을 기르기 위한 대규모 종묘원이 세워졌다. 루트옌스는 벵골보리수라든가 넴나무, 타마린드 같은 더디 자라지만 육중하고 오래 사는 수종들을 원했다. 그러나 관청의 원예가들은 자기네 멋대로 동아프리카에서 소시지나무4와 아프리칸 튤립트리 같은 이국적인 나무들을 수입했다. 루트옌스는 앞으로 200년 동안 시민들의 요구에 부응할 도시를 설계하겠다는 말을 했고, 또 어느 날엔가는 영국인들이 인도를 떠나고 인도인들이 직접 국사를 관리할 것이라고도 예측했다. 나는 그가 인도인 민족주의자들 편을 드는 머리가 좀 이상한 영국인이었는지 아닌지는 모르지만, 그의 아내는 그렇다고 알려져 있었다. 또 그녀가 마드라스5로 달아났으며 구세주로 찬양 받은 어떤 힌두 청년과 불륜의 연애를 하고 있다는 소문이 돌기도 했다. 하지만 내가 말할 수 있는 것은 그의 사무실과 방갈로에서 루트옌스를 여러 번 보았는데도 그의 아내는 한 번도 본 적이 없다는 것과, 영국인들은 루트옌스 부인 얘기가 나오는 것을 좋아하지 않았다는 것뿐이다.

델리에서 첫 여름을 보내고 난 뒤 우리는 그곳에 터를 잡기로 결정했다. 델리는 메마른 우리 고향 마을보다 덜 더웠고, 특히 우기에는 아주 쾌적했다. 그리고 무엇보다도, 그곳에서 우리는 꿈꾸어 왔던 것 이상의 돈을 벌고

---

4 소시지 모양의 커다란 회색 열매가 주렁주렁 달리는 아프리카산 나무.

5 인도 동남부의 주.

있었다. 가을이 되자 우리는 살던 집에 방을 몇 개 더 달아 붙이고 정원사 한 명과 하인 둘을 고용했다. 어머니와 아내, 그리고 아이들도 건너와서 살림을 합쳤다. 우리가 서기, 십장, 창고 관리인으로 고용한 우리 마을 출신의 여러 다른 집안들도 그렇게들 따라 했고, 그 이후로 우리는 친척들의 결혼식이나 알고 지내던 사람들의 장례식이 있을 때만 고향 마을을 찾아갔다.

국왕 부처를 위한 다르바르가 있은 지 정확히 1년 뒤에 또 다른 다르바르가 열렸다. 이번에는 총독 부처가 공식적으로 델리에서 거주하게 된 것을 기념하기 위한 행사였다. 델리 역과 붉은 성채에서 그들을 맞아들이기 위한 공들인 준비가 이루어졌다. 그들은 코끼리를 타고 퍼레이드를 벌이며 시청 앞 광장과 찬드니 초우크를 지나 붉은 성채로 가게 될 것이었다. 1년 전에 그랬던 것처럼 여러 차례의 예행연습이 치러졌고, 만에 하나라도 불상사가 생겨나 그 엄숙한 행사를 흐리는 일이 없도록 대단한 예방조치들이 취해졌다. 그 준비를 책임지고 있던 헤일리는 위해(危害) 기도를 염려해서 범죄수사대 병력을 동원해 길가에 있는 상점이나 집들에 어떤 테러리스트도 잠복하지 못하도록 수색했다. 그리고 찬드니 초우크에 있는 집들의 옥상에는 무장경찰들이 배치되었다. 하지만 나는 그때까지 영국에 대해서 나쁜 말을 하는 델리 사람을 만나본 적이 없었기 때문에 그런 예방조치들이 지나치다고 느꼈다.

국왕 부처를 위한 다르바르 때처럼 총독 부처를 위한 다르바르 날에도 우리는 새벽 네 시에 일어났다. 총독과 총독 부인이 정오가 넘어서야 도착할 예정이었기 때문에 그럴 필요까지는 없었지만, 행렬을 지켜볼 수 있는 곳에 자리를 차지하려는 흥분과 조바심이 너무 컸고, 그래서 예정시간을 훨씬 앞질러 행사장에 다다르려고 안달을 내다보니 그렇게 된 것이었다. 1912년 12월 23일 아침은 푸른 하늘에 구름 한 점 없는 차갑고 맑은 날씨였다. 태양이 떠오를 때쯤에는 모든 꽃들과 풀잎들이 이슬에 깨끗이 씻겼다. 그것은 내가 델리로 온 이래 보았던 그 어떤 날보다도 더 완벽한 하루의 시작이었다.

우리는 오전 11시에 집을 나섰다. 우리 가족과 우리 집에 딸린 하인들, 서기들, 그 가족들을 태우려고 우리는 통가를 네 대 세내었지만, 길을 꽉 메운 군중들이 아주 더디게 움직이고 있어서 수백 명의 노동자들과 그 아내들하고 같은 속도로 갈 수밖에 없었다. 우리는 아지메리 문에서 통가들을 돌려보내고 걸어서 매춘가 차우리 시장과 나이 사락을 지나 정오가 좀 넘어서 시계탑 앞에 이르렀다. 하지만 그곳에도 이미 군중들이 몰려들기 시작하고 있어서 다시 찬드니 초우크를 따라 시크교 기도소까지 갔다. 그날 기도소 문지기들은 시크교도만 들여보내라는 지시를 받았고, 그 덕분에 우리는 찬드니 초우크 맞은편에 있는 샘 앞쪽의 발코니를 통째로 차지할 수 있었다.

예포들이 발사되는 소리로 우리는 총독의 기차가 도착했음을 알았다. 하딘지 경 부처는 역에서 몇몇 토후국 왕들의 영접을 받았고, 시청 청사에서는 델리 시민대표단이 그들에게 환영사를 올렸다. 행렬을 선도하는 경찰악대가 발코니 아래쪽으로 지나가자 우리는 시청에서의 환영연이 끝나고 하딘지 경 부처가 출발했다는 것을 알았다. 경찰악대에 이어 백파이프를 연주하는 스코틀랜드 고적대와 시크기병대, 그리고 다른 군대들이 뒤따랐다. 우리가 있는 곳에서는 시계탑 너머로 멀리까지는 볼 수 없었지만, 나는 코끼리 행렬이 쿵쿵거리며 천천히 우리 쪽으로 다가오는 것을 보았다. 그 코끼리들은 열 마리가 넘었는데 총독과 총독 부인은 여덟 번째 코끼리, 프리드코트 토후국 왕이 그 행사를 위해 빌려준, 인도에서 가장 큰 가주마트라는 코끼리에 올라 있었다.

갑자기 행렬이 멈춰서면서 사람들이 목청껏 소리를 질러대기 시작했다.

나는 요란한 폭발음을 분명히 들었지만 그것이 폭죽인지 폭탄인지는 알 수 없었다. 행렬을 선도하던 네 코끼리들은 이제 우리에게서 몇 미터밖에 안 떨어진 곳에 멈춰 서 있었다. 몇몇 사내들이 찬드니 초우크에서 샛길로 도망치는 것이 보였고 옥상에 있던 사람들도 사라졌다. 길을 따라 시계탑 쪽으로 달려가는 몇몇 사내들이 고함을 치고 있었다. "달아나! 달아나!" 그 밖에 내가 들을 수 있었던 말은 "폭탄"과 "죽었다" 뿐이었다. 누군가가 총독의 코끼리에 폭탄을 던져서 총독과 그의 부인과 시종들을 죽인 것이었을까?

우리는 아연실색해서 고개를 어느 쪽으로 돌려야 할지도 알 수 없었다. 만일 총독이 살해되었다면 그 다음에 뒤따라올 일이 무엇인지는 뻔했다. 기도소 왼쪽으로 경찰서를 사이에 두고 불과 몇 미터밖에 떨어지지 않은 곳에 수네리 회교사원이 있었다. 나디르 샤가 어떤 흉한이 자기에게 총을 쏘았다는 이유로 델리 시민들을 학살하라는 명령을 내렸던 곳도 바로 그 회교사원이었다. 백인들은 여간해서 화를 내지 않지만 일단 화가 났다 하면 그 분노는 엄청날 수도 있었다. 1857년에 세포이 반란을 진압한 뒤 그들은 바로 이 찬드니 초우크에서 수백 명의 사람들을 목매달았고, 왕실 회교사원 앞에 있던 상점들과 저택들이 들어찬 구역을 통째로 날려버렸었다. 우리는 기도소의 문들을 닫고 구루의 말씀이 낭송되는 것을 경청하기 위해 성서 봉독자님 주위로 모여들었다. 델리 시는 그 운명을 기다리고 있었다.

우리는 날이 어두워질 때까지 기다렸다가 기도소를 빠져나왔다. 통가도에카[6]도 구할 수가 없어서 인적 없는 길을 따라 어둠을 뚫고 집까지 걸어야 했다. 그렇게 걸어오는 동안 내내 아버지는 계속 "와 구루! 와 구루!" 하고 중얼거렸다.

---

6 4륜 마차.

그날 밤 나는 잠을 제대로 잘 수 없었다. 만약 총독이 살해되었다면 무슨 일이 벌어지게 될까? 그렇더라도 여전히 뉴델리 건설이 그대로 계속 추진될까? 그런 일을 겪고 나서 영국이 인도인을 믿으려고나 들까?

전날 벌어졌던 일에 대해 사실을 알게 된 것은 조간신문을 통해서였다. 어떤 은행 건물 지붕에서 폭탄이 하나 던져져 총독의 우산을 받드는 시종이 죽었고 중상을 입은 총독은 즉시 승용차에 실려 병원으로 후송되었다는 것이었다. 또 총독의 개인비서도 부상을 입었지만 같은 코끼리에 타고 있던 총독 부인과 다른 시종은 무사하다고 했다. 붉은 성채에서의 행사는 그럼에도 불구하고 풀리트우드 윌슨 씨가 총독을 대신하여 선언문을 읽음으로써 예정대로 거행되었다.

그렇잖아도 신도시 건설에 별 관심이 없던 하딘지 경은 그 프로젝트에 흥미를 싹 잃고 말았다. 그가 부상에서 회복되기까지는 상당히 오랜 시일이 걸렸는데, 차츰차츰 그는 루트옌스의 거창한 계획들에 짜증이 나서 허버트 베이커의 조언에 귀를 기울이기 시작했다. 남편의 열정을 지속시키기 위해 최선을 다했던 총독 부인은 루트옌스 편을 들었지만 그녀는 얼마쯤 뒤 병이 들었고 영국으로 돌아가 대수술을 받은 뒤 곧 사망했다. 그때쯤 신문들은 유럽에서 전쟁이 터졌다는 소문들로 가득 채워졌다. 전쟁이 치러지는 동안 누가 신도시 건설을 생각할까? 만일 영국이 패한다면 뉴델리는 없을 것이었다.

1914년 8월, 영국은 독일에 선전포고를 했고 하딘지 경이 인도를 대신해서 포고문을 읽었다. 맬컴 헤밀리가 사람을 보내 아버지를 불렀다. 그가 보낸 쪽지에는 나도 같이 데려와야 한다고 적혀 있었다. 그는 매우 친절했지만 자신의 뜻은 분명히 밝혔다. "수잔 싱(그것이 아버지의 이름이었다), 당신도 인도가 독일과 전쟁 상태임을 알고 있소. 우리는 전선으로 보낼 투사들을 많이 필요로 하게 될 거요. 당신은 이 나라에서 가장 훌륭한 투사들을 배출한 지역 출신이니까 하달리로 돌아가서 입대할 남자들을 모집하시오. 그 보상은 충분히 받게 될 거요."

아버지는 헤일리에게 최선을 다할 것이며 영국이 승리를 거두도록 신께 기도겠다고 다짐했다.

우리는 업무를 분담했다. 나는 델리에서 사업을 돌보고, 아버지는 샤푸르 지방에 있는 마을들을 찾아다니기로. 그 지방에는 할 일 없이 노는 젊은이들이 많아서 아버지가 신병을 모집하는 데는 별 어려움이 없었다. 모집에 응한 젊은이들은 대개가 군복무 중인 친척을 둔 발루치 회교도들이었는데, 아버지는 용케도 그 외에 몇몇 시크교도들까지도 입대를 하도록 설득했다. 그 결과 겨우 이백 가구나 될까 말까한 우리 작은 마을 하달리에서 437명의 신병들이 모집되었다. 아버지는 내가 그 명단을 헤일리에게 보여줄 수 있도록 내게로 보냈고, 그 이후로 나는 상당히 유리한 조건으로 더 많은 계약을 따내는 데 아무 문제가 없었다. 헤일리는 또 정부 측에서 민간인들이 상점, 레스토랑, 호텔, 극장 등을 개설함으로써 신도시 건설에 동참하기를 원하는 만큼, 우리가 뉴델리에서 땅을 사고 싶은 만큼 얼마든지 살 수 있게 해주겠다고도 약속했다.

전쟁이 계속되는 동안에는 어떤 중요한 건설공사도 시작될 수 없었다. 총독이 전쟁을 승리로 이끄는 데 총력을 기울여 인도 전역과 중동지방을 여행하느라 바빴기 때문이었다. 또 그의 마음은 가정에서 생겨난 비극으로 분산되고도 있었다. 그의 아내가 죽은 뒤 장남이 프랑스의 어느 전투에서 치명상을 입은 것이었다. 또 몇 달 사이에 그의 부관 세 명이 살해되기도 했다.

영국인들은 몇 달 내에 승리하리라고 기대했던 전쟁을 질질 끌었다. 그들은 우리가 믿게 되었던 것처럼 무적이 아니었다. 그리고 또 우리 쪽 사람들이 수천 명 그들 편에서 싸우고는 있었더라도, 우리는 인도인이었기에 그들이 당한 패배를 은근히 즐거워하기도 했다. 그래서 전쟁 얘기가 화제로 떠오르기만 하면 이 사람 또는 저 사람이 어느 우르두 시인의 말을 인용하는 것이었다. "영국인들은 승리를 거두지만 영토를 빼앗는 건 독일인들."

하딘지 경은 총독 임기가 끝난 뒤에도 6개월 더 그 자리에 남아 있어달라는 권고를 받았다. 그의 뒤를 이어 다음 번 총독이 된 첼름스포드 경은 수도(首都) 건설계획에 그의 전임자가 임기 후반에 그랬던 것보다도 더 성의를 보이지 않았다. 또 루트옌스와 베이커가 완전히 갈라서서 서로에게 이야기조차 하지 않는다는 사실도 알려져 있었다. 나로서는 세계적으로 가장 유명한 두 건축가가 총독궁과 사무국의 상대적인 높이라든가 사무국에서 총독궁으로 통하는 도로의 경사 같은 하찮은 문제들로 그처럼 흥분을 하는 것이 믿기지 않았다. 루트옌스는 총독궁이 멀리에서도 보일 수 있도록 그 궁전을 더 높은 곳에 짓고 도로의 기울기를 그에 맞추고 싶어 했다. 그러나 베이커는 총독궁이 경사면을 반쯤 올라갔을 때 눈에 들어오도록 두 건물을 같은 높이에 짓고 도로를 완만한 오르막으로 하고 싶어 했다. 그 문제는 베이커 편을 들었던 하딘지에게 맡겨졌다가 속편하게 전임자의 뜻에 따르기로 한 첼름스포드에게 다시 맡겨졌다. 내게는 (그때 나는 영어 개인교습을 받고 있었다) 그것이 침소봉대의 적절한 예로 보였다. 루트옌스가 원한 것은 진입로의 각도에 약간의 변화를 주는 것뿐이었다. 사람들은 그것을 '경사도 싸움'이라고 불렀는데, 그것은 또한 건물의 기초도 박히지 않은 상태에서 공중누각을 짓는 예이기도 했다.

전쟁이 오래 끌릴수록 인도 정치가들은 다루기가 더 힘들어졌다. 우리의 전사들을 돕기 위해서는 손가락 하나 까딱하지 않으면서도, 자기네에게 더 많은 특권을 가져다주게 될 자치를 요구하는 데서는 가장 요란했던 것이 바니아와 법률가들이었다. 첼름스포드는 나약한 남자여서 굴복을 하고 런던에 있는 그의 정부에 더 많은 권력이 인도인들에게 맡겨져야 한다는 서한을 보냈다. 1917년 11월, 서른여덟 살 된 유태인 에드윈 몬터규가 상황을 알아보기 위해 인도로 건너왔다. 그리고 근 여섯 달을 인도에 머물면서 총독과 함께 양두(兩頭) 정치라고 알려지게 된 정교한 개혁안을 마련했다. 지방에서는 더 많은 부서들이 선출된 의원들에 의해 관리될 것이고 중앙에서는 총독의 고문 여섯 명 중 세 명은 인도인으로 임명될 것이었다. 또 토후국의 왕들도 각기 그들 자신의 의회를 갖게 될 터였다. 그러나 그 개혁이 실행에 옮겨지려면 전쟁이 성공적으로 끝나기를 기다려야 했다.

1918년 11월, 불시에 전쟁이 끝났다. 이제는 우리에게 약속되었던 보답이라는 수확을 거두어야 할 때였다. 우리는 기대 이상으로 잘 해내서 펀자브 운하 구역에 있는 넓은 면적의 토지들을 불하받았다. 그리고 내게는 뉴델리에서 원하는 구획을 매입할 수 있는 선택권이 주어져서 중요한 건물들을 짓기 위해 감독들이 초청되었을 때 사무국과 전승기념 아치 남쪽의 블록과 여러 곳의 직원숙소 건축계약을 따냈다. 그때쯤에는 늙어서 더 온화한 노인이 되어 있던 아버지는 사령관님 칭호를 수여받았다. 아버지가 아직 살아 있었어도 나는 실질적인 가장이 되어 동생에게 펀자브의 토지들과 재산을 돌보게 했다. 그리고 나 자신은 전적으로 건축 일에 매달려 내가 직접 차를 몰아 쿠툽 미나르로 가겠다는 야망을 실현시키기 위해 돈을 벌고 있었다.

4년간의 전쟁이 끝났어도 인도에는 평화가 찾아오지 않았다. 우리는 전쟁 중에 더 평화로웠고 전쟁이 끝나자 더 혼란스러웠다. 나는 명예치안판사가 되어 있었기 때문에 그런 혼란 가운데 몇 가지를 내 눈으로 직접 목격했고, 시내에서 말썽이 생기거나 하면 경찰서로 와달라는 부관무관의 요청을 종종 받곤 했다.

그 무렵, 간디라는 새로운 지도자가 등장해서 반정부 운동에 이슬람교도들까지 힌두교도 편으로 가담시켰다. 그 당시 인도는 수백만 명의 목숨을 앗아간 독감 전염병과 연이은 흉작으로 야기된 기근 때문에 엄청난 곤경을 겪고 있었다. 그런데도 간디는 엎친 데 덮친 격으로, 전쟁이 끝난 만큼 정부는 전쟁 수행 기간 동안 쥐고 있던 권력을 포기하라고 요구했다. 더더욱 고약한 것은, 그가 승리를 거둔 영국에게 칼리프[7]의 터키제국에서 손을 떼라고 요구하는 일단의 이슬람교도들을 지원하고 있다는 사실이었다. 터키나 칼리프가 인도 인구의 80퍼센트 이상을 점하는 힌두교도와 시크교도들에게 무슨 상관이란 말인가! 하지만 그 계략은 먹혀들었다. 나는 힌두교도와 이슬람교도들이 같은 물 가게에서 물을 마시고, 서로 팔짱을 끼고서 "힌두교도와 이슬람교도는 형제" 라고 흥얼거리며 시장들을 휘젓고 돌아다니는 것을 보았다. 심지어는 이슬람교도들이 왕실 회교사원에서 열린 금요일 집회에 힌두교도인 쉬라드하난드를 초청해서 연설을 하게까지 했다. 정부는 대단히 공정하게도 간디가 델리로 들어오지 못하도록 금지시켰다. 그러자 이 작자는 라호리와 암리차르를 비롯한 여러 마을과 도시들에서 시끄러운 일이 꾸며지고 있던 펀자브로 가려 했고, 그것이 아프가니스탄 왕 샤 아마눌라를 부추겨 인도를 침략할 계획을 짜게 했다. 정부는 그 상황에 철권으로 대응했다. 3주 동안 나는 거의 하루 온종일과 밤까지 선동된 폭도들을 해산시키는 경찰을 돕는 일에 참여했다. 암리차르에서는 다이어 장군이 잘리안왈라 바그에서 열린 불법 집회에 총격을 가해 350명 이상을 사살하고 천 명 이상에게 부상을 입혔다. 그 지방은 군법 하에 놓여서 소요 가담자들

---

7 이슬람 국가의 왕.

은 공개적으로 매질을 당했고, 그들의 재산은 몰수되었으며, 주동자들은 추방당했다. 그리고 아마눌라는 침략을 개시하기도 전에 왕좌에서 쫓겨났다. 1919년과 1920년은 분명히 인도에는 몹시 안 좋은 해였지만, 그 2년은 내 꿈이 실현되기 시작한 해였다.

이제 정부가 신도시 건설을 추진하는 데 방해가 될 일은 아무것도 없었다. 먼저 델리 남쪽으로 30여 킬로미터 떨어진 바다르푸르 마을에서부터 오늘날의 코노트 서커스까지 이어진 협궤철도가 놓였다. 제국 델리철도라고 명명된 그 철도는 붉은 자갈, 사암, 그리고 잡석 등을 건설 현장으로 운반하기 위한 것이었다. 이어서 두 동의 거대한 작업장이 세워져 그 아래에 돌을 자르는 기계들이 설치되었고, 돌과 대리석을 원하는 형태로 쪼아내기 위해 수천 명의 석공들이 고용되었다. 방글라데시에서 인부로 일하러 온 오만 명 이상의 남녀들이 몰려들어 나 혼자만도 50명 이상의 서기와 회계원들, 그리고 삼천 명이 넘는 인부들을 거느리게 되었다. 입법기관에서 정치꾼들이 수도 건설 계획을 범죄적인 돈의 낭비라고 비난하며 떠들어대고 있을 동안 우리는 인도가 그때껏 알지 못했던 새로운 도시를 계속 세워 올리고 있었다.

1920년 겨울이 되자 상황이 더 나은 쪽으로 돌아가기 시작했다. 아버지가 시골로 내려가 동생과 함께 살기로 결정을 내린 뒤로 내게 딸린 식구는 델리에서 함께 살고 있는 가족(그때쯤 내 가족은 아내와 세 아들, 그리고 딸 하나로 이루어져 있었다)뿐이었다. 이제 나는 차를 살 여유가 있었지만 아버지의 반응이 어떨지 몰라―그는 사치스러운 낭비에 대해서는 아주 단호했다―승용차 대신 2인승 사륜마차와 말을 한 마리 사서 아이들을 다르야간지에 있는 학교로 데려다주고 이곳저곳에 있는 건축공사장들을 둘러보았다. 그 시절 나는 밤 열 시 이전에 집으로 돌아오는 일이 거의 없었다. 그러나 때로는 하루 일이 끝난 뒤 친구들을 찾아가 위스키를 한두 잔 마시거나 차우리 시장에서 온 창녀들이 공연하는 가극을 보러 가기도 했는데, 아버지가 델리에서 함께 살고 있었더라면 감히 생각도 하지 못했을 일이었다.

나는 대여섯 명의 다른 시크교도 청부업자들이 집을 소유하고 있던 잔타르 만타르 가에 내가 살 이층집을 한 채 지었다. 비록 내가 그들보다 더 많이 벌고는 있었어도, 그들은 나보다 더 많은 돈을 쓰고 있었다. 그들 중에서 석재와 대리석 공급 계약을 맺은 한 청부업자는 돌과 대리석으로 델리에 있는 어떤 개인 거처보다도 더 큰 궁전 같은 저택을 지었고, 아버지가 강도단원이었던 다른 사람은 내 반만큼도 벌지 못하면서 승용차를 두 대나 사들였다.

어느 여름날, 나는 동생에게서 아버지가 몸져누웠으니 최대한 빨리 내려오라는 전보를 받았다. 당시 그들은 내 동생이 조면(繰綿)공장을 운영하면서 500평방킬로미터 이상의 땅을 소유하고 있던 미안 찬눈에 살고 있었는데, 아버지는 철도 당국을 설득해서 가장 가까운 역에다 아버지의 이름을 따서 수잔 싱 역이라는 이름을 붙이게도 했었다. 나는 시간에 맞춰 미안 찬눈에 도착했다. 아버지는 마치 세상에서의 마지막 숨을 쉬기 전에 나 보기를 기다리고 있던 것처럼 보였지만 내가 침대머리로 다가서자마자 사업에 대해서 이것저것 묻기 시작했다. 그리고 가쁜 숨을 몰아쉬면서도 무리를 하면 안 된다고 계속 만류하는 의사들의 말을 들으려고도 하지 않았다. 아버지가 동생과 내게 청산하지 못한 빚을 십만 루피나 남기게 되었다면서 감정이 격해져 울었다. 우리는 아버지에게 그 일이 마음에 걸리면 우리 둘의 재산이 천만 루피는 되니까 지금 당장이라도 채권자들에게 수표를 발행해서 청산할 수가 있다고 안심을 시켰다. "그럴 수야 있겠지." 아버지가 숨을 헐떡이는 사이사이 대답했다. "하지만 사람은 세상을 떠나기 전에 자기가 진 빚을 하나하나 다 갚아서 셈을 맞춰야 해." 아버지는 이제 몸이 너무 약해졌다며 울었고, 우리는 아버지가 울고 있어서 울었다. 한참을 운 뒤에 아버지가 어머니와 동생, 그리고 나 외에는 모두 방에서 나가라고 일렀다. "나는 지금 너희 두 형제가 너희 어머니 앞에서 서로 도와주고 어느 한 쪽이 이익을 보건 손해를 보건 무엇이든 똑같이 나누겠다고 약속을 해주었으면 한다." 우리 두 형제가 서로를 껴안고 아버지가 양팔로 우리를 두를 수 있도록 몸을 숙이자, 세상 경험이 많은 사람으로서 아버지가 몇 마디 덧붙였다. "만일 너희가 어쩌다라도 집안 재산을 나누기로 한다면 우애롭게, 세상 사람들이 아무도 모르게 나누어라. 그리고 너희 사이에서 조금이라도 다툼이 생기면 너희 어머니의 결정에 묻지 말고 따르거라." 그 동안 내내 아버지의 발을 주무르고 있던 어머니가 슬픔을 참지 못하고 울부짖기 시작했다. "나를 두고 떠난다는 말은 하지 마세요. 의사들이 다 괜찮아질 거래요. 위대한 구루가 당신에게 건강을 주실 거예요."

의사들이 아버지에게 갖가지 다른 약을 투여했지만 구루는 장부를 덮었다. 반시간쯤 뒤에 아버지가 벌떡 일어나서 뭔가를 찾는 것처럼 주위를 둘러보더니 하품을 하듯 입을 크게 벌려 헐떡이고는 베개 위로 쓰러지면서 숨을 멈췄다. 어머니가 아버지의 눈을 쓸어 감기고 울부짖으며 고인을 애도했다. "내 빚은 단 한 분뿐인 신의 이름. 그 이름은 슬픔."

부음은 신속하게 시내로 퍼져나갔고 반시간도 채 안되어 시크교도들, 힌두교도들, 이슬람교도들 할 것 없이 모두 다 조문을 온 것 같았다. 직업적인 여자 대곡(大哭)꾼들이 무리를 지어 몰려와 가슴을 치고 고인을 찬양하는 기도를 줄줄이 읊었다. 그날 저녁 고인의 장례행렬은 색종이 끈과 풍선들로 장식되었고, 시립(市立) 악대에 이끌리는 이천 명 이상의 문상객들이 뒤를 따랐다. 문상을 온 부인들은 자기네 아이들이 우리 아버지처럼 오래살 수 있도록 관가 밑으로 걷게 했다. 우리 집안에서는 노인의 죽음을 슬퍼하는 것이 아니라 세상의 굴레에서 풀려난 것으로 여겨 축하를 하는 것이 관례였는데, 아버지가 세상을 뜬 나이는 예순다섯이었다.

동생과 함께 열흘 동안의 애도 기간을 보낸 다음 나는 아내와 아이들을 데리고 델리로 돌아왔다. 몇 달 뒤에 아내는 막내로 아들을 하나 더 낳았다. 그리고 다시 몇 달 뒤 나는 얼마 안 있어 영국으로 돌아가게 되어 있는 영국인 기술자에게서 중고 올즈모빌 승용차를 한 대 구입했다. 그는 내가 계약을 따내는 데 도움을 주곤 했었으므로 나는 그에게 중고차 대금으로 새 차 값을 주었고, 그는 가격이 부풀려진 내 청구서들을 모두 통과시켜줌으로써 더 많은 보상을 해주었다.

나는 운전을 할 줄 몰랐기 때문에 일터까지 태워다주면서 운전하는 법도 가르쳐 줄, 운전교습면허증이 있는 이슬람교도 운전사를 하나 고용했다. 나는 내가 직접 차를 몰아 쿠툽 미나르로 가겠다는 결심을 버리지 않고 있었다.

운전을 배우는 데는 한 달이 걸렸다. 운전면허는 내가 명예치안판사였던 덕에 시험에 통과하지 않고서도 받을 수 있었다. 대망의 날이 다가오자 나는 식구들에게 다음 일요일에 쿠툽 미나르로 소풍을 갈 것이라고 알렸다. 아내는 거창한 준비를 하고 감자와 과일로 속을 넣은 빵들로 여러 개의 바구니를 채웠다. 스무 명이 충분히 먹고도 남을 양이었다. 내가 운전대를 잡았을 때 차 안에 있는 사람은 열 명 가까이 되었다. 운전사가 크랭크 핸들(그 시절에는 자동시동장치가 없었다)을 돌리자 자동차가 부르릉거리며 살아났다. 아내와 아이들과 하녀는 뒷좌석에 빽빽이 겹쳐 앉았고 사무장과 운전사는 앞좌석에 나하고 같이 앉았다. 그리고 양쪽 발판에는 네 명의 하인들이(한쪽에 두 명씩) 올라섰다. 우리는 떠들썩하게 "진리를 위해 돌진"을 외치며 출발했고, 내 옆쪽 발판에 서 있던 하인 하나가 길을 가는 동안 내내 경적을 울렸다. 우리가 사프다르 장의 무덤을 거쳐 유스프 서라이와 하우즈 카스 근처의 황무지에 흩어진 수백 채의 다른 옛 건축물들을 지나자 갑자기 쿠툽 미나르가 한눈에 확 들어왔다. 모두들 소리를 질렀다. "봐, 저기에 쿠툽 미나르가 있어!"

하인들이 풀밭에 깔자리를 펴고 음식을 늘어놓는 동안 우리는 쿠툽 미나르의 그 많은 계단을 다 올라가 아래쪽으로 펼쳐진 유적지들을 내려다보았다. 그리고 다음에는 탑에서 내려와 회교사원을 둘러보다가 한복판에 세워져 있는 쇠기둥을 끌어안아보려고 했다. 나는 역사라든가 건설자들의 이름, 또는 건축을 한 연유 같은 것에 대해서는 아는 게 별로 없었지만 큰아들이 우리에게 쿠투부딘과 알타마시, 그리고 알라우딘이 델리에 건설했던 첫 번째 이슬람 도시에 대해 알려주었다. 그 아이가 학교에서 짧은 기간에 그처럼 많은 것을 배웠다는 것이 기꺼웠다.

우리는 감자와 과일로 속을 채운 빵을 먹었고 아이들은 기념물들을 구경하면서 돌아다녔다. 나는 깔자리에 누워 흘러가는 조각구름들을 배경으로 흔들리는 것처럼 보이는 구툽 미나르를 응시했다. 그 탑을 세운 청부업자들은 그 일로 얼마나 벌었을까? 그들이 옛 건축물들에서 다량의 석재와 대리석을 훔쳐냈으리라는 것은 안 봐도 뻔한 노릇이었다. 그들은 훔쳐낸 것을 새 것이라고 속여 팔았을까? 그들도 청구서를 통과시키기 위해 건축가와 감독들에게 뇌물을 주었을까? 시멘트나 콘크리트를 쓰지 않고서도 그들은 어떻게 천 년을 견디는 건축물을 지을 수 있었을까? 내가 짓고 있는 건물들은 오백 년을 견딜까? 내가 그 건물들을 지었다고 알아줄 사람이 있을까? 아니면 그 건물들은 루트옌스나 베이커, 또는 그 건물들이 착공되거나 준공되었을 때 재임했던 총독들의 작품으로만 알려질까? 어쨌거나 그날은 내 소망들 중의 한 가지가 실현된 날이었으므로 그런 생각들로 마음이 무거워지지는 않았다. 나는 내 차를 직접 몰아 쿠툽으로 왔으니까. 이제 곧 나는 해마다 새 차를 살 수 있을 것이었고 부자, 백만장자가 되는 탄탄대로를 달리고 있을 것이었다. 그런 내가 이 삶에서 무엇을 더 바랄 수 있었을까?

1921년 1월, 국왕의 숙부인 코노트 공작이 델리를 방문했다. 그때만 하더라도 델리는 사람이 살지 않는 도시 같아 보였다. 눈에 띄는 것이라고는 양 옆으로 어린 나무들이 늘어선 넓은 도로변에 세워진 몇 채의 단층 목조가옥들뿐이었다. 총독궁과 두 동의 사무국 건물, 그리고 전승기념 아치 공사는 예정보다 훨씬 뒤처져 있었다. 그럼에도 불구하고 총독은 공작의 방문을 영원히 기억할 만한 일로 기념하기 위해 안달이 나서 공작에게 사무국 건물 가까이에 위치하게 될, 토후국 왕들의 회의소가 포함된 새 입법부 건물의 초석을 놓아달라고 요청했다. 그리고 사무국 건물에서 북쪽으로 1킬로미터 좀 못 미치게 떨어진 뉴델리의 가장 중요한 쇼핑센터를 코노트 플레이스로 명명할 것이라고도 발표했다. 하지만 당시 그곳에는 건물 한 채 없이 에움길만 하나 있었을 뿐이었다. 나는 총독의 소개로 공작을 배알(拜謁)한 청부업자들 중의 하나였다. 총독은 내가 장차 신도시의 중심이 될 곳에 다른 누구보다도 더 많은 토지를 구입했다는 보고를 받았었고, 그래서 공작에게 나를 이렇게 소개했다. "이 사람이 각하의 이름을 딴 쇼핑센터에 첫 번째 상가와 극장, 그리고 식당들을 짓게 될 것입니다." 그때까지 나는 그 땅으로 무엇을 할 것인지 아무 생각도 해보지 않았었다. 뉴델리에는 그곳에 상점이나 식당을 내려고 할 사람도 별로 없었다. 그러나 다른 사람도 아닌 총독의 입에서 그처럼 공공연하게 떨어진 암시는 곧 따라야만 하는 명령이었다. 국왕의 다음 번 생일에는 마치 나를 격려해주기라도 하려는 듯, 내게 사르다르 사힙 칭호가 수여되었다.

이제 청부업자들의 집안에 대해서도 몇 마디 해야겠다. 우리는 펀자브의 각기 다른 지방 출신이었기에 델리로 와서 만나기 전까지는 서로의 이름도 듣지 못했었다. 또 우리 중에서 단 몇 년이라도 정규 교육을 받아 영어를 좀 알아들을 수 있는 사람은 나 하나뿐이었고, 다른 사람들은 시골 무지렁이였던 데다 그중 몇몇은 어떤 문자로도 자기네 이름조차 쓸 줄 몰랐다. 그렇더라도 상관은 없었다. 우리는 모두 같은 시크교도들이었고 서로를 한 씨족의 일원으로 보았으니까. 시크교도들 중에는 기술자와 감독들도 몇 있었는데, 비록 그들이 우리와 거리를 두고서 우리 청구서들을 통과시켜 수수료를 챙겼다고는 해도, 그들 역시 자기네가 우리의 일부라고 생각했다. 긴장된 시기에(델리에서 힌두교도와 이슬람교도들이 연합하여 폭동을 일으킨 그런 때에) 우리는 서로의 가정을 지켜주었다. 만일 우리 아이들 중 하나가 경찰과 문제가 생기면 우리는 그 아이를 꺼내기 위해 힘을 합쳐 압력을 행사했다. 어느 날 오후, 시크교도 기술자의 열여덟 살 난 딸이 이슬람교도였던 음악선생과 눈 맞아 달아나는 일이 벌어졌다. 그 처녀의 아버지는 즉각 지역사회에 경보를 발했고, 우리는 델리를 빠져나가는 모든 도로와 기차역의 모든 플랫폼에 직원들을 배치시켰다. 그 한 쌍은 날이 어두워지기 전에 붙잡혀서 차에 실려 야무나 강의 다리를 건너고 있었다. 처녀는 아버지에게 넘겨져 적당하다고 여겨지는 벌을 받도록 했고, 이슬람교도 청년은 쉽게 잊지 못할 매질을 당했다. 그런 다음, 우리는 그 젊은이가 경찰에 고소장을 내어 그 처녀는 이슬람교로 개종했으며 자기와 결혼했다고 주장하는 동시에 자기편을 들어줄 이슬람교도들을 끌어 모으지 못하도록, 우리가 이미 유괴와 강간으로 그를 고발하는 보고서를 제출해놓았다고 겁을 주었다. 그러자 그 친구는 할 수 있는 한 빨리 델리에서 달아나는 쪽을 택했고.

갑작스러운 부는 그 나름대로 문제를 일으킨다. 우리는 돈을 벌기에 바빠서 자식들이 그 돈을 어떻게 쓰는지 감시할 틈도 없었고, 또 한편으로는 자식들을 망치는 데서 얼마쯤은 즐거움을 얻기도 했다. 그러나 이 말은 다른 사람들을 두고 하는 말이다. 왜냐하면 나는 내 아들들에 대해서만큼은 몹시 엄격했기 때문이다. 다른 사람들이 자식들에게 타고 돌아다닐 차를 사주었을 때 나는 손위인 두 아이에게 자전거를 사주었다. 그리고 그 결과로, 내 아들들이 고등학교와 대학교를 졸업할 동안 그들의 자식들은 술에 빠지고 차우리 시장의 매춘가를 찾았다. 어느 신심 깊은 시크교도의 장남은 왕이 후궁을 들이듯 인도 각지 출신의 여자들을 맞아 그들로부터 열 명이 넘는 자식들을 보기도 했다. 다섯 아들을 둔 또 다른 청부업자는 그를 도와 건설 계약을 따낼 온전한 아들을 그나마 하나라도 둔 것이 다행이었다. 다른 자식들은 사냥을 다니거나 무희들의 춤을 보거나 술을 마시며 즐길 줄만 알았고, 그중 하나는 델리에서 가장 이름난 오입쟁이가 되었다. 그는 자기가 매일같이 세 명의 다른 여자를 취했고 죽기 전에 시내의 창녀들을 모두 다 섭렵할 거라면서 허풍을 떨곤 했다. 그가 자기의 야망을 어느 정도나 달성했는지는 아무도 모를 일이지만, 어느 날 밤 그는 하루치로 할당된 세 번째 여자와 일을 끝낸 뒤 어느 빵 가게에서 몇 명의 이슬람교도들과 싸움이 붙었고, 한 사내가 휘두른 얼음 깨는 송곳에 찔려 턱에서부터 입까지 관통상을 입었다. 그는 가해자의 목덜미를 움켜쥐고(그는 체격이 아주 건장했다) 경찰서까지 끌고 가서 넘긴 다음, 병원 응급실로 가서 상처를 꿰매고 붕대를 감았다. 그리고 치료가 끝나자 병원에서 6킬로미터 가량 떨어진 집까지 걸어갔다. 잠자리로 가기 전에 그는 붕대에서 피가 스미는 것을 느끼고 피를 닦으러 욕실로 들어갔다. 그리고 물이 가득 찬 욕조 위로 몸을 굽혔다가 물속으로 그냥 처박혀버린 것이었다. 다음날 아침 그의 하인이 핏물로 가득 찬 욕조에 머리를 박고 죽어 있는 그를 발견했다. 그의 아버지는 눈물 한 방울 흘리지 않았다. 내가 조문을 갔을 때 그는 아무 감정도 없는 목소리로 이렇게 말했다. "그놈은 개죽음을 했소. 제가 자초한 거지."

내 생활양식도 바뀌었다. 나는 양복을 입기 시작했고 공식적인 행사가 있을 때면 회색 줄무늬 바지에 검은 프록코트를 받쳐 입고 구두를 반들반들하게 닦아 신었다. 그리고 인도인 회원들은 몇 안 되었던 김카나 클럽의 회원으로도 받아들여졌다. 그러나 춤은 결코 배우지 않았다. 영국인들은 인도인들이 같이 춤출 아내를 데려오지 않는 한 자기네 아내와 춤추는 것을 좋아하지 않았기 때문이다. 내 아내는 영인혼혈 여자까지 붙여서 영어를 배우도록 해주었음에도 몇 가지 단어밖에는 익히지 못했고, 심지어는 '굿 모닝'과 '굿 바이'를 혼동하기까지 했다. 그리고 춤에 대해서라면, 누가 폭스트롯을 추자고 하기가 무섭게 주저앉아버렸다. 나는 일주일에 한 번씩 체면치레로 김카나 클럽에 얼굴을 내밀었다. 그리고 술을 좋아하는 영국인 회원들에게 술을 사곤 했지만 그들이 내 후의에 보답하는 일은 거의 없었다. 긴장을 풀고 싶으면 나는 인도인들과, 그것도 시크교도보다는 이슬람교도나 힌두교도인 친구들과 어울렸다. 그들과 함께 있는 것이 더 편했기 때문이다. 한 이슬람교도 기술자는 델리에서 가장 유명한 가수를 첩으로 두고 있었는데, 나는 그녀가 살 집을 찾아준 데 대한 보답으로 종종 초대를 받아 그녀의 노래를 듣곤 했다. 그리고 다른 힌두교도 친구는 더없이 예쁜 이슬람교도 처녀를 첩으로 두고 있어서 우리는 술을 마시거나 한담을 나누러 자주 그녀의 집을 들락거렸다. 하지만 그렇더라도 나는 다른 친구들과는 달리 매춘부들의 거처에서 벌어지는 파티에는 되도록 발걸음을 피했다.

첼름스포드 경의 뒤를 이어 총독으로 온 사람은 예순 살 된 리딩 경이었다. 그는 과일 행상이었던 여자와 갑판원이었던 남자 사이에서 태어난 탓에 예의범절이라고는 없었지만, 유태인이었기에 머리가 좋았다. 또 유태인으로서, 자기가 잉글랜드 사람이라기보다는 브리튼 사람이라는 것을 증명해

보이고도 싶어 했다. 1921년 그가 인도에 도착했을 때에는 시크교도들 사이에서 기도소들을 세습적인 성직자들 손에서 풀려나게 하려는 소요가 있었다. 또 간디와 그가 이끄는 국민의회파 사람들 역시 자치를 요구하고 있었고 말라바의 회교도 농민들은 힌두교도 고리대금업자들에 대항하여 반란을 일으켰다. 리딩은 먼저 간디를 초대해 차를 함께 마시면서 그를 가늠해 보았다. 그리고 몇 달 뒤에는 그뿐 아니라 두 네루, 즉 모티랄 네루와 그의 아들인 자와할랄 네루도 같이 투옥시켰다. 그들은 모두 영국 황태자의 인도 방문을 배척하라고 요구했었다. (그런데 공교롭게도 황태자 일행 중에는 리딩이 주최한 파티에서 에드위나 애쉴리와 약혼을 하게 되고 나중에는 인도의 마지막 총독이 된 마운트바텐 경도 있었다.) 리딩은 말라바로 군대를 보내어 그 지방의 회교도들을 짓밟아버렸다. 그는 인도인 정치가들의 속마음을 알기 위해서만 그들과 친구가 되는 그런 사람이었다. 하지만 그도 국민의회파의 쇄도를 막기에는 역부족이었다. 1923년의 선거에서 국민의회당이 표를 휩쓸었고 모티랄 네루가 중앙입법의회의 주요 대표자가 되었다.

리딩은 뉴델리의 건설보다 인도 정치가들에게 관심이 더 많았지만, 그럼에도 불구하고 그 도시가 모습을 갖추기 시작한 것은 그의 재임기간 동안이었다. 총독궁은 완성되어 가구를 들이고 설치만 하면 되었다. 또 두 동의 사무국 건물도 마무리 단계에 있었고 국회의사당 건물도 완공되었으며 여러 채의 가옥들과 직원들의 숙소도 완성되었다. 그 동안 나는 위층에 아파트들이 있는 복합 상가 건물을 지었고, 뉴델리에 첫 번째 영화관과 식당과 백화점을 선보이려는 공사도 순탄하게 진척되고 있었다.

마흔다섯 살 된 새로운 총독 어윈 경의 도착과 함께 건설작업에 긴박감이 감돌기 시작했다. 그는 팔이 한쪽뿐이어서 인도인들 사이에서는 팔병신이라고 알려져 있었는데, 다른 한편으로는 신심이 매우 깊어서 신부라고도 알려져 있었다. 우리는 총독궁 및 두 동의 사무국 건물과 관련된 모든 작업이 특정한 날짜에, 그러니까 신임총독이 뉴델리에서 취임선서를 하기로 되어 있는 날까지 완성되어야한다는 지시를 받았고 작업은 삼교대로 24시간 내내 진행되었다.

신임 총독은 민족주의 지도자들과 매우 친밀한 관계를 맺고 있어서 우리는 영국인들이 인도인들과 동반자로 손을 잡게 될 것이라고 생각했다. 그런데 정말로 곤란한 일은 민족주의자들이 여러 파벌로 갈려 있다는 것이었다. 그래서 일부는 기꺼이 영국과 협력하려고 했지만 다른 일부는 만약 필요하다면 무력으로라도 그들을 인도에서 몰아내고 싶어 했다. 나는 그런 반영(反英) 기도들 가운데 하나를 내 눈으로 직접 보았다.

1929년 4월 어느 날 아침, 나는 입장 허가를 얻어 중앙입법의회 방청석에 앉아 있었다. 국민의회당이 정부 측에서 테러리즘과 맞서기 위해 제출해두고 있던 공공안전법안의 통과를 저지하기 위해 포문을 있는 대로 다 열 예정이어서 매우 열띤 논쟁이 예상되었다. 나는 신문에서 사진으로 보았던 의원들 중에 누구누구를 알아볼 수 있을까 해서 홀을 내려다보고 있었다. 그래서 내 오른쪽에 앉아 있던 두 젊은이 말고는 방청석에 있던 다른 누구에게도 눈길이 끌리지 않았다. 그 젊은이들은 코트도 입지 않고 넥타이도 매지 않은 폼이 대학에 다니는 청년들 같아 보였다. 논쟁은 내가 기대했던 것만큼 열띠지가 못했다. 무슨 소리인지 알아들을 수도 없는 장광설로 구연부연 늘어놓는 연설이 한참이나 계속되었다. 나는 지루해져서 가지고 들어온 신문의 표제를 훑어보기 시작했다. 그런데 갑자기 요란한 폭발음이 들렸다. 고개를 들고 보니 내 옆자리에 앉아 있던 두 젊은이가 의원들에게 총을 쏘아대고 있었다. 홀에서 연기가 피어오르는 중에 모두들 문 쪽으로 달려가거나 의자 뒤에 몸을 숨기고 있었다. 방청석은 삽시간에 텅텅 비었고 남아 있는 사람은 회의장에다 총을 쏘고 있는 청년들과 나뿐이었다. 그들에게는 내가 보이지도 않는 것 같았다. 나는 그 청년들 중 하나가 손바닥으로 총을 탁탁 치는 것을 보았다. 아마도 총구가 막혔거나 총알이 다 떨어진 모양이었다. 다음에는 권총을 겨누어 든 경찰들이 우리를 둘러쌌다. "손들어!" 영인혼혈 경사가 명령했다. 우리는 손을 들어올렸다. 청년들이 무기를 넘겨주기 전에 나를 보고 씩 웃었지만 경찰들이 명예치안판사인 나를 알아보고 의사당 밖까지 호위를 해주었다.

그 청년들이 무엇 때문에 입법자들을 죽이려고 했는지는 알 수 없었지만 나는 그들이 교수형에 처해지리라는 것을 알았다. (그들은 더 전에 범한 영인혼혈 경사 살해죄로 교수형을 받았다. 바가트 싱, 수쿠 데브, 그리고 라이구루는 1931년 3월 23일 교수형에 처해졌다.) 그런데 더더욱 아연했던 것은, 한 입으로는 비폭력을 이야기하면서 다른 한쪽으로는 정치적 암살을 너그럽게 보아주는 의회 지도자들의 태도였다. 심지어는 신부 어윈까지도 그들의 반응에 실망하고 어느 성명에서 이처럼 말했다. "한 입으로는 범죄를 비난하면서도 다음에는 목표물이 되었던 사람들을 비난함으로써 그 범죄를 두둔할 구실을 찾는 것은 진정한 비난이 아닙니다."

어쩌면 내가 시대와 조화를 이루지 못했는지도 모른다. 나는 영국의 통치가 인도에 유리하다고 믿었다. 우리 인도인들은 모든 사회에 공평무사한 행정을 편 적도 없었고 또 앞으로도 펴지 못할 것이었다. 그러나 내 의견에 동의하는 사람은 아무도 없는 것 같았다. 한때 빅토리아 여왕의 초상 앞에 선향을 피워놓았던 늙은 어머니는 이제 기도를 드리거나 물레로 실을 자으며 시간을 보냈다. 한번은 간디에게 선물하려고 손수 자은 실 꾸러미를 내게 건네주기도 했다. 또 위의 두 아들은 학교 제복으로 쓸 옷감을 사러 갔다가 간디가 영국 직물을 배척하라고 했다는 이유로 카디[8]를 사서 돌아왔다. 나는 내게 고용된 시크교도들이 뒤에서 나를 동냥아치라고 부른다는 것을 알고 있었다. 또 내가 폭동을 예방하려고 경찰과 함께 근무할 때 폭도들이 내게 두꺼비 아들놈이라고 소리를 지르고 아이고, 아이고를 외치면서 주먹으로 가슴을 친 적도 여러 번이었다. 그래도 나는 영국인들이 내 생전에는 통치자로 인도에 남아 있어야 한다는 믿음을 고수했다. 나는 그들의 녹을 먹었으므로 그들을 배신하지는 않을 것이었다.

어윈 경은 민족주의자들의 요구를 들어주는 데 최선을 다했다. 1932년에는 그의 요청으로 존 시몬 경이 이끄는, 애틀리가 포함된 위원회가 인도를 방문하기도 했다. 그러나 민족주의자들은 그 위원회가 가는 곳마다 대규모 반대시위를 벌였고, 마침내 어윈은 인도에 주권적인 지위를 부여하는 문제에 관해서 논의하기 위해 런던에서 원탁회의를 마련했다. 민족주의자들은 첫 번째 회의에는 참가를 거부했고 두 번째 회의에는 간디 하나만 보내면서 국가를 거의 무정부 상태로까지 이끄는 불복종운동을 차례차례 전개했다. 그리고 입으로는 진리 파악과 비폭력을 말하면서도 폭탄 투척과 정치적 암살을 은근히 즐거워하고도 있었다. 그런 가장 좋은 예는 그들이 어윈 같은 신심 깊은 사람을 대하는 방식이었다. 뉴델리에서 취임식을 거행할 날짜가 확정되자 총독 부인 도로시는 총독궁에 알맞은 가구와 커튼, 장식품, 그리고 무갈 정원에 심을 꽃들의 종류를 선택하는 데서 조언을 얻기 위해 루트옌스를 초청했다. 1931년 8월 말에는 모든 준비가 다 이루어졌고, 1931년 12월 23일에는 어윈 부부가 취임식을 하기 위해 기차 편으로 델리에 도착했다. 나는 뉴델리 역의 환영의식 연단에서 그들을 영접하도록 선택받은

---

8 손으로 짠 천.

저명인사들 가운데 하나였다. 기차가 역에 접근해서 속도를 늦추고 있었을 때 선로에 매설해놓은 폭탄이 터졌다. 다행히도 그 폭탄은 총독이 탄 객차를 빗나가 다음 칸을 날렸고, 총독과 총독 부인은 조금도 흐트러지지 않은 자세로 아무 일도 없었던 것처럼 의식을 거행했다. 그런데 아이러니컬하게도, 인도에 마음을 주고 그의 저택에서 마주보이는 자이푸르 원주에 다음의 구절을 새긴 사람은 총독인 어윈 경이었다.

> 생각에 믿음을
> 말에 지혜를
> 행위에 용기를
> 삶에 봉사를
> ─그래서 인도가 위대해지기를.

　나에 대한 보답은 칭호의 형태─사르다르 바하두르 다음에 C.B.E.[9]를 거쳐 기사작위 수여와 국가평의회 위원 임명─로 왔다. 인도 민족주의자들이 내 등 뒤에서는 뭐라고 했는지 모르지만, 내가 포상을 받을 때마다 그들은 수백 명씩 몰려와 화환들로 나를 축하했다. 그때쯤 나는 뉴델리에서 가장 유력한 건설업자로 여겨졌고, 신도시의 반을 소유한 사람이라는(그것은 사실이 아니었지만) 말을 자주 들었다. 당시 내가 살고 있던 집은 킹즈웨이에 있는 커다란 이층집이었는데, 그 집에 나는 잔타르 만타르 가의 옛집에 그랬던 것처럼 천국이라는 이름을 붙였다. 민족주의 최고지도자들은 내 호의를 선선히 받아들였다. 그래서 샤푸르, 자야카르, C. 라자고팔라차리가

---

9 대영제국 지휘관 품계.

내 집에서 함께 기거했던 적도 있었다. 또 우리 집 앞길 한쪽 맞은편의 비를라 하우스에 살고 있던 간디와 다른 쪽 맞은편에 살고 있던 지나[10]도 자주 우리 장미정원으로 건너와 정치적인 문제들을 논의했다.

*

나는 이제 늙었고, 삶에서 볼 만한 가치가 있는 모든 것들과 인도가 인도인들 손으로 통치되는 것을 보았다. 그러나 신세대라는 것들은 비아냥거리는 투로 이렇게 묻곤 한다. "평생 동안 영국인들에게 아첨을 해서 얻은 게 뭡니까?"

나는 많이 배운 사람도 아니고 역사책들을 많이 읽지도 않았다. 내가 하는 대답은 모두 내 눈으로 직접 보았거나, 아니면 내 동향인들과 내가 알았던 몇몇 영국인들이 겪었던 일에 근거하여 가슴으로부터 나온 것이다. 나는 루트옌스가 200년을 견디도록 설계한, 그리고 내가 건설을 도왔던 이 도시가 단 20년 만에 폐허로 바뀌는 것을 보았다. 우리는 몇 세기를 견딜 수 있는 장려한 건물들을 지었지만, 그들은 공터가 있기만 하면 어디에건 볼품없는 고층 사무실들과 날림집들을 지었고, 시장과 상점가 뒤에 있던 수백 곳의 옛 유적지들을 덮어버렸다. 우리는 넓은 길을 놓았지만, 그들은 차 두 대도 비껴가지 못하는 좁은 길을 만든다. 우리는 손자들과 그 손자들의 손자들에게까지 그늘을 드리워줄 천천히 자라고 오래 사는 나무들을 심었지만, 그들은 빨리 자라는 굴 모하르며 기껏해야 보름이나 한 달 동안 꽃을 피우고 열매도 그늘도 제공하지 못하는 낙엽교목들을 심는다. 그들이 원하는 것

---

10 파키스탄의 건국자.

은 가능한 한 최단 시일 내에 뭔가를 보여주는 것뿐이다. 그들에게는 과거나 미래에 대한 감각이라고는 없다. 그리고 영국인들에게 아첨을 한 것에 대해서라면, 나는 그들에게 이렇게 말할 것이다. 만일 내가 인도 역사에서 원하는 시대에 다시 태어나도록 선택할 권리를 갖게 된다면, 힌두교도의 통치기간도, 이슬람교도의 통치기간도, 심지어는 시크교도가 북인도를 지배했던 짧은 기간도 아니고 영국이 지배했던 시기를 택하겠다고. 나는 영국 왕의 지배하에 건설 청부업자로서 살았던 날들을 다시 살 것이라고.

"당신에게는 인도인이라는 자부심도 없소?" 그들이 빈정거린다. "백 년 넘게 우리를 약탈하고 멸시한 외국의 지배자들을 찬양하다니, 당신에게는 수치심도 없소? 당신은 그자들이 1857년의 첫 번째 독립전쟁 뒤에 우리 조상들에게 무슨 짓을 했는지도 잊은 거요? 당신은 그 얄량한 너그러움으로 1919년에 잘리안왈라 바그에서 무고한 사람들을 학살했던 자들을 용서한 거요? 그리고 수천수만의 자유 투사들을 목매달고 고문하고 투옥시킨 것도 잊은 거요?"

"아니, 어느 것도 잊지 않았소." 나는 할 수 있는 한 침착하게 대답한다. "인도인들이 서로에게 무슨 짓을 했는지도 잊지 않았고. 나는 델리에 있는 그들의 작품 가운데 몇 가지를 보여줄 수 있소. 쿠툽 미나르 옆에 있는 쿠와트 울 이슬람 회교사원을 본 적 있소? 하나의 거대한 회교사원을 짓기 위해 스물일곱 곳의 자이나교와 힌두교 사원들이 철저히 파괴되었단 말이오! 신상과 여신상들의 얼굴이며 팔다리는 무참히 잘려나갔고. 힌두교 사원이건, 이슬람교 사원이건, 시크교 사원이건, 영국인들이 파괴한 데가 어디 한 곳이라도 있소? 있으면 말해 보시오. 라지푸트 족의 두개골로 피라미드를 쌓아 올렸던 바바르, 그리고 타이무르, 나디르 샤, 압달리의 명령으로 자행되었던 델리 시민들의 무차별 학살을 기억하시오! 늙은이건, 갓난아이건, 아이 어머니건, 누구도 살아남지 못했소. 영국인들이 학살을 명령한 예가 있으면 단 한 가지라도 대보시오. 델리, 루크노우, 그리고 카운포레에서 자기네의 여인과 아이들이 살해된 뒤에도, 또 당신들이 말하는 첫 번째 독립전쟁 뒤에도, 그들이 당신네 여인이나 아이들에게 손을 댔소? 그들은 몇 사람을 목매달고 몇 곳의 시장들을 깔아뭉갰을 뿐이오, 그게 다요."

"그게 다가 아니오!" 그들이 되받아 소리친다. "그들은 우리를 개처럼, 아니 그자들은 개를 숭배하는 족속이니까, 개만도 못하게 다루었소. 그들은 우리를 검둥이라고 불렀고, '유럽인 전용' 클럽을 두었고, 기차에도 '유럽인과 영인혼혈 전용' 객실을 두었소. 그리고 백인과 검둥이에게는 법 적용도 따로따로였소."

"영국인들이 오기 전까지 인도에 정의라고는 없었소." 내가 그들에게 맞받아 소리친다. "그들의 영향이 사라지고 나면 인도에 정의라고는 없을 거요. 그들은 당신들에게 비판할 자유를 주었고, 당신네가 폭력에 호소할 때만 행동을 취했소. 그들에게 반대해서 선동을 교사했던 간디나 네루 같은 사람들을 참아줄 사람들로 영국인 말고 다른 종족을 생각할 수 있소? 만약 그들이 독일인이나 프랑스인, 러시아인, 이탈리아인, 중국인, 또는 일본인 같은 종족이었다면 그들은 당신네 국민의회파 사람들을 아무데나 제일 가까이에 있는 나뭇가지에다 목매달았을 거요."

"만약 그자들이 그러려고 들었더라면 조차(租借) 기간이 더 짧아졌을 거요. 우리 자유투사들이 1차 대전이나 2차 대전 중에, 그자들이 유럽에서의 전쟁에 목까지 빠져 허우적거리고 있었을 때 몰아내버렸을 테니까."

"자유투사 좋아하시네!" 내가 되받아 소리친다. "자기네 오두막집에서보다 감옥에서 더 안락한 세월을 보냈던, 그리고 지금은 종신연금으로 보상을 받으려 드는 고용된 구호꾼들! 나한테 자유투사니 뭐니 하는 소리는 하지도 마쇼. 얘기만 들어도 구역질이 나니까."

"당신은 세뇌되었소." 그리고 나서 그들은 영국이 물러간 뒤로 인도가 이룩해 놓은 위대한 발전들을 이야기한다. "영국 통치하의 100년 동안보다 독립한 10년 동안에 더 많은 발전이 이루어졌소. 우리는 직접 건설한 댐과 운하들 덕분에 필요한 식량을 전량 생산하고 있소. 이 세상에서 품질이 가장 뛰어난 직물도 생산하고 있고 우리 손으로 자동차, 비행기, 탱크 그리고 대포도 생산하고 있단 말이오. 또 우리는 원자폭탄도 만들 수 있고, 우주로 인공위성을 쏘아 올릴 수도 있고, 해저에서 광물을 캐낼 수도 있소. 남극대륙의 불모지에도 인도의 삼색 깃발이 펄럭이고 있단 말이오. 그런데도 당신은 이 나라의 발전에 자부심을 느끼지 않는다는 거요?"

"물론 느끼고 있소, 그리고 불길한 조짐도. 우리는 이 세상의 가난한 중에서도 제일 가난하고, 무식한 중에서도 제일 무식한 국민들 중 하나요. 우리는 토끼처럼 사육되고 있소. 얼마 안 가서 곧 우리는 먹고, 입고, 비바람을 피하고 하는 것보다는 더 나아지겠지만, 똥 무더기를 놓고 싸우는 개들처럼 서로 싸우게 될 거요. 우리는 또 타락한 중에서도 가장 타락한 국민이오. 수상에서부터 형편없는 봉급을 받는 순경까지 모두가 다 뒷돈을 받고 있소. 또 우리는 이 세상에서 가장 폭력적인 종족보다도 더 폭력 성향이 강한 사람들이오. 우리가 서로를 염소처럼 죽였던 1947년 여름과 가을에 일어난 사건들이 우리의 본성을 드러내주지 않았소? 앞으로 당신들은 더 지독한 꼴을 보게 될 거요. 힌두교도, 이슬람교도, 기독교도, 시크교도, 불교도들이 서로를 더 대량으로 학살하게 될 거란 말이오. 당신네 간디와 그의 비폭력은 그러니까…… 그러니까…… 그 멸종한 새의 이름이 뭐였더라?"

"도도 말이오?"

"맞았소. 그 도도나 마찬가지로 죽었소."

"당신 같은 사람들도 마찬가지요. 당신 부족의 누구도 당신하고 같이 가지 않을 거요. 인도는 위대한 나라고, 그게 진실이오. 당신이 우리나라의 모토가 진리는 영원히 승리한다―사티야메브 자야테―라는 걸 아는지 모르는지는 모르겠지만."

바그마티가 나 말고(내가 생각하고 싶은 대로라면) 가장 좋아하는 것은 망고다. 올해는 망고 철은 좋았지만 계절풍 철은 좋지가 못했다. 델리에서는 그런 일이 종종 일어난다. 망고 첫 수확은 4월 언제쯤 타밀 나두에서 나오는 것으로부터 시작된다. 하지만 그것은 아무런 특징도 없는 비대하고 걸쭉한 물질일 뿐이다. 5월이 되면 마하라쉬트라에서 나오는, 아주 마음에 드는 알폰소 망고들이 델리의 시장에 선을 보이는데, 맛은 썩 좋지만 값이 살인적으로 비싸다. 언제부터인가 델리의 외국인 사회가 망고에 입맛을 들인 탓으로 내가 알폰소 맛을 보는 것은 어떤 사업가나 정부각료가 과일 바구니를 보내줄 때뿐이다. 나는 그 중 몇 개를, 우타르 프라데시 산 망고가 나오면 그 선물에 대한 보답을 받게 될 거라는 기대를 품고, 내 이웃들에게 보낸다. 요즈음 나는 매일같이 더 많은 망고를 구하러 돌아다녀야 한다. 바그마티가 먹어치우는 투로 보아서는 내 입에 들어갈 것이 하나도 없을 것 같아서다. 그녀는 하다못해 빈말로라도 내게 하나 먹어 보라는 법 없이 서너 개씩 먹어치우고, 속까지도 아주 맛있게 아무것도 남지 않을 때까지 쪽쪽 빤다. 그리고 요란한 트림으로 진수성찬을 끝내고 나면 세수를 하고 나와서 테이블에 남은 것들을 몽땅 사리 주름에 묶는다. "주인님이 값을 치르지 않았다는 거 알아요. 그런데 제 불쌍한 가족은 이 철에 망고 맛을 못 봤거든요." 그녀가 떠나면서 이유를 단다.

이 세상의 어떤 과일도 우타르 프라데시의 과수원들에서 나오는 두세리, 랑다 그리고 라타울과는 비교가 되지 않는다. 또 그 세 품종은 거의 천 종에 달하는 망고들 중에서 내가 가장 맛있어하는 종류이기도 하다. 그런데 불행히도 그것들은 바그마티가 가장 좋아하는 것이기도 해서 망고 철이면 그녀가 찾아오는 일이 부쩍 잦아진다. 나를 찾아올 때마다 그녀는 망고로 배를 채우고 못다 먹은 것은 가져간다. 그녀 말로는 망고가 소화에도 좋고 변비

524

를 없애는 데도 최고라는 거다. 그녀는 체중이 느는 것 따위는 상관하지 않는다.

　좀 전에도 얘기했듯이, 올해 계절풍 철은 좋지가 못했다. 6월 첫째 주에 나는 계절풍을 알리는 새 울음소리를 들었다. 며칠 내에 비가 왔어야 했을 것이다. 인도의 다른 곳들에서는 폭우 소식이 있어서 봄베이와 캘커타의 거리들은 물 밑에 잠겼고 아샘 지방은 홍수에 유린당했다. 그러나 델리에는 6, 7월 통틀어 비 한 방울 내리지 않았다. 8월 들어서 시원찮은 소나기가 몇 차례 내렸을 뿐이다. 지난 석 달 동안 나는 비를 알리는 새, 메가파페하의 울음소리를 들은 적이 없다. "기근이 있을 거예요." 바그마티가 다섯 개째 랑다를 우겨넣으면서 예언한다. "델리에서는 사람들이 길바닥에서 굶어죽을 거구요." 그러더니 철학적으로 한마디 덧붙인다. "상관없어요. 이 비참한 도시에서는 언제나 사람들이 죽어나가고 있으니까요. 기아 아니면 콜레라, 역병, 천연두, 살인, 자살로. 아니면 늙어 죽거나."

20

쫓겨난 사람들

우리가 왜 델리로 왔느냐는 간단하게 설명할 수 있어. 우리는 넓은 사막 한복판에 있는 작은 마을에서 살았는데, 그 마을 동쪽으로는 제룸 강이 흘렀고 북쪽으로는 암염 외엔 아무것도 나지 않는 불모의 구릉들이 죽 늘어서 있었지. 그 나머지는 눈길이 미치는 한 끝없이 펼쳐진 모래 언덕들이었고. 하달리 마을에는 대략 200가구쯤이 살았는데, 그 중 적어도 160가구는 이슬람교도였고 나머지는 힌두교도나 시크교도였어. 이슬람교도들은 사막과 낙타를 소유하고서 자기네 우물 근처에 있는 몇 뙈기의 밭에다 밀 아니면 채소를 기르거나 황무지에다 재배하는 대추야자나무들에서 대추야자를 거두었지. 그들에게는 또 군대나 경찰로 들여보낸 자식들이 있어서 그 자식들이 번 것을 집으로 보냈고, 퇴직을 하면 다시 하달리로 돌아와 자리를 잡았어. 우리 힌두교도들과 시크교도들은 상인이자 대금업자들이었지. 우리는 이슬람교도들에게 돈을 빌려주었고, 그들이 빌린 돈에 이자를 쳐서 갚지 않으면 일을 시켜서 대신 갚게 했어. 능선에서 암염을 사 빚을 갚지 못한 사람들에게 암염을 그 사람들 낙타에다 실어서 라호리, 암리차르, 루디아나, 잘란다르 같은 먼 도시들로 운반하게 한 거였지. 소금을 판 돈으로는 사막지방의 여러 마을들에 팔 차, 설탕, 양념, 명주 따위를 사들였고.

우리 힌두교도와 시크교도들은 벽돌집에 살면서 마당에 물소들을 매어두고 있었어. 이슬람교도들은 진흙 오두막에 살면서 날마다 우유를 한 단지씩 얻어가는 대가로 우리 가축들을 돌보았고. 우리는 그들이 가난했기 때문에 그들을 깔보았고, 그들은 우리가 몇 안 될 뿐더러 자기네처럼 체격이 크지도 않다는 이유로 우리를 깔보았지. 심지어는 그쪽 여자들까지도 우리 쪽 남자들보다 더 크고 튼튼해서 물이 가득 찬 커다란 두레박을 우물에서 마치 그게 골무인 양 끌어올릴 수가 있었어. 또 물이 가득 든 주전자 네 개를 두 개는 머리에 얹고 나머지는 양쪽 겨드랑이에 하나씩 끼고서 끄떡없이 나를

수도 있었고. 하물며 남자들이야! 우리로서는 키가 6척이 넘고 채찍처럼 강
인한 그 사람들이 무섭지 않을 수 없었지.

　이제 나는 우리가 하달리를 떠나게 되었던 사건을 이야기하려고 해. 그
일이 벌어졌던 건 1947년 8월 마지막 주 어느 날이었어.

　여러 달 전부터 우리는 라발핀디와 라호리에서 이슬람교도들이 힌두교도
와 시크교도들을 죽이고 있다는 얘기를 듣고 있었어. 또 힌두교도와 시크교
도들이 이슬람교도들을 피해 동쪽으로 달아나고 있다는 말도 들었고. 다음
에는 이슬람교도들이 자기네끼리 파키스탄이라는 나라를 세웠다는 말이 들
렸는데, 불행히도 하달리는 파키스탄에 속해 있었지. 집안의 몇몇 어른들이
하달리를 떠나 힌두스탄으로 가는 다른 힌두교도와 시크교도들에 합류하는
편이 좋겠다는 뜻을 비쳤어. 하지만 우리는 빚을 준 돈에다 벽돌집이며 마
당에 매어놓은 물소들이 있어서 돈을 돌려받고 재산을 처분할 때까지는 그
대로 남아 있기로 했지.

　그때 나, 람 라카는 열여섯 살이었어. 내 밑으로는 한 살 아래 여동생인
라크미가 있었는데, 그 애는 태어났을 때부터 둘째 사촌과 약혼이 되어 있
었지. (우리 마을에서는 그런 게 절대로 드문 일이 아니었어. 임신한 여자들
이 앞으로 태어나게 될 아이를, 그 아이들의 성(性)이 다르면 장차 결혼시키
기로 언약을 맺곤 했거든.) 우리 부모는 열다섯 살 난 처녀를 결혼시키지 않
고 집안에 두는 건 온당치 못하다고 여겼어. 그래서 결혼 날짜가 정해졌고,
우리 마을 관례대로 이슬람교도 집안을 포함해서 거의 모든 집들에 바지가
보내졌지. 그런데 결혼식을 치르기로 정해진 날 보름 전, 신랑감 아버지가
손님들을 대접할 돈이 필요해서 채무자들 중 하나에게 빚을 갚으라고 했다
가 채무자가 돈이 한 푼도 없다고 하자 고소를 하는 일이 벌어졌어. 전에는
한 번도 없던 일이었지.

그러자 이슬람교도들은 우리가 보낸 당과를 돌려보냈고. 그것 역시 전에는 없던 일이었어.

 어쨌거나 우리는 결혼식 준비를 계속 진행시켰지. 관습에 따라 내 동생은 결혼식을 치르기 전의 마지막 한 주 동안은 입고 입던 더러운 옷을 그대로 입은 채 방안에 갇혀 지냈고. 이레째 되던 날, 집안 여자들이 그 애를 목욕시키고 헤나 염료로 손바닥을 물들인 뒤 팔에 상아 팔찌를 끼워주더군. 그리고 동생을 포함해서 여인들 모두가 북소리에 맞춰 노래를 불렀지. 밤이 내릴 무렵 라크미하고 그 애 친구들은 오줌을 누러 밖으로 나갔어. 그리고 쪼그려 앉아 오줌을 누면서 재잘거리고 있었는데, 그때 젊은 이슬람교도 패거리가 그 애들을 에워 싼 거야. 그 애들은 너무 놀라서 도와달라는 비명조차 지를 수 없었지. 그 흉한들은 어렵지 않게 라크미를 알아보았고, 그중 한 놈이 그 애를 번쩍 들어서 말안장에 걸쳐 싣고 사막으로 내빼버렸어.

 아버지는 귀신에 쒼 사람처럼 되어서 비명을 지르고, 머리칼을 쥐어뜯고, 이슬람교도들에게 돼지새끼들이라고 욕을 해대며 마을 고샅을 휘젓고 돌아다녔지. 그러다 모래언덕 위로 20킬로미터를 달려서 경찰서를 찾아가 고소장을 내고 조사관에게 지폐를 한 다발 건넸어. 다음날 아버지는 라크미의 납치범이라고 의심이 가는 놈들에 대한 체포영장을 든 경찰하고 같이 돌아왔고. 이틀 뒤에 우리는 치안판사 법정으로 출두했어. 피의자들이 수갑을 차고 끌려 나오더군. 하지만 그 불한당 놈들은 수염을 배배 꼬면서 우리에게 음란한 몸짓을 해보였고 그 중 한 놈은 큰소리로 이렇게 떠들어대기까지 하는 거였어. "나를 하달리로 돌려보내줘! 내가 저 이교도들의 똥구멍을 죄다 찢어놓지 않으면 내 이름이 투라바즈 칸이 아니야!"

 놈들의 변호사가 아버지의 고소는 내 동생이 자진해서 사랑하는 청년을 따라간 것이기 때문에 허위라고 주장하더니, 투라바즈 칸이라는 놈에게 일어서달라고 하더군. 그 다음에는 라크미가 나왔지만 부르카를 쓰고 있어서 눈길을 마주칠 수는 없었어. "네, 맞아요." 동생이 시인을 하더라고. "저는 투라바즈 칸을 사랑하고 제 의사로 그를 따라갔어요. 저는 이슬람교도가 되었고 저 사람과 결혼했어요. 저는 제 부모 집으로 돌아가고 싶지 않아요."

조사관과 경찰은 이슬람교도였어. 또 피고와 놈들의 변호사도, 그리고 우리 변호사도 (힌두교도 법률가들은 모두 인도로 도망쳤거든). 치안판사 역시 이슬람교도였어. 치안판사가 아버지의 고소를 기각하고 피고를 즉시 풀어주라고 명령하더군. 놈들은 기뻐 날뛰면서 법정 밖으로 나갔고, 우리는 보호를 요청했지. 치안판사는 놈들을 불러서 타일렀고. "너희는 원하는 것을 얻었다. 그러니 이 비참한 이교도들은 그대로 두어라." 조사관은 우리를 하달리까지 호위해주는 대가로 더 많은 돈을 요구했어. 우리를 보호하기 위해 집 밖에 순경들이 배치되었는데, 그자들도 우리에게서 돈을 뜯어냈고.

우리 피붙이가 집이 지척인 곳에서 유린을 당한 판에 우리가 어떻게 하달리에 그대로 눌러 살 수가 있었겠어? 집안 여자들도 불안해서 못 살겠다고 하는데. 우물에서 물을 길어 올 때마다 이슬람교도 놈들이 기다리고 있다가 저네 물건을 꺼내 보인다고 말이지. 우리는 경찰들에게 하소연을 했지만 그자들은 아무 조치도 취하지 않더라고. 그래서 모래폭풍이 불고 있던 어느 날 저녁, 우리는 그릇과 누비이불들을 챙겨서 몇 마리 물소에 싣고 야반도주로 하달리를 떠버린 거지.

뜨거운 모래바람이 얼굴을 후리는데도 우리는 하루 밤낮을 꼬박 걸었어. 사르고다에 이르자 수천 명의 힌두교도와 시크교도들이 인도로 가려고 대기 중인 수용소가 있더군. 우리 물소들은 어디론가 끌려갔고, 여러 날 동안 우리는 곰팡내 나는 빵과 오이절임을 먹고 살아야 했어. 다음에는 군인들이 와서 우리를 트럭에 싣고 라호리로 데려갔고. 우리는 걷거나 우마차를 타고 가는 사람들의 긴 행렬을 지나쳤는데, 우리와 같은 쪽으로 가는 사람들은 시크교도와 힌두교도들이었고 다른 쪽에서 오는 사람들은 이슬람교도들이었지. 지나는 길가에서 우리는 기다란 머리를 산발한 채 죽어 누워 있는, 수염이 더부룩한 얼굴에 파리 떼가 새까맣게 들러붙은 시크교도들의 시체를 여럿 보았어. 국경을 넘으니까 길에 더 많은 시체들이 널려 있었는데 할례한 성기를 보고 나는 그들이 이슬람교도라는 걸 알 수 있었지. 죽은 자들 중에는 여인과 아이들도 꽤 많이 있었고.

우리는 7만 명 이상의 난민들이 텐트에서 살고 있는 쿠르쿠세트라 캠프로 옮겨졌어. 그 이후로 여러 날 동안, 배급을 받으려고 줄을 서서 마주치는 사람들 누구에게나 소식을 묻는 것 외에는 할 일이 아무 것도 없었지. 어머니는 내내 여동생 이름을 부르면서 울었고. 관리들이 와서 우리에게 수용소를 떠나 일거리를 찾아보라고 하더군. "무슨 일 말인가요?" 아버지가 그들에게 물었어. "우리는 대금업자들이었지만 이젠 빌려줄 돈이 한 푼도 없습니다요." 하지만 아버지는 하달리에서 어렸을 적부터 알고 있던 시크교도에게 엽서를 보냈어. 그 시크교도는 건축업으로 돈을 아주 많이 벌었고 여러 해 동안 델리에서 살고 있다는 거였지. 이틀 뒤에 우리는 그 사람에게서 자기 집으로 오라는 답장을 받고 델리행 기차를 잡아탔어.

기차간에서 아버지는 하달리 주변의 모래 언덕에서 그 시크교도하고 같이 놀았던 시절을 얘기하더군. 기차가 델리에 더 가까워질수록 어린 시절의 기억들을 더 많이 떠올렸고. 그래서 나는 아버지하고 그 시크교도가 만나기만 하면 서로를 부둥켜안을 게 틀림없다고 생각했지.

우리는 정거장에서부터 그릇은 지고 누비이불은 인 채 10여 킬로미터를 걸어야 했어. 별의별 고생을 다한 끝에 그 시크교도의 집을 찾기는 찾았지. 아버지가 우리에게 대문 앞에서 기다리라고 한 다음 제대로 찾은 건지 알아보려고 안으로 들어섰어. 하지만 채 열 발짝도 못 가서 엄청나게 큰 개가 아버지에게로 달려들더라고. 아버지는 되돌아 달려 나왔지만 우리에게로 오기도 전에 그 개가 아버지의 셔츠 자락을 물어 찢었지. 카키색 제복을 입은 사내가 밖으로 나오더니 무슨 일이냐며 성질을 부리더군. 그리고 아버지가 아주 공손하게 여기가 누구누구의 집이냐고 물으니까 으르렁거리면서 용건을 말하라고 하더라고. 아버지는 그 사내에게 시크교도의 편지를 꺼내 보였고, 그 제복을 입은 사내는 명령조로 "여기서 기다리시오." 하더군. 개는 여전히 우리에게 이빨을 드러내고 있었고.

그 사내가 다시 나와서 개를 쫓고 우리에게 자기를 따라오라고 손짓을 하데. 우리는 짐을 집어 들고 그 사내를 따라갔어. 그 집은 커다란 정원이 딸린 큼직한 이층집이었는데, 시크교도는 그의 아내와 베란다에서 차를 마시고 있더군.

"그래, 자네 왔구만, 사인 디타!" 그 시크교도가 차를 홀짝이면서 아는 척을 하자 아버지가 머리에 이고 있던 짐을 내려놓고 그 시크교도의 발을 만졌어. 어머니는 바닥에 주저앉아 시크교도 아내의 무릎에 머리를 얹고 울기 시작했고. "운다고 무슨 소용이 있겠어요? 일어난 일은 어차피 일어난 일이에요." 그러고 나서 시크교도의 아내가 제복을 입은 사내에게 우리를 부엌으로 데려가 먹을 것을 주라고 그러더군.

우리는 차고에서 편히 쉬라는 말을 들었어. 하지만 그 차고의 반은 트렁크며 바구니들을 쌓아놓는 데 쓰였고 그 나머지 반이 우리 거처였지. 우리는 집에 초상이 난 사람들처럼 날바닥에서 잠을 잤어.

그런 식으로 우리는 델리에서의 새로운 삶을 시작한 거였지.

*

　새로운 환경에 길이 드는 데는 우리 부모가 나보다 더 빠르더군. 아버지는 야간경비 일을 맡은 뒤로 밤새도록 한 손에는 유리갓이 씌워진 석유등을, 다른 손에는 막대기를 들고 모퉁이 모퉁이에서 "순찰이오."를 외치며 집 주위를 돌았어. 아버지의 셔츠를 물어 찢었던 커다란 개하고도 친해져서 그 개가 아버지하고 같이 순찰을 돌았고. 아버지는 한때 가장 친한 친구였던 시크교도에게 꼬박꼬박 존칭을 쓰게 되었고, 어머니는 매일같이 마룻바닥을 닦고 시크교도 아내의 발을 주물렀지.

　나를 몹시 마음 아프게 했던 건 우리 부모가 하나밖에 남지 않은 자식인 나를 대하는 투가 싹 달라졌다는 거였어. 그 이유가 뭔지는 알고 있었지. 가지고 있던 돈은 다 써버렸고 아버지의 봉급으로는 우리 세 식구가 먹고 살 수 없어서 어머니의 금팔찌와 귀고리마저 팔아야 했으니까. 내가 차파티를 하나 더 달라고 하면 어머니는 이러곤 했어. "네 뱃속에는 거지가 들어앉았니?" 아버지는 내게 촌놈이니 게으름뱅이니 하고 욕을 하기 시작했고. 그러던 어느 날, 어머니와 아버지가 합세해서 내게 밖으로 나가 일거리를 찾아보라며 야단을 쳐댔고, 그렇게 해서 나는 이 낯선 도시라는 낯선 세상에 내던져지게 된 거였지.

　어디에서부터 시작을 해야 할까? 아버지는 내게 잘사는 사람들 집으로 가서 하인을 쓰려는지 물어보라고 했어. 하지만 델리는 일자리를 찾는 펀자브 난민들로 득실거리고 있어서, 찾아가는 집마다 문간에 세워둔 하인들이 용건을 묻고는 용건을 말하면 꺼지라고 호통을 치더라고. 일자리는 못 구했어도 나는 델리의 구도시와 신도시를 모두 알게 되었지. 또 커다란 차를 몰고 오는 고관들과 자전거를 타고 오는 서기들이 일하는 커다란 건물들이며, 곳곳의 모든 시장들, 그리고 어느 시장에서 무엇을 파는지도 알게 되었고. 하지만 일자리는 구할 수 없었어. 아버지는 내게 몹시 거칠어져서 손찌검을 피하려면 어머니가 나를 감싸고 막아야 했지. 나는 날이 어두워진 뒤에 돌아와 아버지가 순찰을 돌기 위해 간 다음에야 차고로 기어들었어. 그러면 어머니가 먹을 것을 주고 내가 잠이 들 때까지 다리를 주물러주었지.

나는 하달리 마을과 달빛 비치는 밤이면 나와서 놀곤 했던, 나무 한 그루 없이 넓게 펼쳐진 모래밭 꿈을 자주 꾸었어. 또 주전자를 이고 가는 늘씬한 회교도 여인들과 젖은 옥양목 셔츠 밑으로 보이는 새까만 젖꼭지며 그들의 다리 사이에서 꽉 죄어지는 즐거운 꿈을 꾸기도 했고. 하지만 때로는 그런 꿈이 악몽으로 바뀌어 이슬람교도 사내들이 발정한 당나귀 것만큼이나 커다란 물건으로 겁을 줄 때도 있었지. 그럴 때면 나는 신음소리를 내곤 했는데, 그러면 어머니가 나를 흔들어 깨워 끌어안고 다시 잠이 들도록 얼러주었어.

아버지는 내게 아예 말도 하지 않게 되었지. 어머니는 아버지의 그런 행동을 보상해 주려고 애를 썼고. 그래서 늘 내게 무엇을 보았는지 묻고는 이런 말을 하곤 했어. "그러면 언제 이 어미도 같이 데려가 주지 않으련?"

어느 화요일, 어머니가 주인여자에게서 나하고 같이 나가도 좋다는 허락을 받았어. 나는 어머니에게 정부청사 건물들과 국회의사당을 보여주었는데, 어머니는 어린 소녀인 양 입을 벌리고 놀라워하면서 갖가지 질문을 했고, 나는 온갖 종류의 대답을 꾸며댔지. 어머니 덕분에 나는 내가 아주 중요한 사람이 된 것 같은 느낌이었어. 또 어머니가 버스와 자동차들에 겁이 나서 내 손을 잡았을 때는 나도 이제 다 자란 힘 있는 어른이라는 느낌이 들기도 했고. 다음에 나는 어머니를 비를라 사원으로 모셔갔어. 어머니가 쉬바와 파르바티와 가네쉬, 비쉬누와 락쉬미, 크리슈나와 라다, 라마와 시타에게 기도를 올리더군. 그리고 다른 모든 신들과 여신들에게도 기도를 올린 뒤에 라크미를 위해서도 기도했고. 다음에 어머니는 1파이사짜리 동전을 내 머리 위로 돌려 판디트[1]에게 바치고 내 이마에다 신성한 재를 문질러 일자리를 구할 수 있게 축원을 해달라고 했어.

비를라 사원을 보고 난 뒤 우리는 후마윤 사원으로 건너갔어. 그곳에는 사람들이 아주 많았고 당과, 장난감, 풍선, 팔찌 따위를 파는 노점들도 많이 있었지. 그곳에서도 어머니는 성직자에게 1파이사를 주고 후마윤님에게 내가 일자리를 얻게 해달라고 기도를 올렸어. 그런 다음 우리는 노점들을 둘러보았는데, 어머니가 내게 동전을 몇 개 주고 유리 팔찌를 사오게 해서 팔에 끼더군.

우리가 그 사원을 나섰을 때는 해가 막 진 참이어서 하늘이 잠자리에 들려는 회색 거인 같아 보였어. 코노트 서커스에 있는 나무들에는 구관조와 작은 잉꼬들이 빽빽이 모여 앉아 지저귀고 있었고. 어머니가 다시 내 손을 잡아 쥐데. 우리는 잘 차려입은 신사 숙녀들이 물건들을 사고 멋진 자동차를 몰아 떠나는 것을 지켜보았어. 우리가 집으로 돌아왔을 때는 날이 어두워진 뒤였고, 아버지는 집밖에서 막대기와 석유등을 들고 "순찰이오."를 외치고 있었지. 어머니는 몹시 지쳐 있었으면서도 내게 음식을 데워주었어. 그리고 내가 자리에 눕자 내 머리를 무릎에 올려놓고 머리가죽에 기름을 문질러주었고. 내가 잠이 들기 전에 어머니가 마지막으로 한 말은 이런 거였어. "틀림없이 신들 중 한 분께서 내 기도를 들으시고 네게 일자리를 구해주실 거야."

그 신들은 어머니의 기도를 들어주었어. 바로 다음날 아침 나는 일자리를

---

1 힌두교 성직자.

얻었으니까. 어디에서 얻었느냐고? 바로 길 건너편에 있는 집에서였지. 내가 일자리를 얻은 일은 그 자체로 하나의 얘깃거리가 돼.

우리가 살고 있던 집은 여러 개의 길이 갈려 나가는 에움길에 면해 있었어. 그 길들 중 한쪽 길 건너편에 있는 게 파키스탄을 세운 지나의 집이었지. 그 소를 먹는 지나는 파키스탄으로 달아나기 전에 그 집을 어느 부유한 힌두교도에게 팔았고, 그 힌두교도는 그 집을 소 보호협회 본부로 삼았어. 그리고 다른 쪽으로, 차고에 면한 길 건너편에는 비를라 사원을 지은 남자의 조카인 세트 비를라의 더 큰 집이 있었지. 사람들은 그 비를라가 인도에서 제일 부자라고들 했는데 그 집 문 앞에는 언제나 많은 사람들이 모였고 경찰들도 여러 명 있었어. 처음에 나는 그 사람들이 나처럼 일자리를 찾는 사람들이라서 그들 틈에 끼어 봤자 아무 소용도 없을 거라는 생각을 했었지. 그리고 또 경찰들이 무섭기도 했고. 하지만 나는 스피커에서 흘러나오는 노래와 연설을 들은 적이 있었어. 또 마하트마 간디가 거기에서 살고 있는데 누구든 그의 은총을 받으러 들어갈 수 있다는 말도 들었고.

다음날 아침 나는 간디의 은총을 받으러 갔어. 나를 가로막는 사람은 아무도 없더라고. 그곳에는 백인 남자, 여자를 포함해서 많은 사람들이 잔디밭에 앉아 있었고, 앞쪽에는 마이크가 설치된 연단이 있었지. 나는 한쪽 구석에 자리를 잡았는데 한 무리의 젊은이들이 내 가까이로 와서 앉데.

몇 분 뒤에 마하트마 간디가 어떤 여자 어깨에 몸을 기대고 나오자 사람들 모두가 일어섰고 어떤 사람들은 "마하트마 간디 만세!"를 외쳤어. 내 가까이에 앉아 있던 젊은이들도 "어머니 인디아 만세!" 라고 소리를 질렀고. 마하트마 간디가 연단에 앉아 눈을 감자 한 무리의 남자와 여자들이 영창을 하기 시작하더군.

고대 인도 왕조의 빛나는 왕 람
몰락으로부터의 구세주 시따 람

나는 전에 그 노래를 들어 본 적이 없었지만 아주 멋지게 들렸어. 다음엔 그 사람들이 이런 구절을 노래했고.

힌두신도 알라도 당신의 이름
모두에게 신의 지혜가 충만하기를

그것 역시 멋지게 들렸어. 하지만 내 가까이에 앉아 있던 한 젊은이는 이렇게 투덜거리데. "힌두신도 알라도가 아니라 이슬람신도 알라도 라고."

찬미가가 끝나자 수염을 기른 이슬람교도가 마하트마 옆으로 가서 앉더군. 그 사람이 책을 펴들고 마이크를 자기 앞으로 끌어당겨서 무슨 말인가를 읊조리기 시작하자 내 옆에 앉아 있던 젊은이들이 외쳐대기 시작했어. "닥쳐! 이슬람교도들은 우리 어머니와 누이들을 겁탈했어! 우리는 이 나라에서 코란이 다시 읽히는 거 용납 못해!" 그리고는 벌떡 벌떡 일어서면서 소리를 쳐대는 거였지. "어머니 인디아 만세!"

마하트마가 마이크를 자기 쪽으로 끌어당겨 개구리 울음처럼 들리는 이 빠진 소리로 홍알거렸어. "형제자매 여러분, 나는 계속해서 모든 종교를 존중할 거예요. 내 말에 동의하지 않는다면 이 기도 모임에 오지 마세요. 여러분이 방해를 한다면 나는 혼자서 기도하렵니다. 각자 집으로들 돌아가서 우리의 독립이 이처럼 형제가 형제를 죽이는 식으로 끝나는 게 옳은지 생각해 보세요." 그리고는 일어나서 인사를 하고 들어가 버리더군.

무슨 일이 벌어지는 건지 알아차릴 틈도 없이 우리는 경찰에 에워싸였어.

나는 다른 젊은이들하고 같이 떠밀려 강제로 밴에 태워졌고. 그 젊은이들은 듣는 사람이 아무도 없을 때까지 계속해서 "어머니 인디아 만세"를 외쳐대더라고.

그런데 운전사 옆에 앉아 있던 경찰 지휘관이 뒤를 돌아다보고 이러는 거였어. "마하트마 간디 멍청이 만세!" 젊은이들이 웃음을 터트렸고 순경과 운전사도 따라 웃었지. 젊은이들 중 하나는 이랬고. "경위 나리, 너무 멀리까지 데려가진 마십쇼."

"어디든 좋은 데 내려. 하지만 제발 비를라 하우스로 돌아가지는 말아." 경위가 합장을 하면서 그러더군. "그랬다가는 저자들이 내 목을 딸 테니까."

그러자 젊은이는 이렇게 안심을 시키는 거였고. "그냥 비를라 사원 근처에다 내려주세요. 오늘은 다른 계획이 없습니다."

우리는 비를라 사원에서 내렸어. 젊은이들 중 하나가 나를 알아본 건 그때였지. 그가 "아니, 넌 누구냐? 어느 부대지?" 하고 묻더군. 그래서 내가 "나는 부대니 뭐니 하는 건 모릅니다." 한 다음 나는 피난민인데 실수로 체포되었다고 했더니 그들이 한바탕 웃어대더라고. 그리고 한 젊은이가 "우리 편으로 들어오는 게 어때?" 하더니 "너도 그 영감탱이의 이슬람교도를 사랑하는 제자들 중 하나냐?" 하고 묻더군. 그래서 나는 내 누이가 파키스탄에서 납치되었는데 내가 어떻게 이슬람교도들을 좋아할 수 있겠느냐고 되물었지. 그랬더니 우두머리로 보이는 남자가 이러는 거였어. "너는 크고 강한 펀자브 남자구나. 그러니까 너는 힌두 다르마[2]를 위해 싸우는 진정한 투사가 되어야 해." 그러더니 내 등을 두드리고 근육을 만져보더군. 전에는 누구

_____

2 인도의 고전인 베다에서 사용된 법(法)이라는 말로, 리타(天則)와 함께 자연계의 법칙, 인간계의 질서를 나타내는 말.

도 나한테 크고 강하다고 한 적이 없었어.

그들이 나보고 하는 일이 뭐냐고 묻더군. 나는 아무 일도 안 한다고 대답했고. "그렇다면 와서 상가에 들어." 그들의 우두머리가 권하더군. "사무실에서 일을 하면 우리 식당에서 먹여줄 테니까." 나는 그 상가라는 것이 뭔지 아무것도 몰랐지만 어쨌건 그들을 따라갔어. 그리고 종이쪽지에다 서명을 한 다음 번호를 부여받았지. (우두머리만이 그 젊은이들의 이름을 알았고 그 나머지는 번호로만 알려져 있었거든.) 내게 맡겨진 일은 사무실에 있는 가구들의 먼지를 털고 그날의 암호를 모르는 사람은 아무도 들어오지 못하도록 문 밖에 앉아 지키는 거였어. 나는 제복을 지급받았고 봉급도 선불로 5루피를 받았지.

내가 가입한 그 상가는 기다란 산스크리트어 이름을 갖고 있었는데, 대원들은 내가 그 이름을 국민이라고 부를 때마다 웃음을 터트렸어. 그리고 또 국가라고 할 때도 웃어댔고. 그래서 나는 상가를 간단히 영어 이니셜인 R.S.S.라고 부르기로 했지.

나는 5루피짜리 지폐를 어머니에게 드렸어. 어머니는 몹시 기뻐서 할바[3]를 만들어 시크교도와 그의 아내, 그리고 하인들에게 돌렸지. 심지어는 개에게까지도 한 움큼 주었고. 그 뒤로는 아버지도 내게 더는 욕을 하지 않더구만.

나는 아침 일찍 집을 나서서 사무실로 건너가 가구들의 먼지를 털었어 그런 다음에는 제복으로 갈아입고서 다른 대원들과 함께 정렬을 했고. 대장이 샛노란 상가 깃발을 게양하면 우리는 오른손을 왼쪽 가슴에 대고 경의를 표했지. 그러고 나면 한 시간 동안 훈련과 레슬링이 뒤따랐는데, 우리는 막대

---

3 밀가루로 만든 당과.

기로 싸우는 법을 배웠고, 또 얼마 안 가서 곧 총을 지급받아 사격법을 배우게 될 거라는 말도 들었어. 오후가 되면 힌두 다르마와 역사에 관한 강의를 들었고. 강사들은 우리에게 아리안 인종의 위대함과 아리안 사람들의 땅에 대한 이야기들을 해주었어. 또 이슬람교도들이 어떻게 우리의 사원들을 파괴했고, 수백만 명의 무고한 힌두교도들을 학살했으며, 힌두교도 여인들을 납치해서 강간했고, 수천 명의 힌두교 귀족 여인들이 이슬람교도들에게 능욕 당하느니보다 화장용 장작더미 위에서 자신을 불살랐는지에 대해서도. 그들은 우리가 힌두 다르마를 위해 싸워야 하며 인도에서 더러운 이교도들, 즉 이슬람교도들뿐 아니라 우리의 신성한 어머니 소를 먹는 외국인 기독교도들도 몰아내야 한다고 역설했어.

이슬람교도들은 우리 힌두교도나 시크교도들을 파키스탄에서 몰아냈으면서도 무슨 권리로 델리나 인도의 다른 도시들에 그대로 남아 있으려는 것인가? 어째서 우리는 그들이 우리에게 그랬던 것처럼 그들의 여자와 재산을 빼앗고 파키스탄이나 초열지옥으로 쫓아버릴 수 없는 것인가? 그런 질문들이 매일같이 우리에게 던져졌어.

하루는 대장이 사람을 보내 나를 부르더군. "자네가 840번인가?" 나는 차렷 자세를 하고 경례를 붙였어. 그리고 대장이 "자네 누이가 파키스탄에서 납치당했다는 것이 사실인가?" 하고 묻자, "예, 그렇습니다." 하고 대답했지. 그랬더니 대장이 "자네는 거기에 대해서 아무것도 하지 않을 건가? 그저 팔짱만 끼고 앉아 있을 셈인가?" 하고 다시 묻더군. 나는 그가 내게서 원하는 게 뭔지 몰라 이렇게만 대답했어. "840번은 목숨을 바칠 수 있습니다. 그에게는 달리 바칠 것이 아무것도 없습니다." 그러자 대장이 씩 웃으며 이러다군. "우리 힌두교도들은 자기 목숨을 바칠 줄만 알지, 다른 자들의 목숨을 빼앗을 줄은 몰라. 그건 바뀌어야 돼. 자네, 델리에 있는 이슬람교도들에 대한 공격을 이끌 준비가 되어 있나? 그자들이 자네 누이에게 했던 짓을 기억해 봐!"

그 말을 듣자 얼굴로 피가 확 솟구쳐 오르더라고. 그래서 다시 벌떡 일어나 차렷, 경례를 하고 이렇게 대답했지. "840번은 어떤 희생이라도 치를 준비가 되어 있습니다."

대장이 앞에 놓아두었던 서류를 집어 들고 번호들을 읽더군. "이 젊은이들이 자네와 함께 행동할 걸세. 준비가 되면 내게 보고하도록. 경찰이 자네들을 방해하지 않도록 내가 미리 손을 써두겠네."

나는 경례를 붙이고 그 방에서 나왔어.

진짜로 어려운 건 누가 이슬람교도고 누가 아닌지를 알아내는 거였지. 델리의 이슬람교도들은 카르날과 암발라와 암리차르와 잘란다르에서 무슨 일이 벌어졌었는지를 알게 되자마자 붉은 터키모자와 털모자 비슷한 지나 토피[4]를 태워 없애고 대신 간디 모자를 쓰기 시작했으니까. 또 수염을 밀고 셰르와니[5]와 헐렁한 파자마를 벗은 다음 허리에다 도티를 매는 법까지 배웠고. 여자들도 외출을 할 때 부르카를 쓰지 않고 이마에 붉은 점을 찍기 시작했어. 인사말도 "나마스테"라고 힌디 말로 하기 시작했고. 누가 이슬람교도냐 아니냐를 알 수 있는 단 한 가지 방법은 성기가 할례 되었는지 아닌지를 보는 거였는데, 그렇다고 사람들마다 모두 세워 놓고 "당신 자지 좀 보여주쇼."라고 할 수는 없는 거잖아? 조심스러운 계획과 준비 없이는 행동을 개시할 수 없었어. 우리는 이슬람교도들의 집과 상점에 만(卍)자 표시를 하는 것으로 일을 시작했지. 하지만 이슬람교도 놈들은 그걸 알아차리고서 힌두교도들 상점에다도 그 표시를 그려 넣더라고. 우리는 계획을 바꾸어 이

---

4 파키스탄의 건국자인 '지나'가 쓰던 모자.
5 자락이 무릎까지 오고 목까지 단추를 채우게 되어 있는 긴 상의.

슬람교도들이 소유한 잘 알려진 상점을 몇 군데 습격하고 그 결과를 지켜보기로 했어. 우리가 첫 번째 목표로 삼은 건 뉴델리 한복판의 코노트 서커스에 있는 어느 큰 상점이었지. 대장이 그 계획을 승인하고 결행할 날짜를 지시하더군.

그날이 가까워 오자 나는 초조해지기 시작했어. 이슬람교도들이 모두 다 죽기를 바라기는 했어도 누군가를 죽여야 한다는 게 무서웠던 거지. 나는 델리에서 도망을 치고 싶었어. 또 내 마음속에서 오가는 생각들을 털어놓을 사람도 없었고. 만일 내가 어머니에게 그 일을 얘기한다면 어머니는 틀림없이 난리를 치고 아버지나 시크교도 아내에게 알릴 거였으니까.

행동을 개시하기 전날 저녁 나는 일찍 집으로 돌아갔어. 어머니는 차고 바닥에 앉아 시크교도의 부엌으로 가져갈 콩 껍질을 벗기면서 옆으로 와 앉곤 하는 개에게 말을 걸고 있더군. "애, 샴비아!(그 개의 이름은 심바였어.) 너 우리 라크미 못 봤니? 못 봤어? 그 못된 이슬람교도들이 그 앨 데려가지 않았더라면 그 앤 여기서 우리하고 같이 살았을 텐데. 너도 그 애가 결혼하는 걸 봤을 텐데. 폭죽놀이를 보고 악대가 연주하는 소리를 들었을 텐데. 하지만 그 아이의 운명이라니!" 어머니가 양손으로 이마를 치고 울기 시작했어. "아이고 라크미! 아이고 내 딸! 너는 어디에 있는 거냐? 너를 뺏어간 저 주받을 이슬람교도 놈들이 지옥으로 가버렸으면!" 개가 어머니에게로 다가가 귀에다 코를 대고 낑낑거리기 시작하자 어머니가 그놈 목에 팔을 둘러 끌어안더라고. 나는 도저히 참을 수가 없었어. "왜 울고 그래요, 어머니? 내가 그 이슬람교도 놈들에게 본때를 보여주고 말 건데요. 놈들이 우리 라크미에게 했던 짓의 대가를 치르도록 이요." 그런 일이 있고 나서 내가 어떻게 손을 뗄 수 있었겠어?

나는 잠을 몹시 설쳤지만 동이 트기도 전에 지프차가 나를 실으러 오더군. 다른 젊은이들도 이미 본부에 모여 있었고. 우리는 짤막하게 기도를 드리고 차와 비스킷을 먹은 다음 코노트 서커스로 출발했어. 나는 대원들을 미리 정해 두었던 위치에 잠복시키고 우리가 일을 끝낸 뒤 지프차가 대기하고 있을 정확한 지점을 알려주었지. 그리고 본부에서 지급받은 시계를 서로 맞춘 뒤에 내 신호가 떨어질 때까지 기다리라고 일렀어. 내 셔츠 소매 안쪽에는 끝을 날카롭게 간 쇠몽둥이가 숨겨져 있었고.

나는 코노트 서커스 안쪽 주랑을 따라 슬슬 걸었어. 상점 주인들이 나와 기도문을 웅얼거리면서 가게 문들을 여는 게 보이더군. 우리가 목표로 삼은 이슬람교도 상점은 아직 닫혀 있었지만 점원 넷이 밖에서 기다리고 있었어. 나는 그들 옆으로 지나치면서 말소리를 듣고 그들이 간디 모자를 쓰고는 있어도 이슬람교도란 걸 알 수 있었지. 내가 채 몇 발짝도 가지 않았을 때 상점 맞은편 아스팔트길에 자동차가 한 대 나타나 나무 밑에 멈춰서는 게 보였어. 청년들 중 하나가 그자를 알아보고서 '이 사람이 목표'라고 알리기 위해 막대기를 떨어뜨렸고, 나는 주랑 원기둥 뒤로 몸을 숨겼지. 그 사내가 차 유리창을 올리고 문을 잠그고 손잡이를 당겨본 다음 천천히 길을 건너기 시작하데. 마흔 살쯤 된 배가 튀어나온 사내로 델리의 상류층 사람들처럼 중간부분까지 금실로 수를 놓은 옥양목 쿠르타[6]에 풀을 먹여 빳빳하게 다린 자루 같은 흰색 바지를 입었고, 한 손에는 은으로 된 구장잎 케이스를, 다른 손에는 양철로 된 담배 케이스를 들고 있더군.

아랫입술에는 반쯤 피운 담배가 매달려 덜렁거렸고. 그자의 걸음걸이가 마치 임신한 여자 같아 보이더라고. 대원들이 잠복해 있던 곳에서, 그러니까 한쪽에서 셋, 그리고 다른 쪽에서도 셋이 모습을 드러냈어. 나는 내가 노

6 인도 전통의상의 일종.

리던 사냥감이 길을 건너 주랑 안으로 들어서자 그 뒤로 바짝 따라붙었고. 점원들이 고개를 숙이면서 "그대에게 평화가 있기를" 하고 인사를 하자 그가 고개를 끄덕이고 점원들 중 하나에게 구장잎 케이스를 건네더군. 그리고 호주머니로 손을 넣어 열쇠를 꺼내려는 순간, 나는 소매에서 쇠몽둥이를 꺼내어 그의 등 한가운데에다 있는 힘껏 찔러 넣었지.

"알라시여!" 그자가 비명을 지르면서 내게로 무너졌어. 그자의 눈이 공포에 질려 휘둥그렇게 부릅떠져 있더라고. 나는 쇠몽둥이를 뽑아 그 자가 아스팔트 바닥에 거꾸러지도록 했지. 다음엔 내 호루라기 소리를 신호로 청년들이 점원들을 덮쳤고. "도와줘요! 경찰을 불러! 살려줘요!" 그들이 비명을 질렀지만 아무도 그들을 도와주러 오지 않았어. 채 몇 분도 되지 않아 다섯 명의 이슬람교도들이 신음소리를 내고 몸을 뒤틀며 아스팔트 길바닥의 핏물 웅덩이로 쓰러졌지. 우리는 상점 유리창을 박살내고 안으로 난입했어. 그곳은 가방, 벨트, 지갑 따위의 가죽 제품들과 신발을 파는 상점이었는데, 나는 커다란 슈트케이스를 두 개 집어 들고 거기에다 손에 와 닿는 거라면 뭐든 닥치는 대로 집어넣었지. 조그만 라디오 한 대와 은제 회중시계, 그리고 만년필이 몇 개 놓여 있는 주인 책상도 싹 털었고. 얼마 안 가서 곧 다른 사람들—수위들, 사환들, 학생들—이 상점 안으로 몰려들어 눈에 띄는 거라면 뭐든 다 챙기기 시작하더군. 우리가 가져갈 물건들을 지프에 실었을 때쯤엔 코노트 서커스 전체가 소란에 빠져들어 있었어. 힌두교도와 시크교도들이 이슬람교도들을 공격하고 그들의 상점을 약탈하기 시작한 거였지. 경찰차들이 순찰을 돌고 순경들이 호루라기를 불면서 이리저리 내달렸지만 우리가 그곳을 빠져나가는 데는 아무 문제도 없었어.

내 손과 무릎이 마치 열병에라도 걸린 것처럼 와들와들 떨리더라고. 심장은 가슴에서 튀어나올 것처럼 쿵쿵거렸고. 입을 열 수도 없어서 본부로 돌아오자마자 나는 침상에 그대로 드러누웠어. 다른 대원들이 내게 차 한 잔 하고 아스피린을 두 알 가져다주더군. 나는 좀 전에 내가 벌였던 장면을 지워버리려고 얼굴에 쿠션을 올려놓았지만 아무 소용도 없었어. 내가 죽인 그 이슬람교도의 흰자위가 계속 눈앞에 어른거리고 귀에서는 끊임없이 "알라시여!"라는 비명이 울리는 통에. 그 장면이 끝없이 반복되어서 나는 아주 녹초가 되었고 오후가 될 때까지는 다리가 떨려서 일어설 수도 없더라고. 목욕을 한 뒤에 기분이 좀 나아지자 나는 훔친 물건들을 정리해서 집으로 가져갈 물건들을 한 옆으로 떼어놓았어. 그 나머지는 다른 슈트케이스에 도로 넣어 사다르 시장으로 가져가 팔았고. 여러 이슬람교도들의 상점이 털린 뒤라서 값을 많이 받을 수는 없었지만 그렇더라도 나는 150루피 이상을 손에 넣었지. 라디오 한 대만으로도 100루피를 챙겼으니까.

집으로 돌아가는 길에 나는 아버지에게 선물할 플래시라이트와 어머니에게 선물할 물들인 옥양목 두파타를 하나 샀어. 또 과일 약간과 조그만 깡통에 든 정제 버터도 한 개 샀고. 나는 시크교도 집에 있는 사람들 중 누구도 내가 커다란 새 슈트케이스를 들고 들어오는 걸 보지 못하도록 날이 어두워질 때까지 기다렸어. 그런 다음 곧장 차고로 들어갔는데 어머니는 풍로에다 차파티를 굽고 있더군.

나는 어머니에게 그 물건들을 사느라 한 달 치 봉급을 다 써버렸다고 둘러대고 어머니의 어깨에 두파타를 둘러주었어. 어머니는 나를 끌어안고 울다가 아버지 발소리가 들리자 밖으로 달려 나갔고. 어머니는 너무도 감격해서 "보세요, 보세요!"라는 말밖에 하지 못했어. 나는 아버지의 손에서 호롱불을 받아들고 대신 플래시라이트를 건네주었지. 아버지는 마치 새 장난감을 얻은 어린애처럼 버튼을 눌러 빛줄기로 차고 벽 이곳저곳을 비춰보았어. 아버지 어머니 모두 신발을 신어보고 지갑과 슈트케이스를 토닥거리기도

하면서 몹시 기뻐하더라고.

　나는 잠을 잘 수 없었어. 눈을 감기도 겁이 났고. 내가 죽였던 사내의 유령이 나를 덮칠까봐 겁이 나서. 그자가 "알라시여!" 라고 외치는 소리가 귓가에서 계속 맴돌고 있었으니까. 나는 어떻게든 안도감을 느껴볼 셈으로 아버지가 저벅저벅 자갈을 밟는 발소리와 "순찰이오." 하고 외치는 소리가 들리기를 기다렸어. 그러다 몸을 떨고 헛소리를 하기 시작했지만 악몽을 꾸고 있는 척했지. 어머니가 일어나서 왜 그러느냐고 묻더군. 나는 신음소리를 더 크게 냈고. 어머니가 건너와서 내 머리를 무릎에 올려놓자 나는 어머니의 허리에 팔을 두르고 잠이 든 척했어. 어머니는 내 등을 문질러주다가 얼마쯤 뒤에는 내 옆으로 누웠고. 떨리는 기미가 진정되었고 나는 포근한 안도감을 느꼈어. 두려움도 사라졌고. 나는 어머니를 꼭 끌어안고 오른쪽 다리를 어머니에게 걸쳐 내게로 바짝 끌어당겼지. 그런 다음에는 잠이 들었고. 다음날 아침 나는 설사가 난다는 핑계를 댔고 그 뒤로 5일 동안 집안에만 틀어박혀 있었어. 어찌 되었건 시내의 다른 지역들에서도 폭동이 일어나서 밖으로 나가려야 나갈 수도 없었고. 이슬람교도들이 소탕되고 그들의 재산은 약탈당하고 그들의 상점과 기업과 집은 다른 사람들 손으로 넘어가고 있었지. 그들은 수백 명, 수천 명씩 파키스탄으로 달아나거나 아니면 푸라나 낄라와 다른 커다란 회교사원들로 몰려들었어. 델리에서의 첫 번째 전투는 승리였던 거지. 하지만 앞으로도 할 일이 많이 남아 있었어. 우리는 이슬람교도들을 좋아하는 간디와 네루 같은 힌두교도들과 싸워야 했고, 남은 이슬람교도들을 파키스탄으로 몰아낸 뒤 우리 인디아에서 이슬람교의 흔적을 모두 지워 없애야 했으니까.

　간디는 우리의 적 1호였어. 그는 우리에게 회교사원과 회교도들의 집에서 물러나오라고 했으니까. 나는 그에게 묻고 싶었어. "이거 보쇼, 영감, 우리가 그자들의 회교사원과 집에서 물러난다면 우리는 어디서 살라는 거요? 길바닥에서요? 세트 비를라의 궁전에서 사는 사람이 그런 말을 하는 건 옳지 못하지요!"

네루는 우리의 적 2호였어. 그는 우리를 악당이라고 매도했으니까. 나는 그에게 묻고 싶었어. "이거 보쇼, 유식한 양반, 회교도 악당놈들이 우리 목을 베고 있었을 때 당신의 경찰과 군대는 어디 있었지요?"

사르다르 파텔은 우리의 친구였어. 그는 우리에 대해 "그들은 도둑도 강도단원도 아니고 조국을 사랑하는 젊은이들일 뿐이오." 라고 했으니까. 다만 간디와 네루의 비위에 거슬리지 않으려고 그는 우리가 "오도되었다."는 말을 덧붙이기는 했지. 경찰 역시 우리의 친구들이었어. 그래서 안 될 이유가 뭐였겠어? 새로 경찰이 된 사람들은 대부분 펀자브 지방에서 빠져나온 난민들이어서 이슬람교도들이 어떤지를 알고 있었고 간디와 네루의 감언이설에 현혹되지도 않았는데.

하루는 대장 상가가 내게 이러더군. "우린 이 간디라는 자가 무슨 짓을 하려는지 알아야 돼. 840번, 자네가 그 늙은이의 모임에 가서 그가 무슨 말을 하고 누가 그를 보러 오는지 보고를 하도록."

나는 하얀 간디 모자, 손으로 짠 거친 무명 셔츠와 바지, 그리고 모직 숄을 살 돈을 받았어. 그리고 이른 아침에 비를라 하우스로 갔지. 거기에서 나는 모임에 오는 사람들의 이름을 적어 내려갔어. 또 내가 들은 힌두교도와 이슬람교도들은 형제니 어쩌니 하는 헛소리도 모두 적었고.

나는 간디의 목소리도 흉내 낼 줄 알게 되었지. 그래서 무슨 말을 들었는지 보고할 때면 이 빠진 소리로 홍알홍알하는 구자라트·힌디 말을 그대로 흉내 냈어. "나는 내면의 소리가 주는 계시를 기다리고 있습니다……. 내면의 소리가 주는 속삭임과 그 명령을 들으려고 귀를 곤두세우고 있어요." 그러면 모두들 웃음을 터뜨렸지. 나는 또 그의 몸짓도 그대로 흉내 내서 책상다리를 하고 앉아 머리에 숄을 둘러쓰고 말을 계속했어. "나는 용광로에 들어 있습니다. 사방에 분노의 불길이 일고 있어요. 우리는 인간애를 짓밟고 있어요……. 나는 빛을 더듬어 찾고 있습니다." 그 대목에서는 어떻게 하는지 보여주려고 성냥을 그어. "아직까지 나는 그 빛을 희미하게만 볼 수 있을 뿐입니다." 그러면서 성냥불을 코앞으로 가져가. "내가 델리에서 우정의 불길이 활활 타오르는 것을 보게 될 때에야 그 빛이 정말로 마음에 심어지게 될 것입니다." 대원들은 배를 잡고 웃어댔어. 그리고 내게 위대한 간디님이라는 별명을 붙여주었지. 그들은 만일 그 영감이 우리 상가의 일원이었다면 내 번호보다 더 적당한 번호를 받을 수 없을 거라고 했어. 840은 420의 두 곱이고 420은 사기를 규정하는 형법조항인데 간디는 두 몫을 하는 사기꾼이라는 거였지.

상가 대장이 우리에게 인도와 파키스탄 사이에서 곧 전쟁이 일어날 거니까 크게 분발해야 할 거라고 하더군. 우리는 파키스탄을 영원히 끝장내고 키베르 통로에 힌두 다르마의 노란 깃발을 세워야 한다고.

우리 대장 말이 옳았어. 파키스탄 부족들이 카슈미르를 침략한 거였지. 매일같이 우리는 인도가 파키스탄에게 선전포고를 할 거라고 기대했지만 간디는 계속 평화와 사랑에 대해서 홍알거렸어. 그리고 거기에다 한 술 더 떠서 인도는 파키스탄에게 많은 빚을 졌으니 그것을 당장 갚아야 한다나 뭐라나.

간디는 월요일마다 단식을 했는데, 그날은 입을 봉하는 대신 자기를 보러 오는 사람들 누구에게나 씩 웃고 종이쪽지에다 무슨 글자인가를 휘갈겨 주고 하더군.

1948년 1월 어느 날 아침이었어. 날씨가 몹시 추웠고 또 그 영감이 입을 열지 않는 날이기도 해서 나는 비를라 하우스로 가는 대신 해가 뜰 때까지 누비이불 속에서 뭉그적거렸지. 하지만 햇빛을 쐬고 난 다음에는 기분이 좀 나아져서 차와 차파티를 삼키고 어슬렁어슬렁 비를라 하우스로 건너갔어. 늙은 간디는 정원에서 햇볕을 쬐며 뭔가를 휘갈기고 있었군. 그의 비서인 수셰일라 나야르 박사는 간디가 앉은 의자 옆의 풀밭에 앉아 그가 건네주는 종이쪽지들을 간추리고 있었고. 나는 수셰일라 박사가 좋았어. 그 여자는 예쁘고 토실토실한 데다 머리칼이 곱슬곱슬했고 뺨에는 보조개가 있었거든. 비록 그 여자 나이가 나보다 훨씬 더 위라고 해도 나는 그 여자하고 사랑을 하고 싶었어. 그런데 수셰일라가 영감이 썼던 것 중 뭔가를 읽고는 커다란 엉덩이를 말벌에 쏘이기라도 한 것처럼 발딱 일어서데. 그리고 자기 오빠에게로 달려가서 무슨 말인가를 했는데, 그 여자 오빠는 또 다른 누군가에게 무슨 말인가를 했고, 그래서 사람들 모두가 알게 될 때까지 말이 돌았어. 회의가 소집되고 수셰일라가 영감을 대신해서 성명서를 읽더군. 성명서는 그 영감이 입을 여는 다음날부터 죽을 때까지 단식을 시작하겠다는 거였어.

나는 그때 나왔던 말을 다 기억하지는 못하지만 단식에 두 종류가 있다는 건 분명해! 몸이 너무 뚱뚱하거나, 아니면 누군가에게 잘못을 저질러서 자신을 벌하고 싶을 때는 단식을 할 수도 있어. 하지만 그 영감은 우리가 이슬람교도들에게 나쁜 짓을 했기 때문에 단식을 한다는 거더라고. 그 영감 말로는 자기가 요즘 들어 무력감을 느껴 왔다면서 사흘 동안 거기에 대해서 숙고해 본 결과 단식을 하면 다시 힘을 얻게 되리라는 것을 알았다나 뭐라나. 그 영감 말은 이랬어. "어느 누구도, 만일 그가 순수하다면, 자기의 목숨보다 더 소중한 것을 바칠 수는 없겠지요. 나는 내 안에 있는 순수가 이 방법이 옳다고 인정해주기를 바라고 기도합니다. 신께서 이 단식을 보내셨어요. 그분만이 이 단식을 끝낼 수 있겠지요, 그분께서 원하신다면." 그가 신을 끌어다대어 무슨 말을 했건 죽고 싶어 하지 않는다는 건 분명했어. 그 영감 말은 힌두교도들과 시크교도들과 이슬람교도들 사이에서 마음이 통하게 된다면 생각을 바꾸어 다시 먹기 시작하겠다는 뜻이었으니까.

나는 택시를 잡아타고 본부로 갔어.

대원들도 라디오로 그 뉴스를 들은 뒤였는데, 대장이 이러더군. "그 영감이 죽건 말건 내버려둬. 힌두 다르마는 영원하니까. 하지만 우리는 이 상황을 아주 조심스럽게 지켜봐야 돼." 그러고는 나를 가리키면서 이러는 거였어. "자네, 자네는 비를라 하우스에 계속 붙어 있으면서 무슨 일이든 그 즉시로 보고하도록. 필요하다면 택시를 타고(나는 속으로 이게 웬 떡이냐! 내일부터 며칠 동안은 6, 7루피를 받게 되겠군, 하고 계산을 했지). 우리는 이 간디 추종자들의 장난질을 저지할 시위대를 조직해야 돼."

나는 다시 비를라 하우스로 갔어.

사람들이 어느 때보다도 더 많더군. 늘 드나드는 사람들은 아주 근엄한 표정으로 점잔을 빼며 돌아다녔고. 그들 외에 백인과 몇몇 검둥이들까지 포함한 다른 사람들도 여럿 있었어. 월요일이었는데도 간디는 계속 나불거리고 있더라고. 나는 사람들 틈을 비집고 그에게로 가까이 다가갔어. 잔뜩 몰려선 사내들이 수첩에다 뭔가를 휘갈겨대고 있더군. 영감을 추켜세우고 자기네가 그 영감에게 얼마나 관심이 많은지도 보여주려고 갖가지 질문들을 하면서.

간디의 아들인 데브 다스도 같이 있었는데 그 둘은 서로 말다툼을 벌였어. 아들은 아버지를 무능력자라고 하고, 아버지는 아들의 생각이 나약하고 피상적이라고 하면서. 다음에는 영감이 아들보고 네 일에나 신경 쓰라고 하더군. 그 아버지와 아들이 서로를 좋아하지 않는다는 건 누구라도 알 수 있었어. 사실 간디는 세 아들 중 누구도 좋아하지 않았지.

"나는 신께서 이 단식에 영감을 주셨다고 단언해요." 그 늙은 사기꾼은 사람들에게 그 똑같은 말을 여러 번 되풀이하더라고. "인간의 어떤 행위도 신의 뜻을 꺾지 못했고 앞으로도 꺾지 못할 거예요."

그 말은 보고할 가치도 없는 것 같아서 나는 집으로 돌아가 한잠 푹 잤어. 다음날 아침에는 비를라 하우스에 어느 때보다도 더 많은 경찰과 군인들이 배치되더군. 그리고 더 많은 신문쟁이들과 네루, 파텔, 마울라나 아자드[7], 그리고 카슈미르의 쉐이크 압둘라까지 찾아왔더라고. 나는 그들이 간디 지지 시위를 벌일 계획을 꾸미고 있다는 생각이 들어서 본부로 달려가 보고를 하고 다시 비를라 하우스로 돌아갔어.

오전 11시 30분에 기도모임이 열리더군. 그 모임은 영감이(그리고 나도) 좋아하는 찬가로 시작되었어.

>   다른 이들의 고통을 느끼는 이가
>   진정한 신의 아들.

수셰일라가 영어로 무슨 노래인가를 불렀는데, 나는 그 여자가 백인 여자들처럼 히히 호호 하는 소리를 흉내 내는 게 마음에 들지 않았어. 다음에는 이슈아르이며 알라이기도 한 신에 대한 찬가가 뒤따른 뒤 영감이 마이크에 다 대고 연설을 하더군. 영감은 이슬람교도들에게 자기는 그들을 위해서 단식을 한다고 하고 힌두교도들과 시크교도들에게는 자기가 그들을 위해 단식을 한다고 했어. 또 카슈미르 사람들에게는 카슈미르를 위해 단식을 한다

---

7 인도의 정치가, 사상가, 민족운동 지도자.

고 했고, 신에게는 신이 단식을 하라고 해서 단식을 한다고 했지. 그러면서도 영감은 라임주스와 오렌지주스를 마시고 있었어.

저녁때 우리 대장이 버스 세 대에 가득가득 탄 피난민들을 비를라 하우스로 보내더군. 그 피난민들은 길 한끝에서 다른 한끝까지 "우리는 피에 피로 복수하리라!"를 외치면서 행진을 했고. 네루는 그들을 쳐다보기만 할 뿐 아무 말도 하지 않았어. 그러자 피난민들은 다시 이렇게 외쳤지. "늙은 간디에게 죽음을!" 네루가 귀신에 들씌운 사람처럼 되어서 팔을 내두르며 우리에게로 달려오더라고. "누가 감히 간디에게 죽음을 이라고 그래?" 그가 으르렁거렸어. "누구든 내 앞에서 다시 한 번만이라도 그런 소리를 해봐. 먼저 나부터 죽여야 할 테니까!" 그가 성질이 잔뜩 돌아서 사람들을 하나하나 노려보더군. 그런 다음에는 지프차에 가득 탄 무장경찰들을 뒤에 달고서 리무진 승용차를 몰아 떠났고.

나는 슬며시 간디의 방으로 들어갔어. 영감은 숄로 몸을 감싸고 있어서 탁상램프 불빛에 대머리와 얼굴만 드러나 보였지. 방 안은 사람들로 가득 차 있었는데 영감이 묻더군. "저 사람들이 뭐라고 외치는 거지?" 그러자 수셰일라가 "간디에게 죽음을 이라고요." 하고는 뺨에서 눈물을 훔치데.

간디가 "람, 람, 람." 하고는 숄로 얼굴을 가렸어. 그렇게 또 하루가 지나간 거지.

다음날 아침 영감은 사람들이 자기를 볼 수 있도록 침상에 누운 채 밖으로 들려 나왔어. 사람들이 "마하트마 간디 만세!"를 외치자 영감이 양손을 모으고 잇몸을 드러내며 씩 웃더군. 영감은 이틀 동안 아무것도 먹지 않은 사람으로는 보이지가 않았어.

인도 정부 전체가 비를라 하우스의 잔디밭으로 나와 있더군. 자와할랄 네루와 그의 각료들이 테이블 주위로 빙 둘러 놓인 의자에 앉아 있었으니까.

그들은 파키스탄 놈들이 총과 총탄을 사서 힌두교도들을 죽일 수 있도록 그 나라에 3억 5천만 루피를 주기로 결정했어. 그리고 간디에게로 가서 말했지. "저희는 선생님께서 원하시는 일을 했습니다. 이제 단식을 그만두시는 것이 어떻겠습니까?" 하지만 간디는 고개를 저으면서 이러는 거였어. "아니, 아직 아니오. 나는 훨씬 더 많은 것을 원하오. 내 영혼을 인도하는, 아니 명령을 내리기까지 하는 것은 틀리는 법이 없는 전지전능하신 신이시오."

*

갠지스 강이 거꾸로─바다에서부터 그 원류인 산으로 역류해─흐르기 시작했어. 당시에 벌어지고 있던 일을 설명할 수 있는 말은 그것뿐이야. 사흘 전에 우리는 델리에서 이슬람교도들을 몰아냈고, 사람들 모두가 우리 편이었어. 그런데 이제는 이슬람교도들이 델리로 돌아오는 중이었고 사람들 모두가 우리를 적으로 보고 있었지. 이슬람교도의 상점을 털었던 사람들이 비를라 하우스로 와서 약탈한 물건들을 내놓았고, 어떤 남자들은 납치했던 여자들을 비를라 하우스로 데려와 간디 앞에서 그 여자들에게 자기네를 용서해달라고 빌었어. 이슬람교도의 피를 흘리게 했던 사람들은 자기네 손가락을 잘라서 그 피로 간디에게 단식을 그만두어달라고 간청하는 탄원서에 서명을 했고. 사람들 모두가 간디의 머리를 돌게 하고 있었어. 심지어는 어떤 영자 신문의 편집자였던 늙은 백인까지도 단식을 시작하면서 만일 간디가 죽으면 자기도 죽을 거라고 했다니까. 그런 미친 짓에 대항해서 무슨 수로 싸울 수가 있었겠어?

대장은 내가 계속 비를라 하우스에 붙어 있기를 바랐어. 뭔가 엄청난 일이 벌어지려는 것 같아서였지. 그래서 내가 밤에도 전화를 걸 수 있도록 대장은 자기 집 전화번호도 알려주었고. 해가 넘어가기만 하면 날씨가 몹시 추워져서 나는 베란다에 놓인 소파에서 몸을 잔뜩 웅크렸어. 목까지 올라오는 스웨터에 코트를 걸치고, 두툼한 양말을 신고, 숄을 둘러썼어도 몸이 너무 떨려서 이빨이 딱딱 부딪히는 데는 어쩔 도리가 없더라고. 영감이 일어나는 시간은 까만 하늘에 별들이 총총히 박혀 있을 때인 새벽 3시 30분이었어. 불들이 켜지고, 조용한 명상에 찬미가가 이어지고 나면 그 늙은이는 일을 시작했지. 나는 영감이 탁상램프 불빛 아래서 편지들을 하나하나 집어들고 무슨 말을 웅얼거리면 한 사내가 종이쪽지에다 받아 적는 걸 볼 수 있었어. 그 일이 몇 시간 계속되었고, 그 다음은 영감이 벵골어를 배우는 시간이었지. 그런데 정말로 죽을 셈이었다면 다른 지방 말을 배워봤자 그게 무슨 소용이었겠어? 태양이 떠올라 햇살이 베란다로 흘러들 때쯤, 몸이 떨리지 않게 되면 나는 잠을 좀 자려고 했지만 주위에 나불거리는 사람들이 너무 많아서 그냥 일어날 수밖에 없었어. 의사들은 영감을 진찰한 뒤에 오렌지주스를 주고 고개를 홰홰 저었지. 그러면 영감은 합장을 하고서 그들을 물러가게 했고. 분명히 얘기하지만 그건 모두 미리 꾸며진 쇼, 구경거리였어.

그 영감은 자기 스스로 의사여서 약을 먹지도 주사를 맞지도 않더라고. "라마의 이름이 내 자연치유법이오." 라는 게 그의 말이었지. 십여 명의 기자들은 그 말을 받아 적었고. 하지만, 내가 좀 전에도 얘기했듯이, 그것 또한 미리 꾸며진 구경거리일 뿐이었어. 라마야나, 기타, 코란, 그란트 같은 것들에서 따온 찬가며 구절들이 끝없이 낭송되고, 축 늘어진 멍청한 얼굴에 세상 슬픔을 다 끌어 담은 사람들의 행렬이 하루 종일 이어졌어. 네루는 눈물을 글썽이면서 만일 간디가 죽는다면 그와 함께 인도의 영혼도 죽을 거라고 허풍을 떨었고. 마울라나 아자드도 눈물을 글썽이더군. (그날 좀 더 늦게 그는 십만 명의 사람들에게 한 시간 동안이나 떠들어댔어. 그가 사랑한 건 자기 자신의 목소리였지.)

저녁때 마운트바텐 총독각하와 영부인과 영애가 비를라 하우스로 찾아왔어. 영감은 자기의 단식에 대해 태연하게 거짓말을 늘어놓으며 무슨 농담인가를 했고. 키크고 잘생긴 파티알라 토후국 왕이 와서 자기가 수천 명의 이슬람교도들을 구했다고 했지만 영감은 그 말을 믿지 않았어. 다음에는 말레르코틀라 태수가 와서 자기는 시크교도나 힌두교도가 한 명 죽으면 이슬람교도를 열 명씩 죽이겠다고 위협을 함으로써 수천 명의 시크교도와 힌두교도의 목숨을 구했다고 떠벌렸고. 영감은 그 말은 믿더군.

델리에 있는 사람들 모두가 이슬람교도를 좋아하는 쪽으로 돌아서서 십만 명도 더 되는 사람들이 찬가를 부르며 비를라 하우스로 몰려들었어.

힌두교, 이슬람교, 시크교, 예수교.
인도에서는 모두가 형제.

그들은 "마하트마 간디 만세!"를 외쳤고 호텔이며 카페며 상점들은 문을 닫았지. 마치 큰 축제 때와도 같았어. 하지만 분명히 얘기하는데, 그건 델리 역사상 최대의 구경거리였던 거라고.

단식 엿새째 되던 날, 영감이 오줌을 눌 수 없다고 툴툴대더군. 나는 그에게 묻고 싶었어. "당신이 마셔댄 그 오렌지주스와 라임주스는 모두 어떻게 된 거요?" 그는 마치 잠이 덜 깬 사람처럼 홍알거렸고, 라디오는 그가 죽어가고 있다고 떠들어댔지. 수천 명의 사람들이 자기네 친아버지가 죽어가고 있는 것처럼 울고불고하면서 그를 찾아와서 자기네뿐 아니라 자기네 아버지, 어머니, 아내, 그리고 아이들까지도 함께 단식을 해왔다고 허풍을 쳐댔어. 또 앞으로는 이슬람교도들을 절대 괴롭히지 않을 것이며, 회교사원과 이슬람교도들의 집에서 철수할 것이고 파키스탄에서 돌아오는 이슬람교도들을 환영하기까지 하겠다는 탄원서를 제출하기도 했고.

그들은 어디에서건 이슬람교도들이 눈에 띄기만 하면 목에 화환을 걸어 주고 그들과 함께 길거리를 행진했어. 그들의 입에 차와 레모네이드와 당과를 억지로 밀어 넣어주기도 했고. 그러다 평화위원회를 구성하기까지 했는데, 사태가 그쯤 되자 대장은 사람들이 모두 미치고 있다면 우리도 미친 척해야 한다면서 평화위원회 밑에 R.S.S.의 이름을 걸기로 했어. 그 늙은 여우는 오직 그것만을 기다리고 있었지. R.S.S.가 평화위원회에 가입했다는 말이 들리자마자 단식을 그만두었으니까.

그날은 1월 18일 일요일이었어. 그날은 또 시크교의 열 구루들 중 마지막 구루인 고빈드 싱의 탄신기념일이기도 했지. 이슬람교도들은 고빈드 싱의 아버지와 아들들과 수천 명의 추종자들을 죽인 뒤에 그를 살해했었어. 그래서 우리는 델리에 남아 있는 이슬람교도를 마지막 하나까지 몰아냄으로써 그날을 기념하겠다는 계획을 세워두고 있었지. 언젠가 대장은 이런 말을 했어. "우리가 일단 시작만 하면 시크교도들이 틀림없이 우리에게 가담할 거야." 하지만 내가 말했던 것처럼 갠지스 강이 잘못된 방향으로 흐르고 있었으니! 172년 전 구루의 아버지 시체가 화장되었던 곳인 리카브간지 기도소에는 수천 명의 시크교도들이 모여 있었어. 그들 중에는 시크교도의 성서에 경의를 표하려는 수백 명의 이슬람교도들도 섞여 있었는데, 그 늙은 여우는 그날을 노려 오늘은 경사스러운 날이고 자기는 원했던 것을 얻었기에 단식을 끝내려 한다고 선언했지. 오전 11시 45분, 영감이 염소수염을 한 마울라나 아자드의 손에서 오렌지주스 잔을 받아 "람, 람." 하고 이 빠진 소리를 내면서 마시더군. 그 위선자! 그렇게 해서 우리가 몇 달 동안 노력해 왔던 일과 흘렸던 피가 그 영감의 방해로 단 엿새 만에 허사가 되고 말았던 거야.

그가 승리를 즐거워하는 꼴이라니! 네루가 그를 축하해주려고 달려오자 그는 이러는 거였어. "오래 오래 살아서 인도의 보석이 되시오." 그리고 백인 편집자에게도 전화를 걸게 해서 전투가 승리로 끝났으니 단식을 그만두라고 하더라고. 오후가 되자 텐트처럼 생긴 부르카를 쓴 이슬람교도 여인들이 솔을 두르고 와서 이러더군. "저희들은 당신과 함께 단식을 해 왔습니다." 그러자 늙은이가 씩 웃데. "아, 그랬어요? 얼굴을 보여주세요. 어떤 여인도 아버지 앞에서는 얼굴을 가리지 않아요. 나는 그대들의 아버지라오." 부르카의 베일이 뒤로 젖혀졌고 그 늙은 색골은 이슬람교도 여인들의 창백한 얼굴을 실컷 보았지. "이는 진정한 사랑이 무엇을 할 수 있는지 보여주는 것이오." 그가 자기 스스로에게 아주 만족해서 그러더군.

그 영감은 우리의 상처에 소금을 더 문질렀어. 우리 힌두교도들과 시크교도들에게 코란을 읽으라고 했으니까.

저녁이 되자 하늘이 구름으로 뒤덮여 비가 내리기 시작하더군. 천국에 있는 신들이 바라트[8]의 운명을 슬퍼해서 눈물을 흘린 거였지.

*

누가 먼저 그 말을 하기 시작했는지는 기억이 나지 않지만 대원들은 신이 다르마를 올바른 자리로 되돌려놓기 전에 인간의 희생을 요구한다는 말들을 하고 있었어. 대장은 그런 희생을 치를 명예가 기타에서 말하는 카르마 요기, 보답을 기대하지 않고 행동하는 자에게만 맡겨진다고 했고. 누가 그

---

8 '인디아'의 힌디어 명칭.

런 희생의 대가로 교수대 이외의 것을 기대할 수 있었겠어? 하지만 델리의 청년들 중에는 그 일을 능히 해낼 만하다고 여겨지는 사람이 아무도 없었어. 한 청년이 시도는 해보았지만 실패로 돌아갔고.

그건 간디가 단식을 그만둔 지 이틀 뒤의 일이었어. 기도 모임이 끝나자 그 늙은 여우는 여느 때처럼, 우리를 미워하고 우리의 어머니와 누이들을 겁탈한 자들까지 포함해서 모든 사람들을 사랑해야 된다고 헛소리를 해댔지. 그때 커다랗게 푸다닥거리는 소리가 들렸어. 나는 속으로 지나가는 차가 배기를 폭발시킨 거겠지 하는 생각을 했고. 하지만 연기가 피어오르더니 간디 추종자들이 꼬랑지에 불이 붙은 하누만지[9]들처럼 이리저리 내달리더라고. 간디는 이렇게 소리를 질렀고. "들으시오! 모두들 들으시오! 이처럼 아무것도 아닌 일로 겁에 질린다면 정말로 무슨 일이 일어났을 때 우리가 어떤 곤경에 처하겠소?"

아무도 그 영감 말을 듣지 않고 걸음아 날 살려라 달아나더군. 나도 비를라 하우스에서 달려 나와 택시를 잡아타고 운전사에게 빨리 빨리 본부로 데려다 달라고 했고. 하지만 내가 대원들에게 무슨 일이 있었는지 알렸을 때 대장이 한 말은 이것뿐이었어. "제기랄, 그게 다야?"

대장이 사무실에 있는 서류들을 모두 당장 태우라고 명령한 다음 나한테는 비를라 하우스로 돌아가서 부를 때까지 꼼짝도 하지 말라는 지시를 내리더군. 그러고는 이렇게 읊조렸어. "앞으로도 올 게 더 있어. 승리는 힌두 다르마에."

---

9 힌두산 원숭이.

간디는 자기의 '내면의 목소리'와 신이 자기에게 모든 것을 알려준다는
데 대해서 많은 얘기들을 했어. 하지만 폭발에 대해서는 아무것도 몰랐지.
영감은 그게 경찰의 사격연습 소리라고 생각했으니까. 사실 그건 우리 대원
들 중 하나가 바로 그 영감을 표적으로 노린 거였거든. 그 대원은 만단 랄
파와라는 펀자브 출신 힌두교도 난민이었어. 그 전에 경찰은 그가 파키스탄
에서 빠져나온 뒤로 머물고 있었던 어느 회교사원에서 그를 쫓아냈고. 파
와는 폭탄을 하나만 던졌고 어느 경찰에게 체포되었을 때 한 개를 더 가지
고 있었지.

다음날 간디는 파와가 아마도 자기를 힌두교의 적으로 보았을 것이며 파
와는 자신이 그(간디)를 제거하기 위해 신이 보낸 도구라 여겼을 거라고 했
어. 경찰에는 파와를 해치지 말고 '올바른 생각'을 하도록 교정해달라는 요
청을 했고. 나는 영감에게 그 일에서 '아마도'는 없다는 말을 해주고 싶더라
고. 그는 힌두교도들의 적 제 1호였으니까.

간디는 누구와도 달라지고 싶어 했어. 1월 26일에 사람들 모두가 성대한
퍼레이드를 보러 갔는데도 자기는 퍼레이드를 좋아하지 않는다면서 비를라
하우스에 남아 있던 것만 보아도 그랬지. 나는 그날 하루 일을 쉬고 우리 부
모와 함께 그 퍼레이드를 보러 갔는데, 그건 정말로 대단한 구경거리였어!
오른쪽과 왼쪽에 있는 정부청사 건물들 사이의 경사로를 따라 수천 명의 군
인들이 내려왔고 그 뒤를 따라 수백 대의 탱크들, 대포들, 장갑차들이 우르

릉거리며 인디아 게이트[10]를 통과했으니까. 그들이 네루에게 경례를 했고 네루도 그들에게 답례를 했어. 비행기들은 뒤에 색색가지 연기 꼬리를 남기며 하늘을 쉭쉭 가로질렀고. 다음에는 네루가 인도는 간디의 땅이며, 탱크나 대포, 장갑차나 비행기를 믿지 않고 비폭력을 믿는다고 일장연설을 하더군.

간디가 군대의 구경거리를 좋아하지 않았던 건 자기만의 특별한 구경거리를 갖고 있었기 때문이었지. 다음날 그는 메라울리의 쿠틉 미나르 근처에 있는 쿠투부딘 박티야르 카키의 무덤을 찾아가겠다고 발표했어. 그날은 그 카키라는 자의 추모일이었는데, 이 카키가 누구냐 하면 600년쯤 전에 인도로 와서 수많은 힌두교도들을 이슬람교도로 개종시킨 자였지. 그 무렵 메라울리는 물탄에서 쫓겨 온 힌두교도 난민들이 이슬람교도들을 몰아내고 정착한 곳이 되어 있었어. 그 힌두교도들은 카키의 무덤을 두른 호석(護石)을 깨부수었지만 간디가 오고 있다는 말을 듣자 길가에 늘어서서 "힌두교도와 이슬람교도는 형제."를 외치고 이슬람교도들에게 차를 대접했지. 나는 너무도 화가 나서 이렇게 외치고 싶더라고. "이 개자식들아! 너희는 물탄에서 네 어머니들이 어떻게 강간당했는지도 잊은 거냐?"

간디는 카키의 무덤에서 고개를 숙었어. 이슬람교도들이 그에게 "우리의 파테하를 암송해주세요." 하고 요구했지. 간디는 양손을 들어 올리고서 이렇게 암송했고. "자비롭고 은혜로우신 알라의 이름으로." 그 말을 한 것만으로도 그는 이슬람교도가 된 게 아니었겠어? 만일 어떤 힌두교도가 그를 죽인다면, 그는 힌두교도의 적을 하나 줄이는 셈이 될 거였지.

간디가 힌두교도와 시크교도들이 호석을 깨부순 것에 대해서 이슬람교

10 1921년 파리의 개선문과 유사한 형태로 짓기 시작해서 1931년에 완공된 높이 48미터의 웅장한 건축물.

도들에게 용서를 구하더군. 그러더니 자기가 몇 가지 좋은 소식을 들었다고 했어. 130명의 힌두교도들과 시크교도들이 파키스탄의 페샤와르 근처에 있는 파라치나루에서 이슬람교도들에게 학살당했는데, 그걸 두고서 간디는 힌두교도와 시크교도들이 '비폭력의 용기'를 보여주었기 때문에 좋은 소식이라는 거였지. 나는 속으로 놀고 있다! 했어. 그런데도 간디가 우리의 가장 큰 적이었다는 증거가 더 필요해?

구자라트 기차역에서 힌두교도와 시크교도들에 대한 학살을 용케 면한 어떤 사내가 그 늙은이에게 소리를 질러댔어. "당신은 이미 해를 끼칠 만큼 끼쳤소. 당신이 우리를 철저히 망친 거요. 당신은 지금 당장 우리를 이대로 남겨두고 히말라야로 물러가야 마땅하오."

"나는 누구의 명령에도 물러날 수가 없소." 영감이 되받더군. "나는 나 자신을 신의 유일한 명령 밑에 두고 있으니 말이오."

"아니오." 피난민도 주장을 굽히지 않았어. "신이 당신에게 말하는 것은 우리를 통해서요. 우리 마음은 슬픔으로 미쳐 있소."

"내 슬픔이 당신들의 슬픔보다 적지 않소." 그 굉장한 위선자도 물러서지 않더군. 그렇게 막무가내로 "나는 옳고 다른 사람들은 그르다, 이슬람교도들은 옳고 힌두교도와 시크교도들은 그르다."고 우기는 사람의 머릿속에 무슨 수로 분별력을 집어넣어 줄 수 있었겠어?

*

금요일이었고 날짜는 1월 30일. 그 해(1948년), 그 달, 그 날은 내 오른팔에 문신된 람 라카라는 내 이름처럼 내 머릿속에 새겨졌어.

나는 지난 며칠 동안 쓰고 있던 소파에서 잠을 자고 있었지. 그해 들어서 가장 추운 밤인 것 같더라고. 새벽 세 시, 불이 켜지자 나는 소파에서 일어났어. 그리고 팔다리에서 한기를 몰아낼 셈으로 양팔을 가슴에 딱 붙이고 펄쩍펄쩍 뛰다가 집 밖으로 나가 물이 흐르지 않는 하수구에서 변을 보았지. 그런 다음에는 정원 수도전에서 뒷물을 했고. 나는 손이 얼지 않도록 양쪽 겨드랑이에 찔러 넣고서 영감이 뭘 하는지 보러 갔어. 내가 인사하니까 영감이 안경 너머로 나를 보고 씩 웃데. 영감은 꿀과 라임주스를 탄 뜨거운 물을 한 잔 마시고 나서 오렌지주스를 한 잔 더 마셨어. 그리고 사람들에게 자기는 126살까지 살 거라고 하더군. 그 영감이 신의 길에 대해서 알고 있는 건 그게 고작이었지.

뿌옇게 먼동이 터오기 전에 그는 찬가를 부르고 성서들의 구절을 암송하고 명상을 하는 일과를 마쳤어. 해가 떠오르면서는 사람들이 찾아들었고. 그건 정규적인 모임이었지. 오전이 지나 오후가 되자 사람들이 더 많아지더군. 사르다르 파텔이 딸 마니벤을 데리고 찾아왔는데 이마를 잔뜩 찌푸리고 있었어. 그 사람 딸은 창백하고 대꼬챙이처럼 빼빼 말라서 남자를 안 적도 없고 웃을 줄도 모르는 것 같아 보였고. 그 둘은 무슨 일인가로 영감과 말다툼을 하면서 한참이나 시간을 보냈어. 그 바람에 절대로 늦는 법이 없는 간디가 10분 늦게 나왔지.

어쨌거나 영감이 오후 모임에 나왔을 때는 아주 즐거워 보였어. 왜 즐겁지 않았겠어? 왼팔은 한 처녀에게 걸치고 오른팔은 다른 처녀에게 걸치고 있었는데. 두 처녀 모두 젊고 예쁘더라고. 영감은 그 처녀들한테 농담을 했는데, 하지만 그 농담이란 건 아주 형편없는 거였지. 처녀 하나가 영감에게 당근을 주자 이러는 거였으니까. "그러니까 자네는 내게 가축 먹이를 주고 있구만!" 그런데도 모두들 웃더라니까.

영감이 도티 주름에서 시계를 꺼내들고 이러더군. "내가 10분 늦었구만요. 나는 늦는 거 아주 싫어해요. 시간 맞춰 다섯 시 정각에 기도하기를 좋아하지요."

나는 영감 가까이로 다가갔어. 신문 사진에 내가 들어가면 그걸 어머니에게 보여주고 싶어서. 사람들이 그를 맞으려고 일어섰지. 누군가가 "말씀해주세요, 말씀해주세요." 하고 외치자 다른 사람들이 "마하트마 간디 만세" 하고 답창을 하더군. 영감은 씩 웃으며 인사 했고.

그 다음에는 모든 일이 너무도 빨리 벌어져서 내가 그 일이 벌어지는 걸 정말로 보았는지 몇 번씩 되새겨봐야 했어. 어떤 탄탄하고 젊은 친구가 사람들 틈을 비집고 들어가서 그를 저지하려는 한 처녀를 옆으로 밀치고 간디의 발을 만지려는 것처럼 몸을 숙이더니 도티 주름에서 권총을 꺼내어 사람들이 그자가 무슨 짓을 하려는지 알아차리기도 전에 영감의 몸에다 세 발을 박아 넣은 거야. 탕, 탕, 탕.

간디의 손은 마치 세상에다 인사 하려는 것처럼 합장을 한 그대로였고. 그가 람, 람 하고는 자신의 핏물 웅덩이로 무너져 내렸어.

미친 듯한 광기가 나를 덮치더라고. 나는 그자에게로 펄쩍 뛰어올라 넘어뜨려서 머리칼을 쥐어뜯고, 머리통을 땅바닥에다 찧어대고, 온갖 욕설을 퍼부었어. "제 어미하고 붙을 놈! 개새끼! 후레자식! 돼지새끼!" 어떤 경찰이 내 목덜미를 잡아 한 옆으로 밀어내고 그자를 단단히 붙들더군. 엄청난 혼란이 일고 있었지. 나는 사람들 틈을 비집고 도망쳐 나와 울기 시작했어. 달리다가, 울다가, 울다가, 달리다가 하면서. 다음에는 아스팔트 바닥에 주저앉아 양손으로 이마를 때리면서 "아이고, 아이고, 아이고." 소리를 질렀고. 한 무리의 사람들이 나를 에워싸더니 아주 다정한 소리로 묻더군. "자네 왜 울고 있나?" 나는 눈물이 번진 눈으로 그들을 올려다보며 이렇게 대답했어. "아버지가 죽었어요." 사람들이 안 됐다는 듯 혀를 찼고, 그 중 하나는 이런 말로 위로를 해주었지. "마음 단단히 먹어야 하네. 자네는 어머니를 부양해야 하고 자네 아버님이 하시던 일을 계속 이어야 하니까." 다음에 그가 더 진지한 어조로 묻더군. "그런데 자네 아버님은 어떻게 돌아가셨지? 병이 드셨었나?"

"아니, 그런 게 아니고요, 내가 내 손으로 그분을 죽였어요! 내가 그분을 죽였어요!" 그런 다음 나는 내 이마를 치면서 울부짖었어. "아이고, 아이고, 내가 아버지를 죽였어요!"

바그마티

부드 싱은 간디와 그의 추종자, 그가 부르는 대로 하자면 도티 토피[1] 패거리를 심히 못마땅해 하고 있다. 그들이 인도를 영국에서 떼어내려고 했다는 이유에서다. 그는 영국인들이 그대로 남아 있기를 바라고 영국유치연맹을 결성하려고 한다. 그래서 영국 국왕폐하에게 그 연맹의 후원자가 되어달라는 초청장을 보내기도 했다. 또 나를 명예 왕실회계국 장관으로 임명하고 내 아파트를 영유연 본부로 지정하기도 했다. 그는 이미 서명운동을 벌이기 시작했고, 권력이 왕에게서 도티 토피 패거리에게로 넘어가는 것에 반대하는 100만인 서명 연판장을 보내자고도 한다.

아직까지는 그가 설득에 성공한 것이 바그마티 하나뿐이다. 바그마티는 글을 쓸 줄 모르기 때문에 그가 대신 그녀의 이름과 성, 직업을 적은 뒤에 엄지손가락으로 손도장을 누르게 했다. 바그마티 ‒ 성 : 타고난 히지라, 직업 : 매춘. 그가 자랑스럽게 두루마리를 휘둘러 보이며 내게 두 번째 서명자가 되라고 요구하자 나는 그에게 현실을 깨우쳐주려고 애쓴다. 그가 바뀌기를 바라는 사건은 벌써 오래 전에 일어났으므로 이제는 그가 할 수 있는 일이 아무것도 없다고. 하지만 그는 나를 미친놈 보듯 쳐다보고, 그래서 나는 일단 그의 생각을 받아들인 뒤 그가 알아들을 만한 증거를 대서 김을 빼버리기로 한다. "영국인들 스스로 인도를 떠나고 싶어 해. 당신, 신문에서 8월 15일에 그 사람들이 이슬람교도들에게 파키스탄을 내주고 떠날 거라는 기사도 못 봤어?"

"그건 모두 빨리 빨리라니까요!" 그가 같잖다는 투로 우긴다. "그 마운트바텐 경인가 뭔가 하는 자는 간디 앞잡이라니까 그러시네! 나는 버킹검 궁전에다 그자의 장난질에 대해서 편지도 보내놨다구요."

---

1 인도의 전통 남자 의상과 모자.

"그 사람은 왕의 인척이야. 그 사람 조카가 왕의 딸하고 결혼했거든."

"성을 무너뜨리는 건 내부에 있는 반역자란 말입니다."

"당신은 인도가 자유로워지는 걸 바라지 않아?"

부드 싱은 그 문제에 대해서 별 생각을 해보지 않았는지 자신 없는 소리로 웅얼거린다. "무슨 자유? 어느 놈을 위한 자유? 약탈을 하고 죽이고 하는? 죄다 자유, 자유 하지. 자유가 뭔지 쥐뿔도 모르면서."

초인종 소리가 나를 부드 싱에게서 구해준다. "그 문제는 다시 생각해보자고." 그리고 나서 나는 문을 열러 간다. 찾아온 사람은 신문쟁이 노릇을 하는 시크교도 친구다. 부드 싱이 내 방문객에게 영국유치연맹의 취지와 목적을 떠벌리기 전에 나는 슬며시 그를 밖으로 밀어낸다. "나중에, 생각을 좀 더 해보고 나서. 그런 중요한 문제는 급하게 결정해선 안 되는 거니까."

시크교도 신문쟁이는 농담이라면 안 빠지려고 드는 친구다. 그가 내게 최신작이기라도 한 것처럼 케케묵은 우스갯소리를 늘어놓는다. "라마, 시타 그리고 락쉬마나가 14년 동안 귀양살이를 하러 아요다를 떠날 때 거기 시민들이 그들을 전송하러 나왔어. 그 도시 성문에 이르자 스리 람찬드라지가 시민들에게 제발 집으로 돌아가라고 사정을 했지. '남자분들이고 여자분들이고 여기까지만 오고 더는 오지 마세요.' 시민들은 그 말에 따라 집으로 돌아갔어. 그런데 14년 뒤에 귀양을 갔던 사람들이 아요다로 돌아와 보니 성문 밖에 사람들이 앉아 있는 가야. 그래서 물었더니 이러는 거였고. '저희에게는 집으로 돌아가라고 허락을 해주지 않으셨어요. 선생님들은 남자하고 여자들에게만 집으로 가라고 하셨어요. 저흰 어지자지라서 남자도 아니고 여자도 아니걸랑요.' 스리 람찬드라지는 그들의 헌신에 너무 감격해서 선심 한 번 크게 썼지, 이렇게. '1947년에 우리는 그대 어지자지들에게 힌두스탄 제국을 내주겠노라.'"

그가 요란스럽게 웃어젖힌다. "와하하하ー." 나도 같이 따라 웃는다. "우
히히히ー." 초인종이 다시 울린다. 이번에는 바그마티다. "뭐가 그렇게 우
스워서 그래요?" 그녀가 내게 묻는다.

"네가 얘기해줘." 신문쟁이 친구가 손목시계를 들여다보며 내게 떠넘긴
다. "난 열한 시에 커피하우스로 가봐야 하거든." 그러고는 횡하니 아파트
에서 나가버린다.

"저 사람 뭐라고 했어요?" 바그마티가 소파에 털썩 주저앉으며 묻는다.
내가 뭐라고 대답을 해줄 수 있을까?

*

비가 오고 나면 몇 달씩 안개가 끼고 이슬이 맺힌다. 매일 새벽마다 테니
스를 치러 갈 때면 차 앞 유리창에서 이슬을 닦아내야 하는데, 그럴 때마다
먼지떨이가 축축하게 젖고 검댕이 묻어 시커메진다. 어느 날 아침 집으로
돌아와 보니 부드 싱이 쭈그리고 앉아 얼굴을 무릎 사이에 파묻고 있다. 그
가 고개를 드는 데 보니 눈에 핏발이 서 있어서 마치 잡아먹을 듯한 눈으로
나를 노려보는 것 같다. "아니, 부드 싱, 왜 그래?" 내가 할 수 있는 한 다정
한 목소리로 묻는다.

"눈알이 튀어나올 것 같아요." 그가 손등으로 눈을 문지르며 웅얼거린다.

"그렇다면 의사를 찾아가 봐야지."

그는 내 말을 들은 척도 않고 다시 무릎 사이로 얼굴을 묻는다.

집 안으로 들어서 보니 요리사도 카펫 위에 누워 앓는 소리를 내고 있다.
"아니, 왜 그래?" 내가 묻는다.

"팔다리가 끊어져 나가는 것 같아요."

나는 의사에게 전화를 건다. 그의 집 겸 병원은 바로 옆 블록에 있는데, 의사가 건너와서 부드 싱을 한 번 쳐다보고 입을 연다. "결막염이군요. 델리 사람들이 모두가 걸리고 있지요." 그가 부드 싱에게 무슨 연고인가를 발라준다.

다음에 그가 요리사에게 입을 "아-" 벌리라고 한다. 요리사가 입을 "아-" 벌리자 의사가 그의 눈꺼풀을 까뒤집고 눈을 들여다보더니 입에다 체온계를 찔러 넣는다. 39도. 그가 요리사에게 설사를 하거나 토했느냐고 묻는다. 요리사가 아니라고 대답한다. "팔다리가 다 끊어져 나가는 것 같아요."

의사가 나를 돌아다보고 알려준다. "간염이나 콜레라는 아닙니다, 델리에 꽤 돌고 있긴 하지만요. 말라리아 아니면 뎅기열일 겁니다, 바이러스성 발열일 수도 있겠고요. 델리 사람들 모두가 이 병 아니면 저 병으로 앓아누워 있지요. 확실히 알아보려면 혈액검사와 채변검사를 해봐야 할 겁니다."

그가 요리사에게 진통제를 놓아주고 내게는 말라리아 예방약을 준다. 나는 왕진료로 150루피를 털리고 나서 약사를 찾아가 처방전에 적힌 약을 받아온다. 그리고 부드 싱과 요리사에게 약을 건넨 다음, 숙소 안에만 틀어박혀 있으라고 주의를 준다. "이런 병은 전염이 아주 잘되거든. 그러니까 다나을 때까지는 여기로 올 생각 말아."

나는 아파트를 몽땅 독차지한다. 여기에다 바그마티만 찾아와준다면 그만이겠는데. 그러면 우리는 늘씬하게 같이 결막염에 걸릴 수 있을 것이다. 어쩌면 그 화냥년은 같이 잔 놈팡이들에게서 이미 뭔가 다른 병이 옮았는지도 모르지만.

나는 찬 물로 샤워를 하고 나서 생강차를 한 잔 끓여 마신 뒤 신문을 읽으려고 앉는다. 우선 힌두스탄 타임 — 가장 형편없는 신문이면서도 판매부수는 제일 많은 — 부터. 나는 먼저 약력이 함께 실리는 부고란에 많은 지면을 할애한 4면부터 펼쳐 든다. 델리에서는 죽는다는 것이 슬프다거나 운수 나쁜 일이 아니다. 갈 때가 되면 델리 사람들은 그저 죽는 것이 아니라, 죽음은 옷을 갈아입는 것에 불과하다는 기타로부터 전해져 내려온 믿음을 가지고 천상의 거주지로 올라간다. 육신(옷으로서 걸쳐진)은 소멸하지만 정신은 영원하기 때문에 소멸하지 않는다는 것이다. 그래서 이승에 남은 사람들은 고인의 유해가 니감보드 가트나 다른 화장터에서 불에 소진되도록 정성을 들인다. 델리의 사망자들은 내세로의 여행을 떠나면서 매일같이 산더미처럼 많은 목재를 태워 없애고 있다. 나무로 화장하는 것보다 경비가 사분의 일도 채 들지 않는 전기화장장으로 들어가는 시체는 영국화 된 부자들의 주검이나 연고가 없는 거지들의 시체뿐이다. 야무나 강의 오른쪽 강변은 마즈눈 카 틸라의 티베트인 거주지에서부터 간디가 화장된 라즈 가트에 이르기까지 유적들, 회교사원들, 화장터들, 전기화장장들, 그리고 네루, 샤스트리, 차란 싱, 산자이 간디, 인디라 간디, 그리고 국부(國父)인 원래의 간디 같은 유명한 사람들의 기념관으로 봉헌되었다. 야무나 강변이 미지의 세계로 떠나는 여행의 발사대가 된 셈이다.

다시 4면으로. 니감보드 가트가 야무나 강의 범람으로 침수되었다는 박스기사가 실려 있다. 델리 사람들은 사랑했던 고인들을 다른 어딘가로 실어가야 하고, 전기화장장에서는 아마도 처음으로 이익배당금을 벌게 될 것이다. 나는 할 일이 별로 없다. 그래서 커피하우스로 친구들을 만나러 가기 전에 야무나 강을 한번 둘러보기로 하고 푸라나 낄라를 지나 링로드로 접어든다. 왼쪽으로는 세계보건기구(WHO) 지역본부가, 그리고 오른쪽으로는 델리에 질병을 안겨주는 주범인 정수장이 뒤로 지나간다. 정수장의 네 굴뚝이 사방으로 연기를 뿜어내며 세계보건기구의 팸플릿에 적힌 환경오염의 가장 적절한 예를 제공하고 있다. 그 굴뚝들은 델리에 검댕을 흩뿌리고 거기에서 정수된 물은 델리 시민들에게 배탈, 설사, 간염, 콜레라, 이질 및 다른 장질환들을 안겨준다. 구름다리 상단에 이르자 구(舊) 철교의 아래쪽 길을 핥고 나서 간디 기념관과 벨로드롬을 지나 넘실거리는 야무나 강의 흙탕물이 눈에 들어온다. 그러나 다리 근처의 에움길에는 경찰 바리케이드가 쳐지고 차량통행이 봉쇄되어 있다. 나는 방향을 돌려 전기화장장으로 차를 몬다. 청소부들이 길과 홀을 청소하느라 바쁘고 건물 뒤쪽에는 손수레에 실린 세 구의 걸인 시체가 장부에 기재된 뒤 처리되기를 기다리고 있다. 사무실 서기가 손목시계를 보고 나서 묻는다. "시체가 왔습니까? 오늘 아침에 예약이 세 건 있었습니다. 우린 그것들을 한 시간 간격으로 배정해 놨습니다."

내가 그에게 나는 조문객으로 온 게 아니라 구경꾼으로 왔다고 하자 그가 내개 험악한 눈길을 던지고 딱딱거린다. "이런 구경거리를 좋아한다면 이 일 당신이 하쇼!"

화장장 밖으로 나오자 때마침 다른 쪽에서 화환들로 뒤덮이고 군대마크가 붙여진 차량들의 긴 행렬이 뒤따르는 영구차가 들어오고 있다. 노병도 역시 죽는다.

커피하우스가 사람들로 붐빈다. 신문쟁이 친구와 우리의 정치 고문은 서로 말도 하지 않는 사이인 것처럼 신문으로 얼굴을 가리고 있지만 내가 그 둘에게로 다가가서 신문을 끌어내린다. "이봐, 너 네 요즘 내내 어디 가 있었던 거냐?"

나는 그 둘에게 바이러스성 열과 결막염에 걸려 누운 친척들과 친구들, 그리고 내 하인들의 숫자를 늘어놓는다.

"넌 에이즈에 걸리지 않은 게 다행이라고." 시크교도 신문쟁이가 이죽거린다. "지금까지 그 숱한 외국 여자들을 해치운 걸로 본다면 델리에서 첫 번째로 그 병에 걸려야 할 사람은 바로 너니까."

"고맙군." 내가 응수한다. "너나 조심해. 에이즈에 걸리는 건 너 같은 호모들이니까. 정상적인 섹스는 누구에게도 해가 없다고."

"너 네 마음속엔 섹스 말곤 아무것도 없냐?" 정치가가 야단을 친다. "여기 델리에서는 사람들이 파리처럼 죽어가고 있는데 너희 놈들이 생각할 수 있는 건 고작 외국 여자하고 그 짓을 하거나 계간을 하는 것뿐이지. 너 네, 이 도시의 장래에 대해서 조금이라도 관심이 있는 거냐?"

"아니." 우리가 이중창으로 대답한다. 그리고 나서 내가 덧붙인다. "난 이 도시가 지옥으로 떨어지건 말건 상관없어. 내가 태어나고 사랑하는 도시는 이제 델리가 아니니까. 1947년에 너희 펀자브 놈들이 쳐내려 와서 쑥밭으로 만들어버린 탓에."

"좀 진지해져 봐." 그가 나를 타이른다. "1947년에 우리는 델리로 올 수밖엔 달리 어쩔 도리가 없었어. 문제를 일으키고 있는 건 매일같이 이 도시로 몰려드는 다른 사람들이라고. 너 해마다 인도 전역에서 7만 명 이상이 델리로 쏟아져 들어온다는 거 알아? 마치 델리가 이 나라의 고아원이기라도 한 것처럼. 그 사람들이 어디에서 집과 학교와 병원을 찾냐고? 너, 130만 명의 델리 시민들이 변소가 없어서 한데 똥을 누고 있다는 거 알아?"

"네가 일주일에 한 번씩만 똥을 누도록 제한하는 운동을 시작하면 어때?" 신문쟁이가 이죽거린다. 그러면 내가 그걸 뉴스 통신사들에 실어주겠다고 약속할게."

"너 네 같은 놈들하고는 얘길 해봤자 소용없어. 귀중한 시간만 버리는 완전한 시간낭비니까." 그러면서 정치가가 일어선다. "내 말 잘 들어 둬. 델리는 죽어가는 도시라고. 이 도시에 너 네 같은 인간들이 많으면 많을수록 더 빨리 죽게 될 거야. 이 예언을 해준 대가로 내 커피 값은 너 네가 내." 그러면서 그가 성큼성큼 걸어 나간다.

삶은 내가 생각했던 것보다 훨씬 더 빨리 지나갔다. 한낮의 땡볕 아래서 길에 쓰러져 있던 바그마티를 처음 보았던 것이 언제였던가? 그리고 얼마나 여러 번 그녀와 같이 잤던가? 셀 수도 없다. 바그마티가 열심히 손님을 받고 있을 동안 나는 국제연합의 비서라고만 알려진 세계 각국에서 온 수십 명의 여자들을 해치웠다. 하지만 이제 와서는 그들 중 몇몇의 이름과 얼굴만을 기억할 수 있을 뿐이다. 내가 했던 짓이 부끄럽지는 않지만, 이제 더 이상은 그럴 수가 없다. 바그마티는 그녀에 대한 내 욕망이 줄어드는 것에 신경을 쓰지 않는 것 같다. 그녀의 방문도 차츰차츰 줄어서 돈이 필요할 때마다 두세 달에 한 번씩 들르더니 지난 삼사 년 동안에는 디왈리 축제 때에만 나를 찾아왔다. 그녀는 이제 자기의 남녀추니 남편(아마도 죽었을 것이다)이나 섹스에 대해서는 더 이상 얘기를 하지 않고 람지[2]와 그녀가 찾아갔던 힌두교 사원들과 이슬람 유적들을 이야기한다. (그토록 여러 해 동안 나와 그처럼 밀접한 사이였으면서도 그녀는 시크교에 대해서라면 엉성한 관심 이상의 것을 보인 적이 없었다. 그것으로 미루어 아마도 틀림없이 시크교 기도소 안으로 발을 들여놓으려고도 하지 않았을 것이다). 그녀는 여생을 갠지스 강변의 하르드와르나 바라나시에서 보내고 싶다는 말을 하곤 한다. 또 때로는 하지(아니면 움라였던가?) 달에 메카와 메디나로 가겠다는 말도 한다. "제가 델리의 샛길과 시장에서 벗어날 수만 있다면……. 하지만 전 아무래도 델리에서 죽을 거 같아요." 그리고 때로는 이렇게 덧붙인다. "주인님이 제 유골을 거둬서 갠지스 강에 뿌려줬으면 좋겠어요." 또 어떤 때는 이

---

2 람의 존칭.

렇게도 말한다. "하즈라트 니자무딘의 영묘 근처에 제 무덤으로 쓸 조그만 땅뙈기 하나만 사주세요." 나는 그녀에게 아마도 내가 먼저 죽을 것이며 그녀가 내 유해를 아무나 강에 뿌려야 할 것이라고 응수한다. 하지만 나는 우리 두 사람 모두 둘 중 하나가 죽고 나서 몇 달이 지날 때까지 상대방의 부음을 듣지 못하게 될지도 모른다는 것을 알고 있다.

부드 싱은 내게 몹시 적대적이 되어 있다. '부녀자 추행' 사건이 있은 뒤로 깊은 우울감에 빠져 있던 그를 의료협회 정신병원으로 데려간 것이 발단이었다. 의사는 그에게 몇 차례의 전기충격을 가했고 그 때문에 그는 잔뜩 화가 돋아 있었다. 그리고 의사가 내게 하는 말―그를 설득해서 아그라나 란치에 있는 정신병원에 들여보내도록 하라는―을 듣고는 더더욱 격분해서 당장에 우울증을 털어버렸다. 부드 싱이 시뻘겋게 달아서 의사에게 동생 년하고 붙을 놈이라고 욕을 해대며 달려들었다가, 내가 의사를 때리지 못하게 가로막자 여차하면 나를 때리기까지 할 기세였다. 그 뒤로 부드 싱은 내 아파트 앞을 지키고 앉아서 내가 드나드는 것을 볼 때마다 으르렁거렸다. 그리고 다음에는 내 아파트 뒤쪽에 있는 기도소 관리인과 짝패가 되어서 그 둘이 나를 괴롭힐 방법들을 궁리했다. 기도소 관리인은 새벽 네 시만 되면 마이크 볼륨을 최대로 올리고 라우드스피커들을 내 침실 쪽으로 돌려서 찬미기도를 읊어대기 시작했고, 내가 항의를 하자 그는 남의 일에 상관 말라고 응수했다. 언젠가 한 번 내가 그를 경찰에 고소했을 때 그가 부조사관에게 한 말은, 그러는 것이 신도들의 바람인데 내가 누구기에 반대를 하느냐는 것이었다. 하지만 그의 신도는 과거에도, 또 현재에도 부드 싱 하나뿐이다. 부조사관이 돌아가자 그 관리인은 내게 한 번만 더 경찰에 고소를 하면 산트 빈드란왈레의 추종자들을 데려와서 정신 똑바로 들게 해주겠다고 경고했고 부드 싱은 고함을 질러댔다. "산트 자르나일 싱 빈드란왈레 만세!"

내 요리사는 연차 휴가를 떠나더니 다시는 돌아오지 않는다. 어쩔 수 없이 나는 손수 끓여먹어야 하지만 혼자 사는 것이 생각했던 것처럼 어렵지는 않다. 전기밥솥과 토스터 사이에서 나는 차를 끓이고, 달걀을 삶고, 토스트 샌드위치를 먹는다. 기도소 관리인의 라우드스피커가 새벽 네 시에 잠을 깨우면 나는 차를 한 잔 마시고 나서 그 지겨운 소리가 나를 쫓아 들어올 수 없는 서재로 들어간다. 그리고 4시 30분에 BBC 뉴스를 튼다. 그 다음에는 힌디어 기독교 방송과 암리차르의 황금사원에서 방송되는 아침 예배 중에서 택일을 할 수 있다. 나는 대체로 황금사원 쪽을 택한다. 아침 찬송에 좀 더 귀가 익었기 때문이다. 억눌려 있던 신앙심이 고개를 들고 있는 것 같다. 어쩌면 진리와 대면할 시간이 가까워오면서 내가 위대한 구루와 더불어 마음의 평화를 얻게 될지도 모를 일이다.

동이 터오면 나는 로디 공원으로 산책을 나간다. 산책객들 대부분이 서로를 알고 있고, 그 중 몇몇은 황송하게도 내 인사에 답례를 해준다. 산책을 한 뒤에는 아파트로 돌아와 토스트에 곁들여 차를 한 잔 더 마시고, 청소부 여자가 바닥을 쓸고 닦을 동안 신문을 읽는다. 하지만 그 다음에는 뭘 해야 할지 생각이 나지 않는다. 이제는 내 덜덜거리는 고물차를 하루에 3킬로미터 정도도 끌고 다닐 여유가 없지만 배터리가 나가지 않도록 조금씩은 몰아주어야 한다. 그래서 나는 이따금씩 차를 몰아 커피하우스로 가곤 하는데, 그럴 때마다 "이 늙은이 50년 만에 왔구만." 어쩌고 하는 소리가 듣기에 별로 즐겁지는 못하다. 오후 시간은 좀 더 잘 나가던 시절에 요행히도 종신 회원권을 구해둔 인도국제센터 도서관에서 보낸다. 때로는 누군가가 커피나 한 잔 같이 하자며 청하는 경우도 있다. 또 그곳에서는 늘 공짜로 참석할 수 있는 무슨 무슨 강연, 영화, 연극 아니면 무용공연이 열리기도 해서, 그런 식으로 긴긴 오후가 지나간다. 아파트로 돌아오는 길에 나는 칸 마켓에 있는 편의점에서 잡채나 세크 카밥[3]을 사곤 한다. 하지만 내가 정말로 원하는 한 가지는 메디 핫산이나 이크발 바노나 파리다 카눔의 오래된 무슬림 무훈담 테이프들을 들으면서 홀짝거릴 위스키(슬프게도 이제는 인도 산)다. 나는 잠을 제대로 못 자고 악몽에 시달린다. 이러다 병이 들기라도 하면 어쩌지? 나를 돌보아줄 사람은 아무도 없다. 어느 날 밤잠이 들었다가 다음날 아침 침대에 죽어 있는 나를 청소부 여자가 발견하게 된다면 좋으련만. 그러면 그 여자는 내 집에서 트랜지스터라디오건 카세트 플레이어건 손목시계건 탁상시계건 볼펜이건 현찰이건 원하는 걸 모두 챙겨서 자기 집에다 숨겨놓고 다시 돌아와 늙은이가 죽었다고 비명을 질러 누군가가 어떻게 손을 쓰도록 하면 될 것이다. 또 어떤 암살단원이 내 집으로 침입해 들어와 나를 끝장내는 것도 썩 나쁘지는 않을 것 같다. 그렇게 된다면 여러 사람에게 많은 수고를 덜어줄 것이고, 또 나로서는 병원에서 병상을 얻고 진료비를 치르고 하는 성가신 일들을 모두 덜게 될 테니까.

*

하루하루가 지나가고 내가 침대에서 일어나 서재로 몸을 끌고 가는 시간이 점점 더 줄어든다. 어느 날 아침 나는 전열주전자를 올려놓은 스툴에 발이 걸린다. 천만다행인 것이—발에 끓는 물이 몇 방울 튄 것으로 그만이다. 때때로 나는 황금사원에서 방송되는 봉헌가를 들으면서 꾸벅꾸벅 졸지만 그것도 따분해지고 있다. 내가 그 프로를 듣는 것은 그 시간에 다이얼을 맞출 더 나은 방송이 없기 때문이니까. 빈드란왈레라가 자기 황금사원 경내에

---

3 저민 고기를 꼬챙이에 꿰어 구운 요리.

서 힌두교도들에게 증오에 찬 말을 퍼붓기 시작한 뒤로는 그 봉헌가에서 뭔가가 빠져나간 것 같다. 기도소 관리인과 부드 싱은 그를 성자라고 부르지만, 나는 그가 악마의 화신이라고 생각하기 때문에 시크교에서 멀어지는 느낌이다.

1984년 6월 첫날, 황금사원에서의 아침 방송은 어쩐지 좀 이상하다. 타블라 북들이 마이크 앞으로 너무 바짝 놓였는지 아니면 다른 일이 생겼는지는 알 수 없지만, 그 북소리가 꼭 총소리처럼 들린다. 신문들에 실린 기사로는 군대에 빈드란왈레를 산채로건 죽여서건 잡아오라는 명령이 떨어졌다는 것인데, 아마도 그에게 겁을 주어 굴복하도록 만들려는 시도인 것 같다. 간디 여사는 절대로 군대에 그 사원으로 들어가라는 명령을 내리지 않겠다고 시크교도들을 안심시켜 왔다. 분별 있는 여자! 그녀는 황금사원에 대한 공격개시가 피비린내 나는 전쟁으로 비화되리라는 것을 알고 있다. 만일 사태가 그렇게 된다면 어떤 시크교도도 그녀를 용서하지 않을 것이다.

나는 신문을 좀 더 자세히 읽고, 아침 방송에도 더 열심히 귀를 기울인다. 6월 3일은 그 사원을 건축한 사람의 순교기념일이므로 수천 명의 순례자들이 그곳의 신성한 연못에서 목욕을 하기 위해 먼 곳으로부터 몰려들어 있다.

나는 봉헌가와 함께 흘러나오는 왁자지껄한 소음을 들을 수 있다. 곤한 잠에서 깨어나는 아이들의 울음소리와 어머니들이 울음을 그치게 하려고 젖을 물리며 달래는 소리. 여인들의 목소리가 끼어든 기도 중간 중간에 "와, 와, 구루!" 하는 함성. 어리석은 사람들. 빈드란왈레의 부하들과 군대가 총격을 주고받는 동안 그들은 사원에서 무슨 짓을 하고 있는 것일까? 시내에는 야간통행 금지령이 내려지고, 펀자브 지방은 군대에 넘겨져 다른 세계로부터 완전히 봉쇄되어 있다. 6월 5일 아침, 나는 봉헌가보다도 더 분명한 총소리를 듣는다. 다음날 아침에는 방송이 아예 없다. 신문들마다 실린 대문 짝만큼씩 한 표제들. '인도군 탱크들 빈드란왈레의 본거지 폭파' BBC방송은 빈드란왈레를 포함하여 천 명이 훨씬 넘게 살해되었다고 전한다. 총알이 박힌 여자와 품에 안긴 아이들의 시체가 그 신성한 연못에 떠 있다는 것이다. 인디라 간디는 어쩌다 그런 어리석은 짓을 저질렀을까?

마음속으로 깊은 절망감이 배어들자 나는 몇 번씩이고 나 자신에게 물어본다. 나는 시크교도인가? 분명히 나는 빈드란왈레나 기도소 관리인 같은 부류는 아니다. 그리고 빈드란왈레는 부드 싱보다도 더 미치광이다. 내가 마지막으로 기도소를 찾아갔던 때가 언제였던가? 기억이 나지 않는다. 지난 50년 동안 나는 기도를 하지 않았다.

6월 6일 아침, 나는 내 아파트 뒤의 기도소로 간다. 꽤 많은 사람들이 모여 있다. 그들 중 대부분은 울고 있는데, 그것을 보니 내 눈에서도 눈물이 솟는다. 나도 그들 중의 하나다. 예배 끝머리에 기도소 관리인이 짤막하지만 불같은 연설을 토해낸다. "우리 시크교도들은 절대로 잊거나 용서를 하지 않습니다. 우리가 아프간 놈들과 마사 랑가르에게 어떻게 했었는지 기억합니까? 우리는 그자들의 회교사원을 더럽히고 마사의 머리를 잘랐습니다. 그게 구루의 아들들이 그 악마들에게 할 일입니다. 두고 보십시오!" 이 엄청난 허풍쟁이 시크교도들! 그들은 과거에서 살고 있고 문명사회에서는 회교사원을 모독하거나 사람의 머리를 자르는 일이 용납되지 않는다는 것을 이해하려고 들지 않는다.

기도소 관리인과 길거리에서 보이는 시크교도들 대부분이 검은 터번을 쓰고 있다. 며칠 뒤에는 나도 내 터번들 중 두 개를 검게 물들인다. 그렇다, 나도 그들 중의 하나다.

부드 싱은 더욱더 광포해져서 힌두교도들이 내 아파트 옆을 지나갈 때마다 소리를 질러댄다. "산트 빈드란왈레 만세!" 그들은 그저 웃기만 할 뿐이다. 그리고 만일 부드 싱이 너무 자기 생각에 골몰해 있으면 그들 편에서 먼저 수작을 건다. "이봐, 빈드란왈레 아들놈, 그 구호를 다시 한 번 외쳐 보지."

그렇게 뜨거운 여름이 지나간다. 그리고 우리가 계절풍 철이라 부르는 후텁지근한 비와 구름의 계절도. 구월이 시월에 자리를 내주고, 가을축제 철이 다가온다.

*

시월 마지막 날이다. 나는 기분이 축 처져 있지만 도대체 그럴 이유라고는 없다. 잠도 푹 잤고 오줌을 누면서 방귀도 시원하게 뀌었다. 오줌은 이제 힘찬 줄기가 아니라 찔끔거리는 방울들이지만. 비대해진 전립선. 일흔쯤에야 생겨나는 것으로 되어 있는 증상. 뜨거운 인삼차를 한 잔 마시자 장이 뻥 뚫리는 듯 개운해진다. 뉴스는 다른 날보다 더 좋을 것도 나쁠 것도 없다. 그래도 날씨는 좀 더 낫게 – 너무 덥지도 않고 너무 춥지도 않게 – 바뀌어 있다. 창가의 향기로운 마두말라티와 목부용이 꽃을 활짝 피웠고, 잔디밭의 초리지아 나무 두 그루는 분홍색과 흰색 꽃들로 덮여 있다. 잔디밭 앞쪽으로 초록색 담처럼 늘어선 문빔 울타리에 피어난 꽃들이 은하수에 박힌 별들 같아 보인다. 풀잎에 맺힌 이슬방울들이 아침 햇살에 다이아몬드처럼 반짝인다. 알라가 천국의 거처에 있고 당신의 작품에 만족한다는 증거가 이것 외에 또 무엇이 더 있을 수 있을까?

내 기분은 돋워지려고 들지를 않는다. 나는 신문들을 제목만 훑어보고 나서 벽난로 속으로 던져 넣는다. 그리고는 장의자에 누워 다리를 쭉 펴고 깜빡 잠이 든다. 바그마티 꿈. 1년에 한 번씩만 찾아오는 방문객이 된 이후로 그녀는 자주 내 꿈속으로 들어와 보상을 해준다. 지난 10년 동안 우리가 섹스를 하지 않았음에도 꿈속에서는 그녀가 여전히 아주 음란하고 색정적이다. 나는 깜짝 놀라 잠을 깬다. 초인종이 끊이지 않고 울리는 소리, 문을 쾅쾅 두드려대는 소리. 바그마티일까? 나는 문 쪽으로 달려가 문을 연다. 부드 싱이다. 어느 때보다도 더 광기어린 눈으로 그가 콧구멍을 벌름거리고 내 얼굴에다 침을 튀기며 소리친다. "인디라 간디가 총 맞아 죽었어요! 산트 자르나일 싱 빈드란왈레 만세!"

부드 싱은 구제불능이 되어가고 있다. 나는 문을 닫으려고 하지만 그가 한쪽 발을 밀어 넣어 그러지 못하게 막는다. "이 부드 싱이 미쳤다고 생각하는 겁니까? 이 부드 싱이 거짓말을 하는 거라구요? BBC라디오 방송을 들어보쇼." 그가 몸을 빙 돌려 팔을 흔들고 척척 걸어가면서 "칼리스탄 만세! 간디에게 죽음을! 산트 빈드란왈레 영원불멸!" 하고 외친다. 나는 트랜지스터 라디오를 켜보지만 인도 방송들은 모두 즐겁게 영화음악 아니면 이 땅의 농부들과 젊은이들을 위한 프로그램을 내보내고 있다. 반시간 뒤에 나는 BBC 방송을 잡는다. 인디라 간디가 자신의 시크교도 경호원에게 저격당했고 전 인도의료협회로 급히 후송되었다는 것이다. 또 그녀의 상태에 관해서는 자일 싱 대통령과 아들인 라지브 간디가 델리로 돌아오기 전까지는 공식적인 언급이 없을 것이며, 인디라는 경기관총 소사와 권총 사격으로 그 연약한 몸 곳곳에 탄환이 박혀서 살아날 가망이 없으리라는 등등의 보도다.

나는 의자에 털썩 주저앉아 얼굴을 양손에 묻는다. 정신이 멍하다. 멍하니 서가를 보다 천장을 보다, 천장을 보다 서가를 보다 하고 있는데 다시 초인종이 울린다. 나는 발끝걸음으로 문까지 다가가서 엿보는 구멍으로 밖을 내다본다. 이번에는 부드 싱이 아니라 근처에 있는 기도소 관리인이다. 내가 문을 열자 그가 가지고 온 주발에 손을 집어넣었다가 밀가루 푸딩을 한 줌 꺼내들고 말한다. "페르샤드[4]요, 황금사원에 대한 신성모독은 응징을 받았소. 시크교가 승리를 거둔 거요. 인디라 개년은 죽었소."

아예 대꾸도 하지 않고서 나는 그의 코앞에다 문을 쾅 처닫고 의자로 돌아온다. 연약하고 작은 여인 하나를 살해했다고 축하를 하다니! 무엇이 시크교도들을 그렇게까지 타락시켰을까? 만일 그 어리석은 여인이 자기의 실수를 인정하고 기도소로 가서 "시크 형제자매님들, 죄송해요. 제가 큰 실수를 저질렀어요. 용서해주세요." 라고만 했더라면 그들은 그녀를 용서했을 것이다. 하지만 그녀는 발광한 수도승과 그의 무장깡패 일당을 잡으려고 군대를 보내어 천 명의 무고한 순례자들 – 늙은이, 젊은이, 아이, 여인 그리고 품에 안긴 아기들까지 – 을 살육케 했다. 시크교도의 정신적 현세적 근거인 아칼 타크트를 폭파하고, 현금과 집기를 약탈하고, 기록 문서들을 불태우게 했다. 한 마디로 생쥐 한 마리 잡으려고 집을 무너뜨린 격이었다. 한 범죄에는 다른 범죄가 뒤따르고 하나의 거짓말에는 더 큰 거짓말이 뒤따른다. 온 나라가 그 엄청난 실수와 거짓말의 대가를 치르고 있다.

나는 트랜지스터라디오의 다이얼을 전인도방송에서부터 BBC, 미국의 소리, 라디오 저머니, 라디오 모스크바까지 이리저리 돌려본다. 전인도방송은 그녀가 아직 살아 있다고 하고 BBC와 미국의 소리는 그녀가 죽었다고 한다. 모스크바 방송은 델리의 방송을 인용할 뿐이다. 시간이 흐른다. 앞쪽 잔디밭에도, 시크교 기도소에 면한 길에도 사람 그림자 하나 보이지 않는다. 몇 대의 버스가 여느 때와는 달리 경적을 울리지 않고 달려간다. 자전거를 탄 몇몇 사람들은 강한 바람을 맞기라도 한 것처럼 몸을 핸들 위로 바짝 숙

---

4 신의 은총을 받은 음식.

이고 서둘러 집으로 돌아가고 있다. 섬뜩한 정적이 역병의 안개처럼 퍼져나 간다.

그림자가 길어질 무렵 신문배달 소년이 문 밑으로 이브닝 뉴스를 밀어 넣는다. 대문짝만큼씩 한 머리기사들. "인디라 간디, 자신의 시크교도 경호원들에게 피격. 하나는 사살, 다른 하나는 중상. 전인도의료협회에서 외과의 팀들이 탄환을 제거하고 수혈을 하면서 인디라 간디를 구하기 위해 필사적으로 노력 중." 케케묵은 뉴스. 그때쯤 외국의 라디오 방송들은 그녀가 수술대 위에서 죽었다는 말을 전하고 있다. 이제 어쩐다?

초인종이 울린다. 이어서 손바닥으로 문을 탕탕 치는 소리. 엿보는 구멍으로 밖을 내다보니 복도의 흐릿한 불빛으로는 잘 알아볼 수 없는 어떤 뚱뚱하고 늙은 여인이 하나 서 있다. 그녀가 다시 주먹으로 문을 쾅쾅 두드리자 나는 문을 연다. 바그마티다. 붉은 헤나 물을 들인 성긴 머리칼, 이가 빠져서 쪼글쪼글 주름이 잡힌 입, 턱 언저리로 돋아난 뻣뻣한 털. 이게 내가 호색했던 시절 대부분을 욕정에 빠져 지낸 그 똑같은 바그마티일까? "에구머니나! 에구머니나!" 그녀가 이 빠진 소리로 외쳐대더니 양손으로 귀를 잡고 노란 헛바닥을 내맨다. "오오, 이럴 수가! 내 이 두 눈으로 똑똑히 봤어요, 아무도 다시는 보지 말기를! 사람들이 길거리에서 눈에 띄는 시크교도들을 모두 죽이고 그들의 택시며 트럭이며 스쿠터에다 불을 지르고 있어요. 코노트 플레이스는 불길에 휩싸였구요. 사람들이 시크교도의 가게고 사무실이고 호텔이고 할 것 없이 모두 다 약탈하고 있어요. 그런데 주인님은 여기 앉아서 그 사람들이 죽이러 올 때까지 기다리고만 있네요! 안 그래요? 제가 주인님을 랄 쿠안으로 모실게요. 누구도 히지다에게는 털끝 하나 손대지 않을 테니까요. 가요!" 그녀가 명령한다.

"참아!" 내가 그녀를 안으로 들이면서 말린다. "사람들이 눈에 띄는 시크교도들을 모두 다 죽인다면 우리가 무슨 수로 랄 쿠안까지 가지? 있던 곳에 그냥 있는 게 상책이야. 때가 되면 경찰이 중단시키게 되어 있어."

"경찰이요?" 그녀가 같잖다는 투로 묻는다. "그 동생 년하고 붙을 놈들은 폭도 편이 되어 있어요. 경찰이 폭도들에게 이러더라구요. '당신들에게 이 도시의 시크교도들을 모두 끝장내도록 서른여섯 시간을 주겠어.'라구요." 그녀가 소파에 털썩 주저앉더니 손으로 얼굴을 가리고 정신없이 흐느낀다. 이번에는 내가 그녀를 위로해 줄 차례다. 나는 그녀의 어깨에 손을 얹고 안심을 시킨다. "그렇게 나쁘지만은 않을 거야. 여기는 문명국가니까."

그녀가 눈물 번진 눈으로 나를 올려다본다. "주인님 눈으로 직접 보고 싶으세요? 옥상으로 올라가서 봐요." 그녀가 내 손을 잡고 소파에서 몸을 일으킨다. 우리는 4층 아파트 건물을 올라가 옥상으로 나간다. 그녀가 코노트 서커스를 향해 가리키는 북쪽 하늘이 불타오르고 있다. 전등불빛이 아니라 불길로. 어스름 속에서 나는 먼 곳들로부터 연기가 구름처럼 피어오르는 것을 볼 수 있다. 어느 쪽을 둘러봐도 거리거리에 불길이 일고 연기가 피어오른다. "시크교도들의 택시와 트럭들이에요." 바그마티가 알려준다. 저녁 미풍을 타고 일제히 외쳐대는 군중들의 함성이 들려온다. "인디라 간디 만세! 살인자 시크교도들을 끝장내자!" 한 무리의 폭도가 길을 따라 우리 아파트 쪽으로 오는 것이 보이자 바그마티가 겁에 질려 비명을 지른다. "가요, 가요! 제가 얼른 주인님 머리와 수염을 잘라드릴게요. 그러면 우리는 안전하게 빠져나갈 수 있어요. 저 사람들이 태울 수 있는 건 주인님 책들뿐이라구요. 델리 사람들에겐 아무 소용도 없는."

"바보짓 하지 마!" 내가 딱딱거린다. "내 머리칼이나 수염은 아무도 못 자르게 할 거니까." 나는 그녀를 따라 어두운 계단을 내려와서 다시 내 아파트로 들어온다. 내 명판을 문에 붙인 나사를 풀어 뺄 시간은 없다. 쇠몽둥이를 가져다 그것을 문과 명판 사이의 틈에 밀어 넣고 홱 젖히자 명판이 둘로 쪼개진다. "이제 여기서 누가 사는지 아무도 모를 거야."

"주인님은 정말 멍청한 시크교도로군요!" 그녀가 화를 내며 소리친다. "저놈들이 이웃 사람들에게 물어볼 거라구요. 내 말대로 해요. 내가 주인님 머리와 수염을 자르게 해줘요. 그러면 우리는 호텔이나 뭐 그런 데로 갈 수 있어요."

"안 돼!" 내가 고집스럽게 되받아 소리친다. "저놈들 마음대로 하라고 그래. 놈들이 나를 없애기 전에 나도 놈들을 한둘은 죽일 테니까."

"그러면 나도 죽어요. 이 멍청이, 늙은 멍청하고 어리석은 인간! 언제나 되어야 그 머리에 철이 들지요?" 나는 바그마티에게서 욕을 먹는 데 길이 들지 않아서 성질이 돋는다. 그러나 우리의 말다툼은 뒤뜰 어딘가에서 고함을 지르는 폭도들 때문에 잠잠해진다. 우리는 살그머니 어두운 정원으로 나가 빽빽한 무궁화 울타리 틈새로 지켜본다. 폭도들은 쇠몽둥이로 무장한 50명쯤 되는 젊은 놈들로, 그중 몇몇은 손에 석유통을 들고 있다. 그들이 기도소를 포위하고 몰려 들어갔다가 관리인을 끌어내어 주먹과 몽둥이로 두들겨 패기 시작한다. 그가 목이 터져라 고함을 지른다. "사람 살려! 사람 살려! 경찰!" 그들이 되받아 소리친다. "빈드란왈레 아들놈! 네 애비한테 살려달라고 해봐." 그들이 시크교 성전(聖典)과 그 덮개와 카펫과 깔자리들을 꺼내 와서 무더기로 쌓아올리고 거기에다 석유를 끼얹는다. 한 녀석이 성냥불을 댕기자 그 무더기가 폭발하듯 불길에 휩싸인다. 기도소 관리인이 피투성이가 된 얼굴에 산발을 하고서 그들에게 애원한다. "나한테는 어떻게 해도 좋지만 그 성서는 모독하지 마. 제발 부탁이야!"

"이 개새끼도 이 새끼 성서하고 같이 보내버려!" 누군가가 소리친다. 그들이 기도소 관리인의 머리에 석유를 쏟아 붓고 수염에도 뿌린 다음 그를 불더미로 밀어버린다. 그가 불타는 시체로 쪼그라드는 동안 폭도들은 의기양양하게 고함을 지른다. "인디라 간디 영원불멸!"

나는 무릎이 꺾여서 젖은 잔디밭에 그대로 주저앉아 오줌을 싸고 만다. 바그마티가 내 옆으로 와서 앉아 등을 문질러주다가 얼마쯤 뒤에 나를 부축해서 일으켜 세우고 소곤거린다. "저놈들 눈에 띄기 전에 안으로 들어가요." 나는 땅에 못 박힌 듯 서서 덤불 사이로 내다본다. 손에 무슨 서류인가를 들고 읽는 녀석이 보인다. 그가 시크교도 정비공들 소유의 정비소를 가리키자 폭도들이 그곳으로 몰려간다. 정비소 밖에 늘어서 있는 차들에 불이 붙고 작업장 문이 박살난다. 사람들이 발코니에서 그들을 지켜보고 있다. 누군가가 소리친다. "그 차들은 힌두교도들 거라구! 시크교도 정비공들은 달아났어. 그 정비소에 불을 지르면 건물 전체에 불이 옮겨 붙을 건데, 여기 우리는 힌두교도, 이슬람교도, 그리고 기독교도들뿐이야! 택시정류장으로 가보는 게 어때?"

그 말이 폭도들에게 먹혀든다. 그들이 기도소 관리인을 화장시킨 불더미를 지나 택시정류장 쪽으로 몰려간다. 뒤이어 욕설을 주고받는 소리가 들린다. 택시운전사들은 거칠고 도전적이다. 바그마티가 겨드랑이 밑에 손을 넣어 부축을 하면서 방으로 들어가자고 애원을 하는데도 나는 비틀비틀 정원 다른 쪽으로 옮겨간다. 무장을 하지 않은 여섯 명의 운전사들이 이백 명도 넘게 불어난 무장 폭도들과 맞서고 있다. 욕설이 돌멩이들을 던지는 싸움으로 바뀐다. 무장 경찰대는 그 균형이 맞지 않는 전투를 수수방관으로 지켜만 보고 있다. 돌멩이들이 운전사 상대의 매점과 택시 유리창들을 박살낸다. 그런데도 운전사들은 폭도들이 접근하지 못하도록 막아내고 있다. 그러나 총성이 한 발 울리고 그중 하나가 택시 옆으로 쓰러지자 나머지 다섯도 걸음아 날 살려라 도망친다. 무장경찰대가 택시들을 에워싸고 지갑, 트랜지스터라디오, 카세트 플레이어 따위를 챙긴 다음 폭도들에게 불을 지르라고 시킨다. 그 경찰들은 시장에서 폭도들에게 시크교도들의 가게를 점찍어 주기까지 한다. 그들이 우리 아파트에서 멀어지자 바그마티가 내게 바지를 갈아입으라고 이른다. 나는 나 자신이 창피스럽다.

다리가 저려서 따끔따끔하다. 바그마티는 아무 말 없이 멍한 눈으로 벽을 바라보고 있다. 나는 마지막 남은 스카치위스키(비상용으로 저장해 두었던)를 한 병 꺼내어 그 독한 술을 한 잔 따른다. "고통스러운 시기에는 이게 최고지." 내가 그녀에게 알려준다.

"주인님의 늙고 멍청한 여인에게는 아무것도 없나요?" 바그마티가 묻는다. "이제껏 독한 술은 입에 댄 적이 없지만 오늘은 독약이든 술이든 주세요." 나는 그녀에게 넉넉히 한 잔 따라주고 맛을 달게 하려고 콜라를 섞는다. 그녀는 마치 우유를 마시듯 단숨에 삼켜버린다. 그녀의 쪼글쪼글하고 이 빠진 얼굴에 홍조가 번진다. "더요." 그녀가 명령한다.

"그렇게 빨리 마시지 마. 구역질이 나게 돼."

내가 두 잔째 세 잔째 잔을 연거푸 비우는 사이 그녀가 빈 잔을 흔들어대며 나를 쏘아본다. 나는 네 잔째 술을 따르고 그녀에게도 조금 더 따라준다. "꿀꺽꿀꺽 삼키지 말고 숙녀처럼 마시는 법을 배워보라구."

"숙녀 같은 소리!" 그녀가 되받는다. 그녀는 예전 그대로다. "주인님이 데리고 있던 그 미친 시크교도는 어떻게 됐지요? 그 사람 이름이 뭐였더라? 부두인가 뭐 그런 거였는데."

"부드 싱. 오늘 아침에는 근처에서 돌아다녔어. 미친 사람처럼 날뛰면서. 저놈들이 그 친구를 붙잡는다면 꼬치구이로 만들어버릴 거야. 그 친구가 돌아오면 방안에 가둬 놓아야겠어."

나는 치즈크래커를 한 봉 뜯어서 접시에 담아 그녀 앞에 내놓는다. "집에 있는 게 이것뿐이야." 내가 변명한다. 그녀가 하나를 집어 들고 결이 어떤지 만져본다. "이런 나무 같은 비스킷을 어떻게 먹어요? 제겐 이빨이 하나도 없는데." 그녀가 비스킷이 흐물흐물해질 때까지 스카치-콜라에 집어넣고 있다가 입에 쏙 집어넣는다. 그리고는 내가 먹을 것이 더 있는지 알아보려고도 하지 않고 모두 다 먹어 치운다. 어찌 되었건, 나로서는 뭘 먹고 싶은 생각이 조금도 없다. 나는 그녀에게 내가 소파에서 잘 테니까 내 침대에서 자라고 한다. 그녀가 내 청을 받아들여 어기적어기적 욕실로 들어갔다 나온다. 몇 분 뒤에는 트림을 하고 코를 골고 방귀를 뀌는 소리가 들린다.

나는 라디오를 켜고 외국의 방송들을 이리저리 돌려본다. 전 세계의 방송이 자신의 시크교도 경호원들에게 암살된 인디라 간디에 대해 상세한 뉴스를 내보내고 있다. 그리고 반(反)시크 폭동에 대해서는 아주 짤막하게 보도한다. 라디오 파키스탄만이 델리에서 수백 명의 시크교도들이 학살당했고 수백 곳의 기도소들이 불탔다고 전한다. 전화벨이 울린다. "너냐?" 전화 목소리가 묻는다. "그래." 그러자 전화를 건 친구가 대뜸 욕지거리를 늘어놓는다. "야, 이 염병할 후레자식아. 너 네는 너 네 어머니를 죽인 거야!" 나도 맞받아친다. "이런 염병할 제 어미하고 붙을 놈! 후레자식은 너야. 너 네는 아버지 간디를 죽였어, 네놈이 뭐기에 헛소리를 해?"

욕설에 화가 뻗쳐 있는데 다시 전화벨이 울린다. 이번에는 아주 친절한 친구다. "수돗물 마시지 마. 시크교도들이 독을 풀었대." 그러고는 송수화기를 내려놓는다.

몇 분 뒤에 다시 전화가 걸려온다. "펀자브에서 시크교도들 손에 학살당한 힌두교도 시체들이 화차 떼기로 델리에 도착했어, 힌두교도들이 그 학살에 복수를 하려고 들 거야." 내가 뭐라고 하기도 전에 전화가 끊긴다.

나는 전화벨이 다시 울리기를 기다리지만 전화는 먹통이 되고 만다. 한밤중에 또 한 차례 떠들어대는 소리. 구호를 외치고 소리를 지르면서 사람들이 어딘가에서 어딘가로 달려간다. 모두들 잠이 깨어 있다. 트럭에 가득 실린 젊은 놈들이 또 한 패 몰려와서 두 대의 또 다른 차에 불을 지르고 사라진다. 사람들은 창문을 통해 그 불길을 내다본다. 라이플로 무장한 경찰들이 잠시 멈춰 섰다가 그대로 가버린다.

피곤이 몰려와서 나는 의자에 앉아 꾸벅꾸벅 존다. 그러나 얼마 안 가서 곧 기도소 쪽에서 들려오는 외침소리에 놀라 잠을 깨고 무슨 일인가 해서 정원으로 달려 나간다. 이른 새벽이지만 사람들이 발코니와 창문에서 기도소 쪽을 바라보고 있는 것 같다. 바그마티가 허겁지겁 쫓아 나와서 비명을 지르다시피 한다.

"안으로 들어가요!" 나는 그녀의 말을 무시하고 울타리 틈새로 건너편 쪽을 엿본다.

기도소 안뜰, 성서와 기도소 관리인의 다 꺼져가는 재 옆에 부드 싱이 보인다. 그는 한 손에 큰칼을 들고 춤추는 수도사처럼 빙글빙글 돌면서 그를 둘러싸고 있는 쇠몽둥이로 무장한 폭도들에게 욕설을 퍼붓고 있다. "이 제 어미하고 붙을 놈들! 이 동생 년하고 붙을 놈들! 죄다 고자가 되어버려라! 너 네는 우리 성서를 불태웠어. 너 네 베다와 교리서도 홀랑 다 타버려라!"

젊은 놈들은 그를 데리고 고양이와 생쥐 놀음을 하기 시작한다. 놈들이 번갈아가며 쇠몽둥이로 부드 싱의 등을 찌르는 동안 그는 점점 더 힘이 빠지고 있다. 이제 늙은이가 다 된 그로서는 그렇게 많은 젊은 놈들과 맞서 싸울 도리가 없다. 그가 숨을 돌리려고 멈춰 서자 그의 어깨에 내리쳐진 쇠몽둥이가 그를 쓰러뜨린다. 큰칼이 그의 손에서 떨어진다. 한 놈이 그 칼을 집어 들고 그의 궁둥이를 쿡쿡 찌른다. 다음에는 두 놈이 그에게로 달려들어 그의 팔을 뒤로 꺾는다. 두 놈 중 하나가 가위를 꺼내어 부드 싱의 수염을 자르기 시작한다. 부드 싱이 그 놈의 얼굴에 침을 뱉는다. 그 놈이 부드 싱의 얼굴을 후려갈기고 그의 긴 머리채를 움켜쥐어 뭉텅 잘라낸다. 놈들이 유희를 실컷 즐기고 나서 본론으로 접어든다. 한 놈이 자동차 타이어를 가져와서 안쪽에다 석유를 붓고 불을 댕긴다. 그 타이어가 불타오르는 화환이 된다. 두 놈이 그것을 부드 싱의 머리 위로 들어 올렸다가 천천히 머리 위에서 어깨까지 끌어내린다. 부드 싱이 땅바닥으로 무너져 내려 처참하게 비명을 지르는 동안 놈들이 웃음을 터트리고 그에게 시크교도의 승리 구호를 외쳐댄다. "말하는 자에게 은총이 있기를! 진리를 위해 돌진!"

〈아시아 문학선〉을 펴내며

우리는 무엇보다 언어에 주목한다.

지난 오 백 년 동안, 우리에게 알려진 세계의 언어들 중 거의 절반이 사라졌다고 한다. 에트루리아어, 수메르어, 컴브리아어, 메로에어, 콘월어, 음바바람어…… 지금 이 순간에도 지구 곳곳에서 수많은 언어들이 사라지고 있다. 소멸의 속도도 점점 빨라진다. 대신 그 자리를 영어와 또 하나의 언어, 그러나 기왕에 존재했던 어떤 언어와도 전혀 다른 종류의 기계어 '비트'가 메워 나가는 중이다.

한 가지 언어가 사라진다는 것은 무슨 뜻일까. 그것은 한 집단의 기억이 최후를 맞이한다는 뜻이다. 물론 성실한 언어학자들의 노력으로 운 좋게 몇몇 단어가 살아남을 수도 있다. 그렇지만 엄밀한 의미에서 그것은 살아 있는 언어가 아니다. 언어는 언어학자의 노트에 적히는 것만으로 생명을 보장받을 수 없다.

이제 우리는 이와 같은 일방통행의 역사에 작으나마 흠집을 내고자 한다. 그 출발이 바로 〈아시아 문학선〉이다.

우리는 서구가 주도했던 지난 시기의 근대화 과정에서 수많은 문명의 유전자가 흔적도 없이 사라졌고, 지금도 아시아 어딘가에서 어떤 기억의 보살핌도 받지 못한 채 속절없이 사라져가는 것들이 많다는 사실을 잘 알고 있다. 그러나 우리는 겸손해야 한다. 소멸은 대개 슬프지만, 때로는 자연스럽게 권장되어야 할 어떤 것이기도 하다. '불멸의 신화'가 지닌 폭력성을 흔히 목격하지 않았던가. 우리는 서구 근대의 가치를 대체하는 아시아 담론을 창출하겠다는 다부진 야심을 갖고 있지 않다. 우리는 다만 아시아의 수많은 언어가 제각기 품어 온 기억의 서사들을 존중하려 할 뿐이다.

특히 문학에 관한 한, 아시아는 이른바 세계화가 가장 덜 진척된 영토로 존재한다. 아시아 문학은 대다수 서구인들에게 여전히 낯설고 어색하면서도 이따금 신기하고 흥미로운 존재다. 가상공간과 더불어, 빈약한 서사를 보충해 줄 최후의 영토로 간주되기도 한다. 그런 시선 속에서, 지난 몇 세기 동안, 아시아는 수없이 발명되고 발견되었다. 그 결과 논과 밭, 구릉과 숲으로 이루어진 아시아의 주름진 대지는 이차원의 매끈한 평면으로 아주 쉽게 왜곡되었다. 거기에서 소수와 은유는 묵살되고, 틈과 사이는 간단히 메워졌다.

이제 우리는 다시 주름들을 기억하려 한다. 고속도로와 지름길이 길의 다가 아니듯, 표준어와 다수만 아시아의 입체를 구성하지는 않는다. 그러나 놀랍게도, 서구인에게 낯설고 어색한 것 이상으로, 우리 스스로 아시아를 얼마나 낯설고 어색하게 생각하고 있는지! 불행히도 우리 주변에는 읽고 싶어도 읽을 아시아조차 많지 않다. 우리의 기획은 이런 경이로운 무관심과 태만을 반성하는 데서 출발한다. 동시에 우리는 혹 '미지의 세계' 아시아를 또 하나의 개척영역, 흔히 말하듯 '미래의 먹거리' 쯤으로 상정하는 것은 아닌가, 우리 안의 유혹을 끊임없이 경계한다.

이렇게 경계선을 넘으려 한다.

바라건대, 저 너머에는 새로운 세계문학이!

〈아시아 문학선〉 기획위원회

〈아시아 문학선〉 기획위원
전승희(문학평론가, 미국 하버드대학교 한국학연구소)
김남일(소설가, 아시아문화네트워크)
자카리아 무함마드(팔레스타인, 시인 신화 연구)
A. J. 토마스(인도, 시인 번역가 영문학자 전《인도문학》편집장)
자밀 아흐메드(방글라데시, 연극연출가 평론가 다카대학교 교수)
하리 가루바(나이지리아, 문학평론가 남아프리카 케이프타운대학교 교수)

옮긴이 황보석
1953년 청주에서 태어나 청주중고교와 서울대 불어교육학과를 나왔고 영문 잡지사 편집기자, 출판사 편집장, 주간을 거쳐 1983년 이후로는 번역을 업으로 삼아 150여 권의 영어, 프랑스어, 독일어 문학작품들을 번역했고 편저로는 기초 프랑스어와 기초 프랑스어 회화가 있다. 주요 번역서로는 『셀프』(얀 마텔), 『나는 훌리아 아주머니와 결혼했다』(마리오 바르가스 요사), 『모레』(앨런 폴섬), 『나의 라임오렌지 나무』(바스콘셀로스), 『랜트』(척 팔라닉), 『동방박사』(미셸 투르니에), 『25시의 증언』(버질 게오르규), 『작은 것들의 신』(아룬다티 로이), 『백년보다 간 하루』(친기즈 아이트마토프), 『러브 스토리』(에릭 시걸), 『갈매기의 꿈』(리처드 바크), 『다섯 번째 산』(파울로 코엘료), 『바다의 선물』(앤 머로 린드버그), 『색채심리』(파버 비렌), 『독일인의 사랑』(막스 뮐러), 『새의 노래』(시배스천 폭스), 『불릿파크』『존 치버 단편선집』(이상 존 치버), 『뉴욕 3부작』『달의 궁전』『공중곡예사』『환상의 책』『거대한 괴물』『브루클린 풍자극』『신탁의 밤』『고독의 발명』『우연의 음악』(이상 폴 오스터) 등이 있다.

델리

2014년 11월 17일 초판 1쇄 펴냄

지은이 쿠쉬완트 싱 | **옮긴이** 황보석 | **펴낸이** 김재범
편집 정수인, 김형욱, 이은혜, 윤단비 | **관리** 박신영
인쇄 한영문화사 | **종이** 한솔PNS | **디자인** 박종민
펴낸곳 (주)아시아 | **출판등록** 2006년 1월 27일 | **등록번호** 제406-2006-000004호
전화 02-821-5055 | **팩스** 02-821-5057
주소 서울시 동작구 서달로 161-1 3층(흑석동 100-16)
이메일 bookasia@hanmail.net | **홈페이지** www.bookasia.org
페이스북 www.facebook.com/asiapublishers

ISBN 979-11-5662-065-5 04800
        978-89-94006-46-8(세트)
*값은 뒤표지에 표시되어 있습니다.

이 도서의 국립중앙도서관 출판시도서목록(CIP)은 서지정보유통지원시스템 홈페이지(http://seoji.nl.go.kr)와 국가자료공동목록시스템(http://www.nl.go.kr/kolisnet)에서 이용하실 수 있습니다.(CIP제어번호: CIP2014029356)